계명인문역량강화사업단 한국학 우수 총서 ①
국어국문학의 고전과 현대

이 저서는 2016학년도 대한민국 교육부와 한국연구재단의 재원으로 대학인문역량강화사업(CORE)의 지원을 받아 수행된 연구임.

계명인문역량강화사업단 한국학 우수 총서 ①

국어국문학의 고전과 현대

계명대학교 한국학연계전공 엮음

역락

발간사

국어국문학의 학문적 탐구가 본격적으로 시작한 지도 한 세기가 넘었습니다. 한 세기 동안의 역사가 그랬듯이 국어국문학도 우여곡절을 거듭하였지만 꾸준히 성장하였습니다. 한 세기 동안 쌓아 올린 연구는 가늠할 수 없을 정도로 깊고 넓게 이루어졌고 연구의 성과도 상당한 수준에 오르게 되었습니다.

그런데 국어국문학 전공의 고전과 현대는 그동안 공존 아닌 공존, 단절 아닌 단절의 관계 속에서 연구가 이루어진 한계를 지니고 있습니다. 공시와 통시라는 구분 속에서 학문적 갈등이 연속되었다고 생각됩니다. 이러한 시대적 상황에서 국어국문학의 고전과 현대 연구 분야를 학문적으로 연계할 수 있는 방안을 모색하는 일은 매우 중요한 연구 과제가 아닐 수 없습니다. 또한 국문학과 국어학의 고전과 현대 분야에서 아직까지 연구 성과가 미비하거나 주요 쟁점화되지 못해서 관심 밖에 있던 논제들을 다시 논의하는 것은 국어국문학의 연구를 확장하고 국어국문학의 학문의 깊이를 보여주는 일이라고 생각됩니다.

계명대학교 인문역량강화사업단의 한국학 연계전공은 우수 학술 도서를 간행하여 한국학의 확장과 발전에 조금이나마 이바지하고자 이 일을 기획하였습니다. 이 책의 목적은 국어국문학의 고전과 현대 분야에 대한 학문적 연계를 모색하고, 각 연구자들의 연구 분야 중에서 연구와 교육 환경으로 미처 다루지 못하였지만 학문적 가치면에서 매우 중요하다고 판단되는 연구 주제나 연구 방법을 제시함으로써 국어국문학 분야, 나아가서는 한국학 분야의 발전을 위해 참신하고도 의미 있는 동기를 부여하는 데에 있습니다.

이를 위해서 국문학계와 국어학계의 원로학자 몇 분과 여러 중진 및 신진학자들께 연구 과제를 부탁드려서 국어국문학의 고전과 현대의 연계 방법을 모색하고, 국문학과 국어학 분야의 연구 발전을 위한 새로운 연구 주제 및 연구 방법을 제시한 옥고 10편을 거두어, 이 한 권의 책으로 엮어내게 되었습니다.

제1부에서는 국문학의 고전과 현대의 주제에 여섯 분의 집필진이 참여하여 수행한 연구 과제를 수록하였고 제2부에서는 국어학의 고전과 현대의 주제에 네 분의 집필진이 참여하여 수행한 연구 과제를 수록하였습니다. 촉박한 연구 사업 기간으로 집필자에게 충분한 시간을 드리지 못하였으나 이 연구 과제를 흔쾌히 맡으셔서 집필해 주신 선생님들께 진심으로 감사를 드리고, 이 책의 간행을 위해 힘써 주신 분들의 노고에도 감사를 드립니다.

2017년 1월
계명대학교 인문역량강화사업단
한국학 연계전공 책임 교수 장요한 쓰다

차례

제1부 국문학의 고전과 현대

고전문학사와 현대문학사, 단절에서 연속으로 ·········· 조동일 13
- Ⅰ. 머리말 ··· 13
- Ⅱ. 논란의 경과 (1) ·· 14
- Ⅲ. 논란의 경과 (2) ·· 17
- Ⅳ. 해결의 방안 ·· 23

황지우 시에 나타난 환생(幻生)과 자연의 작용 ·········· 최미정 61
- Ⅰ. 들어가는 말 ·· 61
- Ⅱ. 『주역』과 물·불의 상생상극 ······························· 63
- Ⅲ. 황지우의 환생 주제시의 지속과 변모 ····················· 68
- Ⅳ. 환생·파멸의 겹짜임과 생극(生克)의 묘용(妙用) ··········· 91
- Ⅴ. 나오며 ··· 104

중앙유라시아 유목공동체 이야기꾼의 전통과 판소리 광대 ····· 강은해 107
- Ⅰ. 머리말 ··· 107
- Ⅱ. 이야기꾼 메따호·박시(Baxshi)·판소리 광대 ················ 111
- Ⅲ. 메따호와 판소리 광대의 이야기 연행관습 ················· 132
- Ⅳ. 중국과 일본의 이야기꾼 ····································· 134
- Ⅴ. 맺음말 ··· 137

저개발의 모더니티와 숭고의 정치학 ························· 김영찬 141
－신상옥의 영화 <상록수> 읽기－
- Ⅰ. 개발의 알레고리 ·· 141
- Ⅱ. 빈곤의 (재)발견과 저개발의 눈물 ························· 146
- Ⅲ. 모성적 숭고와 얼룩 ·· 155
- Ⅳ. 저개발의 모더니티와 숭고 ································· 161

박인환의 실존적 시 창작에 대한 연구 ···································· 이현원 169

   Ⅰ. 머리말 ··· 169

   Ⅱ. 박인환과 시 동인 ··· 171

   Ⅲ. 박인환의 시 창작 ··· 188

   Ⅳ. 맺음말 ··· 203

『서유기』의 수사적 상황과 근대시민의 탈국가의식 ················ 오윤호 207

   Ⅰ. 1960년대 국가체험과 수사적 전유 ····································· 207

   Ⅱ. 대중 매체의 억압적 소통과 사적 전유 ····························· 212

   Ⅲ. 식민주의적 대화와 계몽에 대한 거부의식 ························ 217

   Ⅳ. 자기 검열적 독백과 반윤리적 환상 ··································· 227

   Ⅴ. 내면화된 식민성과 근대시민의 자율의지 ························ 232

제2부 국어학의 고전과 현대

'기랑/기파랑'은 누구인가? ···················· 서정목 241

  I. 논의의 목적 ··················· 241

  II. '기랑'과 '기파랑'의 의미 ··················· 243

  III. 시 내용의 암시 ··················· 249

  IV. 이 모반은 어느 모반일까? ··················· 259

  V. 김흠돌의 모반의 원인 : 효소왕은 677년에 출생하였다. ··················· 271

  VI. 기랑은 김군관일 것이다. ··················· 291

'語音'과 '文字', 그리고 '語訓'을 찾아서 ··················· 이현희 297

  I. 들어가기 ··················· 297

  II. '語音'과 '文字'를 찾아서 ··················· 298

  III. '口語'와 '語訓'을 찾아서 ··················· 320

  IV. 나가기 ··················· 328

한국어 생략의 문법 : 토대 ··················· 이정훈 333

  I. 서론 ··················· 333

  II. 간접의문축약 혹은 수문구문 ··················· 336

  III. 동사구 생략 ··················· 341

  IV. 동사구와 서술어의 생략 ··················· 348

  V. 한국어의 생략과 영어의 생략 ··················· 354

  VI. 주제 생략과 어미 생략 ··················· 359

  VII. 정리 ··················· 363

석독구결 조건 접속문의 문법 ··················· 장요한 369

-'-ㄗㅅㄱ'과 '-ㅅㄱ', '-ㄱㅣ+ㄱ'을 중심으로-

  I. 서론 ··················· 369

  II. 석독구결의 조건 접속어미 확인 ··················· 371

  III. '-ㄗㅅㄱ', '-ㄱㅣ+ㄱ', '-ㅅㄱ' 조건문의 통사·의미적 특성 ··················· 377

  IV. 정리 ··················· 408

찾아보기 / 415

제1부
국문학의 고전과 현대

고전문학사와 현대문학사, 단절에서 연속으로 / 조동일
황지우 시에 나타난 환생(幻生)과 자연의 작용 / 최미정
중앙유라시아 유목공동체 이야기꾼의 전통과 판소리 광대 / 강은해
저개발의 모더니티와 숭고의 정치학 / 김영찬
박인환의 실존적 시 창작에 대한 연구 / 이현원
『서유기』의 수사적 상황과 근대시민의 탈국가의식 / 오윤호

고전문학사와 현대문학사, 단절에서 연속으로

조동일*

Ⅰ. 머리말

문학사는 문학의 역사이다. 모든 역사가 다 그렇듯이, 문학에서도 현재를 알기 위해 현재까지의 경과인 역사를 알고자 한다. 현재까지의 역사를 알아서 미래의 설계에 활용하고자 한다.

과거·현재·미래가 한 가닥으로 이어지는 것은 아니다. 역사는 동일한 양상으로 연속되지 않고 계속 달라졌으므로 이해하기 쉽지 않다. 전에 없던 요인이 작용해 시대 변화가 격심할 때면 연속은 허상이고 단절이 실상인 것처럼 보일 수 있다.

연속이냐 단절이냐 하는 논란이 문학사에서 특히 심각하게 나타난다. 고전문학사 서술자는 고전문학이 현대문학까지 이어지고 미래로 나아가는 것이 당연하다고 한다. 현대문학을 독립된 전공분야로 삼는 쪽은 문학사 서술도 별도로 하면서 전대와의 단절을 그 이유로 든다.

* 계명대학교 석좌교수 역임, 서울대학교 인문대학 국어국문학과 명예교수.

이런 형편을 타개해야 문학사가 할 일을 제대로 한다. 문학사는 고전문학사와 현대문학사를 함께 다루는 통사여야 한다. 시대구분을 타당하게 하고 시대의 특징 해명을 특히 긴요한 과제로 삼아 단절로 보이는 것이 왜 나타났는지 말해야 한다. 문학사 정상화를 한 나라에서 할 수 없고, 문명권 전체로 세계문학사로 확대해서 해야 한다.

이에 관해 오랫동안 많은 작업을 한 성과를 간추려 소개하고 다듬는다. 자세한 내용은 주에서 밝히는 논저로 미루고 여기서는 반드시 필요한 최소한의 예증만 든다. 특히 중요한 쟁점에 관해서는 새로운 논의를 전개한다.

II. 논란의 경과 (1)

문학사에 관한 논란은 1920년대에 시작되었다. 식민지가 된 상태에서 근대문학이 시작되어 물려받은 전통은 어떻게 할 것인가 하는 작은 의문, 민족의 장래는 어떻게 될 것인가 하는 큰 의문이 함께 제기되었다. 발표 가능한 작은 의문 논란에 공개 불가능한 큰 의문에 대한 소견이 포함되어 있었다.

한문학자 鄭萬朝는 문학과 사상의 전통을 버리지 말고 지켜야 한다는 전통고수론을 폈다.[1] 신문학의 작가 李光洙는 전통부정론을 내세우고, 서구의 "literature"를 받아들여 새로운 문학을 해야 한다고 했다. 이에 대해 국학자 安廓은 전통혁신론을 주장하면서 오랜 내력을 지닌 민족의 저력을 활용해 외래의 영향을 주체적으로 수용하고 시대의 문학을 바람직하게 창

---

1) 정만조・이광수・안확의 견해차를 조동일, 「한문학 전통의 계승에 관한 논란」, 『한국문학과 세계문학』, 지식산업사, 1992에서 고찰했다.

조해야 한다고 했다.

安廓은 『朝鮮文學史』²⁾라고 하는 최초의 문학사를 실제로 썼다.³⁾ 문학사가 일본이나 중국에 비해 늦게 출현했으며, 135면에 지나지 않은 초라한 분량이다. 자료와 사실에 대한 기초적인 정리가 아직 이루어지지 않은 조건에서 무리하게 서둘러 써서 내용이 제대로 갖추어지지 않았으나, 입각점은 주목하고 평가할 만하다.

서두에서 "문학사라 하는 것은 문학의 기원·변천·발달을" 질서 있게 서술해 "일국민의 심적 현상"을 추구한다고 했다. 일국민의 "심적 현상"은 정치, 미술, 종교 등에서도 나타나지만, "문학은 가장 敏活靈妙하게 심적 현상의 전부를 표명하므로", 문학사가 "人文史"의 주요 영역일 뿐만 아니라 "諸種의 역사를 다 해명할 수 있다"고 했다.⁴⁾ 결말에서는 당대의 정신적 혼미와 주체적 상실을 해결하는 "自覺論"의 서설로 삼기 위해 문학사를 서술한다고 했다.

민족주의를 추구했으나 국수주의는 아니다. 고유문화에 일방적인 가치를 부여하고, 민족이 우월하다는 증거로 문학의 특성을 신비화하고 옹호하는 논법은 멀리했다. 상고시대에 민족 고유의 문학이 있었고 후대까지 저류로서 이어진 것은 大倧敎 神歌 같은 자료를 통해 인정되는 사실이지만, 불교와 유학을 받아들이고 한문학을 정착시키면서 역사의 발전을 이룩하게 되었다고 했다. 한문과 불교를 수입해 자기 것으로 만들자 조선 고유의 문화도 발전의 기운을 나타냈다고 했다.⁵⁾

지배층이 횡포를 자행하면서 유교의 폐단이 커지고 한문학이 생기를 잃

2) 安廓, 『朝鮮文學史』, 한일서점, 1922.
3) 문학사 서술에 관한 고찰은 조동일, 『문학사는 어디로』, 지식산업사, 2015에서 했다.
4) 安廓, 앞의 책, 2쪽.
5) 安廓, 앞의 책, 15-16쪽.

자, 평민의 국문문학이 대두해 사상의 혁신을 이룬 것이 당연한 발전이라고 했다. 구비문학·한문학·국문문학이 서로 자극하면서 대립적인 작용을 하고, 상층의 문화창조와 하층의 반론이 경쟁하는 관계에 있어 민족사가 역동적으로 발전해 온 과정을 문학사를 통해서 핍진하게 확인할 수 있다고 했다. 갑오경장 이후의 근대문학도 그 기운으로 이룩했으나, 당대에 이르러서는 외래사조가 마구 밀어닥쳐 정신을 혼미하게 하므로 주체적 자각의 전통을 계승해야 위기를 극복할 수 있다고 했다.

그렇게 해서 문학사에서의 대립과 발전을 인식하는 논리와 민족문화운동의 지표를 하나로 통합시켰다. 자국문학사 서술의 민족주의적 과업이 강자가 약자를 누르기 위해 펴는 민족우열론에서 벗어나 제국주의를 반대하는 민족해방의 요구와 합치될 때, 비로소 타당한 논리와 보편적인 의의를 확보할 수 있다는 것을 인식했다. 민족의 장래에 희망을 가지면서, 제3세계 민족문학사관이라고 할 것을 지향했다.

문학 비평가로 활약하던 林和는 신문학사를 별도로 서술하는 작업은 선도했다. 1939년 9월 2일부터 조선일보에 『개설 신문학사』라는 제목으로 연재하고, 『신문학사』(조선일보, 1939. 12. 8-12. 27), 『속 신문학사』(조선일보, 1940. 2. 2-5. 10), 『조선문학연구의 일 과제』(동아일보, 1940. 1. 13-20), 『개설 조선신문학사』(인문평론, 1940. 11-1941. 4)로 이어진 일련의 작업을 했다.[6] 저술을 뜻한 대로 다 하지 못했으나, 기본 관점은 선명하게 제시했다.

신문학사는 "서구 문학의 수입과 이식의 역사"라고 하고, "서구적인 형태의 문학을 문제 삼지 않고서는" 성립되지 않는다고 했다.[7] "우리 조선과 같이 이식 문화, 모방 문화의 길을 걷는 역사의 지방에서는 유산은 부정될

---

6) 이 모두를 김외곤 엮음, 『임화전집 2 문학사』, 박이정, 2001에 모아놓았다. 이 책을 이용하고 인용구의 면수를 밝힌다.
7) 김외곤 엮음, 같은 책, 81쪽.

객체로 화하고, 오히려 외래문화가 주체적인 의미를 띠지 않을까?"라고 했다.[8]

이것은 안확의 전통혁신론을 버리고, 이광수의 전통부정론을 이은 주장이다. 외래문화를 주체적으로 수용해온 민족의 저력을 인정하지 않았다. 전통을 혁신해 새로운 시대의 문학을 창조할 가능성도 부정했다. 유럽문학의 이식이 아닌 신문학은 있을 수 없다고 하는 문학 내부의 주장으로, 식민지 상태에서 벗어날 길은 없다고 하는 민족허무주의를 고취했다.

III. 논란의 경과 (2)

1945년에 광복을 이룩하자 국어 교육을 전국에서 일제히 실시하는 교사 양성을 위해 대학마다 국어국문학과를 설치하고 문학사를 기본 교과목으로 삼았다. 경성제국대학을 경성대학으로, 다시 서울대학교로 개편하고, 전문학교였던 곳들을 대학으로 승격하고 여러 대학을 신설해도 대학이 모자라고, 교수 부족은 더욱 심각했다. 문학사를 강의하고 저술까지 할 수 있는 능력을 갖춘 사람은 경성대제국대학 졸업생 극소수에 지나지 않아 분발해야 했다. 문학사를 쓸 시간도 준비도 없는 상태에서 서둘러 내놓아야 했다.

서둘러 쓴 문학사가 몇 가지 있다가, 趙潤濟, 『國文學史』[9])가 나와 결정적인 기여를 했다. 경성제국대학 제1회 졸업생이고, 경성대학에 이어 서울대학교에 국어국문학과를 만들고 한국문학사 강의를 담당한 주역의 업적이다. 『朝鮮詩歌史綱』[10](동광당서점, 1927)이라는 대저를 이미 내고, 민족사

---

8) 김외곤 엮음, 같은 책, 379쪽.
9) 趙潤濟, 『國文學史』, 동국문화사, 1949.
10) 趙潤濟, 『朝鮮詩歌史綱』, 동광당서점, 1927.

관이라는 관점을 갖추고 있어 충실한 내용을 갖춘 문학사를 5백 면에 이르는 분량으로 써내 한 해 전에 나온 몇몇 소책자를 압도했다. 『韓國文學史』11)(동국문화사, 1963)라는 증보판에서 내용을 보완하고 서술의 하한선을 낮추었다.

조윤제는 민족의 단합을 이룩하고 민족의 독립과 통일을 지향하는 학문을 해야 한다고 하면서, 이념 논란을 배제하고 자료 열거에 머무르는 실증주의도 문학 이해를 해친다고 비판했다. 문학은 생명의 구현이고 사상의 표현으로 이해해야 한다고 했다. 두 가지 대안을 합쳐 민족사관을 구성하고, 민족정신이 분열했다가 단합하고, 침체했다가 소생한 과정을 밝히는 작업을 문학사에서 가장 잘 할 수 있어 문학사가 곧 민족사라고 했다.

문학이 무엇이며 어떻게 연구해야 하는가 하는 의문을 힘써 풀었다. "하나하나의 文學事象은 片片이 떨어져 있는 한 개의 고립적 事象이 아니고 기실은 한 생명체의 부분이며, 거기는 전체의 생명이 부분적으로 잠재하고 있어, 밖으로 아무 관련성이 없어 보이는 듯한 모든 부분적인 문학적 事象도 그것을 세로 또 가로 한 데 편록하면 완전한 생명체를 구성할 수 있을 것이다"라고 하고, "그러므로 문학사는 실로 이러한 상호간의 관계를 밝혀서 그 모든 문학적 事象이 한 생명체임을 잊지 말고, 그 생명을 살려 나가지 않으면 안 될 것이다"라고 했다.12) 고립을 넘어선 상호관련, 부분을 넘어선 총체성을 발견하는 것이 문학사의 임무이고, 학문하는 방법이라고 했다.

문학에서 "전체의 생명"을 찾자고 한 주장은 유럽 生哲學의 문학관과 상통하고 영향관계가 있었다. 문학을 자료나 사실로 해체하는 실증주의의 말폐를 극복하고, 자연학문과 다른 인문학문의 방법을 정립하고자 하는 생철

---

11) 趙潤濟, 『韓國文學史』, 동국문화사, 1963.
12) 趙潤濟, 『國文學史』, 동국문화사, 1949, 2쪽.

학의 노력에 동참했다. 그러나 조윤제는 생명을 신비화하지 않고, 체계적이고 논리적인 인식을 존중했다. 막연한 의미의 생명이 아닌 민족의 삶을 역사적으로 해명하는 데 힘써 비합리주의를 넘어서고자 했다.

조윤제의 문학사는 이론적 지향에서뿐만 아니라, 문학사의 실상을 소상하게 밝히고 많은 사실을 포괄하고 있다는 점에서 또한 커다란 의의가 있는데, 그 두 가지가 긴밀하게 연결되었다고 하기는 어렵다. 태동시대·형성시대·위축시대·소생시대·육성시대·발전시대·반성시대·운동시대·복귀시대로 시대를 구분해 문학사는 생명체의 성장처럼 전개되어왔다고 했다. 이런 거시적인 관점이 각 시대 문학의 특성과 밀착되지는 않아 세부로 들어갈 때에는 부차적인 설명을 갖가지로 해야 했다.

한문학은 문학사의 방계 영역이라고 보고, 국문문학의 결핍을 보충하는 자료로 활용했다. 한문학이 발달하고 국문학이 밀려난 탓에 위축시대에 들어섰다가 한글 창제와 더불어 소생시대가 시작되었다고 했다. 한글 창제 이후에도 한문학이 풍부한 창조력을 다채롭게 보여 시대변화에 앞선 과정은 파악하려고 하지 않았다. 구비문학·한문학·국문문학의 대립적 총체가 민족문학이라고 하지 않고 국문문학만 일방적으로 선호해 민족정신 이해의 폭을 좁혔으며, 문학사 전개를 역동적으로 파악하기 어렵게 했다. 전체는 부분을 넘어선다고 하고, 부분의 대립적 총체가 전체라고 하지 않았다. 이런 생각은 원리에서 문제가 있고, 문학사의 다면적 복합성을 이해하기 어렵게 했다.

민족정신의 단합이 깨어지고 분열이 생기는 것은 일시적인 불행임을 문학사에서 입증하고자 했다. 민족의 단합을 구현한 국민문학 향가의 시대가 가고, 고려 長歌와 景幾體歌의 대립으로 분열의 위기에 이르렀다가 시조의 등장으로 단합의 국민문학이 재현되었다고 한 것이 문학사 서술의 근간을 이루는 내용이다. 이런 견해는 실상의 일면을 단순화한 결함이 있다고 하지 않을 수 없다. 같은 관점을 가지고 가사니 소설이니 하는 새로운 문학의 갈래가 생겨나는 이유는 설명할 수 없어, 생활이 점차 복잡해진 과정이 문학에도 나타났다고 했다. 그 뒤의 변화는 외래문학이 영향을 끼친 결과라고 했다.

가장 큰 난관은 신문학의 성립을 논하는 것이었다. 갑오경장 이후에 운동시대, 3·1운동 이후에 복귀시대가 시작되었다고 했는데, 신문학 운동을 거쳐서 "완전히 기생적인 외래문학"인 "한문학을 구축하고 본연의 형태"인 국문문학에 복귀했다고 보았기 때문이다. 이것은 언어만 고려하고 정신은 도외시한 견해이다. 서양 전래의 문예사조를 대폭 받아들이고 일제 식민지 통치를 받는 처지에서 민족정신으로의 복귀가 이루어졌다고 해서 민족사관의 의의를 스스로 지나치게 축소했다.

1963년의 개고본에서는 복귀시대를 유신시대로 다시 명명하고, 서술을 대폭 늘렸다. 그래서 민족사관의 일관된 주장이 무력해지고, 신문학은 서양에서 이식된 문학이라는 견해가 대폭 수용되었다. 민족의 독립과 통일을 위해 정신적 지침을 제공하겠다고 한 문학사가 당대 문학 이해에서 이식 문학론을 바로잡지 못해 무력하게 되었다. 외래 사조 이식으로 민족문학이 혼미해지지 않고 오랜 전통을 비판적으로 재창조하는 발전을 밝혀 논하는 작업은 감당하지 못해 후진에게 넘겼다.

조윤제는 한국문학사를 쓰는 모범답안을 보여주면서 미비점이나 파탄을 시정해야 하는 숙제를 남겼다. 그런데 다음 저자들은 모범답안을 자기 나름대로 다시 만들고자 하면서 숙제에는 관심이 없었다. 의욕을 줄여 말썽을 피하고 교재용으로 적합한 문학사를 적절한 수준으로 써내 논란거리는 남기지 않으려고 했다. 고전문학사에 머무르고 현대문학은 논외로 해서 둘을 연결시키는 난공사를 피했다. 그렇게 된 이유는 남북 분단이 고착화된 것과 깊은 관련이 있다. 이념 논쟁이 학문의 소관을 벗어나 극단화되고 이론 개척에 위험이 따르자, 주어진 틀을 받아들이고 사실 정리나 다시 하는데 힘쓰자는 소극적인 자세가 정착되었다.

조윤제의 문학사가 위세를 자랑해 반론을 제기하거나 대안을 제시하기 어렵다고 여기던 시기에 李秉岐·白鐵의『國文學全史』13)가 나와 조윤제가 보여준 것과 다른 길도 있다고 했다. 이병기는 국권을 상실하기 전에 漢城師範을 졸업하고 초등학교 교사를 하면서 시조를 쓰고 논하고 서지 연구와 작품 주해에도 힘쓴 학자이고, 조윤제와 함께 초창기 서울대학교 국문학 교수로 재직했다. 백철은 일본에서 영문학을 공부하고 돌아와 비평가로 크게 활동하고,『朝鮮新文學思潮史』,14)『朝鮮新文學思潮史 現代篇』15)을 내놓아 신문학사 정리에 힘썼다. 이 두 사람이 힘을 합치면 조윤제를 넘어서는 문학사를 이룩할 수 있다고 기대할 만했다.

책을 보면, <제1부 고전문학사>, <제2부 신문학사>로 구성되고, <부록 國漢文學史>가 첨부되어 있다. <고전문학사>와 <국한문학사>는 이병기가, <신문학사>는 백철이 맡았다. 이병기 담당분은 "원고의 정리·교정을 맡아 수고했다"고 한 鄭炳昱이 완성했다. 백철은 기존 저서를 요약했다. 한문학사·고전문학사·신문학사를 모두 갖추어 국문학전사를 만든 것은 평가할 수 있다.

그러나 너무나도 이질적인 저자 두 사람이 아무런 협의 없이 각기 집필해 통일성이 전연 없다. 이병기와 백철의 힘을 합치지 않았으며, 합칠 수 있는 논리가 없었다. 이병기가 자료에 대한 심미적인 이해를 하고, 백철은 문학사를 사조사로 정리하고자 한 노력이 연결되고 합쳐지면 높이 평가할 진전을 이룩할 수 있었을 것인데, 두 사람은 전혀 서로 관심이 없고 자기

---

13) 李秉岐·白鐵,『國文學全史』, 신구문화사, 1957.
14) 白鐵,『朝鮮新文學思潮史』, 수선사, 1948.
15) 白鐵,『朝鮮新文學思潮史 現代篇』, 백양당, 1949.

할 일만 했다. 출판사에서 두 사람에게 각기 부탁한 원고를 받아다가 공저라고 하기도 어려운 책을 냈다.

<서론>에서 <국문학의 개념>, <국문학사의 연구방법>, <국문학사의 시대구분>은 고전문학사와 신문학사에 모두 해당되는 것으로 편집되어 있으나, 실제로는 신문학사와는 무관하다. <고전문학의 사조적 변천>이라는 것이 있어 주목되는데 <고전문학사>의 마무리로 삼고, 한문학은 고찰의 대상에서 제외되어 있다. 문예사조의 이식 양상을 고찰해 집필한 <신문학사>까지 재론해 한국문학사의 전 영역을 사조사로 이해하는 관점을 갖추려고 하지 않았다.

<국문학의 개념>에서 "우리말과 우리 민족의 글자에 의한 표현이어야" 국문학이어서 한문학은 제외해야 한다고 했다.16) 한문학은 폐기해야 하지만 "국문학적 내용을 가진 자료"는 정리할 필요가 있어 <국한문학사>를 부록으로 수록한다고 했다.17) 한문학사·고전문학사·신문학사를 모두 갖춘 책을 마련하고서, 한문학사는 의의를 약화시키고 서두가 아닌 결말에 두는 이중의 차별을 해서 새로운 시도의 의의를 스스로 축소했다. <고전문학사>는 왕조 교체에 의한 시대구분을 하고, 역대의 시가는 자세하게, 소설은 소략하게 다룬 것이 특징이다. 그러면서 '劇歌'라고 일컬은 판소리에 대해서 깊은 관심을 가지고 申在孝를 크게 부각시켰다. 한문학사에서는 樂府를 자세하게 다룬 것도 평가할 만한 시도이다.

白鐵이 담당한 <제2부 신문학사>는 <제1부 고전문학사>와 아무런 관련이 없다. <제1편 근대적 문학>과 <제2편 현대적 문학>을 서구 문예사조 수입의 원천에 따라 나누었다. 서구 19세기까지의 문예사조 수입은 앞에서, 20세기 문예사조 수입은 뒤에서 고찰했다. 우리 신문학은 독자적인

---

16) 李秉岐·白鐵, 앞의 책, 3쪽.
17) 李秉岐·白鐵, 앞의 책, 6쪽.

역사가 없으며, 문예사조 수입에 관한 논의 외에는 다른 일거리가 없다고 여겼다. 고전문학사와 현대문학사를 합치고 연속성을 논의하고자 하는 조윤제의 노력을 무효로 돌리고, 두 문학사는 단절되었단 견해를 고착시켰다.

Ⅳ. 해결의 방안

조윤제는 1972년이라고 기억되는 해에 평생 후회되는 일이 있다고 내게 말했다. 광복 후 대학 국문과를 만들어 강의를 할 때, 현대문학 강의를 스스로 하지 않고 문인들에게 맡긴 것이 잘못이었다고 했다. 문인들은 현대문학을 잘 알아 충실한 강의를 하리라고 기대했는데, 체계와 방법이 없어 횡설수설해 강의를 망쳤다고 했다. 그 잘못을 다른 대학에서도 본받아, 현대문학이 고전문학에서 분리되고 학문으로 정착하지 못하는 폐해가 확대된 것을 크게 후회한다고 했다.

그런 잘못이 아직까지 심각하게 남아 있다. 學歷 別無의 문인들이 아닌 박사학위까지 받은 학자들이 현대문학 교수로 등장했어도 임화나 백철의 전례에서 벗어나지 못하고 있다. 현대문학을 고전문학과 분리시켜 학문이 아닌 비평의 대상으로 삼고, 유럽문학과의 관련에서 고찰한다. 서구문학에 관한 이해가 모자라 전공자들의 핀잔을 듣고, 국문과는 열등한 학과인 듯이 오해하도록 만든다.

오래 누적된 잘못을 시정하는 작업을 조동일의 『한국문학통사』[18]에서 맡아 나섰다. 이 책에서는 구비문학·한문학·국문문학을 대등하게 포괄하면서 상관관계를 고찰하고, 고전문학이 현대문학으로 이어지는 과정을

---

18) 조동일, 『한국문학통사』, 지식산업사, 1982-1988 제1판, 1989 제2판, 1994 제3판, 2005 제4판, 전 5권(별책부록 포함 전 6권).

해명했다. 고전문학사와 현대문학사를 아우르고 자세한 내용을 갖춘 책을 써서 수많은 논란을 해결했다.

문학사는 단일체인 것을 이상으로 한다는 견해를 버리고 다원체인 것이 당연하고, 이질적인 것들의 관련양상을 밝히는 작업이 문학사 서술의 근본을 이룬다고 했다. 제4판에 이르러 기본 관점이 生克論임을 서론에서 밝히고 다원체의 양상을 더욱 중요시해 고찰했다. 생극론은 다양한 현상의 복합적인 관계를 파악해 문학사를 다원체로 이해하는 데 다른 어떤 방법보다 유력하고 유리하다.

문학사와 사회사의 관계에 관한 오랜 논란을 인과의 선후와는 반대가 되는 인식의 선후에 따라 해결하고자 했다. 확실한 표면에서 불확실한 이면으로, 명백한 사실에서 숨은 내막으로 나아가는 방법을 제시했다. 언어 사용이 달라진 명백한 사실에서 출발해 문학갈래 개편을 이해하고, 문학갈래 개편의 주역을 찾아 문학담당층의 교체를 해명하고, 그 저변의 사회경제사적 변화에까지 가능한 대로 도달하는 인식의 선후에 따라 인과의 선후를 밝히는 난제를 하나씩 해결했다. 사회경제사 연구가 미흡해 문학사를 쓸 수 없다고 하지 않고, 문학사의 위상을 높이는 착상으로 시대구분을 하고, 문학사의 전개를 파헤치는 작업을 한 단계씩 진행하는 과정에서 사상사와의 관련도 함께 해명했다.

언어 사용이 가장 명백하게 드러나 있는 표층이어서, 구비문학만 있던 시대, 기록문학으로 나아가 한문학이 등장한 시대, 국문문학이 이루어진 시대, 한문학이 퇴출되고 국문문학이 국민문학으로 승격된 시대가 명백한 증거에 의해 쉽게 구분된다. 다음 층위인 문학갈래 개편에서 두드러지게 나타난 사실은 건국서사시 또는 건국신화, 서정시 한시와 향가, 가사, 소설의 등장이다. 이것은 문학담당층의 교체로 이루어진 변화이므로 양쪽을 연결시켜 시대구분을 구체화할 수 있다. 그 저변의 사회경제사의 변화에까지 이르는 것은 가능한 대로 하면 되고, 다 하지 않아도 문학사 서술의 임무는 수행한다. 언어 사용의 변화, 문학갈래의 개편, 문학담당층의 교체를 총괄하면, 말썽 많은 고대·중세·근대의 구분을 명확하게 해서 사회경제사에 지침을 제공할 수 있다.

고대의 지배자는 건국서사시를 만들어 자기중심주의라고 할 사고를 나타냈다. 중세의 귀족은 한문학을 받아들여 한시를 짓고 향가를 만들어 서정시를 통해 주관적 관념론을 구현하면서 보편주의의 이상을 추구했다. 다음 시대를 주도한 사대부는 이상과 현실을 함께 중요시하는 객관적 관념론을 갖추어 서정시 시조와 교술시 가사를 공존시켜 중세후기로의 전환이 일어났다. 시민이 등장해 사대부의 지배를 흔들면서 양자의 경쟁적 합작품인 소설을 발전시킨 것이 중세에서 근대로의 이행기의 변화이다. 시민이 주도하고 노동자가 비판세력으로 등장하는 근대에는 한문학과 함께 교술시 가사를 퇴장시키고, 서정시·소설·희곡으로 축소된 문학을 국문으로 창작하면서 민족주의를 새로운 지표로 삼았다.

본론의 권 구성이 『제1권 원시-중세전기문학(고려전기까지)』, 『제2권 중세후기문학(고려후기-조선전기)』, 『제3권 중세에서 근대로의 이행기문학 제1기 (조선후기)』, 『제4권 중세에서 근대로의 이행기문학 제2기(1860년-1918년)』, 『제5권 근대문학(1919년-1945년)』이다. 각 권의 내용을 이루고 있는 문학사 전개를 요약해서 제시하면 다음과 같다. 제1권 서장 <시대구분> 말미에서 한 말을 가져온다.19)

원시문학은 몇 만 년 전에 시작되었다. 자료 부족으로 자세하게 다루기 어려우나, 구석기시대에서 신석기시대로 넘어오면서 양상이 달라져 제1기와 제2기의 구분이 필요하다. 천지창조에 관한 신화와 서사시가 신석기시

---

19) 조동일, 『한국문학통사』 제1권, 지식산업사, 제4판 2005, 42-43쪽.

대에 출현했다고 생각된다.

고대문학은 기원전 천 년 경의 檀君神話에서 시작되어 기원후 몇 세기까지 지속되었다. 기원 전후에 나타난 후발국가의 건국신화는 시대적 위치에서 제2기에 해당한다고 할 수 있는데, 자료가 더 잘 남아 있다. 탐라국 건국신화와 건국서사시를 그 좋은 본보기로 들 수 있다. 고대문학과 중세문학 사이에 고대에서 중세로의 이행기문학이 있었다고 보아 마땅하다. 고대문학이 해체과정에 들어서고, 한문을 받아들였으나 아직 활발하게 사용되지는 않은 기간이 오래 계속되었다. 자료 부족으로 자세한 사정은 알기 어려우나 살피지 않을 수 없다.

중세전기문학이 시작된 명확한 증거는 414년에 세운 <廣開土大王陵碑>이다. 삼국시대에서 통일신라시대까지의 문학이 그 제1기이고, 고려전기의 문학이 그 제2기이다. 군사적 귀족의 통치를 보조하던 위치에 있던 문인이 지배세력으로 등장하는 변화가 중세전기가 지속되는 동안에 일어났다. 중세후기문학으로 들어서게 된 계기는 12세기말에 일어난 무신란이다. 그 뒤 13세기초에 이루어진 경기체가 <翰林別曲>이 시대가 바뀐 양상을 분명하게 보여주었다. 문학 혁신의 주역인 사대부가 비판적인 세력 노릇을 하던 고려후기에서 새로운 왕조를 건국한 조선전기로 넘어오면서 문학의 양상이 많이 달라져, 제1기와 제2기의 구분이 필요하다.

중세에서 근대로의 이행기문학은 임진왜란을 겪고 나타났다. 17세기초에 許筠이 국문소설 <홍길동전>을 창작한 것을 구체적인 기점으로 잡을 수 있다. 제1기에 해당하는 조선후기문학과는 다른 제2기의 문학이 1860년에 崔濟愚가 <龍潭遺詞>를 이룩하면서 시작되었다. 근대문학은 1919년의 3·1운동을 계기로 해서 이룩되었다. 일제강점기 동안의 제1기를 지나 1945년 이후에 제2기에 들어섰다. 근대문학 전체를 또는 그 제2기를 현대문학이라고 하는 것은 편의상의 명칭이다. 근대문학의 시기가 지속되면서 내부적인 변화가 나타나고 있을 따름이다.

얻은 성과가 만족스러운 것은 아니고 미비점이 허다하다. 문학담당층 교체의 근저에는 사회경제사 변화가 있다고 인정되지만, 연구가 미비해 연결공사를 제대로 하지 못했으므로 분발이 요망된다. 사상사와의 관련을 밝히는 작업도 더욱 힘써 해야 한다. 문학사가 아니고서는 할 수 없는 일을 충실하게 하고 문학사를 넘어서서 총체사를 이룩하는 과제를 제기하고 감당하려고 노력했다. 『철학사와 문학사, 둘인가 하나인가』[20]에서 문학사와 철학사를, 『소설의 사회사 비교론』[21]에서 문학사와 사회사를 통합하려고 했다.

여기까지 이른 모든 작업을 한국문학사에서 동아시아문학사로, 다시 세계문학사로 나아가면서 진행해왔다. 한국문학사 서술에서 얻은 이론적인 성과가 동아시아문학사를 마련하고 세계문학사를 다시 쓰는 지침이 될 수 있다고 『동아시아문학사비교론』[22]에서 『세계문학사의 전개』[23]에 이르기까지의 여러 저작에서 밝혀 논했다.

1. 중세에서 근대로의 이행기

한국에서 근대문학이 언제 시작되었는가 하는 문제를 두고 논란이 있었다. 1894년 甲午更張 이후에 문호를 개방하고 서양의 근대문학을 받아들여 한국에서도 근대문학이 이루어졌다는 것이 오랫동안 통설로 인정되었다. 이에 대해 반론을 제기하고, 근대화를 위한 내재적 노력이 있었음을 인정

---

20) 조동일, 『철학사와 문학사, 둘인가 하나인가』, 지식산업사, 2000.
21) 조동일, 『소설의 사회사 비교론』, 지식산업사, 2001.
22) 조동일, 『동아시아문학사비교론』, 서울대학교출판부, 1993.
23) 조동일, 『세계문학사의 전개』, 지식산업사, 2002.

해야 한다는 쪽에서는 18세기 英·正祖 시대에 근대문학이 시작되었다고 했다.

『한국문학통사』는 그 어느 쪽을 따르지 않고, 중세문학과 근대문학 사이에 중세에서 근대로의 이행기가 오랜 기간 동안 있었다고 하는 견해를 제시해 문제를 해결했다. 임진왜란 이후 17세기부터 3·1운동이 일어난 1919년까지가 중세에서 근대로의 이행기이고, 1860년 東學 창건을 경계로 이행기 제1기와 제2기가 나누어진다고 했다. 이렇게 보면, 중세까지의 문학을 다루는 고전문학사와 근대 이후의 문학에 관한 현대문학사가 단절되지 않고 연속되면서 변화를 겪은 것을 확인할 수 있다. 근대화를 위한 자생적인 노력과 외부의 충격을 유기적으로 관련시켜 고찰할 수 있다.

이에 대해 두 가지 반론이 제기되는 것을 흔히 볼 수 있다. 다른 나라 문학사에는 없는 중세에서 근대로의 이행기가 한국문학사에서는 있었다고 하면 보편적인 이론에서 멀어진다. 중세에서 근대로의 이행기라고 하는 시기가 너무 길다. 이 두 반론은 하나로 묶어 대답할 수 있다. 중세에서 근대로의 이행기가 오랜 기간 동안 지속된 것은 유럽, 동아시아, 다른 여러 곳에서 일제히 확인되는 세계사 전개의 공통인 과정이었다.

중세에서 근대로의 이행기가 대체로 보아 17세기부터 19세기까지인 것도 그리 다르지 않다. 그런데 동일한 시기를 상이하게 이해해 세계사의 공통된 전개가 무시되었다. 유럽은 앞섰다고 하려고 중세에서 근대로의 이행기에 들어설 때 근대가 되었다고 하고, 동아시아는 뒤떨어졌다고 하려고 중세에서 근대로의 이행기가 끝나고 근대가 되었다고 한다.

경제사에서 중세에서 근대로의 이행기는 상업자본주의의 시대이다. 상업자본주의는 그 뒤에 오는 산업자본주의처럼 지배적인 산업일 수 없었으며 자본주의화하지 않은 농업과 공존했다. 자본주의의 주역인 시민이 대두해서 상당한 활동을 했지만, 자본주의화하지 않은 농업의 지배자인 귀족의 우위를 부정하지 못했다. 사회사에서는 귀족 지배의 신분사회였던 중세가 시민 우위의 계급사회로 바뀌어 근대가 되는 중간과정이 중세에서 근대로의 이행기이다. 신분사회와 계급사회, 귀족의 지배와 시민의 우위가 복잡한 양상을 가지고 얽힌 시대이다.

문학사에서 중세에서 근대로의 이행기는 귀족이 주도하는 공동문어문학과 시민이 이끄는 민족어문학이 생극의 관계를 가지고 공존하면서 민족어문학의 비중과 영역이 차츰 확대된 것이 특징이다. 문학갈래에서는 서정·교술·희곡·서사가 공존이 지속되면서, 교술의 위세를 이용하면서 무너뜨리는 서사의 도전이 소설에서 나타났다. 이러한 변화가 동아시아와 유럽에서 같은 시기에 같으면서 다르게 나타난 양상에 대해 흥미로운 비교 고찰을 할 수 있다.[24]

동아시아 유교 사회와 유럽의 기독교 사회는 사람의 일생을 모범이 되게 정리해 말하는 교술산문을 갈래를 중세문학의 으뜸으로 삼았다. 한 쪽은 傳이고, 다른 쪽은 고백록(confession)이다. 이 둘의 권위와 수법을 이용하면서 뒤집어 소설이라는 서사문학의 이단자가 나타난 것이 중세에서 근대로의 이행기문학의 큰 사건이었다.

동아시아에서는 司馬遷이 본보기를 보여준 史書의 列傳에 올라 있는 사실이 사람의 행실에 대한 공식적인 평가여서, 선조의 명예와 불명예가 후손에게 상속되었다. 이것이 유교에서 내리는 최후의 심판이었다. 史官은 기록을 공정하게 해야 하고, 후세의 평가를 두려워해야 했다. 傳은 모두 공인된 규범을 따라야 했다. 제3자의 객관적 관점을 갖추지 않은 일생담은 용납되지 않았다. 자서전은 집필하지 말아야 했다.

서쪽의 유럽에서는 신앙의 고백록을 일생담 가운데 으뜸으로 여겼다. 아

---

24) 이에 관한 본격적인 논의는 조동일, 「소설사 전개의 이론」, 『세계·지방화시대의 한국학 7 일반이론 정립』, 계명대학교출판부, 2008에 있다.

우구스티누스(Augustinus)의 전례를 따라, 신을 향해 자기 죄를 고백해야 심판에 통과해 천국에 갈 수 있다고 여겼다. 신은 거짓말을 용서하지 않으므로 고백하는 사람은 정직해야 했다. 후대에는 고백하는 상대는 신이 아닐 수 있었지만, 내면의 진실을 그대로 나타내는 1인칭 서술의 전통은 그대로 이어졌다. 중요한 위치에 있는 사람은 자서전을 쓰는 것이 바람직하다고 했다.

동아시아의 소설은 가짜 傳으로 시작되었다. 사서의 열전에 오를 자격이 없는 대수롭지 않는 인물을 등장시켜 지어낸 이야기를 전이라고 하면서 가짜 전을 만들었다. 위장된 신분으로 불법 출생신고를 한 그런 문제아들이 기울어지고 있는 중세문명을 내부에 침투해 흔들기 시작했다. 유럽의 첫 소설, 건달소설(novela picaresca)이라고 하는 것들은 가짜 고백록이다. 스페인어로 '피카로'라고 하는 건달이 잘못을 고백하고 용서를 빈다는 구실을 내세워 도리어 갖가지 비행을 자랑한 내용이니 가짜라고 하지 않을 수 없다. 고백을 받는 상대는 사회명사로 바꾸어놓았다.

가짜 傳으로 시작한 소설의 모습을 許筠의 <蔣生傳>이 잘 보여주었다. 이 작품의 주인공은 부모가 누군지도 모르는 고아이다. 걸식을 일삼는 처지이고, 자기 이름도 모른다고 했다. 겉으로 보아 바보스럽기만 한데, 세상에 알려지지 않는 다른 일면에서는 도적의 두목 노릇을 하면서 왕궁의 담을 날아서 넘어 다니는 도술을 부리고, 훔친 물건을 왕궁인 경복궁 경회루 대들보 안에다 감추어 두었다. 따르는 무리에게 자기네 자취가 드러나지 않게 하라고 해서 커다란 변란을 저지를 것 같은 느낌을 주었다.

<홍길동전>도 함께 주목해야 할 작품이다. 이것은 고귀한 혈통을 지니고 비정상적으로 태어나, 탁월한 능력을 지녔으므로 거듭해서 닥친 위기를 극복하고 승리자가 되는 '영웅의 일생'을 당대의 현실 속에서 재창조한 소설이다. 나서서 투쟁하는 인물의 일대기를 민족어로 서술해 누구든지 읽기

쉽게 했다. 홍길동은 판서의 아들이지만 서자여서 집안에서 천대를 받고, 자객의 손에 죽게 되자 도술로 위기를 모면하고, 홀로 집을 나서서 자기 생애를 개척해야 했다. 도적의 무리를 만나 두목이 되고, 관군과 싸워 이겨 천대받은 원한을 풀고, 해외로 나가 다른 나라의 왕이 되었다.

유럽 건달소설의 첫 작품은 <토르메즈의 라자로의 생애, 그리고 그 행운과 모험>(La vida de Lazaeillo de Tormes y sus fortunas y adversidades)이다. 작자는 미상인데, 기독교도로 개종한 유대인 작가가 종교탄압을 고발하기 위해 익명으로 썼다는 견해가 있다. 나오자 종교재판에서 금서처분을 당해 수정판을 내야 했다. 길지 않은 분량이며, 서로 연관이 없는 일곱 장으로 되어 있다.

서두에서 "각하께서 저의 이야기를 자세하게 하라는 편지를 주셨으므로, 저는 각하께서 저에 관해서 샅샅이 아실 수 있도록 저의 이야기를 중간부터가 아니라 처음부터 시작하는 것이 좋으리라는 생각이 들었습니다"라고 말했다. 자기의 주인이 된 "각하"(vuestra merced)라는 사람에게 보내는 편지 형식으로 작품을 썼다. 중간에도 이따금 각하에게 하는 말을 적어 주의를 환기시키고, 대화가 이루어지도록 했다. 각하라고 하는 훌륭한 분에게 자기의 인생을 술회하고 이해와 동정을 구하고, 모든 잘못이 불가피한 일이었다고 변명하려고 했다.

동아시아와 유럽 양쪽의 소설은 둘 다 16세기말에서 17세기초까지의 기간 동안에 중세에서 근대로의 이행기가 시작된 사회의 산물이다. 전환의 양상이 동아시아에서는 한국에서, 서유럽에서는 스페인의 경우에 특히 선명하게 나타났다. 한국에서는 임진왜란을 겪고 생긴 빈곤과 무질서가 만연하고, 스페인은 번영을 누리다가 후퇴를 하는 실망의 시대를 맞이한 상황이 소설을 산출했다. 그러면서 한국에서는 농민항쟁의 위험이 고조되고, 스페인에서는 도시빈민의 문제가 특히 심각하게 나타나서 서로 달랐던 사정을 각기 傳과 고백록을 뒤집는 방식을 사용해서 표출했다.

동아시아의 傳은 인물에 대한 객관적인 평가를 하기 위해 반드시 제3자가 3인칭을 사용해 서술해야 하고, 유럽의 고백록은 자기 일을 스스로 알리는 글이므로 반드시 직접 쓰고 1인칭을 사용해야 했다. 傳에서는 중요한 사실만 간추려서 적으면 되지만, 고백록은 사소한 실수까지 모두 드러내서 자세하게 말해야 하는 차이점도 있다. 동아시아에서는 여러 인물의 상관관계를 3인칭 시점으로 다루는 장편소설을 일찍 확립했으면서 윤리 문제를 중요시한다. 서유럽의 소설은 일인칭 서술자가 자기의 내면 심리를 파헤치는 데 매몰되어 여럿이 함께 이룩하는 공동의 삶은 돌보기 어렵다.

'전-소설'이나 '고백록-소설'은 중세에서 근대로의 이행기소설이다. 근대소설에 이르러 그런 관습을 청산했다. 한국문학사에서 소설이 傳임을 표방하다가, 傳이 소설로 행세하고자 하는 시기를 지나, 傳과 소설이 결별하면서 근대소설이 시작되었다고 한 견해는 동아시아문학사에 널리 적용되고, 세계소설사 일반론을 이룩하는 데 활용될 수 있다. 傳과 결별한 근대소설은 사람의 생애를 순서대로 이야기하지 않고 서술적 역전을 사용할 수 있고, 묘사에 힘쓸 수도 있게 되었다.

2. 근대문학 비교론

신문학은 유럽문학의 이식이라고 하면, 원천을 제공하는 유럽문학이 으뜸이다. 유럽문학을 직접 받아들이는 곳들의 문학이 그 다음이고, 일본도 그 가운데 하나이다. 조선을 제외한 다른 모든 식민지는 서구의 통치를 받으면서 유럽문학을 받아들이니 조선보다 앞섰다. 일본의 식민지 통치를 받고 있는 조선은 유럽문학을 일본을 통해 받아들이니 지구상에서 가장 뒤떨어졌다. 이렇게 생각하면 민족허무주의에서 벗어날 길이 없다.

그러나 근대문학은 유럽의 독점물이 아니다. 근대문학을 이룩하는 작업을 유럽이 아닌 여러 곳에서 각기 그 나름대로의 특색을 가지고 했다. 세계문학사에 관한 여러 논저에서 밝혀 논한 성과를 정리해 다음과 같이 말했다.[25]

(1) 유럽문명권의 중심부가 된 서유럽에서는, 사회의 근대화가 선행했다. 영국과 독일 사이의 프랑스를 기준으로 삼아 말한다면 19세기 중엽 1848년에 시민혁명을 겪고, 산업혁명이 본격화된 시기에 근대사회로 들어서고 근대문학이 이루어졌다.

(2) 유럽의 주변부에서는 사회의 근대화가 지연되고 있을 때 문학에서 근대화를 먼저 일으키면서 각성과 변혁을 촉구했다. 북구·동구·남구의 여러 나라가 이에 해당한다. 그 좋은 본보기라고 할 수 있는 동구의 러시아는 19세기말에 근대문학이 일어났으면서 1917년 이후에 근대사회에 들어섰다.

(3) 유럽인이 다른 대륙으로 이주해서 세우거나 지배한 나라에서는 유럽문학의 분신인 근대문학을 유럽보다 뒤떨어지지 않은 시기에 이룩하다가 19세기말 이후에는 독자적인 노선을 찾았으며, 20세기에는 원주민이나 피지배이주민의 문학이 일어나 상황이 복잡해졌다. 미국, 캐나다, 오스트랄리어, 뉴질랜드, 남아프리카, 라틴아메리카 등지가 그런 곳이다. 피지배이주민이란 흑인노예의 후손을 말한다. 백인이주민의 문학에 대해 반론을 일으키는 데 다른 곳에서는 원주민문학이, 미국에서는 흑인문학이 앞장선다.

(4) 유럽문명권의 간섭과 자극을 받고 주권은 상실하지 않은 채 근대화의 길에 들어선 터키, 페르시아, 일본, 타이, 에디오피아 등의 후발주자는 사회의 근대화를 추진하면서 문학의 근대화도 이룩하고자 했다. 19세기말

---

25) 조동일, 『한국문학통사』 제5권, 지식산업사, 제4판, 2005 서두에서 한 말을 수정해 제시한다.

부터 유럽의 전례에 따라 근대화를 추진하면서 근대문학도 받아들여 자기 것으로 만들었으며, 그 성과가 20세기초에 나타나기 시작했다.

(5) 주권을 잃고 반식민지 또는 식민지가 된 곳에서는 문학의 근대화를 먼저 추진했다. 중세에서 근대로의 이행기의 성장을 이룩하고 있다가 유럽문명권의 침략을 받은 이집트, 중국, 인도, 한국, 월남, 인도네시아 등지에서는 근대 의식 각성이 바로 일어나 1919년 전후의 20세기초에 민족해방 투쟁 노선의 근대문학을 이룩하고, 사회의 근대화는 혁명이나 독립을 이룩한 20세기 중반 이후로 미루어야 했다.

(6) 중세에서 근대로의 이행기의 성장을 이룩하지 못하고 있을 때 식민지가 된 곳의 대표적인 예인 아프리카에서도 문학의 근대화를 먼저 추진하고 그 시기가 더 늦었다. 민족해방 투쟁 노선의 근대문학을 20세기 후반을 일으켜 높이 평가되지만, 사회의 근대화에는 차질이 있다. 민족어를 사용하기 어려워 식민지 통치자의 언어로 창작을 해야 하는 미비한 조건이 유리하게 작용해 세계문학의 새로운 발전을 선도한다.

(5)에 속하는 나라가 일반적으로 그렇듯이, 우리는 근대로의 전환을 철저하게 겪지 못했다. 자본주의 사회를 스스로 이룩하고자 하는 노력이 식민지가 된 탓에 중단되고 왜곡되어 시민의 성장이 순조롭게 이루어지지 못했다. 그러나 귀족에 속하던 지식인이나 각성된 민중의 선두에 선 사람들이 시민의 과업을 함께 수행하면서 해방투쟁을 위한 민족주의 의식 정립의 근대화를 사회변화보다 앞서서 이룩했다.

중세에서 근대로의 이행기까지 동아시아는 한 문명권이고, 많은 동질성과 상호 관련을 가진 문학을 이룩해왔다. 그런데 근대로 들어설 때 서로 다른 길을 가게 되었다. (4)에 들어선 일본은 脫亞入歐를 표방하더니 (1)을 본떠서 제국주의 침략을 일삼고 식민지 통치를 하는 대열에 가담했다. (5)에 함께 소속된 동아시아 나라들의 구체적인 처지는 서로 달랐다.

중국은 반식민지 상태에서 내전을 겪으면서 문학창작에서도 노선 투쟁을 심각하게 벌였다. 월남은 한국처럼 식민지가 되었으나 통치자가 프랑스였다. 한국은 멀리 있는 유럽문명권의 어느 나라가 아닌 동아시아문명권의 이웃 나라 일본의 식민지가 되었다.

우리는 그 때문에 식민지 통치를 함께 겪은 아시아와 아프리카의 다른 어느 민족보다 더욱 불행하게 되었다. 첫째, 서양의 근대문학을 일본을 통해 간접적으로 받아들여야 하는 탓에 이해가 깊을 수 없었다. 둘째, 일본은 식민지 통치를 합리화하는 정신적 우위를 확보하지 못하고 파시즘으로 기울어지는 무단통치를 강행해, 언론과 사상의 자유를 전면 부인하는 폭압을 일삼았다.

첫째 조건이 표면상으로는 회복하기 어려운 불행이었다. 비평적인 논의를 보면 근대문학의 간접적 이식 때문에 생긴 차질이 심각했다. 그러나 실제 창작에서는 작가들이 스스로 의식하지 못하기도 하면서, 민족문학의 전통을 계승하고 근대문학의 자생적인 원천을 활용하는 방법으로 문제를 해결해 제3세계에 널리 모범이 된다고 할 수 있는 민족문학을 이룩했다.

둘째 조건 또한 불행이어서, (5)나 (6)에 속하는 다른 여러 민족만큼 과감하게 해방투쟁의 문학을 전개할 수 없었다. 식민지 통치자가 된 일본은 물론, 반식민지 상태에 머문 중국과도 다른 방식으로 문학을 해야 했다. 그런 이중의 특수성이 문학을 위축시키지 않고, 근대문학의 보편적 가치를 더욱 발현하게 하는 자극제가 되었다.

일본에서는 침략에 동조하는 것을 원하지 않으며 무산계급문학을 하다가 탄압을 받고 내심에서까지 전향한 작가들이, 감각을 추구하는 문학을 서양에서처럼 하고자 했다. 중국문학은 무산계급 문학운동의 정치노선을 둘러싼 논란을 심각하게 벌이면서 비평문을 쓰는 작가들이 주도했다. 우리는 일본에서보다 더욱 혹심하게 억압된 계급문학 노선을 안으로 간직해 민족문학과 깊이 연결시켰다. 투쟁의 구호는 거두고 창작에 힘써, 내실을 소중하게 여기면서 암시, 상징, 풍자 등의 방법으로 식민지통치를 비판하고 민족해방의 의지를 다지는 문학을 했다. 스스로 표방하지 않으면서 민족을 이끄는 사명을 맡아 깊은 신뢰를 얻어냈다. 시의 양상을 보면 표면의 혼란이 내면의 깊은 층위까지 이르지 않는다. 한 편에서는 시조를 부흥하자고 하고, 다른 쪽에서는 일본의 전례에 따라 자유시를 써야 한다고 할 때, 그 어느 쪽에도 기울어지지 않은 시인들이 있어 전통적 율격을 변형시켜 계승하면서 일제에 항거하는 민족의 의지를 고도의 시적 표현을 갖추어 나타냈다. 그 선두에 선 李相和・韓龍雲・金素月이 남긴 뛰어난 작품이 널리 애송되면서 민족문학의 자랑스러운 유산으로 평가되는 것은 일본이나 중국에서는 볼 수 없는 일이다.

일제 통치기 말기에 옥사한 李陸史와 尹東柱는 정치적인 시인이 되고자 하지 않았다. 민족주의 이념의 시를 써서 민족의 시인이 된 것도 아니다. 고결한 마음씨를 가지고 시대의 어둠에 휩쓸리지 않고 부끄러움 없이 진실하게 살고자 하는 염원을 소박한 서정시로 나타냈을 따름인데, 일제가 체포하고 감금해 죽게 해서 민족해방투쟁을 위해 순교한 지사의 반열에 올려놓았다. 문학은 정치노선이니 민족의식이니 하는 명분보다 월등하게 높은 위치에 있다는 것을 입증하게 만들었다.

근대소설을 확립한 廉想涉은『三代』(1931)에서 시대 변화와 함께 나타난 사고방식의 차이와 노선 투쟁의 심각한 양상을 어느 한 쪽에 서지 않으려고 하면서 다면적으로 그렸다. 姜敬愛는『人間問題』(1934)에서 지주의 수탈에 견디다 못하던 소작인이 도시로 나가 공장노동자가 되어 공장주를 상대로 더욱 거센 투쟁을 벌이지 않을 수 없게 되었다고 했다. 식민지 하에서 전개된 무산계급 투쟁의 전형적인 과정을, 연약한 여성을 주인공으로 하고 섬세한 감수성을 보여주는 문체로 그려나갔다. 蔡萬植은『濁流』(1937)

에서 마음씨가 선량한 탓에 험악한 현실에 바로 대처하지 못하는 가련한 여인의 운명을 그리면서 의식이 깨어날 것을 암시하는 작업을, 판소리를 계승하면서 전개했다.

식민지통치에서 해방된 뒤에는 남북이 분단되고, 양쪽의 작가들이 서로 교류하지 못한 채 서로 다른 문학을 했다. 남쪽에서는 유럽문명권 문학의 새로운 사조를 받아들여야 한다는 비평가들이 커다란 영향력을 행사하고, 북쪽에서는 사회주의적 사실주의를 창작의 지침으로 삼았다. 그러면서도 민족사의 전개를 서사시나 역사소설에다 담아 기념비적 작품을 이룩하고자 한 것은 서로 같다.

3. 문학사의 심층

외래문학을 수입해서 이식하면 독자적인 전통은 타격을 받고 위축되는가? 이에 관한 논의를 실제 사례를 들어 구체화하기로 한다. 이 경우에도 비교고찰이 반드시 필요하다.

중세가 시작될 때 중국에서 한문을 받아들여 문자생활을 시작하고 한시를 지었다. 이것은 거대한 규모의 문학 수입이고 이식이었다. 그 때문에 한국을 포함한 동아시아 각국은 구두로 창작하고 전승하던 노래는 자취를 감추었는가? 아니다. 한시의 자극을 받고 민족어의 노래가 시가 되게 하는 율격을 정비했다. 한시에서 볼 수 있는 바와 같이 정비된 율격을 만들고자 하면서, 언어 조건에 따라 각기 다른 방법을 찾았다. 그 양상을 비교해 고찰해보자.[26]

---

26) 여기서 전개하는 논의는 2003년 10월에 프랑스에 초청되어 파리에서 발표한 불어 논문 "Caractéristiques de la littérature coréenne moderne"(<한국근대문학의 특질>)에서 편 것이다. 조동일, 「한국학의 세계화, 시도와 성과」, 『세계・지방화시대의 한국학 1 길을 찾으면서』, 계명대교교출판부, 2005에 논문 원문과 필요한 설명이 있다.

월남어는 중국어처럼 고립어이고 성조어여서, 한시의 5언시나 7언시를 자기네 말로 재현할 수 있었다. 平仄까지 갖추었다. 그런 시형으로 쓴 시를 國音詩라고 했다. 5음절 또는 7음절의 규칙이 민요의 율격에 맞지 않아 6음과 8음의 교체형 같은 변형이 생긴 것은 후대의 일이다.

한국과 일본은 고립어인 중국어와 다른 교착어이다. 두세 음절의 명사에 토가 붙고, 동사와 형용사가 활용을 한다. 한시 한 줄과 민족어시의 한 줄을 비교하기 위해, 나타내는 내용의 총량을 뜻하는 '정보량', 나타내는 말에 사용된 음절의 총량을 뜻하는 '음절수'라는 용어를 사용할 필요가 있다. 한국이나 일본에서는 한시 한 줄이 민족어시 한 줄과 정보량이 같거나 아니면 음절수가 같아야 했다. 그 둘을 겸할 수는 없었다.

한국은 앞의 것, 일본은 뒤의 것을 선택했다. 한시와 한국시는 정보량이, 한시와 일본어시는 음절수가 대등하다. 선택 가능한 것을 각기 하나씩 나누었다. 선택 가능한 둘 가운데 왜 양쪽이 같은 것을 선택하지 않고 하나씩 나누었는가? 왜 한국은 정보량을, 일본은 음절수를 택하고, 그 반대가 되지는 않았는가? 이런 의문을 해결하려면 자료 자체에 대한 면밀한 비교 분석에다 그 주변의 사정에 관한 광범위한 고찰을 보태야 한다. 국문문학의 창조자인 지배층과 구비문학 전승의 주역인 피지배층의 동질성 여부가 특히 긴요하다.

한국에서는 민요의 율격을 받아들여 정비해 사용했다. 세 토막 또는 네 토막이 되풀이되고 토막을 이루는 음절수가 가변적인 민요의 율격을 그대로 쓰면서 다소 변형했다. 줄 수를 고정시키고, 마지막 줄 서두의 두 토막의 음절수를 특별하게 하는 정도의 규칙을 추가했다. 다섯 줄 향가 향가에서 보이던 그런 규칙이 세 줄인 시조로 이어졌다.

일본에서는 그렇게 하지 않고 음절수가 57577인 和歌의 율격을 만들어 한시와 민족어시의 음절수가 같게 했다. 5언시나 7언시를 그대로 두지 않

고 둘을 섞은 것은 독자적인 변형이다. 한시의 平仄을 언어 사정 때문에
재현하지는 못하므로 5555나 7777이라고 하면 너무 단조로워, 양쪽을 균형
이 깨어지는 방식으로 결합해 57577을 만들었다고 생각된다.

이런 견해는 일본 학계의 통설과 어긋난다. 일본 학계에서는 민요의 율
격을 歌謠에서 받아들여 정비하고, 歌謠의 율격을 다시 가다듬어 和歌가
이루어졌다고 한다. 그러나 민요는 물론 가요에서도 57577은 찾기 어렵다.
일본민요는 한국민요처럼 음절수가 가변적인 토막들로 이루어져 있다. 동
일한 한시를 한국과 일본에서 각기 번역한 것을 보면 율격이 거의 같다.
그것 또한 음절수가 가변적인 토막을 지닌 율격이다. 음절수가 가변적인
토막 율격과 음절수가 고정불변인 율격은 원리상 아주 다르다.

일본의 민요가 가요로, 가요가 다시 和歌로 바뀌면서 율격의 원리가 달
라졌다는 것은 설득력이 없다. 자연스러운 변화가 진행되다가 질적 비약이
나타났다고 하는 것은 무리이다. 그렇게 되도록 만든 내부의 사정은 찾아
낼 수 없다. 민요나 가요와는 이질적인 율격 57577은 한시의 음절수를 재
조정해 재현한 인위적인 창조물이라고 보아야 비약이 이루어진 이유를 이
해할 수 있다.

언어 조건이 같고 민요의 율격이 유사한데 한국시와 일본시는 왜 이처
럼 서로 다른 길을 택했는가? 지금 제시할 수 있는 최상의 해답은 민족어
시의 율격을 가다듬은 상층 지식인이 기층민중과 가깝고 먼 차이 때문이
라고 할 수 있다. 한국의 상층 지식인은 기층민중과 가까운 관계를 가져
민요를 이용해 고급의 시형을 만들었다. 일본에서는 기층민중과 상당한 거
리가 있는 귀족 시인들이 정교하게 다듬은 인위적인 창조물로 고급의 시
형을 만들었다.

한국의 시형은 변화를 줄곧 겪어, 향가, 경기체가, 시조, 가사 등이 출현
했다. 민요의 여러 시형 가운데 기득권을 가지지 않은 다른 것이 새롭게

치밀어 올라 그렇게 되었다. 그러나 민요와는 별개의 것이고 연결되는 통로가 없는 和歌에서는 그런 변화가 일어나지 않았다. 57577을 줄곧 유지하다가, 575라는 축소형 俳句가 나타났을 따름이다.

내발과 외인의 관계를 어느 한 쪽에 치우치지 않고 종합적으로 유기적으로 연구하는 관점이 필요하다. 그런 사례의 좋은 본보기가 여기서 다루는 율격 문제이다. 산스크리트시, 아랍어시, 라틴어시가 이들 언어를 공동문어로 하면서 민족어시를 일으킨 여러 민족에게 어떻게 받아들여지고 재창조되었는가 하는 연구가 이미 상당히 진행되어 있다. 그 결과를 여기서 하는 작업과 비교해서 고찰해야 한다.

그 뒤 천여 년이 지나 두 번째 커다란 변화가 일어났다. 유럽 근대시 특히 프랑스 상징주의 시가 들어온 것도 큰 사건이다. 그 충격을 동아시아 각국에서 근대시를 만들어내는 데 필요한 자극으로 삼았다. 문학의 중세화나 근대화가 외부의 영향 때문에 생겼다고 하는 것은 아니다. 자체의 요구로 내부에서 일어나는 변화가 외부에서 닥친 요인 때문에 촉진되고 구체화되었다.

한시의 충격에 대응한 양상이 서로 달랐듯이, 프랑스 상징주의 시 또한 각기 스스로 선택하는 변화가 서로 다르게 구체화되도록 하는 계기를 만들었다. 월남·한국·일본이 한시에 대응한 방식이 상징주의 시가 들어올 때 재현되어 민족문학의 전통이 무엇이며 얼마나 완강한지 입증해준다. 이것은 문학의 지속과 변화, 독자적인 변화와 외부의 작용을 함께 파악할 수 있게 하는 최상의 사례라고 할 수 있다.

프랑스 상징주의 시인들은 자기 나라의 문제아였다. 남들이 알아주지 않고 삶의 보람을 찾기 어려워 저주받을 시인들이라고 자처한 일군의 불만분자들이 사회에 대한 반감을 시로 나타냈다. 독자와 단절되어 고독과 소외를 깊이 느끼면서 지금까지의 시에서는 찾을 수 없던 절대적인 아름다움을 추구했다.

시인들이 전혀 바라지 않았지만, 그런 반역의 언사가 밖으로 수출되어 나라를 빛내면서 식민지 통치를 돕는 역설적인 사태가 벌어졌다. 프랑스와 함께 유럽의 이웃의 다른 나라들이 세계를 제패하고 식민지 통치를 할 때, 유럽 근대문명의 우월성을 입증하는 구실을 낭만주의 음악, 인상주의 미술과 함께 상징주의 시가 적극 수행했다. 유럽에서 이룩한 뛰어난 업적을 보고 감복해 진심으로 존경하면서 유럽의 통치를 받아들이도록 하는 구실을 했다. 자기 고장의 이단자들이 스스로 원하지 않았지만 문화제국주의의 첨병이 되었다.

프랑스 상징주의 시를 보고 세계 도처에서 충격을 받고 대응 방식을 강구했다. 아랍 세계에서는 수백 년 전 아랍시의 전성시대에 이룩한 형식과 표현의 아름다움을 힘써 이어받고자 하는 신고전주의가 나타났다. 동아시아 시인들의 대응방식은 한 말로 설명하기 어렵고, 나라에 따라 상당한 차이가 있어 각기 고찰할 필요가 있다.

프랑스의 식민지 통치를 받던 월남 사람들은 프랑스어 교육이 강요된 탓에 번역을 통하지 않고 원시를 읽으면서 율격의 아름다움을 커다란 도전으로 받아들었다. 거기 맞서는 방법이 월남의 정형시를 재정비하고 새로운 형식을 추가하는 것이었다. 한시의 자극을 받고 자기네 정형시를 만든 다음 그 성과에 불만을 가지고 독자적인 정형시를 재정립한 전통이 그런 역량을 제공했다.

정보량과 음절수가 대등한 시를 만들어 한시와의 경쟁에서 이겼다고 여긴 전례가 새로운 싸움을 위한 발판이 되었다. 천여 년이 지난 뒤에 그 지혜를 다시 발휘했다. 정형시를 정비하고 추가해 율격의 아름다움에서는 월남이 프랑스보다 뒤지지 않고 오히려 앞선다고 자부하고자 했다. 프랑스의 우월성을 부정해 통치를 거부하는 이유의 일단을 시의 율격에서 제시하고

자 했다.

일본에서는 상징주의 시를 보고 그것과 정보량이 대등한 시를 만들어야 한다고 판단했다. 정보량은 버리고 한시와 음절수가 대등한 시를 만든 전례를 되풀이해서는 근대시가 될 수 없어 이번에는 선택의 방향을 바꾸어야 했다. 일본시가 57577을 고수하면 상징주의 시와 정보량이 대등할 수 없었다. 한시와 대등한 음절수를 택하고 정보량의 균형은 포기한 전례를 되풀이할 수 없었다.

57577을 그대로 사용할 수 없다고 판단해 변형을 시도했으나 인정할 만한 성과를 얻지 못했다. 너무 엄격한 규칙이어서 변형의 여지가 없었다. 57577에서 벗어나려면 율격의 규칙이 없는 시를 써야 했다. 그런 것을 자유시라고 하는 명칭과 약간의 선례가 프랑스 상징주의 시 주변부나 서양 다른 나라 시에 더러 있어 반색을 했다. 그러나 상징주의 시의 본류는 전혀 그렇지 않았다. 보들레르·말라르메·발레리의 시는 정형시이다. 일본의 형편상 자유시를 새로운 시형으로 삼아야 한다고 하는 것이 합당한 설명이었을 것이다.

그런데 말을 바꾸어 "근대시는 자유시이다"라고 했다. 근대시를 프랑스 상징주의 시를 본보기로 한다는 전제를 취소하지 않았으니, 이 명제는 사실과 부합되지 않아 허위이다. "일본근대시는 자유시이다"라고 하면 알아주지 않고 믿고 따르지 않으므로 자유시를 수입해야 근대시를 이룩할 수 있다는 강령을 내세워 혹세무민했다. 말이 좀 험하지만 아주 정확하다. 상징주의 시와 번역을 통해 만날 수밖에 없는 대다수 시인이나 일반인은 진상을 알지 못해 그냥 속기만 했다.

중국의 경우에도 5언시나 7언시의 전통적인 시형을 융통성 있게 변형시킬 수 없었다. 민요와 시의 관계는 이미 오래 전에 소원해지고, 민요의 율격을 받아들여 새로운 시형을 만든 전례도 없었다. 근대시를 자유시로 마련하는 것 외에 다른 방법이 없어 일본과 같은 길을 갔으나, 근대시는 자유시여야 한다고 적극적으로 주장한 것은 아니다.

월남과 일본이 정반대의 길을 택한 것을 주목하자. 프랑스 상징주의 시가 월남에서는 대항해야 할 상대인데, 일본에서는 진로를 열어주는 스승으로 받들었다. 월남에서는 원문으로 읽어 정체를 파악해 자기네가 앞서려고 하고, 일본은 번역을 보고 그림자라도 뒤좇으려고 했다.

자유시로 쓴 일본의 상징주의 시는 프랑스 상징주의 시의 번역과 흡사해 원래의 것을 재현했다고 할 수 있다. 그렇지만 프랑스 상징주의 시의 가장 긴요한 요건의 하나인 율격의 아름다움은 갖추지 못했다. 형식과 내용, 율격과 주제의 일치를 버린 유사품이고 가짜이다. "근대시는 자유시이다"는 거짓된 명제는 한국에서도 널리 통용된다. 거짓인 줄 모르고 따르는 시인, 비평가, 학자 등이 아직도 많아, 일본의 실패 사례를 수입하고 예찬한다. 그것은 일본의 식민지 통치를 받은 상처가 깊이 남아 있는 대표적인 사례라고 할 수 있는데, 무지의 소치로 반성론이 일어나지 않고 있다.

그러나 일본 방식으로 자유시를 쓴 것이 전부는 아니다. 자유시를 따른 듯이 보이는 시 가운데 민요에서 가져온 전통적 율격을 변형시킨 것이 적지 않다. 민요의 율격은 세 토막이거나 네 토막인 것이 기본이다. 이 둘을 이어받으면서 갖가지 변형을 했다. 세 토막을 金素月은 잘라 줄을 나누고, 韓龍雲은 몇 개 이어 긴 줄을 만들었으며, 金永郎은 두 가지 방법을 함께 사용했다. 李相和는 네 토막을 이루는 토막의 길이를 줄에 따라 줄이기도 하고 늘이기도 했다. 李陸史는 두·세·네 토막을 연결시켰다.

김소월의 시는 민요시이면서 자유시인 것이 있다고 김억이 말했다. 전통적 율격을 변형시켜 간직한 자유시를 지었다고 고쳐 말할 수 있다. <山有花>를 한 예로 들어보자. 세 토막 두 줄 형식을 사용하면서, 세 토막을 두 토막과 한 토막, 또는 한 토막씩 분단시키는 변형을 했다. 토막을 보여주는 띄어쓰기를 하고, 세 토막이 끝나는 곳에 / 표시를 한다.

> 산에는 꽃피네
> 꽃이피네 /
> 갈봄 여름없이
> 꽃이피네/
>
> 산에
> 산에
> 피는꽃은/
> 저만치 혼자서 피어있네/
>
> 산에서 우는 작은새요/
> 꽃이좋아
> 산에서
> 사노라네/
>
> 산에는 꽃지네
> 꽃이지네/
> 갈봄 여름없이
> 꽃이 지네/

 토막 수를 정리하면, 제1연 2・1/ 2・1, 제2연 1・1・1/ 3, 제3연 3/ 1・1・1, 제4연 2・1/ 2・1이다. 제1연을 제4연에서 되풀이하고, 제2연은 뒤집어놓은 것이 제3연이다. 반복과 변화가 최대한의 질서를 가지고 있어 아주 잘 다듬어진 정형시라고 할 수 있다. 그러나 같은 짜임새를 가진 작품이 둘이 없어, 단 한 번만 창조한 자유시이다.

 그렇게 한 이유는 작품이 말해준다. 산에서 꽃이 피고 지는 것은 반복이면서 변화이고, 변화이면서 반복이다. 제1연에서 꽃이 핀다고 하는 생성과

제4연에서 꽃이 진다고 하는 소멸은 동일현상의 측면이어서 같은 방식으로 나타냈다. 제2연에서 꽃이 혼자서 피어 있다는 고독이 제3연에서 작은 새가 꽃이 좋아서 산에서 산다는 동반과 포개지게 했다.

한용운의 <服從>에서도 세 토막 형식을 변형시켜 이용했다. 그런데 변형의 원리가 이번에는 분단이 아니고 중첩이다. 한 토막을 이루는 글자수도 적기도 하고 많기도 한 진폭이 크다. 위의 작품과 같은 방식을 써서 제시해보자.

남들은 자유를 사랑한다지마는/ 나는 복종을 좋아하여요
자유를 모르는것은 아니지만/ 당신에게는 복종만 하고싶어요.
복종하고 싶은데 복종하는것은/ 아름다운 자유보다도 달금합니다./ 그것이 나의 행복입니다.

그러나 당신이 나더러/ 다른 사람을 복종하라면/ 그것만은 복종할수가 없습니다.
다른 사람을 복종하라면/ 당신에게 복종할수가없는 까닭입니다.

세 토막 한 줄이 둘 중첩된 곳도 있고 셋 중첩된 곳도 있다. 숫자로 표시하면, 제1연에서는 2·2·3이고, 제2연에서는 3·2이다. 제1연의 처음 두 줄과 제2연의 마지막 줄이, 제1연의 마지막 줄과 제2의 첫 줄은 같다. 되풀이되기도 하고 포개지기도 한다.

세 토막 형식을 함께 택하고, 김소월이 분단을, 한용운은 중첩을 변형의 원리로 삼았다. 뿌리가 같고 지향점은 달랐다. 네 토막 형식을 갖추어 규범화되어 있는 의식형태를 거부하고 새로운 탐구를 하는 방법을 주류에서 밀려나 있던 세 토막에서 찾으면서, 김소월은 순간의 발견을, 한용운은 끈기 있는 추구를 소중하게 여겼다. 산에서 깨닫는 것보다 님과의 관계를 두고 하는 생각에는 나타내야 할 사연이 훨씬 더 많아 길게 휘어잡아야 했다. "자유"와 "복종"이라는 두 말로 님과의 헤어짐과 만남의 의미를 집약하면서, "자유"에서 시작해 "복종"으로 끝나는 전환 과정을 두 말이 나타나는 순서와 위치가 달라지게 하면서 보여주었다. 김영랑 또한 세 토막 형식을 택해, 분단과 중첩을 함께 하고, 그 둘을 복합시키기도 했다. 김소월이나 한용운과 같은 데서 출발해 더 많은 것을 이루려고 했다. 『시문학』창간호에 <동백 잎에 빛나는 마음>이라는 제목으로 발표하고 『영랑시집』에 수록할 때에는 제목 없이 1번이라는 번호만 붙인 작품이 바로 그런 예이다. 변형을 더 많이 한 뒤의 것을 들고, 원문에서 율격 단위의 띄어쓰기를 한 것을 살리면서, 세 토막이 끝난 곳을 표시한다.

> 내마음의 어딘듯 한편에/ 끝없는
>   강물이 흐르네./
> 도처오르는 아침 날빛이/ 빤질한
>   은결을 돋우네./
> 가슴엔듯 눈엔듯 또핏줄엔듯/
>   마음이 도른도른 숨어있는곳/
> 내마음 어딘듯 한편에/ 끝없는
>   강물이 흐르네./

무언가 분명하지 않은 느낌이 계속될 때에는 3·3 토막을 자르고 보태 4·2 토막인 것처럼 보이게 하다가, 감흥이 고조되어 같은 말을 되풀이하는 노래가 나올 때에는 3·3 토막 본래의 모습으로 되돌아갔다. 그래서 무엇을 말했는가? 개념화하고 설명할 수 없는 마음의 움직임을 운율과 어감에다 실어 흐름과 매듭을 선명하게 보여주고자 했다. 김억이 한 시도를 드러내 말하지 않으면서 더욱 진행시켜, 프랑스 상징주의가 시를 음악으로 만들었다고 자랑하는 것 이상의 오묘한 경지에 이르렀다.

세 토막 형식이 계속 존중되고 다양하게 활용되었다고 해서 네 토막 형식은 잊어진 것이 아니다. 그 가치를 새롭게 발견해 전과 다른 방법으로 이용할 수 있었다. 이상화의 <빼앗긴 들에도 봄은 오는가>를 보자. 토막 단위로 띄어쓰기를 해서 제2·3연을 든다.

> 나는 온몸에 햇살을 받고
> 푸른하늘 푸른들이 맞붙은 곳으로,
> 가르마같은 논길을따라 꿈속을가듯 걸어만간다.
>
> 입술을 다문 하늘아 들아,
> 내맘에는 내혼자온것 같지를 않구나.
> 네가끌었느냐 누가부르더냐 답답워라 말을해다오

한 토막을 이루는 자수는 원래 넷을 기준으로 하고, 셋에서 다섯까지인 것이 예사이다. 둘째 줄은 그 원칙을 그대로 지키고 있다. 첫째 줄에서는 한 토막을 이루는 글자수가 줄어들어 둘이나 셋이다. 셋째 줄의 경우에는 늘어나 넷에서 여섯까지이다. 네 토막 형식을 이으면서 토막을 이루는 글자 수를 첫줄에서는 줄이고, 둘째 줄에서는 그대로 두고, 셋째 줄에서는 늘이는 변형을 했다. 허용될 수 있는 범위 안의 변형을 무리하지 않게 갖추면서 전에 볼 수 없는 독특한 형을 창조했다.

네 토막을 택한 것은 걸어간다고 했기 때문이다. 계속 걸어가는 보행의 율격은 네 토막이다. 세 토막은 무용의 율격일 수는 있어도 보행의 율격은 아니다. 네 토막을 있어온 그대로 되풀이하지 않고, 말하고자 하는 바와 일치되는 새로운 형식으로 만드는 창조적 변형을 이룩했다. 지금은 남의 땅이 된 들판을 걸어가면서 느끼는 울분을 처음에는 절제하다가 나중에는 마구 터뜨려 한 토막을 이루는 글자 수가 줄어들었다가 늘어났다.

네 토막과 세 토막은 택일해야 하는 관계에 있는 것은 아니다. 서로 다른 토막수를 결합하는 시도를 여러 시인이 했다. 그 가운데 특히 주목해야할 것이 이육사의 <광야>이다. 첫 연과 마지막 연을 든다.

> 까마득한 날에
> 하늘이 처음 열리고
> 어디 닭우는 소리 들렸으랴.
>
> 다시 천고의 뒤에
> 백마를 타고오는 초인이있어,
> 이광야에서 목놓아 부르게 하리라.

한 연씩 따로 보면 토막 구분을 하기 어렵다. 그러나 앞뒤의 연을 견주어보면, 한 토막을 이루는 글자 수가 허용될 수 있는 범위를 많이 넓혀 줄어들기도 하고 늘어나기도 한 것을 알 수 있다. 첫 줄은 두 토막, 둘째 줄은 세 토막, 넷째 줄은 네 토막으로 이루어져 있다. 이렇게 해서 광야에서 다시 열릴 역사에 대한 기대가 차츰 커진다고 했다.

4. 시야를 확대해야

문학사 정상화를 한 나라에서 할 수 없고, 문명권 전체에서, 세계문학사에서 해야 한다. 한국문학사의 새로운 서술은 세계문학사 정상화의 출발점이 되고, 세계문학사에서 타당성이 입증된다. 유럽 중심의 차등론에 입각한 세계문학사를 넘어서서 여러 문명권, 모든 나라의 문학을 대등하게 평가하는 방향으로 나아가는 데 우리 학계가 적극 기여해야 한다. 유럽은 세계사의 중심이고 가치 평가의 척도여서 우월하다는 주장이 '유럽중심주의'(eurocentricism)이다.[27] 유럽과 미국이 함께 포함되므로 '유럽문명권중심주의'라고 해야 정확하지만, 줄여 일컬어도 무방하다. 서구 또는 서양이라고 일컬어지는 유럽이 동양이라는 범칭에 포함시킨 다른 모든 문명권을 일제히 낮추어보는 '동양주의'(orientalism)가 이와 표리를 이룬다. '동양주의'는 낯선 번역어이고 무엇을 뜻하는지 알기 어렵다. '동양폄하주의'라고 할 것을 '동양주의'라고 약칭한다고 해야 오해가 시정된다. 둘 다 불행한 시대의 유산이어서 비판하고 극복해야 한다.

유럽중심주의는 동기나 태도가 잘못되었다고 나무라면 치유할 수 있는 것은 아니다. 주장하는 바가 최상의 연구에서 얻은 성과라고 자처하고 또한 인정되므로, 학문하는 수준을 더 높여서 대처해야 한다. 치료를 하려면 진단이 선결과제이다. 진단 능력이 뛰어난 것부터 보여주어야 의사 자격이 입증된다. 유럽중심주의의 증세는 다음과 같은 주장으로 나타난다는 것이 내가 진단한 결과이다.

(가1) 인류의 역사는 아시아에서 먼저 시작되었으나 유럽에서만 제대로 발전했으며, 아프리카에는 역사라고 할 것이 없다. (가2) 유럽에서 고대나 중세의 전형적인 모습을 보여주고, 근대를 만들어 세계 전체에 이식되도록 했다.

(나1) "진리에 대한 사랑"을 뜻하는 '필로소피아'(φιλοσοφία)는 고대그리스의 창안물이어서, '철학'이라고 번역되는 '필로소피'(philosophy)가 유럽문명권에만 있고 다른 문명권에는 없다. (나2) 유럽철학의 수입과 정착이 세계 어디서나 필수적인 과제이다.

(다1) 고대그리스의 비극과 서사시가 문학의 전범이어서 유럽문명권은 문학에서도 다른 문명권보다 우월하다. (다2) 소설은 유럽 근대의 시민

---

27) 이제부터의 논의에서는 조동일, 「유럽중심주의를 넘어서는 세계문학사」, 『학문론』, 지식산업사, 2012를 축약해 이용한다.

문학이므로, 근대에 이르지 못하고 시민이 성장하지 못한 다른 곳에
서는 생겨날 수 없었다.

증세를 진단했으면 원인을 밝혀야 한다. 모든 것이 과대망상증의 산물이
라고 하는 정도의 일반론에 머무르지 말고, 개개의 증세가 어떻게 해서 나
타났는지 구체적으로 밝혀야 치료가 가능하다. 이를 위해 많은 작업이 필
요하지만, 여기서 번다한 논의를 하는 것은 바람직하지 않다. 연구해서 밝
힌 성과를 최대한 압축하면 다음과 같이 말할 수 있다.

(가1)은 근대 형성을 선도하는 서부 유럽의 자부심 표현으로 출현했다.
그 대열에 한 발 늦게 들어선 독일은 자국 대신 유럽의 우월성을 내세워
선진국과 대등하게 되고자 했다. 헤겔이 ≪역사철학≫에서 유럽중심주의
세계사관을 정립해 이중의 목적을 달성했다. (가2)는 그 뒤에 계속 추가되
고, 근대화에 관한 거의 모든 논의에서 오늘날까지도 대전제 노릇을 한다.
(가1)이 문화 인식에서 (나1)·(나2)·(다1)·(다2)로 나타났다.

(가2)는 이론의 일관성을 유지하기 위해 요망되는 데 그치지 않고, 침략
과 지배를 합리화하는 실질적인 기능이 있어 반드시 필요했다. 인도를 통
치하는 영국의 고민이 특히 컸다. 인도를 아프리카와 같이 취급할 수 없어
문명 비교론을 갖추어야 했다. 고대그리스문명이 고대인도문명보다 앞서
고, 영국은 고대그리스문명의 후계자이므로 인도를 통치할 자격을 가진다
고 했다. 인도에 파견하는 관리나 군인에게 고대그리스 고전 이해를 필수
적인 무기로 제공했다.

침략당하고 지배를 받는 세계 도처의 많은 민족에게 유럽은 고통을 강
요하는 원수이면서 발전의 길을 보여주는 스승이기도 했다. 그런데 식민지
가 되지 않은 상태에서 근대국가를 이룩하는 곳에서는 유럽을 원수로 여
기지 않고 스승으로 섬기기만 하면서 과도하게 미화하고 찬양했다. 일본의

경우가 그 좋은 본보기이다. 일본에서는 (나)에 충실해 '철학'은 '서양철학' 이라고 여기고, 전에 없던 일본철학사를 서양철학의 수입으로 이룩하고자 한다. (다1)과 (다2)를 문학론의 기본요건으로 삼고, 일본문학은 특이한 예외라고 한다.

한국은 일본의 식민지 통치를 받으면서 일본을 원수이기도 하고 스승이기도 하다고 여겼다. 일본이 스승인 이유는 유럽 스승의 가르침을 전달하기 때문이었다. 전달 내용이 실상보다 이중으로 미화되어 유럽중심주의가 더욱 확대되었다. 광복 후에는 유럽문명을 직접 습득하는 사람들이 늘어나고 있지만 이해가 편중되고, 기존 관념에 편승해 수입학의 효용을 선전하면서 처신을 유리하게 하고자 한다. 환자 말석에 끼이려고 하고 의사로 나설 생각을 하지 못한다.

(가1)에 대한 반론은 유럽을 능가하는 역사 발전을 이룩해야 가장 설득력 있게 마련된다. 그러나 장래를 낙관하면서 기다리자고 할 것은 아니다. 지금 할 수 있는 일을 성실하게 하면서 전환의 논거를 제공해야 한다.

(가2)에 대한 반론은 중세에 대한 재인식에서 쉽사리 마련되어, 더욱 진전된 논의를 위한 단서가 된다. 어느 문명권에서든지 공동문어와 민족어가 공존하고 가치관에서도 이중구조를 가진 시대가 중세였다. 종교의 수장이 세속의 통치자를 책봉하는 체제가 일제히 있었던 것도 중세의 특징이다. 중세문명은 기본적으로 동일하면서 어느 정도의 격차가 있었다.

중세문명의 요건을 상대적으로 덜 갖춘 유럽이, 유럽의 주변부여서 더욱 뒤떨어진 영국에서 근대를 이룩하는 데 앞섰다. 동아시아에서 일본이 근대화에 앞선 것도 같은 이유이다. 같은 현상이 그 전에도 있어 고대의 후진이었던 아랍인이 이슬람을 창조해 중세의 선진이 되었다. 역사는 순환하면서 발전한다. 후진이 선진이 되는 당연한 변화가 다시 일어나 근대 이후의 새로운 시대를 창조할 것이다. 이에 관한 생극론의 역사철학이 새로운 학문의 근거가 된다.

근대는 유럽이 만들었다고 하는데 일거에 이룬 것이 아니다. 중세에서 근대로의 이행기가 16세기 이래로 오래 지속되다가 산업혁명과 시민혁명을 거쳐 19세기에 근대가 시작되었다. 중세에서 근대로의 이행기는 다른 여러 곳에서도 함께 나타난 세계사의 공통된 단계이다. 유럽은 중세에서 근대로의 이행기 시발부터 근대였다고 하고, 다른 곳들은 중세에서 근대로의 이행기의 종말부터 근대라고 하는 이중의 잣대를 사용해 혼란을 빚어내는 잘못을 시정해야 한다.

근대 형성에 관한 논의를 경제사가 독점할 수 없다. 사회사에서 할 수 있는 일이 더욱 분명하고 보편적인 의의를 가진다. 사회사에서 보면, 중세는 신분사회이고, 근대는 계급사회이며, 중세에서 근대로의 이행기는 신분과 계급이 생극의 관계를 가진 시대였다. 신분이 우월한 귀족과 유력한 계급인 시민이 다투면서 귀족이 시민화하기도 하고, 시민이 귀족화하기도 했다. 구체적인 양상은 나라에 따라 달라 다각적인 비교를 필요로 한다.

중세에서 근대로의 이행기 동안 시민의 귀족화가 널리 이루어진 점에서 한국은 프랑스와 상통한다. 프랑스에서는 국법으로 부유한 시민은 귀족이 되어야 했으며, 한국에서는 웬만한 사람에게도 신분 상승의 길이 비공식적으로 열려 있었다. 그런데 프랑스에서는 혁명으로 귀족이 없어지고, 한국은 상승이 일제히 이루어져 둘 다 권위 부정의 성향이 강한 평등사회가 되었다. 신분제의 철폐가 하향평준화로 나타난 중국, 신분제의 전통이 아직 남아 있는 일본보다 한국 사회가 한층 역동적이고 성취동기가 더 큰 기풍을 지니는 이유를 이런 데서 찾을 수 있다.

철학을 뜻하는 말이 '필로소피아'만일 수 없다는 것을 밝히면 (나1)에 대한 반론이 시작된다. 다른 문명권에서 독자적인 용어로 상이한 생각을 나타내는 것이 당연하다. 더 넓은 생각을 나타낸 것이 잘못은 아니다. 산스크리트의 '다르사나'(darsana)는 이치를 따지는 데 그치지 않고 정신적 통찰력을 얻고 정신을 정화하는 것까지 말했다. 아랍에서는 '필로소피'에 상응하는 이성철학 '팔사파흐'(falsafah)뿐만 아니라 통찰철학이라고 할 수 있는 '히크마흐'(hikmah)도 있었다. 동아시아에서 '心學', '玄學', '道學' '理學' 등으로 일컫던 것들이 모두 철학이다. 철학사를 각기 이해하면서 비교연구를 하는 것이 바람직하다.

철학은 독자적인 범위와 그 자체의 엄밀한 방법을 갖춘 독립된 학문 분야이어야 한다는 것은 근대 유럽의 편견이다. 철학의 글쓰기를 하면서 시를 쓰거나 이야기를 만드는 일이 자주 있었다. 표현에서뿐만 아니라 내용에서도 철학과 문학은 둘이면서 하나이고, 하나이면서 둘인 양상을 세계적인 범위에서 비교했다. 지금은 철학과 문학이 최대한 멀어져 있어 다시 가까워지고 하나가 되는 것이 바람직한 전환이라는 결론을 내렸다.

중세후기에 해당하는 12-13세기의 동시대에 힌두교의 라마누자(Ramanuja), 이슬람의 가잘리(Ghazali), 유교의 朱熹, 기독교의 토마스 아퀴나스(Thomas Aquinas)가 각기 산스크리트·아랍어·한문·라틴어로 이룩한 업적이 뚜렷한 공통점을 가져 철학이 하나이게 했다. 보편종교의 원리를 공동문어로 밝혀 논하면서 현실에서 제기되는 여러 문제에 대한 최종적인 해답을 제공하고자 했다. 그 뒤에 이에 대한 해석, 적용, 시비, 비판 등을 하는 작업이 다양한 방식으로 나타났으며, 문학이 긴요한 구실을 했다.

라마누자와 카비르(Kabir), 가잘리와 아타르(Attar), 朱熹와 鄭澈, 토마스 아퀴나스와 단테(Dante)의 관계는 특히 주목할 만하다. 공인되고 규범화된 철학을 낮은 자리에서 받아들여 풀이하고 확대하며 뒤집어놓기도 하는 작업을 공동문어가 아닌 민족구어를 사용해 누구나 이해할 수 있게 하는 시에서 일제히 진행했다. 같은 시기 네 문명권의 철학, 철학과 시의 관계, 시가 지니는 동질성이 인류문명이 하나임을 입증하는 데 최상의 설득력을 가진다.

중세에서 근대로의 이행기에 이르면 그런 체계가 무너졌다. 규범화된 철학을 거부하고 삶의 진실을 다시 찾는 작업을 철학에서도 하고 문학에서도 했다. 철학과 문학의 서열이 무너지고, 둘이 아주 가까운 관계를 가지고 공동의 과업을 수행하는 시대가 되었다. 철학이 사라져 철학사에 공백이 생긴 것 같은 인도나 아랍에서는 문학이 철학의 임무까지 감당한 것을 밝혀냈다. 동아시아 각국에서 일제히 일어난 氣철학은 동시대 유럽의 계몽철학을 비교해 가치관 혁신의 공통된 과업을 상응하는 방식으로 추구했다고 논증했다.

유럽이나 동아시아뿐만 아니라 다른 문명권에도 오랜 기간 동안 축적된 철학의 유산이 있다. 중세에서 근대로의 이행기에 발전이 크게 이루어졌다가 근대 유럽의 침해를 받고 혼란에 빠졌다. 손상된 능력을 되찾아 근대 유럽의 철학과 대등한 토론을 하면서 비판적인 섭취의 길을 찾는 것이 (나2)를 극복하는 방안이다.

독점적인 의의를 가진다고 하는 유럽철학이 심각한 위기를 겪고 있다. 철학은 독자적인 영역과 방법을 가진 이성의 학문이라고 하면서 자기 방어를 일삼다가 자폐증에 빠졌다. 철학을 개방해 다른 방식의 문화 창조와 합쳐야 하고, 이성을 넘어선 통찰을 갖추어야 한다. 잊고 있는 전통을 재발견해 고금학문 합동작전을 하는 것이 구체적인 해결책이다. 생극론을 이어받아 새롭게 이용하는 나의 작업이 한 본보기이다.

(다1)에서 고대그리스의 비극을 일방적으로 평가한 잘못을 시정하기 위해 연극미학의 기본원리를 비교해 고찰했다. 고대그리스 비극의 '카타르시스', 중세의 인도 산스크리트연극이 보여주는 '라사'(rasa)와 함께, 중세에서 근대로의 이행기 한국의 민속극에서 좋은 본보기를 찾을 수 있는 '신명풀이'가 세 가지 기본원리이다. 세 본보기에서 세 가지 기본원리가 어떻게 다

른지 알아낼 수 있다.

셋의 비교는 겹겹으로 이루어진다. 카타르시스는 파탄에 이르는 결말을, 라사와 신명풀이는 원만한 결말을 보여준다. 라사는 우호적인 관계의 차질을, 카타르시스와 신명풀이는 적대적인 관계의 승패를 보여준다. 신명풀이는 미완성의 열린 구조를, 카타르시스와 라사는 완성되어 닫힌 구조를 보여준다.

비극이 최고의 연극이라는 주장은 카타르시스 연극에나 해당된다. 연극의 원리는 갈등이라는 것 또한 그렇다. 라사 연극은 우호적인 관계에서 생긴 차질을 시정하고 원만한 결말에 이르러 조화의 원리가 소중하다는 것을 확인한다. 신명풀이 연극은 갈등과 조화를 함께 나타내면서, 갈등이 조화이고 조화가 갈등이라고 한다.

고대그리스 서사시가 서사시의 전범이라고 하는 (다1)의 편견은 서사시의 하위갈래에 대한 광범위한 비교연구에서 극복되었다. 세계 어디서나 구전서사시가 원시 시대의 신령서사시, 고대의 영웅서사시, 중세 이후의 범인서사시로 변천해온 과정을 밝혀냈다. 그 한 단계의 영웅서사시가 기록되고 윤색되어 전하는 고대그리스 서사시는 일반론 정립에 쓰이기 어려운 예외적인 형태이다.

한국, 특히 제주도의 서사무가는 이른 시기 구비서사시의 소중한 유산이어서 광범위한 비교연구의 출발점을 제공한다. 일본의 아이누인, 중국 雲南 지방 여러 민족, 필리핀의 여러 언어집단의 전승에 가까이서 비교할 자료가 풍부하다. 터키계 여러 민족, 아프리카 여러 곳의 구비서사시 또한 일반이론 정립을 위한 비교연구에서 긴요한 작용을 한다.

세계적인 범위에서 진행한 비교연구의 결과 한국의 서사시에 대한 새로운 인식을 하게 되었다. 여러 단계를 거쳐 전개된 구비서사시의 오랜 역사 가운데 시초와 결말이 상대적으로 두드러지고 중간은 흐릿한 것이 한국의 특징이다. 시초인 원시·고대구비서사시는 인식과 평가 밖에 방치되어 있다가 조사해서 연구하는 데 쓰이는 소중한 자료가 되었다. 결말에 해당하는 판소리는 민족예술의 자랑스러운 유산으로 받들어지는 영광을 차지했다.

(다2)에서 소설이 유럽 근대의 시민문학이라고 하는 것은 이중으로 잘못되었음을 자세하게 밝혀 논했다. 소설이 출현한 시기는 근대가 아니고, 중세에서 근대로의 이행기이다. 소설은 시민문학이 아니고, 귀족과 시민, 그리고 남성과 여성이 생극의 관계를 가지고 이룩한 경쟁적 합작품이다. 어느 일방이 독점하려는 시도는 소설을 약화시켰다.

중세에서 근대로의 이행기 동안에는 소설 발전에서 동아시아가 앞서고 유럽이 뒤따랐다. 근대가 되자 인쇄술과 유통방식의 혁신 덕분에 유럽소설이 크게 발달하다가 파탄이 생겼다. 시민의 독점에 내면의식 위주의 자폐적인 문학이 되어 소설이 해체되기에 이르렀으나 지구 전체의 위기는 아니다. 제1세계의 지배에 대한 제3세계의 반론을 세계사적 문제의식을 가지고 제기하는 쪽에서 새로운 소설을 창작하고 있다.

소설이 참칭하고 전복시킨 동아시아의 傳이나 유럽의 고백록 같은 것이 없어 아프리카소설은 전통이 빈약하다고 할 수 있다. 그러나 중간 시기 종교이념을 규범화한 특정 형태의 기록물 대신에 연원이 더욱 오랜 신화의 보편적인 구전을 오늘날의 문제를 다루는 배경으로 삼는다. 정치적 시련에 시달리고 빈곤이 격심해 비관적이기만 한 상황을 넘어설 수 있는 낙관의 근거를 신화에서 찾아 소설을 새롭게 한다.

유럽중심주의는 세계문학사 서술을 그릇되게 했다. 지금까지의 잘못을 시정하고 세계문학사를 바로잡기 위해서 방대한 작업을 해야 한다. 멀고 험한 길이라도 개척해 나아가지 않을 수 없다.

5. 다음 시대를 위하여

머리말에서 역사를 알아서 미래의 설계에 활용하려고 문학사를 쓴다고
했다. 한국문학사를 잘 쓰는 것은 세계문학사 이해를 바로잡고 인류의 미
래를 위한 통찰을 얻는 출발점이어야 의의가 크다. 이에 관해 말해야 이
글의 결론을 얻을 수 있다.

유럽문명권에서 역사가 종말에 이르렀다고 하고, 거대이론의 시대는 끝
났다고 한다. 그쪽에서 주도하던 근대가 끝나고 다음 시대가 시작되어야
할 시점에 이르렀으므로 물러나야 할 쪽에서는 미래에 대한 통찰을 잃고
그렇게 말하는 것이 당연한 일이다. 유럽문명권에서는 죽은 문학을 제3세
계에서 살려내고 있다는 사실을 확인하는 데서 다음 시대로 나아가는 길
이 열린다.

다음 시대는 무어라고 불러야 할지 정할 수 없다. 어떤 시대인지 알기
어렵다. 근대 극복의 의지를 아무리 강하게 가지고 있어도 우리는 아직 근
대인이므로 다음 시대 창조의 주역이 되지는 못한다. 그러나 기존의 관습
에서 벗어나 슬기롭게 판단한다면 다음 시대를 예견하고 준비하는 일은
어느 정도까지 할 수 있다.

다음 시대에는 갈등과 번민이 없으리라는 것은 아니다. 근대의 문제를
일단 해결해 시대 전환을 이룩하면 새로운 문제가 다시 발생한다. 다음 시
대 또한 역사의 종말은 아니고 한 과정일 따름이지만, 근대와 마찬가지라
고 할 수는 없다. 근대보다 한 걸음 더 나아간 발전을 이룩하고서 근대처
럼 극복의 대상이 되는 순환을 겪을 것이다. 발전이 순환이고, 순환이 발
전이다.

이런 논의를 전개하는 원리는 생극론이고, 터전은 문학사이다. 문학사를
근대를 넘어선 다음 시대의 더욱 발전된 창조물로 만드는 데 앞서는 것이

우리 학계의 사명이다. 한국문학사를 새롭게 이해하는 것을 출발점으로 삼
아 세계문학사 서술을 바로잡고, 미래로 나아가는 통찰력을 얻자.

참고문헌

김외곤 엮음.『임화전집 2 문학사』, 박이정, 2001.

安　廓.『朝鮮文學史』, 한일서점, 1922.

李秉岐, 白鐵.『國文學全史』, 서울 : 신구문화사, 1957.

조동일.「한문학 전통의 계승에 관한 논란」,『한국문학과 세계문학』, 지식산업사, 1992.

＿＿＿.『동아시아문학사비교론』, 서울대학교출판부, 1993.

＿＿＿.『철학사와 문학사, 둘인가 하나인가』, 지식산업사, 2000.

＿＿＿.『소설의 사회사 비교론』, 지식산업사, 2001.

＿＿＿.『세계문학사의 전개』, 지식산업사, 2002.

＿＿＿.『한국문학통사』 제1권, 지식산업사, 제4판, 2005.

＿＿＿.『한국문학통사』 제5권, 지식산업사, 제4판, 2005.

＿＿＿.「한국학의 세계화, 시도와 성과」,『세계・지방화시대의 한국학 1 길을 찾으면
　　　　서』, 계명대학교출판부, 2005.

＿＿＿.「소설사 전개의 이론」,『세계・지방화시대의 한국학 7 일반이론 정립』, 계명대
　　　　학교출판부, 2008.

＿＿＿.「유럽중심주의를 넘어서는 세계문학사」,『학문론』, 지식산업사, 2012.

＿＿＿.『문학사는 어디로』, 지식산업사, 2015.

趙潤濟.『國文學史』, 동국문화사, 1949.

＿＿＿.『朝鮮詩歌史綱』, 동광당서점, 1927.

＿＿＿.『韓國文學史』, 동국문화사, 1963.

白　鐵.『朝鮮新文學思潮史』, 수선사, 1948.

＿＿＿.『朝鮮新文學思潮史 現代篇』, 백양당, 1949.

황지우 시에 나타난 환생(幻生)과 자연의 작용

최미정*

I. 들어가는 말

황지우는 『새들도 세상을 뜨는구나』(1982)부터 『어느 날 나는 흐린 주점에 앉아 있을 거다』(1998)까지 다섯 권의 시집을 발간하며 탁월한 성과를 낸 한국시단의 중요 시인이다. 그의 시를 일람하면 그의 시 시계를 관통하는 몇 개의 주제가 드러난다. "환생(幻生)"도 그 중 하나이다. 이 환생은 다른 것으로 태어남, 몸바꿈이라는 뜻이다. 이 주제가 가장 먼저 드러나는 시는 첫 시집에 실린 <초로와 같이>이다.

<초로와 같이>는 단순하게 이해할 수도 있는 시다. 이 시는 동화와도 같다. 누구나 간직하고 있는 우리의 일면을 노래하고 있기 때문일 것이다. 또한 '초로=이슬'은 아침 해가 뜨면 없어지는 존재이다. '이슬처럼 사라진다'는 흔히 쓰는 말을 생각하면 이 시가 의미하는 바를 간단히 정리할 수도 있다. 그러나 <초로와 같이>는 몸바꿈에 대한 보다 정교한 시다. 여기에서 몸

* 계명대학교 국어국문학 전공 교수

바꿈을 꿈꾸는 존재는 넷이다. 불 속을 사모하는, 새로 태어나고 싶은 물과 풀, 이슬 속으로 들어가고 싶은 불, 그리고 이 모든 것을 소망하는 '나'가 있다. 이들 모두는 달라지기를 꿈꾼다. 이 시에서 물, 불은 각자의 역할을 담당하고 있으며 또 서로에게 영향을 미친다. 이런 상황의 전개는 화자의 애매함 때문에 더 매력적이다. 물은 풀에게, 불은 물에게, 또한 시인은 이슬에게 말하고 있다. 존재의 모든 것에게 입을 주는 것이 상상력이다. 상상력을 "자연의 근본적인 몸짓을 느끼는 감수성"[1]이라고 할 때, 이 시는 "자연의 감수성을 회복하는" 생태학적 상상력이 극대화된 시라고 할 만하다.

본고가 이 시에서 주목한 것은 우선 '환생'이라는 주제의 요체인 '몸바꿈-변화'에 관여하는 '물·불의 작용'이다. 물과 불은 대립을 먼저 떠오르게 하지만, 동서양의 사상 모두에서 공존을 얘기하기에 좋은 요소이기도 하다. 여기에서 출발해 본고는 『주역』의 음양 사상 및 오행(五行)의 상생상극(相生相克) 사상을 활용하여 <초로와 같이>를 우선 분석하고, 같은 주제를 다룬 다른 환생의 시들 <메아리를 위한 覺書>, <잠자리야 잠자리야>, <靈宿>, <물 빠진 연못>, <나의 연못 나의 요양원> 등을 함께 분석하여 <초로와 같이>에 나타난 자연 요소들의 작용이 이어지는 시들에서 어떻게 지속, 변화되는가를 살펴보고자 한다.

황지우의 시는 현대적이다. 그를 해체시의 대표자로 거론할 정도이다. 그러므로 그의 시를 해석하는 데는 서양시적 비평이 유효할 것으로 기대할 수 있다. <초로와 같이>에 나타난 환생의 욕망은 '엠페도클레스 콤플렉스'라고 이름 붙일 수도 있을 것이다.[2] 그러나 그의 시 중 자연을 주소재로 하는 시들을 분석함에 있어 『주역』을 고려하는 이유는, 사물을 인식

---

1) 홍명희, 『상상력과 가스통 바슐라르』, 살림출판사, 2005, 70쪽.
2) "모든 것을 얻기 위해 모든 것을 잃으며 자신이 흔적도 없이 찢겨 사라졌으면 하는 생각에 도취되는 콤플렉스"이다. 이지훈, 『예술과 연금술』, 창비, 2004, 132쪽 참조

하는 방법 자체가 자연에 기초를 두고 있는 동양의 사상에 비추어 이 시들을 고찰할 때 새로운 의미가 도출될 가능성 역시 적지 않을 것으로 기대하기 때문이다.

II. 『주역』과 물·불의 상생상극

서양에서 물·불·공기·흙의 4원소는 연금술의 질료였다. "연금술은 실패한 과학이지만, 성공한 시학"이라고 하듯, 바슐라르는 연금술의 이론으로『물의 시학』,『촛불의 시학』을 발전시켰다. 본고는 서양 연금술의 원리인 "대립의 동시 발생과 공존"은 동양의『주역』의 "상생상극과 순환"의 원리와 통하는 바가 있다는 것에 착안하였다.『주역』의 팔괘 중에는 물괘인 감괘(坎卦)와 불괘인 이괘(離卦)가 있고 이 둘의 작용은 상극이면서 상생인 세계를 보여준다. 그러므로 <초로와 같이>를 분석하는 데에 동양의 정신적 기초인『주역』3)의 활용을 기대할 수 있다.

시의 내용을『주역』에 기초를 둔 상징과 비유로 해석하는 근원은 모두 하(夏)나라의 복희씨가 여덟 가지 자연과 그 현상(하늘, 땅, 산, 못, 물, 불, 바람, 우레)에 부여한 상징성, 즉 팔상(八象)과 팔괘(소성괘)를 인정하는 것에서 시작한다.『주역』의 8괘-64괘-384효4)의 취상(取象)은 물상(物象), 사상(事象),

---

3) '역'은 3천 년 전 복희씨가 그린 괘(卦)에, 문왕과 주공이 괘사(卦辭), 효사(爻辭)를 붙이고 후에 공자가 해설을 붙여 십익(十翼)을 저술하여 전한 것으로 알려져 있다. 64괘의 괘사와 384개 효사의 내용으로 구성된『역경(易經)』외 나머지 부분을『역전(易傳)』이라 하며『주역』은 이를 총괄하는 명칭이다.

4) 음--과 양—의 기호로 이루어진 한 획을 '효(爻)'라 하며, 역의 8괘(소성괘)는 각 세 개의 효(예, ☰)로 이루어져 있다. 8괘는 건乾(天)☰, 태兌(澤)☱, 리離(火)☲, 진辰(雷)☳, 손巽(風)☴, 감坎(水)☵, 간艮(山)☶, 곤坤(地)☷이다. 64개 대성괘(예, ☰ ☵ 익괘)는 소성괘 2개, 즉 3획의 외괘(상괘, ☰)와 내괘(하괘, ☵)로 이루어져 있으며, 아래로부터 1, 2, 3, 4,

즉 일체의 현상, 형상과 이에 대한 상징이나 비유와 판단을 모두 포함한다.[5] "말로 하기 어려운 직관의 내용을 현실에 존재하는 사물을 빌려 표현하는 방법이기도 하며, 그와 반대로 한 사물의 상징을 통해 어떤 직관에 도달하는 방법"이기도 하다.[6] 『주역』은 동양의 전통시대에는 학문과 시의 원리였고 감수성의 원천이었으며 세계관의 기저였다. 그러나 오늘날 우리 시를 설명하는 데는 거의 활용하고 있지 않다. 이런 상태이므로 『주역』을 시학으로 보는 관점은 고전문학전공자들보다는 서양문학전공자가 더 주목해 온 실정이다.

바슐라르 연구자인 이지훈은 『예술과 연금술』에서 『주역』의 괘상은 서양 연금술의 '현자의 돌'에 비길 만하다고 했다. "자연의 질료가 운동하여 새 형상을 만들어내는 과정은 감응을 통한 상상력이 질료의 꿈을 이해하여 일정한 형식을 갖춘 작품으로 태어나는 예술의 과정과 같다."고 하였다. 형상적 상상('관조' '의식된 광경')은 관념의 활동이므로 관념의 표면에 머물지만, 질료적 상상은 '사물과 하나 되기'이며 '형상의 무의식'에 이른다. 그러나 전자의 '형상'도 "질료의 자기운동에 의해 생생하게 살아나는 것"일 때, 질료와 형상적 상상은 서로 보충하는 것인데 『주역』의 괘가 그렇다는 것이다.[7]

팔괘의 명칭과 의미는 단순히 사물의 모양을 딴 것이 아니라, 음양소장(陰陽消長)이라는 자연의 원리에 부합하도록 여덟 가지 자연을 수(數)로 표현해 팔괘로 그린 것이다.[8] 명사로서의 취상이 괘상(卦象)이라면 동사로서의

5, 6효라 부른다.

5) 정병석, 『주역』 상, 을유출판사, 2011, 19쪽.

6) 이지훈, 같은 책, 71쪽.

7) "취상의 직관과 사물[象]은 상상력의 질료와 형상의 두 축에 해당하는데, 형상을 통해 질료의 운동으로 들어갈 수 있는 동시에 질료의 직관을 통해 형상을 이해할 수 있다." 이지훈, 같은 책, 70쪽.

취상은 괘·효의 부호를 이용하여 자연변화와 인간사의 길흉을 상징하고 비유하는 것을 가리킨다. 또한 『주역』은 변화에 대한 철학이므로 간략한 어휘로써 무한한 사건에 적용할 수 있게 하는 것이 가능하다. 여섯 효는 단지 음이거나 양일 따름이나, 효들 간의 관계에 따라 의미가 해석된다. 그 의미도 고정된 것이 아니라 어떤 효가 동(動)하게 되면(음→양, 양→음) 다른 괘로 되는데, 이 바뀐 효는 괘 안에 내포된 의미와 함께 행동해야 할 바를 다양하게 보여준다.

본고의 관심인 물괘(坎卦), 불괘(離卦)는 『주역』에서도 특별하다. 『주역』의 6효는 상괘와 하괘로 되어 있는데 상괘의 제일 위의 효(상효)를 뺀 3·4·5효를 상괘로 삼고, 하괘의 제일 아래 효(초효)를 뺀 2·3·4효를 하괘로 삼은 것을 호괘(互卦)라 하는데 호괘는 속뜻을 볼 수 있어 중요하다. 64괘의 호괘는 계속 진전되다 보면 결국 건, 곤, 감, 리괘의 4괘로 수렴된다. 이 현상은 천·지는 수·화의 작용으로 만물을 생성하고 있음을 말하는 것이라 한다. 때문에 『주역』은 우주만물은 천·지·수·화에 의해 생성변화함을 나타내고 있다고 요약한다.[9]

『주역』 64괘는 공자의 『서괘전(序卦傳)』에 의하면 천지만물이 생겨나서 자리를 잡아가고 서로 작용하는 인과관계에 의해 배열되었다. 소성괘라고 하는 8괘 중 물(坎卦 ☵)과 불(離卦 ☲) 두 괘로만 이루어진 괘는 대성괘 64괘 중 기제괘와 미제괘이다. 상괘가 물, 하괘가 불인 것(☵☲)이 63번째 괘인 기제괘(旣濟卦)이고, 상괘가 불, 하괘가 물인 것(☲☵)이 『주역』의 마지막 괘인 미제괘(未濟卦)이다.[10] 물·불이 상·하 어느 위치에 존재하느냐에 따라

---

8) 본고의 『주역』에 관한 설명 및 인용은 김석진, 『대산주역강의』 I·II·III권(한길사, 1999)을 기본으로 한다. 이하에서는 인용의 편의를 위해 이 책의 III권 353쪽은 'III-353'으로 줄여 표기한다.

9) III-426~427쪽.

10) 원래 상·하괘로 표기해야 하는 육획괘(대성괘)를 본고에서는 부득이 해서 좌(상괘)·

개인과 세상의 운명이 바뀌는 것을 보여준다는 점에서 흥미롭다.[11]

<초로와 같이>에서 "풀의 누선(淚腺)"으로 표현된 이슬이 기화(氣化)되는 것은 수승화강(水乘火降)에 의해서이다. 불 위에 올려진 물이 끓어 올라가는 상황인 기화는 그릇에 담긴 것이 다 익어 음식이 완성되는 것으로 비유돼, 기제의 세계를 의미한다. 이 '기제-이미 이루어짐'의 기호화, 또 그것을 도상으로 표현한 것이『주역』의 기제괘이다. 그러나『주역』64괘는 이 '이루어짐'으로써 끝나지 않는다. 기제 즉 '모든 것이 결정됨'이 끝이 아니라, 미제 즉 '아직 결정되지 않았음'을 의미하는 미제괘가 64괘의 마지막에 위치한다는 사실은『주역』의 순환의 세계관을 이루는 근간이다. 이미 강을 건너간 것을 마지막인 64번째 괘에 놓지 않고 그 앞에 놓고, 아직 건너지 못했음을 그 다음에 놓은 것은 종즉유시(終卽有始), 즉 끝나는 것은 무언가 다른 것이 시작되는 것이 세상의 이치라는 것을 말하고 있다고 한다. 겨울의 끝에는 봄이 배태되어 있는 것, 그것이 자연의 이치이다. 그러기에 자연의 이치를 알면 절망할 이유가 없는 것이다.[12]

또한 64괘는 두 괘씩 서로 짝지어져 있다. 둘의 관계는 도전괘(倒顚卦) 혹은 배합괘이다.[13] 인과관계가 상인(相因)이라면 도전괘는 상반(相反)적이다. 도전괘는 한 괘를 그려놓고 반대편에서 보고 그린 괘이다.[14] 묘한 것은 상

우(하괘)로 벌여놓았다.

11) I-245.

12) 이하에서 기제괘, 미제괘에 대한 설명은 김석진, II-589~621쪽 참조

13) 한 괘를 종합적으로 분석하려면 본괘 외에 이와 연관된 괘들을 두루 살펴야 한다. 배합괘(전변괘)는 각 효의 음양을 바꾼 괘로 상반된 위치 상황, 착종괘(상괘, 하괘의 위치가 바뀐 괘)는 내외의 위치 변경 등을 살필 때 주로 쓰인다. 도전괘는 효가 대칭으로 배치되는 괘로 상호연관되는 내용을 알려준다.(II-256) 또한 역은 변화를 중하게 여기므로 한 효가 변한 괘를 '나아갈지(之)'를 써서 지괘(之卦)라 한다.(I-156)

14) 감·리괘(건·곤·이·대과·중부·소과괘 포함)는 도전괘를 갖지 않는 부도전괘이다. 서로 도전되는 괘 28괘(쌍)와 도전되지 않는 부도전괘 8괘를 합하면『주역』은 사실 36괘로 구성된다고 한다.

인과 상반의 두 관계가 서로 합치된다는 점이다. 인과 관계 속에 이미 상반되는 운동성이 있다는 말이다. 그 말은 도전괘들은 서로 힘을 받는 방향이 반대일 뿐 그 괘가 경고하는 바를 주목하면 궁극적으로는 같은 내용을 담고 있기 때문이다.

63번째 기제괘·64번째 미제괘의 경우는 더욱 특별하다. 두 괘는 반대의 성격이지만, 미제는 늘 기제를 품고 있고 기제는 늘 미제를 품고 있다. 괘의 모든 효의 음양을 바꾼 것을 배합괘(配合卦)라 하는데 수화≡≡기제괘의 배합괘는 화수≡≡미제괘이다. 화수미제괘의 배합괘는 수화기제괘이다. 미제괘의 호괘는 기제괘가 되고, 기제괘의 호괘는 미제괘가 된다. 또 상하의 자리를 바꿔놓고 보는 착종괘(錯綜卦)도 미제괘는 기제괘로, 기제괘는 미제괘로 된다.

기제는 물을 건너서 밝은 데로 이미 왔다는 뜻이고 미제는 물을 아직 못 건너고 있으면서 밝은 것이 앞에 있어 앞으로 건널 수 있다는 의미이다. 기제와 미제는 서로를 포함하고 있기 때문에, 무언가를 이루었을 때(기제)에는 그것을 잃지 않을 예방을 해야 하는 것이고, 이루지 못했을 때(미제)에는 희망을 가져야 하는 것이다. 그러므로 우리가 "또한 지나가리라"의 교훈에 공감하지 않을 수 없는 것이다.

본고는 『주역』에 나타난 위와 같은 물·불의 대립과 공존, 나아가서는 자연의 순환 원리를 중심으로 황지우의 환생모티프 시를 분석함으로써, 자연의 상상력에 대한 동양의 이미지로 이루어진 『주역』을 현대시 분석에 응용할 가능성을 타진해 보고자 한다.

Ⅲ. 황지우의 환생 주제시의 지속과 변모

1. <초로(草露)와 같이>

> 오 환생(幻生)을 꿈꾸며 새로 태어나고 싶은 물소리, 엿듣는 풀의 누선(涙線), 살아 있는 것은 살아 있는 동안의 이름을 부르며 살 뿐, 있는 것이 있는 것이 아니고 사는 것이 사는 것이 아니로다 저 타오르는 불 속은 얼마나 고요할까 상(傷)한 촛불을 들고 그대 이슬 속으로 들어가, 곤히, 잠들고 싶다
> ㅡ『새들도 세상을 뜨는구나(1983)』[15]

물은 불이 되고 싶어 한다. 타오르는 불 속의 고요함을 꿈꾼다. 소리를 내는 존재인 물은 자신을 물이라고 부르게 하는 그 이름이 살아 있는 동안의 것일 뿐이라는 허망함을 알기에, 상극인 불과의 합일을 통해 새로운 존재가 되기를 꿈꾼다. 그것의 실현은 현실적으로는 불가능하다. 물과 불이 만날 때 불은 죽는다. 촛불은 꺼진다. 그러므로 물의 꿈 역시 실현되지 않는다.

또 한편, 불 역시 꿈을 꾼다. 그는 자기 자신을 그대로 물(이슬) 속으로 가지고 가고자 한다. 그 정화의 행위가 자신의 상함을 치유해 주리라 기대한다. 물은 촛불의 타오르는 중심을 말하지만, 불은 자신의 외피, 촛불 끝 선단(先端)의 그을음과 훼손을 말한다. 촛불은 스스로를 둘로 나눈다. 선단과 중심은 서로 만날 수 없다. 각각은 이름일 뿐이다. 그 단절의 인식은 그 역시 사는 것이 사는 것이 아님을 알고 있음을 보여준다. 그러나 상한 촛

---

15) 본고가 대상으로 삼는 것은 황지우의 시집 다섯 권이다. 1시집『새들도 세상을 뜨는구나』(문학과지성사, 1983), 2시집『겨울-나무로부터 봄-나무에로』(민음사, 1985), 3시집『나는 너다』(풀빛, 1987), 4시집『게 눈 속의 연꽃』(문학과지성사, 1990), 5시집『어느 날 나는 흐린 주점에 앉아 있을 거다』(문학과지성사, 1998). 이하에서 1-5시집으로 지칭한다.

불이 물속에 들어 새로 태어남은 역시 무망한 욕망이다.

풀 또한 꿈꾸는 존재이다. 그는 그의 가장 예민한 감각, 누선(淚腺)을 열고 물과 불이 서로를 바라는 원초적 욕망을 엿듣고, 느끼고 있다. 소리를 내며 흐르는 물은 한 방울의 이슬, 초로(草露) 즉 풀의 누선으로 응축된다. 그것은 물과 불의 이루어질 수 없는 합일의 몽상인 가장 작은 세계이다. 이 몽상의 세계는 이슬의 몸인 풀로 실현된다. 이슬이 아침 햇볕에 녹아버릴 때 물도 불도 남아 있지 않다. 물은 불이 되었고, 불은 물이 되었다. 이들의 바꿈은 현실로는 기화(氣化)이다. 그러므로 남아있는 것은 풀뿐이다. 그 풀은 이들의 꿈을 자신의 누선으로 새기고 있다. 밤이 되면 누선은 다시 이슬로 나타난다. 즉 신화의 시간처럼 재생되는 것이다.

또한, 이 신화적 시간의 도래(到來), 시간의 순환을 믿는, 시인 혹은 우리가 있다. 상한 촛불을 들고 그대 이슬 속으로 들어가 곤한 잠을 자고 싶은 원초적 욕망의 인간이 이 시간을 꿈꾼다. 요나의 뱃속을 그리워하는 인간, 자궁 속에서 그렇게 곤한 잠을 자고 나면 모든 게 바뀌어 있기를, 아니 자신이 바뀌어 있기를 꿈꾸는 지친 인간이 여기 있다. 그들의 세상이 한 방울의 이슬로 모아졌음을 보았을 때, 그 이슬은 그대로 그의 누선이 되고, 이를 통해 물과 불의 욕망의 근저를 꿰뚫어 봄으로써 다른 것들의 욕망이 그와 다르지 않음을 깨닫는다. 자신 속의 상극을 끌어당기는 원초적 욕망, 그리하여 상극으로 몸 바꾸고 싶은 욕망을 깨우고 싶은가 하면, 그것이 들끓을 때 그 욕망에 지친 자신을 잠재우고 싶은 스스로를 '물소리로 듣고', '밤이슬로 보는' 우리가 이 시에 있다.

본고는 이 시에서 특히 "있는 것이 있는 것이 아니고 사는 것이 사는 것이 아니로다"를 주목한다. "있는 것"의 순간성, "살아있을 동안의 이름일뿐"인 부정형성(不定型性)에 대한 시인의 자각을 중요하게 생각하는 것이다. 이 말은 "상(傷)한", 현실에 지친 자포자기의 발언으로 읽힐 수도 있다. 그러나 본고는 이어지는, 시인의 "새로 태어나고 싶은" 간절함을 더 주목한다. 이 시에서 물의 이미지는 소리를 내며 흐르는 물과 풀에 맺힌 이슬, 둘로 드러나 있다. 흐르는 물은 돌아오지 않지만, 이슬은 아침이면 사라졌다가 밤이면 다시 돌아온다. 그러기에 모두는 "이슬 속"으로 들어가기를 꿈꾸는 것이다. 물도 불도 아는 사실, "있는 것이 있는 것이 아니고 사는 것이 사는 것이 아니로다"에 공감하는 순간은 상처받은 인간이 자신의 이름, 사물의 이름이 단지 이 세상에 잠시 머물 때의 몸의 흔적일 뿐인 것을 깨닫는 순간이다.

<초로와 같이>는 과학의 입장에서 보면 패배의 시이다. 촛불이 물속에서 꺼지는 것은 당연하기 때문이다. 그러나 이 시의 분위기가 그렇지 않은 것은 그림과 같은 몽환적 분위기 때문만은 아니다. 서로 상극인 것들의 상생을 당연한 것으로 느끼는 우리 문화의 근간이 여기에 내재되어 있기 때문이다. 물과 불은 상극이지만 동시에 서로 보완하여 천지에 만물을 키운다는 생각이 『주역』의 근간이기도 하다.

<초로와 같이>의 상황은 위에서 설명한 『주역』의 64번째 괘인 미제괘를 연상하게 한다. 기제의 세계는 변화를 기대할 수 없는 시간이지만, 이슬은 아침이 되면 다시 사라져 순환되며, 모든 것은 고정된 것이 아니라 변화를 꿈꾸고 있기 때문이다.

미제괘의 전체적 의미를 말하는 괘사는 "미제는 형통하니 작은 여우가 거의 건너서 그 꼬리를 적심이니 이로울 바가 없다(未濟亨 小狐汔濟 濡其尾 无攸利)."이다.16) 미제를 형통하다고 한 것은 "할 일이 창창하게 남아서"라고 한다. 비유로 쓰인 "작은 여우…"는 물을 건너려고 작정하고 뛰어들어 거의 건넜으나 다 건너지 못하고 실패했다는 뜻이다. 여우의 실패는 무모한

---

16) 이하 미제괘의 설명은 II-603~621쪽 참조

짓임을 알고 잘 준비하고 했어야 하나 그렇게 하지 않았기 때문이다. 그러면서도 미제가 형통하다고 말할 수 있었던 것은 "유득중(柔得中)"하기 때문이다. 미제괘를 구성하는 여섯 효의 위치와 관계 때문에 가능한 말이다.

『주역』의 여섯 효는 아래서부터 양, 음이 번갈아 있어야 제자리이다(正位). 있을 것이 제자리에 있는 것은, 사회가 그렇듯, 64괘에서도 원활한 순환을 위해 가장 중요한 조건이다. 그러나 미제괘는 모든 효의 음양(아래로부터 음-양-음-양-음-양)이 마땅히 있어야 할 자리(아래로부터 양-음-양-음-양-음)와 반대이다(不正位). 그러므로 일을 이루지 못한다. 그러나 미제괘에서 하괘의 가운데 효인 이효가 양효인 것은 중요한 의미가 있다. 어느 괘에서나 여섯 효 중 가장 중요한 것은 상괘와 하괘의 가운데(中) 효인 오효, 이효인데, 이들이 '제자리에 있다(得中)'는 의미는 이효, 오효가 바르게 해야 한다는 뜻이다(中以行正). 미제괘가 모든 것이 제자리에 있지 못한 상태임에도 앞으로 이룰 희망이 있다고 본 것은 이효가 양이므로 중도에서 바름을 얻고 있기 때문이다. 또 하나 미제괘에서 희망을 보는 것은 여섯 효의 어울림이 마땅한 상태이기 때문이다. 1-4, 2-5, 3-6효는 서로 어울려야(相應) 하는데 자석의 극처럼 음양이 서로 끌면 좋은 것이다. 미제괘나 기제괘나 응하는 데는 모두 문제가 없다. 기제괘는 각 효가 제자리에 있으면서 상응(☲☵)하는 반면, 미제괘는 상응하나 제자리를 찾지 못하고 있으므로(☵☲) 일을 이루지는 못한 것이다. 물은 아래에 있고 불은 위에 있으므로 물, 불은 따로 있어 어울리며 일을 도모하지 못하는 것이 미제의 상황이다. 그러므로 『주역』은 미제의 상태에서는 "각 물건의 속성이나 태생을 비롯한 모든 것을 잘 분별할 것(愼辨物)"과 "제자리에 있지 못한 것을 모두 제자리에 찾아 둘 것(居方)"을 명심하라고 가르친다.[17]

<초로와 같이>에서 모든 사물이 몸바꿈을 꿈꾸는 것은 각자가 자신의 자리에 있지 못하다고 느끼기 때문이다. 그러나 시에서의 제자리 찾기는 사회의 질서나 도덕과는 달라 수신(修身)이나 분별에 의해 도모되지 않는다. 즉각적인 감응, 원망(顯望)의 정도(程度)가 시에서의 제자리 찾기에 관여한다. 그것은 꿈과 현실의 복합공간에서 이루어진다. 황지우의 환생의 시 대부분의 배경은 이 복합공간이다. 때로는 구체적으로 지명을 나타내더라도 그곳은 다시 환상으로 채색된다.

제자리에 있지 않은 이 상태가 현실적으로 치유되지 않으므로 환생의 바람은 되풀이 되어 황지우시의 한 모티프를 형성한다. 다음은 같은 시집에 실린 <메아리를 위한 覺書>이다.

2. <메아리를 위한 覺書>

불 속에 피어오르는 푸르른

풀이어 그대 타오르듯

술 처마신 몸과 넋의 제일 가까운

울타리 밑으로 가장 머언

물 소리 들릴락말락

　(우리는 어느 溪谷에 묻힐까 들릴까)

---

17) 이런 추상화 때문에 질료로부터 비롯된 생생한 취상이 상투화, 관념화에 귀결되고 만다는 비난을 받기도 한다. 상상력과 감응력을 교훈으로 고착화했기 때문이다.

즐넘기하는 쌍무지개

둘레에 한세상 걸려 있네

—『새들도 세상을 뜨는구나(1983)』

이 시의 형식은 독특하다. 시행의 구분이 연 구분과 같고, 두운(頭韻)을 맞춰 외형률을 유지하고 있다. '불, 풀, 술, 울, 물, 줄, 둘'의 두운에 <초로와 같이>에 등장한 '불' '풀' '물'이 다 나온다.(증류로서의 '술'을 '이슬'과 동궤로 본다면 '이슬' 또한 보인다.) 큰 차이는 화자의 존재가 명확하다는 것이다. 그러므로 이 시의 분위기는 몽환적이지 않다. 그러나 황지우는 "술 처마신 몸과 넋의 제일 가까운/ 울타리" 즉 정신적 '경계'에서 이 시가 써졌음을 드러내 시의 상태를 몽상에 위치 지운다. 그런 상태이므로 물소리는 들릴락말락하고 화자의 시야는 '불 속에서 푸르른 풀이 피어오르는' 또는 '타오르는' 것을 본다. 물소리는 "우리는 어느 계곡에 묻힐까 (혹은—첨가 필자) 들릴까"라고 묻는다. 이 의문문의 목적은 '어느 계곡'이라기보다는 '들릴까'에 있다고 생각한다. "우리는 어느 계곡에 들릴까?"라고 이 문장을 읽을 때, '우리'는 물소리와 화자가 이미 동화가 된 상태를 지칭하고 있음을 알려준다. 화자는 물소리로 환생하기를 바라고 있는 것이다. 그리고 물소리 즉 화자는 어느 계곡에서 묻혀 버리게 될 것인지, 그래도 조금은 들릴 것인지를 궁금해 하고 있다.

이 시에서 가장 중요한 존재는 물소리이다. "(술 처마신 몸과 넋의) 제일 가까운" "(울타리 밑으로) 가장 머언"의 수식어는 모두 '물소리'를 향하고 있다. "(풀이어 그대) 타오르듯"은 "(물 소리) 들릴락말락"에 연결된다. 또한 '타오르듯'은 가깝게는 '술 처마신'을 수식하지만, '줄넘기하는 쌍무지개'에 걸리기도 해 시 전체를 지배하는 강력한 영상이다. 첫 줄의 "(불 속에 피어오르는) 푸르른"은 풀과 물을 동시에 수식하고 있다고 보아도 무방한 구성이다. 시의 존재, 반향, 울림을 가리킨다고도 할 수 있는 물소리는 타오르는 존재이고, 몽상과 가장 가까운 존재이며, 울타리(경계)에서는 가장 먼 존재이다.

　이 울타리는『주역』에서 가르쳤던 '거방(居方)'의 '방(方)' 즉 규범과 질서로 유지되는 세계를 구획 짓는 경계이다. 이 '술 처마신 몸과 넋'으로는 가까이 갈 수 없는 세상이 그 안에 있다. 그러니 겉으로 보면 이 시의 미제의 세상은 기제를 향하게 될 것 같지 않다. 하지만 이 시가 술 취한 넋두리에 떨어지지 않는 것은 "줄넘기하는 쌍무지개", 즉 술 취한 눈에 출렁거리는 쌍무지개에 한세상이 걸려 있다는 인식이다. '한세상'은 찰나이기도 하고 길고 긴 인생이기도 하다. 세상은 아직도 고운 것이며 또한 무지개처럼 스러질 것이기도 하다는 인식은 세상의 앞뒷면을 함께 노래한다. 선시(禪詩)와 같은 달관을 그리면서도 바람직하지 않은 자신의 모습과 시의 한계과 울림을 함께 그렸기에 이 시는 또한 기제를 포함하고 있다. 이 시의 제목이 <메아리를 위한 覺書>인 것도 같은 이유이다. 시에 붙은 '각서'라는 제목은 우습다. 이 어울리지 않는 단어에는 술 취한 자의 허랑한 맹세를 자조하는 의미도 묻어있기는 하지만, 한세상의 의미를 깨달은 순간의 기억을 다짐하려는 의의도 볼 수 있다.

　또 하나, 이 시에서 풀의 역할이 살아나는 것은 중요하다. <초로와 같이>에서 풀은 엿듣고 느끼는 존재였지만, 이슬로 응축됨으로써 그 역할이 사라졌다. 그러나 여기서의 풀은 "불 속에 피어오르는/ … 타오르"는 영상으로 시각화된다. 또한 "그대"라는 이인칭으로 존재가 부각된다. 풀이 불 속에서 타오르는 시간은 얼마나 순간일까? 그러나 화자는 그것을 자신의 몸에 들어온 술로 기억하고 있다. 증류화 된 이슬이 아니라, 풀의 물질성으로 기억하고 있는 것이다. 풀의 이런 존재감은 이 시로만은 의미의 중요성

을 실감하기 어려우나, 황지우의 환생 모티브 일련의 시들을 두고 볼 때는
적지 않은 의미를 가진다는 것을 미리 말해 둔다. 그의 환생은 계속된다.
다음은 『겨울-나무로부터 봄-나무에로(1985)』에 나오는 두 편의 시이다.

3. <잠자리야 잠자리야>

감나무 아래 평상 놓고
늘어지게 한숨 잤다
마당엔 말짱한 여름볕, 부신 거울이다
이거 내가 잘못 깨어난 게 아닐까
다른 세상으로 내가 덥썩 들어와 버린 것 같다
앞 집 상구네 대청에 크게 틀어 놓은 라디오
다가와 내 발바닥을 빠는 형수의 똥개,
이런 것들이 나를 현세로 원위치시켜 주긴 했지만
이건 지독한 환각이다
감나무 그늘은 이미 호박밭 쪽으로 이동,
나는 완전히 노출되어 있었다
꿈도 없고 환한 빛으로 가득한 잠
끝, 부서지는 여름 광휘에는
갑자기 여기서 꺼져 버리고 싶은 역한 마음이 있다
빛 속에서 내 몸은 벌레들로 우굴우굴하다.
이 몸을 바꿔 버렸으면, 털어 버렸으면, 환생했으면!
육체 없는 진짜 몸으로
잠자리가 푸른 패랭이꽃 위에 앉을까말까 한다
곤충의 겹눈에 들어간 내 덩치
나는 내가 들어갈 棺 크기만큼 커져 있다
　　　　　　　　　　　—『겨울-나무로부터 봄-나무에로(1985)』

이 시의 몽상의 시공간은 실제로 우리도 겪어본 적 있는 낮잠이다. 세상

모르고 한잠 잔 후 비몽사몽의 짧은 찰나로부터 이 시는 시작된다. "꿈도 없고 환한 빛으로 가득한 잠"은 그러나 끝났다. 그늘 밑에서 잠들었는데 깨어나 보니 해가 지나가 쨍한 여름 볕 아래 화자는 완전히 노출되어 있다. 갑자기 돌아오게 된 현실은 화자에게 이곳을 도리어 덥썩 들어와 버린 "다른 세상", "지독한 환각"으로 느끼게 한다. 그 느낌은 스스로를 "벌레들로 우굴우굴한" 존재로 여기게 한다. 화자는 여기서 꺼지고 싶고, 자신을 바꾸고 싶다. "이 몸을 바꿔 버렸으면, 털어 버렸으면, 환생했으면!/ 육체 없는 진짜 몸으로"의 시구에서는 현실의 자신을 혐오하는 "역한 마음"이 생생하게 전달된다.

이런 혐오는 앞의 시들에서는 없던 감정이다. 이 감정은 '육체 없는 몸'을 '진짜 몸'이라고 말하게 하는 인식의 전도를 가져온다. 스스로에 대한 혐오는 꽃 중에서도 작은 패랭이꽃에 앉은 잠자리의 눈 속에서, 가장 낮고 가장 작은 것에서 자신의 자리를 찾는다. "곤충의 겹눈에 들어간 내 덩치"는 극소화된 나의 모습이다. 나는 "벌레들로 우굴우굴한" 존재일 뿐이고, 잠자리 눈 속의 한 점일 뿐이다. 현실의 나 역시 "내가 들어갈 관 크기"로나 측정된다. 화자의 무기력은 현실의 자기 모습을 축소해 봐도, 위축되기나 할 뿐, 아무런 의미를 찾을 수 없다.

이런 무기력 또한 앞의 시들에서는 나타나지 않았던 것이다. 앞의 시에서 기화(氣化) 혹은 분화(焚火)된 존재는 물, 불, 풀이었다. 그리고 이들은 재생했다. 그러나 정작 자신에 대해서는 몽환의 상태라 할 만한 잠에서 깨어나자, 이 깨어남이 싫다고 화자는 토로한다. 물론 그는 잠으로써 환생을 이룰 수도 없었다. 문학이 아닌 현실에서 이룰 수 있는 것은 아무 것도 없어서 그의 현세로의 원위치는 역한 마음을 일으킬 뿐이다. 같은 시집의 다른 시에서는 환생이 어떻게 시화되었는지를 살펴본다.

4. <靈宿>

> 빛을 滿載한 달이 텅 빈 산으로 들어간다
> 산이 환해지고
> 달은 텅 빈다
> 明山 空月
> 바라볼 수 없다
> 내 마음이 너무너무 亂動을 부린다
>
> 물 먹은 달
> 지나가면서 蓮잎을 건드려논다
> 波瀾萬丈
> 구름 누에가 滿月을 야금야금 갉아먹는다
> 삽시간에 내가 없어져 버린다
>
> 無明, 無明
> 俗物이 되자
>
> —『겨울-나무로부터 봄-나무에로(1985)』

이 시에서도 화자의 마음에 파문을 일으키는 것은 <잠자리야 잠자리야>에서처럼 "갑자기" 온다. 달이 산에 가려진 순간, 구름이 달을 가리는 순간, 스쳐가는 달이 연못 속의 연잎을 건드려 눈으로는 파악할 수 없는 파문을 연못에 일으키는 순간은 모두 화자에게 참기 어려운 충동을 촉발한다. 그의 마음에 "파란만장"을 일으킨다. 이것들에 의해 화자의 마음은 "너무너무 亂動을 부린다." 또 구름이 산으로 들어가 산이 환해지고 달이 보이지 않는, 즉 달과 산이 몸을 바꾸는 순간인 '명산 공월'의 작용, 구름이 달을 가리는 순간은 그 역시 몸바꿈하고 싶다는 충동을 느끼게 한다. 그 충동은 너무 강력해 "삽시간에 내가 없어져 버"렸다.

그러자 그의 반응은 "無明, 無明/ 俗物이 되자", 즉 다른 것으로의 몸바
꿈이 아니라, 자아를 없애고자 하는 것이다. 시적 순간이 촉발한 원망(願望)
이라는 점에서는 <초로와 같이> 등과 같지만, 앞의 시와는 변해지기를 바
라는 대상이 다른 것이다. 더구나 그가 원하는 '속물'은 도리어 현 상태를
유지하는 것이다. 현실의 자아에게 파란만장처럼 밀려오는 감정의 순간적
인 충동에 빠지지 않고자 하는 것이다. 다른 시들에서는 속물인 자기를 바
꿔버리고 싶었던 것이라면 여기서는 스스로가 속물임을 인정하는 것이다.
그런데 무명(無明)이란 말은 "진리가 아니다"라는 말이다.[18] '無明이 되자'
는 고(苦)·집(集)·멸(滅)·도(道)의 사성체(四聖諦)[19]를 깨닫지 못해 번뇌에
빠져 무명의 상태에 있는 자신을 수긍하는 것을 다짐한다는 차이가 있다.
말 그대로라면 윤회와 번뇌에 빠질 자신을 방기한다는 것이니, 의외의 반
응이다.

그러나 이 말은 사실 한 번 더 의미를 변용해, 한 차원 다르게 해석할
필요가 있다. 무명이 드러나는 것은 수상(受想) 행식(行識)이 다 떨어져야 한
다. 그러자면 무무명(無無明)에 도달해야 하고, 환멸연기(還滅緣起) 또한 끊어
내는 무명진(無明盡)에 도달해야 한다고 한다. 그러므로 "무명이 되자"는 것
은 무명의 필요충분조건을 다 거쳐야 도달할 수 있는 자유의지가 되자는
것이다.[20] 일체번뇌의 근본인 무명의 실체가 그대로 청정한 불성이라는 깨
달음은 여기에서 온다. 시 속에서 그에게 일어난 몸바꿈의 욕망은 대상과
더불어 육식(六識)에 일어난 탐(貪)·진(瞋)·치(癡)와 같은 상응(相應)무명이라

---

18) 박병원, 『대승신기론강좌 1』, 도서출판 방하, 244쪽 참조.
19) 사성체는 인간은 생로병사(生老病死)의 괴로움 때문에 번뇌에 처해 있다는 깨달음인 고
   체, 인간의 애욕과 집착에 현실고의 원인이 있음을 말하는 집체, 무명, 애욕, 집착을 끊
   어버림으로써 해탈과 열반에 이름을 알리는 멸체, 고통의 세계에 인간이 다시 돌아오지
   않기 위해서 걸어야 할 팔정도(八正道)를 가르치는 도체의 성스러운 진리 양상을 말한
   다. 고순호, 『불교학개론』, 선문출판사, 1980, 80~87쪽.
20) 박병원, 같은 책, 242~252쪽 참조.

할 만하다. 또 "내 마음이 너무너무 亂動을 부린다"라고 한 말은 그 무명이 지혜의 눈을 가리는 순간을 표현한 것이라면, 무명에 도달하기 위해 그가 벗어나야 하는 무명은 그를 감고 있는 전(纏)무명일 수도 있다.[21] 경계와 상관없이 일어나는 것이 불공(不共)무명이라면 속물이 되든 안 되든 문제되는 것이 아니니, 이것이 "속물이 되자"고 갈파한 의미일 수 있다. 그러니 선시(禪詩)와도 같은 경지를 그린 것으로 보이는 이 시는 아름다운 합일을 표현한 서정시가 아니다.

<靈宿>에서 시인은 지금의 자신을 버리고 또 무엇인가가 되고 싶은 자신, 달과 산, 구름과 달의 몸바꿈 때문에 충동이 일어난 자신을 그려, "삽시간에 내가 없어져 버린다"라고 표현했다. 이것이 바로 '혹(惑)'의 순간, 흔히 말하는 '미혹(迷惑)'의 순간이다. 혹은 번뇌이다.

환생은 황지우의 근원적인 결핍에 의해 반복되는 바람이지만, 변용에 의한 환생은 똑같을 수밖에 없다는 결론에 그는 도달한 것인지 모른다. 변용을 다룬 다른 시들과 달리 더 이상 변용을 바라지 않는 이런 차이는 연잎에 의해서 일어난다. 연잎을 건드린 달의 작용은 보이지 않는 '인드라망'에 다름 아니다. 그 보이지 않는 파장(波長)을 파란만장으로 느끼는 자신에 대한 반성이 "무명이 되자"인 것이다. 그는 초기 시 <파란만장>에서 "물결 하나가/ 수만 겹의 물결을 데리고 와서/ 나의 애간장 다 녹이는/ 조이고 쪼이는/ 내 몸뚱어리 빨래가 되고/ 오 빨래처럼/ 屍身으로 떠내려" 가는 자신을 감수하겠다는 의지를 보였다. 이상국(理想國)인 율도국을 위해 자신을 정

---

21) 유식종이 분류한 무명은 4종이다. 수면(睡眠)무명, 전(纏)무명, 상응(相應)무명, 불공(不共)무명이 그것이다. 수면무명은 내 내면에 잠자고 있는 무명이다. 전무명은 수면무명이 나도 모르게 부지불식간에 자꾸 드러나 모든 판단을 흐리게 하고 지혜의 눈을 가리는, 그러므로 천으로 칭칭 감고 있다는 의미에서 전무명이다. 상응무명은 대상과 더불어 일어난 무명이며, 불공무명은 근본 번뇌와 상관하지 않고, 경계와 상관없이 일어나는 무명이다. 박병원, 같은 책, 245-246쪽 참조

화(淨化)하는 괴로운 의식의 순간들을 마다 않던 그이지만, 온갖 세상의 자극에 온몸으로 반응하며 대상과 더불어 어리석어지는 무명으로부터는 이제는 벗어나 참면목에 도달해야겠다는 자각이 이 시에 드러난다.[22]

그래서인지 환생에 대한 앞서와 같은 직접적인 표현은 3시집인 『나는 너다(1987)』와 4시집인 『게 눈 속의 연꽃(1990)』에는 별로 나타나지 않는다. 겉으로 드러나지 않으나 환생에 대한 황지우의 지속적인 관심이, 진형준의 말처럼, 시간, 육체, 역사가 아니라 시간성, 육체성, 역사성으로 바뀐 것인지,[23] 즉 '환생성'으로 바뀐 것인지의 여부는 자세한 논의를 요한다.

3시집 『나는 너다(1986)』, 4시집 『게 눈 속의 연꽃(1990)』에는 비교적 직접적으로는 표시되지 않았던 환생의 시들이 5시집 『어느 날 나는 흐린 주점에 앉아 있을 거다(1998)』에는 두 작품 나온다. <나의 연못, 나의 요양원>과 <물 빠진 연못>이 그것이다.

그 사이 그는 시를 쓰지 않았고 조각을 했다. 4시집 이후 그는 더 이상 시가 써지지 않는다고 했다. 그는 희곡을 썼을 뿐, 실제로 새 시집은 더 이상 나오지 않았다. 그리고 그는 흙에서 위안을 찾았다고 했다.

> 1993년 6월 어느날 우연히 한 후배의 조소방을 들렀다.
> 장난삼아 흙을 주물러 보았다. 느낌이 妙했다.
> 반죽의 원시적 연장성에서 살을 느꼈다. 살 것 같았다.
> …
> 조소하는 사람들이 보면 조소를 금치 못할. 이른바 첫작품이라 할 이 졸작을
> 3일 하고 났더니 어디 손 안 닿는 가려운 데를 긁은 기분이 들었다.

---

22) 2시집으로부터 13년 뒤의 5시집의 <유혹>에는 "無明盡亦無無明盡"이 바로 시구로 사용되었다.(본고 III. 6의 <물 빠진 연못> 참조)

23) '~성'은 "날 욕망의 드러남과 한쪽 욕망의 비대화를 경계한 결과로 그 실존을 버리지 않은 채 실존을 넘나드는 것으로 변모한 것"에 대해 부여한 말이다. 진형준, (해설)「걸리적 거림, 사이로 돌아다님」, 황지우, 『게 눈 속의 연꽃』, 문학과지성사, 1990, 148-149쪽.

이 덩어리를 반사가 잘되는 스뎅판에 올려놓으면 어떨까 하는 생각 :
내 이 어찌할 수 없는 허영심![24)

이라고 그 후련함을 토로했다. 그는 말(言)을 버렸다. 그러자 "시가 조각으
로 화육(化肉)되었다."고 했다.

나는 시를 쓸 능력이 고갈되었다는 생각 때문에 고통받았다. 그러던 중에
우연히 진흙을 주물럭거리게 되었다. 말을 버리니 후련해졌고 침묵은 숨통
을 터주었으며 노동은 나에게 존재감을 다시 회복시켜 주었다. 차츰 어느
귀퉁이에선가 시가 다시 새어 나오는 것 같은 느낌을 받았는데, 막혔던 곳
에서 새어 나오는 그 증기는 이번에는 말의 발성기관을 통과하는 것이 아니
라 진흙에 훈김을 불어 넣는다. 나는 조각에 시를 부여했다고 할까? 말하자
면 '조각은 시와 같이' 였다.[25)

그 결과를 그는 '조각시집'이라 표기한 『저물면서 빛나는 바다(1995)』로
출판했다. 신작시 혹은 이미 발표된 시를 실었고,[26) 그의 조각 작품의 사
진을 수록했다. 짧은 글을 곁들여 사진으로 소개된 그의 조각 작품들은 그
의 바람대로라면 "중대한 결핍을 갖는 꽉찬 덩어리"[27)이다. 그는 행복했을

---

24) 황지우, 「육체 : 그것은 生의 유일한 표지이다」, 『저물면서 빛나는 바다』, 학고재, 1995,
   12쪽.(이하 『저물면서~』로 표기.)
25) 황지우, 「조각은 의미하는 것이 아니라 존재하는 것이다 : 그렇다, 그렇지 않다.」, 『저
   물면서~』, 66쪽.
26) 『저물면서~』에는 그의 조각 작품의 사진과 함께 과거 수록시 일부와 처음 발표된 시
   도 몇 편 실려 있다. 여기에 처음 실린 시들은 다음 5시집에 실릴 때 많이 개작되었다.
   개작과 원작 시를 비교해 보면 『저물면서~』에 실린 것들은 사진을 의식하고 있다는
   점에서 메모나 설명적인 요소가 확실히 더 많다고 생각한다.
27) "… 한 공간에 어떤 덩어리가 차지하고 남은 부분에 몰려 있는, 심각한 부재의 표정에
   나는 더 이끌리게 되었다. 꽉 찬 덩어리는 중대한 결핍을 갖지 않으면 안 된다는 생각
   이 들었다. 더 큰, 그러나 없는 것을 자기 안으로 초대하는 것 : 부재를 현존시키는
   것 : 그것이 조각이라고 나는 생각한다. 자기 제한, 비워두는 것. 차마 말을 다 하지 못
   한다는 점에서 조각은 회화가 그런 것보다 훨씬 더 시에 가깝다고 느껴졌다. 나는, 말

것이다. 그러나 "늪에서 보글보글 올라오는 기포들처럼 조각적 아이디어들
이 한꺼번에 떠올라와서 내 손이 못 따라갈 지경이었다. 오랫동안 시를 쓰
지 못한 내 영혼의 밑바닥이 썩어서 포화 상태가 된 이 마음의 거품들은
나를 황홀하게 하면서 불안하게 했다."[28]고 또한 고백했다.

> 의미를 수줍어하고 뿌리치면서 그것을 초대하는 방식, 그것을 부재의 현
> 존으로써 불러 오는 불가지론적인 태도 : 그것이 '시적 조각'이다. … (우리
> 선조들의 문인화처럼) 의미심장한 것에의 탁 트임. 그린다는 자의식이 배제
> 되어 있으면서도 거기에서 우러나오는 손맛. 격 : … 벼랑을 건너기 위해선
> 뒤로 물렀다가 달려가야 한다. 벼랑 밑 심연으로 떨어져 버리기도 하겠지만
> 맞은 편 새로운 섬, 아니면 징검돌을 만날 수 있을지.[29]

그가 조각으로 물러섬을 통해서 과연 새로운 섬을 만났는가는 다음 시
집인 5시집 『어느 날 나는 흐린 주점에 앉아있을 거다(1998)』를 통해 알 수
있을 것이다.(이하 『어느 날~』) 본고의 관심인 환생의 시들이 5시집에는 두
편 나온다.

먼저 <나의 연못, 나의 요양원>(이하 <나의 연못~>)을 보자.

5. <나의 연못, 나의 요양원>

목욕탕에서 옷 벗을 때
더 벗고 싶은 무엇인가가 있다
나는 나에게서 느낀다

하자면, 조각으로 시를 썼다. … 조각은, 그러나, 드러나 있는 것을 초월한다.", 황지우,
「조각은 덩어리다. 그러나 그것은 위대한 결핍이다」, 『저물면서~』, 31쪽.

28) 황지우, 「어떤 아이디어는 진짜이고 어떤 아이디어는 가짜이다」, 『저물면서~』, 50쪽.

29) 황지우, 「조각은 의미하는 것이 아니라 존재하는 것이다 : 그렇다, 그렇지 않다」, 『저
물면서~』, 68쪽.

이것 아닌 다른 생으로 몸 바꾸는
환생을 꿈꾸는 오래된 배롱나무

탕으로 들어가는 굽은 몸들처럼
연못 둘레에
樹齡 三百年 百日紅 나무들
구부정하게 서 있다

만개한 8월 紫薇꽃.
부채 바람 받는 쪽의 숯불처럼
나를 향해 점점 밝아지는데
저 화엄탕에 발가벗고 들어가
생을 바꿔가지고 나오고 싶다
불티 같은 꽃잎들 머리에 흠뻑 쓰고
나는 웃으리라. 서울서 벗들 오면
상처받은 사람이 세상을 단장한다
말하고, 그들이 돌아갈 땐
한번 더 뒤돌아보게 하여
저 바짝 藥오른 꽃들,
눈에 넣어주리라
　　　　　　　—『어느 날 나는 흐린 주점에 앉아 있을 거다(1998)』

이 시에서 환생을 꿈꾸는 존재는 오래된 배롱(룡)나무로 동일시된 화자
이다. 그가 "목욕탕에서 옷 벗을 때/ 더 벗고 싶은 무엇인가가 있다"고 느
끼는 것은 자신을 "슬픔의 容積, 물을 담고 있는/ 껍딱"으로 여길 뿐이기
때문인데,[30] '오래된 배롱나무'에 자신을 투사하게 되는 것은 이번 생을

───────────

30) 이 시에서는 옷을 벗고 싶은 이유가 드러나지 않았으나, 『저물면서~』에 실린 일부에는
　　그 의미가 자신을 "이 슬픔의 容積, 물을 담고 있는/ 껍딱"으로 여기기 때문임이 드러나
　　 있다. 황지우, 「조각도 결국엔 눈속임, 덩어리로 된 환영…인데」, 『저물면서~』, 75쪽.

'벗고 싶은' 자신처럼, 배롱나무는 스스로가 다른 생으로 몸바꾸는 의식을 행하고 있기 때문이다. '부채 바람 받는 쪽의 숯불처럼 점점 밝아지는' '불티같은 꽃잎'이 만개해 있는 배롱나무는 스스로 정화의식을 행하는 중이다.

배롱나무가 둘러싼 연못은 그에게는 화엄탕과 같다. 화엄(華嚴)은 온갖 꽃으로 장엄하게 장식한다(雜華嚴飾)는 뜻으로 부처님의 만행(萬行)과 만덕(萬德)이 모든 중생과 사물을 아우르고 있다는 것을 꽃으로 장식한 것에 비유한 것이다. 그는 이미 3시집 『나는 너다』에서 물을 자신을 지탱하는 요소로 지목했었다. 그는 <지복한 틈>에서 "넓은 세상 보고 싶어라. 華嚴의 넓은 세상./ 들어가도, 들어가도, 가지고 나올 게 없는/ 액체의 나라,/ 나의 汚物을 지우는, 마침내 나를 지우는 바다."[31]로 표현했다. 꽃으로 장식된 액체의 나라는 그에게는 분별과 대립이 극복된 이상적인 불국토인 연화장세계(蓮華藏世界)를 나타내는 말이기도 하다. 또한 이 시에서 "상처받은 사람이 세상을 단장한다"는 말은 재가자도 성불할 수 있다는 화엄사상과 통한다. 『화엄경』은 부처는 거의 설하지 않고 문수보살과 보현보살이 주로 설법하고 있으며, 문수보살의 여래지(如來智)와 보현보살의 대행(大行)으로 중생들을 발심(發心)시켜 성불의 인연을 만들어주고자 하는 것이다. 보살사상의 특성은 출가와 재가를 구분하지 않고 출가자이든 재가자이든 보살행을 몸소 실천하는 수행자만이 진불자요 성불을 향한 진보살이라는 사상이다.[32] 일체가 마음에 달렸다는 일체유심조(一體唯心造) 역시 『화엄경』의 주요 사상이다. "마음을 알지 못하면 망령된 경계만을 지어낼 것이요, 일체유

---

31) <182>, 『나는 너다(1987)』. 이 시에서 바다는 가정과 대비되는 요소이면서 동격이기도 하다. 가정은 "권태롭고 지겨운 시절"의 "方舟"이기도 하지만, 넓은 바다로 통할 수 있었던 "이 지상에서 우리가 누릴 수 있었던" '지복한 틈'으로도 표현되었다. 이 시 <182>는 시선집 『구반포 상가를 걸어가는 낙타』(미래사, 1991)에서는 <지복한 틈>으로 표제되었다.

32) 고순호, 같은 책, 249-269쪽 참조

심조를 깨달으면 참다운 불(佛)의 경계에 안주하게 되는 것이다.”[33]

화엄탕은 그에게 자신의 마음으로 자신을 치유할 수 있다는 생각을 갖게 했고, 이어 나오는 ‘藥오른 꽃’ 붉은 자미꽃도 그를 치유하였을 것이다. 그를 치유한 자미꽃은 불(火)이기도 하다. 그는 풍구질의 반대편, 바람을 받는 쪽에 서있어, 그 불티를 흠뻑 받았다. “숯불은 물론 그의 생 한복판으로 통하는 아궁이에서 일어난다.”[34]는 정과리의 말처럼 불은 그에게 그 힘을 옮겼고, 그는 정화되었다.

이 시의 몸바꿈에서 주목할 것은 앞선 시들에서 나타났던 풀의 역할이 극대화된 것이다. 환생의 시들에서 동물은 나타나지 않는다. 동물은 『잠자리야 잠자리야』에 나오는 개와 곤충이 유일한데, 개는 화자에게 그가 존재하는 곳이 바람직하지 않은 현실이라는 것을 확인시켜 주는 존재로, 잠자리는 자신의 쓸모없음을 확인시켜 주는 존재로 나온다.(식물의 영향이 점점 중요해지는 것과는 대비된다.) 이 시 <나의 연못, 나의 요양원>에서 배롱나무는 스스로가 정화되며 다른 것을 정화시키는 영매와 같은 역할을 한다.

물, 불은 『주역』의 중요한 요소이지만, 풀과 나무는 『주역』의 팔괘에는 없는 존재인데, 풀이 나무로 커지며 시의 핵심이 되는 변화의 방향은 다음 시에서 더욱 확실해 진다.

6. <물 빠진 연못>

> 다섯 그루의 노송과 스물여덟 그루의 紫薇나무가
> 나의 화엄 연못, 지상에 붙들고 있네
>
> 이제는 아름다운 것, 보는 것도 지겹지만

---

33) 고순호, 같은 책, 268쪽.
34) 정과리, 『주간조선』 1713호, 2002. 7. 25.

화산재처럼 떨어지는 자미꽃들, 내 발등에 남기고
공중에 뜬 나의 화엄 연못, 이륙하려 하네

가장자리를 밝혀 중심을 비추던
그 따갑던 환한 그곳; 세상으로부터 잊혀진
中心樹, 폭발을 마치고
난분분한 붉은 재들 흩뿌리는데
나는 이 우주 잔치가 어지러워서
연못가에 眞露 들고 쓰러져버렸네

하, 이럴 때 그것이 찾아왔다면
하하하 웃으면서 죽어줄 수 있었을 텐데

깨어나 보니 진물 난 눈에
다섯 그루의 노송과 스물여덟 그루의 자미나무가
나의 연못을 떠나버렸네

한때는 하늘을 종횡무진 갈고 다니며
구름 뜯어먹던 물고기들의
사라진 水面;
물 빠진 연못, 내 비참한 바닥,
금이 쩍쩍 난 진흙 우에
소주병 놓여 있네
　　　　—『어느 날 나는 흐린 주점에 앉아 있을 거다(1998)』

　이 시의 배경은 위의 <나의 연못~ >과 같다. "연못 둘레에/ 樹齡 三百
年 百日紅 나무들"은 여기 <물 빠진 연못>에서는 "다섯 그루의 노송과 스
물여덟 그루의 紫薇나무"로 더 상세하게 보이고 있다. 그리고 나무는 "가
장자리를 밝혀 중심을 비추던/ 그 따갑던 환한 그곳; 세상으로부터 잊혀진/
中心樹"로 그 위상이 더욱 높아진다. 매개체로서의 풀은 이제 중심수로서

그 목성(木性)을 확고히 한다.35) 물은 처음부터, 그리고 여전히 화자를 유지하는 중요한 존재이다. 그런 물이 없어져 연못의 바닥이 드러나자 자신의 바닥이 드러났다고 느끼는 것이다.

또한 꽃이 지자 세상에서는 잊혀졌으나 가장자리를 밝혀 중심을 비추던 나무는 '우주 잔치'를 마친 것으로 묘사된다. 그리고 화자는 우주가 폭발했다고 느낀다. 백일홍나무의 꽃이 지는 것으로 이제 화엄연못은 이륙하려, 이 세상에서 없어지려 한다. 나무는 우주와 소통을 가능하게 하는 역할인 우주나무, 즉 신단수(神檀樹)로, 세계의 중심과 생명의 원천으로 승화되어 있는 것이다. 그러나 나무는 지상을, 나를 떠나려 한다. 불은 여전히 폭발하는 화산으로 붉은 색, 정화의 상징이다. 또한 물이 빠진 연못 때문에 차라리 죽음이 왔으면 할 정도로 물의 부재는 나의 존립에 위협이 된다. 물은 나를 채워주는 존재였던 것이다. 이렇게 이 시에 작용하는 물, 불, 나무는 모두가 위기이다.

물, 불의 상극상생은 『주역』의 기제, 미제괘에서 뿐만 아니라, 오행에서 더욱 명확하게 드러난다. 오행은 수, 화, 목, 금, 토로 구성된다. 수→목→화→토→금(→수)가 생(生)의 방향이라면, 수→화→금→목→토(→수)는 극(克)의 방향이다. 물은 나무를 살리고 그 나무는 불을 살게 했다. 그러나 너무 극성한 불(만개한 꽃)은 나무를 떠나게 하고(꽃이 지자) 땅은 갈라지고 물은 빠져버렸고 정화의 불도 꺼져버렸다. 물이 빠지자 "죽어 줄 수도 있다"고 한 그는 나무와 같다. 수생목, 물은 나무를 살리는 존재이기에 그의 환생에 대한 시들에 나무의 역할은 점점 중요해졌다. 나무의 존재는 황지우 시의 설명을 위해 선천팔괘의 음양 관계보다 후천팔괘의 오행의 상생상극을 더 고려해야 하는 이유로 작용한다.

---

35) 『어느 날~』에는 <소나무에 대한 예배>, <거룩한 저녁 나무>, <나무 숭배> 등 나무의 덕성에 대한 시가 여러 편 있다.

이제 물, 불의 조화는 더 이상 없다. 여기에 술, 즉 앞에 나왔던 증류수조차도 바닥이 난 광경은 화자가 놓인 막다른 상태를 보여주는 것은 사실이지만, 독자로 하여금 화자의 처지에 대해 거리를 갖게 한다. 여기에는 시인의 의도적 장치인 믿을 수 없는 화자의 어조 "진흙 우에"의 역할도 있다.[36] 화자 스스로가 자신의 절망을 우습게 보는 태도를 드러내고 있기 때문이다.[37] 자신의 반응을 바람직하지 않게 보이려고 하는 이 의도는 화자가 느끼는 격절감(隔絶感)을 반어적으로 강조한다. 독자의 공감조차 차단하는 것이다. 그 때문에 자신을 포함한 아무에게도 공감 받지 못하는 화자의 외로움이 더 부각되는 이중성은 시적 긴장을 높여 준다. 상생의 조화에서 상극의 현실로 전환된 설정은 그의 몸바꿈이 이제는 환상 속에서도 어렵다는 것을 예감하게 한다.

2시집의 <영숙(靈宿)>에서 화자가 무무명과 무명진을 깨우침으로써 몸바꿈, 환생을 더 이상 바라지 않으려 한 바 있으나, 그런 소망은 역시 계속되었음을 다음 시에서도 볼 수 있다. <영숙>으로부터 13년 뒤의 5시집의 시 <유혹>에서 황지우는 "無明盡亦無無明盡"을 직접 시구로 삼았다. 그리고 무명에의 도달이 불가능한 '환영'이라고 실토하였다.

> ...
> 잘못 들어온 말벌 한 마리가
> 유리 스크린을 요란하게 맴돈다
> 환영에 철(鐵)날개를 때리며
>
> 어? 여기가 바깥인데 왜 안 나가지냐?

---

36) 스스로가 식물인간이었으면 좋겠다고 하며 점점 퇴행해 가는 화자의 모습을 그린 <살찐 소파에 대한 日記>에서도 "거디었다" 등의 어조를 보이고 있다.

37) 이인성이 황지우의 시를 빌려 "거지근성(같은 시)"이라고 지적한 것의 일종이다.(이인성, 같은 글, 168쪽)

無明盡亦無無明盡

바깥을 보는 것까지는 할 수가 있지.
하나, 바깥으로 한번 나가보시지

아아 울고 싶어라, 투명한 것 가지고는 안 돼
(이하 생략)

― <유혹>

"아아 울고 싶어라"고 하는 화자의 상황은 통유리창에 갇혀 안팎을 구분하지 못해 요란하게 맴도는 말벌의 몸부림과 같은 것이다. 여기서도 그는 "나, 깨당 벗고 달려나가/ 흰 벌떼 속에 사라지고 싶다"라고 소멸의 원망(願望)을 드러낸다. 이 '깨당 벗고'는 "목욕탕에서 옷 벗을 때/ 더 벗고 싶은 무엇인가가 있다"(<나의 연못, 나의 요양원>)와 다르지 않다. <나의 연못~>의 환생은 초기 시의 환생과는 다르게 사라짐의 유혹이 더 강하게 작용하고 있음을 위에서 보았다. 그럼에도 불(티같은 자미꽃)은 그에게 藥이었고, "상처받은 사람이 세상을 단장한다"는 진단도 할 수 있었다. 그러나 이제 물과 불의 조화는 깨지고 그는 환생을 꿈꿀 수 없게 되었다.

이런 황지우의 상황은 환생을 주제로 한 그의 시의 행방을 분석할 때 이미 예기할 수 있었던 것이기도 하다. 물·불의 상생상극을 넘어서는 상상을 통해 환생을 꿈꾸던 그가 물·불이 작용을 멈춘 상황에서 돌아갈 곳은 흙일 수밖에 없었다. 이것을 전망할 수 있었던 것은 오행의 순환에서 흙이 가지는 위치, 비중이 그러하기 때문이다. 흙은 가장 기본적인 것이자 중심이다. 오행 상 토(土)는 중개역할을 한다. 오행은 가장 먼저 물이 나오고, 그 다음에 불, 나무, 쇠 마지막으로 흙이 나온다.38) 수화목금토가 오행의

---

38) 오행이 생성되는 것은 하도(河圖)의 사상교역에 의한 것이다. 오행은 생수(生數, 1 · 2 ·

순서인데 상충되는 물과 불, 나무와 쇠를 모두 흙이 중재하는 것이다. 물, 불에 기댈 수 없는 정화를 기대할 수 있는 것은 진흙일 수밖에 없는 이유가 된다. 조소방에서 처음 주물렀던 진흙이 그를 숨 쉬게 했던 것은 그의 화(火) 기운을 흙이 덜어냈기 때문이다. 그러나 그 정화는 경계로 구획 짓는 것이 아니라 경계를 없애는 것이다. 진흙은 그의 모든 것을 적나라하게 내맡기는 곳이기도 하기에 자신을 추스르지 못할지도 모르는 함정임을 그는 모르지 않는다.

> ...
> 망막을 속이는 빛이 있음을 모르고
> 흰 빛 따라가다
> 철퍼덕 나가떨어진 이 궁창; 진흙—거울이어라
>
> 진흙—마음밭에 부리 처박고 머리털 터는 오리꼴이라니
> 더욱 더러운 것을 두려워하지 않아도 되니
> 신간은 편하다만
>
> 이렇게 미친 척 마음 가지고 놀다
> 병 옮으면 이 우울한
>   거울 3.
> 다시 빠져나갈 수 있을지 아슬아슬하다
> 　　　　　　　　　　　 ─<우울한 겨울 3> 『어느 날~ 』

---

3 · 4 · 5)와 성수(成數 6 · 7 · 8 · 9 · 10)의 조합으로 생기는데 생수는 낳는 수(體)이며, 성수는 이루는 수(用)이다. 홀수 1 · 3 · 5 · 7 · 9는 양수(陽數), 짝수 2 · 4 · 6 · 8 · 10은 음수(陰數)이며, 그 중 생수인 양수 셋과 음수 둘이 주가 되어(參兩天地) 수의 음양 조합으로 오행을 낳고, 천지만물을 이루므로 『주역』을 음양학이라 한다. 오행의 생성(生成)은 생수 1(北)이 중앙 토(土)의 수(數) 5와 합해 6이 되어 수(水)를 낳는다. 2(南)와 토가 7(火), 3(東)과 토가 8(木), 4(西)와 토가 9(金)을 낳는다. 중앙의 수 5는 스스로 자화(自化)하여 10(토)을 이룬다.(I-95~106) 이는 하도에 생수는 안에 위치하고 성수는 밖에 위치한 데서 이룩된 것이므로, 하도는 상생의 이치가 있다고 한다.(I-112)

이렇게 그는 스스로를 경계했지만, 빠져나오지 못했음을 시로 고백하고 있다. 그가 스스로를 "점점 진흙에 가까워지는 존재"라고 말할 때 그는 자신이 두렵다. "이것도 삶이라면, 삶은 욕설"[39]이니까. 이 말에서는 흙이 그에게 주었던 위안이 더 이상 느껴지지 않는다.

흙이 주었던 위안도 지속되지 않는 이 상황에서 그가 스스로를 구출할 수 있을지는 관심사일 수밖에 없다.

IV. 환생·파멸의 겹짜임과 생극(生克)의 묘용(妙用)

그가 시가 아니라 진흙과 조각을 찾은 것은 자연의 순환에 순순하게 반응한 것인데도 그는 또 다시 자기환멸을 경험하고 있다. 이제는 다른 삶도 꿈꾸지 못할 것 같은 그의 현 상황이 어떻게 진행될 것인지를 전망해 보기 위해서는 그가 4시집 이후 시를 쓰지 못하게 된 환경과 그 극복의 몸부림을 조각이 아닌 시 쓰기에서 먼저 살펴볼 필요가 있다.

황지우는 1988년 광주로 낙향했고, 14개월 후 다시 서울로 돌아왔다. 그때의 시들이 실려 있는 4시집 『게 눈 속의 연꽃(1990)』은 어떻게든 시를 쓰려고 하는 그의 다짐을 보여준다.

> 그러므로, 길 가는 이들이여
> 그대 비록 惡을 이기지 못하였으나
> 藥과 마음을 얻었으면,
> 아픈 세상으로 가서 아프자.
> ― <山 經>, 『게 눈 속의 연꽃』

---

39) "… 이 내용물은/ 서서히 금이 가면서 점점/ 진흙에 가까워지고 있다" <점점 진흙에 가까워지는 존재>(『어느 날~』)

세상에 실망해 낙향했으나 결국은 세상에 나오려는 그에게는 결산이 필요했다. <산경>에서 전국 산들의 역사지리적 성격을 설화적 상상력으로 둘러보고 난 뒤 그는 운주사를 거쳐 "약과 마음을 얻었"으면 다시 세상으로 가자고 한다. "천불천탑이 천만 개의 돌燈을 들고 나와 맞는다/ 해도, 그게 다 마음 덩어리 아니겠어?/ 마음은 돌 속에다가도 情을 들게 하듯이/ 구름돛 활짝 펴고 온 우주를 돌아다녀도/ 정들 곳 다만 사람 마음이어서"(<구름바다 위 雲舟寺>) 그는 내려온다.

시 속에서 그의 환생은 꿈과 현실의 복합적인 공간에서 이루어졌다. 황지우의 <산경>의 공간 역시 꿈과 현실의 복합체이다.[40] 현실에서 이상에 이르는 여정과 이후의 귀환을 노래한 <산경>만 놓고 보면 그의 귀환은 치유의 공간 무등산이다. 그러나 <후산경>, <산경을 덮으면서> 등 일련의 작품을 보면 그의 귀환은 인간의 발길로 상처가 지워지고 또 생기는, 질척거리는 진흙의 사창가이다.

<산경>에서 그는 "약과 마음"을 얻었다고 했지만, <산경을 덮으면서>는 절망을 표현한다. 그의 절망은 "수천 년 이래 謫仙들이 모여 세상으로 나갈 채비들을 하고 있다"는 운주사에 가 절망의 해머를 휘두르고 싶을 정도이다. "세상이 이 지경이"기 때문이다.

> ...
> 해제, 해제다
> 이제 그만 약속을 풀자
> 내, 情이 많아 세상을 이기지 못하였으나
> 세상이 이 지경이니
> 봄이 이 썩은 배를

---

40) 정재서, 「<산해경>의 시적 변용—도연명에서 황지우까지」, 『중국학보』 38, 이화여대 중문과, 1998, 203쪽.

하늘로 다시 예인해가기 전
내가 지은, 그렇지만 작용하는 허구를
작파하여야겠다
　　　　—<山經을 덮으면서 중 1 일부>, 『게 눈 속의 연꽃』

"내가 지은, 그렇지만 작용하는 허구"는 새로운 세상에 대한 믿음이다. 천불천탑을 만들면, 민중이 물이 되면, 저 배가 떠 새 세상, 미륵 세상이 온다는 운주사의 전설을 믿는 마음이기도 하다. 운주사의 와불이 일어나면 새 세상이 올 것이라는 전설 역시 새 세상을 기다리는 사람들에게 믿음으로 남아있다. 새 세상을 만들겠다는 그의 노력은 아무하고도 약속하지 않았지만, 스스로 지은 것이기에 결자해지(結者解之), 결국 스스로가 해제하여야 한다. 자신의 죄는 "정이 많아 세상을 이기지 못"한 것이다. "情이 많아 세상을 뚫고 나가지 못하니/ 내가 세상에서 할 일은/ 세상을 죽어라 그리워하는 것"(<후산경> 중 겨울)이라고 하는 그가 세상에 나가는 것, 즉 해제는 새 세상이 오지 않았는데도 세상에 나가는 적선(謫仙)을 보는 것 같다. 믿음의 부재에 자신을 방기하는 위험을 무릅써야 하는 것이다. "돌을 깨뜨려 불을 꺼내듯"(<게 눈 속의 연꽃>) 쓰는 그의 시의 의미도 "추운 소리여/ 잠시 나한테 머물다 가소"(<후산경> 중 겨울 아침)에서처럼 잠시 나에게 머물다 가는 '추운 소리'로 축소된다.

　　<산경을 덮으면서>
　　　　3
　　운주사 다녀오는 저녁,
　　사람 발자국이 녹여놓은, 질척거리는
　　대인동 사창가로 간다
　　흔적을 지우려는 발이
　　더 큰 흔적을 남겨놓을지라도

오늘밤 진흙 이불을 덮고
진흙 덩이와 자고 싶다

넌 어디서 왔냐?

—『게 눈 속의 연꽃』

운주사의 와불이 덮은 '얼음 이불' 대신 '진흙 이불'을 덮은 그는 현실에서 자신의 자리를 확인한다. 가장 낮은 곳의 인간뿐 아니라 인간은 모두 흙이다. 진흙(=인간)에게 "넌 어디서 왔냐?"는 질문은 결국 자신이 흙에서 왔음을 다시금 확인하는 것이다.[41] 이렇게 4시집에서 이미 그의 흙으로의 안착이 예고되었음을 볼 수 있다. 그의 진흙에의 귀환은 이렇듯 본능적인 것이다.

그러나 그의 시는 그를 구원하지 못했다. 그는 4시집을 낸 후 5년 동안 시가 써지지 않는다며 조각 작품을 위주로 한 조각시집 『저물면서 빛나는 바다』(1995, 학고재)를 냈을 뿐이며, 그때부터 다시 4년 뒤에야 5시집을 출간한다.

나, 이번 생은 베렸어
다음 세상에선 이렇게 살지 않겠어
이 다음 세상에 우리 만나지 말자
……

아내가 나가버린 거실;
거울 앞에서 이렇게 중얼거리는 사나이가 있다 치자
그는 깨우친 사람이다
삶이란 게 본디, 손만 댔다 하면 中古品이지만

---

41) 4시집을 이끄는 "뻘밭을 기는 투구게" 역시 진흙 속의 우리 자신이며, 5시집에서는 아예 시 제목 <점점 진흙에 가까워지는 존재>로 자신을 표현했다.

그 닳아빠진 품목들을 베끼고 있는 거울 저쪽에서
낡은 괘종시계가 오후 2시를 쳤을 때
그는 깨달은 사람이었다.

흔적도 없이 지나갈 것
— <거울에 비친 괘종시계>, 『어느 날 ~』

5시집에서 그는 단적으로 말한다. "나, 이번 생은 베렸어"라고 젊은 시절의 시가 다른 생을 꿈꾸는 것은 같았지만, "이번 생은 베렸"다는 판단 때문은 아니었다. 그러나 그의 절망이 깊은 5시집에서 다음 생을 기다리는 그의 자세는 "밧줄에 달린 생"을 스스로 마감하겠다는 비극적, 패배적 결단을 '상상'한다. "2미터만 가면 가스밸브가 있고/ 3미터만 걸어가도 15층 베란다가 있다"고 한 이 상상은 '촛불을 들고 이슬 속에 들어가고 싶다'는 '잠과 꿈'의 변용이 현실로 바뀜으로써 일어나는 삭막한 변화이다. 나이가 든 화자는 훨씬 무기력하고 외출조차 하지 않는다. 이전에는 "최소한, 잉여 인간만은 되지 말자"(<3-92>, 『나는 너다』)던 그였으나, 그는 이제 가죽 부대, 살찐 소파와 같아지고 있다.

"나의 사상이 없어졌어"라고 한 1990년대의 상황(<석고두개골>)과 "내가 나를 받아들이지 못하고 있는"(<11월의 나무>) 내가, "어떻게든 살아 있어야 하는"(<뙈 찰리 채플린>) 진땀나는 매일이 5시집에서는 계속되는 것이다. 그의 시는 한때 "저 드높은 華嚴 蒼天에" 그를 오르게 한 적도 있었지만, 이제 그는 자신의 시를 "숯개미 날개만한 재치 문답"일 뿐이라고 자조한다.(<우울한 겨울 3>) 이런 그의 절망은 "지옥 입구" "현기증나는 나선형 심연에 메아리를 만들면서 들여넣는/ 나의 노래는 유효한가?"(<석고두개골>)라고 그로 하여금 시에 대한 회의를 계속 표현하게 한다. 한때 시를 떠나 매개 없이 직접 변용할 수 있는 흙의 세계에 안착하기도 했지만, 그는 또 시로 돌아왔다. 다시 시를 씀으로써 그는 자신의 주변을 언어로 변용할 수 있었지만 세상은 변하지 않았을 뿐 아니라, 더욱 견고하게 악화되었다.

4·5 시집에서 그는 이제 인도를 노스탤지아의 대상으로 꿈꾼다. 인도는 "삶을 한번쯤 되물릴 수 있는 그곳"(<노스탤지어>)이기 때문이다. 게으르고 무능하고 싶지만 그렇게 살 수 있지도 않았고, 살지도 않았던 한 사내가 평생을 바라던 환생의 세계는 이제 자연의 변용으로는 이루어지지 않는다는 것을 그는 깨달은 것 같다. 그는 자신의 몽환을 더 이상 허용하지 않는다. 그는 그냥 다른 현실 공간-인도-을 희망한다. 자신의 변용 나아가서는 생의 변용이 허용되는 꿈의 세계를 놓치지 않았기에 그의 삶은 더 치열할 수 있었다는 것은, 역설적이지만, 사실이다. 그러나 이제는 시가 주는 찰나의 응집에 자신을 합일시키는 노력을 그는 하지 않는다. "無爲는 내가 이 나머지 삶을 견디게 하는 格이랄까"라고 그는 자조하며 자신의 무위를 이어간다. "세상에 조금이라도 복수심을 갖고 있는 자들의 어쩔 수 없는 천함보다야 無爲徒食輩가 낫지 않겠는가"라는 생각 아닌 생각으로 그는 자신을 병실의 화분쯤으로 치부하며 자신을 극소화한다.(<살찐 소파에 대한 일기>) 그는 견딜 뿐, 변화하지 않는 것이다.

이처럼 그가 다시 절망하는 것은 어떤 의미일까?

김은철은 시집 『어느 날 ~ 』은 주변에서 포착한 일들을 황지우가 말한 간주관성으로 의해 쓴 사람과 읽는 사람 사이를 의견 소통시킨다고 긍정적으로 평가하였다. 시에 드러나는 일상을 의미 공동체 안에서 드러나는 그 무엇으로 본 것이다. 그는 이 시집에 드러난 '순간의 미학'은 누군가에게 시적인 순간으로 다가온 것이기에[42] 이 간주관성은 등우량선[43]과 같다

---

42) 김은철, 「심미적 현대성의 시학-황지우시의 시학」, 연세대 석사학위논문, 2003, 75쪽.
43) <등우량선 1~4>는 『어느 날~ 』에 수록된 시들이다. 어떤 두 지점에 일정한 양의 비가 내린다면 두 지점을 연결한 선이 등우량선이며 이 선을 긋는 노력에 의해 무형의 선

고 보았다. 또한 그것은 현대사회의 네트워크와 같다고 보았다. 흩어진 일상들이 연결, 링크됨으로써 네트워크화 되는 것이 심미적으로 표출된다고 보는 것이다. 그러나 그것은 이 시집만의 특징은 아니다. 황지우는 한번도 2시집의 제목이기도 한 『나는 너다』를 포기한 적이 없다. 1시집의 <手旗를 흔들며>에서부터 나오는, 보이든 보이지 않든 동시간적, 전지구적으로 공감대를 연결하는 그의 세계관은 새삼스러운 것은 아니다. 그럼에도 그 네트워크가 지금은 그를 구하지 못한다는 것이 문제다. 5시집 전반에 드러나는 그의 상실감, 좌절감은 심각하다.

『어느 날~』에 대한 발문에서 이인성은 "황지우의 시가 스스로를 몰고 가는 도저함은 어디서 오는 것일까"에 대해 자문하고, "도저히 섞이지 않을 듯한 것들을 함께 반죽하며 이끌고 가기", 그로써 이루어내는 "겹의 언어"의 존재를 주목하고 해명했다. 또한 그의 시에 반복되는 '안/밖'의 이중성이 4시집과는 달리 "안에서 밖을 향하고 있음" 또한 주목했다. 이 움직임에 이중성이 개재되어 있다는 지적은 이인성의 탁견이다. 곧 "새로운 바깥으로 가기 위해서는 '안의 안'으로 들어가야 한다는 것이고 그럼으로써 '위'로 올라가야 된다는 것"이라고 했다. 또한 "진정한 바깥은 안의 안쪽에 있다는 희한한 역설의 깨달음은 진정한 벗어남, 수직적 초월의 기쁨을 꿈꾸는 것으로 이어진다."고 하였다. 이런 관점에서 이인성은 인도를 몸바꿈의 현실적 공간으로 지향한 황지우의 시 <노스탤지어>를 "표층적 자아가 이끌려 내려가는 내면적 지향과 얼개"라는 이 시의 외면 밑에서 "거기에 저항하는 또 다른 분열적 자아"를 발견할 수 있는 '겹의 축'을 가진 시로 설명했다. 앞의 자아가 "자살하고 싶은 한 극치"(<세상의 고요>)라면, 뒤의 자아는 "우리. 여기서 쬐끔만 더 머물다 가자"(<여기서 더 머물다 가고 싶다>)

이 비로소 존재한다는 것을 그의 시들이 보여준다. 김은철, 같은 글, 75쪽.

라고 하소연하는 존재이다. 그 두 자아의 "애증의 드라마", "치열한(치열하
다 못해), 처절한 몸부림을 말부림으로 엉겨붙게 한" 것이 이 시집이라고 이
인성은 자신의 공감을 표현했다. 그리고 보다 중요한 것은 그 과정에서
"저 자신에게 가차 없음"임을 지적했다. "자신의 상상의 무대화에서 시작
하여, 그것을 상상하는 자신의 욕망, 그 욕망의 뿌리, 결국 그 뿌리의 어리
석음까지를 다중적으로 무대화하여 드러냄으로써 제 속에 든 복수의 주체
들 사이를 미끄러지듯 유랑하는" 시집 『어느 날~』의 전개는 바르트의 무
대화 전략과도 통할 수 있다고 보았다. '식물성'이라고 명명한, "시장에 대
한 강력한 항체로서의 문학의 귀족성"을 단호하게 요청하는 황지우의 정
신과 장인적 조탁의 과정과 자세가 날림 글쓰기의 시대에 "겹"을 짜넣고
있음 또한 이인성은 지적했다.44)

　본고는 이인성의 견해에 동의하면서 이 '겹의 짜임'을 뒷받침하는 것이
상생상극의 세계관이라고 본다.

　흙의 작용은 오행상생을 돕는 만큼이나, 상극을 중화하는 역할을 한다.
낙서(洛書)에 의한 후천팔괘수(數)는 수극화, 화극금, 금극목, 목극토, 토극수
의 오행상극으로 작용한다. 그러나 후천팔괘는 또한 오행상생의 조화를 같
이 거둔다.45) '극이생(克而生)'의 이치, 즉 상생상극의 조화가 흙을 통해 이

---

44) 이인성, (발문)「'영원한 밖'으로 떠나고 싶은, 떠나기 싫은」, 황지우, 『어느 날~』,
　　155-172쪽.

45) 선천과 후천은 하도(河圖)와 낙서(洛書)라는 중국 전설에서 비롯된다. 하수에서 용마가
　　지고 나왔다는(龍馬負圖) 하도의 존재에 대해서는 회의적이지만 낙수라는 물에서 거북
　　이 지고 나온 낙서(神龜背文)는 실제 있는 것이라는 설이 있다. 낙서는 5를 중심으로 네
　　정방에 양수(1, 3, 7, 9)가, 그 사이 방위(四維)에 음수(2, 4, 6, 8)가 있는 '양주음보(陽主
　　陰輔)'의 상태로, 마주하는 수가 모두 10이므로, 중앙의 5를 합하면 종횡으로는 15를 이
　　룬다.(I-110) 이들이 시계 방향으로 움직이면 오행상극을 이룬다.(金火交易) 이처럼 하도
　　속에 낙서의 이치가 들어 있고, 낙서 속에 하도의 이치가 들어 있어 하도와 낙서를 체
　　용표리(體用表裏)하다고 한다. 하도는 선천(형이상적), 낙서는 후천(형이하적), 하도는 천
　　(天), 십간, 낙서는 지(地), 십이지라는 것은 반대라는 의미보다는 연결, 표리관계라고 보
　　아야 한다. I-112.

루어진다. "수에서 목이 생하지만 물이 너무 많으면 나무가 썩고 흙이 없으면 나무가 뿌리를 박지 못하는데, 이것을 흙(陽土)이 막고(토극수) 목이 뿌리내리도록(목극토) 조절하는 작용을 한다. 또 화가 금을 화극금하여 열매가 익는 법이지만 화 기운이 너무 지나치면 한여름 볕에 곡식이 타버리고, 흙이 없으면 단단히 결실(금)을 거둘 수 없다. 그러므로 화 기운을 흙(陰土)이 덜어내는(화생토) 한편, 금 기운을 생하는 조절을 한다(토생금). 하도의 오십토(五十土)와 마찬가지로 간토(艮土, 양토)와 곤토(坤土, 음토)는 오행을 조절하면서 생극의 묘용(妙用)을 다한다."는 이치이다.[46]

황지우의 환생의 바람이 물, 불, 나무를 거쳐 흙으로 간 것이 선천의 오행상생의 자연순환의 조화라면, 흙이 절망한 그를 구하는 것은 수목의 상극, 화금의 상극을 조화하는 흙의 능력, 즉 위에서 말한 '생극의 묘용'에 의한 것이라고 할 수 있다. "선천의 상생에는 생하는 가운데 극하는 원리가 있다면 후천은 극하는 가운데 생하는 원리가 있"[47]으므로, 선천과 후천은 따로 있는 것이 아니고 동전의 양면과 같다고 보면 된다.

이 '겹의 세계', '상생상극'의 긴장이 그의 환생 소망에 내재해 있음을 그는 산문에서 이미 드러냈다. 『저물면서~』에는 환생에 대한 그의 소망의 이유가 슬쩍 비친다. 그는 <脫衣 I> 조각 사진 옆에 짧은 시 "목욕탕에서 옷 벗을 때/ 더 벗고 싶은 무엇인가가 있다./ 이 슬픔의 容積, 물을 담고 있는/ 껍딱./ 나는 나에게서 느낀다./ 환생을 꿈꾸는 오래된 떡갈나무"[48]를 실

---

46) I-144. 선천팔괘의 중(中)에는 수와 괘위가 없는 허한 상이나, 후천팔괘의 중심에는 5(황극)가 처하여 바깥의 팔괘를 두루 종횡하는 대연의 주체를 보여준다. 허한 가운데 실함이 있음이 곧 선천(정신)과 후천(물질)의 조화이다. I-142.

47) 그러기 위해서 선후천의 팔괘는 자리바꿈을 한다. 동쪽 불자리에 우레괘가 오고(同聲相應), 불은 남쪽 하늘자리에 온다. 물은 북쪽 땅자리에 온다(水流濕), 우레자리에는 산괘가 오고(雲從龍), 못괘 자리에 바람괘가 온다(風從虎). 못은 서쪽 물자리에 가고, 하늘괘는 산괘자리에, 땅은 불자리에 온다. I-145~146.

48) 이 시는 개작되어 이후 5시집의 <나의 연못, 나의 요양원>의 일부로 수록되었다.(본고,

었다. 이에 덧붙여 입사 때 자신의 이력에 나타난 "수상쩍은 단절과 하향 곡선"의 사연을 알고 묻는 질문, "운동권도 아니었던 것 같은데 그땐 왜 그랬어요?"에 답해야 했던 과거의 사건을 소개했다. "그때 전 내 자신을 파멸시켜 버리고 싶었어요."라고 답했다고 황지우는 썼다.49) 여기에서 볼 수 있는 '파멸-탈의-환생'의 고리는 그의 환생 소망이 현재(과거)에 대한 파멸에서 비롯되었음을 감지하게 한다. 그러나 바로 뒤이어 그는 "나는 그 말을 후회했다."고 덧붙였다. 그런 말을 발설한 것에 대한 후회라기보다는 그 내용의 단일성을 확정할 수 없어서 그런 것으로 읽힌다. 이 일화에 '환생' 즉 '생'을 결부시켰기 때문이다. 현재의 파멸이 환생이라면 그것은 파멸이라고만 볼 수는 없다. 또한 그의 이력에 '단절과 하향'을 가져온 그의 현실참여가 사회정의를 위해서가 아니라, 자신의 파멸을 위한 것이라는 대답은 그 스스로 한 발언임에도 믿기 어려울 만큼 돌연하다.

대학, 대학원 시절뿐 아니라, 『저물면서~』를 낼 무렵에도 그는 좌절했다. 아니 더 크게 좌절했다. 1987년 진보 진영의 대선 패배가 있었고, 1990년 동구 몰락이 시작되었으며, 1994년 문민정부와 함께 소위 세계화시대라는 거품의 시대가 밀려왔다. 그때의 자신의 상태를 그는 "정전(停電) 상태와 흡사했다"고 했지만, 또한 마음 깊은 곳 어디에선가 "바깥으로 나가려고 더듬거리는 필사적인 손짓이 있었다."고도 했다.50) 그 와중에서 그는 어떤 안간힘을 썼던 것일까?

'겹의 세계'를 향한 그의 노력을 보기 위해, 『저물면서~』에 실린 시 <저물면서 빛나는 바다>와 <노스탤지아(어)>를 『어느 날~』의 것과 비교해 보기로 한다.

III-5. 참조)

49) 황지우, 「조각도 결국엔 눈속임, 덩어리로 된 환영…인데」, 『저물면서~』, 75쪽.

50) 황지우, 「자서(自序)」, 『저물면서~』, 7쪽.

1) 『저물면서 빛나는 바다』	2) 『어느 날 나는 흐린 酒店에 앉아 있을 거다』
<저물면서 빛나는 바다> 물기 남은 바닷가에 긴 다리로 서 있는 물새 그림자. 모든 것을 잃어버린 사람처럼 서서 멍하니 바라보네 저물면서 더욱 빛나는 저녁 바다를	<저물면서 빛나는 바다> 긴 외다리로 서 있는 물새가 졸리운 옆눈으로 맹하게 바라보네, 저물면서 더 빛나는 바다를

1) 『문학과 사회』, 1993, 봄호	2) 『저물면서 빛나는 바다』	3) 『어느 날 나는 흐린 酒店에 앉아 있을 거다』
<노스탤지어> 나는 고향에 돌아왔지만 아직도 고향으로 가고 있는 중이다 그 고향……무한한 지평선에 게으르게, 가로눕고 싶다, 인도, 인디아! 무능이 죄가 되지 않고 삶을 한번쯤 되물릴 수 있는 그곳	<노스탤지아> 나는 고향으로 돌아왔건만 아직도 고향으로 가고 있는 중이다 그 고향… 짐승과 성자가 한 水準에 앉아 있는 지평선에 남루한 이 헌옷, 벗어두고 싶다 벗으면 생애도 함께 올라오는 나의 인도, 누구의 것도 아닌 인디아! 무한이 무능이고 무능이 무죄한 삶을 몇 번이고 되물릴 수 있는 그곳	<노스탤지어> 나는 고향에 돌아왔지만 아직도 고향으로 가고 있는 중이다 그 고향……… 무한한 지평선에 게으르게, 가로눕고 싶다, 印度, 인디아! 無能이 죄가 되지 않고 삶을 한번쯤 되물릴 수 있는 그곳 온갖 야한 체위로 성애를 조각한 사원; 초월을 기쁨으로 이끄는 계단 올라가면 영원한 바깥을 열어주는 문이 있는 그곳

시 1) <저물면서 빛나는 바다>를 보면, 그는 사진에 첨부하여 먼저 발표했던 이 시를 『어느 날~』에 실을 때는 도리어 사진으로 고쳐놓았다는

느낌이다. "졸리운 옆눈으로/ 맹하게 바라보네"에는 어떤 설명도 들어있지 않다. 외관만이 있을 뿐이다. 그러므로 배경인 "저물면서 더욱 빛나는 저녁 바다"가 부각된다. 그는 시에서 감정을 지우고 이미지만을 그리고 있다. 이 시의 개작 이유는 1995년으로부터 1998년까지의 그의 삶의 변화에서보다는 조각 사진의 첨부 유무[51]에 따른 차이 때문일 것으로 보인다. 그러나 <노스탤지어>의 경우는 다르다.

두 번 개작된 <노스탤지어>에서 핵심은 "인도, 인디아!/ 무능이 죄가 되지 않고/ 삶을 한 번쯤 되물릴 수 있는 그곳"이다. 앞의 두 시에는 없던 사원에 대한 묘사가 『어느 날 ~』에 들어 있어 『저물면서 ~』에 나타난 '무한', '무능', '무죄'는 "온갖 야한 체위로 성애를 조각한 사원; 초월을 기쁨으로 이끄는 계단 올라가면/ 영원한 바깥을 열어주는 문"으로 구체화되었다. 이인성이 "진정한 벗어남, 수직적 초월의 기쁨"을 표현했다고 평가한 부분이다.[52] 사원의 계단, 그리고 계단 위의 문은 무능과 무죄의 세상을 넘어 그의 삶을 다른 삶으로 만들어 줄 통로이다. "수직적으로 패어들어가는 새로운 깊이랄까 혹은 솟구치는 새로운 높이랄까"라고 한 이인성의 지적을 수긍하면, 아래와 위는 중요하지 않다. 하나로 겹쳐진 두 가지의 중요한 시적 움직임이 겹쳐져 있다는 것이 의미 있는 것이다.

『저물면서~』에 실린 첫 번째 개작시 2)에서는 삶을 "몇 번이고 되물릴 수 있"기를 바라는 그의 욕망이 피력되었다. 몽환적 시간에 의하지 않고 공간의 이동으로 환생을 희망한다는 것에는 확실히 현실적인 욕망이 반영되었음을 볼 수 있다. 갔다 오고, 또 가면 되는 것이다. 그러나 재개작된 시 3)에서 그는 바로 한 번의 환생이 영원한 바깥을 열어주기를 희망한다.

---

51) 황지우, 시 <저물면서 빛나는 바다>, 『저물면서~』, 43쪽, 조각 사진 <저물면서 빛나는 바다> I, 같은 책, 45쪽, <저물면서 빛나는 바다> II, 같은 책, 48-49쪽 참조
52) 이인성, 같은 글, 167쪽.

첫 번째 개작시가 마치 인도에 대한 여행안내서 같다면, 마지막 시는 무한한 환생의 순진한 꿈은 유효하지 않다는 것을 확인하며 긴장감을 생성해낸다. 사실 이 시에서 "영원한 바깥을 열어주는 문", 그 문밖이 이인성의 지적처럼 상승이미지라는 것에는 동의하기 어렵다. 계단을 올라가는 것은 상승이미지이지만 문밖은 하강이 기다리고 있지 않을까? 말하자면 끝인가, 순환인가? 어떻게 보는가에 따라 이 이미지는 달라진다. 5시집에 퍼져있는 절망과 무기력은 그 문밖을 끝으로 볼 가능성을 크게 만드는 것이 사실이다. 그러나 그가 꿈꾸는 환생의 연장선에서 말하면, 그것으로 그는 거듭나게 될 것이므로 수직이미지도 가능할 것이다.

이런 양면성은 음양이 상승보완작용을 하듯이 생하는 것과 극하는 것이 공존하는 것과 통한다. 앞서 설명한 바와 같이 상극은 금화교역(金火交易)으로 이루어진다. 흙을 만짐으로써 금의 화 기운이 덜어졌다면 이제는 금으로 열매를 맺어야 하는데 세상은 여전하다. 아니 더 엉망이 되었다. 토는 생금(生金)하는 동시에 극수(克水)하므로 못에서 물이 빠진 것(<물 빠진 연못>)은 그에게 존재의 상실과 맞먹는 극도의 긴장을 일으키며, "내 비참한 바닥"을 응시하게 한다. 자연 순환의 이치에 따르면, 이인성이 말한 "식물성의 저항"은 5시집 이후의 황지우에게는 불가피하게 계속되어야 할 것으로 보인다. 이인성에 의하면 그것은 시를 매만지는 것이다. 그러나 한편으로는 아예 시를 못 쓰는 것일 수도 있다. 금은 변혁이기도 하기 때문이다. 만약 금이 너무 강하게 작용한다면, 토가 그것을 중재하지 못한다면, 물·불·나무·흙이 다 숨죽인 상태에서 오행 중 유일하게 금의 혁명성만 발휘될 것이다. 앞의 환생의 시들에는 금이 나오지 않았으나 수→화→목→금의 순환에서 이제 금왕절(金旺節)이 된 것이다. <초로와 같이>에서 "오 환생(幻生)을 꿈꾸며 새로 태어나고 싶은 물소리"라고 황지우는 환생을 바라는 화자를 물과 동일시했다. 그렇게 물에서 시작된 환생은 이제 금으로 돌아가는 중이다. 쇠는 캐내어 두들겨 고치는(從革) 성격을 가지고 있다. 그의 환생의 시들이 매진할 길은 그 길일 것으로 보인다. 사실 현실에서 그는 이 변혁의 길을 걸어갔다. 그러나 시로써 성취된 결과는 아직 나온 것 같지 않아 아쉽다.

V. 나오며

이상에서 1983년부터 1998년 사이에 발표된 황지우의 시 중 환생을 바라는 내용의 시 여섯 편을 『주역』의 기제괘·미제괘와 오행의 상생상극을 원용해 분석하였다. 환생 주제의 시들에 물, 불, 풀 혹은 나무라는 오행의 물질이 공통적으로 드러난다는 점에 주목했기 때문이다. 『주역』에서 음양소장(陰陽消長)이라는 자연의 원리에 부합하도록 여덟 가지 자연을 수(數)로 표현해 팔괘로 그린 것은 자연의 원리에 대한 직관의 내용이 상으로 된 것인데, 이로써 황지우 시의 상상력의 원천을 설명할 수 있을 것으로 생각했기 때문이다. 『주역』의 음양, 상생상극 사상은 피상적으로는 많이 다루어져 왔으나 이렇게 현대시의 작품 분석에 직접 적용된 경우는 많지 않다. 우리 시학에도 우리 정신의 기초에 내재되어 있는 사상들이 보다 더 활용되기를 기대한다. 또한 황지우의 시들이 그간의 변혁의 시간을 거쳐 새로운 모습으로 나와 주기를 기대한다.

참고문헌

황지우. 『새들도 세상을 뜨는구나』, 문학과지성사, 1983.
_____. 『겨울-나무로부터 봄-나무에로』, 민음사, 1985.
_____. 『사람과 사람 사이의 신호』, 한마당, 1986.
_____. 『나는 너다』, 풀빛, 1987.
_____. 『게 눈 속의 연꽃』, 문학과지성사, 1990.
_____. 『저물면서 빛나는 바다』, 학고재, 1995.
_____. 『어느 날 나는 흐린 주점에 앉아 있을 거다』, 문학과지성사, 1998.

고순호. 『불교학개론』, 선문출판사, 1980
김석진. 『대산주역강의』 I · II · III, 한길사, 1999.
김은철. 「심미적 현대성의 시학-황지우시의 시학」, 연세대 석사학위논문, 2003.
바슐라르. 『물과 꿈』, 이가림(역), 문예출판사, 1996.
박병원. 『대승신기론강좌 1』, 도설출판 방하.
이인성. (발문) 「'영원한 밖'으로 떠나고 싶은, 떠나기 싫은—그 길 위의 유랑극」, 황지
우, 『어느 날 나는 흐린 酒店에 앉아 있을 거다』, 문학과지성사. 1998.
이지훈. 『예술과 연금술』, 창비, 2004.
진형준. (해설) 「걸리적거림, 사이로 돌아다님」, 황지우, 『게 눈 속의 연꽃』, 문학과지성
사, 1990.
정병석. 『주역』 상 · 하, 을유출판사, 2011.
정재서. 「<산해경>의 시적 변용-도연명에서 황지우까지」, 『중국학보』 38, 이화여대
중문과, 1998.
홍명희. 『상상력과 가스통 바슐라르』, 살림출판사, 2005.

중앙유라시아 유목공동체 이야기꾼의 전통과 판소리 광대

강은해*

Ⅰ. 머리말

이 연구는 우리나라 이야기꾼과 박수무당, 판소리 광대의 역사를 중앙유라시아 유목공동체의 이야기꾼 메따흐(Meddah), 박시(Baxshi) 등의 전통 속에서 조망해 보고자 시작되었다. 몽골 연구에 이어 튀르크터키 중앙유라시아에 대한 관심이 고조되면서 우리나라와 이러한 북방유목공동체의 뗄 수 없는 문화적 공통점에 대한 의문도 심화되었다.

중앙유라시아는 유라시아 대륙의 중앙부분, 우랄알타이계 언어를 사용하는 사람들의 거주지 전체를 포괄하는 개념이다. 계절의 변화와 물과 풀의 형편에 따라 거처를 옮기는 이곳의 유목민들은 몽골고원에서 신장위구르자치구 북부를 지나 카자흐 초원과 흑해 북방에 이르는 유라시아 대륙 북부 초원과 파미르를 중심으로 하는 산악지대를 주무대로 삼았다. 스키타

* 계명대학교 국어국문학 전공 교수

이, 흉노, 훈, 선비, 유연, 돌궐, 위구르, 몽골을 비롯한 유목민 집단이 이곳에서 활동했다.[1]

중앙유라시아 유목공동체 집단에서는 3월의 네브루즈 축제를 고대부터 큰 명절로 기념하고 있다. 여러 부족들이 초원을 따라 이동하면서 흩어져 살 수밖에 없는 생활양식에서 그들을 이어주는 공동체의 제의이자 축제가 네브루즈(Nowruz)이다. 네브루즈의 뜻은 '새날'이다. 봄이 도래한 날이라는 의미로 튀르크 세계에서는 3월을 새해 월력의 시작으로 간주하였다. 좀 더 구체화해서는 3월 21일 춘분이 그 기점이 되기도 하였다.

네브루즈에 대한 그들의 해석은 다양하다.

> 신이 세상을 창조한 날이다.
> 겨울이 끝나고 봄이 오는 동시에 튀르크인들이 동영지에서 하영지로 이동을 시작했던 날이다.
> 튀르크인들이 에르케네콘에서 탈출한 날이다.
> 오천 년 전부터 축하해왔다고 알려진 튀르크인들의 공통의 축일이다.

등으로 요약된다. 오늘날 네브루즈의 전통을 이어오고 있는 튀르크 공동체는 다음과 같다.[2]

> 카자흐스탄, 우즈베키스탄, 키르키스스탄, 튀르크메니스탄, 아제르바이잔, 타타르스탄, 바시코르토인, 츄바시인, 크라미아 타타르인, 가가우즈인, 니히체반 공화국, 불가리아 튀르크인, 유고슬라비아 튀르크인, 루마니아 튀르크인, 아프가니스탄 튀르크인, 사이프러스 튀르크인, 이란 튀르크인, 카라칼팍인, 산악 알타이 튀르크인, 쿠미크 튀르크인, 카프가스 카라차이 말카르 튀

---

1) 고마츠 히사오 외, 『중앙유라시아의 역사』, 이평래 (역), 소나무, 2010, 5-6쪽.
2) 압두두르만 쉔, 「튀르크문화에서의 네브루즈」, 이난아 (역), 계명대학교 실크로드 중앙아시아연구원, 2015년 3월 21일 발표전문.

르크인, 하카스 튀르크인, 노가이 튀르크인, 투바 튀르크인, 다게스탄 튀르
크인.

터키의 이야기꾼 메따흐(Meddah)는 이러한 네브루즈 축제 속에서 이야기
연행을 통해 부족들에게 공동체의 의식을 심어준 샤먼과 주술사, 박시
(Boxshi)의 후예이다. 메따흐(Meddah)는 원래 '칭송하는 사람'이라는 뜻을 가
지고 있었다. 그래서 애초에는 신성한 사람들과 영웅들을 칭송하는 사람들
이었고, 그 전통의 기원이라 할 수 있는 샤먼에서 박시, 음유시인, 구연이
야기꾼으로 전화(轉化)되었다. 몽골에서는 주술적 이야기꾼을 박시(Baxshi)로
부른다. 아울러 선생, 스승, 지혜로운 사람이라는 의미도 가지고 있다. 터
키의 메따흐가 지혜로운 자로 인식되듯 박시도 미래를 예측하는 능력을
지닌 이야기꾼이다. 우즈베키스탄에서도 역시 3월에 네브루즈 축제를 여는
데 특별히 그 축제의 이름을 '바이순 바호르'라고 구체화하였다. 우즈베키
스탄에서는 이야기꾼을 민속 구술가 '박시(Baxshi)'라고 부른다.

유목민들은 생존방식의 이동성 때문에 국가 개념보다 부족들끼리의 공
동체개념이 더 우선적이다. 그에 따라 네브루즈 축제와 이야기꾼 문화는
터키를 포함하여 중앙유라시아 전역에서 범보편적인 것으로 드러난다. 터
키와 몽골 우즈베키스탄의 경우만 보아도 이야기꾼의 전통이 샤먼에서 박
시(박스), 음유시인, 구연이야기꾼으로 그 직능을 변화시켜간 역사를 살펴낼
수 있다. 박시(박스)는 샤먼과 음유시인의 중간에 위치한 주술사인데 그가
이야기를 전해주는 방식에서 사즈(Saz)라는 전통 현악기를 활용하게 될 때
음유시인과 그 역할이 겹쳐지기도 하였다.

비정주민인 유목공동체의 삶에서 그들을 이어주는 이야기꾼의 역사를
살피는 일은 우리나라 이야기꾼의 전통을 회고하는 일과 연결된다. 우리나
라 판소리 광대의 경우 공연예술을 담당한 예능인 이야기꾼에 해당하지만

그가 자라난 토양은 주술적 배경과 무관하지 않다.

판소리 광대는 주지하다시피 그 한 축의 전통이 전라도 무속 단골가계와 깊이 연관되어 있다. 무속가계에서 주인공인 샤먼은 주로 부인의 역할이고 그 남편은 '박수'라고 불리며 굿을 보조하는 역할을 맡았다. 굿은 신을 맞이하고 즐겁게 해드리고 보낼 때까지 노래와 사설, 춤이 어우러진 신명풀이의 광장이다. 이 과정에서 노래와 사설, 연기력을 닦은 박수들이 구승 설화를 교직하여 판소리 광대로 진출할 수 있었던 사정은 그 여타의 입지적 조건보다 유리하였다.

'박수'는 무속 가계에서 본인 자신이 직접적인 샤먼의 역할을 담당하지 않았다 해도 샤먼의 보조자로서 주술적이면서 예능적인 양면을 감당할 배경을 갖추고 있었다. 다시 말하면 굿판의 '박수'는 잠재적으로 주술적 이야기꾼이었던 셈이다. 우리나라 남부지방의 박수는 이렇게 경문쟁이 학습무의 성격을 띠지만, 중부 이북지방의 박수는 남자 강신무로 그 자신 신이 내린 샤먼이었다. 이 경우에 박수는 흔히 박수무당이라고 불리었다. 아키바(秋葉隆)[3]는 박수무당의 기원을 우랄알타이 민족의 남자샤먼에서 찾으려 하였는데 본고에서는 중앙유라시아 유목공동체 전체의 이야기꾼 전통인 박시와 유대하여 살피고자 한다. 튀르크나 몽골의 유목민 문화에서도 최초의 샤먼은 여무로 추정된다. 그러나 현재 남아있는 습속으로는 이야기꾼 영역이 남성의 세계가 주가 되어 있다.

튀르크 몽골의 유목 공동체 집단에 대한 연구와 교류가 활발해지면서 우리나라 고대문화 속에 끼쳐진 유목민의 흔적에 대한 관심도 높아져 가고 있다. 우리나라 무속가계 '박수'의 전통 역시 주술사적 이야기꾼의 특질을 공유하는 중앙유라시아 공동체의 박시(박스)와 한 뿌리에서 태어난 것인

---

3) 赤松智城, 秋葉隆, 『朝鮮巫俗の研究』, 大阪 屋號書店, 1937.

지 유념해 볼 필요가 있다. 나아가 판소리 광대로 진출한 박수의 이야기 연행 관습에 있어서도 비교가 필요하다. 사설과 노래, 소도구의 활용, 1인 극이란 판소리의 특징이 네브루즈 전통 속 '메따흐'의 1인극 이야기와 너무나 흡사하기 때문이다.

그에 따라 이 연구는 몽골 튀르크를 포함한 중앙유라시아 유목민 문화속에 자라난 이야기꾼의 전통을 중심으로 우리나라와 유라시아의 문화적 공질성과 변화의 한 국면을 비추어 보고자 한다. 아직 연구의 깊이가 따르지 못하고, 접할 수 있는 자료의 한계로 인해 이 분야의 관심을 진작하는 문제제기로서의 의의를 이 글이 감당하고자 한다.

II. 이야기꾼 메따흐·박시(Baxshi)·판소리 광대

메따흐와 박시는 터키 튀르크계와 중앙아시아 유목 문화에서 큰 명절인 네브루즈 날, 흩어진 부족들을 공동체의 소통공간으로 이끌어주는 이야기꾼이다.

오늘날에 있어서 이야기꾼은 사라져 가는 예술가이다. 이야기꾼이 성장했던 이야기판의 전통이 그 존재 의미를 잃어가면서 이야기꾼의 역할은 점점 피안의 세계로 묻혀가고 있다.

그러나 문자에 앞서 구비 전승이 주류이던 시절, 이야기꾼의 역할은 공동체의 유대와 활성을 이끄는 구심점이었다. 더욱이 공동체의 유형이 이동 표박적 삶으로 유지되는 유목민들에게 있어서 그 역할의 중요성은 안정된 정주 문화와 비교할 수 없었다. 농경을 생업으로 하는 공동체는 언제나 안정된 주거 공간에서 서로 만나고 소통할 수 있는 여건을 갖추고 있다. 그에 비해 초원을 따라 이동하는 유목민들은 그들 부족들 사이를 이어주고 공통의 담론을 생성할 정신적 유대가 절실하였다. 그래서 유목민들의 메따흐는 초기 전통에서는 샤먼의 역할을 감당하였다. 이야기꾼의 역할이 시간의 추이를 따라 어떻게 변화하는지 그 과정을 따라가 보기로 한다.

1. 샤먼 이야기꾼

이야기꾼은 초기에 샤먼으로서의 직능을 가졌다. 북방샤머니즘 연구는 20세기 초 부리야트, 골디, Oronchu, 야쿠트, 토바, 알타이, 에스키모 등 샤먼이 명맥을 유지하고 있었던 시베리아권 삼림지역을 중심으로 이루어졌다. 그런데 북방문화는 기마군단을 중심으로 동서양 농경문화권에 압박을 가했던 초원의 유목 문화권을 배제하고 논의할 수 없다.

흉노는 북방아시아에서 처음 성립된 유목제국 'Hun-na'였다.[4] 흉노의 기원이나 민족 구성에 대해서는 아직 정설이 없다. 그러나 흉노가 샤머니즘을 신봉했고, 샤먼이 매우 커다란 영향력을 지니고 있었다는 것은 『사기(史記)』나 『한서(漢書)』의 흉노전에서 확인할 수 있다.

흉노는 하늘을 텡게리(撐犁, Tenggeri)라고 지칭하였다. 텡게리는 돌궐족계, 몽골족계, 만주족계 민족에 공통으로 존재하는 단어로 신격화된 하늘, 즉 샤머니즘의 최고신을 나타낸다.

> 五月, 大會龍城, 祭其先, 天地, 鬼神.
>
> —『史記』 권110 「匈奴列傳」

흉노가 하늘과 더불어 땅과 분화된 신령을 섬긴 흔적이다. 흉노는 B.C.

---

4) 박원길, 『유라시아 초원 제국의 샤머니즘』, 민속원, 2001, 17쪽.

6세기부터 철기를 받아들여 B.C. 256년 무렵 부족연맹체 국가를 수립하는 단계에 이르렀다.[5] A.D. 2세기 이후 그 이름이 사라지기까지 몽골초원과 지금의 터키 돌궐족 초원을 장악한 유목 선조들이다. 터키가 이슬람과 접촉하는 9-10세기 전이나 몽골이 라마교를 받아들이는 16C 이전까지 북방 초원지대의 대표적인 신앙은 샤머니즘이고 샤먼은 그 하늘의 뜻을 전하는 중개자였다.

우리 한민족의 경우도 예외가 아니다. 『삼국유사』 흥법 <아도기라>조에 나오는 彡麼(Sama)는 샤먼의 호칭과 동계어로 볼 수 있다.[6] 유목부족 시조설화에서 최초의 군장은 신의 뜻을 전하는 샤먼이라고 할 수 있다. 우리나라 가락국 신화에서 구지봉에 내려오는 김수로의 탄생도 여기에 견주어질 수 있다. 가락국의 김수로왕과 신라의 김씨 성을 지닌 왕들은 흉노족 휴도왕과 그의 아들 김일제와 깊이 연관되어 있다. 근대에 들어 발견된 문무왕의 비문에서 발견한 성한왕, 곧 김수로왕이 흉노 휴도왕의 왕자, 투후 김일제의 후손으로 드러나기 때문이다.[7]

흉노 휴도왕은 '祭天金人' 즉 금으로 만든 사람을 통해 하늘에 제사했다고 하는데[8] 대개 금인은 샤먼의 형상에 대한 상징이라고 추정한다.[9]

漢使票騎將軍去病將萬騎出隴西, 過焉耆山千餘里, 得胡首虜八千餘級, 得休屠王祭天金人

5) 司馬遷, 『史記』, 「匈奴列傳」.
6) 이필영, 「샤먼과 무당의 호칭에 대하여」, 『한남대학논문집』 14, 한남대학교, 1987, 12-13쪽.
7) 신라 문무왕과 그 동생 김인문의 비문에 나타난 성한왕과 투후의 관계는 고를 달리하여 다룬다.
8) 『漢書』, 「匈奴傳」, 司馬遷, 『史記』, 「匈奴列傳」.
9) 중국 삼국(三國)시대 조위(曹魏)의 학자인 맹강(孟康)의 해석, 『漢書』, 「匈奴傳」 祭天金人에 붙인 孟康의 註.

흉노 휴도왕은 죽은 뒤 한(漢)나라에 투항한 흉노들에 의해 무속신으로
받들여진다.[10] 이후 흉노족은 역사에서 사라지고 마는데, 샤머니즘과 샤먼
의 존재는 흉노의 세계에 대한 인식을 보여주는 중요한 신앙체계라고 하
겠다.

흉노의 후예들인 몽골인과 터키인들이 이야기꾼의 최초 전통이 샤먼으
로부터 비롯하고 있다[11]고 말하는 것은 샤먼이 하늘에서 내리는 신탁을
지상에 전달해 주는 유일한 서술자(Narrator)라고 믿었기 때문이다.

우리나라 건국시조신화의 주인공들인 동명왕이나 박혁거세, 김수로왕의
즉위의례에서도 시조가 샤먼적 성격을 지닌 인물이었다는 것을 짐작하기
는 어렵지 않다. 우리나라는 오늘날에도 샤먼의 전통이 저층으로 내려가
무당의 무속신앙을 통해 면면히 지속되고 있다. 우리나라 전국에 걸쳐 전
승되고 있는 무속본풀이 '바리공주 유형'은 아버지의 생명을 구원하는 영
웅의 이야기라는 점에서 중앙유라시아 유목공동체의 영웅신화와 근사하다.
우리나라에서 청배무가인 무속본풀이를 노래할 수 있는 큰 굿의 샤먼은
아직도 엄연히 이야기꾼 샤먼의 역할을 감당하고 있는 셈이다.

単于姓攣鞮氏, 其國稱之曰 "撐犁孤塗單于"。匈奴謂天爲"撐犁", 謂子爲 "孤
塗", 單于者, 廣大之貌也, 言其象天單于然也。[12]

위의 기록은 텡그리(하늘)를 섬긴 샤먼 선우(單于)의 모습을 지적하고 있
다. 중앙유라시아 유목공동체에서 이야기꾼이 샤먼 이야기꾼, 즉 제사장이
었던 고대시절은 이렇게 회고와 부분적 기록을 통해서 재구해 볼 수 있다.

---

10) 『漢書』, 「地理志」, 雲陽縣條注.
11) 압두르하르만 쉔, 앞의 발표문 참조.
12) 『漢書』, 「匈奴傳」.

2. 주술적 이야기꾼

유목공동체에서 주술적 이야기꾼 박시는 사제자로서의 유습과 이야기 서술자로서의 직능을 겸비한 시대에 붙여진 이름이다. 종교적 존재인 샤먼이나 예능인이라기보다 넓은 초원에 흩어져 사는 부족들을 하나의 공동체로 묶어주는 역할을 하였다. 그래서 사회적이고도 정신적인 결속의 기능을 감당한 그에게 부여된 이름이 박시(박스, Boxshi)이다.

이야기는 유동적인 것이다. 이야기꾼에 의해 이야기가 구술되고 그 현장에서 이야기를 들을 때 이야기의 의미는 비로소 살아나게 된다. 그래서 이야기꾼은 이야기에 생명을 부여하는 존재이고, 그 점에서 또한 주술사로서의 직능을 발휘한다. 똑같은 내용의 이야기라 할지라도 기록된 것을 눈으로 읽을 때와 이야기꾼의 구연으로 들을 때 이야기 텍스트(Text)는 수용자에게 전혀 다르게 인식된다.

따라서 이야기의 진정한 체험은 귀로 들을 때 절실해진다. 주술적 이야기꾼은 어느 시점부터 귀가 전달하는 오감을 위해서 악기를 활용하기도 하였다. 유목공동체 이야기꾼 문화에서 음유시인의 전통이 겹쳐지는 역사를 이 대목에서 조명해 볼 수 있다.

음유시인은 애초에 오잔이라고 부르는데 이러한 과정에서 주술사 박시로도 널리 통칭되었다고 보겠다. 음유시인의 또 다른 이름은 칸, 오윤이다.[13] 한국의 고구려 건국서사에서 왕의 수행자들 가운데 오인, 오위, 오이로 불리는 이름들이 있는데 그들의 직능도 주술사였다는 점에서 주목을 요한다.

부여의 신하들이 또 그를 죽이려 모의를 꾸미자, 주몽의 어머니가 알아차

---

13) 압두르하르만 쉔, 앞의 발표문, 23쪽.

리고 주몽에게 말하기를,
 "나라에서 너를 해치려하니, 너 같은 재주와 경략을 가진 사람은 아무 데
고 멀리 떠나는 것이 옳을 것이다."
 하였다. 주몽이 이에 烏引, 烏違 등 두 사람과 함께 부여를 버리고 동남쪽
으로 도망하였다.[14]

 음유시인은 시를 읊고 운문표현으로 잔치와 의례 등 의식을 관장하였다.
그들은 창조적이어서 즉흥적으로 시를 읊고 모든 일에 순발력 있게 대처
하는 사람들이었다. 이슬람 수용 이전 터키문화사에서 음유시인은 장례식
에서 '자신도 울고 조문객도 울게 만드는 사람', 즉 '통곡자'의 역할을 했
다고 한다.

 동시에 마법사, 예언가, 의원, 종교인, 학자 등과 같이 신성한 사람들로
의식되었다. 처음에는 영적인 면이 강했던 이 역할이 시간의 흐름에 따라
변화되어 망자를 잊지 않도록 영웅의 용맹성과 선한 면모들을 사즈(둥근 몸
통의 류트와 비슷한 터키 전통 현악기)를 연주하면서 표현하였다.

 아쉭스타일의 이러한 시 전통은 12세기에 호라산에서 전성기를 구가하
면서 테케(수도원)를 통해 튀르크 세계에 전파되었다. 음유시인들의 전통에
는 자연과 민중과 나라와 정의에 대한 공공적 사랑이 제일 큰 비중을 차지
하였다. 그래서 자연재해, 전쟁, 승리, 평화와 관련된 중요한 일이 있을 때
그 공동체가 경험한 감정, 트라우마들을 읊는다.[15]

 몽골의 이야기꾼에서도 이러한 주술적 이야기꾼의 원형을 발견한다. 몽
골인들은 재능이 풍부한 이야기꾼과 호오르(몽골 전통 현악기) 연주자들을 자
랑스럽게 생각하고 존경해왔다. 이야기꾼, 즉 설화자와 서사시 창자들은

---

14) 『魏書』 권100 고구려, 『삼국사기』 <고구려> 본기 제1에는 烏伊, 摩離, 陜父 등 3인으로
   기술되어 있다.
15) 압두르하르만 셴, 앞의 발표문, 23쪽.

아름답고 향토적인 음악과 설화영웅의 흥미로운 모험담으로 민중의 고통과 슬픔, 외로움을 달래주었다. 그로 인해 몽골 민중들 사이에는 재능이 탁월한 이야기꾼과 서사시 창자를 존중하는 풍속이 이어져 왔다.[16] 운율이 있는 서사시를 음송하는 이야기꾼의 자취에서 몽골의 주술적 이야기꾼 음유시인의 전통을 발견한다.

이야기꾼과 서사시 창자 등 탁월한 재능을 가진 사람들에 대해서 몽골 사람들이 품고 있는 마음은 다음 속담에 투사되어 있다.

> 부랴트 민중의 속담 :
> "이야기꾼은 우름(몽골의 전통적인 유제품)과 타락(가축의 젖으로 만든 유제품)으로 사냥꾼은 깔개 위에"

> 할하(몽골 동부의 지역명, 부족명) :
> "가난한 사람은 이야기꾼, 고아는 소리꾼"

두 속담을 비교하면서 전자에서는 재능 있는 이야기꾼을 존경하는 일반 민중의 마음을, 후자에서는 그것을 배척하는 압제자 계급의 관념을 읽어낼 수 있다.

이야기꾼이 역사를 말하고 민족끼리의 사회적 유대를 강화하는 역할을 감당할 때 그는 자신의 공동체 집단에서 정서적 구조를 유지시키는 주술사가 된다. 초원공동체 유목민들에게 있어서 영웅서사시를 전승하는 이야기꾼들은 그들 부족이나 민족들의 정서적 공감을 통어한다는 점에서 주술사로서의 직능을 인정받을 수 있다.

터키를 포함한 중앙유라시아 대부분 지역에서 거행되는 봄축제 3월의 네브루즈는 흩어져 사는 유목민들에게 있어서 만남과 소통의 공간을 제공

---

16) 데 체렌소드놈, 『몽골의 설화』, 이안나 (역), 문학과지성사, 2007, 14쪽.

해온 유의미한 제전이다.

네브루즈(Nowruz)는 나라에 따라 노우루즈, 누루즈, 나우로즈, 네브루즈 등으로 불린다. 네브루즈는 새날, 부활, 시작을 뜻하며 공동체의 평화와 연대, 화합과 우호 등의 가치를 촉진한다. 작게는 각 가정의 연장자가 나서서 소원한 가족을 만나게 하여 화해시키려고 애쓴다. 타지키스탄에서는 연장자가 개입하지 않아도 관계가 소원한 사람들은 함께 만나 화해하기도 한다. 이 행사가 진행되는 동안 문화적 다양성과 관용, 건강한 생활방식이 다시 한 번 새롭게 환기되고 이러한 풍습을 다음 세대로 이어주는 전기를 마련한다.[17]

네브루즈의 전통은 이슬람 시기 아주 이전, 기원전 시기까지 거슬러 올라가는 전통이다. 튀르크 인들을 서로 연합하게 만들고, 의지하고 섞이게 하는 민족적 관습, 풍습, 전통의 총체이다. 튀르크 문화, 역사에 의거한 에르게네콘 / 네브루즈 명절은 모든 면에서 튀르크 전통과 관습으로 풍부해진, 오천 년의 튀르크 역사에 의거한 고유 명절이다. 1990년에 독립한 튀르크 공화국들 중 키르기스스탄, 카자흐스탄, 우즈베키스탄, 튀르크메니스칸 그리고 아제르바이잔과 러시아 연방 자치국인 타타르스탄은 3월 21일을 에르게네콘 / 네브루즈 날 '민족의 고유 명절'로 선포하였다. 그리고 튀르크 종족이자 튀르크 어를 사용하는 모든 형제 공동체에서는 이날을 흥겹게 축하하는 것을 아주 중요하게 여기고 있다. 네브루즈는 튀르크 세계에서 민족적 일체감과 결속의 도구이다. 남녀노소를 불문하고 튀르크 인들은 이 명절을 모두 함께 축하하고 있다.

국가를 넘어서 유목민의 무대를 공유하는 네브루즈는 중앙유라시아의

---

17) 유네스코한국위원회, <노브루즈, 노우루즈, 누루즈, 나브루즈, 나우로즈, 네브루즈>, 「유네스코 인류무형문화유산」, (http://terms.naver.com/entry.nhn?docId=2082194&cid=50419&categoryId=50582).

정신성을 대표하는 문화공간이다. 그 광대한 초원과 사막의 바람 속에 묻힌 유목민들의 거대한 역사가 부활하는 현장으로서 네브루즈는 주목될 필요가 있다.

네브루즈에서는 구술표현 외에도 춤 공연, 수공예, 회화 등이 다양하게 펼쳐진다. 수공예품의 문양, 음악과 춤, 그림의 모티프는 봄맞이와 자연의 순환에 관계된 것들이다. 이 중에서도 가장 중심이 되는 전통은 이야기꾼의 서사시 낭송이다. 근대에 들어와 이야기판의 현장이 점차 사라지는 세계적 추세 속에서 유목공동체의 네브루즈는 공적 이야기판의 존속을 유지케 하는 중요한 기능을 발휘하고 있다.

이제 네브루즈 영웅서사시를 연행하는 주술적 이야기꾼 박시들의 영웅서사시의 일단을 살펴보기로 한다. 초원과 사막에서 수천 년을 살아온 유목민들은 오늘날 중앙유라시아라는 독자적인 세계를 이룰 때까지 인류 역사에 깊은 자취를 남겼다. 유라시아 청동기문화(스키타이 동물양식)에 뚜렷한 흔적을 남긴 흑해 북방의 스키타이, 오늘날 내·외몽골을 무대로 하여 한나라와 치열한 각축을 벌인 흉노, 그들의 후예로 서쪽으로 이동하여 게르만족의 이동을 촉발시켜 유럽을 새로운 사회로 나아가게 한 훈족, 몽골고원 동쪽 변방에서 일어나 주변의 문명세계를 유린하고 동서를 통합하여 세계사의 물줄기를 바꿔놓은 몽골족의 활동은 그 대표적 사례이다.[18] 따라서 그들은 무수한 영웅들의 이야기를 간직하고 있었다.

우즈베키스탄의 경우 네브루즈 날 연행되는 영웅서사시는 호레즘(Khorezm)·수르한다르야(Surkhandarya)·카쉬카다르야(Kashkadarya)·사마르칸트(Samarkand) 같은 지역에 오늘날까지 잘 보존되어 있다. 몽골을 포함한 중앙유라시아 이야기꾼의 구비서사시 『게세르』 등은 지금은 기록되어 전해지

---

18) 고마츠 히사오 외, 앞의 책, 5-6쪽.

고 있다.

키르기스스탄의 유목민들 사이에서도 가장 두드러진 문화적 표현양식은 서사시 음송이다. 키르기스인들은 네브루즈 축제를 포함하여 계절에 따른 축하행사, 국경일 등에 서사시를 구술연행하는 전통을 이어왔다. 3월 네브루즈 날에는 하루 종일 서사시 낭송 경연을 펼친다. 키르기스인의 서사시 중 가장 대표적인 것은 1,000년의 역사를 자랑하는 '마나스(Manas) 3부작'인데, 이 걸작은 호메로스의 <일리아드>나 <오디세우스> 보다 16배나 긴 방대한 규모이며, 내용 역시 풍부하다. 사실과 전설이 뒤섞인 <마나스>는 9세기 이래로 일어난 키르기스인의 역사상 중대했던 사건들을 서술하고 있다.

키르기스인들은 <마나스>를 제외하고도 40편이 넘는 '소규모' 서사시들을 보전해왔다. <마나스>가 입으로만 음송하는 데 반해 짧은 작품들은 코무즈(Komuz, 3현으로 된 류트악기)를 연주하며 음송한다. 키르기스의 이야기꾼들은 한 때 매우 존경받는 인물이었으며, 지방 곳곳을 돌며 순회공연을 하기도 했다. 서사시는 오늘날까지 키르기스인들의 정체성을 인식하게 하는 핵심적인 요소이며, 현대의 작가와 시인 작곡가들에게 지속적으로 영감을 불어넣는 원천이 되었다.[19]

카자흐스탄 사람들은 자신들의 나라를 국가로서의 카자흐스탄보다 '돔브라(Dombra)'라는 악기를 통해서 느낀다고 한다. 그래서 다음과 같은 격언도 만들어졌다.

"진짜 카자흐스탄은 돔브라(Dombra)이다."[20]

---

19) 유네스코한국위원회(번역 감수), <마나스(manas)>, 「유네스코 인류무형문화유산」, Kyrgyz National Commission For UNESCO. (http://terms.naver.com/entry.nhn?docId=2082162&cid=50419&categoryId=50532).

20) 윤영기, 「영혼 울리는 두 개의 현…수천 년 민족 '애환의 벗'」, 『광주일보』, 2012년 7월

카자흐스탄에서는 '돔브라'의 선율이 주술적 이야기꾼의 역할을 하는 셈이다. '돔브라'는 2개의 현을 가진 만돌린처럼 생긴 악기인데, 카자흐스탄 민족과 4,000년을 함께 해왔다. 카자흐스탄의 이야기꾼들은 나라의 역사와 전설을 담은 서사시를 서로 흩어져 있는 부족들에게 돔브라 연주를 곁들여 들려주었다.

터키의 경우, 네브루즈 전통의 원천이라고 할 수 있는 에르케네콘 서사시가 특별한 자리를 차지하고 있다. 튀르크인들 사이에서 가장 잘 알려진 서사시 '에르케네콘'은 튀르크인들이 3월 21일에 에르케네콘에서 탈출한 이야기이다. 이 서사시는 돌궐족의 가장 장엄한 서사시이며, 오랜 세월 동안 튀르크 사회의 삶에 영향을 미쳐왔다. 오늘날조차 아나톨리아의 산간 마을에서는 일련의 전통과 관습에서 에리케네콘 서사시의 흔적들을 볼 수 있다.

> "몽골의 오우즈 한 가문에서 일 한이 통치하던 시절, 타타르 족의 통치자인 세빈치 한이 몽골국에 전쟁을 선포하였다. 몽골은 일 한이 거느리고 있던 군대를, 키르기스인들 그리고 다른 종족들의 도움을 받아 패배시켰다. 일 한의 나라에 살고 있는 모든 사람은 죽고 말았다. 하지만 일 한은 작은 아들 크얀과 조카 뉘퀴즈의 부인들을 데리고 도망쳐 생명을 구한다. 이들은 적들이 자신들을 찾을 수 없는 곳으로 가야겠다고 결정을 한다.
>
> 이들은 야생 양들이 걷고 있는 길을 따라 높은 산의 좁은 통로에 도착하였다. 이 통로를 지나자 그 안에 폭포, 샘, 다양한 식물들, 들판, 과실수, 다양한 사냥감들이 있는 한 장소에 도착했고, 신에게 감사를 하고 그곳에서 살기로 결정하였다. 그들은 산의 정상인 그 장소에 산지 분포지역이라는 의미의 '에르게네'라는 단어와 '가파른'이라는 의미의 '콘'이라는 단어를 합쳐 '에르케네콘'이라는 이름을 붙인다.
>
> 크얀과 뉘퀴즈는 아들을 많이 낳았다. 사백 년 후 자손들이 얼마나 많아

12일자 기사. (http://www.kwangju.co.kr/read.php3?aid=1342364400472611185).

졌는지 더 이상 에르케네콘에서 다함께 살지 못할 지경이 되었다. 하지만 이들은 선조들이 이곳에 왔을 때 지나왔던 곳을 잊어버리고 말았다. 그리하여 에르케네콘의 주위에 있는 산들에서 통로를 찾기 시작하였다. 그때 어떤 대장장이가 산의 쇠 부분을 녹이면 길이 열릴 수 있을 거라고 말하였다. 쇠를 녹이기 위해 산 주위에 나무, 석탄을 늘어 놨고, 일흔 개의 가죽으로 일흔 개의 풀무를 만들어 일곱 곳에 놓았다. 7과 70이라는 숫자는 9 그리고 배수와 함께 튀르크 족들의 신화적인 숫자이다. 쇠는 녹았고, 짐을 실은 낙타가 지나갈 정도의 간격이 벌어졌다. 잠시 후 하늘색 갈기를 한 보즈쿠르트('회색빛 늑대'라는 의미)나타나 튀르크 인들 앞에 멈춰 섰다. 모든 사람들은 그 늑대가 길을 안내해줄 거라는 것을 알았다. 튀르크 족들은 보즈쿠르트를 따라 걸었다. 튀르크 족은 보즈쿠르트의 지휘 하에, 그 신성한 해(年), 신성한 달(月), 신성한 날(日)에 에르케네콘에서 벗어났다. 일 한의 후손들인 튀르크 족들은 그 사이 힘이 강성해져 과거 자신들의 나라로 돌아갔고, 조상들의 복수를 해주었다."[21]

터키인들은 이 서사시를 통해서 그날, 그 시간을 잊지 않았다. 그리고 이 신성한 날을 튀르크인들의 축일로 만들었다. <현인 코르쿠트(Dede Korkut)> 이야기도 주목할 만하다. 코르쿠트는 이야기꾼의 이름이다. 그는 12편의 영웅서사시를 자신이 전해주는 방식으로 구연하였다. 이 작품은 튀르크족에게 가장 널리 알려지고 가장 오래된 서사시이다. 원 제목은 'Kitab-Dedem Korkut Alalisan-Taife-Oğuzhan'이다. '오우즈 부족의 언어로 쓰인 현인 코르쿠트의 서'라는 뜻이다. 오우즈 부족의 영웅서사시는 그들이 코카서스와 아나톨리아 및 이란 등지에서 생활하던 내용을 담고 있다. 그렇지만 이 작품은 '튀르크족 전체의 설화'라고 할 수 있다. 터키 튀르크인들만이 아니라 카자흐스탄과 키르기스스탄, 아제르바이잔, 튀르크메니스탄 튀르크인들의 문화유산도 포함하고 있기 때문이다.

---

21) 압두르하르만 쉔, 앞의 발표문, 8쪽.

오우즈 한은 영토를 확장시킨 튀르크 족의 신화적 조상이다. 여기서 카안(Kağan)은 칸(Khan), 한(Han)의 의미와 같다. 군주에 대한 칭호이다. 오우즈의 탄생과 영웅적 행위와 성공, 후계자 승계 등으로 전개된다.

<현인 코르쿠트> 이야기는 튀르크 민족의 이슬람 전파, 그 이전의 종교, 샤머니즘, 유목생활을 반영하는 중요한 자료이다. 16세기 이후 문자로 기록되었다.[22] 이 작품에 수록된 이야기들을 순서대로 살피면 다음과 같다.

(1) 디르세 한의 아들 보아치 한 이야기
(2) 살루르카잔의 집이 약탈당하는 이야기
(3) 바이뷔레의 아들 밤시베이레크 이야기
(4) 카잔베이의 아들 우루즈가 포로로 잡힌 이야기
(5) 두하코자의 아들 델리둠룰 이야기
(6) 칸르코자의 아들 칸투랄르 이야기
(7) 카즈르크코자의 아들 이에네크 이야기
(8) 바사트가 테페괴즈를 죽이는 이야기
(9) 베길의 아들 엠렌 이야기
(10) 우쉰코자의 아들 세으레크 이야기
(11) 살루르카잔이 포로로 잡히고, 아들 우르주가 그를 구하는 이야기
(12) 디시오우즈가 이치 오우즈에게 반란을 일으키고 베이레크가 죽는 이야기[23]

이 가운데 몇 편의 이야기는 구출담이다.

---

22) 「<터키설화> 현인 코르쿠트 이야기」, 한·투르크 친선협회, 2014. 5. 7.
  (http://blog.naver.com/iamturk/90195370502).
23) 이난아, 「중앙아시아 배경 영웅서사시<데데 코르쿠트의 서> 분석」, 실크로드인문학국제학술회의, 계명대학교 실크로드중앙아시아연구원. 2014, 157-166쪽.

Kam Gan 한의 아들 Bayındır 한이 여러 부족들을 초대하였다. 연회에 초대받은 Dirse 한은 병사 40명과 함께 연회에 갔다. 아이가 없는 Dirse 한은 검은 천막으로 안내받자 화가 나서 집으로 돌아온다. Dirse 한은 부인에게 있었던 사건을 설명하자, 부인은 그에게 연회를 열어 사람들의 축원을 받으라고 충고한다. 사람들의 기도를 듣고 신이 부부에게 사내아이를 내려준다. 아들이 자라 15살이 되어 Bayındır 한의 군사가 되었다. Bayındır 한이 광장에 풀어놓은 황소와 아들이 대결을 하고 아들이 황소를 죽였다. 현인 코르쿠트가 아들에게 'Boğa(황소)'라는 이름을 지어주고 왕위를 물려주라고 전한다.

Boğa는 아버지 자리를 물려받았다. 40명의 병사는 Boğa를 못마땅하게 여기고, 그와 Dirse 사이를 이간질하고 사냥터에서 Boğa를 죽이라고 말한다. 40명의 병사들과 Dirse 한은 숲에서 Boğa에게 활을 쏘고 돌아갔다. Dirse 한의 부인은 40명의 여자를 데리고 Boğa를 찾아 데리고 몰래 돌아온다. 사람들의 소원을 들어주는 Hızar신이 Boğa에게 치료약을 알려줘 건강을 회복한다. 사실을 안 40명의 병사가 Dirse 한을 붙잡아 이교도에게 보내려 한다. 부인이 Boğa에게 아버지를 구하라고 한다. Boğa는 자신의 병사 40명을 데리고 싸움에서 승리를 하고 아버지를 구해 집으로 돌아간다.

이 이야기는 신의 음조, 고귀한 아들의 탄생, 이름의 부여, 왕위계승, 병사들의 모함, 아버지의 오해와 살해, 어머니의 원조와 극복, 아버지의 위기, 아버지 구출로 전개된다. 이 작품에 나타난 영웅의 일생구조는 한국의 서사문학에 나타나는 영웅의 일생구조와 흡사하다.

(1) 고귀한 탄생
(2) 비정상적 출생(만득자)

(3) 탁월한 능력

(4) 고난(황소와의 대결)

(5) 극복(아들이 황소를 죽이고 왕위를 승계함)

(6) 고난(40명 병사들의 이간질로 아버지로부터 살해됨)

(7) 극복(어머니의 도움으로 생환 ; 아버지를 구출함)

이러한 서사구조 안에서 한국 작품과의 차이는 어머니의 활약이다. 어머니는 행위역할에서 원조자의 기능을 담당하고 있다. 어머니는 남편에게서 버림받은 아들을 살린다. 나아가 아들로 하여금 자신을 버린 아버지를 구출하도록 선도한다. 이러한 어머니의 역할은 가족을 구원하고 궁극적으로 나라를 살리는 원대한 목표를 실현한다. 작품의 스토리에서 어머니는 비록 주인공이 아니지만 이야기가 환기하는 담론에서 주인공을 넘어서는 구원자이다.

다음 작품도 아들 Yegenek이 포로가 된 아버지를 구출하는 이야기이다.

Bayindir 한의 부하 Kazilik은 군사들과 함께 흑해 근처에 기독교도의 성을 공격한다. 그 성에는 Arsin의 아들 Direk Tekfur가 있었다. Kazilik은 Direk에게 패해 16년간 포로로 잡혀 있었다. Kazilik의 아들 Yegenek은 청년이 되자 Bayindir 한에게 아버지를 구할 수 있게 도움을 요청한다. Yegenek은 군사를 이끌고 Direk과 싸워 그를 죽이고 아버지를 구한다. 성에 있던 교회를 허물고 이슬람 사원을 세운다. Bayindir 한은 일행에게 전리품을 나누어준다.

이 이야기에는 이슬람 수용 이후의 상황이 반영되어 있다. 그리고 기독교문화와의 갈등들이 겹쳐져서 다루어지고 있다.

다음 작품은 아들 Uruz가 아버지를 구출한 이야기이다.

어느 날 Kazan은 트라브존 Tekfur가 그에게 보낸 매를 데리고 사냥을 나갔다. 사냥을 하던 중 매가 Toman의 성에 내려앉았다. Kazan은 Bey들의 만류에도 불구하고 그 성에서 이레 동안 잠에 빠진다. 트라브존 Tekfur는 군사를 몰고와 Kazan을 포로로 잡는다. Uruz는 아버지를 구하기 위해 사람들을 데리고 이교도의 성으로 쳐들어간다. 이교도들은 Kazan에게 Uruz를 물리치면 풀어주겠다고 한다. Uruz는 Kazan과 싸우다가 아버지임을 알게 된다. 둘은 힘을 합해 이교도를 물리치고 교회를 허물고 이슬람 사원을 세운다. 집으로 돌아와 7일 밤낮 동안 잔치를 벌였다.

이 작품에도 이슬람과 기독교가 대립하고 이슬람이 승리하는 과정이 전개된다. 아들이 아버지를 구출하는 것은 이교도로부터 나라의 정체성을 지키는 일과 병립되어 있다.

다음 작품은 위와 반대로 아버지가 아들을 구출한 이야기이다.

아버지 Kazan은 아들 Uruz가 16살이 되었는데도 출정 경험이 없어서 걱정한다. 아버지 Kazan은 아들 Uruz를 데리고 적 영토 가까운 곳에서 사냥을 하면서 전술을 가르친다. 적들이 이를 알고 그들을 공격하러 왔다. Kazan은 Uruz에게 절대로 싸움에 나서지 말라고 말한다. 하지만 Uruz는 이를 어기고 싸움에 나서다 이교도에게 잡혀간다. Kazan이 승리하고 돌아왔으나 아들이 이교도에게 잡혀갔음을 알게 된다. 그는 아들을 구하기 위해 다시 싸우나 상처를 입게 된다. Kazan의 부인이 40명의 여자와 오우즈 부족을 데리고 출정하여 이교도들을 무찌른다. 결국 Kazan이 아들 Uruz를 구하고 축하 잔치를 베푼다.

아들 Uruz는 아버지의 경고를 어긴 무모함 때문에 적의 포로가 된다. 아버지는 아들을 구하러 떠나지만 상처만 입고 실패한다. 이때 어머니가 40명의 여자와 오우즈 부족을 데리고 출정하여 이교도를 무찌르고 아들을 구한다. 후계자의 자질이 어디에 있는지 지혜를 시험하는 이야기이면서 어머니와 여성의 능력을 부각한다. 그들이 원하는 여성상은 외적 미모를 자랑하는 여인이 아니라 전사의 용기를 지닌 현명한 여성이다.

<현인 코르쿠트> 이야기에서 가장 특징적인 것은 가족의 결속으로 나타난다. 가족이 가족을 버린 경우도 예외가 아니다. 어머니로 대변되는 가족의 구성원이 가족의 균열을 방지하고 화합의 촉매제가 된다. 가족의 결속은 민족의 결속과도 짝을 이루고 있다. 오우즈 부족의 가족관과 여성관을 여기서 살필 수 있다. 또한 이슬람에 대한 수용과 기독문화에 대한 저항도 대립적으로 부각되어 있다. 이렇듯 영웅서사시에는 유목민들이 무엇을 좋아하고, 무엇을 싫어하며, 즐거워하고 슬퍼하는지, 무엇을 지켜야 할 가치라고 믿고 있는지, 그들의 세계관이 담겨 있다.

박시의 주된 레퍼토리는 이렇게 민족의 영웅을 찬양하는 서사시이다. 한국의 경우, 무속신의 본풀이를 노래 부르는 여무(女巫)의 경우도 그가 학습무라면 영웅의 일생을 구술하는 직능에 한해서 주술적 이야기꾼의 영역에서 다루어 볼 수 있다.

서사무가 '바리데기'는 <현인 코르쿠트>의 서사담처럼 아버지의 생명을 살리는 이야기이다. Dirse 한의 아들 Boğa가 아버지로부터 버림받고 그 손에 의해 살해되지만 아들은 살아나서 모반꾼들로부터 아버지를 구출한다.

바리데기 역시 아버지에 의해 죽이라는 명이 내려지고 버려지지만 궁극에는 살아나서 아버지의 생명을 구원한다. 바리데기가 아버지를 구원하는 것은 가족의 완성에만 그치지 않는다. 바리데기의 과업은 아버지가 국왕이란 점에서 국가적 구원으로 확대된다. 두 편 이야기가 내면화하고 있는 심층구조는 동일한 것으로 드러난다.

주인공 바리데기와 Boğa은 친아버지로부터 버림받고 죽음에 이른다는 점에서 비극적인 운명을 보여준다. 그러나 두 주인공이 친부의 비정을 원한으로 갚지 않고 승화시켰다는 점에서 그들의 영웅성은 배가 된다.

한국의 박수무당은 이북과 이남에서 다르게 인식되고 있다. 북부에서 박수무당은 그 자신이 강신무로서 샤먼이다. 그에 비해 남부의 박수는 경문쟁이로 학습무이다. 학습무는 신이 내린 강신무에 비해 영성은 떨어지지만 이야기꾼으로서의 재능은 더욱 숙련되어 있다. 강신무가 영성으로 신과 소통한다면 학습무는 이야기의 주술적 구연에 의해 굿판의 민중들과 소통한다. 그에 따라 학습무인 박수는 새로운 이야기꾼의 장르, 판소리를 개척해서 광대로 진출할 수 있었다.

중앙유라시아의 주술사 박시가 구연이야기꾼 메따흐로 변모해가는 변화의 일단은 한국의 박수무당이 판소리 광대로 이행해가는 과정과 맞물려 있다.

3. 구연이야기꾼

지금까지 중앙유라시아 유목공동체에서 이야기꾼의 정체성이 샤먼과 주술적 이야기꾼으로 인식되어온 역사를 짚어보았다. 이야기꾼 메따흐는 이러한 샤먼 이야기꾼과 주술적 이야기꾼의 토양 위에서 태어났다. 한국의 경우 전문 이야기꾼인 판소리 광대의 한 축이 무속 가계의 박수무당을 토양으로 태어난 것과 비견된다.

메따흐는 신성한 사람이나 영웅을 칭송하는 옛 시절의 기능으로부터 자유로워져 오늘날은 민중 이야기꾼, 흉내꾼, 민담을 얘기해주는 사람으로 수용되고 있다. 메따흐가 이야기하는 이야기판에는 막도, 무대도, 의상도, 장식도, 등장인물도 없다. 오직 메따흐라고 하는 한 인물의 재능, 지식, 말재주가 이야기판을 좌우한다. 메따흐가 활용하는 소품은 손에 들고 있는 '지팡이'와 어깨에 얹은 약간 큰 '손수건'이다. 메따흐는 지팡이로 땅을 치면서 관객들의 주의를 한데 모으고, '학 도스툼 학'이라고 말하며 이야기를 시작한다. 공연 도중 메따흐는 손수건과 지팡이를 장총, 빗자루, 말, 악기

제1부 국문학의 고전과 현대 129

등으로 변신시킨다.

샤먼 이야기꾼과 박시 이야기꾼이 공적 무대에서 활동한 데 비해 메따흐가 활용하는 공간은 좀 더 사적이다. 여름철에는 광장에서, 겨울철에는 찻집에서 주로 공연을 해왔다. 메따흐는 공연 도중 이야기의 가장 흥미진진한 부분에서 말을 멈추고 관람객들로부터 돈을 거두거나 공연이 끝났을 때 관람객이 흡족한 정도에 따라 마음에서 우러난 기부를 받았다. 한국의 중세기 전문 이야기꾼인 전

〈터키 메따흐의 이야기 연행 장면〉

기수(傳奇叟)[24]가 가장 극적인 대목에서 이야기를 끊고 청중들이 돈을 던지도록 기다리는 '요전법' 전통도 이와 비슷하다.

몽골에서는 주술적 이야기꾼인 박시와 호오르(몽골 전통 현악기) 연주자들을 존경하고 자랑스럽게 여기는 전통이 있다. 또한 자신의 고장에서 이름난 '설화꾼'을 집이나 궁에 모셔다가 이야기를 시키는 일도 적지 않았다. 국토가 광활한 몽골에는 흥미로운 설화와 서사시가 널리 회자되어 왔다.[25]

몽골은 수세기에 걸친 그들의 역사를 음유시인들이 노래와 서사시를 통해서 전승해왔고, 설화꾼(이야기꾼)들은 흥미로운 민담을 구술해왔다. 몽골에서는 이야기판을 어린이들이 다른 이를 배려하는 인성교육을 익히는 교육현장으로 삼는다는 점이 특별하다.

청자들이 설화 구연자의 이야기를 들을 때 매우 흥미 있게 듣고 있다는

---

24) 전기수는 소설을 낭송하는 이야기꾼이나 광의의 의미에서 이야기꾼으로 포함할 수 있다.
25) 데 체렌소드놈, 앞의 책, 13쪽.

표시로 이야기의 의미소절이 끝날 때마다 다음과 같이 맞장구를 친다.

"오오해(좋다. 재미있다.)"
"자(그래, 그래서)"

몽골사람들은 이렇게 이야기를 받는 과정을 "이야기의 장단을 맞춘다"고 한다. 그들은 설화를 통해 아이들을 가르치기 전에 먼저 이야기에 장단을 잘 맞추도록 가르치는 것을 매우 소중하게 여겼다. 이러한 방식은 이야기를 들으면서 배우게 한다는 의미를 지닌다.

한국의 경우, 판소리 광대의 공연을 관람하는 사람이 이야기 중간 중간에 '얼시구', '좋구나' 등 추임새를 넣어주면 광대가 더욱 신명을 내는 이치와 마찬가지다.

그런데 몽골에서 어린이를 위한 이야기판 가운데 장단 맞추는 교육을 먼저 실시했다는 것은 몽골의 이야기문화가 얼마나 고양된 소통의 현장이었던가를 짐작케 하는 일이다. 몽골 구비문학이 다양한 영웅서사시와 전설, 여럴(행운을 비는 축시), 마그탈(찬미하는 시)에서 동물담 생활담에 이르기까지 풍부하게 전승되는 것은 이야기꾼을 자랑스럽게 생각하고 존경하는 전통이 밑바탕에 깔려 있기 때문이다.

이제 한국의 이야기꾼에 대해 살펴볼 차례가 되었다. 우리나라 이야기꾼에 대한 기록[26]은 재미있는 고담을 많이 아는 사람, 이야기 보따리(說囊) 또는 이야기 주머니에서부터 시작한다. 그 다음은 전기수(傳奇叟)로 이야기책을 읽어주는 직업적 낭독자이다. 셋째는 이곳저곳 필요로 하는 사람을 찾아가서 이야기책을 읽어주는 떠돌이 이야기꾼이다. 넷째는 전문 예능인으로 판소리 광대를 들 수 있다.

---

26) 『추재기이(秋齋紀異)』.

이야기꾼에 대한 정의를 협의의 개념으로 묶으면 그 존재는 설화 구연자에만 해당한다. 그러나 광의의 개념으로 포괄하면 소설을 읽어주는 낭독자 전기수와 혼자서 1인극을 연출하는 판소리 광대도 이야기꾼의 범주에 포괄할 수 있다.

터키의 이야기꾼 메따흐의 전통은 한국의 경우 이야기꾼 판소리 광대와 그 특성을 공유한다. 메따흐와 판소리 광대는 샤먼적 이야기꾼과 주술적 이야기꾼 박시(Boxshi)의 역사를 자신들의 기원으로 삼고 있다는 점에서도 지속적인 비교연구의 대상이 된다.

판소리 광대의 연행은 메따흐의 연행방식과 같다.

(1) 사설과 노래로 구성된다.
(2) 소도구 부채를 활용한다.
(3) 1인극이다.

판소리 광대는 최소의 장치로 최대의 효과를 추구한다. 메따흐의 공연현장과 같이 막도, 무대도, 장식도, 등장인물도 없다. 오직 그 모든 서사의 내용이 광대라는 한 인물의 득음, 연기력, 말 재능에 달려있다. 소품은 부채 하나로 세상의 모든 배경과 인물이 처한 공간의 정서를 연출해낸다.

메따흐가 공연한 작품과 판소리 광대의 작품을 사례로 양자의 연행관습을 비교해 보기로 한다.

Ⅲ. 메따흐와 판소리 광대의 이야기 연행관습

다음 작품은 메따흐가 구연한 <사랑의 주스>이다. 사설과 노래로 전개된다. 메따흐는 말한다. 인간의 행복이 다른 사람들에게 지식을 전달해 주는 것이라면 '메따흐는 이것을 이야기로 한다'고 전제한다. 상황에 따라서 소도구인 지팡이로 땅을 친다. 손수건도 필요에 따라 작중 소품의 역할로 변신한다. 장총이나 빗자루, 말과 악기가 되기도 한다. 모든 등장인물과 서술자 또한 메따흐 혼자의 몫이다.

> <사랑의 주스>
> 친애하는 여러분!
> 비슷한 이름들은 많지만 사람은 서로 완전히 다릅니다. 인간의 행복이 다른 사람들에게 지식을 전달해주는 것이라면, 메따흐는 이것을 이야기로 합니다.
> 옛날 옛날 아주 오랜 옛날에…
> 이 말의 앞은 있지만 뒤는 없습니다. 내 셔츠의 팔 부분은 있지만 칼라는 없습니다. 산다는 것은 진지한 것이지요, 결코 장난이 아닙니다. 인내는 성품이지요, 마실 물은 있지만, 물을 마실 대접은 없습니다.
> 지금 여러분들에게 이야기 하나를 해드리고자 합니다. 이야기가 끝날 때까지 귀를 빌려주시기 바랍니다.
> 옛날에 어떤 나라에 아주 아름다운 처녀가 살고 있었습니다. 그 아름다움의 빛은 눈이 부실 지경이었고, 그녀를 본 사람도, 차마 쳐다보지 못한 사람도 그 아름다움에 감동을 했다고 합니다. 감히 사랑을 할 용기조차 내지 못할 정도로 아름다웠다고 합니다. 사실을 말하자면 우리 이야기의 미녀와 결혼하고 싶은 사람은 수없이 많았지만, 그 누구도 그녀로부터 긍정적인 답을 듣지 못했습니다. 그녀의 부모는 결혼하고 싶은 많은 후보자들을 왜 다 거절했는지 물었습니다. 그러자 처녀는 이렇게 대답했습니다.
> "걱정하지 마세요. 저는 절대 노처녀로 늙지 않을 테니까요. 하지만 자기 자신이 아니라 부모의 존재나 재산을 믿고 내 앞에 나서는 사람을 남편으로

삼지 않겠습니다."

그러자 처녀의 부모는 딸이 콧대가 높은 것은 아니며 돈이 아니라 자신감 있는 젊은이에게 시집을 가기를 원한다고 생각했습니다. 부모는 여기저기 신랑감을 물색하러 다니다 지쳐 나가떨어지고 말았습니다. 그들의 이런 모습을 본 누군가가 그 지역에서 가장 나이가 많은 사람을 그 집으로 보냈고, 그 노인은 그들의 기운을 차리게 하고 문제를 해결할 방안으로 경연대회를 제시했습니다.

모두들, 세 가지 문제를 삼 초 안에 푸는 대회, 레슬링에서 세 명을 다 이기는 사람을 뽑는 대회 등 다양한 제안을 했습니다. 그러자 딸은 그러한 대회를 열어 자신이 원하는 남편감인 진정한 용사는 나타나지 않을 것이라 말했습니다. 그러자 아버지가 딸에게 문제를 해결할 방안을 묻자 딸이 대답했습니다.

"아주 쉬워요. 주스가 절반 정도 들어있는 컵을 가져다 주세요. 물론 그 컵들 중 하나에 독이 들어 있을 거예요. 두 용사와 제가 천으로 덮혀 있는 컵을 들고 단숨에 마실 거예요"

이 말을 들은 사람들은 말렸지만 처녀는 자신을 위해 죽음을 감수한 남자를 남편으로 택하겠다고 단호하게 말했습니다. 이에 파발꾼들이 이 소식을 사방에 알리며 사람들을 초대했습니다.

"담브드 담 담 담브디 담 담. 못 들었다고 말하지들 마십시오. X날 아침 X광장에서 컵 룰렛 게임이 있을 예정입니다. 오로지 한 사람에게 저 세상으로 가는 표가 나옵니다. 못 들었다고들 말하지 마십시오. 소시지가 들어간 계란이 있는데, 치즈와 빵만을 먹지 마십시오. 담브드 담 담 담브디 담 담"

드디어 X날이 오고, 모든 사람들이 X광장에 모였습니다. 구경꾼들이 숨을 죽이고 지켜보는데 건장한 두 용사가 광장 앞으로 나왔습니다. 천 덮개 아래는 컵들이 놓여 있었고 그들은 마치 칼을 빼들 듯 천 아래서 컵을 끄집어내었습니다. 바로 그 때 광장에 함성이 울려 퍼졌습니다. 두 번째로 나온 용사가 컵을 들고는 단 숨에 들이켰습니다. 그것을 본 처녀가 동시에 주스를 마시기로 되어 있는 규칙을 어겼다고 용사에게 말하자 그 용사가 대답했습니다.

"당신은 상관하지 마시오. 난 나의 목숨을 내걸었소. 당신의 목숨이 아니라."

시간이 흘렀지만 이 용사의 몸에 독이 퍼지는 낌새가 보이지 않았습니다. 처녀는 나머지 컵을 들고는 다른 용사에게 갔습니다. 그런데 이 용사의 눈을 보니 주저하고 있는 기색이 역력했고, 손은 계속 떨렸습니다. 용사는 컵을 들어 마시지 못했습니다. 이에 처녀는 주스를 땅에 쏟아 붓고는 다른 용사의 품으로 갔습니다. 이제는 뒤도 돌아보지 않았으며 가난하지만 서로의 마음을 확인하고 결혼을 했습니다.

우리는 지금 여러분에게 교훈적인 우화를 들려 드렸습니다. 우리의 이야기에 귀 기울여 주셔서 감사합니다. 우리의 이야기를 이해할 수 있는 사람에게 유용하기를 바라며 이만 안녕을 고합니다. 이야기가 끝이 났습니다. 도중에 말이 헛나왔다고 해도 용서해주시기 바랍니다. 저는 여러분을 보게 되어 행복했습니다.[27]

판소리 광대의 작품도 사례를 들어 메따흐의 연행과 비교해야 하나 지면상 작품 사례는 생략하기로 한다. 판소리 작품 역시 사설과 노래로 전개된다. 광대의 부채는 천변만화의 배경을 창조해내는 상상의 중개자이다. 모든 등장인물과 서술자 또한 판소리 광대 혼자의 몫이다.

Ⅳ. 중국과 일본의 이야기꾼

중앙유라시아의 이야기꾼과 한국의 이야기꾼을 연결하면서 또한 궁금한 것은 동북아시아 중국과 일본의 사정이다. 중국의 전문 이야기꾼은 설화인(說話人)이다. 송대(宋代)에 들어와서 청중을 상대로 <삼국지>를 이야기하는 직업인이 있었다는 다음과 같은 기록이 보인다.

동리 아이들이 모두 짓궂어 집집마다 지겨운지라 이들에게 돈 몇 푼씩을

---

27) 압두르하르만 쉔, 앞의 발표문, 24-25쪽.

주어 내보내어 둘러앉아 옛이야기를 듣게 하곤 하였다. 이야기 대목이 삼국 시대에 이르러 유현덕이 싸움에서 졌노라하면 아이들이 모두 이맛살을 찌푸리고 눈물까지 흘렸으며, 조조가 싸움에서 졌노라 하면 모두들 와하고 즐거워하였다.

—『동파지림(東坡志林)』 권1

직업적 설화인이 일반 대중을 상대로 설화를 한 장소로서 와시(瓦市), 와자(瓦子), 와사(瓦肆) 등 명칭이 보이고 유명했던 설화인의 이름도 열거되어 있다.

—『동경몽화록(東京夢華錄)』

〈오늘날까지 지속되고 있는 설화인(說話人)의 이야기 전승 현장〉

중국의 경우 이야기꾼은 우리나라의 전기수, 즉 소설을 읽고 이야기로 들려주는 소설낭독자의 성격이 강하다. 일찍부터 문자를 활용할 수 있는 여건이 구비보다 기록문학이 우세한 사정을 만들었다고 보겠다.

일본의 이야기꾼 역사는 다채롭게 전개되었다. 전업이야기꾼은 3형태로 분류된다. 첫째, 역사를 말하는 이야기꾼, 둘째, 종교이야기꾼, 셋째, 오락

으로써 이야기를 연행하는 예능이야기꾼이다.28)

〈오늘날까지 지속되고 있는 '落語家'의 이야기 전승 현장〉

메따흐나 판소리 광대와 비견되는 존재는 '落語家(らくごか)'29)이다. '카타리테(かたりて, 語り手)'는 일반적으로 옛날이야기를 들려주는 '昔話' 이야기꾼으로 전문 직업적 이야기꾼의 범주에 들어가지 않는다.

'落語家'는 16세기 말에 등장한 이야기꾼으로 번화가나 제례장소에 오두막을 마련해서 구연하고, 끝나면 청중으로부터 돈을 받는 직업적 예능인이다. 그의 레퍼토리는 소화(笑話) 중심으로 덜렁이, 바보, 고집쟁이, 지혜로운 자, 뽐내는 자와 같은 특정 패턴의 인물30)을 등장시킨다.

'落語家'의 소도구는 부채와 손수건이다. 메따흐의 소도구 중 손수건과

---

28) 히구찌 아츠시, 「예능으로서 이야기와 새로운 이야기꾼의 탄생」, 『비교민속학』 36집, 비교민속학회, 2008, 196쪽.

29) 만담가.

30) 히구찌 아츠시, 앞의 논문, 199쪽.

판소리 광대의 소도구인 부채를 각각 활용하고 있다. 그 소도구가 반드시 터키나 한국과 어떤 연관성을 드러내는 징표인지는 아직 알 수 없다.

'落語家'의 연행 역시 아무런 무대장치 없이 소도구인 부채와 손수건을 활용하여 천변만화의 세계를 이끌어나간다는 점에서 1인극의 양식이다. 일본의 '落語家'는 메따흐, 판소리 광대와 함께 존재론적 정체성을 비교해 볼 만한 대상이다.

V. 맺음말

이야기꾼이라는 존재는 가장 평이하면서도 가장 특별한 존재이다. 세계 어느 곳에서건 이야기꾼이 없는 나라를 찾는 것이 오히려 어려운 일이다. 중앙유라시아 유목공동체의 역사에서 이야기꾼 박시와 음유시인 메따흐에 대한 기대가 얼마나 큰 것이었나를 이 연구를 통해서 발견할 수 있었다.

이야기꾼은 흩어져 사는 유목민들에게 공동체의 유대와 위로를 선물하였다. 유목공동체 집단의 이야기꾼은 애초에 샤먼에서 주술사 박시 또는 음유시인으로 변화하였고 그러한 무게감으로부터 벗어나 자유로운 구연예능인 메따흐로 성장하였다. 한국의 판소리 광대 역시 샤먼과 박수무당의 토양 위에서 새로운 예능이야기꾼으로 성장해간 역사가 그 변화의 추이에 비견할 수 있었다. 메따흐와 판소리 광대는 작품의 연행방식에서도 3가지 공통점을 서로가 충족하고 있었다.

중국의 이야기꾼 설화인은 기록문학을 구비화하는 존재로 구비문학보다 기록문학이 앞서는 중국이야기꾼의 특성을 보여주었다. 일본의 이야기꾼 가운데 '落語家'는 메따흐와 판소리 광대가 추구하는 연행방식의 3가지 공통점을 함께 공유한다는 점에서 앞으로 주목해야 할 연구과제를 던진다.

몽골에서 이야기꾼을 자랑스럽게 여기고 존경하는 풍습은 몽골의 구비문학을 살찌게 하는 토양이었다. 이야기가 조금 재미없어도 추임새를 넣어 이야기꾼을 격려하는 몽골의 교육적 전통은 타인을 배려하고 소통하고자 하는 이야기문화의 기념비라고 할 수 있다.

나아가 중앙유라시아 유목공동체에서 이야기문화의 성장배경이 된 네브루즈 축제를 주목하는 일은 오늘날 국제관계의 이해를 도모하는 데 있어서 유익한 길이 될 것이다.

참고문헌

司馬遷. 『史記』 「匈奴列傳」.

『漢書』 「匈奴傳」.

『漢書』 「地理志」 雲陽縣條注.

『魏書』 권100 高句麗.

『三國史記』 <高句麗 本紀> 제1.

『秋齋紀異』.

赤松智城·秋葉隆. 『朝鮮巫俗の研究』, 大阪 屋號書店, 1937.

고마츠 히사오 외. 『중앙유라시아의 역사』, 이평래 (역), 소나무, 2010.

데 체렌소드놈. 『몽골의 설화』, 이안나 (역), 문학과지성사, 2007.

박원길. 『유라시아 초원 제국의 샤머니즘』, 민속원, 2001.

이필영. 「샤먼과 무당의 호칭에 대하여」, 『한남대학논문집』 14, 한남대학교, 1987.

히구찌 아츠시. 「예능으로서 이야기와 새로운 이야기꾼의 탄생」, 『비교민속학』 36집, 비교민속학회, 2008.

압두르하르만 쉔. 「튀르크문화에서의 네브루즈」, 이난아 (역), 계명대학교 실크로드 중 앙아시아연구원, 2015.

유네스코한국위원회. <노브루즈, 노우루즈, 누루즈, 나브루즈, 나우로즈, 네브루즈>, 「유 네스코 인류무형문화유산」.
  (http://terms.naver.com/entry.nhn?docId=2082194&cid=50419&categoryId=50582).

유네스코한국위원회. <마나스(manas)>, 「유네스코 인류무형문화유산」, Kyrgyz National Commission For UNESCO.
  (http://terms.naver.com/entry.nhn?docId=2082162&cid=50419&categoryId=50532)

윤영기. <영혼 울리는 두 개의 현 … 수천 년 민족 '애환의 벗'>, 『광주일보』, 2012년 7월 12일자 기사.
  (http://www.kwangju.co.kr/read.php3?aid=13423644004726111185).

한·투르크 친선협회. <[터키설화] 현인 코르쿠트 이야기>, 2014.
  (http://blog.naver.com/iamturk/90195370502).

저개발의 모더니티와 숭고의 정치학

-신상옥의 영화 〈상록수〉 읽기-

김영찬*

I. 개발의 알레고리

1961년 개봉한 신상옥 감독의 영화 〈상록수〉는 1935년 발표된 심훈의 동명 소설을 원작으로 한 영화다. 심훈은 식민지시대에 영화제작에 뜻을 두고 활동하는 한편으로 『영원의 미소』(1933), 『직녀성』(1934), 『상록수』(1935) 등 민족의식과 저항의식을 고취하는 장편소설을 연이어 발표하면서 리얼리즘 문학과 농민문학의 선구적 업적을 남긴 작가다. 그중 『상록수』는 동아일보사의 창간 15주년 현상공모에 당선된 장편소설이다. 농민의 문맹 퇴치와 농촌 계몽을 위한 식민지 청춘 남녀의 헌신적인 희생을 그린 이 소설은 대중성과 계몽성이 결합된 식민지시대 농촌소설의 대표작으로 꼽힌다. 두 젊은 남녀 박동혁과 채영신이 그들의 사랑까지 유보하면서 농촌의 계몽운동에 투신해 헌신하던 중 채영신이 건강악화로 죽게 되고 연인을

* 계명대학교 국어국문학 전공 부교수

잃고 홀로 된 박동혁이 그 뜻을 이어가게 된다는 것이 이 소설의 대략적인 줄거리다. 그리고 그러한 소설의 서사는 신상옥의 영화 <상록수>에서도 변형 없이 반복된다.[1] <상록수>는 그런 측면에서 소설을 영화로 충실히 번역한 일종의 문예영화라고 할 수 있다. 그리고 이 영화는 개봉 후 서울 명보극장에서 17만 명의 관객을 동원하는 등 흥행에서도 작지 않은 성과를 거둔 문제작이기도 하다.[2]

그런데 영화 <상록수>의 문제성은 단순히 작품의 완성도나 흥행의 차원에 있는 것만은 아니다. 우리가 주목하는 것은 농촌의 계몽과 개발을 위한 희생적 헌신에 초점이 맞추어져 있는 이 영화의 서사가 그 자체로 1960년대 초반 한국사회를 지배한 탈후진 근대화를 향한 정신적 지향과 유무형의 접점을 형성하면서 자연스럽게 정치적 함의를 띠게 되었다는 점이다. 특히 1960년대의 담론 지형 속에서 농촌은 한국사회의 후진성과 빈곤의 원천이자 그것을 비추어보는 거울이었다.[3] 농촌의 정신적·물질적 낙후성의 타파를 역설하는 이 영화의 메시지는, 후진성 탈피를 열망했던 1960년대 한국사회의 심리지형 속에서 당대 한국사회의 낙후한 현실을 환기시키고 개발의 절박한 필요성을 설득시키는 강력한 효과를 발휘했다.

그리고 영화 <상록수>가 이후 박정희체제의 정책선전과 결합하는 것을 가능하게 했던 내적 근거도 바로 거기에 있었다고 할 수 있을 것이다.[4]

---

1) 실제로 이 영화는 당시 "지나칠 만큼 원작을 충실하게 다이제스트"하고 있다는 평가를 받기도 했다. "심훈의 이상 잘 그려 <상록수>", 『동아일보』, 1961년 9월 25일, 4쪽.
2) "<상록수> 16년 만에 다시 영화화", 『경향신문』, 1977년 11월 5일, 6쪽.
3) 이상록, 「경제제일주의의 사회적 구성과 '생산적 주체' 만들기」, 『역사문제연구』 제25호, 역사문제연구소, 2011, 138~139쪽 참조.
4) 테오도르 휴즈는 냉전시대 한국의 문학과 영화에서 시각적 질서에 의존하는 개발주의 생체정치(biopolitics)를 발견하는데, <상록수>의 개발의 서사 또한 크게 보면 1960년대 박정희체제의 개발주의 생체정치와 무관하지 않다. Theodore Hughes, *Literature and Film in Cold War South Korea*, Columbia University Press, 2012, Chapter 4 "Development as Devolution"를 볼 것.

1961년 5·16 쿠데타로 정권을 잡은 박정희는 당시 한국사회를 지배했던 빈곤 탈출과 후진성 극복의 열망을 지배체제의 논리로 흡수한다. 그리고 그에 근거해 탈후진 근대화를 정책적 기조로 한 개발 드라이브를 추진해나간다. 그러한 개발주의는 반공 민족주의와 더불어 1960년대 박정희 체제를 지탱해나갔던 중요한 축이었다. 농촌의 빈곤과 낙후성 타파를 위해 헌신하는 청년들의 눈물겨운 희생을 담아내고 있는 신상옥의 <상록수>는 그런 점에서 탈후진 근대화를 역설하는 박정희체제의 정책적 지향과 절묘한 접점을 형성한 영화였다. <상록수>를 본 박정희가 그 영화를 16미리 필름으로 대량 카피해 농촌 순회 상영을 할 것을 지시한 것도 그 때문이다. 그러면서 <상록수>가 농촌 정신개혁의 정치적 선전에 효과적으로 활용되었다는 것은 잘 알려진 사실이다. 그런 측면에서 이 영화는 이후 박정희체제의 농촌근대화 정책 및 그 정신적 지향을 직간접적으로 매개한 중요한 예술적 사례라고도 할 수 있다. 이런 맥락에서 영화 <상록수>는 무엇보다 1960년대 (대중)예술과 정치의 절합과 공모(共謀)라는 토픽을 가장 극적으로 보여준다는 점에서 문제적인 영화라고 할 수 있다.

비단 이 영화뿐만 아니라 1960년대 내내 제작자로서 신상옥의 이력과 활동도 박정희체제와의 밀접한 관계 속에서 이루어진 것이었다. 신상옥은 한국영화의 황금기라 일컬어지는 1950~1960년대에 문예영화, 역사극, 멜로드라마, 전쟁영화, 코미디 등 장르를 가리지 않고 수많은 흥행작들을 발표하면서 한국영화의 흐름을 앞장서 주도하고 이끌어왔던 최고의 흥행감독이었다. 그는 <로맨스 빠빠>(1960), <성춘향>(1961), <사랑방 손님과 어머니>(1961), <상록수>(1961), <로맨스 그레이>(1963), <벙어리 삼룡>(1964), <빨간 마후라>(1964) 등 다수의 문제작들을 연이어 발표하면서 1960년대 한국을 대표하는 감독으로 입지를 굳혀왔다. 특히 1961년에 그가 설립한 거대 영화제작사인 '신필름'은 한국영화계 전체를 지배하는 최대의 제작사로서 성장을 거듭해왔다. 그리고 그 배후에 박정희와 김종필의 직간접적 후원과 지원이 있었음은 잘 알려진 사실이다. 신상옥과 신필름이 군사정권 영화정책의 최대수혜자였다는 평가의 근저에는 그러한 맥락이 존재한다.5) 영화 <상록수>는 신상옥과 박정희 정권 간에 지속된 그러한 협력관계의 맨 앞자리에 놓이는 작품이다. 실제로 신상옥은 <상록수> 이후 그 주제의 연장선상에서 5.16 군사 쿠데타의 정당성과 개발주의 정책의 당위를 적극적으로 선전하는 영화 <쌀>(1963)을 발표하기도 하는 등 영화를 통해 박정희체제와의 이데올로기적 협력관계를 구축해 나가기도 했다.

그러나 1960년대 내내 지속된 신상옥과 박정희의 실질적인 협력관계는 이 영화 <상록수>가 당시 대중에게 발휘한 정치적·이데올로기적 영향력을 설명할 수 있는 충분한 근거가 되지는 못한다. 그리고 당시 농촌근대화의 당위를 역설하는 정치적 선전의 도구로 활용되었다는 사실을 지적하는 것만으로 영화 <상록수>가 1960년대에 가졌던 정치적 의미가 온전히 해명되는 것도 아니다.6) 그러한 역사적 사실들은 단지 이 영화의 유통과 수용이 놓여 있었던 외적인 배경에 지나지 않는다. 그보다 더 중요하게 보아야 하는 것은 그러한 선전이 단순히 일방적으로 전달되고 작용한 것이 아니라 그 내용 자체가 대중들 속에서 자발적 공감을 불러일으키고 광범위한 인식적·정서적 설득력을 발휘할 수 있었다는 사실이다.7)

---

5) 조준형, 『영화제국 신필름』, 한국영상자료원, 2009, 21쪽.

6) 이후 신상옥은 <상록수>의 남녀 주인공 역을 했던 신영균과 최은희를 다시 캐스팅해 농촌 근대화와 개발의 정당성을 선전하면서 그 지도자로서 제3공화국과 군인의 형상을 명시적으로 제시한 계몽영화 <쌀>(1963)을 발표한다. 하지만 <상록수>에 비해 정치적 목적을 노골적으로 전면화한 이 영화가 오히려 정치적 효과나 그 파급력에서 <상록수>에 결코 미치지 못했다는 점은 시사하는 바가 크다. 영화 <쌀>에 대해서는 다음의 글 참조. 주창규, 「탈-식민국가의 젠더 (다시) 만들기 : 신상옥의 <쌀>을 중심으로」, 한국영화학회, 『영화연구』 15호, 2000, 175~223쪽 : 김선아, 「근대의 시간, 국가의 시간 : 1960년대 한국영화, 젠더, 그리고 국가권력 담론」, 주유신 외, 『한국영화와 근대성』, 소도, 2001, 63~68쪽.

영화 <상록수>의 의미효과와 관련된 그런 당대적 상황들이 보여주는 것은, 이 영화가 --직접적으로든 아니든, 또는 의식적으로든 아니든-- 1960년대 한국사회 근대화의 기로를 결정한 저 지배와 동의의 틈새에서 그것을 감성적으로 매개하는 역할을 하고 있었다는 사실이다. 그런 측면에서 신상옥의 영화 <상록수>는 대중예술이 한국사회 근대화의 망탈리테와 관계 맺는 중층적인 양상의 일면을 보여주는 흥미로운 징후이기도 하다. <상록수>는 그렇게 제 나름의 방식으로 1960년대 한국에서 민족국가의 운명과 개발의 알레고리로 작용했다고 할 수 있을 것이다.

그렇다면 그 모든 것을 가능하게 한 토대는 무엇인가? 즉 그 개발의 알레고리로서 영화 <상록수>의 인식적·정서적 설득력을 강화하고 정치적 의미효과의 확산을 가능하게 한 내밀한 미학적 근거는 근본적으로 어디에 있는가? 이 글은 그 미학적 원천을 숭고(sublime)에서 찾는다. 칸트에 따르면 숭고 속에서 주체는 자신의 '신체적' 무력함 속에서 그가 이성적 존재로서 가지고 있는, 자연적이고 현상적인 실존 너머로 그 자신을 '고양'시킬 수 있는 힘을 자각한다. 그때 일상생활에서 우리 경험의 중력의 중심으로서 기능하는 것이 갑자기 사소하고 중요하지 않은 것으로서 다가온다. 이러한 숭고의 논리 속에서 일어나고 있는 일은 바로 초자아의 지배다. 숭고 속에서 초자아는 주체로 하여금 자신의 안녕에 반하여 행위하고 자신의 이익과 필요와 쾌락을 비롯해 자신을 '감각적 세계'에 묶어놓는 일체의 것을 포기하도록 강제한다.[8] <상록수>에서 농촌 계몽을 위해 자기의 개인적인

---

7) 이는 감독 신상옥의 다음 회고를 통해서도 확인된다. "이 영화는 사회적으로 큰 파급 효과를 일으키면서 후일 일어난 새마을운동에도 커다란 기폭제가 되었다. 이 영화를 보고 감동하여 농민 운동을 시작했다는 사람도 많았고, 심지어는 이 작품의 주인공처럼 살아야겠다고 너무 노력을 하다가 숨진 여성 농민운동가까지 있었다." 신상옥, 『난, 영화였다』, 랜덤하우스코리아, 2007, 78쪽.

8) '숭고'에 대한 이러한 이해는 Alenka Zupančič, *Ethics of the Real : Kant, Lacan*, Verso, 2000, pp. 149~160 참조.

행복을 반납하는 희생의 논리는 이러한 숭고 논리의 대중미학적 버전이다. 이 글에서는 저개발 근대화의 알레고리로서 <상록수>의 징후를 분석하면서 그 근저에서 작동하는 숭고의 미학적 동학을 구체적으로 해명하고 그것이 1960년대 한국사회에서 갖는 정치적 의미를 밝힐 것이다.

Ⅱ. 빈곤의 (재)발견과 저개발의 눈물

영화 <상록수>의 내러티브를 간략히 정리해보면 이렇다. 영화는 여주인공인 채영신(최은희 분)이 농촌계몽 활동을 위해 청석골을 찾아오는 장면으로 시작한다. 그녀는 청석골에 정착해 농민들의 오해 및 무지와 힘겹게 맞서며 강습소를 세워 아이들과 부녀들에게 글을 가르치며 계몽운동에 헌신한다. 한편 애초 그녀에게 계몽운동의 열정을 불어넣어준 박동혁(신영균 분)은 학교를 중퇴하고 고향인 한곡리로 내려가 청년운동에 힘쓴다. 그리고 둘은 간혹 만나 계몽운동에 대한 서로의 열정을 확인하면서 동지이자 연인 사이가 된다. 영화는 이 두 청춘 남녀의 열정적이고 헌신적인 활동의 모습, 그리고 그러는 가운데 조금씩 키워가는 서로에 대한 동지적 애정을 충실히 묘사한다. 그러던 중 박동혁은 힘들게 만든 청년조직을 접수하려는 친일 지주의 음모에 맞서 싸우다 누명을 쓰고 경찰서에 잡혀 들어가고, 그런 동혁을 면회하고 온 채영신은 아이들을 더 많이 수용할 수 있는 새 강습소를 짓기 위해 제 몸을 돌보지 않고 애쓰다 과로를 한 것이 겹쳐 결국 쓰러져 병을 얻게 된다. 채영신은 결국 병석에 누워 그리운 연인의 이름을 애타게 부르다 숨을 거두고, 뒤늦게 달려온 박동혁은 슬퍼하며 채영신의 장례를 치른 후 연인이 못다 한 사명을 자신이 이어받아 완수하리라 다짐한다. 영화는 황량한 농촌의 정경과 가난에 찌든 농민들의 형상을 배경으로 특히 채영신이 겪는 시련과 희생적 헌신, 그리고 그 대가로 치르는 연인과의 이별과 죽음을 강렬한 정서적 강도로 재현한다.

앞서 요약한 내러티브가 보여주는 것처럼, 영화는 소설의 핵심 사건을 효과적으로 요약하면서 계몽주의적 이상과 청춘 남녀의 로맨스를 충실히 재현한다. 그렇게 다시 영화로 만들어진 <상록수>의 서사는 원작의 그것에 못지않은 사회적 파급 효과를 불러왔다. 그리고 당연하게도, 그 파급효과가 (흔히 제기되어온 상식적인 관점처럼) 영화 <상록수>가 애절한 로맨스와 이상주의의 결합에서 오는 원작의 문학적 감동을 영화적으로 충실히 재연9)한 데서 비롯됐다고 보는 것은 문제를 지나치게 단순화하는 것이다. 이 영화가 원작에 담긴 계몽적 민족주의의 메시지와 모럴을 효과적으로 반복하고 환기시키고 있다는 데서 그 원인을 찾는 시각도 그 점에서는 마찬가지다.

그보다는 오히려 영화 <상록수>가 당시 보여주었던 파급 효과는 작품이 놓인 전혀 다른 역사적 상황 속에서 원작과는 다른 그 자신의 새로운 맥락을 창출해냄으로써 가능해진 것이었다. 그런 측면에서 영화 <상록수>는 비록 소설 『상록수』의 영화적 각색이긴 하나 거기에서 더 나아가 그 자체가 전혀 다른 독립적인 의미구성체로 기능하고 있었다고 해야 할 것이다. 이 영화는 그처럼 1960년대의 상황 속에서 원작과는 다른 새로운 맥락과 의미를 창출해냈다. 그렇다면 그 새로운 맥락과 의미란 무엇인가? 그리고 그것을 통해 영화가 불러일으켰던 정서적 파급 효과의 원천은 무

---

9) 예컨대 당시 신문의 영화 단평에서 엿보이는 평가의 초점이 이를 전형적으로 보여준다. "사각모(四角帽)와 노트 대신 곡괭이와 분필을 들고 흙 속에 뛰어든 젊은이들의 순수한 정열이 뜨겁게 눈시울을 적신다. 흙 속에서 피어나는 러브 로맨스도 속(俗)되지 않는 낭만성을 돋구었으나 (…하략…)" "심훈의 이상 잘 그려 <상록수>", 『동아일보』, 1961년 9월 25일, 4쪽.

엇인가?

무엇보다 이 영화의 이야기가 지대한 파급력을 발휘할 수 있었던 것은 당대를 살아가는 대중들의 집단적인 사회심리와 효과적인 접점을 형성했기 때문이다. 그리고 그 배경에는 '농촌 근대화'라는 시급한 과제의 제기가 공감대를 확산해가던 당대 한국사회의 분위기가 있었다. 사실 농촌근대화의 문제는 이미 1950년대 후반부터 각계각층에서 본격적으로 제기되고 활발하게 논의되어왔던 이슈다.[10] 그리고 그 (농촌)근대화 담론은 4·19 이후 더욱 급속히 확산되고 설득력을 확보해나가고 있었다. 1960년대 박정희의 탈후진 근대화 프로젝트가 당시 광범위한 대중적 동의를 얻을 수 있었던 것도 그러한 심리적·담론적 배경이 있었기 때문이다. 박정희체제의 근대화 프로젝트는 어떤 측면에서는 4·19 이후의 그 (농촌)근대화 담론과 그에 대한 대중적 공감을 성공적으로 포섭함으로써 순조롭게 안착하게 된 것이었다.[11] 식민지시대 농촌계몽운동에 투신한 남녀의 이야기를 그린 이 영화가 1960년대에 당대적 의미를 획득하는 것을 가능하게 했던 사회적 토대는 바로 거기에 있었다고 할 수 있다.

오래 전 식민지 시대의 이야기를 그리는 이 영화가 1960년대에 그처럼 당대적 의미를 획득할 수 있었던 데에는 감각적 직접성을 갖는 미디어로서 영화적 이미지의 힘 또한 적지 않게 작용했을 것이다.[12] 그러나 그보다 더 중요한 것은 그 효과를 가능하게 했던, 이면의 근본적인 심리기제다. 그 점과 관련하여 영화 <상록수>가 관객의 감성을 건드리는 중요한 지점 중 하나는 무지와 빈곤으로부터의 해방, 그리고 '미래'와 '희망'이라는 명시적

---

10) 이에 대해서는 정홍섭, 「1960년대 농촌근대화 담론과 농촌/도시소설」, 『민족 문학사연구』 40호, 민족문학사연구소, 2009, 135~136쪽 참조.

11) 이에 대한 분석은 황병주, 「1960년대 박정희체제의 '탈후진 근대화' 담론」, 『한국민족운동사 연구』56집, 한국민족운동사연구, 2008, 239~280쪽 참조.

12) 이러한 영화적 효과의 메커니즘에 대해서는 뒤에서 자세하게 설명한다.

메시지의 절실함이다. 그리고 그 절실함은 극중에서 채영신이 병든 몸을 가까스로 지탱하면서 아이들과 마을사람들 앞에서 '미래'와 '희망'이라는 글자를 칠판에 꾹꾹 눌러 써 보여주는 장면에서 특별히 강조된다. 영화에서 그 메시지의 절실함이 더욱 부각되는 것은 그것을 위한 극중 인물들의 눈물겨운 자기희생 때문이기도 하지만, 무엇보다 빈곤으로부터의 탈피를 열망하던 당대 관객들의 공통감각이 그 메시지의 절실함을 한층 증폭시켰다고 보는 것이 옳다.

그리고 영화에서 강조되는 그 메시지의 절실함이 그처럼 관객들의 의식 속에서 증폭되는 과정에서 작동하고 있는 것은, 한국사회의 빈곤과 그것을 탈피하는 '근대화'라는, (어떤 희생을 치르고서라도 견지해야 할) 정언명령에 대한 자의식의 반복강박이다. 영화 <상록수>는 일종의 (이데올로기적이라고 할 수도 있는) 변주를 통해 그 강박적 자의식을 효과적으로 뒷받침한다. 그 점은 소설 『상록수』의 계몽의식을 떠받치고 있었던 민족의식이 영화에서는 어느 정도 부차화되는 대신 빈곤과 무지로부터의 해방이라는 정신적 지향으로 주제의 강조점이 미묘하게 이동하고 있다는 사실에서도 확인되는 바다. 그것은 영화에서 일제 통치성(governmentality)과의 갈등과 그에 대한 저항의식이 단순한 배경의 차원으로 물러나고 농촌계몽에 대한 열정과 헌신의 숭고함이 상대적으로 더 강조되고 있는 데서도 확연히 드러난다.

그런 측면에서 볼 때, 영화 <상록수>는 박정희 체제의 근대화 담론이 본격적으로 한국사회를 지배하기 이전에 이미 그것을 영화언어의 차원에서 미리 앞질러 보여주고 있었다고 할 수 있다. 왜 그런가? 1964년 박정희는 3·1운동의 반제국주의 투쟁의 민족의식을 '빈곤과의 대결'에로 그 방향을 돌려 후진의 굴레에서 벗어나는 '조국의 근대화'를 이룩하자는 요지의 연설을 한 바 있다.[13] 그 점을 상기해보면, 영화 <상록수>에서 나타나는 저 강조점의 이동이 그러한 박정희의 논법과 의미심장한 상동성 (homology)을 보여주고 있음을 어렵지 않게 확인할 수 있을 것이다. 그리고 그러한 민족의식의 부차화와 강조점의 이동은 이 영화의 멜로드라마적 서사관습과도 긴밀한 관계가 있다. 소설과 마찬가지로 당연히 영화에서도 주인공들이 겪는 시련과 고난의 배후에는 일제 식민통치기구의 탄압이 있음이 그려진다. 그러나 영화에서 그러한 민족주의적 함의는 무지와 빈곤으로부터의 해방과 그것을 위한 희생의 고귀함에 방점을 찍는 이 영화의 멜로드라마적 서사전략에 종속된다. 즉 영신과 동혁이 겪는 고난의 민족주의적 맥락(일제의 탄압)은 당시의 관객들에게는 어떤 도덕적 성취를 방해하는 '시련'과 '고난'이라는, 일종의 탈역사적인 멜로드라마적 장애로 코드변환되어 전달되었던 것이다.

1930년대 심훈의 소설 『상록수』에서 계몽과 근대화의 자의식은 지식인적 사명에 대한 자각을 통해 표출되었던 반면, 신상옥의 영화 <상록수>의 제작과 수용과정에서 그 자의식은 다시 대중적 자의식의 차원으로 확장되어 반복된다. 그리고 그것이 가능했던 것은 영화가 소설과 달리 관람성 (spectatorship)의 문제가 개입되는 대중예술이기 때문이기도 하고, 그 관람성을 매개로 영화가 상영되던 1960년대 초반 한국사회 근대화의 절박함에 대한 대중들의 집단적 동의와 공감이 영화에 투사되어 있기 때문이기도 하다. 감독 신상옥은 식민지 조선의 후진성에 온몸으로 맞서는 남녀 지식인의 자발적 고난과 계몽의식을 1960년대의 시점에서 재가공해 동시대 한국사회의 관객들 눈앞에 이미지로 펼쳐 보여주었다. 그 이미지를 수용하는 관객들은 무지와 빈곤으로부터의 해방을 위해 자신의 안위와 행복을 희생하고 헌신하는 남녀 주인공 채영신과 박동혁에게 동일시되면서 후진성 극

---

13) 박정희, 「제45회 3·1절 경축사」, 『박정희 대통령 연설문집』 2, 대통령 비서실, 1973, 56쪽.

복을 위한 한국사회 근대화라는 논리를 자기 자신의 욕망으로 자각하고 내면화했을 것이다. 그리하여 그 연장선상에서 영화가 펼쳐 보여주는 식민지시대의 낙후한 농촌의 저 스펙터클은 관객들의 현재적 의식의 프리즘을 통과하며 그들이 살고 있는 현재 한국사회의 풍경과 자연스럽게 오버랩되었을 것이다. 이 과정에서 특히 영화에서 전시되는 헐벗고 황량한 농촌의 랜드스케이프(landscape)는 그 시대적 배경에서 탈맥락화되면서 당대 한국사회 후진성의 풍경으로 코드변환되어 받아들여졌을 법하다. 그 점과 관련하여, <상록수>에서 그려진 풍경의 문제에 대한 다음 신문 단평의 지적은 그 평가의 의도와는 전혀 다른 맥락에서 시사적이다.

> (영화는–인용자) 숨막힐듯한 농촌의 궁상(窮狀)과 지방색(地方色)을 씨네스코 화면(畵面)에 펼친다. 하지만 그와 같은 절망적인 현실을 조성한 시대적인 요인과 동기의 설명이 아쉽다.[14]

이를테면 영화 <상록수>가 황량한 농촌 풍경을 보여주면서도 그것의 시대적 맥락에 대한 설명을 빠트리고 있다는 이야기다. 그러나 거꾸로 말하면 여기서 지적하는 바로 그 문제점이야말로 오히려 그 자체가 헐벗은 농촌 풍경의 전시를 통해 1960년대 상황의 현재성을 환기하는 이 영화 고유의 효과를 만들어내는 데 결정적인 요인으로 작용했다고 해석할 수 있을 것이다. 또 그에 힘입어 <상록수>에서 그려진 헐벗은 농촌의 랜드스케이프는 이 지점에서 관객들의 지각과 의식 속에서 상호 공명하면서 집단적 의식의 수준에서 '빈곤의 (재)발견'을 가능하게 해주는 미디어로 기능할 수 있었다고 할 수 있다. 그리하여 그 농촌의 빈곤은 26년이라는 시차를 지워버리는 현전하는 이미지의 마력에 힘입어 자연화(naturalization)되고

---

14) "심훈의 이상 잘 그려 <상록수>", 『동아일보』, 1961년 9월 25일, 4쪽.

또 그럼으로써 관객의 실제 현실을 구성하는 1960년대 한국적 현재의 풍경으로 지각되었던 것이다.

신상옥의 <상록수>의 의미효과는 그처럼 저 '(농촌)근대화'의 필요와 시급함에 대한 한국사회 지식인과 대중 들의 동의와 공감 속에서 형성된 것이었다. 어떤 의미에서는 그 동의와 공감이 영화의 의미화작용에 사후적으로 작용했다고도 할 수 있겠다. 그리고 영화는 저런 식으로 빈곤을 재발견하고 동의와 공감을 확산시킨다. 신상옥의 영화가 1960년대 "급격히 변화하는 대중들의 정서구조를 의미 있게 전달하려는 문화적 실천의 결과물"이라 할 수 있다면, 그리고 차라리 "신상옥은 그 스스로가 5,60년대 한국사회의 징후"[15]라고 하는 진단이 그르지 않다면, 그런 측면에서 그 중심에 놓아야 하는 것은 다른 작품이 아닌 바로 영화 <상록수>라고 할 수 있다. 그 점을 감안할 때, 영화 <상록수>는 '조국근대화'의 기로에 놓여 있었던 1960년대 한국사회의 심리지형을 반사하는, 1960년대 한국사회의 증상으로 읽을 수 있을 것이다.

그런데 이와 관련하여 눈길을 끄는 것은 다음과 같은 감독 자신의 회고다.

나는 오직 영화만을 생각하는 한길주의자(?)지만 '개발도상국의 영화 예술가들은 30퍼센트 정도는 현실 기여를 해야 할 의무가 있다'고 생각해왔고 지금도 그 소신에는 변함이 없다. 영화는 단순한 오락이 아니다. 영화에는 흥미를 넘어선 인간 승리, 정의, 사필귀정 등의 당위적인 진리가 살아 있어야 한다. 요즘 젊은이들이 들으면 웃을지도 모르겠지만 이것이 나의 믿음이다.
이런 생각을 바탕으로 정말 순수한 심정으로 만든 것이 <상록수>다.

---

15) 김소영, 「전통성과 모더니티의 유혹-신상옥의 작품세계」, 『시네마, 테크노 문화의 푸른 꽃』, 열화당, 1996, 134~135쪽.

(…중략…) 16미리로 대량카피를 해서 전국적으로 돌렸기 때문에 많은 사람들이 본 작품이기도 하다. 유료 관객은 아니지만 관람자 숫자만으로는 가장 많은 사람들이 본 영화일지도 모르겠다. 이 작품을 보고 박정희 대통령도 눈물을 흘렸다고 했고 북한에서는 김정일이 당 간부들의 교육용 영화로 권장했다고 한다. 하나의 작품을 두고 적대적인 남북의 수뇌부가 다 같이 공감을 느꼈다는 사실 자체가 뿌듯하다. 이것이 영화의 힘이라고 믿는다.16)

후진 개발도상국의 영화예술가들은 영화를 통해 현실에 기여해야 할 의무가 있다는 것이 감독 신상옥의 소신이었다. 그러한 감독의 소신은, 무지와 빈곤으로부터의 해방을 위한 희생과 헌신의 숭고함을 그린 소설『상록수』의 서사를 당대의 관점에서 재해석하고 재맥락화하는 데 영향을 미쳤을 것이다. 그러나 그와는 별개로 여기에서 각별히 주목되는 것은, 이 영화가 여하튼 좌우의 적대적 체제와 이데올로기를 가로질러 남북의 지도자모두가 '눈물'을 흘리면서 감명을 받을 정도로, 그리고 그것이 실제 정책선전에 활용되기도 할 정도로 지대한 영향을 끼쳤다는 사실이다.17) 빈곤을 재발견하면서 그 빈곤의 타파라는 대의에 대한 관객의 공감을 투사하고 확산하는 효과를 했던 영화의 현실적 효과는 여기에서 지배의 층위와 결

---

16) 신상옥, 앞의 책, 77~78쪽.
17) 남한의 경우 신상옥의 그러한 진술내용의 진위는 당시 여러 신문의 가십란에 거의 동시에 소개되었던 다음의 일화가 확인시켜준다. "언젠가 박의장은 이 <상록수>의 영화화한 것을 보고 눈시울을 적시는 것 같더라고 누군가가 전하였다."("농촌의 좋은 일은 알리라", 『경향신문』, 1962년 1월 19일, 1쪽.) : "최고회의 박정희 의장은 젊은 지식인들이 농촌진흥을 위해 그의 삶을 바친 소재를 다룬 심훈 원작의 영화 <상록수>에 깊은 감명을 받은 것 같다. 박의장은 기회 있는 때마다 상록수 이야기를 즐겨하며 18일 상오 재건국민운동본부를 시찰할 때에도 <상록수>와 같은 영화를 많이 만들어 농촌으로 보내도록 하라고 지시했는데 (…하략…)"("<상록수>에 감동한 박의장(朴議長)", 『동아일보』, 1962년 1월 19일, 1쪽.) 북한의 경우에도 이 영화의 수용 맥락은 크게 다르지 않다. 김정일이 이 영화를 당간부들의 교육용 영화로 권장했다는 것은 '개발'이라는 집단적 가치를 위한 개인의 숭고한 희생이라는 이 영화의 내용이 당시 북한에서도 지대한 설득력을 지녔다는 것을 의미한다.

합한다. 이것은 이 영화가 (농촌/조국)근대화에 대한 아래로부터의 동의와 위로부터의 강제(지배)를 어떻게 매개했는지를 암시해주는 흥미로운 장면이다.

흥미로운 것은 이 영화가 서로 적대하는 남과 북의 지도자 모두에게 공통적으로 감명을 주었다는 사실이다. 그리고 이때 서로 적대하는 두 체제의 지도자가 심정적으로 공유했던 것이, 국가적 대의를 위해 일신의 안녕과 행복을 반납하는 숭고한 희생정신의 필요에 대한 공감이었으리라는 것은 쉽게 짐작할 수 있다. 이 지점에서 이 영화의 정치적 의미는 좌우의 이념적 적대를 넘어서는 일종의 (의사擬似)보편성을 획득한다. 또 거꾸로 그 보편성이 없었다면 상호 적대적인 남북의 지도자가 이를테면 '한마음'이 되는 위와 같은 흥미로운 장면의 연출도 도대체 가능하지 않았을 것이다.

그렇다면 그 (의사)보편성의 중심에 있는 것은 무엇인가? 한마디로 미리 잘라 말한다면, 그것은 바로 숭고의 미학이다. 숭고의 미학은 좌우 이데올로기를 가로지르며 남북한 사회 근대화(그것이 자본주의적 근대화든 사회주의적 근대화든)의 정서적 축을 떠받치는 근간으로 작용한다. 그리고 그 숭고의 미학은 <상록수>에서 사적 주제와 정치적 주제가 긴밀하게 결합된 대중멜로드라마의 관습을 통해 서사화된다.[18] 이 글이 좀 더 나아가 밝히려고 하는 것은 영화 <상록수>에서 작동하는 그 숭고의 미학적 메커니즘, 그것과 멜로드라마적 서사관습의 결합, 그리고 그것이 1960년대 한국사회에서 갖는 정치적 의미다. 이를 해명하기 위해, 조금만 돌아간다.

---

18) 스티븐 정에 따르면 <상록수>는 개발을 위한 투쟁과 불운한 연애의 서사가 결합된 '개발의 멜로드라마'다. 그리고 이 영화가 정서적 반향을 불러일으키고 정치적으로 작동하는 데 있어서 그 멜로드라마적 특징이 핵심적으로 작용했다고 설명한다. Steven Chung, *Spilt Screen Korea : Shin Sang-ok and Postwar Cinema*, University of Minnesota Press, 2014, 129~145쪽.

III. 모성적 숭고와 얼룩

신상옥의 영화 <상록수>는 원작인 소설 『상록수』의 스토리를 충실히 따라가고 있는 편이지만 원작소설의 단순한 영화적 '다이제스트' 혹은 반복에서 그치지 않는다. 무엇보다 신상옥은 새로운 촬영기술의 도입과 실험을 통해 기존 한국영화의 투박함을 넘어서는 세련된 화면과 미장센을 만들어내는 데 남다른 관심과 열정을 보여준 감독이었다.[19] 미장센에 대한 그러한 신상옥의 집착은, 외견상 원작소설의 내용을 그대로 반복한 것처럼 보이는 이 영화에 (소설과 다른) 통약 불가능한 차이를 새겨넣는다. 그와 더불어 그 차이는 서사구조에서도 나타나는데, 예컨대 영화의 서사가 소설과 갈라지는 결정적인 지점은 그 종결(closure)에 있다.[20] 그렇다면 그 종결의 차이는 어디에 있는가?

심훈의 소설 『상록수』에서는 채영신이 죽고 나서 방황하던 박동혁이 이내 슬픔을 딛고 고향에서 다시 새로운 활동의 출발을 다짐하는 내용이 꽤 길게 서술된다. 그에 반해 영화는 연인이 죽은 이후 박동혁의 방황과 한곡리에서의 새로운 출발을 다짐하는 내용을 다루지 않고 삭제해버린다. 그 대신 영화는 채영신이 죽은 후 그녀를 추념하면서 박동혁이 학교의 종을 울리고 <애향가>의 화면 밖 사운드(voice-over)를 배경으로 아이들이 학교로 달려오는 데서 끝난다. 소설의 경우 박동혁이 중심에 선 종결이 남성지식인 주체가 중심이 되는 계몽운동의 젠더적 권력구조의 함축적 완성을 의미한다고 볼 수 있다면[21], 원작과 다른 이 영화의 종결은 남성 엘리트를

---

19) 신상옥의 영화에서 시종 관철되는 '장면화에의 욕망'에 대해서는 박유희, 「스펙터클과 독재-신상옥 영화론」, 『영화연구』 49집, 한국영화학회, 2011, 103~113쪽 참조.

20) 이 '종결'의 차이가 중요한 것은, 서사의 '종결'은 그 자체가 특정한 이데올로기가 집약되는 지점이기 때문이다. 이 점은 Fredric Jameson, *The Political Unconscious : Narrative as a Socially Symbolic Act*, Cornell University Press, 1981, 154쪽 참조.

중심에 놓는 그러한 의식적·무의식적 의미작용을 일정 부분 상쇄시키고 있는 셈이다. 그러면서 그것은 엘리트 남성 주체(박동혁)를 오히려 부차화하고 채영신의 희생정신에 대한 애도에 기초해 새로운 시작의 의미를 재구성한다. 푸른 하늘로 솟아 있는 상록수를 배경으로 환히 웃는 채영신의 얼굴이 오버랩되는 영화의 끝 장면(<그림 1>)은 이를 상징적으로 보여주는 쇼트다.

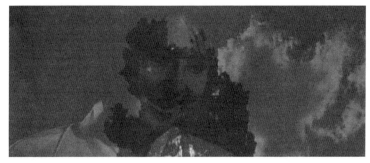

〈그림 1〉

소설의 종결에서 채영신은 충분한 애도를 받지 못한 채 서사에서 사라져버리지만, 영화에서 죽은 그녀는 이런 방식으로 오히려 죽음으로써 하늘에서 모든 것을 굽어보는 신적(神的) 시선을 부여받는다. 이 쇼트에서 두드러지게 부각되는 것은 자신의 모든 것을 희생하고 죽은 후에도 하늘에서 아이들을 인자하게 굽어보고 포용하는 숭고한 모성의 이미지다. 그리고 이 모성적 숭고의 이미지는 채영신과 아이들을 함께 포착하는 쇼트들의 고유한 장면화 방식을 통해 영화가 진행되는 내내 지속적으로 암시되어온 것이기도 하다.22) 거기에 더해, 이 종결 이미지의 의미효과는 당시 배우로서

---

21) 이에 대해서는 이혜령, 「신문·브나로드·소설―리터러시의 위계질서와 그 표상」,『한국근대문학연구』제15호, 근대문학회, 2007, 185~191쪽 참조

최은희의 이미지가 희생과 지성의 미덕을 갖춘 어머니의 표상으로 소비되고 있었다는 사실을 통해 더욱 강화된다.[23] 그리고 <상록수>의 이 모성적 숭고의 이미지가 다른 영화들에서보다 더욱 강렬하게 다가오는 것은, 그것이 죽음을 통해 획득하게 된 초월적인 초자아의 이미지와 결합되어 있기 때문이다.[24]

저 강렬한 모성적 숭고의 이미지에 힘입어, 이 영화의 종결은 그런 방식으로 채영신을 중심에 세우면서 그녀의 모성적 희생정신의 애도와 그 계승이라는 지점으로 수렴된다. 학생 계몽운동에서 돌아온 학생들을 위로하는 간담회 장면으로 시작하는 원작 소설과 달리 이 영화가 농촌계몽운동에 헌신하기 위해 청석골을 찾아가는 채영신의 장면에서 시작한다는 것도 그런 측면에서 의미심장하다. 소설의 그 첫 장면(간담회 장면)은 오히려 영화에서는 청석골에 자리를 잡고 활동을 시작하게 된 채영신의 플래시백 (flash-back)으로 처리되고 있는 터다. 즉 이 영화는 채영신의 계몽활동의 시작과 끝을 그 내러티브의 시작과 끝으로 갖고 있는 셈이다. 영화에서 채영신이 박동혁에게 정신적 감화를 받고 힘을 얻는다거나 청석골에서의 채영신의 활동이 한곡리에서의 박동혁의 활동과 수시로 교차되며 그려지고 있음에도 불구하고, 영화적 디제시스(diegesis)의 중심에 있는 주체는 그런 의미에서 궁극적으로는 채영신이라고 할 수 있다. 그리고 그 점은 영화적 형식의 차원에서 남녀 주인공인 채영신과 박동혁 각각의 인물을 담아내는 카메라 각도의 비대칭성에서도 다시 한번 확인된다. 자세히 말하자면 채영신

---

22) 실제 영화에서 채영신과 아이들을 함께 담아내는 쇼트는 그녀의 모성적 이미지를 부각하는 방향으로 장면화되고 있다.

23) 배우 최은희의 모성 표상에 대해서는 박유희, 「영화배우 최은희를 통해 본 모성 표상과 분단체제」, 『한국극예술연구』 제33집, 극예술연구학회, 2011, 129~164쪽 참조.

24) <상록수>의 모성 표상이 다른 영화들에서 나타나는 모성 표상과 갖는 차이는 바로 그것이다.

은 많은 장면에서 시종 앙각(low angle shot)으로 포착되는 반면 박동혁의 경우 영화 도입부의 연설 장면을 제외하면 그런 식의 카메라의 시선을 받지 못하고 있다. 즉 영화는 인물을 포착하는 카메라 각도의 차별화를 통해서도 숭고한 주체로서 채영신의 중심적 위치를 표나게 부각하고 있는 것이다.

기존의 시각에 따르면, <상록수>는 민족국가 담론이 남성권력과 결합되는 지점을 재현한 영화 중 하나다. 그 속에서 여성성은 민족국가 형성과 근대화 과정에서 국민을 대표하는 집단적인 남성성에 종속되는 존재로 재현될 뿐이다.25) 그러나 이러한 주장을 영화 스스로 반박하고 그에 대해 문제를 제기하는 것은 다름 아닌 바로 이 지점이다. 실제로 한국의 근대화 과정에서 여성성이 그렇게 남성권력에 종속되었던 것은 분명한 사실이지만, 이 영화의 예술적 재현의 논리는 그러한 현실의 논리를 그대로 따르지 않는다. 물론 <상록수>에서 채영신이 보여주는 근대적 여성주체의 형상은 남성적인 것으로 성별화된 계몽과 개발의 논리를 충실히 따라가고 있으면서도, 개발의 과제를 더욱 강력한 정서적 동일화의 대상으로 만드는 숭고의 논리를 완성하는 것은 그녀의 모성적 실천과 희생의 방식이다. 정신개혁/개발이라는 시대의 정언명령을 효과적으로 정당화하고 공감을 이끌어내는 이 영화의 정서적 반향도 바로 그곳에서부터 비롯되는 것이다.

영화에서 개발의 숭고한 주체로서 채영신이 갖는 의미는 마지막 시퀀스에서 결정적으로 확인된다. 박동혁은 연인의 장례를 치르고 난 후, 그녀가 생전에 아이들을 학교로 불러 모으기 위해 울렸던 종 앞에 서서 살아생전 그녀가 했던 말을 떠올린다. 그녀가 했던 말은 이런 것이었다. "종은 아침 저녁으로 꼭 제가 치겠어요. 그 종소리는 제 가슴속뿐만 아니라 마을사람

---

25) 대표적으로는 김선아, 앞의 글, 65~66쪽 참조.

들의 어두운 기억, 깊은 잠을 깨워주며 멀리멀리 울려퍼질 거에요." 그리고 이때 그가 떠올리는 채영신의 그 감격 어린 진술은 영화에서 보이스오버로 처리되고 있다. 그 뒤에 박동혁이 종을 울리는 장면과 아이들이 학교로 달려오는 장면의 연속적인 몽타주가 이어진다. 이러한 마지막 시퀀스를 통해, 채영신은 의미화의 중심이자 동일시의 축으로서 그 자신의 의미를 결정적으로 완성한다. 그 과정에서 채영신의 보이스오버는 결정적인 기능을 하고 있는데, 신체 없는 그 목소리는 무지와 몽매("마을사람들의 어두운 기억, 깊은 잠")로부터의 해방이라는 메시지를 영화 전체에 소급적으로 각인시킨다. 뿐만 아니라 그 보이스오버의 인위적인 음향적 울림은 그 목소리가 마치 관객 자신의 내면에서 울리고 반사되는 자신의 목소리인 것처럼 들리게 함으로써 그에 대한 관객의 동일시를 유발하는 효과를 거두고 있는 것이다.26) 그런 측면에서 그 보이스 오버는 흥미롭게도 숭고 논리의 음향적 번역으로 읽히기도 한다. 왜냐하면 채영신의 보이스오버가 관객의 내면을 깨우고 그 안에서 울리는 (관객) 자신의 목소리로 반전돼 들리는 이 음향적 효과는, 숭고한 것은 우리 안의 도덕법칙을 일깨우는 대상이라는 칸트의 지적을 음향적인 층위에서 정확히 체현하고 있는 것이기 때문이다.

그런데 그것이 전부인가? 물론 아니다. 이 영화의 의미작용은 그렇게 단선적이지 않다. 그러한 이데올로기적 종결에도 불구하고, 이 영화에는 한편으로 그러한 종결을 예비하면서도 동시에 다른 한편으로는 거기에 미묘한 얼룩과 균열을 남겨 놓는 장면이 있다. 그리고 그것은 이 영화의 이데올로기적 모호성이 순간적으로 노출되었다 닫히는 순간이기도 하다. 그렇다면 그 얼룩이란 대체 무엇인가? 다음 쇼트(<그림 2>)를 보자. 이것은 죽

---

26) 정확히 동일하진 않지만 이는 마치 영화에서 '자아의 목소리'(son-je)가 갖는 기술적 효과와 흡사한 것이다. '자아의 목소리'에 대해서는 미셸 시옹, 『영화의 목소리』, 박선주 (역), 동문선, 2005, 77~88쪽 참조.

음을 예감한 채영신이 오지 않는 박동혁을 온몸으로 그리워하는 간절한
감정을 노출하는 장면이다.

〈그림 2〉

이 장면에서 죽음을 앞둔 채영신은 박동혁을 그리워하다가 급기야 환각
에 빠져든다. 그리하여 그녀는 급기야 자신을 간호하던 마을 아낙을 동혁
으로 오인하고 아낙의 뺨에 얼굴을 비비며 "동혁 씨"를 부른다. 그리고는
쓰러져 "사랑해요……사랑해요……"라는 말을 남기고 숨을 거둔다. 비극적
절망과 격정이 교차하는 이 장면에서 드러나는 것은 일종의 멜로드라마적
과잉(excess)이다. 무엇보다 환각 속에서 대상을 오인한 채 연인과의 에로틱
한 결합을 절망적으로 재연하는 채영신의 저 기이한 향유(jouissance)의 표정
은 그 자체가 과잉의 증상이다. 그와 더불어 그녀의 그러한 절망적인 제스
처에서 강화되는 애절함과 비극적 정서의 강렬한 분출도 과잉의 증상이기
는 마찬가지다. 대의를 위해 힘겹게 절제하고 희생했던 자기욕망에 대한
애착과 회한이 억압을 뚫고 절망적으로 귀환하는 이 순간, 계몽운동에의
헌신이라는 대의는 돌연 상대화된다. 정신분석의 언어를 빌린다면 이것은

스스로 억압한 욕망의 보상에 대한 대타자의 보증이 무력해지는 순간이라고 할 수 있다. 그것은 이 장면에서 애타게 연인을 갈구하는 채영신의 파토스와 "사랑해요"라는 간절한 욕망의 언어가 그녀가 누워 있는 방 밖에서 아이들이 부르는 <애향가>(그것은 도덕과 책임을 환기하는 사운드트랙이다)의 음향을 압도하고 있는 데서도 상징적으로 드러난다.

물론 우리가 보았듯이 여기에서 순간적으로 노출되는 이데올로기적 균열은 이어지는 장면을 통해 곧 봉합된다. 우리가 앞에서 본 영화의 마지막 장면은 이 장면에서 순간적으로 노출되는 일종의 이데올로기적 모호성을 메워버린다. 그리고 채영신의 조력자였던 원재(신성일 분)의 마지막 대사("선생님은, 돌아가시기 전에, 슬퍼하지 말고 끝까지 싸우라고 유언하셨어요")가 담당하는 기능도 이를테면 그와 같은 것이다. 그렇다면 저 증상적인 장면은 영화에서 어떤 기능을 하고 있는 것인가? 그것은 그 자체로 신상옥의 일련의 영화에 나타나는 모순적이고 "중첩 결정된 의미"[27]의 증거라는 맥락에서 민족적/국가적 대의를 위한 자기희생이라는 이데올로기의 모순과 균열을 전시하는 것인가, 아니면 영화의 이데올로기적 효과를 강화하는 데 봉사하는 하나의 계기에 불과한 것인가?

IV. 저개발의 모더니티와 숭고

이 지점에서 우리는 숭고에 대한 논의로 되돌아갈 필요가 있다. 영화 <상록수>의 미학을 지탱하는 것이 숭고임은 앞에서도 이미 지적했다. 서두에서 간략히 요약한 바 있듯이 칸트에 따르면 숭고는 우리가 심려하는

---

27) 김소영, 앞의 책, 134쪽.

것(재산, 건강, 생명)를 사소한 것으로 여길 수 있는 우리의 힘을 우리 안에 불러일으키는 것이다.[28] 우리가 앞에 본 <상록수>의 기본 구도는 정확히 칸트가 설명한 이러한 숭고의 구조를 따르고 있는 것이다. 남녀 주인공들이 사랑과 행복 같은 개인적인 가치들을 희생하고 '농촌계몽'이라는 이념적 대의에 스스로를 헌신하면서 정신적 고양을 경험한다는 점에서 그렇다. 그리고 칸트가 암시하듯이, 본래 숭고는 (자기)희생이라는 차원과 밀접하게 관련되어 있는 것이기도 하다.[29] 숭고의 논리 속에서는, 희생하는 것이 크면 클수록 혹은 많으면 많을수록 그에 비례해 그 희생을 요구하는 어떤 대의나 가치의 크기는 더욱 상승하면서 그 가치와 대의는 초월적인 것이 된다. <상록수>의 자기희생의 정서적 강도가 예컨대 똑같이 여성의 자기희생을 그리고 있는 신상옥의 영화인 <사랑손님과 어머니>와 <이 생명 다하도록>의 자기희생보다 더욱 클 수밖에 없는 것은, 그것이 (저 두 영화에서처럼) 일상적 행복의 포기뿐만 아니라 죽음까지도 요구하는 것이기 때문이다.

앞서 지적한 <상록수>의 이데올로기적 모호성은 이런 맥락 속에 놓았을 때 비로소 그 진정한 의미와 효과가 확연해진다. 즉 저 장면에서 멜로드라마적 과잉을 통해 돌출적으로 터져 나오는 이루지 못한 사랑에 대한 회한과 안타까움은, 그리고 이어지는 죽음의 비극은 '농촌계몽' 혹은 '조국 근대화'라는 대의의 가치를 더욱 고양시키는 필수적인 계기로 작용하는 것이다. 그 희생의 안타까움과 비극성이 커지면 커질수록 대의의 가치는 더욱더 정신적으로 고양된다. 이때 빈곤과 무지로부터의 해방이라는 대의를

---

28) 임마누엘 칸트, 『판단력 비판』, 백종현 (역), 아카넷, 2009, 271~272쪽. 번역은 수정했다.
29) 예컨대 다음 구절. "(숭고에서-인용자) 상상력은 자기가 희생하는 것보다 더 큰 확장과 위력을 얻거니와……" 임마누엘 칸트, 앞의 책, 282쪽.

위한 그 자기희생은 모성이 본래적으로 갖는 자기희생적 이미지와 겹쳐지는데, <상록수>의 모성적 숭고는 그럼으로써 완성되는 것이다. 그렇게 볼 때, 언뜻 영화의 매끄러운 이데올로기적 종결을 간섭하는 것처럼 보일 수도 있는 저 균열은 거꾸로 농촌/조국 근대화를 위한 희생과 헌신의 요청을 숭고의 논리를 통해 감성적으로 정당화하는 데 없어서는 안 될 계기였던 셈이다. 따라서 그 장면은 그 자체가 역설적으로 영화의 매끄러운 이데올로기적 종결을 방해하는 바로 그 의미작용을 통해 그 종결의 효과를 더욱 강화하고 숭고의 감정을 고양시키는 가능성의 조건으로 작용한다고까지 말할 수도 있을 것이다.

이것이 더욱 결정적인 것이 되는 것은, 이 앞에서 도덕적 의무 때문에 일신의 안녕과 행복을 유보하고 시련과 고난을 마다하지 않았던 채영신의 이미지가 관객들의 의식 속에서 축적되어왔기 때문이다. 이 장면의 비극적 정서와 함께 앞서 그녀가 겪었던 저 시련과 고난, 그리고 죽음으로 귀결되는 채영신의 자기희생의 막대함에 대한 의식이 거기에 겹쳐지면서 그녀가 헌신하는 도덕적 의무의 가치를 더욱 각인하는 효과를 낳는 것이다. 이 영화가 관객들의 의식 속에서 실제 현실을 환기시키면서 조국 재건/근대화라는 가치를 어떤 절대적 당위성을 갖는 것으로서 상호주관적으로 재구성하게 하는 현실적 효과를 발휘했다면, 그것은 이런 과정을 통해서다.

채영신의 죽음의 직접적인 원인을 묘사하는 과정에서 소설과 비교해 영화가 보여주는 결정적인 차이는 이 지점에서 다시 중요해진다. 소설에서는 채영신이 요양차 일본으로 유학을 떠났다가 더 큰 병을 얻어 돌아와 건강이 악화되어 죽는 것으로 되어 있지만, 영화에서는 아픈 몸을 이끌고 활동을 계속하다가 쓰러지는 것으로 묘사되고 있다. 이 점은 영화가 소설과 스스로를 차별화하면서 의식적으로 숭고 감정의 고양을 향해 장면을 축적해 나가고 있었다는 것을 의미한다.

그렇다면 <상록수>의 이 숭고의 미학은 박정희체제의 근대화 담론과 어떤 지점에서 어떤 방식으로 만나는가? 이 점을 밝히기 위해서는 박정희체제의 근대화 담론이 '정신'의 중요성을 강조하는 일종의 정신주의에 의해 추동되고 있었다는 사실을 일단 환기할 필요가 있다. '정신'에 대한 강조는 박정희 체제 지배담론의 가장 중요한 특징 중 하나였다.[30] 그리고 박정희체제 근대화 추진의 근간에 있었던 것이 각종 '정신혁명'과 '정신개조' 운동이었다는 것은 익히 알려진 사실이다. 말하자면 그것은 "물질적 열등감을 정신적 우월함으로 상쇄하려고 한 전략"[31]이라고 할 수 있는데, 그러한 전략이 그 본질상 숭고의 논리와 자연스럽게 결합할 수 있는 것임은 물론이다. 왜냐하면 주관의 무제한적인 능력에 대한 의식이 주체의 무능력과 열등함에 대한 자각을 통해서 일깨워지고 그 무능력을 주관 속에서 '무제한적인 능력'으로 역전시키는 것이 또한 숭고 논리의 핵심에 있는 것이기 때문이다.[32] 그 정신혁명과 정신개조라는 정신주의적 기획이 또한 후진성의 탈피와 '조국 재건'이라는 대의를 위한 민중과 지도자의 헌신과 자기희생에 대한 요청을 동반하고 있었던 사실을 보더라도, 그것을 근본적으로 숭고 논리의 정치경제적 코드변환으로 해석할 수 있는 여지는 충분하다. <상록수>에서 그려지는 숭고한 자기희생과 헌신, 그럼으로써 고양되는 정신적 충일과 일체감의 정서, 그리고 그 모든 것들을 통해 관철되는 숭고의 미학은, 그러한 박정희체제의 정신주의적 기획과 맥락을 같이하는 것이었다.[33] 그리고 이 영화가 이후 박정희체제의 근대화의 논리와 사후적으로

---

30) 황병주 앞의 글, 265쪽.

31) 황병주, 앞의 글, 266쪽. 박정희체제 근대화담론의 정신주의에 대해서는 이 글의 265~271쪽 참조

32) "그리고 이러한 일은 그 자신의 무능력이 같은 주관의 무제한적인 능력의 의식을 드러내고, 마음은 그 무제한적인 능력을 오직 그 자신의 무능력에 의해서만 미감적으로 판정할 수 있음으로써 가능하다." 임마누엘 칸트, 앞의 책, 268쪽.

공모하고 나아가 '새마을운동'의 교본으로까지 활용될 수 있었던 미학적
근거도 바로 거기에 있었다고 할 수 있다.

　그리고 이 지점에서 칸트가 "자기가 희생하는 것보다 더 큰 확장과 위
력을 얻는" 것이라는 측면에서 숭고를 자본의 축적운동에 비유하고 있었
다는 사실[34]은 새삼 의미심장해진다. 이를 우리의 관점에서 보다 정확히
말한다면, 숭고는 오히려 저개발 근대화 논리의 미학적 표현이다. 숭고의
논리에서 표출되는 이상주의는 낙후한 물질조건 속에서 경제개발과 근대
화를 위한 자기희생을 불가피한 도덕적 의무와 윤리의 차원으로 정당화하
고 고양시킨다. 그런 측면에서 그것은 대중의 자발적인 동의를 창출하고
대중을 동원하는 데 효과적으로 작용한 저개발 근대화의 감성적 논리였다
고 할 수 있다. 헐벗은 농촌의 랜드스케이프를 통해 (물질적 무능력의 상징
으로서) 빈곤을 재발견하고 그 극복의 수단을 정신혁명(무지의 타파)에서 찾
으며 그것을 위해 자기를 희생하는 <상록수>의 정신적 고양의 논리는 그
자체로 숭고의 메커니즘을 그대로 따라가고 있는 것이다. 그리고 그것을
통해 <상록수>는 또한 그 자체로서 박정희체제 근대화 논리의 정신주의
적 함축을 미학적으로 선취하고 있었다고 할 수 있다.

　신상옥의 영화 <상록수>는 대중예술과 정치의 절합의 양상과 그 효과
를 극적으로 보여주는 사례다. 그 근저에는 영화 내부에서 작동하는 숭고
의 미학적 논리와 그것이 대중에게 발휘하는 감성적 설득력이 핵심적인
요인으로 존재하고 있었다. 그리고 대의를 위한 희생을 숭고한 것으로 이
상화하는 이 영화의 숭고의 미학은 감정의 분출을 극대화하는 멜로드라마

---

33) 1960년대 북한의 경우에도 이러한 사정은 크게 다르지 않다. 그리고 대의를 위해 자기
　의 모든 것을 희생하는 데서 발생하는 <상록수>의 정서구조가 남북을 막론하고 어떤
　보편성을 획득할 수 있었던 현실적·미학적 근거는 바로 거기에 있다.

34) 가라타니 고진, 『트랜스크리틱』, 송태욱 (역), 한길사, 2005, 362~367쪽 참조

적 서사 관습과 결합하면서 대중적 호소력을 더욱 극대화했다. 중요한 것은 이 영화의 강한 호소력이 근본적으로는 오랜 빈곤과 낙후된 생활환경으로부터의 탈출을 갈구하는 당대 대중의 욕망을 정확하게 투사하고 있다는 데서 비롯되었다는 사실이다. 이 영화는 그러한 대중의 욕망을 위로부터의 강압적인 근대화를 추진했던 지배체제의 정치적 논리와 은밀한 방식으로 접속시키고 있다는 점에서 대중예술의 정치적 기능과 그 작동 논리를 선명하게 보여주는 작품이다. 1960년대 한국 근대화의 역사 속에서 신상옥의 영화 <상록수>가 지녔던 정치적 의미는 거기에 있다.

참고문헌

1. 신문 및 기타 자료
"심훈의 이상 잘 그려 <상록수>", 『동아일보』, 1961년 9월 25일.
"<상록수> 16년 만에 다시 영화화", 『경향신문』, 1977년 11월 5일.
"농촌의 좋은 일은 알리라", 『경향신문』, 1962년 1월 19일.
"<상록수>에 감동한 박의장(朴議長)"『동아일보』, 1962년 1월 19일.
박정희, 「제45회 3·1절 경축사」, 『박정희 대통령 연설문집』 2, 대통령 비서실, 1973.

2. 논문
김선아. 「근대의 시간, 국가의 시간 : 1960년대 한국영화, 젠더, 그리고 국가권력 담론」,
    『한국 영화와 근대성』, 소도, 2001.
김소영. 「전통성과 모더니티의 유혹-신상옥의 작품세계」, 『시네마, 테크노 문화의 푸른
    꽃』, 열화당, 1996.
박유희. 「스펙터클과 독재-신상옥 영화론」, 『영화연구』 49집, 한국영화학회, 2011.
_____. 「영화배우 최은희를 통해 본 모성 표상과 분단체제」, 『한국극예술연구』 제33
    집, 극예술연구학회, 2011.
이상록. 「경제제일주의의 사회적 구성과 '생산적 주체' 만들기」, 『역사문제연구』 제25
    호, 역사문제연구소, 2011.
이혜령. 「신문·브나로드·소설-리터러시의 위계질서와 그 표상」, 『한국근대문학연구』
    제15호, 근대문학회, 2007.
정홍섭. 「1960년대 농촌근대화 담론과 농촌/도시소설」, 『민족 문학사연구』 40호, 민족
    문학사연구소, 2009.
주창규. 「탈-식민국가의 젠더 (다시) 만들기 : 신상옥의 <쌀>을 중심으로」, 『영화연구』
    15호, 한국영화학회, 2000.
황병주. 「1960년대 박정희체제의 '탈후진 근대화' 담론」, 『한국민족운동사 연구』 56집,
    한국 민족운동사학회, 2008.

3. 단행본
신상옥. 『난, 영화였다』, 랜덤하우스코리아, 2007.
조준형. 『영화제국 신필름』, 한국영상자료원, 2009.

미셸 시옹. 『영화의 목소리』. 박선주(역), 동문선, 2005.

가라타니 고진. 『트랜스크리틱』. 송태욱(역), 한길사, 2005.

임마누엘 칸트. 『판단력 비판』. 백종현 (역), 아카넷, 2009.

Fredric Jameson, *The Political Unconscious : Narrative as a Socially Symbolic Act*, Cornell University Press, 1981.

Theodore Hughes, *Literature and Film in Cold War South Korea*, Columbia University Press, 2012.

Steven Chung, *Spilt Screen Korea : Shin Sang-ok and Postwar Cinema*, University of Minnesota Press, 2014.

박인환의 실존적 시 창작에 대한 연구

이현원*

Ⅰ. 머리말

　해방공간이라는 혼란기와 6·25내전이라는 민족적 비극과 함께 인간존재의 극단적 상황을 체험한 1950년대 전·후의 작가들은 나름대로의 독자적인 시각에서 많은 작품들을 발표하였다. 특히, 이들의 작품은 다양한 문학 장르를 중심으로 인간이 지니는 존재성과 이와 연관하는 사회와의 관련성, 즉 자유에 대한 추구, 인간 이성에 대한 문제, 존재의 의미성, 사회의 부조리 등의 관점 하에서 이루어졌다.

　이러한 문학사적 현실 아래서 전쟁·신·운명·사랑·죽음, 그리고 현대문명 등에 따른 인간의 소외와 실제적 존재성을 중심으로 자신의 작품 세계를 구축한 대표적인 시인으로서는 박인환을 말할 수 있다. 1946년에 시-「거리」를 발표함으로써 작품 활동을 시작한 박인환의 시 대부분은 해방공간기와 6·25내전 시기를 중심으로 창작되어졌다. 그리고 박인환의 시

* 계명대학교 국어국문학 전공 조교수

집 『木馬와 淑女』[1]에는 1950년대를 전·후로 쓴 61편의 시가 수록되어 있는데 그 중 20여 편의 시가 6·25내전을 배경으로 하여 씌어졌으며 이들 시를 포함한 60여 편의 시는 전쟁·신·사랑·문명 등을 주제적 배경으로 하여 씌어졌다. 이러한 그의 시에는 인간 존재성에 대한 문제와 인식의 변화가 심도 있게 묘사·표현되고 있다.

박인환은 부조리한 시대를 배경으로 하여 인간의 한계상황에서 갖게 되는 실존의식, 즉 철저한 실존적 경험을 바탕으로 인간의 존재 문제를 시로써 창작·전개시켰다. 따라서 본고는 박인환에게 있어서의 실존성이 어떻게 작품화되었으며 그 작품에서 나타나는 작가의 인간 존재의 관념이 어떠한 주제적 의미로 시 속에서 전개되었는지에 대한 창작의 시각에서 시작된다.

시 창작을 인간의 존재성 탐구에 바탕을 두고 있는 박인환은 1950년 전·후의 한국적 상황을 배경으로 하여 형성되었던 문학동인, 즉 시 동인 <신시론>과 시 동인 <후반기>를 중심으로 작품 활동을 하였다. 특히, 시인 박인환의 제안에 따라 명칭 된 <후반기>는 1950년 이후인 20세기 후반을 말하며 이들 동인들이 지향했던 문학적 관점에서 볼 때, 1950년대 이전의 모더니즘 문학을 벗어난 후반기-모더니즘 문학, 즉 후기-모더니즘 문학이라는 뜻으로서 포스트모더니즘 문학이 지니는 문학사적 외적 의미와는 거의 같은 선상에서 일치하고 있다. <후반기> 동인들은 시대적 상황에 따른 새로운 감각과 예술적 인식 특히, 문학적 자각과 함께 인간의 존

---

1) 박인환, 『木馬와 淑女』, 근역서재, 1980. 박인환은 61편 중 몇 편을 제외하고는 작시 완료일을 명시하지 않았다. 박인환이 작시 완료일을 상세히 명시하지 않은 것은 개성적인 경향이지만 이로 인하여 연대별 시 연구, 특히 통시적인 시점에서의 시 연구에는 많은 난점이 따른다고 볼 수 있다. 따라서 본고에서는 박인환의 전기 및 연보, 시집 속에서의 시 목차, 시에서 나타나는 내용상의 창작배경 및 시기 등을 종합적으로 고려하여 공시적인 시점에서 고찰하였다.

재성 탐색을 전제로 모임을 결성하였는데 이러한 사실을 주시할 때 <후반기>의 모더니즘 문학과 박인환이 추구한 시는 필연적이면서도 한편으로는 직접적인 문학적 관계에 놓여 있음을 알 수 있다.

따라서 본고의 목적은 <신시론>과 <후반기>의 형성과정과 함께 이들 동인의 문학성을 분석함으로써 박인환과의 문학적 관계를 밝히고 박인환의 문학 활동이 갖는 문학적 의의를 부여하는 데에 있다고 말할 수 있다. 그리고 박인환의 실존의식에 대한 문학적 수용고찰과 함께 실존적 상황 하에서 씌어진 박인환의 작품을 전쟁·신·사랑·문명 등을 중심으로 분석함으로써 박인환이 가졌던 시 의식과 문학정신, 그리고 실존성에 대한 관념이 어떠한 양식으로 작품화되었는지를 밝혀내는 데에 있다고 말할 수 있다.

II. 박인환과 시 동인

1. <신시론>의 문학

박인환의 시 창작 활동은 시 동인 <신시론>에서부터 시작되는데 시 동인 <신시론>에 대한 고찰은 박인환의 시 창작활동에 대한 고찰과 직접적으로 연결될 수 있다. 또한 <신시론>은 1950년대 이전의 모더니즘 문학을 뒤로하고 새로운 양식의 모더니즘 문학을 위하여 결성되어진 시 동인 <후반기>형성에 있어서 근본적인 토대가 되었기 때문에 <후반기>에 대한 정확한 고찰을 위해서도 문학적으로 긴밀한 연계성을 지니는 <신시론>에 대한 선행고찰이 이루어져야 한다.

「(…전략…) 주지하는바 '후반기'의 처음 출발은 <신시론(新詩論)>에 있었다. <신시론>은 일찌기 국내에 있어서의 이상(李箱), 김기림 등의 현대시의 초보적인 실험에 반하여 T.S.엘리어트, New Country, 쉬르레알리슴 이후의 모더니즘 운동에 참가하였던 몇몇이 중심이 되어 기타 젊은 시인들을 합하여 해방 후 국내에서 모더니즘의 운동을 일으키려는 데 있었다. (…후략…)」[2]

<신시론>은 박인환, 김경린을 주축으로 김수영, 김병욱, 임호권, 양병식 등에 의하여 결성된 시 중심의 동인으로서 이들은 1948년 4월에 시와 시론 그리고 에세이를 게재한 『신시론』 I집을 간행하였다.

「우리나라에 있어서 현대시의 위기를 논하기에는 너무나 역사적으로 먼 거리에 있는 것이지만, 제2차대전이 끝난 오늘날 전 세계적으로 공통한 흐름은 이러한 징조를 보이고 있는 것이다. 그것은 전쟁이 가져오는 커다란 압력에 비하여 현대시의 저항력이 빈곤하였음에 의하는 것도 아니요, 일부 국가에 있어서 시가 다른 모든 문화의 부면(部面)과 마찬가지로 독재주의 정치가의 탄압에 의하여 극히 부자연스러운 일종의 온실적인 생장을 하였기에 출발점을 두는 것도 아닌 것이다. (…중략…) 실로 현대시의 위기는, 현대 예술이 그들에 의하여 타락한 예술이라고 불리어지기 이전에 현대시에 자신의 위기 속에 숨어 있었던 것이다. 현대시는 모든 부정확성으로 하여금 발달하여 왔다. 다다이즘Dadaism으로 부터 제 4초현실주의에 이르기까지 비록 스타일과 포름form의 차이는 있었다 할지라도, 그들은 하나의 현실을 형태적으로, 질적으로, 색채적으로 데포르마시옹Deformasion함으로써 비겁하게도 저속한 리얼리즘realism에 대항하려 하였고, 나아가서는 하나의 우상의 세계를 창조하려고 하였다. 더우기 놀라운 것은 그들의 이와 같은 유치한 시어 리theory가 시대적으로 충만한 매력을 가졌다는 것이다. 그러나 그들의 앞에 황혼은 닥쳐 왔다. 그들은 의식적으로 창조한 혼돈의 세계와 휴머니티 Humanity와의 작별로 인하여 발생한 진공의 생리로 말미암아 완전히 패망

하고 말 것이다.(…하략…)」3)

위의 글은 김경린이 『신시론』 I집에 게재한 「현대시의 구상성」이라는 시론으로서 당시 <신시론> 동인들의 문학적 사고의 일면을 분명하게 밝혀주고 있다.

김경린은 그의 시론에서 첫째, 현재 한국의 현대시는 위기에 놓여 있는데 이러한 것은 세계적인 공통의 흐름에 의한 것이며 둘째, 현대시의 위기는 전쟁이나 독재주의 정치가의 탄압에 의해서 비롯된 것이 아니라 현대시 자체가 자신의 위기 속에 숨어 있었기 때문이라고 논하고 있다. 따라서 부정확성에 의하여 발달해 온 현대시의 정신적 배후, 즉 다다(DaDa)에서부터 제4초현실주의에까지 이르는 전-모더니즘은 그들이 의식적으로 창조한 혼돈의 세계와 휴머니티(Humanity)와의 작별로 인하여 발생한 진공의 생리로 말미암아 완전히 패망하고 말 것이라는 것이 김경린의 결론적인 문예사적 입장이라고 볼 수 있다.

국판 16페이지에 불과한 『신시론』 I집은 당시의 이데올로기 문학이나 관습화된 모더니즘 문학사조에 급격한 문학적 변신의 충격을 주었는데 윤석산은 그의 『박인환 평전』에서 "<신시론> 동인의 출발은 첫째, 현대라는 한 불안의 시대에 대한 인식에 있는 것을 알 수 있다. 그런가 하면, 이러한 불안의 시대에 보다 뚜렷한 정신을 세움으로 해서, 이 불안 의식을 극기하고자 하는 데에 있다. 둘째로, 이들은 이것의 극기를 위해서는 '흥분된 추상적인 애국시'나 '현실과 동떨어진 순수주의'의 서정시는 결코 바람직스럽지 못할 것이기 때문에 '새로운 실험'의식에 그 출발점을 둔다고 밝히고 있다."4)라고 <신시론>의 문학적 입장을 주관적으로 재정리하고 있다.

---

3) 김경린, 「인환과 나와 그리고 현대시 운동」, 김광균 외, 『세월이 가면』, 근역서재, 1982, 30-32쪽.

『신시론』 I집이 간행된지 1년이 지난 1949년 4월에 『신시론』 II집에 해당하는 『새로운 도시와 시민들의 합창』이 박인환, 김경린, 김수영, 임호권, 양병식 이상 5명에 의해 간행되었다. 『새로운 도시와 시민들의 합창』에 수록된 각 시인들의 작품들을 보면 다음과 같다.

> 박인환 : 장미의 온도, 열차, 지하실, 인천항, 남풍, 인도네시아 인민에게 주는 시.
> 김경린 : 매혹의 연대, 파장처럼, 무거운 지축을, 나부끼는 계절, 선회하는 가을, 빛나는 광선이 올 것을.
> 임호권 : 잡초원, 생명의 노래, 생활, 등잔, 검은 비애, 시내.
> 김수영 : 명백한 노래, 아메리카 타임지, 공자의 생활난.
> 양병식 : 결코 실패하지 않지만, 우인 피카소에게, 나는 자기를.

번역시를 포함하여 총 20여 편이 넘는 시가 게재된 『새로운 도시와 시민들의 합창』은 『신시론』 I집의 간행 때보다 기존 문단에 많은 충격을 던져주었는데 김재홍은 『동인지 운동의 변천』에서 박인환의 시 「최후의 회화」를 예로 들면서 이들은, 도시의 그림자/ 연대의 그늘/ 신문지의 경사처럼, 당대를 풍비하던 창록파의 자연회귀에 반발하여 시의 이미지의 논리적 구성에 몰두하였으며 마치 30년대 중엽의 모더니즘을 부활시킨 듯이 이들은 도회와 문명 속에서 새로움 시의 모티브를 발견하기 위해 노력하였음을[5] 말하고 있다. 기존의 문예양식은 물론 메너리즘(Mannerism)에 빠진 1920・30년대의 모더니즘을 반성하고 새로운 논리로써 후반기 모더니즘을 구축하려던 이들이 한국의 전통적 서정의 세계를 노래한 당시의 『청록집』에 대하여 심하게 반발하였음은 당시의 문단적 상황을 미루어 볼 때 한편으

---

4) 윤석산, 『지금 그 사람 이름은 잊었지만』, 영학출판사, 1986, 87쪽.
5) 김재홍, 「동인지 운동의 변천」, 『심상』, 1975, 56-62쪽.

로는 당연한 비평적 행위였다고 볼 수 있다.

<신시론> 동인들은 『새로운 도시와 시민들의 합창』을 간행하면서 당시의 동인 시단에 또 하나의 충격을 던져주었는데 그것은 자신들의 동인지에 수록된 작품 경향에 대한 일종의 혁신적 선포로서 김경린이 쓴 후기6)에서 찾아볼 수 있다. 김경린은 후기에서 <신시론>의 기본 취지를 세부분으로 나누어서 설명하고 있다.

① <신시론>에 모인 여러 시인들의 작품을 어떠한 각도로 비판하든지, 또는 구주의 어떠한 유파의 시인들과 결부시켜 비난하든지 그것은 자유다.
② <신시론>을 어떠한 시인들의 모임이라고 평하는 것도 자유다.
③ 우리들은 <신시론>의 멤버를 고정하여 두고 싶지도 않다.

최하림은 「새로운 도시의 시인들」에서 『새로운 도시와 시민들의 합창』에 수록된 시들은 한국 시단에서는 매우 도전적이었다고 말하면서 김경린의 후기 역시 논쟁을 바라는 듯한 글이었다고7)주장하고 있다. 그러나 이어지는 그의 결론적인 입장 – "김경린, 박인환 등이 낙관적인 어조를 띠었던데 반해 김수영이나 양병식은 자신의 삶을 자율적 아닌 타율적인 것으로 보았던 듯하다. 그들의 시에는 김기림이 구가했던 태양도, 운명의 속도에 대한 신뢰도 없었다. 은거할 곳이 없는 겨울산의 토끼처럼 그들은 그들의 존재를 비관적으로 인식하고 있었다."8)를 볼 때 <신시론>의 시풍이 도전적일 뿐더러 후기 역시 논쟁을 바라는 듯한 글이라는 최하림의 견해에서

---

6) 김경린, 앞의 책, 37쪽.
7) 최하림, 「새로운 도시의 시인들」, 이동하 편, 『목마와 숙녀와 별과 사랑』, 문학세계사, 1986, 104-105쪽.
8) 최하림, 앞의 책, 105쪽.

는 1950년대 이전의 모더니즘 문학을 극복하고 새로운 양식의 모더니즘 문학을 모색하기 위하여 결성된 <신시론>의 근본적 입장을 부정하고 있다.

2. <후반기>의 문학

<신시론>의 진취적 모더니즘 문학정신을 토대로 결성된 것이 바로 시 동인 <후반기>이다. <후반기>의 시적 정신을 고찰하기 이전 지금껏 문제 가 되고 있는 <후반기>의 결성 시기와 함께 박인환을 중심으로 하는 동인 들의 구성에 대해서 살펴보아야 한다.

오세영은 「후반기 동인의 시사적 위치」에서 김동균과 김춘수의 회고를 바탕으로 종합적 검증하에 <후반기>는 1951년 부산에서 출범한 것으로[9] 규정짓고 있다. 그러나 <후반기>의 주동인인 김경린, 조향의 회고문 등을 살펴보면 <후반기>의 출범 시기는 좀 더 앞당겨 진다.

> 「(…전략…) 9·28수복 후 그와 나는 각자의 직장을 따라 각기 다른 루우 트를 거쳐 부산에 내려갔다. (…중략…) 그들의 시는 참으로 새로 왔다. <신 시론> 동인이던 나와 박인환과 그리고 새로이 조향, 이봉래, 김차영, 김규동 을 동인으로 하는 '후반기' 그룹의 형성을 보게 된 것도 그때의 일이다. (… 하략…)」-김경린-[10]

> 「(…전략…) 그 이듬해인 1949년 여름방학 때 (그렇게 기억된다) 나는 서 울로 가서 고이한직을 만나 보기로 마음을 굳히곤 상경했다. (…중략…) 나 는 그를[11]통해서 <새로운 도시와 시민들의 합창>이라는 앤돌러지가 나와

---

9) 오세영, 「후반기 동인의 시사적 위치」, 이동하 편, 『목마와 숙녀와 별과 사랑』, 문학 세 계사, 1986, 193쪽.

10) 김경린, 앞의 책, 40-41쪽.

있는 것을 알았다. (…중략…) 인환의 집 방에서 동인회의 명칭이 거론되었는데, 인환이 '후반기'가 어떠냐고 내놓았는데 '20세기 후반'이라는 뜻이었다. (…중략…) 그렇게 해서 동인 구성은 김경린, 박인환, 이상노, 이한직, 조향 그리고 준동인으로 김차영, 배모 이렇게 7명으로 출발을 다짐했던 것이다. (…중략…) 창간호 편집 책임자였던 인환의 말에 따르면, 조판까지 완전히 마쳐 놓고, 인쇄에 들어갈 단계에서 6.25가 터졌다는 것이다. (…하략…)」
─조향─12)

「(…전략…) 그후 1950년 1월 다시 운동의 새로운 모먼트를 전제로 <신시론>을 <후반기>로 개제하고 동인으로 조향, 김차영이 새로이 참가하여 홍성보씨의 경제적인 원조로서 전반적인 발전을 목표하였으나, 6.25동란에 의해 동인들이 분산한 이래 현재 <후반기>에 복귀한 동인에는 박인환, 조향, 김경린, 김차영 외에 이봉래, 김규동 등이 새로이 참가하였다. 그리고 이 외에 준동인으로 수인이 있는 현상이다.」─「후반기 문예 특집」에서─13)

위의 회고문이나 논단을 통해서 볼 때 <후반기>의 결성 준비는 1949년부터 시작되었으며 정식 출범은 1950년 1월이었다고 단정 지을 수 있다. 그리고 6·25내전이 한창인 1951-1952년은 <후반기>의 재정립기였음을 알 수 있다.

<후반기> 동인의 구성에 있어서 초기 동인들은 조향이 회고한대로 박인환, 김경린, 이상노, 이한직, 조향 그리고 준동인인 배모를 합한 이상 7명이며 6·25내전 중 부산에서 재구성된 동인으로서는 박인환, 김경린, 조향, 김차영, 이봉래, 김규동 이상 6명이 될 수 있는데 재구성된 이들 6명은 <후반기>의 본원적 취지를 함께 하는 실질적인 동인이라고 볼 수 있다. 그런데 문제가 되는 것은 이들 6명 이외 다수의 시인들이 <후반기> 동인

---

11) 김경린을 말함.
12) 조향, 「인환과 후반기」, 김광균 외, 『세월이 가면』, 근역서재, 1982, 116-118쪽.
13) 『주간국제』, 1952. 6. 16, 18-19쪽.

의 범주에 포함될 수 있다는 가능성의 제시에 있다.

오세영은『새로운 도시와 시민들의 합창』에 작품을 수록하고 <신시론>에 참가한 임호권, 김수영, 양병식과 <후반기>의 이념에 동조하고 그들과 인간관계를 형성한 김종문, 박태진, 전봉건 등을 넓은 의미에서 <후반기> 동인으로 보고 있는데 그 이유로 첫째, 김수영이 거제도 수용소에 수감 (1951)되지 않았더라면 그 역시 <후반기>의 창립멤버로 참여했을 가능성이 컸으며 둘째, 김종문, 박태진, 전봉건 등의 시인은 <후반기>와 같은 시기에 모더니즘을 지향하였고 셋째, <후반기>는 자신들의 동인지를 가지지 못한 까닭에 동인들을 확정 공표할 수 없었으며 따라서 이념적·인간적 관계가 긴밀히 형성된 시인이라면 쉽게 이들 동인과 동일시 될 수 있을 소 인을 처음부터 가지고 있었기 때문이라고[14] 말하고 있다. 하지만 <후반 기>의 동인들에 대해서는 동인들 자신들이 이미 회고담에서 명백히 논하 고 밝혔기 때문에 박인환을 비롯한 5명 이외에는 <후반기> 동인에 포함 되어 질 수 없으며 단지, <후반기>의 토대가 되었던 <신시론> 동인들 중 <후반기>가 지향하는 모더니즘 문학과 동류의 경향을 추구한 시인은 <후 반기>의 준동인 아니면 또 다른 의미의 동인으로서 고찰·간주될 수 있다.

1950년대의 다른 동인지에 비하여 혁명성, 진취성, 개방성이 농후했던 <후반기>의 모더니즘 문학의식은 1952년 6월, 「후반기 문예 특집」이라는 표제 하에『주간 국제』에 발표되었던 박인환의 「현대시의 불행한 단면」과 <후반기>에 대한 개괄적 논단인 「후반기 동인」에서 그 시적 정신이 총체 적으로 표현·설명되고 있다.

박인환은 「현대시의 불행한 단면」에서 T.S.엘리어트, W.H.오든, S.스펜 더의 문학사상과 시적 정신을 논하면서 <후반기>가 나아갈 방향을 제시

---

14) 오세영, 앞의 책, 192-195쪽.

하고 있는데 <후반기>가 나아가는 데 있어서 반드시 숙고해야 할 1950년대 이전의 모더니즘 문학이 가지는 작가 정신을 그는 다음과 같이 각 시인별로 나누어서 논하고 있다.

① 「(…전략…) 재래의 시의 형식과 사고를 전면적으로 거부한 엘리어트는 현대의 불모와 파멸되어 가는 인간의 풍경에서 새로운 세대의 시의 방향을 가르키었다.

　암흑과 불안과 정신적인 반항은 외형에 있어서는 혼란된 관념처럼 생각되었으나, 그는 세계의 제 경향을 그의 전통의 완고한 암석과 대비시켜 측량하고, 현대가 지니고 있는 일체의 결함이 더욱 인간 앞에 명확히 나타나 있는 것을 지적하였다. (…하략…)」

② 「(…전략…) 엘리어트가 어드바이서 격으로 있는 런던의 FFT에서 거의 대부분의 저서를 출간한 뉴우 컨트리 파 New Country School의 지도적 역할을 하여 온 W.H.오든은 시를 기능과 수법 이전의 문제인 사회적 효용의 입장에서 재검토하여 엘리어트와는 단절된 입장에 있었으나, 그의 불안과 전통 문명에 대한 비판, 순수한 표현과 새타이어Satire의 정신은 일관성이 있는 것이다. (…중략…) 오든은 그의 사회적인 책임은 시를 쓰는 데 있고, 인간에 성실하려면은 이 세계 풍조를 그대로 묘사하여야만 한다고 생각하고 있을 것이다. 이는 오든 뿐만이 아니라, 현대시의 발전을 위하여 한국의 일각에서 손가락을 피로 적시며, 시의 소재와 그 경험의 세계를 발굴하고 있는 '후반기'멤버의 당면된 최소의 의무일지도 모른다. (…하략…)」

③ 「(…전략…) 그들은 시작(詩作)이외에 정치와 사회에 큰 관심을 경주하여 시인이란 그 사회의 사람들을 계몽하여 지도하는 특별 임무를 지닌 사회적인 책임 있는 인간이라고 생각하였다. 그들은 순수한 개인적인, 지방적인, 전통적인 주제를 전연 선택치 않고, 폐쇄된 공장, 황폐한 도시, 고대 탑문(塔門)과 같은 인간의 역사의 진전의 표상이 되는 것을 주제로 하였는데, 이와 같은 독자(獨自)의 표현과 이미지는 1930

년대와 1914년의 '복잡과 변화'많은 세계에 있어서 현대시만이 가질
수 있었던 자랑이었다. (…하략…)」

①에서는 T.S.엘리어트의 기존 시에 대한 거부와 파멸되어 가는 현대의
황폐한 인간적 모순에 대한 시적 수용을 설명하고 있다. 즉 T.S. 엘리어트
는 재래시의 형식과 사고를 전면적으로 거부함으로써 새로운 세대에 있어
서 지향해야 할 새로운 시적 방향을 명확하게 제시할 수 있었다는 것이다.

②에서는 시의 기능과 수법 이전의 문제인 시가 가지는 사회적 효용의
입장에서 자신의 작품세계를 추구한 W.H.오든의 시적 세계를 논하고 있
다. 여기에서 박인환은 시인의 사회적인 책임은 시를 쓰는 데 있으며 인간
에 대하여 성실하기 위해서는 작가가 처한 현실의 풍조를 그대로 묘사하
는 것에 집중적인 관심을 보이고 있다. 따라서 그는 한국이라는 상황 속에
서 시의 소재와 그 경험의 세계를 발굴하는 것이 <후반기> 동인들의 기본
적 의무라고 주장하고 있다.

③에서는 W.H.오든, W.루이스, L.맥니츠, M.로버츠, W.엠프슨, R.워너
등과 함께 뉴우 컨트리(New Country)운동에 참가한 S.스펜더의 작품이 가지
는 주제적 특징을 설명하고 있는데 여기에서 박인환은 뉴우 컨트리 운동
이 지향하는 문학의 이념, 즉 순수한 개인적·지방적·전통적인 주제보다
는 폐쇄된 공장, 황폐한 도시, 고대 탑문(塔門)과 같은 인류 역사의 진전적
인 표상이 되는 것을 중심 주제로 하는 창작 정신에서 S.스펜더의 모더니
즘 문학관을 재조명시키고 있다.

박인환은 이러한 T.S.엘리어트, 그리고 W.H.오든과 S.스펜드가 추구했던
모더니즘 문학 정신을 이들의 작품인 <황무지, The Waste Land>, <불안의
연대, The Age of Anxiety>, <존재의 단, The Edge of Being>등과 함께 논
한 후 결론적으로 현대시에 있어서 <후반기>가 앞으로 추구해야 할 사항

을 다음과 같이 제시하고 있다.

「(…전략…) 광범한 견지에서 현대시를 논의할 제, 폴 발레리와 R.M. 릴
케, A.랭보의 세계와 그 방법에 관해서도 언급할 수 있으나, 우리들의 현실
의 시야에 전개되어 있는 모순과 살륙과 허구와 황폐와 참혹과 절망을, 현
대의 문명을 통해서 반영할 적에 우리들로 하여금 강요케 하는 것은 '황무
지적 반동 The waste land's reaction'이며, 전후적 (戰後的)인 황무지 현상과 광
신에서 더욱 인간의 영속적 가치를 발견하는 데 현대시의 의의가 존재된다
고 생각된다. 그러므로, 우리의 그룹 '후반기'의 대부분의 멤버는 T.S.엘리어
트 이후의 제경향과 문제를 어떻게 정리하느냐는 것이 오늘의 과제가 될 것
이며 (…하략…)」

박인환은 「현대시의 불행한 단면」에서 <후반기>의 시적 정신이 '황무
지적 반동The waste land's reaction'에서 출발하고 있음을 말하고 있다. <후
반기>에 있어서의 '황무지적 반동'이란 T.S.엘리어트의 문학노선과 병행한
다는 뜻이 아니라, T.S.엘리어트가 재래의 시 형식과 사고를 전면적으로 거
부하고 현대의 불모와 파멸되어 가는 인간의 풍경에서 새로운 세대의 시
양식을 제시하였듯이, <후반기> 역시 1950년대의 초기라는 시점에 있어
서 기존의 모더니즘 문학을 탈피하여 후반세기의 새로운 모더니즘 문학
양식을 모색하려는 창작행위 자체를 의미한다고 볼 수 있다.

이러한 <후반기>의 황무지적 반동은 두 가지 측면에서의 시적 자유성
을 추구한다고 볼 수 있는데 시 창작에서 가장 기본이 되는 시의 기법적인
면과 시의 주제적인 면이 바로 그것이다. 박인환은 앞의 글에서 <후반기>
의 기본 의무는 현대시의 발전을 위하여 한국이라는 상황하에서 시의 소
재와 그 경험의 세계를 발굴하는 것이며 <후반기>의 과제는 T.S.엘리어트
이후의 제경향과 문제를 어떻게 정리해야 하느냐에 있다고 언급하였다. 이
것은 기존의 문학에 대하여 문학의 형식과 사상의 자유를 선포했던 전반

기 모더니즘 문학에 대한 또 다른 자유성에 입각한 새로운 문학적 시도를 의미한다. 본고의 머리말에서 부분적으로 언급한 바 있지만 <후반기>에 있어서 후반기란 1950년대 후반, 즉 후반세기의 줄임말로서 후반세기의 모더니즘 문학을 뜻하며 포스트모더니즘 문학이 갖는 자의와는 거의 일치한다고 볼 수 있다. 좀 더 엄격히 말한다면 <후반기>는 한 특정적 문예사조를 지칭하는 고유명사로서의 Postmodernism문학보다는 모더니즘 문학 이후의 새롭고 다양한 문학을 뜻하는 Post-Modernism문학에 가깝다. 왜냐하면 한 특정한 문예사조로서의 Postmodernism문학이 갖는 문학적 자유성은 '진취성'이나 '개방성'자체를 이미 상실하였다고 볼 수 있으며 <후반기>의 근본적 취지는 Post-modernism 문학에서와 같이 모더니즘 문학 이후의 자유롭고 다양한 형식과 주제를 지향하는 것에 있기 때문이다.

1990년을 전후하여 수년간 급속적으로 번역·이입되기 시작한 서구의 포스트모더니즘 계열의 이론은 Post-Modernism 보다는 Postmodernism 을 중심으로 논의되어 왔으며 문학을 비롯한 음악·무용·연극·조각·회화 등의 예술부문에 관계하는 대부분의 평자들 역시 열려있지 못하고 닫혀 있는 이론에 대입시키는 방식의 비평적 오류를 범하여 왔다고 볼 수 있다.

그런데 본고의 현 시점에서 문제가 되는 것은 당시<후반기>의 모더니즘 문학이 전반기의 모더니즘 문학을 계승하였는지 아니면 단절 상태에서 시작되었는지에 대한 해결 사항에 있다. 이와 같은 문제는 서구의 포스트모더니즘 자체의 이론에서 다루어진 사항으로서 많은 논자들, 특히 F.제임슨은 단절을, G.그라프는 지속을, I.핫산은 절충을, 그리고 J.F.료따르는 모더니즘의 한 부분임을 각각 논하였지만 지금까지 공통된 결론을 내리지 못하고 있다.

전반기의 모더니즘 문학과 <후반기>의 모더니즘 문학과의 상호관계는

『주간 국제』에 게재된 「후반기 동인」에서 비교적 잘 나타나고 있다.

> 「'후반기(後半紀)'는 현대시를 중심으로 한 새로운 문명과 문학적 세계관
> 을 수립하기 위하여 모인 젊음의 그룹이다. 따라서, 여하한 기성 관념에 대
> 하여서도 존경을 지불할 수없는 동시에 오랜 동안 현대시의 영역에 있어서
> 문제가 되어 왔던 표현상의 제문제에도 개혁을 요구하고 있다. 문학의 현실
> 에 기반을 두어야 하는 엄연한 사실은 적어도 현대를 의식하고 있는 우리들
> 젊은 세대로 하여금 오늘의 부조리한 사회에 대하여 무관심할 수가 없게끔
> 되었으며, 더욱이 사(死)의 위협이 가득 찬 현대의 불안에 대한 인간의 존립
> 으로서의 의의(意義)를 등한시할 수도 없게끔 하였다. (…하략…)」

<후반기에>에 대한 개괄적인 논단인 「후반기 동인」의 서두를 정리하면
다음과 같이 네 가지 사항으로 요약할 수 있다.

> ① <후반기>는 현대시를 중심으로 새로운 문명과 문학적 세계관을 수립
>   하기 위한 동인이다.
> ② <후반기>는 기존의 문학정신이 갖는 우월성을 인정하지 않는다.
> ③ <후반기>는 새로운 시적 표현을 추구한다.
> ④ <후반기>는 문학적 주제를 현실에서 찾는다.

위의 사항으로 미루어볼 때 <후반기>는 전반기 모더니즘 문학에 대하
여 일종의 개혁을 시도하고 있음을 알 수 있다. <후반기>의 개혁은 앞에
서 언급된 '황무지적 반동'으로서 이미지즘·주지주의·초현실주의·미래
파·다다 등을 맹목적으로 부정·거부하기보다는 오히려 초월하고 극복하
는 데서 나타나는 문학적 현상이라고 볼 수 있다.

따라서 <후반기>는 기존의 문학적 이념을 수용·반성하는 동시에 전반
기의 모더니즘 문학이 제시할 수 없었던 새롭고도 다양한 문학적 양식을
모색하였던 시 동인으로서 이들의 시적 정신은 자유성을 중심으로 하는

시적 기법에 대한 탐색과 시대의 다양한 실존적 상황을 바탕으로 하는 시적 주제에 대한 추구에서 찾아볼 수 있다고 생각된다.

시 동인 <후반기>에 대한 기존의 평가는 보편적으로 ①<후반기>의 독자적인 시론이나 이념의 유무, ②<후반기>의 문학운동에 대한 실패의 여부 ③<후반기>의 문학사적 의미 등의 사항을 중심으로 긍정적인 측면과 부정적인 측면에서 동시에 이루어지고 있는데 주요 논자들로서는 김홍규를 비롯한 오세영, 고은, 김재홍, 김춘수, 정한모 등을 들 수 있다.

첫째, <후반기>의 독자적인 시론이나 이념의 유무에 있어서, 오세영이 <후반기>는 해방 이후 최초로 나름의 이념을 제시한 문학동인임을[15] 논한데 반하여, 김홍규는 <후반기>가 당시 한국 시단의 주류였던 청록파 및 서정주 등에 대한 반발과 함께 그들의 길을 찾기 위하여 도시적 감수성, 현대 의식, 전위적 기법의 추구 등 다양한 노력을 통해 50년대의 혼란스런 면모를 노래하면서 새로운 시의 가능성을 탐색하였으나 그들에게는 뚜렷한 이념적 핵심이나 이론체계가 없었다고[16] 주장하고 있다. 그러나 김홍규의 이러한 논리는 <후반기>와 직접적으로 연계되는 <신시론>의 문학적 정신이나 <후반기>의 근본 취지를 서구의 모더니즘문학과 함께 논한 박인환의 시론-[현대시의 불행한 단면], 그리고 <후반기>에 대한 개괄적인 논단인 「후반기 동인」등의 논술을 의식하지 못한 데서 비롯되었다고 볼 수 있다.

둘째, <후반기>의 문학 운동에 대한 실패 여부에 있어서, 대부분의 논자들은 <후반기>의 문학운동이 실패하였다고 보고 있다.

「(…전략…) 그들은 실패자였다. (…중략…) 무엇보다도 그들은 주지주의

---

15) 오세영, 앞의 책, 208-209쪽.
16) 김홍규, 「시론 30년의 궤적」, 『심상』, 1975. 8, 99쪽.

를 비주지적으로 주장했고 완벽한 지식인이 아니라 문학적 행위로만 그것을
이루려 했기 때문에 그들이 받은 보상은 저질뿐이다.」-고은-17)

「(…전략…) 그러나 이들은 오히려 30년대의 수법에도 미치지 못하는 산
발적인 작품 발표에 그쳤을 뿐 동인지 한권 간행하지 못한 채 1953년말 이
산되고 말았다. (…후략…)」-김재홍-18)

「(…전략…) <후반기> 동인이 고창한 문학적 이념과 그들 작품에 나타난
여러 특징은 결코 새로운 것이 아니며 더더욱 30년대 모더니즘의 한계성을
극복한 것도 아니 다. 그러한 의미에서 이들 문학 운동은 성공했다고 말할
수 없다. (…후략…)」-오세영-19)

「(…전략…) <후반기> 동인회의 최대의 약점은 사적으로 볼 때 잠깐 잊
혀지고 있었던 문제를 다시 제기하여 이목을 어느 정도 끌게 했다는, 이른
바 선언적 역할에 그쳤지, 실(質이라고 해도 되겠다)에 있어 30년대를 능가
하지 못했을 뿐만 아니라, 이미 말한 대로 시적 발상태에 머물고 있었다는
데 있지 않을까 한다.」-김춘수-20)

이와 같이 고은, 김재홍, 오세영, 김춘수는 <후반기>의 문학은 1930년
대의 모더니즘 문학을 극복하지 못하였으며 그들의 선언과는 달리 전통적
발상에서 헤어나지 못함에 따라 결국 <후반기>의 문학운동은 실패하였다
고 보고 있다. 그러나 본고에서는 <후반기>의 문학운동이 실패하였다고
생각하지 않는다. 비록 <후반기>의 동인들이 동인지를 발간하지 못하였지
만 그들은 <후반기>가 추구하는 '황무지적 반동'아래 개별적으로 자신들

17) 고은, 「제1차저항」, 이동하 편, 『목마와 숙녀와 별과 사랑』, 문학세계사, 1986, 116-117
　　쪽.
18) 김재홍, 「동인지 운동의 변천」, 『심상』, 1975. 8, 58쪽.
19) 오세영, 앞의 책, 208쪽.
20) 김춘수, 「후반기 동인회의 의의」, 『심상』, 1975. 8.

의 작품을 새로운 시각에서 모색, 창작하였으며 박인환을 비롯한 조향, 김
경린 등의 작품은 실재적으로 전반기의 모더니즘 문학이 가지는 시적 형
식과 사상을 극복한 데서 이루어졌다고 볼 수 있다.

　셋째, <후반기>의 문학사적 의미에 있어서 김흥규와 오세영은 <후반
기>의 문학사적 의미를 다음과 같이 논하고 있다.

> 「(…전략…) 그럼에도 불구하고 우리 시론의 전개 과정에서 그들에게 주
> 목하는 것은 50년대의 문학적·사회적 기후 속에서 시와 삶 사이에 새로운
> 관계를 부여하려는 참담한 노력을 이들이 개시했기 때문이다. (…후략…)」
> 　　　　　　　　　　　　　　　　　　　　　　　　　　— 김흥규[21]

> 「첫째, 30년대 살롱 문학의 범주에서 벗어나지 못했던 모더니즘 운동을
> 범문단적인 것으로 널리 확대 보급시켰다는 점이다. <후반기> 동인 이후의
> 한국 현대시에서 전통적인 성격과 모더니즘 지향적인 성격을 구분해 낸다는
> 것은 대단히 어려운 일인데, 이것은 모더니즘이 그만큼 보편화되었음을 뜻
> 하는 것이다.
> 　둘째, <후반기> 동인 활동은 비록 30년대 모더니즘의 되풀이에 지나지
> 않는다 하더라도 해방 이후의 문학적 공백기를 그대로 놓아 두지 않고 그
> 전후를 이은 교량 역할을 담당하여 한국문학의 맥을 이어주었다는 점이다.
> 그들은 신석정, 김영랑, 청록파로 이어지는 전통 지향성에 대하여 30년대 모
> 더니스트, 40년대의 윤동주·허민 그리고 <후반기>로 이어지는 모더니즘
> 지향의 흐름을 계승한다. 해방 이후 여러 혼란된 사회·문화적 공백기에도
> 불구하고 한국문학이 그 연속성을 유지하는 데 있어 <후반기> 동인이 기여
> 한 역할은 큰 것이다.
> 　셋째, <후반기> 동인은 해방 이후 최초로 나름의 이념을 제시한 문학 동
> 인이었다는 점이다. 작품의 발표 지면을 얻기 위해 많은 시인들이 동인이라
> 는 이름으로 이합집산하는 문단 풍토에서 이에 초연한 자세를 지키며 문학
> 적 이념을 추구할 수 있었다는 것은 값진 행위라 하겠다. 그들이 同人誌를

---

21) 김흥규, 앞의 책, 99쪽.

가지지 않았던 까닭으로 그것은 더욱 돋보인다.」

— 오세영22)

김흥규가 <후반기>의 문학사적 의미를 '시와 삶에 있어서 새로운 관계 부여'라는 단순한 안목에서 찾은 반면에 오세영은 다양한 시각에서 <후반기>의 문학사적 의미를 조명하고 있는데 오세영의 논지를 정리한다면 ① <후반기>는 모더니즘 문학을 범문단적인 것으로 전개 시켰으며 ②<후반기>는 30년대와 40년대 초반의 모더니즘을 계승하였고 ③<후반기>는 해방 이후 최초로 독창적인 이념을 제시하였다는 것으로 요약할 수 있다.

이상에서 같이 <후반기>에 대한 기존의 평가, 특히 <후반기>의 문학 운동에 대해서는 대부분이 부정적 시각에서 이루어지고 있으며 그 밖의 사항에 대해서도 <후반기>의 본질적인 면에서보다는 외형적인 면에서 그 문학적 가치가 논의되고 있음을 알 수 있다.

이와 같이 박인환이 적극적으로 참여하였던 <후반기>의 시적 정신을 <후반기>가 출범된 당시의 문학사적 배경과 현 문학사적 흐름과 연결시켜 볼 때 <후반기>의 시사적 위치는 1950년 이전의 모더니즘 문학, 즉 전반기-모더니즘 문학을 극복하고 새로운 양식의 문학을 모색하기 위하여 처음으로 후반기-모더니즘 문학을 제시한 시 동인이라는 데에 있다. 그리고 박인환은 이러한 동인활동을 통하여 그의 실존적 시 세계를 구축하였다

---

22) 오세영, 앞의 책, 208-209쪽.

III. 박인환의 시 창작

1. 실존사상의 수용

고대 문학과 철학에서도 찾아볼 수 있는 실존(exist)사상이 키에르케고르, 포이에르바하 등을 거쳐 실존주의(existentialism)라는 명칭으로 대두된 것은 제1차 세계대전이 끝난 1920년대부터이며 제2차 세계대전이 끝난 1945년 부터는 본격적인 철학의 한 사상으로 성립을 보게 되었다.

실존주의는 철학적인 측면에서 실존의 구조와 본질을 파악하는 데에 목 표를 두고 있으면서 한편으로는 인간이 갖는 삶과 생의 문제, 즉 삶과 생 에서 비롯되는 죽음, 사랑, 선택, 윤리, 종교 등의 문제를 해명하여 인간의 참 존재와 그 삶의 방향을 재확인시켜준다. 이러한 실존주의 철학에 영향 을 받은 문학가들은 실존주의 문학이라는 새 장르를 구축하였는데 1940-1950년대에 프랑스에서 특히, 사르트르, 보브와르, 카뮈 등에 의해 활발하게 전개되었다.

이러한 실존주의 문학이 사르트르의 사상과 그의 문학관을 중심으로 국 내에서 소개된 시기는 1948년 10월[23]로 볼 수 있으며 『신천지』30호에서 그 내용을 찾아 볼 수 있는데 소개된 작가와 번역된 작품은 다음과 같다.

- 「사르트르의 實存主義」(박인환)
- 「實存主義 批判-사르트르를 중심으로-」(김동석)
- 「사르트르의 思想과 그의 作品」(양병식)
- 「사르트르 문학의 시대성」(전창식)

위의 사항에서 알 수 있듯이 박인환이 사르트르의 실존주의를 논하고

---

23) 실존주의가 철학과 문학의 측면에서 본격적으로 소개된 것은 1953년 이후이다.

소개하였다는 것은 매우 중요한 사실로 생각된다. 왜냐하면 당시의 문학적 상황은 좌익과 우익이 대립되던 혼란기로서 극소수의 문인을 제외하고는 어떠한 새로운 문학사조를 만들거나 혹은 새로운 장르의 외국문학을 수용할 수 있는 여유가 해방공간의 문인들에게 주어진다는 것은 거의 불가능했기 때문이다.

박인환은 「사르트르의 實存主義」의 서문에서 다음과 같이 말하고 있다.

> 「政治나 經濟뿐만아니라 文化面에 있어서 戰爭이 던져주는 影響은 再言할 바도 없이 莫大한 것이었다. 그것은 形態의 如何를 莫論하고 戰後의 不安을 反映 또는 表現하고 있다고 볼 수 있다. 第一次 大戰이 끝난 다음 大戰이 惹起시킨 情神的 苦悶은 一部의 詩人으로 하여금 自棄와 破壞의 속에 몸을 던지게 하였다. 루마니아의 靑年 트리스탄·쓰어래[짜라]가 命名한 다다이즘은 (…하략…)」

박인환이 논하고 있는 「사르트르의 實存主義」에서는 '전쟁'이라는 관념이 전반적으로 흐르고 있다. 제1차 세계의 대전으로 인하여 다다이즘이란 사조가 생겼듯이 결국 사르트르의 실존주의 문학도 독일의 침공에 의한 제2차 세계대전에서 비롯된 것으로 연결시키고 있다.

박인환이 「사르트르의 實存主義」를 『신천지』에 발표한지 2년 후에 6·25동란이 발생하였는데 서구의 실존주의 문학이 세계대전과 사회적 불안 상황을 배경으로 형성되었듯이 한국의 실존주의적 문학 역시 6·25동란에서 체험된 불안 의식을 바탕으로 형성되었다고 볼 수 있다.

박인환에게 있어서 실존주의와 접근되는 그의 시적 의식은 6·25동란 시작부터 9·28 서울탈환까지 겪었던 서울에서의 피난 생활, 종군기자로서의 활약, 그리고 육군 소속 종군작가단에서의 활동 등, 실제적 전시생활을 통하여 이루어졌다. 또한 그가 일찍이 접했던 실존주의 문학사상이 자신의 시 창작에 깊은 영향을 주었다는 것은 매우 중요한 사실로 볼 수 있다.

2. 실존의식의 작품화

<후반기> 동인인 박인환은 시적 기법의 다양성에 대한 모색과 함께 시적 주제 역시 다양한 시각에서 탐색하였는데 시적 기법에 대한 모색 작업이 의도적 행위였다면, 시적 주제에 대한 탐색작업은 시대적 상황에 따른 필연적 행위였다고 말할 수 있다.

박인환의 지녔던 실존성의 작품화는 사랑·문명·전쟁·신 등을 중심으로 이루어지고 있다.

> 지금 그 사람의 이름은 잊었지만
> 그의 눈동자 입술은
> 내 가슴에 있어
>
> 바람이 불고
> 비가 올 때도
> 나는 저 유리창 밖
> 가로등 그늘의 밤을 잊지 못하지
>
> ―「세월이 가면」 중

박인환은 '아름다운 추억'과 '사랑'을 지향하는 인간의 존재를 초월가능성의 존재로 인식하고 있음을 볼 수 있으며 이러한 미적 의식과 사랑만이 전쟁과 병들고 있는 현대문명을 극복할 수 있음을 시로써 표현하고 있다.

박인환의 전쟁에 대한 실존적 인식은 전쟁에서 비롯되는 살인, 죽음, 부상 등의 비극적 상황에서 시작된다.

機銃과 砲聲의 요란함을 받아 가면서
너는 세상에 태어났다. 주검의 世界로
그리하여 너는 잘 울지도 못하고
힘없이 자란다.

엄마는 너를 껴안고 三個月 간에
일곱 번이나 이사를 했다.
(…중략…)
나의 어린 딸이여 고통스러워도 哀訴도 없이
그대로 젖만 먹고 웃으며 자라는 너는
무엇을 그리 우느냐.

— 「어린 딸에게」 중

박인환은 「어린 딸에게」서와 같이 전쟁의 상황을 그대로 수용하고 있다. 전쟁에 대한 아무런 저항도 없이 '웃으며 자라는 너는'에서처럼 오히려 상황을 긍정하려고까지 하고 있음을 볼 수 있다. 전쟁이란 모순적 상황은 아직도 그에게 있어서는 운명적 사건으로서 병행되고 있는 것이다. "무엇을 그리 우느냐"에서는 전쟁을 초월하려는 시인의 의지가 역력히 나타나고 있음을 알 수 있다.

陰散한 잡초가 무성한 들판에
勇士가 누워 있었다.
구름 속에 장미가 피고
비둘기는 野戰病院 지붕위에서 울었다.
(…중략…)
옛날은 華麗한 그림책
한장 한장마다 그리운 이야기
만세소리도 없이 떠나
흰 붕대에 감겨

그는 남 모르게 토지에서 죽는다.

한줄기 눈물도 없이
人間이라는 이름으로서
그는 피와 청춘을
自由를 위해 바쳤다.

　　　　　　　　　—「한줄기 눈물도 없이」 중

　한 군인의 죽음을 한 편의 그림처럼 묘사한 「한줄기 눈물도 없이」에서
는 자유를 위한 죽음 자체를 존엄한 죽음이라고 규정짓고 있다. 또한 군인
이기 때문에서가 아니라 인간이기 때문에 자유를 위해서는 죽을 수 있다
는 당위성을 제시하고 있다.

　'옛날은 華麗한 그림책 / 한장 한장마다 그리운 이야기'에서처럼 박인환
은 한 인간이 맞는 죽음을 미화시켜 죽음 직전에서 느낄 수 있는 일반적인
느낌, 즉 고통, 불안, 공포 등을 순간적인 회상으로써 덮어버리고 있다.

　박인환은 「어린 딸에게」와 「한줄기 눈물도 없이」에서 전쟁에 처한 인
간의 존재를 직접적으로 묘사하고 있는데 결국 그에게 있어서 당위성에
의한 사건으로 비쳐진 전쟁은 비극의 한 사건으로 인식되고 있음을 볼 수
있다.

　박인환은 이러한 전쟁의 부당성과 전쟁의 비극적 상황에서 박인환은 자
신 속에서 내재되었던 신을 표면으로 들추어내기 시작한다.

싸움이 다른 곳으로 이동한
이 작은 도시에
煙氣가 오른다.
종소리가 들린다.

希望의 내일이 오는가.
悲慘한 내일이 오는가.
아무도 확언하는 사람은 없었다.
(…중략…)
<神이여 우리의 미래를 約束하시오
悔恨과 불안에 얽매인 우리에게 행복을 주시오>
주민은 오직 이것만을 원한다.

軍隊는 北으로 北으로 갔다.
토막에서도 웃음이 들린다.
비둘기들이 화창한
봄의 햇볕을 쪼인다.

— 「西部戰線에서」-尹乙洙 神父에게- 중

「西部戰線에서」는 작가가 제목 밑에 '尹乙洙 神父에게'라고 명시한 점으로 미루어 볼 때 일종의 헌시라고 볼 수 있다. '희망의 내일'과 '비참한 내일'에서 작가는 내일에 대한 불안감을 표현하고 있지만 '종소리', '웃음', '비둘기', '봄의 햇볕' 등의 시어로 보아 비교적 희망적 차원에서 쓰여졌음을 볼 수 있다.

'神이여 우리의 미래를 約束하시오 / 悔恨과 불안에 얽매인 우리에게 행복을 주시오'에서 나타나고 있는 것처럼 박인환은 신을 완전자로서 인식하고 나아가서 미래를 약속할 수 있는 존재, 회한과 불안에서 해방시켜주는 존재로 나타내고 있다.

박인환의 시에 나타나는 신에 대한 보편적 관념은 일상적 신과 구체적 신으로 나타난다. 여기서 일상적인 신이란 절대적 존재로서의 유일 신(God)보다는 범신론적 차원에서의 작은 신(god)[24]을 의미한다.

_____

24) 지방신과 같은 뜻임.

(…전략…)
이러한 混亂된 의식 아래서
아폴론은 위기의 병을 꺼안고
枯渴된 세계에 가랁아 간다.

— 「疑惑의 旗」 중

(…전략…)
우거진 異神의 날개들이
깊은 밤
저 飢餓의 별을 향하여 작별한다.

— 「밤의 노래」 중

날개 없는 女神이 죽어 버린 아침
나는 暴風에 싸여
주검의 일요일을 올라간다.
(…후략…)

— 「영원한 일요일」 중

위의 시에서 나타나는 '아폴론', '異神', '女神'은 완전자의 차원에서 인식된 신이 아니라 작자가 갖는 범신론적 차원에서의 일상적 신이라고 볼 수 있다. 박인환은 이러한 작은 신을 의식하는 가운데서 구체적인 신에 대한 관념이 실존의식과 함께 인식되기 시작한다.

박인환의 신에 대한 실존적 인식은 전쟁에서 비롯되는 살인, 죽음, 부상 등의 비극적 상황에서 시작된다. 그는 전쟁의 상황에서 절대적 존재자로서의 신을 무의식적으로 수용하게 된다. 전쟁의 비극적 상황을 보면서도 그에게 있어서의 신은 아직까지 보편적 신으로 존재한다. 그렇기 때문에 전쟁의 상황을 묘사하면서도 구체적인 신 자체를 마음속에 둘 뿐 시어로써는 드러내지 않고 있다.

産業銀行 유리창 밑으로
大陸의 시민이 푸롬나아하던 지난해 겨울
전쟁을 피해 온 여인은
총소리가 들리지 않는 과거로
受胎하며 뛰어다녔다.

暴風의 뮤으즈는 燈火管制 속에
고요히 잠들고
이 밤 대륙은 한 개 果實처럼
大理石 위에 떨어졌다.
(…후략…)

                                        ―「不幸한 상송」 중

  박인환은 전쟁이라는 실존적 상황을 겪으면서 절대자로서의 신을 묘사
하기 이전, 그가 평소 인식하고 있었던 작은 신인 '뮤으즈'를 나타내고 있
다. 뮤으즈는 시, 극, 음악, 미술을 지배하는 신일 뿐 전쟁을 피하여 온 여
인에게 아무런 해결책을 제시할 수 없는, 단지 등화관제 속에 고요히 잠만
자는 무능한 존재로 표현되고 있다. 뮤으즈는 박인환에게 있어서 실존적
상황에서 인식되는 신, 즉 운명을 관장하는 신이 되지 못하고 있는 것이다.
박인환은 범신론적 신관을 뒤로하고 전쟁의 처참한 상황에서 절대적 존재
자로서의 신을 표면화 시키려고 한다.

  저 墓地에서 우는 사람은 누구입니까.

  저 破壞된 建物에서 나오는 사람은 누구입니까.
  (…중략…)
  전쟁이 뺏아간 나의 親友는 어데서 만날 수 있습니까.

슬픔 대신에 나에게 죽음을 주시오
(…중략…)
하루 一年의 戰爭의 凄慘한 추억은
검은 神이여
그것은 당신의 主題일 것입니다.

—「검은 神이여」 중

「검은 神이여」의 전문을 살펴보면 작가는 검은 신에 대하여 6개의 질문과 2개의 요구사항을 제시하고 있다. 6개의 질문은 전쟁의 잔혹함을 그대로 나타내주고 있는데 묘지에서 우는 사람, 파괴된 건물에서 나오는 사람, 모두가 전쟁으로 인한 피해자들이다.

'검은 신'의 의미는 다양한 각도에서 정의될 수 있겠지만 실존적인 면에서 해석한다면 '검은 신' 이란 인간의 자유의지에 따른 선택을 무시하고 각 개인의 의사와는 관계없이 모든 존재의 결정권을 독단적으로 관장하는 신이라고 볼 수 있다. 결국, 작가는 전쟁이라는 비극적 상황 속에서 인간의 행복보다는 인간 존재의 파멸과 불행을 더 원하는 신의 또 다른 면을 발견하였다고 볼 수 있다.

박인환의 신에 대한 인식은 신의 부조리한 행위를 발견하면서부터 변하기 시작한다. 또한 그는 신의 완전성을 전제로 현 상황의 문제점을 해결하기 위하여 계속 시도해 보지만 결과는 신에 대한 회의감만 발생할 뿐이다.

神이란 이름으로서
우리는 最終의 路程을 찾아 보았다.

어느날 역전에서 들려오는
軍隊의 合唱을 귀에 받으며

우리는 죽으러 가는 者와는
반대 방향의 列車에 앉아
情慾처럼 疲弊한 소설에 눈을 흘겼다
(…중략…)
神이란 이름으로서
우리는 저 달 속에
암담한 검은 江이 흐르는 것을 보았다.

                        ─「검은 江」 중

　박인환은 「검은 江」에서 죽으러 가는 자와 그 반대 방향으로 가는 자를
실존적 상황에서 대조시킴으로써 신의 완전성에 회의를 제시하고 있다.
　「검은 江」에서의 신은 최후의 노정을 찾는 데 있어서 결정적으로 도움
을 주는 존재, 혹은 위급한 상황에서 구원을 해주는 존재로 표현되고 있지
만 마지막 연─ '神이란 이름으로서 / 우리는 저 달 속에 / 암담한 검은 江
이 흐르는 것을 보았다'에서와 같이 신이란 아무런 도움을 줄 수 없는 무
능력한 절대 타자로 표현되고 있다.

　　(…전략…)
　　이들은 한 사람이 아니다. 神의 祭壇에서
　　인류만의 과감한 행동과 분노로
　　사랑도 祈禱도 없이
　　無名高地 또는 無名溪谷에서 죽었다.
　　나는 눈을 감는다.
　　평화롭던 날 나의 서재에 群集했던
　　書籍의 이름을 외운다.
　　한 권 한 권이
　　인간처럼 개성이 있었고
　　죽어간 兵士처럼 나에게 눈물과

불멸의 정신을 알려 준 무수한 書籍의 이름을…
(…후략…)

—「書籍과 風景」 중

작자는 전쟁터를 신의 제단으로 간주하고 전쟁 발생의 원초적 책임을 신에게서 찾고 있다.

그는 신의 제단이 무명고지, 무명계곡으로 단정하고 그 제단에서 피를 흘려도 어떠한 가치나 보상이 주어지지 않는 살인의 제단으로 묘사하고 있다.

「書籍과 風景」에서 '한 권 한 권이 / 인간처럼 개성이 있었고'의 내용을 역으로 해석하면 인간이 지니고 있는 나름대로의 특성을 서적으로 바꾸어 찬양하고 있다. 즉 인간 존재의 당위성을 신에게 알리는 작업을 하고 있음을 알 수 있다.

신의 부조리에 대한 고발과 함께 신의 존재적 가치에 대한 저항은 「未來의 娼婦」에서 과감하게 표현되고 있다.

여윈 목소리로 바람과 함께
우리는 내일을 約束하지 않는다.
승객이 사라진 열차 안에서
오 그대 未來의 娼婦여
너의 희망은 나의 誤解와
感興만이다.
(…중략…)
香氣 짙은 젖가슴을
총알로 구멍 내고
暗黑의 地圖, 孤絶된 치마 끝을
피와 눈물과
최후의 생명으로 이끌며

　　오 그대 미래의 娼婦여
　　너의 목표는 나의 무덤인가.
　　너의 終末도 영원한 과거인가.

　　　　　　　　　　―「未來의 娼婦」-새로운 神에게-중

　「未來의 娼婦」에서 미래의 창부란 작자 자신이 인식했던 신을 의미한다. 즉 작자는 죽음을 즐기는 신의 미래는 당연히 창부의 존재로 전락할 수밖에 없음을 암시하고 있다. 작자는 자의적 충동(arbitrary impulse)에 의해 신을 창부와 비유·격하시켜 묘사함으로써 일종의 신성모독의 언술을 감행하고 있다고 볼 수 있다.

　'너의 목표는 나의 무덤인가'에서처럼 희망의 신, 생명의 신은 어느새 절망의 신, 죽음의 신으로 작자에게 인식되어졌음을 알 수 있으며 이 시의 마지막 행에서 작자는 자신의 신은 이미 죽어버렸음을 표현하고 있다. 결국 박인환은 미래의 창부를 제시함으로써 인간의 운명을 파탄으로 몰고 가는 신은 필요 없음을 시로 나타내고 있는 것이다.

　그는 신에게 속죄를 구하고 있는 것이다. 박인환의 속죄 의식은 매우 종교적이다. 박인환은 그의 시에서 특정 종교에서 일컫는 신명, 즉 "하나님", "천주", "예수", "구세주", "창조주" 등의 명칭을 사용하지 박인환의 신에 대한 회의와 거부는 「미래의 娼婦」에서 처럼 결국 신을 모독하기에까지 이르게 되는 딜레마에 빠져 들게 된다. 그러나 그는 운명의 주체인 신에 대하여 그 완전성을 다시 수용하려하지만 그 인식의 시각은 매우 역설적이다.

　　오늘 나는 모든 욕망과
　　事物에 作別하였습니다.
　　그래서 더욱 친한 죽음과 가까와집니다.

과거는 무수한 내일에
잠이 들었읍니다.
불행한 神
어데서나 나와 함께 사는
불행한 神
당신은 나와 단둘이서
얼굴을 비벼대고 秘密을 터놓고
誤解나
인간의 實驗이나
孤絶된 의식에
후회ㅎ지 않을 것입니다.
또다시 우리는 結束되었습니다.
(…후략…)

―「不幸한 神」중

　비극적인 전쟁의 상황에서 박인환에게 인식된 신에 대한 관념은 긍정적
인식에서 부정적 거부로, 다시 긍정적 재인식으로 바뀌게 된다. '오늘 나는
모든 욕망과 / 事物에 作別하였읍니다. / 그래서 더욱 친한 죽음과 가까와
집니다.'에서 볼 수 있듯이 작가는 욕망과 사물에 대한 집착을 버리고 있
다. 여기에서 문제가 되는 것은 작가가 욕망과 사물에 대한 집착을 버리는
것 자체가 '체념'에 의한 것인지, 아니면 '초월'에 의한 것인지에 있다.

　또한 '不幸한 神 / 어데서나 나와 함께 사는 / 不幸한 神'에서 처럼 작자
가 모든 욕망과 사물에 대한 집착을 버리고 재인식한 신이 불완전한 '불행
한 신'인지, 아니면 '완전 자족의 신'인지가 두 번째의 문제로 제기될 수 있
다. 그러나 '얼굴을 비벼대고 秘密을 터놓고 / 誤解나 / 인간의 體驗이나 /
孤絶된 의식에 / 후회ㅎ지 않을 것입니다. / 또다시 우리는 結束되었읍니
다.'를 살펴보면 신 앞에서 고백되고 있는 작자의 겸허한 자세, 나아가서는

절대적 존재에 대한 절대적 의지의 면이 묘사되고 있음을 알 수 있다.

박인환의 신관념은 기술적 이성(technical reason)에서 벗어나 존재론적 이성(ontological reason)에 의해 역설적인 재인식과 필연적 수용으로 새롭게 정립되어진다.

> 살아 있는 것이 있다면
> 그것은 나와 우리들의 죽음보다도
> 더한 冷酷하고 절실한
> 回想과 體驗일지도 모른다.
> (…중략…)
> 살아 있는 것이 있다면
> 流刑의 愛人처럼 손잡기 위하여
> 이미 消滅된 청춘의 反逆을 회상하면서
> 懷疑와 불안만이 多情스러운
> 侮蔑의 오늘을 살아나간다.
>
> 아 최후로 이 聖者의 세계에
> 살아 있는 것이 있다면 분명히
> 그것은 贖罪의 繪畫 속의 裸女와
> 回想도 苦惱도 이제는 亡靈에게 팔은
> 철없는 詩人
> 나의 눈감지 못한
> 단순한 상태의 死體일 것이다…
>
> ―「살아 있는 것이 있다면」 중

박인환의 「살아 있는 것이 있다면」은 삶과 죽음이 교차하는 전쟁의 비극적 상황에서 최후까지 존재하고 있는 존재물을 의식함으로써 독백적 수법으로 신에게 고백하는 시라고 볼 수 있다.

작자는 위 시의 1연에서 작자 자신이 그동안 지금까지 추구하고 집착해

왔던 삶과 죽음의 문제들을 넘어서서 '나와 우리들의 죽음'보다도 더한 '냉혹하고 절실한 회상과 체험'에 가치를 부여하고 있다. 그는 "살아 있는 존재"나 혹은 "죽은 존재"에 대한 물음을 떠나서 한 존재가 경험하고 나름대로 체험된 개별적 상황에 더 깊은 의미를 부여하고 있는데 이것은 박인환의 실존적 상황인식에서 비롯된 것이라고 볼 수 있다.

'이미 消滅된 청춘의 反逆'은 박인환이 전쟁의 상황중에서 가졌었던 절대자에 대한 회의와 불신의 행위로 간주될 수 있다. 그러나 그러한 신에 대한 불신의 행위는 '懷疑와 불안만이 다정스러운'에서의 표현처럼 그 죄의식이 비교적 가볍고 부드럽게 처리되고 있지만 연이어지는 '侮蔑의 오늘을 살아나간다'와 결부시켜 볼 때, 그의 속죄의식을 볼 수 있다. 바꾸어서 말하면 그는 전쟁이란 비극적 상황은 신의 책임이 아니라 신의 섭리를 어긴 인간들이 저지른 죄에 대한 대가임을 인식하고 신의 완전성을 고백하고 있는 것이다.

「살아 있는 것이 있다면」의 마지막 연의 1행-'……아 최후로 이 聖者의 세계'에서는 참혹한 전쟁의 세계와는 다른 이면의 세계인 성자의 세계가 표현되고 있다. 이 성자의 세계는 신의 완전성을 확신하므로써 이루어지는 세계이다. 전쟁으로 인한 폐허와 인간성 말살, 그리고 신에 대한 불신 등의 회복은 과거와 현재의 운명을 받아들이고 신의 섭리를 따르는 데 있음을 작자는 위의 시에서 암시하고 있다.

그는 「살아 있는 것이 있다면」에서 두 개의 살아 있는 존재를 제시하고 있다. 첫 번째 존재는 속죄의 회화 속의 "나부"이며 두 번째 존재는 회상도 고뇌도 이제는 망령에게 팔은 "철없는 시인의 눈감지 못한 단순한 상태의 사체"이다. 그는 속죄없이는 참된 생존자가 될 수 없으며 신의 완전성을 거부한 자신은 철없는 시인이며 나아가서 단순한 상태의 사체임을 고백하고 있다.

박인환의 신에 대한 재인식은 매우 역설적이다. 신의 완전성을 필연적으로 수용할 수밖에 없는 박인환은 속죄받을 수 없는 자신을 "철없는 시인"이며 나아가서 "사체"로까지 규정지움으로써 사실상 앓고 있다. 그러나 그의 시에서 흐르는 신관은 매우 기독교적이다.

Ⅳ. 맺음말

지금까지 본고에서는 해방공간과 6·25 내전이라는 혼란기 속에서 전쟁·신·운명·사랑·죽음, 그리고 현대문명 등에 따른 인간의 실제적 존재성을 중심으로 자신의 작품세계를 구축한 시인인 박인환의 실존적 시 창작에 대하여 살펴보았다.

박인환의 시 창작 활동은 시 동인 <신시론>과 시 동인 <후반기>활동을 주축으로 이루어지며 그의 문학관은 <신시론>과 <후반기>의 성격에서 잘 나타나고 있음을 볼 수 있다. 또한 박인환의 시 경향은 실존성을 바탕으로 고찰할 수 있었다.

<신시론>은 박인환을 주축으로 김경린, 김수영, 김병욱, 임호권, 양병식 등에 의하여 결성된 시 중심의 동인으로서 이들은 1948년 4월에 시와 시론 그리고 에세이를 게재한 『신시론』 I집을 간행하였으며 이후 동인 <후반기> 형성에 있어서 근본적인 토대가 되었다. 그리고 <신시론> 동인들은 『새로운 도시와 시민들의 합창』을 간행하면서 당시의 동인 시단에 또 하나의 충격을 던져주었는데 그것은 자신들의 동인지에 수록된 작품 경향에 대한 일종의 혁신적 선포였으며 이것은 곧 박인환의 초기 문학관과 연결될 수 있다.

　<후반기>는 현대시의 위기를 직감하고 전반기-모더니즘 문학이 패망을 예감함으로써 형성된 동인 <신시론>을 토대로, 1950년 1월에 출범한 시 동인으로서 <후반기>의 결성준비는 1949년부터 시작되었으며 초기 동인으로서는 박인환, 김경린, 이상노, 이한직, 조향, 그리고 준동인인 김차영, 배모를 합한 이상 7명이었다. <후반기>는 재래의 시 형식과 사고를 전면적으로 거부하고 현대의 불모와 파멸되어가는 인간의 풍경에서 새로운 세대의 시양식을 제시한 T.S.엘리어트의 '황무지적 반동'에서 출발하였으며 따라서 이들은 1950년대 이전의 모더니즘 문학이 제시할 수 없었던 새롭고도 다양한 문학적 양식을 모색하였던 시 동인으로서 이들의 시적 정신은 자유성을 중심으로 하는 시적 기법에 대한 탐색과 시대의 다양한 실존적 상황을 바탕으로 하는 시적 주제에 대한 추구에서 찾아 볼 수 있다. 또한 <후반기>의 시사적 위치는 전반기-모더니즘 문학을 극복하고 새로운 양식의 문학을 모색하기 위하여 처음으로 후반기-모더니즘 문학을 제시한 시 동인이라는 데에 있으며 박인환의 혁신적인 문학관이 확연하게 드러나고 있음을 볼 수 있다.

　박인환은 『신천지』에 「사르트르의 實存主義」를 게재하면서부터 실존주의 철학과 실존주의 문학에 깊은 관심을 갖게 되었으며 그의 실존적 시 의식은 해방공간과 6·25내전을 중심으로 하여 직접 체험되는 파괴·죽음·기아·사랑, 그리고 현대문명 등의 상황인식을 통하여 이루어졌다고 볼 수 있다.

　박인환의 『木馬와 淑女』에 수록된 61편의 시에서는 그의 실존적 관념이 매우 심도 있게 나타나고 있다. 박인환은 부조리한 시대를 배경으로 하여 인간의 개인적 시대적 한계상황에서 갖게 되는 실존의식, 즉 철저한 실존적 경험을 바탕으로 인간의 존재 문제를 시로써 창작·전개시켰는데 특히, 그는 전쟁·신·사랑·문명 등을 중심으로 인간의 실존성을 작품화시켰다고 말할 수 있다.

정신적 물질적 한계상황에 처한 인간의 존재성을 시로 표현한 박인환은 그의 삶 자체가 실존적이었으며 그의 동인활동과 실존성의 작품들은 좀더 새로운 차원에서 연구되어져야 할 것이다.

참고문헌

권영민 편.『한국현대 문인 대사전』, 아세아 문화사, 1991.

김광균 외.『세월이 가면』, 근역서재, 1982.

김규동.「박인환론」,『심상』, 1978. 1.

김영삼 편.『현대시 대사전』, 을지출판공사, 1988.

김재홍.「동인지 운동의 변천」,『심상』, 1975. 8.

김차영.「박인환에 대한 몇가지 추억」,『시문학』, 1975. 6.

김춘수.「후반기 동인회의 의의」,『심상』, 1975. 8.

박인환.「사르트르의 실존주의」,『신천지』30호, 1948. 10.

_____.『목마와 숙녀』, 근역서재, 1981.

_____.『박인환 전집』, 문학세계사, 1986.

서준섭.『한국 모더니즘 문학 연구』, 일지사, 1988.

오세영.「후반기 동인의 시사적 위치」,『문학사상』, 1981. 1.

원명수.『모더니즘시 연구』, 계명대학교 출판부, 1987.

윤석산.『지금 그 사람 이름은 잊었지만』, 영학출판사, 1986.

이건청.「박인환과 모더니즘적 추구」,『한국현대시사 연구』, 일지사, 1983.

이동하.『목마와 숙녀와 별과 사랑』, 문학세계사, 1986.

이승훈.『포스트모더니즘 시론』, 세계사, 1991.

이주형.「박인환 시고」,『국어교육』제10집, 1978.

이현원.「박인환론 I, 박인환론 II-사랑과 시대의 아픔을 긍정한 시인」,『계명대학교 학
     보』527-528호.

정정호 외.『포스트모더니즘론』, 터, 1989.

정정호 편.『포스트모더니즘과 한국문학』, 글, 1991.

쉬트리히.『세계철학사』. 하재창 (역), 배재서관, 1990.

한국현대 문학 연구회 편.『한국현대 시사론』, 모음사, 1992.

한형곤 외.『문예사조』, 새문사, 1986.

I.핫산.『포스트모더니즘 개론』, 정정호·이소영 편, 서울 : 한신문화사, 1991.

P.Faulkner.『Modernism』, 황동규 (역), 서울대학교 출판부, 1985.

『서유기』의 수사적 상황과
근대시민의 탈국가의식

오윤호*

Ⅰ. 1960년대 국가체험과 수사적 전유

2차 세계 대전 이후 제3세계 국가들이 속속 독립하면서, 잠정적으로 국제관계에서 식민지 상황은 사라진 것처럼 보였다. 식민지인이었던 원주민들은 자신의 정체성과 문화적 고유성이라는 것이 떠나버린 제국의 지배자가 남겨놓은 식민지 문화의 풍토 속에서 성립한 허상이었음을 알게 되었다. 이러한 흐름 속에서 식민주의에 대한 새로운 이해 방식(탈식민주의)의 등장은 제국주의와 인종 억압에 대한 비판적 시각을 가지고 있을 뿐만 아니라, 아프리카, 서인도 제도, 라틴 아메리카, 아시아 등의 과거 식민지 문학을 보다 능동적·비판적 입장에서 조명하는 계기를 마련한다. 식민 지배 세력에 의해 타자(식민지인)의 몸과 공간에 새겨 넣은 식민주의적 범주와 개념들을 어떻게 이해할 것이냐가 탈식민 주체의 정체성 규명과 (탈)식민지

---

* 이화여대 교수

의 혼종문화적 상황을 바르게 이해하는 길이다. 따라서 식민지를 경험한 사람들은 독립 이후에도 잔재해 억압의 기제로 작동하는 식민주의에 대한 자기 반성적인 실천적 저항을 모색해야 할 소명을 부여받게 된다. 식민지를 경험한 우리나라의 근대는 제국의 식민주의 정책으로 인해 왜곡되고 불합리한 상태로 존재할뿐더러, 또한 미적 재현으로서의 근대성과 근대적 생활과는 일정한 거리를 두고서 존재한 것도 사실이다. 따라서 한국의 식민지적 근대성을 밝히기 위해 한국 소설에 재현된 식민지 경험을 그 주체 구성 양상과 수사적 측면에서 다루는 것은 매우 유효해 보인다.

일제 식민지 시기와 한국 전쟁을 경험한 직후인 1960년대는 시민혁명(4.19)을 좌절시킨 군사 독제 체제가 하나의 국가로 성립되었던 시기로 전쟁으로 표면화되었던 국민국가의 이데올로기적 특성이 근대인의 생활·문화 속으로 내면화되던 '국민국가 형성기'였다. 이에 최인훈은 『서유기』, 『태풍』, 『총독의 소리』 등에서 국가 이데올로기의 억압성을 폭로하는 반사실주의적 경향의 소설을 발표하며, 국가 이데올로기로부터 소외된 지식인 청년의 정치적 갈등과 그 비판 의식을 문제적으로 다룬다. 신동욱은 『태풍』을 분석하면서 '식민지 시대의 한 개인이 겪어야 했던 하나의 운명적 삶'을 재현했다[1]고 말하며, 『광장』 이후 정치적 억압 상황에서 지식인의 고뇌를 형상화하려는 최인훈 소설의 문제의식을 높이 평가한다. 김정화는 "근대적 인식 주체의 실현을 지향하는 주인공들의 분열과 자기 소외는 안정적인 주체 구성의 실패를 낳은 이데올로기 즉 표상 체계의 신비화 구조 자체"[2]에 있다고 말한다. 이 두 주장에서처럼, 최인훈 소설은 (탈)식민지에서 국가이데올로기의 폭력성을 일방적으로 경험하는 근대시민의 문제를 형상화하고 있다.

---

1) 신동욱, 「식민시대의 개인과 운명」, 『태풍_최인훈전집5』, 문학과지성사, 2000, 368면.
2) 김정화, 「최인훈 소설의 탈식민주의적 연구」, 서울대 석사, 2002.

그러나 최인훈 문학에 대한 이데올로기적 연구의 한계를 넘어서기 위해서는 내면화된 식민주의 담론과 동일시되는 국민국가 담론이 표상화되는 '근대시민3)의 국가 체험'에 주목할 필요가 있다. 왜냐하면 (탈)식민지에서의 국가 체험이란 근대시민을 구성하는 제도적 장치일 뿐만 아니라, 한편으로는 근대시민의 정체성이 구현되는 역사적 상황(문화의 실천적 영역)이기 때문이다.4) 근대시민은 다양한 국민국가 상황과 그와 연루된 사건들을 상호소통적으로 경험한다. 그 과정에서 '국민국가 담론이 어떻게 재현될 것인가?'와 '그것을 어떻게 내면화하며 경험할 것인가?'라는 문제를 경험하며, 그 과정에서 나름의 이데올로기적 정체성을 형성해 나간다.

그런 점에서 『서유기』5)의 담화 상황은 최인훈 소설에 나타난 근대시민의 국가 경험을 이해하는데 출발점이다. 『서유기』의 담화 상황은 최인훈의 다른 소설들과 비교했을 때, 근대 주체(시민)와 국가 이데올로기가 충돌하는 지점을 직접적으로 보여주며 주체와 타자의 이데올로기적 정체성을 구체화해 나간다.

『서유기』의 담화 양상은 '관념적 독백'과 '방송의 소리' 등에 대한 분석이 중심적으로 논의되어 왔다. 최인자는 최인훈 소설에서 문학과 철학, 인류학과 과학 등 세계의 정신사를 아우르는 반사실주의적 성격을 가진 에

---

3) 근대 시민은 무의식적으로 근대적 규율 체계 속에 놓인 일상을 내면화함으로써 국가의 지배담론을 유지 재생산할 수 있는 주체, 국가 이데올로기와 긴밀히 소통하는 담론적 요소가 된다. 탈식민지의 근대 시민이란 왜곡된 근대성을 내면화한 현실적 주체를 말하며, 국민국가의 담론적 타자인 실존적 존재라고 말해도 과언이 아니다.

4) 이러한 문제제기는 탈식민주의 문화이론으로부터 그 비평적 시각을 가져왔다. 탈식민주의 문화이론은 국민국가와 시민의 상관성과 그 표상으로서의 문화적 약호cultural code를 담론적으로 해석하기 위한 인식론적 개념틀이다. 탈식민주의 문화, 주체, 그리고 실천적 경험을 국가주의와 근대 시민의 문화적 경험에 적용하는 일은 근대 시민의 양가적인 모방과 이데올로기적 성격을 규명하는 일이며, 국가주의의 미시권력적인 확산을 확인하기 위한 작업이다.

5) 최인훈, 『서유기-최인훈 전집3』, 문학과지성사, 1977.

세이적 글쓰기가 근대 문명에 대해 부정적으로 성찰하면서, 주인공의 주체성을 발현시키는 문화적 전략임을 밝히고 있다.[6] 서은주[7]는 인식론적인 사유를 서술하는 최인훈 소설에서 '방송의 소리' 형식에 초점을 맞추어, 이것이 개인을 압도하는 사회적 담론의 일방성과 폭력성을 표상하는 유효한 장치로 기능하고 있다고 말한다. 또한 정영훈[8]은 『서유기』에 나타난 등장인물들의 발화 양상을 다루면서 '뉘앙스 없는 언설'과 '주인 없는 말들'을 분석하며, 『서유기』의 플롯이 주체의 내면을 감시하려는 시선으로부터의 도피라고 이해한다. 이러한 논의는 국가 담화의 일방성과 주체의 정체성 문제에 치우쳐 근대시민과 국가 사이의 '상호 소통적' 담화 상황을 간과하는 면이 없지 않다. 따라서 공적 독백(방송)과 사적 독백(자의식적 서술), 대화 상황이 변증법적으로 이루어지고 있는 『서유기』의 다양한 수사적 상황을 구체화하고, 독고준이 형성해 나가는 정체성과 그 정치적 성격을 규명할 필요가 있다.

『서유기』는 주체와 타자 사이의 능동적인 의사소통을 시도하는 다양한 수사적 상황으로 구성되어 있다. 여기에서 수사적 상황이란 로이드 비쳐(Lloyd Bitzer)에 따르자면, "실재적이거나 잠재적인 위급한 처지를 제시하는 일련의 복합적인 사람, 사건, 대상 및 관계를 의미한다."[9] 하트(R. P. Hart)는 수사적 상황의 구성요소를 다음과 같이 정리했다.[10]

---

6) 또한 '다양한 관점의 대화적 병치'라는 구성원리를 설정하고, 최인훈 소설에 사용된 자유 연상, 순간적 기억, 환상 등의 비합리적인 발상에 기반한 글쓰기 방법 등을 분석해낸다. 최인자, 「최인훈 에세이적 소설 형식의 문화철학적 고찰」, 『국어교육연구』, 1996.
7) 서은주, 「최인훈의 소설에 나타난 '방소의 소리' 형식 연구」, 『배달말 30』, 2002.
8) 정영훈, 「최인훈 <서유기>의 담론적 특성 연구」, 『한국현대문학연구 17』, 2005.
9) 박우수, 「대화론과 수사학 : 방법론적 시론」, 『영미연구 제11집』, 2004, 64면.
10) Roderick P. Hart, *Modern Rhetorical Criticism*, Boston : Allyn and Bacon, 1997, p.48.

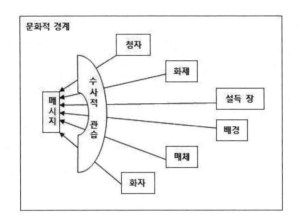

　수사적 상황의 구성 요소들은 서로 역동적인 상호작용을 통해 결합되면서 수사적 장을 형성하고, 메시지에 수렴된다.11) 이러한 수사적 상황을 구성하는 변수들의 성격과 그 역동적 상호작용을 살펴봄으로써, 메시지의 의미 형성과 담론의 재구축 과정을 확인할 수 있다. 이때 의미란 발화를 통해 일반적으로 전달되는 것이 아니라 의사소통의 상황과 문맥에 따라 정해진다. 즉, 수사적 상황은 화자와 청자 사이의 능동적인 의사소통의 과정이며, 여러 조건 속에서 만들어지는 맥락화 과정인 것이다.

　『서유기』의 담화 상황은 다양한 수사적 상황에서 생성되는 소통 가능성과 청자의 태도 쪽에서 재인식이 가능하다. '화자가 요구하는 변화를 수행하기를 거부하는 청자'는 주목을 요하는데, 수사적 상황에서 청자는 "수사가/화자로 하여금 말하기 욕망을 갖게 하는 원인이자 말하기 욕망의 대상"12)이다. 단적으로 말해 『서유기』에서 국가 이데올로기의 '강요' 상황이 이어지고, 등장인물들이 반복적으로 독고준을 '설득'하려고 하는 상황에서

---

11) 우찬제, 『텍스트의 수사학』, 서강대학교출판부, 2005, 43면.
12) 우찬제, 「청중은 있는가?_수사적 상황에서 '청중'의 존재방식」, 『한국문학이론과 비평 제29집』, 2005, 363면.

'청자'로서의 독고준은 중요한 수사적 역할을 하게 된다. 독고준의 태도가 갖고 있는 정치적 성격을 추론하는 과정에서 국가 이데올로기의 수사적 관습13)에 대한 비판적 인식을 찾을 수 있을 것이다.

이에 1960년대 한국 현대소설을 논의함에 있어, 국민국가의 형성과 근대시민 혹은 근대 주체 구성의 상관성에 대한 (탈)근대적 문제를 제기해 본다. 『서유기』의 방송매체를 통한 담화, 대화, 토론, 연설, 무의식적 서술 등을 세 부분으로 구분하여 근대시민이 경험하는 수사적 상황을 재구함으로써, 근대시민과 국민국가의 의사소통적 상황과 이데올로기적 관계를 분석할 수 있을 것이다. 그 과정에서 화자와 청자가 경험하는 수사적 상황을 정치 수사학적인 측면에서 분석하여, 보다 적극적인 근대 시민의 탈국가의식을 구체화하고 의미화해 보자.

II. 대중 매체의 억압적 소통과 사적 전유

먼저 『서유기』에 재현된 '대중 매체에 의해 소통을 강요당하는 상황'을 살펴보자. 신문과 라디오, 확성기 소리 등은 근대의 통신 수단이면서 정보를 확산시키기 위한 기능을 갖고 있지만, 근대시민을 통제하기 위한 중요한 이데올로기적 수단이기도 하다. 『서유기』의 수사적 상황은 그러한 매체를 단순히 활용할 뿐만 아니라, 서술 차원에서 이데올로기적 매체와 제국의 수사적 전략으로 전유14)하고 있다.15)

---

13) 스티브 슬레먼은 식민주의의 언술행위를 설정하고 탈식민적 글쓰기가 기존 전통의 텍스트를 교정하고 인식적 해방을 가능하게 하는 것으로, 플롯, 인물, 주제, 음조에 대한 텍스트적인 조정 뿐 아니라, 재현적 양식과 장르적 구조에 대한 재형상적, 반언술적 언급을 통해서도 이루어짐을 강조한다.(스티븐 슬레먼, 「제국의 기념비들-탈식민적 글쓰기의 알레고리와 반언술행위」, 『외국문학 1992년 여름호』, 1992, 참조)

'신문'과 '라디오'는 독고준이 자의식 세계를 여행하는 이유와 전체 이
야기의 종결점을 명시하고 있다는 점에서 예언적 정보를 담고 있는 매체
다. 독고준은 이유정의 방을 나와 자기 방으로 들어가는 동안 환각에 빠지
는데, '무엇 때문에 나는'이라는 자신의 목소리에 이끌려 들어간 환상 속에
서 '자의식적 여행의 목적성'을 발견한다.

신문을 훑어가던 그는 가볍게 소리를 질렀다. 광고란에 자기의 사진이 있
었던 것이다. 그곳에는 이렇게 씌어 있었다.

'이 사람을 찾습니다. 그 여름날에 우리가 더불어 받았던 계시를 이야기하
면서 우리 자신을 찾기 위하여, 우리와 만나기 위하여, 당신이 잘 아는 사람
으로부터.'

그랬었구나, 하고 그는 기쁨에 숨이 막히면서 중얼거렸다. 그랬었구나, 하
고 그는 거듭 중얼거렸다. (15~16면.)

인용문에서 확인할 수 있듯 공적 매체가 사적 내용을 담고서 발화되고
있다. 독고준은 신문에 실린 광고 내용을 읽은 이후에야, '제 입에서 나와
본 적이 없는 자기의 목소리'로 방송되는 라디오 방송16)을 들은 이후에야

---

14) 이때, 전유appropriation라는 개념은 탈식민주의 사회가 자기 자신들의 사회적 문화적 정
체성을 명료하게 인식하는 과정에서 제국의 문화(언어, 글쓰기의 형식, 영화, 연극, 심지
어 국가주의와 논리, 분석과 같은 사유와 논쟁의 양식들)을 답습하거나 혹은 차용하는
것을 말한다.

15) 헬렌 티핀은 지배 언술행위에 대한 반언술 전략의 장치들을 보여주어야 한다고 주장한
다. 그것은 지배 언술의 자리를 뺏거나 허물어뜨리는 것이 아니라 지배 언술 행위의 편
견을 폭로하고 좌절시키는 동시에 자기 자신들의 편견 또한 끊임없이 제거해 나가는
텍스트 전략들을 전개해야 한다는 점을 강조한다. (헬렌 티핀, 「탈식민주의 문학과 반
언술행위」, 『외국문학 1992년 여름호』, 1992, 참조)

16) 『회색인』에서 라디오 방송은 '신탁을 알리는 무당'과도 같은 것으로, 전쟁 상황에서 고
립된 피난민들에게 바깥 세상의 일을 전해주는 역할을 한다.

자신이 이 공간을 헤매게 된 목적인 'W시의 그 여름'으로 가야 하는 사실을 알게 된다.

그 메시지는 학교의 소집 연락을 받고 W시로 향했던 유년의 기억을 떠올리게 하고, '기억하기'를 통해 그 일을 다시 경험해야 할 '운명'[17]을 전한다.[18] 『회색인』에서 『화두』까지 반복적으로 언급되는 '그 곳·그 순간'은 독서를 통해 자기만의 세계를 구축하던 한 소년이 근대교육이라는 이데올로기적 현실(지도원 동무의 자아 비판 강요, 전쟁 중 폭격)과 충돌했던 순간이다. 독고준이 경험한 근대교육은 이데올로기의 편향성과 근대국가의 폭력성을 소년에게 각인시킴으로써, 국가 이데올로기가 구축한 사회체계와 질서를 추구해야 하는 근대시민의 '윤리'와 '운명'을 만들어냈던 것이다. 신문이나 라디오는 이 사적 경험을 '계시'와 '운명'으로 명명함으로써, 일시적인 수치심이나 공포가 아닌 근대시민이 수긍해야 하는 공적 필연성으로 환원해 낸다. 『서유기』의 독고준이 반복적으로 석왕사를 거쳐 W시로 진입하려고 시도하는 과정에서, 자의식을 소유한 주체(독고준)와 근대 이데올로기를 내면화한 주체들(역장, 지도원 선생, 헌병 등) 간의 충돌이 반복적으로 제시되는 것도 바로 근대 시민의 '윤리'와 '운명'이 국민국가의 이데올로기적 담론에 의해 내면화되고 있다는 사실을 반증한다.

『서유기』에 사용되는 대중 매체의 발화들은 사적 경험을 형상화하는데 사용될 뿐만 아니라, 국가이데올로기를 강요하고, 독고준으로 하여금 '절망'과 함께 '문 안쪽 세계'를 경험하게 만든다. 상해 정부, 북한 당국, 총독, 이성 병원, 대한불교 관음종의 방송 등 다양한 이데올로기적 입장을 반영

---

17) "운명을 만나지 않은 인간은 인간이 아니다. 그는 물건일 뿐이다. 그의 윤리는 물건들의 저 인색한 법칙만을 따른다. 운명을 만나본 사람은 그렇지 않다. 그는 절망 속에서 희망을 본다. 없는 속에서 푸짐함을 본다."(『서유기』, 16면.)

18) 최인훈 소설에서 기억의 재생과 말소는 고통스러운 과거의 기억으로부터 벗어나 역사를 스스로 창안하려는 충동이나 새롭게 근대인으로서 출발하려는 욕구의 징후이다.

하는 대상들이 등장하여 라디오, 확성기, 전화기 등의 매체를 사용하고 있다. 앞서 언급했던 신문과 라디오가 독고준을 청자로 설정하고 정보를 전하고 있다면, 반복적으로 제시되는 대중 매체의 발화들은 독고준을 포함한 다수의 대중을 청자로 설정하고서 방송이 이루어진다.

① 현재 중대 사명을 띠고 기차 여행을 하고 있는 독고준 동지는 도착 즉시로 혁명 위원회에 출두하십시오 위원회는 귀하에 대한 무고한 고발을 이유 없는 것으로 간주하고 이를 각하하였습니다. 신변의 안전을 보장하겠으니 즉시 출두하십시오(100면)

② 급히 알립니다. 급히 알립니다. 악질적인 반동 부르조아의 개이며 매판 사상 전파자이며 인민의 적인 스파이가 공화국 북반부의 민주 기지를 파괴할 목적으로 잠입해 들어왔다는 정보가 들어왔습니다. 모든 공화국 공민은 도시에서 농촌에서 일터에서 학교에서 일제히 일어서십시오 당과 수령의 부름을 맞받아 인민의 적을 색출하는 사업에 용감하고 견결하게 일어서십시오(235면)

③ W시 인민에게 고합니다. 간첩은 시내 곳곳 인민의 재산에 파괴적인 공격을 가했습니다. 간첩은 W역을 폭파하고 정치보위부에 공격을 가하였으며 천주교당에서 학교 고개 사이에 있는 가옥들을 파괴하였습니다. 그는 이 모든 파괴 활동을 회상이라는 흉기로 범행하였습니다. 이 몰락한 부르조아의 회상은 비뚤어진 과거의 독으로 인민의 건강하고 올바른 현재에 대하여 보편성 없는 감상의 흙탕칠을 하였습니다. (250면)

④ 대한 붉교 관음종 방송입니다. 전국의 신도, 국민 여러분 그리고 이 방송을 들으시는 고해화택의 모든 중생 여러분 안녕하십니까? (…중략…) 우리를 쫓으면 우리는 떠날 것입니다. 우리를 허용하면 우리는 머무를 것입니다. 만일 허락되면 우리는 매시간 세상의 미망을 규탄할 것이나 만일 탄압되면 우리는 흰 구름 속에서 명상할 것입니

다.(266-271면)

①에서 라디오를 통해 임시정부를 계승한 혁명위원회는 '국가의 기초는 피, 그것도 동족의 피'라는 정치학을 펼치며, 독고준을 '중대사명을 띤 요원'으로 명명하고 출두할 것을 명한다. ②에서는 확성기를 통해 서구 제국주의를 혐오하는 북한 공산주의자의 목소리가 독고준을 '간첩'으로 명명하고, 모든 인민들에게 그를 '색출'할 것을 방송하고 있다. ③에서는 근대 과학과 의학의 입장을 차용해 와 독고준을 정신사적 병자로 취급하고 있다. ④에서는 수화기를 통해서 다른 화자들의 이데올로기적인 성격과는 달리 종교적 순결성을 주장하며 혁명을 새롭게 해석하는 대한 불교 관음종 방송이 이어지는데, 중생의 삶과 불도자의 삶에 대해서 역설하고 있다. 이러한 방송들은 독고준 개인의 정치적 성향을 비판하는 수준에서 서구 유럽의 제국주의적 양상, 근대 과학과 의학 체계가 내포한 합리성에 대한 비판과 동양적 전통의 불교가 가지고 있는 세계관의 양상까지 1960년대 우리 사회의 담론적 양상을 반영하는 다양한 이데올로기적 목소리들을 대변하고 있다. '목소리'만 존재한다는 것은 실체 없는 권위의 폭력적 위력을 반증하는 것이며, 관습적이고 제도화된 언술행위로 기능하고 있다는 점을 분명히 한다. 이러한 수사적 상황은『총독의 소리』에 잘 나타나 있다. 일본 제국주의가 패망했음에도 불구하고 조선총독부 지하부라는 조직의 존재를 유지해 왔다는 가상의 총독 담화를 소재로 1960년대 한국의 정치적 상황을 철저하게 제국주의자의 정치적 입장과 세계관으로 재해석해내고 있다.19)『서유기』는 우리 시대의 언어가 아닌, 일제 군주주의자들의 관점에

---

19) "『총독의 소리』에는 1960년대 후반기의 한국의 정치상황이 개진되어 있다. 작가는 <귀축영미>로 대변되고 있는 서구 제국주의의 팽창과 <러시아>로 지칭되고 있는 국제 공산주의의 야욕, 그리고 <조선총독부>의 존재를 다시 재현시킨 일본의 성장 등을 국제적인 역학관계로 설정한다."

의한 살벌하고도 역겨운 일방적 발화를 전유함으로써, 내면화된 제국주의의 양상과 근대국가의 왜곡상을 보여준다.

이렇듯 『서유기』는 다양한 '이데올로기적 목소리들'을 대중매체를 통해 재현함으로써 내면화된 지배 언술의 작동을 폭로하고 있다. 『서유기』에서 대중매체를 활용한 수사적 상황은 사적 발화와 공적 발화 사이의 경계가 불분명하다. 바로 그 점이 국민국가를 경험하는 근대시민의 위기의식을 상징적으로 보여준다. 일반적으로 신문, 라디오, 확성기 소리 등은 일반 대중과 사회적 정보를 공유하려는 공적 수단이다. 그러나 『서유기』에서는 정보를 전달할 뿐만 아니라, 대중 선동 매체로서 국가 이데올로기를 내면화시키고, 지배 담론의 단방향적 목소리를 전달하는 수단으로 사용된다. 특히 공적 발화를 담아내는 대중 매체가 독고준 개인의 사생활을 추적하고 억압하려 한다는 점에서 대중매체를 사적으로 전유하는 서술 전략을 발견할 수 있다.

III. 식민주의적 대화와 계몽에 대한 거부의식

『서유기』에서 대중 매체의 화자는 이데올로기적으로 담론화된 목소리이며, 독고준을 포함한 불특정 다수를 청자로 설정하고 있다. 전달하려고 하는 메시지 역시 근대 국가의 다양한 이데올로기적 갈등을 내포한 것들이며, 청자의 의식과 무의식 속에 이데올로기적 편향성을 내면화하고 이에 동조하게 만든다. 이러한 단방향적인 이데올로기적 담화와는 달리, '그 해 여름'을 향해 나아가는 독고준을 붙잡고 함께 지낼 것을 설득하려고 하는

권영민, 「정치적인 문학과 문학의 정치성-<총독의 소리>를 중심으로」, 『작가세계 1990년 봄호』, 1990, 78면.

역장, 조봉암과 이광수를 끌고 나와 제국주의를 설파하는 헌병, 재판장 앞에서 변론하는 지도원 선생은 독고준과의 대화와 토론을 통해 끊임없이 정치적 견해와 자신들이 처해 있는 현실을 납득시키려고 한다. 대화를 통한 이러한 상호 내면화는 대화를 통해 상대방의 의식과 경험의 세계로 들어가는 것으로 말 건넴과 동시에 이해와 해석을 동반한다.[20] 대화에서의 역할이나 사회적 정체성 등은 담화 행위의 과정에서 능동적으로 생산된다.

독고준은 『서유기』에서 여행의 목적지는 알고 있지만, 왜 가야하는지, 자신이 누구인지 명확하게 인지하지는 못한다. "무엇 때문에 나는"이라는 말을 하며 정체성 혼란의 상황을 겪는다. 그러한 혼란은 역장과의 대화에서 단적으로 표현된다.

> "도대체 어쩌겠다는 거요?"
> 역장은 아무래도 마음이 안 놓인다. 독고준이라야 별 할 말이 있는 것도 아니고, 속으로는 갈아서 씹어먹고 싶으면서도 흔연히 대답을 안 할 수 없다.
> "내 말은 한 말입니다."
> "한 말이라니?"
> "한가지 말이라는 겁니다."
> (…중략…)
> "안대두, 벌써부터 알고 있었어요. 자네가 하필이면 내가 근무하고 있는 이 역을 찾아올 때는 다 생각이 있었을 게 아닌가?" / "생각이라뇨?"
> "좀 겸연쩍은가? 그럴 건 없을 것 같은데. 하기야 사람마다 제 나름으로 이유야 있어서 그러는 것일세." / "아까부터 그걸 여쭙고 있는 게 아니겠습니까?"
> "그럴까요?" / "무엇 말씀인가요?"
> "무엇이라니? 그래 이토록 정성을 다해도 알아듣지 못한다면 자넨 좀 어려운 사람일세. 아무리 나라고 참고 있기만 할 수는 없지 않겠나, 안 그

20) 박우수, 「대화론과 수사학 : 방법론적 시론」, 『영미연구 제11집』, 2004, 56면.

런가?"

　독고준은 아무리 이야기를 끌어보아도 역장에게서 실토를 끄집어 낼 수는
없다는 생각이 들면서, 막막해진다.(78-79면)

　역장은 '신념'과 '충정'을 갖고 살아가며, 자신의 '운명'인 '독고준'과 함께
역을 운영하기를 원한다. 그러나 독고준을 설득하는 상황에서 역장은 정보
를 독점하고 있을 뿐만 아니라, 강제로 자신의 의지를 강요하고 있어 이들
의 대화는 이상적인 의사소통 상황은 아니다.21) 특히 독고준이 생각할 때,
역장의 의도대로 행동하게 되면 자신의 근원적 실존성을 망각하고 이데올
로기적으로 살아가는 것이 되기 때문에 의식적으로 거부하는 것이다. 이처
럼 역사적 시간의 괴리, 허구와 실재의 단절에 대한 불안의식이 역장과 독
고준의 불통적 대화 속에서 펼쳐진다. 독고준이 여행하는 곳이 비현실적이
고 몽환적인 공간이긴 하지만, 반복적으로 근대의 이데올로기적 가치를 내
면화하고 있다는 점에서 국가 이데올로기가 공공연하게 전제되어 있는 '현
실'과 크게 다르지 않다. 따라서 독고준의 거부의식을 표출하는 불통적 대
화는 이데올로기적 현실에 대한 독고준의 절망과 혐오감을 잘 나타낸다.

　이와 함께 『서유기』는 화석화된 의식의 내면에 도사린 역사 의식을 환
상적으로 재현하고 있다. 특히 독고준의 여행 과정에서 만나게 되는 제국
주의 시대의 헌병은 논개, 조봉암, 이광수와 같은 식민지 시대의 실존인물
들을 독고준에게 소개하면서 그들의 정치적 역사적 정체성(식민주의적 정체
성)을 확인시켜 주려고 한다. 헌병은 식민지의 역사적 순간에 존재했었던
식민주의적 속성과 역사적 합법칙성을 '논증'하며 '연설'한다.

---

21) 설득은 메시지라는 기호의 자극을 통하여 다른 사람들의 의견이나 태도 혹은 행동을
　변용시키는 바의 커뮤니케이션의 한 형태라는 것이다. 그리고 설득에는 강제성이나 강
　요가 배제되는 선택의 자유가 있다.
　지주호, 「설득커뮤니케이션과 수사학」, 『독일학연구 제19호』, 2003, 139면.

승승장구 귀축(鬼畜) 미영군을 내몰면서 남쪽으로 내려가던 그때를 생각하면, 아직도 이 가슴 울렁거립니다. 일본이 이기기만 했더라면 징용갔던 사람들은 모두 연금을 받았을 것이고 조선 사람들은 모두 일본 사람이 돼서 잘 살았을 게 아닙니까? 원래가 동조동근이었으니까요. 그랬다면 조선 사람들도 고생한 보람이 있었을 테고 선생님은 조선의 지도자로 길이 추앙받으셨을 게 아닙니까? 이것이 다 그릇된 국적주의, 민족주의가 빚어낸 해악입니다. 유대놈들의 그릇된 편견이 서양 근대 국가들을 사로잡아서 기껏 문화적으로 하나가 되었던 유럽을 갈래갈래 찢어 놓은 것입니다. 중세 유럽 사람들은 국가라는 관념을 가지고 있지 않았습니다. 그들은 모두 한 나라 — — 하나님의 나라에 속해 있는 것으로 알고 있었습니다. 민족 국가란 것은, 지방의 영주들이 법왕에 반항한 데서부터 비롯된 것이죠. 조선까지 전해 와서 비적들과 부랑자들이 이용하게 된 것이죠. 선생님은 이 민족 국가라는 것이 역사의 장난이며 가설에 지나지 않음을 통찰하고 새 역사의 가장 앞지른 길을 가려고 하셨으며 조선 민중에게 그 길을 지시하셨던 것이죠? 안 그렇습니까?(163면)

폭력적이고 강압적인 헌병은 조선의 역사적 인물인 이광수를 수감해 놓고 그의 식민주의적 정치 성향을 추앙하고 있다. 가상의 식민지 상황을 재현하는 과정에서 실제 식민지 상황에 대한 정치적 의미를 새롭게 해석해 내고 있다. 이러한 발화의 1차적인 목표가 제국주의의 합리화(혹은 식민주의적 순응에 대한 변호)라면, 2차적인 목표는 독고준을 설득하고 자신들의 삶에 포섭하려는 것이다. 화자와 청자가 구체적으로 언급된 대화 상황이지만, 헌병이 자신의 주장을 일목요연하게 말하고, 독고준의 참여를 독려한다는 점에서 '연설'에 가깝다. 앞서의 역장이나 헌병이 보여주는 연설과 토론의 양상은 근대 계몽기의 수사적 상황을 전유한 것이다. 근대계몽기는 연설과 토론의 시대였다. 연설과 토론은 근대계몽기의 새로운 담화 방식으로 등장하여, 이 시기 국민을 계몽하는 유력한 수단으로 부상하였다.22) 연설과 토론은 국민 대중의 감정을 격동 변화시키며, 그 과정에서 사회적 가치와 신

넘이 일정한 방향을 향해 조정되고 실천될 수 있다고 생각했다.[23]

제국주의자의 시선으로 봤을 때 '이광수가 식민지 시대의 선각자이다'라는 견해를 헌병은 논증[24]하려고 한다. 그 과정에서 '일본 제국이 미영군에게 패하지 않았다면'이라는 가설적 조건과 '국적주의·민족주의가 동조동근의 역사적 합목적성을 훼손했다'는 제국주의 담론을 논거로 제시하고 있다. 즉 헌병은 식민지 본국의 담론적 특성이 내면화된 발화 속에 식민지 지배자의 욕망을 담아내고 있다. 이미 일제 식민 통치는 끝났다. 그럼에도 불구하고 반복적으로 역사적 실체로 다가오는 식민담론의 권력적 속성은 헌병과 같은 식민 통치의 환영을 만들어내는 것이다. 위에서 헌병이 토해내는 말들은 자신의 역사적 진실성에 대한 토로이면서, 국민국가의 시민의식 속에 내면화되어 있는 식민주의적 무의식을 역설적으로 서술하고 있다.

특히 이광수의 『흙』에 대한 헌병의 감상과 이광수 자신의 변명은 식민지 역사 속에서 식민지인이 당대 식민 담론을 내면화하면서 겪게 되는 갈등을 잘 보여준다. 헌병은 이광수가 식민지 시대의 역사적 추동력을 깨닫고 있었으며, 사회개조를 통해 '살여울'을 계몽하고자 했던 믿음없는 근대

---

22) 정우봉, 「연설과 토론을 통해 본 근대 계몽기의 수사학」, 『고전문학연구 30』, 2006, 410면.
23) 김기란, 「근대계몽기 스펙터클의 사회문화적 기능 고찰」, 『현대문학의 연구 23』, 2004, 321-357면 참조. 정우봉의 논문에서 재인용.
24) Breton은 논증적 의사소통을 다음과 같이 도식화한다. 논거, 논거와 청중, 청중과 연설가 사이는 상호작용하는 관계이며, 논증의 목표는 연설가의 어떤 견해가 청중의 수신맥락에 통합되는 것을 말한다.(김상희, 「현대 의사소통이론과 수사학_논증적 의사소통을 중심으로」, 『한국프랑스학논집 제50집』, 2005, 34면.)

지식인인 허숭을 통해 식민지 지식인의 양심의 아픔을 보여주었다고 평가한다. 헌병은 '정치는 근대인의 종교'이며 '근대문학의 논리적 결론'이라고 생각한다. 헌병은 근대문학, 특히 근대소설의 사실주의적 특성이 식민지 현실의 '인간적 존엄성의 원리'를 구성하려 함으로써 철저하게 박해받았음을 인정한다. 그런 가운데, 작가 이광수의 정치인으로서의 행적은 '고통스러운 근대인의 드라마'였다고 주장한다. 이러한 헌병의 칭찬과 비아냥거림에 이광수는 지옥에서 깨닫게 된 자신의 식민지 시기의 역사 의식을 이야기한다.

> 내가 일본에 협력한 것은 내 몸의 안락을 위해서만은 아니었소 지금은 입 싹 씻고 있지만 당시에 아시아 사람을 누르고 앉아서 착취를 하고 있던 것은 바로 서양 사람들이었소 (…중략…) 식민지·원주민. 원주민은 다 무어야. 어디에 비켜서 어떻게 원주민이란 말이오 침략자들이 우리를 부른 명칭이란 말이오 아시아 자체가 노예가 되었단 말이오 그들은 언필칭 아시아를 개화시켰다는 거요 근대화시켰다는 거요 이런 가증스러운 이론이 어디 있소? (…중략…) 바로 일본이야말로 우리 조선에 대해서는 서양이었다는 사실을 말이오 그렇게 쉬운 일을 잊을 수 있느냐 하겠지만 사실이니 어떻게 하겠소 그때 내 눈에는 노예소유자인 서양을 대적한 일본만 보였지 그 일본이 우리의 원수라는 사실은 보이지 않았소(169면)

이광수가 일제에 속게 된 이유는 '조선과 일본은 본국과 식민지 사이가 아니고 합방하였으니 똑같은 하나의 나라'라는 제국주의적 인식으로부터 비롯되었고, 다른 한편으로는 이광수 자신에게 '세계는 장차 하나가 될 것이며, 하나가 되어 가는 과정에서 비슷한 문화를 가진 나라끼리가 먼저 합쳐진다'는 보편세계에 대한 희망이 있었기 때문이다. 즉 이광수는 조선인·식민지인으로 자신의 주체성을 받아들였던 것이 아니라, 일본제국주의의 신민에 자신을 동일시했던 것이다. 이러한 동일시의 과정은 이성적이고 합리적인 세계인식을 확보할 수 있는 근대적 세계와 근대인에 대한 욕망으로부터 비롯된 것이다. 그러나 죽음 이후 지옥에서 이광수는 제국주의 일본과 식민지 조선 사이의 정치적 역학 관계를 새롭게 이해하며, 일본과 조선이 동조동근이 아니었다는 사실, 서구 제국주의의 침략을 당해 고통받았던 다른 아시아 나라들과 마찬가지로 일본이 우리의 원수라는 사실을 깨닫는다. 이러한 깨달음은 자신의 내면을 파고 들었던 왜곡된 근대인의 초상을 인식하는 것이고, 식민 주체로서의 자아를 인정하게 되는 순간이기도 하다. 그러면서 일본 제국주의에 대한 의식적인 제휴affiliation[25]을 행했던 자신의 과오를 회개하며 식민주의적 동일시의 시선을 거두고 타자화된 대상으로서의 자신의 정체성을 인식하게 된다.

무엇보다 '이광수가 친일을 했다'는 하나의 정보에 대해 헌병과 이광수의 사실 확인은 동일하지만, 그러한 이광수의 친일 행위를 '칭송'할 것이냐 '속죄'할 것이냐라는 '해석'에 있어서는 차이가 있다. 두 사람의 대화는 헌병과 죄인이라는 억압적 상황 때문에 헌병의 일방적인 선언으로 마무리된다. 두 사람의 설명을 듣고 있는 청자로서의 독고준은 '이광수 선생을 모시는 것을 거부한다.' 헌병과 이광수가 식민지 경험에 대해 다르게 해석하고 있지만, 같은 제국주의적 사유체계를 공유하고 있기 때문이다. 제국주의 담론으로는 타자화된 시선으로 자신의 정체성을 찾으려는 독고준을 설득할 수 없다.

유일하게 독고준이 침묵으로 거부의사를 표출하는 것을 벗어나 적극적으로 자신의 목소리를 통해 자신의 정체성에 대한 확고한 의견을 제시하

---

25) "에드워드 사이드는 이것을 파생filiation을 가장한 의식적 제휴affiliation의 개념으로 설명한다. 즉, 중심부로의 수용, 채택 그리고 흡수에 대한 욕구로부터 추동된 중심의 복제라는 것이다. 그 원인은 주변적인 것이 스스로 수입된 문화 속에 함몰되어 구체성보다는 보편성을 추구한다는 미명 하에 자신의 출신 성분마저도 거부한 결과이다."
빌 애쉬크로프트 외, 이석호 옮김, 『포스트 콜로니얼 문학이론』, 민음사, 1996, 15쪽.

는 것이 작품의 마지막 부분 법정에 나오는 지도원 선생과 대화를 나눌 때
이다. 『서유기』에서 독고준과 지도원 선생과의 만남은 가장 극적인 장면이
다. 왜냐하면 독고준이 가지고 있는 현재의 이데올로기적 정체성이 형성되
었던 결정적 계기가 되었던 것이 지도원 선생과의 갈등이었기 때문이다.
또한 이 상황은 폭격으로 단절되었던 과거 지도원 선생과의 과거 대화를
계속할 수 있다는 점에서도 중요하다.

> 독고준 : 저는 선생님의 생도이지 죄수가 아니었습니다.
> 지도원 : 누가 죄수라고 했습니까?
> 독고준 : 선생님은 저를 적으로 생각했습니다.
> (…중략…)
> 지도원 : 누가 이승만 정부를 책임지라고 했는가. 동무의 과오를 자기비판
>   하라고 하지 않았는가?
> 독고준 : 저더러 썩은 부르조아라고 했습니다.
> 지도원 : 동무가 과오에서 나오려고 하지 않는 한 동무는 썩은 부르조아
>   임에 틀림없소
> 독고준 : 저는 피교육자의 권리를 주장합니다.
> 지도원 : 피교육자의 권리란 무엇인가?
> 독고준 : 피교육자는 적으로 취급되어서는 안 된다는 권리입니다.
> 지도원 : 아무 일을 해도 내버려두라는 것인가?
> 독고준 : 아닙니다. 비록 과오가 있더라도 그것은 이데올로기적으로 해석
>   해서는 안된다는 말입니다.(276~277면)

독고준은 근대국가에서 아동은 그가 살고 있는 사회의 약속을 배워가는
존재이지 '공화국'의 적으로 간주되어서는 안된다고 주장한다. 이에 대해
헌병은 독고준의 태도를 '썩은 부르주아의 인식론'이라고 비판하며, 학교란
공화국의 시민을 만들어내는 곳으로 공화국 북반부에서 민주적 생활을 할
수 있도록 학생들을 지도하는 곳이라고 말한다. 이에 대해 독고준은 '허깨

비'라고 언급하며, 헌병이 내세우는 주장이 이데올로기적 허상에 기대고 있다고 주장하며 법정은 폐회된다. 바로 현실에 대한 잠재적 저항의식이 환상 속에서 지도원 선생과의 법정 토론으로 나타난 것이다. 법정 담론은 "대화가 가능하기 위해서는 참여자에게 자유가 부여되어"26)야 한다. 독고 준은 앞서의 상황과는 달리 자유로움 속에서 자신의 견해를 당당하게 말 하고, 이데올로기적 소외와 억압에 대한 거부의식을 드러낸다. 독고준은 수동적 청자에서 능동적 화자가 된다. 『서유기』에서 여러 발화 과정을 거 쳐 근대시민의 형성 과정에서의 이데올로기적 소외가 언급되었는데, 그것 을 독고준이 비판적으로 서술하고 있는 것이다.

　지도원 선생은 독고준이 허황된 상상력을 갖고 있는 '소부르주아' 지식 인이기 때문에 죄인이라는 점을 논증해 나간다. 그러나 독고준은 이데올로 기적 편향성 때문에 아무것도 모르는 어린 아이가 정치적 강요를 당해서 는 안된다고 주장한다. 이들의 대화 내용은 근대 국민 국가의 교육 시스템 을 토대로 전개되는데, 그러한 시스템 안에서 '근대 시민은 어떻게 형성되 는가?'27)하는 점이 논점이다. 사실 소설 전체에서 독고준이 자신의 자의식 여행을 감행하며 '그 해 여름'을 찾고 싶었던 것도, 그 순간이 처음으로 이

---

26) 미에치슬라브 마넬리, 손장권·김상희 역, 『페럴만의 신수사학』, 고려대학교 출판부, 2006, 53면.

27) 이렇듯 『서유기』에는 근대 시민의 형성과 관련된 몇 가지 단서를 발견할 수 있다. 　첫째, 독고준의 '운명'에 대한 서술에서 발견된다. '운명'을 갖지 못한 자는 '물건'에 지 나지 않는다. 그런 존재가 '나'라고 지칭하는 것은 신을 배반하여 죄를 짓는 것이며, 신 의 구원을 기다려야 한다. 그러나 근대 사회에서 그 신이란 바로 이데올로기로 포장된 국가라는 환영이다. 　둘째, 근대시민은 학교에서 교육을 통해서 형성된다. 독고준이 궁극적으로 도달하고자 하는 곳이 바로 근대교육 시스템 안에서 '소부르주아'라는 비난을 받았던 순간이다. 그 곳에서 헌병과 아동의 교육과 근대시민 되기에 대한 토론을 벌인다. 　셋째, 근대시민의 이념은 봉건 사회의 '양반'과 같다는 주장이다. 양반은 극기·절제· 봉사하는 계급적 특징을 갖고 있는데 이것이 막스 베버의 '프로테스탄티즘과 자본주의 윤리'과 크게 다르지 않다는 주장이다.

데올로기적 충돌을 개인적 차원에서 그리고 국가적 차원에서 경험했던 순간이며, 근대 시민이 국가 이데올로기의 영향 속에서 형성되는 순간이기 때문이다. 또한 권력을 장악했던 공산주의 이데올로기가 일반 시민을 정치 현실로부터 소외시키고 억압했던 순간이기도 하다.

『서유기』에서 '대화'와 '토론'의 수사적 상황은 제국의 주체가 갖고 있는 정치적 입장을 드러내고, 제국의 타자가 가지고 있는 (탈)식민주의적 정체성을 재생산하는 과정을 보다 극적으로 제시한다. 『서유기』의 대화 상황은 제국의 주체(국가)와 타자(근대시민) 사이의 잃어버린 관계를 회복하려는 시도로 보인다. 제국의 주체들은 대화의 복원을 통해서 정서적인 식민주의적 공동체를 재구축하고자 하는 의도를 내비치고, 독고준은 그들의 발화 속에 담긴 이데올로기적 소외를 폭로하고 거부하려고 한다. 따라서 이러한 대화 상황의 궁극적인 목적은 현재의 역사성에 대한 문제, 현재 자신의 삶의 일부분을 장악하고 있는 비극적인 정치 현실과 식민주의 문화 상황을 극복하는 것이다. 『서유기』에서 독고준은 과거의 식민지 역사를 고고학적으로 탐색함으로써 자신의 근대적 이상이 마련되었던 원체험의 공간이 산산히 부서지는 고통을 감수했다. 다양한 식민주의적 국가 이데올로기를 내면화한 주체들과의 대화를 통해, 자신이 믿었던 신념과 관념적 세계인식의 토대가 필연적으로 식민지 역사의 전도된 권력적 관계로부터 재생산되었다는 것을 깨달음으로써, 독고준은 자신의 내면 속에 도사린 식민주체로서의 정체성을 확인하게 된다.

Ⅳ. 자기 검열적 독백과 반윤리적 환상

『서유기』에는 소통적 관계를 문제삼는 대화 상황뿐만 아니라, 내면화된 목소리의 '독백' 상황이 존재한다. "이 필름은 고고학 입문 시리즈 가운데 한 편으로, 최근에 발굴된 고대인의 두개골 화석의 대뇌 피질부에 대한 의미론적 해독입니다."로 시작하는 첫 장면의 서술대로라면 『서유기』는 논문 형식으로 만들어진 '필름'이다. 일반 대중이나 독자가 잠재적 청자의 위치에 있으며 단방향적 발화 상황이 전제된다는 점에서 앞서 살펴본 대중 매체의 발화적 상황과 유사하지만 정보 전달의 목적성에서 차이가 난다. 그리고 소설의 허구성을 강조하기보다는, 학술적 엄격성을 강조하고 있으며, 소설의 문자성을 영화의 영상성으로 대체하고 있다. 사적 서술로서의 소설 형식과 공적 발표로서의 논문 형식을 착종하여 사용함으로써, 매체와 장르의 권위를 상호 부정하는 효과를 낳는다. 또한 철학 에세이나 역사 서술과도 같은 서술 양식은 최인훈의 여러 소설에서 자주 활용되는데, 이러한 전략은 근대적 주체가 경험하는 권력적인 근대 언술 체계를 재배치하고 있다.

이와 관련하여 '독백'은 독고준의 내면의식이 서술되는 상황에서 보다 상징적으로 활용된다. 『서유기』는 독고준의 (무)의식 세계를 탐색하고 그 상념의 무규정적 연결 과정이 독고준의 '목소리'를 통해 서술된 소설이다. 따라서 앞서 살펴본 억압적 소통을 지향하는 이데올로기적 발화 상황과는 다른, 소외 의식 이면의 사적 욕망을 발화하는 '목소리' 또한 두드러진다. 화자와 청자의 위치에 바로 자기 자신을 대입해 놓음으로써 독백적이면서도 반성적인 수사적 상황이 펼쳐진다.

먼저 자신의 목소리를 경험하는 상황이다. 독고준을 환상적인 세계로 끌어들이고 유년의 원체험 공간으로 소환하는 것은 바로 '자신의 목소리'[28)]

이다. 이 무의식적 목소리는『회색인』에서 독고준의 의식이 가지고 있었던 '기억'과 '관념적 인식 체계'를『서유기』에서 구체적인 형상으로 재현해낸 것이다. 자기 자신을 청자로 하는 목소리는 전반적으로 이데올로기적 소외로 인한 근대시민의 자폐적인 우울을 생산하기도 하지만, 한편으로는 자기 반성적 성찰의 기능도 한다.

> 그는 연이어 부끄러운 마음이 들었다. 자꾸 부끄러웠다. 부끄럽다는 것이 화가 나는데도 아랑곳없이, 그는 자기 자신이 이마에 모닥불을 이고 걸어가는 느낌이었다. 무엇이 부끄럽단 말인가. 이 세상의 악을 내가 만들어냈단 말인가. 그는 이 부끄러움의 감정이 그의 동물로서의 활기에 매우 위험한 독이라고 느꼈다. 이래서는 안 된다. 모두 허물어지고 만다. 나는 거기서 멀리 전진하지 않았는가. 인제 와서 대학생이 셈본 복습을 하는 번거로움을 떠맡고 거기에 걸린다면 만사는 끝장이다. 내 마음이여 모질어다오 내 마음이여 독한 피를 마시고 사악하게 끓어 올라다오 내가 선인이 되지 말게 해다오 어떤 일이 있어도 착한 사람이 되는 것만은 피할 수 있게 해다오 그는 듣는 사람 없고 믿을 사람 없는 호소를 속으로 던지면서 자기를 부추겼다.(296면)

재판정에서 무죄를 선고받고 나온 독고준은 많은 사람들과 겪었던 일들을 되새기며 '어머니의 은혜'까지 떠올리게 된다. 그러나 그러한 자각과 함께 '부끄러움'을 느낀다. '부끄러움'은 전체 소설에서 팽팽하게 전개되었던 근대시민의 불안의식[29]과는 다른 방식으로 근대시민의 정체성을 표상한다.

---

28) 그때 방안의 어디에선가 라디오가 지이 하고 켜지더니 목소리가 흘러나왔다.
(…중략…)
독고준은 홀린 듯이 그 소리를 들었다. 그것은 자기의 목소리였다.(『서유기』, 16-17면)

29) 라캉은 불안을 타자의 욕망 혹은 향락에 대한 불안으로 재해석했다. 즉 주체가 확실히 가늠할 수 없는 타자의 욕망, 그리고 주체를 위협하는 전능한 타자의 향락으로 인해 느끼는 정서가 불안이다. 이에 대해 우찬제는 1970년대 소설의 심층에서 불안이라는 집단무의식이 존재함을 설명했다.(『텍스트의 수사학』(우찬제 저, 서강대학교출판부, 2005)

부끄러움은 타자의 시선에 기대어 자기 존재의 정당성을 검증하는 윤리적 태도의 일종으로 '자기 행동에 대한 죄의식'을 반영한다. 위의 상황에서 부끄러움을 느끼는 이유는 일차적으로는 자기 자신에게만 집중했던 의식 때문에 형이나 어머니에 대해 아무것도 사유하지 못했다는 점에 대한 부끄러움이다. 2차적으로는 논개든 이광수든 민족의 영웅을 책임지려고 하지 않았던 행동에 대해서 부끄러움을 느낀다. 따라서 타자들(관습과 이데올로기, 근대 국가 체계)이 만들어놓은 윤리적 기준에 빗대어 '자신의 행동'을 평가하고 그 공과를 사유하는 과정에서 부끄러움을 느끼는 것으로, 근대시민의 윤리의식의 발현이라고 할 수 있다. 그러한 논리와 부끄러움을 거부하기 위해서, 독고준은 타자들의 윤리에 따르는 '선인'이 되지 말자고 스스로에게 다짐하고 요구하는 '독백'을 하게 된다. "듣는 사람 없고 믿을 사람 없는 호소를 속으로 던지는" 이러한 독백 상황은 개별적 주체의 자율의지를 지키기 위한 유일한 수단이다.

이처럼 『서유기』에서의 독백은 자기 검열적 성격이 강하다. 스스로를 끊임없이 '반성적으로 회의'함으로써, 타자들에 의한 정체성 규정에 저항한다. 이에 발화의 양상은 독백이지만, 그 내용상으로 보면 앞서 독고준이 역장이나 헌병과 나누었던 대화보다도 더 소통적이고 능동적이다. 이러한 독백 상황은 근대시민의 주체성이 형성되는 과정에서 그 어떤 수사적 상황보다 변증법적 의미를 담아낸다.

독고준이 환상적이며 무의식적인 세계 모형을 취하고 그 안에서의 여행을 감행하는 것도, 앞서 언급했던 수사적 상황에서 '문화적 경계'를 해체하고 재구성함으로써 메시지의 의미를, 청자의 정체성을 새롭게 해석하려는 시도로 보인다. 『서유기』에는 근대시민의 (무)의식 여행을 통해 개인의 사

의 「불안의 수사학을 위하여」와 「불안의 수사학과 정치적 무의식」 참조)

적 성장과 근대국가와의 충돌을 다루면서, 철저하게 타자화된 자의식과 의사소통 불능의 억압적 발화 양상을 환상적으로 형상화하고 있다. 환상을 활용하는 것은 문화적 경계, 담화의 장을 바꾸지 않는다면, 내면화된 국가 이데올로기로부터의 소외와 억압에서 벗어날 수 없기 때문이다.

① 그는 소리도 없고 인적도 없는 끝없는 공간을 걸어가면서 아까 계단을 올라올 때처럼 마음의 평화를 되찾았다. 습기와 먼지와 그리고 채석장에서 맡은 돌 냄새가 섞인 이 복도의 공기는 자기가 지금 있어야 할 곳에 있다는 것을 그에게 알려주었다. (…중략…) 이 길이 한없이 이어 갔으면 하고 그는 생각하였다.(14면)

② 그는 의자에 누군가가 방금까지 거기서 읽고 있다가 접어놓았다는 듯이 엎어놓은 한권의 책을 보았다. 그는 의자에 앉으면서 책을 들여다보았다. 그것은 질이 좋은 한지에 큼직한 글씨로 박은 이야기책이었다. 그는 두 발을 나간에 올리고 그것을 읽었다. 옛날 아주 옛날에, 큰 바다를 배가 한 척 가고 있었다. (…중략…) (50면)

③ 그 앞을 지나서 다음 칸으로 옮아갔더니 거기는 사람이 없다. 거기서 잠을 깬다. 깨는 순간에 그는 내가 꿈을 꾸기 시작하는구나 하는 생각이 든다. 꿈에서 기차를 타고 가면서 죽은 나무들을 보고 있구나 하는 생각인데, 생시가 생시 같지 않다니 하는 생각은 하면서도 이것도 꿈이구나 하고 생각하는 것이다.(144면)

④ 『서유기』의 사상은 깊다. (…중략…) 목숨 없는 물건이 자기 환상 속에서 '나'를 참칭하고 부처의 뜰을 벗어나 헤맨 끝에 부처의 노여움, 혹은 부르심으로 깨어 본래의 자리에 돌아간다는 것은 그대로 기독교의 창조·죄·구원의 이야기가 아닌가. 서유기는 위대한 책이다. 춤, 이 가슴 미어지는 몸짓. 우리는 관람석에 앉아서 무대를 바라보는 신세가 아니다. 우리가 관객이라고 생각하는 데서 실수가 생긴다. 관객은 신이다.(221면)

사실 『서유기』의 다양한 수사적 상황 중에서 내면 의식의 독백 상황은 발화라기보다는 서술적 재현에 가깝다. ①은 독고준이 현실과 몽환적 환상이 혼재되어 있는 상황에서 자의식의 내적 서술이 이루어지고 있다. ②는 하나의 세계에서 다른 세계로 들어가는 방식으로 책읽기가 제시되고 있다. 『서유기』는 겹-서사구조를 가지고 있는 소설로 이야기 속에 이야기가 반복된다. 책읽기는 다양한 새로운 세계를 삽입하는 기능을 하고 또한 정전을 패러디하고 전유하는 역할을 한다. 이때 독고준은 이야기꾼처럼 소설 속 서술자의 목소리를 갖게 된다. ③은 독고준의 의식 속에서 꿈과 현실이 구분되지 않는 상황이다. 현실과 허구, 꿈의 교차 재현은 『서유기』가 가지고 있는 중요한 서술전략으로 자의식의 정체성을 관념과 무의식, 현실 어디에도 동일시할 수 없는 복잡한 내면심리를 다루고 있다. ④에서는 중국고전 『서유기』를 재해석하고 있다. 여기에서 두 가지 사항을 확인할 수 있는데, 최인훈은 중국고전 『서유기』를 기독교 이야기와 동일시하고 있기 때문에 자신의 『서유기』 역시 이러한 구도로 전개해 나가고 있다는 점이다. '목숨 없는 물건'(손오공, 독고준)이 자기 환상 속에서 자율적 의지를 드러내지만, '신의 노여움'(부처, 국가 이데올로기)을 사게 되어 부처의 손 안에서 고생고생하면서 '구원'(손오공이 득도하게 됨, 근대시민으로 받아들여짐)받게 되는 이야기. 한편 『서유기』의 수사적 상황에서 '우리'(독고준)는 이야기하고 있는 자이며, 그들을 보고 듣는 존재는 '신'(국가 이데올로기)이다. 이러한 타자화된 시선은 독고준의 정체성에 딜레마를 가져다준다. 철저하게 국가 이데올로기의 발화에 저항하고, 자신을 분열시키면서까지 근대시민의 정체성을 새롭게 구축하려고 했던 노력들은 '부처의 손바닥' 안에서 '내면화된 국가 이데올로기' 속에서 맴돌았던 것이다. 어떠한 수사적 전략도 문화적 경계, 담화의 장을 깰만큼 '혁명'적인 것은 아니었던 것이다.

마지막 장면에서 환상 여행을 마치고 자신의 방으로 돌아왔지만, 현실은 바뀌지 않았고, '부끄러움'은 그를 더욱 고통스럽게 한다. "독고준은 그 흠씬 젖어 있을 보이지 않는 밤을 유리창 너머로 내다보았다.”라는 표현에서 알 수 있듯 독고준은 보이지 않으면서도 세계를 통제하는 어떤 존재를 두려워하고 있다.

식민주의적인 현실에 대한 깨달음을 위해 ‘나’는 반복적으로 과거로 향하거나 자신의 환각 속에 빠져들었다. 그러한 탐색의 궁극적인 목적은 현재의 역사성에 대한 문제, 현재 자신의 삶의 일부분을 장악하고 있는 비극적인 정치 현실과 문화적인 상황을 극복하기 위한 것이었다. 『회색인』에서 독고 준은 혁명도 불가능한 현실 속에서 살아남기 위해 사랑과 시간의 윤리를 강조하고, 『서유기』에서 독고 준은 과거의 식민지 역사를 고고학적으로 탐색함으로써 자신의 근대적 이상이 마련되었던 원체험의 공간이 산산히 부서지는 고통을 감수하게 된다. 자신이 믿었던 신념과 관념적 세계 인식의 토대는 필연적으로 식민지 역사의 전도된 권력적 관계가 재생산되었다는 것을 깨달음으로써 인물들은 자신의 내면 속에 도사린 식민주체로서의 정체성을 확인하게 된다.

이처럼 『서유기』는 국가 이데올로기에 대한 경험을 회상하고 재현하는 과정에서 미래 지향적인 정치적 전망보다는 현실 비판적인 윤리적 환멸을 지향하게 된다.

V. 내면화된 식민성과 근대시민의 자율의지

1960년을 전후로 한 시기는, 4·19, 5·16을 거치는 과정에서 시민의 힘과 국가의 파쇼적 힘이 팽팽하게 대립했던 시기이다. 최인훈 소설의 참신성이란 당시의 근대 국가주의의 담론적 형식, 재현 실천을 식민지적 과거와 연관하여 분석한다는 점이다. 그 작품들은 불완전한 근대상에 대한 해명을 요구한다. 근대 국가의 내부 갈등의 표상으로 이러한 사건들을 받아들일 수도 있지만, 최인훈은 당시의 우리 나라를 독립 이후 일제 시대 때의 경찰제도, 교육제도 등등이 일본제국주의자들의 식민담론을 반복적으로 재현해내는 제도적 장치로 여전히 기능하는 사회로 인식했다. 표면적으로는 독립이후 국민국가를 구성했으나, 경제적인 측면이나 국제 정세 면에서는 여전히 식민지적 상황이 지속되고 있다는 깨달음은 시민 혁명의 좌절에 대한 반성적 사유로부터 생겨난 탈식민주의적 역사의식이다.『광장』의 이명준도 일상의 삶 속에 은폐된 이데올로기적인 권력의 작동을 감지하고서 힘들어했으며,『회색인』의 대학생 독고준 역시 소외된 사회적 위치에서 역사적 현재와 반복적 식민지 상황에 대해 사유한다.『서유기』에서도 잃어버린 자신의 실존을 찾아 헤멘다. 깨달은 자에게 가해지는 권력의 통제는 정치적인 억압의 의미를 가질 뿐만 아니라 현실의 사실성을 왜곡하는 담론의 조작까지를 감행한다.

그것을 극복하기 위해, 최인훈은『광장』이나『회색인』에서 남북 이데올로기의 대립으로 고통받는 지식인 청년의 정치적 고통을 사실주의적인 차원에서 재현하며, '사랑'이라는 관념적 구원을 전면화했었다. 이에 반해『서유기』나『총독의 소리』는 근대시민의 무의식 세계를 형상화하는 과정에서 국가권력의 폭력성을 경험하는 수사적 상황을 강조하며 세계와의 소통불가능성과 왜곡된 자율의지를 재현한다. 이때 재현된 수사적 상황은 국가 체험의 재현에 있어서 작가의 이데올로기적인 측면이 미적 형식화로 재현된 것일 뿐만 아니라, 문제시되는 당대의 사회적 인식 체계와 이데올로기의 작동 양상을 극명하게 드러낸다. 다양한 대중매체(강연, 신문, 확성기, 방송 등)를 통해 환기되는 국민국가의 이데올로기적 억압을 (무)의식적이고 기만적인 수사로 표현하고 있는 것으로, 국민국가의 수사적 상황은 국가

권력을 근대시민의 체험 속에 내면화한다는 점에서 그 어떤 국가 체험보다도 정치 수사학적인 측면을 갖고 있으며 또 이 점이 최인훈 소설의 근대시민이 지향하는 탈국가주의 의식을 밝히는 출발점이라고 생각한다.

이에 『서유기』에서 근대시민이 경험하는 위기의 순간을 세 가지 수사적 상황으로 나누어 볼 수 있었다. 신문, 라디오, 확성기 소리 등은 정보를 전달할 뿐만 아니라, 국가 이데올로기를 내면화시킨다. 즉 국민국가의 매체와 담화 양상을 수사적으로 전유함으로써, 국민국가의 담화 행위와 담화 전략을 심문하고 그 약호들을 강제하고 유지하던 수단들에 의문을 던지는 것이다. 또한 근대시민이 토론과 대화하는 상황에서 소통적 왜곡을 겪는다. 지도원 선생과 헌병, 역장과의 대화는 국가이데올로기를 내면화한 상황으로 전개되는데, 이에 독고준은 환멸적 거부의식을 드러낸다. 한편 내적 독백을 하는 독고준은 국가 이데올로기가 강요하는 근대시민으로서의 윤리를 거부하기 위해 꿈과 책, 환상 속으로 스스로를 동일시하게 된다.

이렇듯 『서유기』는 국가 이데올로기의 담론적 양상(내면화된 식민성)을 서술할 수는 있을지라도 그것을 깨뜨리기에는 역부족이라는 자학적 의식이 담겨있다. 이에 국가 이데올로기에 대한 객관적 성찰과 그것을 수사적으로 전유하는 전략, 스스로를 타자화해서 서술하는 근대시민의 태도는 그가 가지고 있는 탈국가의식을 탈식민주의적 전략으로 보여주고 있는 것이다.

『서유기』는 전복적인 수사적 상황을 통해 근대적 시민의 (무)의식과 생활에 내재화된 식민 담론의 의미를 폭로하려고 한다. 최인훈 소설은 식민지 역사에 대해 미적 거리를 유지하면서 근대성에 대한 환상과 그것이 모순적으로 발현되는 정치적 현실에 대한 환멸감을 표현하고 있다. 이러한 글쓰기의 기원은 이데올로기적으로 소외된 근대 주체가 총체화된 근대적 세계를 꿈꾸지만 그것의 실현 불가능성을 확인한 이후의 좌절감에 기인한다.

식민지 현실(역사)에 대한 최인훈의 이러한 전략적 실천은 당대의 식민성이 내밀하게 근대적 성격과 깊이 관련맺고 있었다는 성찰을 보여준다. 그리하여 근대 소설이 단지 현실의 반영만이 아니라 식민지 현실(역사)에 적극적으로 대응하는 과정에서 근대적 주체를 구성하려는 미적 기획을 했다는 점을 부각시킨다. 20세기 소설에 있어서 '식민성의 극복과 근대성의 획득이라는 이중의 과제'를 해명하는 것이 중요한 과제였다면, 독립 후 최인훈 소설이 보여준 '식민지 현실(역사)에서의 근대적 주체 구성의 시도', '자율 의지의 탐색'은 매우 값진 소설의 성과다.

참고문헌

1. 기본 자료

최인훈, 『서유기』, 문학과지성사, 1977.

2. 연구 문헌

권영민, 「정치적인 문학과 문학의 정치성-<총독의 소리>를 중심으로」, 『작가세계
　　　1990년 봄호』, 1990.

김상희, 「현대 의사소통이론과 수사학-논증적 의사소통을 중심으로」, 『한국프랑스학논
　　　집 제50집』, 2005, 29-50면.

김성곤, 「탈식민주의post-colonialism 시대의 문학」, 『외국문학 1992 여름』, 1992,

김욱동, 『수사학이란 무엇인가』, 민음사, 2002.

김정화, 「최인훈 소설의 탈식민주의적 연구」, 서울대 석사학위 논문, 2002.

김진균·정근식 편저, 『근대주체와 식민지 규율권력』, 문화과학사, 1997.

나병철, 『근대서사와 탈식민주의』, 문예출판사, 2000.

박우수, 「대화론과 수사학 : 방법론적 시론」, 『영미연구 제11집』, 2004, 53-72면.

서은주, 「최인훈 소설 연구-인식 태도와 서술 방식의 상관성을 중심으로」, 연세대 박사
　　　논문, 2000.

서은주, 「최인훈의 소설에 나타난 ‘방송의 소리’ 형식 연구」, 『배달말 30』, 2002,
　　　199-219면.

송재영, 「분단시대의 문학적 방법-≪서유기≫에 대하여」, 『서유기』, 문학과지성사, 1996.

신동욱, 「식민시대의 개인과 운명」, 『태풍-최인훈전집5』, 문학과지성사, 2000.

오윤호, 「한국근대소설의 식민지 경험과 서사전략 연구」, 서강대 박사학위 논문, 2002.

오윤호, 「탈식민문화의 양상과 근대 시민의식의 형성」, 『한민족어문학48』, 2006, 283-306
　　　면.

우찬제, 「청중은 있는가?-수사적 상황에서 ‘청중’의 존재방식」, 『한국문학이론과 비평
　　　제29집』, 2005, 361-386면.

우찬제, 『텍스트의 수사학』, 서강대학교출판부, 2005.

이경원, 「문명과 야만의 이분법 : 계몽주의의 양면성과 식민지 타자」, 『외국문학 1996
　　　년 여름』, 1996.

이태동, 「사랑과 시간 그리고 고향」, 『崔仁勳』, 서강대출판부, 1999.

이호규, 「1960년대 소설의 주체생산 연구」, 연세대 박사학위 논문, 1999.

임경순, 「1960년대 지식인 소설 연구」, 성균관대 박사학위 논문, 2000.

정영훈, 「최인훈 <서유기>의 담론적 특성 연구」, 『한국현대문학연구 17』, 2005, 463-487면.

정우봉, 「연설과 토론을 통해 본 근대 계몽기의 수사학」, 『고전문학연구 30』, 2006, 409-446면.

정희모, 1960년대 소설의 서사적 새로움과 두 경향』, 민족문학사연구소 현대문학분과, 『1960년대 문학연구』, 깊은샘, 2001.

지주호, 「설득커뮤니케이션과 수사학], 『독일학연구 제19호』, 2003, 137-164면.

차혜영, 「자율적 주체의 개인주의와 모더니즘적 글쓰기」, 민족문학사연구소 현대문학분과, 『1960년대 문학연구』, 김은샘, 1998.

최인자, 「최인훈 에세이적 소설 형식의 문화철학적 고찰」, 『국어교육연구』, 1996, 153-178면.

Bill Ashcroff, Gareth Griffiths, & Helen Tiffin, *Key Concepts in Post-colonial Studies*, Routledge : London And New York, 1998.

Nelson, J. S., Mgil, A., Mcclosky, D.N., 박우수·양태종 외 옮김, 『인문과학의 수사학』, 고려대학교 출판부, 2003.

Roderick P. Hart, *Modern Rhetorical Criticism*, Boston : Allyn and Bacon, 1997.

미에치슬라브 마넬리, 손장권·김상희 역, 『페럴만의 신수사학』, 고려대학교 출판부, 2006.

빌 애쉬크로프트 외, 이석호 옮김, 『포스트 콜로니얼 문학이론』, 민음사, 1989.

스티븐 슬레먼, 「제국의 기념비들-탈식민적 글쓰기의 알레고리와 반언술행위」, 『외국문학 1992년 여름호』, 1992.

헬렌 티핀, 「탈식민주의 문학과 반언술행위」, 『외국문학 1992년 여름호』, 1992

호미 바바, 나병철 역, 『문화의 위치』, 소명출판, 2002.

제2부

국어학의 고전과 현대

'기랑/기파랑'은 누구인가? / 서정목
'語音'과 '文字', 그리고 '語訓'을 찾아서 / 이현희
한국어 생략의 문법 : 토대 / 이정훈
석독구결 조건 접속문의 문법 / 장요한

'기랑/기파랑'은 누구인가?

서정목*

Ⅰ. 논의의 목적

이 글은 다음과 같은 세 가지 명제, 즉 (1a)의 한국어학의 과제, (1b)의 한국문학의 과제, (1c)의 한국사학의 과제를 논증하고자 한다.1)

(1) a. '耆郎', '耆婆郎'은 고유명사인 사람 이름이 아니고, '원로 화랑'이란 뜻을 가진 보통명사이다.

　　 b. 「讚耆婆郎歌」의 내용은 노화랑의 제사를 지내고 난 후 새벽에 잣나무 숲을 보고 그를 연상하여 절의를 칭송하며 추모한 祭歌이다.

　　 c. 「찬기파랑가」에서 충담사가 그 절의를 찬양하고 있는 원로 화랑은 681년 '김흠돌의 모반'에 연루되어 아들 1명과 함께 자진할 것을 명받고 이승을 하직한 김군관일 가능성이 높다.

---

* 서강대학교 국어국문학과 명예교수
1) 서정목(2014c, d)에서 이 노래의 연 구분 문제, 해독의 역사, 노래의 내용 등에 관하여 논의한 바 있다. 그리고 필자는 2015년 2월 11일 제47회 구결학회 전국학술대회에서 이 연구의 전체 내용을 구두로 발표하였다(서정목(2015b)). 이 글은 그 발표 내용 가운데 일부를 새로 쓴 것이다.

『삼국유사』에는 '기랑'이 한 번 나오고 '기파랑'이 두 번 나온다. '기랑'
은 (2a)의 「찬기파랑가」 가사 속에서 볼 수 있고, '기파랑'은 (2b)의 충담사
에게 던진 경덕왕의 물음과 (2c)의 노래 제목에서 볼 수 있다.

(2) a. 耆郎矣兒史是史藪邪[기랑이 즈이올시 수피여[2]]
    b. 왕이 말하기를, 짐이 일찍이 스님이 기파랑을 찬양한 사뇌가가 그
       뜻이 매우 높다고 들었는데 이것이 과연 그러한가[王曰 朕嘗聞師讚
       耆婆郎詞腦歌 其意甚高 是其果乎]. 대답하여 말하기를, 그렇소이다
       [對曰然]. 왕이 말하기를, 그러하다면 짐을 위하여 리안민가를 지으
       라[王曰 然則爲朕作理安民歌]. 스님은 곧 칙명을 받들어 노래를 바
       쳤다[僧應時奉勅歌呈之]. 왕이 아름답게 여겨 왕사로 봉하였다[王
       佳之 封王師焉]. 스님은 재배하고 굳게 사양하여 받지 않았다[僧再
       拜固辭不受].
    c. 讚耆婆郎歌曰 咽嗚爾處米 --- [찬기파랑가는 이르기를, 늣기며 ㅂ
       라매 ---]
           ―『삼국유사』 권 제2 「기이 제2」 「경덕왕 충담사 표훈대덕」

이 '기랑/기파랑'에 관하여, 모두들 원만한 인품을 지니고 충절과 지조가
높았던 어떤 花郎의 이름이라고 생각한다.[3] 그러면 '기랑'은 바로 '기'를
가리키게 되고, '기파랑'은 '기파'를 가리키게 된다. 이 사람의 이름은 '耆'
인가, '耆婆'인가?

'기랑'은 고유명사가 아니라 보통명사로서 '노화랑'을 뜻하는 말이다.
'기'는 나이 60세에서 69세까지의 노인을 가리키는 말이다. '노'는 나이 70

---

2) 향가 해독은 특별한 언급이 없는 한 모두 김완진(1980, 2000)과 그 후속 연구물들을 따
   른다.
3) 사람 이름으로서의 '耆'는 경덕왕 14년[755년] 7월 '이찬 김기로 시중을 삼았다[以伊湌金
   耆爲侍中].'과 17년[758년] 1월 '시중 김기가 죽었다[侍中金耆卒].'에 동일인을 지칭하는
   것으로 두 번 나온다. 그러나 이 사람은 「찬기파랑가」와 아무 관련이 없다.

세에서 79세까지의 노인을 가리킨다. '기파랑'은 '기랑'을 낮추어 부른 말
이다. 접미사 '-보'를 '婆'를 이용하여 적었을 것이다. 이 생각이 옳다면
'기랑/기파랑'이 구체적으로 누구를 가리키는지를 밝혀야 한다. 그가 지킨
'절의/지조'는 어떤 정치적 사건에서 어떤 명분을 지키려 한 것인지에 대하
여 답해야 한다.

Ⅱ. '기랑'과 '기파랑'의 의미

양주동(1942/1981)은 '耆婆'를 佛典語의 오래 산 남자를 뜻하는 'Jiva'를 적
은 것으로 장수한 화랑장[花判]으로 보았다. 지헌영(1947)은 장수천신, 장명
천신, 생명신으로 보았다. 김선기(1967)은 侍中 '金耆'를 찬양한 노래라고
보았다. 김종우(1974)는 상제에게 빌어 女兒를 男兒[혜공왕]으로 바꾸어 온
표훈대덕이라 하였다. 김열규(1971)는 영원히 변치 않을 인상적인 흔적을
역사에 남기고 죽어 간 어느 화랑으로 보고 있다. 박노준(1982 : 221)은 이
노래를 '어느 한 화랑의 인격과 위업을 찬양하기 위해서만 읊어진 작품이
아니라 --- 개인을 위한 찬가에 가탁하여 화랑단의 변전약화의 현상을 애
통해 마지않기 위해서, 또는 그 탁월한 정신을 시에서나마 재생시켜 보자
는 충정에서 제작된' 작품으로 봄으로써 기랑을 화랑의 표상 같은 것으로
보고 있다. 최철(1973, 1979)는 경덕왕의 새로 태어날 왕자[혜공왕 建運]이
그러한 인품을 가지기를 바라는 기원을 형상화한 인물이라고 하였다. 금기
창(1991, 1993)은 우주를 주재하는 인격신인 天帝로 보기도 하였다. 양희철
(1997 : 648)은 이 작품의 의미를 "'세상에서 오열하고 은거하려는 시적 자아
가' '오열을 끝낸 자', '곧고 바른 판결과 공문서 처리를 하여 설원도 시류

편승자도 나오지 못할['못하게 한'의 의미로 보임] '기파'를 따르고자 한 것이다."고 보고, '기파'라는 (불경에 나오는) 명의로써 '국가 사회적 병폐에 대한 치유'를 계산하고 있다고 하였다.[4] 성호경(2008)은 '기랑'을 인품이 원만한 화랑으로 보고, '그 기랑이 젊은 날 냇가의 자갈 같이 많은 백성들에 대하여 가졌던 애민 정신을 계속 지니기를 바란다.'고 하였다.

이런 가설들은 모두 역사 기록에 근거가 없다. 신라 중대 역사에 '기파'라는 이름을 가진 인물은 기록되어 있지 않다. 어느 책에도 '기파'라는 말은 없다. 현존 사서를 다 뒤적여도 '기파랑'이라는 말은 이 노래와 관련된 곳 외에서는 볼 수 없다. 사서에 기록이 없다고 그런 사람이 없었던 것은 아니겠지만, '기파'라는 유령 같은 사람을 주인공으로 설정하는 것은 이 노래의 의미와 가치를 제대로 평가하지 못한 것이다.[5] 「찬기파랑가」는 매우 뜻이 높은 노래이다. 그러기 위해서는 찬양은 하되 아첨기가 없어야 한다. 실제로 노래 자체에는 아첨기가 없다. 그러면서도 최대의 찬양이라 할 '낭이여 (그대가) 지니시던/ 마음의 가를 좇노라.' 하고 있다.

'지니시던 마음'은 과거의 일이다. '지금 지니고 있는'의 뜻이 아니다. '과거에 지니시던 마음'이 지금은 변했다는 말일까? 그럴 리가 없다. 그러했다면 찬양의 대상이 될 수 없다. '과거에 지니시던 마음을 앞으로도 계속 지니기를' 바라면서 찬양하는 것일까? '앞으로도 계속 지니기'를 격려하고 기대할 수는 있지만 찬양할 수는 없다. '과거에 지니시던 마음'을 앞으로 절대로 바꾸지 않을, 죽은 사람만이 진정한 찬양의 대상이 될 수 있

---

4) 양희철(1997 : 597-600)에 그동안의 연구사가 정리되어 있다.

5) 2014년 봄부터 경주 정동 극장에서 공연되고 있는 가무극 「찬기파랑가」에서는, '기파'를 이상적 화랑상을 추구하는 가상의 젊은이로 형상화하고, 또 가상의 인물인, 월명사의 일찍 죽은 여동생 '보국'을 설정하여 둘이 신비로운 사랑을 나누는 허구를 삽입함으로써 흥미를 위한 장치를 마련하고 있다. 「찬기파랑가」와 「제망매가」를 혼합한 듯한 아이디어이지만 논증이 안 되는 무리한 줄거리 설정이다.

다. 그러므로 「찬기파랑가」는 살아 있는 사람에 대한 아첨기가 섞인 찬양이 아니라, 죽은 사람에 대한 진정한 칭송이어야 한다. 이제 우리는 죽은 사람 속에서 '기랑'에 해당하는 '노화랑'을 찾아야 한다.

'기랑' 또는 '기파랑'은 고유명사가 아니다. '耆'는 '늙을 耆'로서 60 세~69세 사이의 노인을 지칭하는 말이다. '老'는 70세~79세 사이의 노인을 가리킨다. 선비가 나이 들어 은퇴하여 '耆老所'에 들었다는 말에서의 '耆老'가 바로 이 '耆'의 용법이다. '郎'은 花郎으로 보인다. 그러면 '기랑'은 '늙은 화랑, 노화랑, 원로 화랑'을 뜻하는 보통명사가 된다. '기랑'은 60 세~69세 사이의 노화랑을 일컫는 보통명사인 것이다.

'기파랑'은 (2b)처럼 경덕왕이 처음 만난 충담사에게 묻는 장면에 사용되었다. 즉, 임금의 말에서 '기파랑'이 언급된 것이다. 그리고 (2c)처럼 노래 제목에서 「찬기파랑가」라고 하였다. (2b)에서 눈여겨 볼 것은 '기파랑'을 위하여 '그 노래'를 지었으니 '나'를 위하여 '이 노래'를 지으라는 뜻이 들어 있는 점이다. 혹시 충담사는 다른 누군가의 부탁에 의하여 「찬기파랑가」를 지었을까? 측천무후가 배염의 기일에 제물을 보내고 기도문을 써서 보내었듯이, 누군가가 '기랑'이 事勢에 의하여 억울한 죽음을 당할 수밖에 없었지만 그 자신은 결백하였음을 알고 충담사에게 '기랑'을 위하여 노래를 지으라고 명하였을까? 그런 사람이 있다면 1순위는 성덕왕이고 2순위는 요석공주이다. 이 노래가 성덕왕 18년[719년] 경이었을 요석공주의 사망 후에 지어졌다면 성덕왕이 부탁하였을 가능성이 크다.

노래 속에서는 '耆郎'인데 경덕왕이 충담사에게 詰問하는 말 (2b)에서는 '耆婆郎'이라 하고 있다. '기랑'이 객관적 표현임에 비하여 '기파랑'은 낮추어 부르는 듯한 느낌을 받는다. 경덕왕의 힐문에 대하여 충담사는 '그렇소이다[然].'라고 답한다. 경덕왕은 언제부터 이 노래를 알았을까? 왜 충담사는 조금의 겸양도 없이 당당하게 '그렇소이다.'라고 답하는 것일까? 왜 납의를 입고 櫻筒을 지고 남쪽으로부터 오는 스님을 보고서는 歸正門 누상으로 맞이하여 '그대는 누구인가?'라고 묻고, 또 왜 '충담'이라는 이름을 듣고 나서 차 한 잔을 얻어 마신 후에 이런 질문을 하는 것일까? 이들의 첫 만남이 기분 좋은 만남이었을까? 아니다. 이들은 서로 기분 좋지 않은 심정으로 만나고 있다. 왜 그럴까? 왜, 뜻이 매우 높은 노래를 지어서 명성은 자자하지만 처음 만나는 스님에게 경덕왕은 「安民歌」를 지어달라고 하는 것일까? 詩 한 수 지어 보게 하고 王師로 봉한다는 것이 납득이 되는가? 또 왜 충담사는 재배하며 고사하고 받지 않았는가? 왕과 스님 신하의 정상적인 만남이 이럴 수는 없다. 무엇인가 납득할 수 없는 이상한 분위기가 이 기사에 서려 있다.

경덕왕의 물음 속에 '기파랑'이라는 말이 있지 충담사의 노래 속에 '기파랑'이라는 말이 있는 것이 아니다. 충담사는 노래에서 '기랑'이라고 하였다. 충담사가 '기랑'이라고 한 데에는 선배에 대한 존경의 뜻이 들어 있다. 그러나 경덕왕이 '기파랑'이라고 할 때의 그 '기파랑'이라는 말은, 왕이 신하를, 그것도 나중에 논의하는 바와 같이 모반과 관련되어 처형당한 신하를 지칭하는 데 사용한 것이다.

'耆婆'에 대한 양주동(1942/1981)의 설명은 (3a)와 같다. '목숨이 길다'의 '길-[永]'에 접미사 '-보'를 붙인 '길보, 기보'로 해독한 것이다. '婆'를 '보'로 읽고 있는 것이 눈에 뜨인다. '할미 婆'를 애초부터 훈독하지 않고 음독한 것이다. 그러나 '길보/기보'를 모두 음독자 '耆婆'로 적었다는 것은 적절하지 않다.[6] '耆'는 훈독하여 '늙-'으로 보아야 한다.

    (3) a. '기보-장명남'은 長命의 의미인 '길보, 기보'를 佛典語 '耆婆'로써

---

6) 신라 시대에 '길-[永]'을 적는 방법은 두 가지가 있었다. 음차자를 이용한 '吉'과 훈차자를 이용한 '永'이 그것이다. '吉同郡-永同郡'에서 볼 수 있다.

借記한 것이다. 기파는 원래 '명, 장명'의 뜻으로 釋帝桓因 좌우에
시위하는 十大天子의 하나이며[長阿含經], '耆婆林, 耆婆鳥 등'은
각히 命林[翻梵語九], 命命鳥[涅槃經, 玄應音義一]로 번역된다. ---
'기파'는 일방 '治病'의 의가 있으니 印度 所傳 八種 要藥의 하나인
'기파초[芸香]'이 그것이요 인명으로서의 '기파(Jiva)'는 '固活, 能活'
의 義로 王舍城 良醫의 이름이다(양주동(1942/1981 : 319)).
b. '耆婆'['기보'-'長命男'의 뜻]란 젊은 화랑장은 달리 傳과 所見이 없
으나, 그의 화랑으로서의 人品과 인격, 志操를 찬양한 노래가 얼마
나 奇想天外의 '아이디어'로 되었는가를 보라(양주동(1942/1981 :
884-85)).

(3b)에서는 "'기파'란 '젊은 화랑장'은"이라고 함으로써 '기파'를 사람의
이름으로 보고 있다. '달리 전과 소견이 없으나'라고 하고서도 그냥 '젊은
화랑장'이라고 하고 넘어갔다. 이로부터 '기파랑'이 젊은 화랑의 이름이라
는 오해가 생겼다. 양주동(1942)는 '기파랑'이 젊은 화랑의 이름이라는 것을
논증한 것이 아니다. 고정 관념으로 '화랑=젊은이'라고 착각하였고 '모-죽
지랑-가'의 '죽지랑'처럼 '찬-기파랑-가'의 '기파랑'을 사람 이름으로 단순
대입하였을 따름이다.

이기문(1970 : 201-10)에는 (4)와 같은 논의가 있다. 이 논의의 요지는
'-보'를 적는 글자가 여럿 있는데 그 중에 '巴'가 있다는 것이다.

(4) a. 『삼국유사』 권 제4 「義解 제5」 「蛇福不言」에는 '蛇福'을 '蛇童'으
로 적고, '童'을 'ㅏ, 巴, 伏'으로도 적는다는 주가 있다.
b. 『삼국유사』 권 제3 「塔像 제4」 「東京興輪寺金堂十聖」에서는 이 이
름 '蛇福'을 '蛇巴'로 적었다.
c. 『삼국사기』 권 제44 「列傳 제4」에서는 張保皐에 대하여 '羅記作弓
福[『新羅記』에는 궁복으로도 적었다.]'이라 하였다.
d. 『삼국유사』 권 제2 「紀異 제2」 「神武大王 閻長 弓巴」에서는 장보

고를 '弓巴'로 적었다.

  e. 이를 보면 이 '福, 伏, 卜'이나 '巴'는 '童[아이]'을 뜻하는 '-보'[뚱
뚱보, 느림보의 '-보']를 적은 글자이다.

'福, 伏, 卜'은 음독자이다. 그러면 '蛇福, 蛇卜, 蛇伏, 蛇巴'에서 '뱀 蛇'
는 훈독자로서 중세 한국어의 'ㅂ얌'을 적은 글자이고 '福, 卜, 伏, 巴'는
음독자로서 접미사 '-보'를 적은 것이다. 그러면 이 스님의 이름은 'ㅂ얌-
보' 정도가 된다.

'童[아이 동]'은 이 고유어 접미사 '-보'를 한자의 훈을 이용하여 적은
것이다. 즉, '蛇童'은 훈독해야 할 글자들이다. '蛇童', 즉 'ㅂ얌 蛇'와 '아
이, -보 童'은 결국 'ㅂ얌-보'와 비슷한 신라 시대 우리 고유어를 한자의
뜻을 이용하여 적은 사람 이름인 것이다.

(4c)는 중국식 성과 이름으로 적힌 '張保皐'가 『신라기』에는 '弓福'으로
적혔다는 말이다. '활 弓'을 훈독하고 접미사 '-보'를 적은 '福'을 음독하면
'활-보'라는 말에 가까워진다. 이를 '弓巴'로도 적었다는 말은 음독자 '福'
과 '巴'가 음이 비슷하여 우리 말 접미사 '-보'를 적는 데에 사용되었음을
보여 주는 것이다.

'耆婆郎'의 '婆'도 '巴'와 마찬가지로 우리 말 접미사 '-보'를 적은 음차
자로 보인다. 이 접미사 '-보'는 '울보, 잠보, 짬보, 먹보, 느림보, 뚱보 등'
에 들어 있다. 의미상으로 앞 어근의 특징을 지닌 사람을 약간 얕잡아 낮
추어[아이 부르듯이] 부르는 듯한 뜻을 지닌다. 그러므로 '기파랑'은 '늙보
화랑'이라는 뜻이다. 경덕왕은 충담사가 찬양한 '기랑'에 대하여 좋지 않은
인상을 가지고 있고 존경하여 부르고 싶지 않은 심리적 상황에 있다.

'기랑', '기파랑'은 개인의 이름인 고유명사가 아니다. '노화랑', '늙보화
랑'이라는 뜻의 수식어+피수식어의 구조를 갖는 보통명사이다. '기랑'이

보통명사이라면, 충담사가 '기랑=노화랑'으로 가리키는 사람, 경덕왕이 '기파랑=늙보화랑'이라는 말로 지칭하고 있는 이 사람은 누구일까?

우리는 '기랑'이라는 말로 지칭된 인물을 찾아야 한다. 만약 '기랑'이 가리키는 노화랑의 정체를 밝힐 수 있다면 우리는 이 노래를 통하여 통일 신라 사회를 들여다 볼 수 있는 작은 창문 하나를 마련하는 셈이다.

'기랑'으로 지칭된 노화랑의 범주는 제1구의 내용 '흐느끼며 바라보매', 그리고 제5구, 제6구의 '모래 가른 물시울에', '숨은내 자갈밭에',7) 제10구의 '눈도 못 짓누를 花判이여'가 상징하는 바와 관련지을 때, '이러지도 저러지도 못하고, 죽음을 맞이할 수밖에 없었던 처지에서도, 지조를 지키며 억울하게 죽은 화랑[풍월주] 출신 고위 진골 귀족' 정도로 압축된다. 그런 사람을 찾을 수 있을 것인가?

III. 시 내용의 암시

이제 詩의 내용에서 '기랑'이 어떤 사람일지 보여 주는 증거들을 찾아보기로 한다.8) 그런데 이 시에는 행을 조정해야 하는 문제가 있다. 필자는

---

7) '汀理'는 '물가'를 뜻한다. '물시울'의 해독은 서재극(1974), 백두현(1988)을 따라 조정한 것이다. 물과 모래가 만나는 시울 같은 물가를 뜻한다. 김완진(1980)에서는 당진의 '機汀市'를 '틀무시'라고 한다는 데서부터 출발하여 '무시'의 고형 '물서리'로 재구한 것이다. 현재 당진에서 사용되는 '機池市[機汀市'를 후대에 이렇게 적게 되었다는 것이 선생님께 여쭈어 보고 얻은 답이다.]'의 '틀모시'는 '못 池'와 관련된다. '물가'를 뜻하는 '물서리'는 경상도에서 현용되지 않는다. '물시부리'는 경북 사람들이, 현재에도 사용된다고 하니 그것을 따른다. '숨은내'의 해독은 이임수(2007)을 따른 것이다. 김완진(1980)에서 고유명사로 보아 해독하지 않고 그냥 두었던 것이다. '숨을 逸'의 훈을 이용하여 '물이 숨은 내'라는 뜻으로 乾川의 이름을 붙였다는 설이다.

8) 이하에서 해독은 모두 현대 한국어로 풀이한 것을 사용한다. 자세한 해독은 서정목(2014d)를 참고하기 바란다.

오랫동안 향가를 가르치면서 「찬기파랑가」의 제4구 '沙是八陵隱汀理也中[모래 가른 물시울에]'와 제5구 '耆郎矣兒史是史藪耶[기랑의 모습일 시 숲이여]'가 순서가 바뀌어 적혀 있다고 말해 왔다. 그 첫째 이유는 내용상으로 '모래 가른 물시울에'는 잣나무 숲이 있을 수 없기 때문이었다. 그리고 그 둘째 이유는 '모래 가른 물시울에'는 제6구의 '逸烏川理磧惡希[숨은내 자갈밭에]'와 같은 이미지를 가져서 '기랑(耆郎)'이 처했던 정치적 곤경을 의미하는 말이 되어야 한다고 보았기 때문이었다.

안병희(1987)에는 「제망매가」의 '吾隱去內如辭叱都[나는 가누닷 말도]'에서 '辭'와 '叱'이 순서가 바뀌어 적혔다는 것과 함께 「찬기파랑가」의 두 구가 순서가 바뀌어 적혔다는 것이 지적되어 있다. 그 논문에는 '10구체 향가는 4구-4구-2구로 단락이 지어지는 것이 일반적이다. 그러니 처격어로 끝난 제4구가 단락이 나누어지는 4구 위치에 와서는 안 된다. 문장이 종결되는 제5구가 4구 위치에 와야 한다. 그러므로 현재 전하는 이 노래는 원래 노래로부터 제4구와 제5구가 전도되어 적힌 것이다.'는 내용이 들어 있다. 향가의 형식과 문법적 정보로도 두 구가 바뀌어 적혔다는 것을 논증한 것이다.[9]

김성규(2016)은 향가의 '後句', '落句'가 현대의 '後斂'에 해당된다고 하였다. 그 논문에서는 「모죽지랑가」, 「원가」, 「혜성가」, 「처용가」를 4구-2구, 4구-2구의 2연으로 이루어진 것으로 재구성해 놓았다. 필자는 '후구'에 대한 논의 가운데 이것이 가장 적합하다고 판단한다. 따라서 이제 10행 향가의 형식은 현행 2개 구가 1행을 이룬다고 보면 '본가사 2행-후렴 1행'으로 이루어진 2개의 연으로 된 정형시가 된다. 종장이 같은 시조 2수처럼 보이는 것이다. 물론 「모죽지랑가」, 「처용가」는 8구가 아니라 10구로 된 노래

---

9) 이 두 구가 바뀌어 적혔다는 것을 맨 처음 지적한 분은 김준영(1979)이다.

라는 것이 전제된다. 「모죽지랑가」의 첫 부분 14자가 들어갈 공백을 보면
누구나 10구체라는 것을 알 수 있다.

이 학설이 성립하기 위해서는 당연히 「찬기파랑가」의 이 제4구와 제5구
는 자리를 바꾸어야 한다. 「찬기파랑가」는 小倉進平(1929), 김완진(1980) 해
독으로는 '5구-3구-2구'로 나누어지고, 양주동(1942/1981) 해독으로는 '3구
-5구-2구'로 나누어진다. 이 두 행을 바꾸고 행 조절을 반영하여 「찬기파
랑가」를 재구성하면 (5)와 같은 모습을 가지게 된다. 해독은 김완진(1980,
2000)을 따르되 몇 군데는 다른 분들의 의견을 반영하였다.

(5) 늣겨곰 ㅂ로매   이슬 불긴 ㄷ라리
    힌 구룸 조초 ㄸ간 언저레   耆郞이 즈싀옳시 수피여
    아아 자싯가지 노포   누니 모돌 지즈롧 花判이여

    몰개 가론 믈시ㅅ보리예   수믄 나릿 지벽아히
    郞이여 디니더샨   ㅁ슨미 ㄱ술 좇ㄴ오라
    아아 자싯가지 노포   누니 모돌 지즈롧 花判이여

(5)의 해독에서 '花判'은 한자어로 보고 의미상으로는 화랑도의 업무를
관장하던 풍월주 혹은 병부령을 달리 이르는 말로 추정한다. '-判'이 관등
이름에 사용된 3등관 명칭 '蘇判[蘇塗를 관장하던 관직에서 온 관등]'을 참
고한 것이다.[10]

'믈시ㅅ보리'는 '汀理'를 해독한 것으로 서재극(1974)에서 제안된 것인데 백
두현(1988)에 따라 경북 지역의 지명에 사용되는 단어로 보아 받아들였
다.[11] '수믄 나리'는 '逸鳥川理'를 해독한 것으로 현대 한국어로는 '숨은내'

---

10) 소판과 같은 관등을 가리키는 迊湌은 迎鼓를 관장하던 관직에서 온 迎湌에서 迊湌으로
   된 것으로 본다. 김희만(2015)를 참고하기 바란다.
11) 이 부분은 서정목(2014d)의 해당 부분을 완전히 새로 쓴 것이다. 거기서는 '기슭, 지슬'

이다.12) '좇ㄴ오라'는 '逐內良齊'를 해독한 것이다.

제1행의 '咽鳴'는 節義를 지키다가 이승을 떠난 고고한 잣나무 같은 화랑, 耆郎에 대한 애통함을 표현한 말이다. '흐느끼-'라는 시어 속에는 충담사라는 한 남자의 울음이 들어 있다. 그것은 「찬기파랑가」의 '찬'이 단순한 찬양이 아님을 뜻한다. 기뻐서 찬양하는 것이 아니다. 흐느껴 울면서 찬양하는 것이다. '흐느껴 숨죽여 울면서' 찬양하는 대상은 '억울하게 죽은 사람'일 가능성이 크다. 첫 행에서부터 '억울하게 죽은 사람'에 대한 찬양이 숨죽인 흐느낌 속에서 이루어지고 있다. '바라-'는 흐느껴 울면서 하늘을 보며 하소연하는 듯이 느껴진다. 시의 화자는 억울하고 답답한 심정을 하늘에 호소함으로써 풀어 보려 하는 것일까?13)

우리가 만나는 수많은 '모반의 기록'들, 특별히 동기도 원인도 진행 과정도 정확하게 기록되어 있지 않은 통일 신라 시대의 여러 모반의 기록 속에는 많은 인물들이 있다. 그들에 대한 기록은 어떤 모습으로 나타나는가? 두 가지가 있다.

첫째는 모반의 '주모자나 주요 역할 담당자'로 지목되어 죽임을 당하고, 후세에 기록된 역사서에는 그 사람의 죽기 전 행적이 적히지 않거나 소급

에 집착하고 있었는데, 2015년 2월 11일 성균관대에서 열린 제49회 구결학회 전국학술대회에서 이 글이 포함된 책 내용을 발표하였을 때 경북대의 백두현 교수가 이 정보를 주었다. 서재극(1974)에서 처음 이 행을 '새 ᄇ론 믈시브리야히'로 해독하였다. 백두현(1988)은 서재극(1974)의 해독을 지명에 남은 흔적을 통하여 논증한 것이다.

12) 이 해독은 2015년 2월 11일의 제49회 구결학회 전국학술대회에서 발표했을 때 동국대의 정우영 교수가 준 정보를 받아들인 것이다. 경주의 건천(乾川)을 '물이 숨은 내'라는 뜻의 '수무내'라고 한다고 한다. 서울의 건천(乾川)은 '마른내'이다. 이 해독은 이임수(2007)에 자세히 논의되어 있다.

13) 후세에 눈 밝은 이가 있어 그 죽음에 대한 기록에서 억울함을 찾아내어 그의 절의를 칭송해 주는 것이 그나마 역사에 이름이나 남기는 것일 터이다. 이 노래의 주인공은 그의 죽음 이래 오늘날까지 1335년 동안 그러한 대접을 받지 못한 것으로 보인다. 이것이 저자가 이 글을 쓰는 명분이다.

하여 좋지 않게 기록되어 功績까지 貶毁되어 있는 경우이다. 김흠돌은 이름까지 지워진 곳도 있다. 이것이 역사 기록이 진리로부터 멀어지는 근본 원인이다. 이런 경우는 그 사람의 죽음이 억울한 죽음인지, 죽는 것이 당연한 죽음인지 판단하기 어렵다.

둘째는 모반에 연루되어 죽임을 당하였지만 '그 자신은 주모자도 아니고 모반에 가담한 흔적도 없는' 경우이다. 많은 하위 연루자들은 이렇게 역사에 기록된다. 그런데 여기에서 더 나아가 주모자보다 상위자로서 모반에 연루되어 목숨을 잃기는 했지만 그 시점 이전까지의 공적이 지워지지 않고 그대로 전해져 오는 경우가 있을 수 있다. 이런 경우 그 사람은 거의 확실하게 억울한 죽음을 당한 사람이라고 보아도 될 것이다.

누가 그러한가? 모반의 주모자로 지목된 사람보다 상위자로서, 모반에 가담하지 않았으나 연루되어 죽었고, 죽기 전의 행적이 지워지거나 폄하되지 않고 그대로 남아 있는 인물은 누구인가? 그런 사람을 찾아야 한다.

제2행에는 '이슬 밝힌 달'이 있다. 그 달은, 지상의 '이슬을 밝히고 있다.' 시의 화자의 눈에 들어온 것은 '이슬'이다. 이 '이슬 밝힌 달'은 이 노래의 창작 계절과 날짜와 시간을 정확하게 알려 준다. 그 창작 계절과 날짜와 시간은 이 노래의 창작 동기와 시의 주인공과 시대적 배경을 추리해 낼 수 있는 열쇠를 마련해 준다.

이슬은 白露를 전후한 가을날 새벽에 가장 많이 맺힌다. 새벽 이슬을 밝히는 달은 보름날 이후부터 그믐날까지 보름간의 달이다. 이 노래를 지은 계절은 백로를 지난 깊은 가을이다. '이슬 밝힌' 그 새벽 달은 추석이 지난 8월의 하현달이다. 그 하현달이 동쪽 하늘에 잠깐 나타났다가 떠간 새벽 여명의 햇빛을 받아 '이슬'이 영롱하게 빛나고 있다. 이 노래는 음력 8월 그믐날쯤의 가을날 새벽에 지어졌다. 새벽에 동쪽 하늘에 뜬 그믐달을 보는 사람은 어떤 사람일까? 제사를 모시고 나온 사람을 들 수 있다. 새벽 이슬을 밝힌 달을 보는 사람은 노화랑의 제사를 모시고 나온 사람이다. 8월 그믐달이 뜨는 날 사망한 노화랑을 찾아야 한다.

제3행 '흰 구름 좇아 떠간 언저리에'의 '安攴下'는 향가 연구에서 최고 난도의 문제이다. 관형절의 수식을 받는 명사구라는 것만 확실하다.

그 관형절은 '떠가-느-ㄴ'이 아니고 '떠가-ㄴ'임이 매우 중요하다. '浮去隱'에 '-느-'를 적는 '內'가 없다. '떠가-느-ㄴ'은 지금 그 동작이 일어나고 있음을 지금 인식하고 있는 '현재 인식'이다.14) 그렇게 되면 달이 지금 흰 구름을 좇아 떠가야 하고, 달은 지금 하늘에 있어야 한다. 그러나 '떠가-ㄴ'은 '달'이 이미 '흰 구름 좇아 떠가서' 눈에 보이지 않는 상태, 즉 '달이 흰 구름 좇아 떠간' 일은 이미 일어난 일이고 기정의 일임을 '-(으)ㄴ'으로 표현하고 있다. 기정의 일은 과거의 일이고 현재 일어나고 있는 일이 아니다. 그러므로 이 달이 지금 내에 비취고 있다고 설명하는 것은 잘못된 것이다. 小倉進平(1929)에서 '內'가 없는데도 '-느-'를 넣어 해독한 '떠가는'이 끼친 악영향이다. '달은 이미 떠갔으므로' 이슬을 비추어 밝게 반짝이게 하는 것은 달이 아니라 이제 막 떠오르고 있는 여명의 아침 해이다. 그 햇빛에 이슬이 반짝이는 것이다.

이 '(달이) 흰 구름 좇아 떠간'이라는 관형절의 수식을 받는 '安攴下'는 체언이고, 체언 중에서도 장소를 나타내는 명사이고, 명사 가운데서도 뒤에 나오는 詩行을 고려하면 '숲이 있는 공간'이 될 수밖에 없다. 현재로서는 김완진(1980 : 84-86)의 '언저레' 외에 다른 대안을 제시하기 어렵다.15)

---

14) '-느-'의 문법적 기능을 '현재 인식'으로 보아 '과거 인식'을 나타내는 '-더-'와 대립시켜, 이 두 형태소가 인식 시제라는 문법 범주를 이룬다고 설정하고, '-더-'는 나타나지만 '-느-'가 나타나지 않는 자리에는 '-느-'의 영 변이 형태가 있다는 논의는 서정목(2014b)를 참고하기 바란다.

15) 김완진(1980:85-86)에서 '不安', '未安'을 뜻하는 '언짢-'으로부터 부정어 '엏지 않'을 찾아내고, 그것의 긍정어 '엏-'이 '安'에 해당하는 고대 한국어 단어일 것이라는 추정 위에, '安攴下'가 '엏+指定文字 攴+아래'를 통하여 명사 '언저리'의 처격형 '언저레'를

노화랑의 제삿날 온 밤을 꼬박 새운 시의 화자의 눈에는, 달이 떠가서 여명 속에 사라져 간 하늘가에 있는 '무엇인가'가 들어왔다. 거기에 무엇이 있을까? 안병희(1987)의 논의대로 제5행을 제4행과 바꾸어 앞으로 가져오면, 이어지는 행은 '노화랑의 모습이 틀림없을 시 숲이여'가 된다. 거기엔 '숲'이 있는 것이다.16) 이 '숲'은 제9행과 연관시키면 키가 크고 사철 푸르른 '잣나무 숲'이다. 시의 화자는 흰 구름에 닿은 듯한 키 큰 잣나무 숲을 바라보고 있는 것이다. 그 잣나무 숲과, 전우이자 동지들에 대한 절의를 지키다가 억울하게 이승을 떠난 '기랑'을 연상 작용에 의하여 연결시킨 것이다. '是史藪邪'는 '잇-' 동사의 활용형을 적은 것이 아니다.17) '藪'는 음독으로 처리할 글자가 아니다. 이 '藪'의 훈 '수풀' 또는 '숲'에 주목한 것이 김완진(1980 : 88)이다. '藪'는 '수풀, 숲, 넝쿨, 늪'을 뜻하는 漢字이다. 이 '숲'이 지금까지 나온 소재 중 가장 핵심 소재이다. '이슬', '달', '흰 구름' 등은 모두 이 '숲'을 끌어들이기 위한 보조적 소재이다.

그러면 '숲이 있는 언저리'는, 화자가 반월성 근방에 있고, 달이 그믐달이라면 그믐달이 잠깐 나타났다가 사라져간 여명의 동쪽 하늘가, 명활산성,

---

적은 것으로 해독하였다. 그러나 이 해독은 매우 불안하다. '언짢-'에 흔적을 남기고 사라진 '엱-[安]'이라는 형용사가 고대 한국어에 존재하였음은 언젠가 논증될 것이다. 그러나 '언저리-에'라는 명사의 처격형을 적는 데 왜 그렇게 어려운 과정을 거쳤을까 하는 의문이 풀리지 않는다. 이 노래는 주로 '良中'으로 적히는 처격 조사 '-아희/어희'를 '也中'과 음차자 '惡希'로 적기도 하였다. '邊良中' 정도의 표기가 가능할 터인데 왜 이렇게 어려운 표기를 하였는지가 의문으로 남는다.

16) '是史藪邪'를 과거에는 흔히 '잇-' 동사의 활용형으로 해독하였다. 그러나 중세 한국어 문법에서 '이슈라, 이시수야, 이시우라'와 비슷한 '잇-' 동사의 활용형은 있을 수 없다. '잇-고-녀, 잇-도-다', '이시-니, 이시-면'이 정상적인 어형이다. 이 활용형에 대해서는 이숭녕(1976)을 참고하기 바란다.

17) '邪'는 호격조사 '-이여'를 적은 것으로 보인다. 중세 한국어에서 호격 조사는 부르는 대상의 존칭 여부에 따라 '-아'[평칭], '-이여'[중칭], '-하'[존칭]으로 나누어진다. '기랑'의 모습으로 본 '숲'을 '-아'로 직접 부르는 것도, 존칭의 '-하'로 부르는 것도 이상하다. '님이여, 그대여' 하듯이 '숲이여' 정도의 중칭으로 부른 것이다.

소금강산, 낭산, 형제봉에 있게 된다. 그러나 시의 화자의 위치를 반월성 근방으로 잡아서는 안 된다.[18] 필자는 오히려 충담사의 활동 근거지가 남산 아래 포석정 근방일 것이라고 본다. 충담사는 경덕왕 24년 음력 3월 3일 남산 三花嶺의 彌勒世尊에게 차를 바치고 오는 길에 경덕왕이 있는 歸正門 누상에 들러서 「안민가」를 짓게 되었다. 그것을 보면 그의 활동 무대는 남산의 포석정 근방일 것이다.[19] 그러면 동쪽이 낭산과 형제봉 쪽이 되고 더 멀리에는 토함산 언저리가 있게 된다. 그 쪽 산기슭, 언덕에 '숲'이 있다. '달이 흰 구름 좇아 떠간 언저리에' '숲'이 있는 것이다. 이 '숲'은 생시의 '기랑'이 지녔던 변하지 않는 절의를 연상시킨 것으로 키 큰 '잣나무 숲'이다. 그것은 저 뒤 제9행에서 '잣나무'가 등장하도록 연결하는 텍스트의 응집성을 위한 연결 고리이다. 이 '숲', '잣나무 숲'이 이 시의 핵심 소재, 題材인 것이다.

제5행 자리에는 '모래(를) 가른 물시울에'가 온다. 이 '모래'는 목적어이다. 그러면 '물'이 한 덩어리가 되고 그 '물'에 의하여 '모래'가 둘로 나누어진 모습이 된다. 이 行 '모래 가른 물시울에'는 어떤 의미를 가지는 것인가? '모래를 가른 물시울에'는 잣나무가 없다는 사실을 받아들이면,[20] 그리하여 현실 세계의 공간적 배경을 의미하는 것이 아니라면 어떤 해석이 가능할 것인가? 그 해석 가운데 하나로는 추상적 상징의 세계가 있다. '모

---

18) 시의 화자의 위치를 반월성 남쪽을 동에서 서로 흐르는 문천 부근으로 추정하고 있는 것은 성호경(2008 : 332)를 참고하기 바란다.

19) 鮑石亭은, 일반적으로 알려져 있는 것처럼 왕휘지의 流觴谷水를 본떠 만든 놀이터라기보다는, 화랑단의 제사 터로서 그 유상곡수는 제사에 참예한 사람들이 飮福을 했던 자리일 가능성이 크다.

20) 성호경(2008 : 312)는 이러한 이유 때문에 '藪'를 '수풀'로 읽지 않고 '이시수야'의 '-수-'로 읽었다. 우연히 '물가에 수풀이 있을 수 없다.'는 생각을 같이 하였으나 그 해결 방향은 전혀 달라 필자는 行의 순서를 바꾸었고 성 교수는 '수풀'을 포기하였다. 바로 옆 연구실에서 서로 다른 생각을 하고 있는 것이 국어국문학계의 현실이다. 그러나 '이시-' 뒤의 어미 '-수야'는 한국어 문법사의 상식으로는 상상할 수조차 없는 어형이다.

래'와 '물'이 만나는 경계선, '물이 모래를 가른' 그 사주의 경계선은 어떤 이미지를 가지는가?

모래에 발을 디딘 사람도 불안정하다. 그런데 그 모래에 디딘 발을 옮겨서 물에 디딜 수 있겠는가? 없다. 빠질 뿐이다. 자칫하여 한 발을 잘못 옮겨 디뎌 물에 들여놓으면 빠져 죽을 수밖에 없다. 그렇다고 모래에 디딘 발은 영구적 안정이 보장되는가? 아닐 것이다. 沙上樓閣이 뜻하듯이 모래에 발을 딛고 산다는 것은 언젠가는 죽음을 마주할 수밖에 없는 불안정한 상태에 놓인 것이다. 모래에도 발을 디딜 수 없고 발을 옮겨 물에 디딜 수도 없다. 이러지도 못하고 저러지도 못하는 진퇴양난의 유곡에 놓인 숙명적 불행을 상징하는 말이다. 그런 상황을 감당할 수밖에 없었던 사람이 있어야 한다.

제6행의 '숨은내 자갈밭에'에서 '逸-'은 '숨-'의 뜻이다. '烏'는 선어말어미 '-오/우-'이다. '-오/우-' 뒤의 관형형 어미 '-(으)ㄴ[隱]'은 생략되는 경우가 있다. 그러면 '숨은내'라는 '내'가 상정된다. '磧'은 '자갈밭, 모래벌판 적'으로서, 강가에 돌이 많은 곳, 강에 모래가 쌓여 된 땅, 삼각주를 뜻한다. '자갈밭'은 생명체가 자라지 못하는 불모지에 가까이 가는 이미지를 가진다. 이 자갈밭은 현실 세계의 자갈밭이 아니라 '살아가기 힘든 환경'을 뜻하는 죽은 은유[dead metaphor]이다.

바로 앞 행에서 노래한 '모래(를) 가른 물시울에'도 이러지도 저러지도 못하는, 자칫 발을 헛디디면 물속으로 빠지는 위태롭고 편안하지 않은 상황이었다. 그런데 거기에 '자갈밭'까지 더하여져 있으니 말할 수 없이 엄혹했던 곤경, 난관, 불모지라 할 것이다. 이러한 공간적 상황 설정은 바로 '耆郎이 처했던 정치적 곤경, 간난, 난관'을 상징하기 위한 것이다. 아마도 '불모지'의 자갈밭으로 표현하고자 한 것은 '죽음'밖에 선택할 길이 없는 기랑이 처했던 마지막 절대 고독의 정치적 상황일 것이다. 그러면 제5행과

제6행, 이 두 구는 '기랑'이 처했던 진퇴양난의 정치적 곤경을 의미하는 것으로 해석할 수 있다.

이제 이 노래의 해석은 과거의 그것과 전혀 달라진다. 제4행과 제5행의 순서를 바꾼 후에는 '물시울'에 '숲'이 있을 필요가 없어진다. '물시울'에는, '물시울'의 모습 그대로 잡초, 버들가지, 수초 등이 우거져 있을 따름이다. '모래 가른 물시울'은 경계선적인 상황을 말하는 것이다. 자칫 발을 잘못 디디면 물에 빠진다. 이쪽으로도 저쪽으로도 발을 옮겨놓을 수 없는 위태로운 처지에 '기랑'은 서 있다. '한발 제겨디딜 곳조차 없는 위태로운 물시울'이 떠오른다. '숨은내 자갈밭'은 한 술 더 떠서 '죽음만이 앞에 있는 불모지'를 상징한다. '기랑'의 앞에 펼쳐진 운명은 죽음뿐이다. 그는 그러한 '자갈밭'에 섰던 것이다. 이제 우리는 '물시울'과 '자갈밭'이 상징하는 원관념에 도달하였다. 그것은 바로 '기랑'이 처했던 '이러지도 저러지도 못하는, 죽음밖에 없었던 정치적 곤경'을 상징화한 말이다. 제5행과 제4행의 순서를 바꾸는 순간, 노래의 의미 맥락도 순탄해지고 '물시울'이 지니는 이미지도 '숲'과 분리되어 정치적 곤경을 상징하는 시어로 되살아난다.

제7행 '낭이여 지니시던'은 제8행 '마음의 가를'과 더불어 '그 정치적 곤경에서도 변하지 않고 그대가 지녔던 마음의 끝까지' 시의 화자가 '좇노라[따르고 있다]'는 의미가 나온다. 핵심 시어는 '마음의 가'이다. '노화랑의 마음의 가'는 무엇을 의미하는 것일까? 그 '마음의 가'는 어떤 상황에서도 동지, 전우들에 대한 절의를 꺾지 않았던 '노화랑의 곧은 절의와 지조의 모두'를 뜻하는 것이다.

제7행과 합쳐서 제8행은 '기랑'이 어떤 정치적 상황에서 온갖 어려움을 이기고 전우들이자 동지들인 어떤 세력의 정치적 명운이 걸린 상황에서 그들을 배신하지 않고 그들과의 신의를 지키려 했었다는 것을 의미한다. 그 정치적 사건이 범상한 사건이라면 그렇게 변함없는 지조를 지킨 것으로 찬양과 추종의 대상이 될 수는 없을 것이다. 그 사건은 비상한 사건임에 틀림없고, 그러한 비상한 사건은 왕권과 관련되는 것이 통상적인 일이다. 왕권과 관련되어 일어나는 비상한 사건은 '모반'이며, 모반한 세력에 대하여 신의를 지키는 것은 동아시아 전제 왕권의 입장에서는 용납할 수 없는 일이다. 죽음이 있을 따름이다.

제9행의 '아아, 잣가지 높아'는 어떠한 곤경에서도 동지들에 대한 절의를 바꾸지 않은 노화랑의 높은 지조를 사철 변함없이 푸르른 잣나무에 비유한 것이다. '잣나무'는 '기랑'을 형상화한 것이므로, 그리고 더 멀리는 새 제4행에서의 '숲'은 이 잣나무로부터 연상 작용을 일으켜 '기랑의 모습'을 떠올리게 한 것이므로, 마지막 제10행 '눈이 못 짓누를 花判이여'의 '화판[화랑도를 관장하는 관직(?)]'도 '기랑'이다. 결국 '화판'은 '잣나무'이면서 '기랑'이다. '잣나무'는 동지들과의 의리를 저버리지 않았던 '나이 든[耆婆] 화랑'의 서릿발 같은 정의에 대한 충절, 節義를 상징한 것이다. '눈'은 '기랑'에게 가해졌던 온갖 고문, 협박, 회유를 상징한 소재이다.

Ⅳ. 이 모반은 어느 모반일까?

『삼국사기』 권 제8 「신라본기 제8」, 「신문왕」 조에는 느닷없이 (6)처럼 眞福을 상대등으로 삼았다는 기사가 나온다. 7월 1일에 문무왕이 승하하고 7월 7일에 신문왕이 즉위하였다. 그러니까 상중에 있은 인사이다.

(6) 681년[신문왕 원년] 8월 서불한 진복을 제수하여 상대등으로 삼았다
    [元年 八月 拜舒弗邯眞福爲上大等] <『삼국사기』 권 제8 「신라본기 제
    8」 「신문왕」>

이 인사 발령은 매우 이상한 느낌을 준다. 날짜가 밝혀져 있지 않고, 전임 상대등이 누구였는지, 교체 사유가 무엇인지도 밝혀져 있지 않다. 진복이 누구인지 찾아보았다. 『삼국사기』에는 (7)과 같이 나온다.

(7) a. 661년[문무왕 원년] 6월 --- 비록 상(복)중에 있었으나 황제의 칙명을 어기는 것이 중하여 가을 7월 17일 김유신을 대장군으로 삼고, 인문, 진주, 흠돌을 대당장군으로 삼고, 천존, 죽지, 천품을 귀당총관으로 삼고 --- 군관, 수세, 고순을 남천주총관으로 삼고 --- 진복을 서당총관으로 삼아[六月 --- 雖在服 重違皇帝勅命 秋七月十七日 以金庾信爲大將軍 仁問眞珠欽突爲大幢將軍 天存竹旨天品爲貴幢摠管 --- 軍官藪世高純爲南川州摠管 --- 眞福爲誓幢摠管].

b. 665년[동 5년] 봄 2월 중시 문훈이 치사하므로 이찬 진복을 중시로 삼았다[五年 春二月 中侍文訓致仕 以伊飡眞福爲中侍].

c. 668년[동 8년] --- 6월 --- 21일, 대각간 김유신을 대당*{爲는 당연히 대당의 위에 놓여야 한다.}*대총관으로 삼고, 각간 김인문, 흠순, 천존, 문충, 잡찬 진복, 파진찬 지경, 대아찬 양도, 개원, 흠○*{○은 돌이다}*을 대당총관으로 삼고, 이찬 진순*{춘으로도 적는다}*, 죽지를 경정총관으로 삼고, --- 잡찬 군관과 대아찬 도유와 아찬 용장을 한성주행군총관으로 삼고 --- 아찬 일원, 흥원을 계금당총관으로 삼았다[八年 --- 六月 --- 二十一日 以大角干金庾信大幢爲*{爲者 當在大幢上}*大摠管 角干金仁問欽純天存文忠迊飡眞福波珍飡智鏡大阿飡良圖愷元欽○*{○突也}*爲大幢摠管 伊飡陳純*{一作春}*竹旨爲京停摠管 --- 迊飡軍官大阿飡都儒阿飡龍長爲漢城州行軍摠管 --- 阿飡日原興元爲罽衿幢摠管]. --- 22일 --- 왕은 일길찬 진공을 파견하여 하례하였다[二十二日 --- 王遣一吉飡眞功稱賀].

　　　　　　　　—『삼국사기』권 제6 「신라본기 제6」「문무왕 상」

(7a)에서 보듯이 661년 가을 7월 17일의 고구려 정벌과 관련된 인사에서

진복은 서당총관으로 임명되었다. (7b)에서는 665년에 중시 문훈이 사직하므로 이찬 진복이 중시에 임명되었다. (7c)에서는 668년 고구려 정벌군 부대 편성에서는 잡찬인 진복이 대당총관에 임명되었다. 이 두 명단에 나오는 흠돌, 죽지, 군관, 흥원, 진공 등이 역시 주목된다.

바로 앞 상대등이 누구였는지 찾아보았다. (8)과 같이 680년 2월에 이찬 김군관이 상대등에 임명되어 있었다.

(8) 680년[문무왕 20년] 봄 2월 이찬 김군관을 제수하여 상대등으로 삼았다[二十年 春二月 拜伊湌金軍官爲上大等]
　　　　　　　　　　—『삼국사기』 권 제7 「신라본기 제7」 「문무왕 하」

668년에는 군관과 진복이 같은 迊湌이었다. 680년에는 군관은 이찬이 되어 있고, 681년[신문왕 원년] 8월에 진복은 서불핸[=각간]이 되어 있다. 이 둘은 거의 비슷한 지위로 전장에 나가고 관직에 종사한 경쟁 관계나 동지 관계였던 것으로 보인다.[21]

(6)과 (8)을 비교해 보면 김군관은 1년 반 동안 상대등에 있었다. (6)에서 김군관을 상대등에서 면한 사유가 없는 것이 주목된다. 『삼국사기』는 대부분의 경우 상대등이 사망, 노쇠, 정변 등에 의하여 바뀌었음을 알 수 있게 기록되어 있다. 그러나 여기서는 아무 사유 없이 상대등을 바꾸었다. 왜 바꾸었을까?

(6)의 상대등 교체 기록에 이어서 (10a)에서 보듯이 같은 해, 같은 달에 '김흠돌의 모반' 사건이 기록되어 있다. 상대등이 왜 바뀌었는지 짐작이 간

---

21) 김군관은 661년에 남천주행군총관이고, 668년에 한성주행군총관이다. 그는 고구려 접경지역 사령관으로 통일 전쟁의 핵심 중의 핵심이었다. 필사본 『화랑세기』에는 그의 증조부가 거칠부이고 어머니가 진지왕의 딸 석명공주라고 하였다. 그의 집안은 거칠부가 8 장군을 거느리고 竹旨嶺, 麻木峴 이북 鐵嶺 이남 10개 군을 점령한 이래 대대로 그 지역을 경영한 名門巨族이었다.

다. 이 이상한 상대등 교체 기록은 이 모반의 속성을 밝히는 데에 중요한 단서가 된다. 이는 상대등 김군관이 '김흠돌의 모반'을 다룰 만한 위치에 있지 못하였다는 것을 암시한다. 김군관이 김흠돌 등 반역을 모의한 사람들과 특별한 관계에 있었거나, 최악의 경우 김군관이 '김흠돌의 모반'에 연루된 혐의를 받고 수사 대상이 되었을 수도 있었음을 알 수 있다. 신문왕은, 김군관을 포함한 김흠돌 등 반역을 모의하고 있는 것으로 의심되는 일군의 장군들을 조사하고 처리하기 위하여, 진복을 상대등에 임명한 것으로 보인다. 진복은 김흠돌과 직접적으로 연결되는 사람은 아닐 것이다. 김군관은 김흠돌과 직접적으로 연결되는 위치에 있었을 것이다.[22]

김흠돌이 왜 모반하였을까? 김흠돌은 누구일까? (9b)에는 놀라운 일이 적혀 있다. 태자 정명은 (9a)에서 보듯이 665년에 태자로 책봉되었다. 그런데 31대 신문왕의 왕비가 '소판 흠돌의 딸'이라는 것이다. 그러면 김흠돌은 왕의 장인이다. '왕이 태자가 될 때 그를 들였다.'고 했으니 665년 8월에 신문왕과 왕비 김흠돌의 딸이 혼인하였다는 말이다.

> (9) a. 665년[문무왕 5년] 가을 8월 --- <u>왕자 정명을 책립하여 태자로 삼았다[秋八月 ---立王子政明爲太子]</u>. 널리 사면하였다[大赦].
> —『삼국사기』권 제6「신라본기 제6」「문무왕 상」
> b. 681년[신문왕 즉위년] 신문왕이 즉위하였다[神文王立]. 이름은 정명*{명지라고도 한다. 자는 일초다.}*이다[諱政明*{明之 字日怊}*]. <u>문무대왕의 장자이다[文武大王長子也]</u>.[23] 어머니는 자의*{義는 儀

---

22) 필사본 『화랑세기』에 따르면 진복은 진공의 형이다. 동생이 연루된 모반을 그 형이 조사하게 한 것도 절묘한 수이다. 형제, 인척도 무서운 적이 될 수 있음을 보여 준다.

23) 이 '長子'도 의미심장한 말이다. 『삼국사기』에 등장하는 수많은 장자는 원자와는 다른 말이다. 형이 하나 이상 사망하여 살아남아 있는 아들들 가운데 가장 어른 아들이라는 뜻이다. 신문왕은 문무왕의 원자가 아니다. 그런데 그의 어머니 자의왕후는 元妃임에 틀림없다. 신문왕 정명에게는 형이 있었다. 그 형이 일찍 조졸하였다. 그것을 보여 주는 것이 『삼국사기』권 제7「신라본기 제7」「문무왕 하」의 끝에 붙어 있는 문무왕의 遺詔

로도 *쓴다*.}*왕후다[母慈儀*{一作義)*王后]. 비는 김 씨로서 소판
흠돌의 딸이다[妃金氏 蘇判欽突之女]. 왕이 태자가 될 때 그를 들였
다[王爲太子時納之]. 오래도록 아들이 없었다[久而無子]. 후에 아버
지가 반란을 일으킨 데에 연좌시켜 궁에서 쫓아냈다[後坐父作亂出
宮]. 문무왕 5년에 태자가 되었다가 이때 이르러 왕위를 계승하였
다[文武王五年立爲太子 至是繼位].

— 『삼국사기』 권 제8 「신라본기 제8」 「신문왕」

(9b)에서 '오래도록 아들이 없었다[久而無子].'가 특별히 눈을 끈다. 그러
면 신문왕의 아들들인 32대 효소왕, 33대 성덕왕은 누가 낳았다는 말인가?
여기에서 모든 문제가 생겼음을 직감적으로 알 수 있다. 아들을 하나도 낳
지 못한 왕비가[24] 모든 일의 원인을 제공한 것이 아닐까? 이것이 신라 중
대 최대의 內亂인 '김흠돌의 모반'의 근본 원인임에 틀림없다.

(10) a. 681년[신문왕 원년] 8월 --- 8일 소판 김흠돌, 파진찬 흥원, 대아
찬 진공 등이 모반하여 복주하였다[八月 --- 八日 蘇判金欽突 波珍
湌興元 大阿湌眞功 等謀叛 伏誅].

b. (681년 8월) 13일 보덕왕이 사신 소형 수덕개를 보내어 역적을 평

이다. 거기에는 백제 정복을 가리켜서 '아래로는 아버지와 아들의 오랜 원한을 갚았다
[下報父子之宿寃]'이라는 말이 있다. 이 말이 문무왕의 맏아들이 백제와의 전쟁에서 전
사하였음을 알려 준다.

24) 이 왕비가 아들뿐만 아니라 딸도 낳지 못하였을까? 그렇지 않을 것이라는 정보가 있다.
淨衆宗의 창시자인 無相禪師 金嗣宗에 관한 기록에, 그가 어렸을 때 누나가 왕실에서 추
진하는 혼인에 저항하여 얼굴에 자해를 하면서까지 불가에 출가하려는 모진 결심을 보
이는 것을 목도하였다는 내용이 있다. 신문왕의 넷째 아들 김사종의 누나라면 김흠돌의
딸이 낳은 공주임에 틀림없다. 이 공주가 아들로 태어나서 문무왕의 원손이 되고, 신문
왕의 원자가 되었으면 통일 신라의 역사는 달라졌을 것이다. 아니 한국의 역사가 달라
졌을 것이다. 그 사람보다 왕위 계승 서열이 더 앞서는 사람은 있을 수 없기 때문이다.
그 공주는 태종무열왕의 첫 증손녀이고, 김유신의 딸 진광의 딸이 낳은 김유신의 외증
손녀이다. 그 공주가 모든 혼인이 정략에 의하여 이루어지는 이 살벌한 정치판에서 벗
어나기 위하여 혼인을 거부하고 불가에 귀의하려 한 것은 딱한 일이긴 하지만 당연한
일이기도 하다. 이런 사연 속에 역사의 아픈 진실이 숨어 있다(서정목(2016d) 참고).

정한 것을 축하하였다[十三日 報德王 遣使小兄首德皆 賀平逆賊].

—『삼국사기』권 제8「신라본기 제8」「신문왕」

(10a)에서 김흠돌, 흥원, 진공 등이 복주되었다.[25] 원인은 '모반하여'이다. '모반'은 난을 일으킨 것이 아니라 '반역을 모의하였다'는 말이다. '복주'라는 말은 '형벌에 복종하여 목 베임'이라는 뜻이다. 이 '복주'라는 말 속에는 그들이 자복하였다는 뜻이 들어 있다. 많은 고문이 있었을 것이다. 김흠돌은 김달복과 김유신의 누이 정희 사이에서 태어났고, 자라서 외사촌 누이인 김유신의 딸 진광과 혼인하였다. 그는 장인 김유신과 함께 삼국 통일

---

25) 이 모반으로 희생된 인물들은 모두 앞에서 본 대로 문무왕 원년[661년], 8년(668년)의 대고구려 전쟁에 김유신의 휘하로 나란히 참전하였다. 신문왕 즉위에 반대했을 수도 있는 세력의 윤곽을 알 수 있다. 자의왕후는 역대 풍월주를 역임하여 병권을 쥐고 있는 강력한 화랑 출신 군부 귀족 세력을 그대로 두고서는 허약한 아들이 제대로 된 왕 구실을 할 수 없다는 것을 알고 문명왕후와 문무왕이 세상을 뜨자 말자 이들을 제거하였을 것이다. 필사본『화랑세기』에 의하면, 흠돌은 처녀 시절의 자의를 첩으로 삼으려 하였고, 문명왕후와 의논하여 흠돌의 처제인 신광을 태자비로 들여 자의가 태자비가 되는 길을 막으려 하였다. 충담사는 화랑도 속에 전설처럼 전해져 온, 이 모반 사건에서 끝까지 동지들을 배신하지 않고 죽어 간 이찬 김군관의 이야기를 전해 듣고 요석공주 사후 그의 제사가 가능해진 시대에 제사와 관련하여「찬기파랑가」를 지었을 것이다. 경덕왕은 할아버지 신문왕, 증조모 자의왕후, 아버지의 외조모, 즉 진외증조모인 요석공주, 할머니 신목왕후에 의하여 자진을 강요당한 이 '늙보 화랑, 노화랑'을 찬양하는 이 시가 뜻이 매우 높다는 세평에 마음이 편하지 않았을 것이다. 이것이 경덕왕의 물음에 '연(然)이오[그러하오].'라고 답할 수밖에 없는, 겸양할 수 없는 충담사의 처지이면서, '연(然)이면[그러하다면], 나를 위하여 '백성을 편안히 다스리는 노래[理安民歌]'를 지으라.'고 하는 경덕왕의 처지이다. 이「찬기파랑가」는「모죽지랑가」와 더불어 그 시대의 민심에 크게 울림을 주었을 것이고, 통일 신라의 기반이 신라의 二聖 文武王과 金庾信의 협력에 의하여 이룩되었음을 아는 당대의 사람들은「만파식적」, '김유신의 유언', 설총의「화왕계」등을 이야기 하며 신문왕의 탐욕으로 초래된 이 사건이 나라를 망하게 한 근본 요인이 되었다는 것을 증언하고 있었을 것이다. 일연선사는 그 민심을 읽고 이런 노래들,「모죽지랑가」,「찬기파랑가」,「안민가」,「처용가」등을 국가 흥망성쇠를 기록한『삼국유사』권 제2「기이 제2」에 실어 두고,「원가」를 권 제5「피은 제8」에 실어 둔 것이다. 예나 지금이나 나라가 망하는 것은 모든 백성의 잘못이 아니라 지도층 한 사람의 순간적인 실수에 기인한다. 지도자를 잘못 만나면 아무리 좋은 나라도, 아무리 선량한 백성들도 살아남을 수 없다. 참으로 안타까운 일이다.

전쟁에 평생을 바친 화랑도 풍월주 출신 고위 진골 귀족이다. 흥원, 진공 등도 『삼국사기』 문무왕 대에 이름을 남긴 장군 출신들이다. 이들은 선덕여왕-진덕여왕-태종무열왕-문무왕 시대를 관통하여 김유신과 함께 시대를 이끌어온 지도자들이다. 분명히 말하기는 어렵지만 어릴 때부터 한 화랑도[김유신의 '龍華香徒'일 가능성이 크다.]에 遊하여 同門을 이루었을 가능성도 있다. 이들이 서로 아들, 딸을 주고받는 혼맥을 이루고 있었을 가능성도 매우 크다. 이들은 공적으로 사적으로 깊은 인연에 의하여 동지로 맺어진 전쟁 영웅들이자 전우들이다.26)

그런 사람들이 신문왕의 즉위에 즈음하여 반역을 모의하였다. 그렇다면 그들은 왜 신문왕이 왕위에 오르는 것을 반대하였을까? 사위가 왕위에 오르는 것을 장인이 반대하다니, 이것이 이해가 되는가? 필자는 전혀 이해할 수 없는 일이다. 무언가 『삼국사기』에서는 드러나지 않는 사연이 이 사건 뒤에 숨어 있음에 틀림없다.27)

이 사연이 밝혀지지 않으면 「찬기파랑가」도 「모죽지랑가」도, 나아가 「원가」, 「안민가」도 제대로 이해할 수 없다. 이 사연의 핵심은 '김흠돌의

---

26) 필사본 『화랑세기』에는 김흠돌이 김유신의 딸 晉光의 남편이다. 흥원은 흠돌의 둘째 아내의 오빠이고, 진공은 흠돌의 누나 흠신의 남편이다. 김군관의 아들 천관은 김흠돌의 사위이다. 이들이 모두 婚脈으로 얽혀 있음을 알 수 있다. 姻戚들이 반란을 모의하였다. 달리 말하면 김흠돌을 잡기 위하여 그 인척들을 모두 엮은 것이다. 이보다 더 정확하게 통일 신라의 역사를 기록한 사서는 없다. 필사본 『화랑세기』는 현존하는 어느 역사서보다 더 신라 중대 정치사를 적나라하고 사실에 가깝게 보여 준다고 할 수 있다.

27) 「모죽지랑가」, 「찬기파랑가」, 「원가」, 「안민가」에 대한 정당한 해석을 위해서는 이 모반 사건의 본질을 꿰뚫어 볼 수 있는 안목이 필요하다. 1300년 이상을 살아남아 그것도 국가 흥망성쇠를 기록한 「기이 제2」 편에 기록되어 전해 오는 노래가 간절한 역사적 사연을 품고 있지 않다면 오히려 이상하다 할 것이다. 「원가」는 『삼국유사』 권 제5 「피은 제8」에 들어 있지만 내용상으로 보아 공신록에 이름이 오르지 못한 원망을 담았으므로 「피은 제8」에 있을 시가 아니다. 「신충 괘관」은 '신충이 벼슬을 그만 두다.'가 아니다. '신충의 변절과 작록 탐함, 그리고 이순의 괘관과 피세'로 나누어 번역해야 한다(서정목(2016a) 참고). 그 시는 성덕왕 말년의 왕위 계승을 둘러싸고, 태자 승경[엄정왕후 소생]과 그의 동생 헌영[소덕왕후 소생]이 싸우는 과정에서 지어진 노래이다.

모반'의 성격이다. 그는 왜 반역을 모의하였을까? 사위와 딸이 사이가 좋았다면, 장인이 사위가 왕위에 오르는 것을 막으려 했을 리가 없다. 왕과 왕비의 관계가 좋지 않았을 가능성이 크다. 어떤 경우에 왕과 왕비의 사이가 나빠질까? 그것은 왕비가 투기를 하는 경우라고 볼 수 있다. 왕비는 왜 투기를 하는가? 왕에게 다른 여자가 있기 때문이다. 왕비에게는 태자비가 된 이래 오래 아들이 없었다. 16년이나 태자로 있었던 정명태자에게 태자비가 있었는데 아들이 없었다니---. 이 상황은 많은 상상을 하게 한다. 그 많은 상상의 물줄기는 결국은 '정명태자에게는 다른 여자가 있었을 것이고 그 여자에게는 아들이 있었을 것이다.'로 흐른다.

(10b)에서 고구려로부터 항복해 왔던 연정토의 아들인 보덕왕 安勝[나중에 김 씨 성을 하사받음]이 누구도 하지 않은 '난 평정 축하 인사'를 한 것이 눈에 뜨인다. 이것을 왜 기록하였을까? 고구려를 멸망시킨 원수 김유신의 부하들, 김흠돌, 흥원, 진공 등의 죽음을 보면서 멸망한 고구려 왕의 뒤를 이어 보덕왕으로 봉해져 있는 이 사람의 마음은 어떤 것이었을까? 이 모반 사건으로 화랑도 출신 장군들이 주륙되어 나갔을 때 가장 쾌재를 부른 세력이 어떤 세력일지 짐작할 수 있는 일이다.

681년 7월 7일 즉위한 신문왕은 장인과 그 추종 세력을 집단으로 거세하였다. 이른바 '김흠돌의 모반'으로 알려진 이 유혈 궁중 정변은 어떤 정치적 구도에서 일어난 일일까? 통일 신라 시대 여러 차례 일어나는 반란 사건의 주모자는 대체로 이찬[2등관위명] 급의 인물이다. '이찬 비담의 난'이 그렇고, '이찬 경영의 난'이 그러하다. 이 반란들은 대부분 왕위 쟁탈전과 관련하여 설명되어야 한다. 그러나 681년의 '김흠돌의 모반'은 왕위 쟁탈전이라고 볼 직접적인 근거가 없다. 그만큼 특이한 모반 사건이다. 김흠돌의 딸은 그때까지 태자비였다가 금방 왕비가 되었다. 사돈인 전왕[문무왕]이 사망하고 사위가 왕이 된 국상 중에 왕비의 친정 아버지가 반란을

일으킨 것이다. 전혀 설명할 수 없는 사건이다. 그런데 앞에서 본 대로 '왕
비에게는 오랫동안 아들이 없었다.'고 『삼국사기』는 기록하고 있다.

『삼국사기』와 『삼국유사』의 31대 신문왕, 32대 효소왕, 33대 성덕왕, 34
대 효성왕, 35대 경덕왕, 36대 혜공왕 대의 여러 기록은 매우 이상한 일들
로 가득 차 있다. 필자가 이상하다고 생각하고 눈에 쌍심지를 돋우어 불을
켜고 현미경을 들이대어 샅샅이 들여다 본 『삼국사기』의 그 시절 기사들
은 (11)과 같다.

(11) a. 681년 8월 김흠돌의 모반에 연좌시켜 왕비를 내쫓고, 683년 5월 7
일에 김흠운의 딸을 새 왕비로 맞아들이는 과정
b. 687년 2월의 元子 출생과 691년 3월 1일의 王子 理洪의 태자 책봉
c. 692년 7월의 신문왕의 승하와 효소왕의 즉위 시의 기사
d. 700년 5월의 '경영{현}의 모반'과 중시 김순원의 파면
e. 702년 효소왕의 승하와 성덕왕의 즉위 시 기록
f. 714년 2월 왕자 김수충의 당 나라 숙위와 717년 9월의 귀국
g. 715년 12월의 왕자 중경의 태자 책봉과 716년 3월 成貞*{一云嚴
貞}王后를 쫓아낸 사건
h. 엄정왕후의 사망 기록 없이 720년 3월 이찬 순원의 딸 소덕왕후와
의 재혼
i. 726년 5월에 당 나라로 가는 王弟 金釿{欽}質
j. 728년 7월에 당 나라로 가는 王弟 金嗣宗
k. 733년 12월에 당 나라로 가는 王姪 金志廉
l. 734년 정월 김충신이 唐帝에게 表를 올리면서, 金孝方[37대 宣德王
의 아버지, 성덕왕의 딸 사소부인의 남편]이 숙위 오다가 죽은 사
실, 그 대신 종질 지렴이 와서 자신과 교대하려 하고 있다는 점
m. 739년 3월 당 나라가 책봉한 왕비 박 씨의 사망, 폐비 기록 없이
이찬 순원*{진종의 잘못 : 필자 쥐*의 딸 혜명왕비와의 재혼
n. 740년 7월 붉은 비단옷을 입은 여인의 효신공의 문앞 조정 정사
비방 1인 시위와 증발

o. 740년 8월 혜명왕비가 투기하여 죽인 후궁의 아버지 영종의 모반
   과 복주

p. 742년 5월 효성왕 승하와 화장 및 동해 산골

q. 742년 경덕왕 즉위 시 왕비는 순정의 딸이었는데 743년 4월 김의
   충의 딸을 새로 왕비로 들임

r. 758년 7월 23일 만월부인 혼인 후 15년이 지나서 왕자 출생, 760년
   7월 3살짜리 왕자 건운의 태자 책봉

s. 780년 4월 고종사촌 김양상의 36대 혜공왕 弑害와 37대 선덕왕의
   自立

t. 「열전 제6」 「薛聰」 조의 신문왕과 설총의 「화왕계」 이야기

u. 「열전 제7」 「金歆運」 조의 655년 2월의 태종무열왕의 半子[사위]
   김흠운의 전사[28]

(11a~s)는 681년 7월 1일 문무왕 승하 후 꼭 99년 동안의 통일 신라 왕실 사정을 압축한 것이다. (11t, u)는 이러한 왕실 사정이 생긴 원인과 과정을 이해하는 데에 핵심적인 전기이다. 왕실 사정만 보면 결코 순탄하고 태평스러운 시대라 할 수 없다. 문무왕, 그의 아들 신문왕, 손자 효소왕, 성덕왕, 증손자 효성왕, 경덕왕, 그리고 고손자 혜공왕까지 꼭 5대 99년 만에 멸망한 것이다. 그것도 성덕왕의 외손자 김양상이 외사촌 동생 혜공왕을 죽이고 찬탈하여 스스로 왕위에 올랐다. 효소왕의 의문의 죽음, 성덕왕의 태자 중경의 죽음, 왕자들의 당 나라 파견, 기존 왕비를 어떻게 하고 새로 순원의 딸과 손녀를 왕비로 들이는 일, 혜명왕비의 투기에 의한 후궁 살해, 효성왕의 화장과 동해에 뼈를 뿌려 버리기 등은 결코 예삿일로 볼 수 없는 특별한 사항으로 눈을 끌었다.

그런데 이에 더하여 『삼국유사』의 (12)를 면밀하게 검토하여 (11)과 통

---

28) 김흠운이 태종무열왕의 사위라는 것은 그의 아내가 문무왕의 누이라는 것을 뜻한다. 그러면 신문왕에게는 그 공주가 고모가 된다. 그 공주는 요석공주로 보인다. 그러면 김흠운의 딸은 신문왕의 고종사촌 누이이다.

합, 연결하면 그 속에는, 지금까지 한국어학, 한국문학, 한국사학 등의 한국학계에서 상상도 하지 못한 놀라운 일들이 들어 있다. 이 일들은 그 애상적 정조를 풍기는 「모-죽지랑-가」, 「찬-기피랑-가」를 이해하고 해석하여 문학적 가치를 평가하는 데에 핵심 관건이다. 이 일들은, 나아가 「원가」, 「안민가」에 얽힌 정치적 의미를 푸는 정치 세력 구도의 지형을 그리는 데에도 핵심 사항이 된다.

(12) a. 태종무열왕 시기[655년(?)경]인 「원효불기」의 요석궁의 홀로 된 공주와 설총의 탄생
    b. 682년의 「만파식적」의 말을 타고 용연 폭포에 오는 태자 이공[효소대왕]
    c. 692년의 「효소왕대 죽지랑」 조에 등장하는 어른 효소왕
    d. 692년의 「혜통 항룡」 조에 등장하는 효소왕의 딸
    e. 693년의 「백률사」 조의 진신 석가를 몰라 본 효소왕
    f. 705년 4월 오대산 진여원 창건을 적은 「대산 오만 진신」과 「명주 오대산 寶叱徒太子 전기」에 나오는 '副君이 신문왕의 태자[효소왕]과 왕위를 다투다가 효소왕이 승하하여 國人이 부군을 폐하고 장군 4인을 오대산에 보내어 효명태자를 데려와서 성덕왕으로 즉위시키는 이야기
    g. 736년 가을부터 737년 봄까지의 일을 적은 「신충 괘관」 조에서 엿볼 수 있는 엄정왕후의 아들 태자 승경과 소덕왕후의 아들 헌영 사이에서 줄타기 하는 김신충
    h. 765년[경덕왕 24년] 3월 3일의 「경덕왕 충담사 표훈대덕」 조에서 말하는 「찬기파랑가」의 世評에 관한 경덕왕의 언급과 「안민가」 창작, 표훈대덕이 여아를 남아로 바꾸어 옴, 남아가 되면 나라가 망할 것이라는 상제의 경고, '비록 나라가 망해도 아들을 얻어 후사를 이으면 그것으로 족하다.'는 경덕왕의 대답, 8세에 즉위한 혜공왕이 유충하여 만월부인이 섭정하였는데 정조가 조리를 잃어 도적들이 벌떼같이 일어났고 막을 수 없었음. 표훈의 말이 징험되었고

표훈 이후 신라에 성인이 나지 않았다는 기록

i. 「혜공왕」 조의 96명의 角干이 서로 다투어 큰 난리가 났다는 기사

j. 「처용랑 망해사」에서 정신 이상 증세의 헌강왕이 보이는 행태와 지신, 산신이 나라가 망할 것을 예고했는데도 國人이 깨닫지 못하고 쾌락을 탐하기를 극심히 하여 '결국 나라가 망했다[國終亡].'는 일연선사의 평가

이것이 어찌 예삿일이라 할 것인가? 『삼국사기』의 편년체 역사 기록과 『삼국유사』의 주제별 주요 사건 기록이 연대에서 인물에 이르기까지 하나도 착오 없이 정확하게 일치하고 있다. 아니 『삼국유사』는, 『삼국사기』가 빠트린 말, 쓰지 못한 통일 신라 멸망의 요인과 과정을 자세하게, 이야기하듯이 후손들에게 들려주고 있다. 이러면 나라가 망한다는 것을 어떻게 이보다 더 진솔하게 말해 줄 수 있겠는가?

왕들은 하나같이 暗君이다. 아주 어린 경우도 있다. 그 뒤에서 모후, 할머니, 외할머니, 심지어 이모까지 권력을 행사하고 있다. 조정에는 왕의 증조부, 조부뻘의 친인척들이 고위직을 차지하고 부귀영화를 누리고 있다. 특히 문무왕비 자의왕후의 친정 동생인 김순원[성덕왕 계비 소덕왕후의 아버지]의 후예들인 김진종[효성왕 계비 혜명왕비의 아버지], 충신, 효신과 자의왕후의 여동생 운명의 시댁인 김오기 집안의 후예들인 김대문, 신충, 의충[경덕왕 계비 만월부인의 아버지] 등이 왕권을 능멸하면서 권세를 누리고 있다(서정목(2016a) 참고).

『삼국유사』권 제2 「기이 제2」 「처용랑 망해사」 조에는 서라벌로부터 지방에 이르기까지 초가가 하나도 없고 피리 소리와 노래 소리가 도로에서 그치지 않는 풍요를 謳歌하고 있다고 썼다. 노래 소리, 그것이 뭐가 나쁘겠느냐 마는, 『삼국사기』권 제9 「신라본기 제9」 「경덕왕」 22년[763년] 조에는 지리산에 단속사를 짓고 피세하여 왕이 불러도 나오지 않고 경덕

왕의 복을 빌던 대내마 이순이, 왕이 음악을 좋아한다는 소문을 듣고는 득 달같이 달려와서 궁문 앞에서 諫하기를 '夏 나라 桀王과 殷 나라 紂王이 주색에 빠져 음탕한 음악을 그치지 않았으므로 정사가 잘못되고 나라가 廢滅하였는데 그 前轍을 밟으려 합니까?' 하고 왕에게 개과천선하라고 나무란다. 이러한 정치, 사회적 공간에서 '왕은 왕답게/ 신하는 신하답게/ 백성은 백성답게' 하면 '나라가 태평하리이다.'는 「안민가」가 지어진 것이다. 바로 公私를 구분하고, 각자의 맡은 바 본분을 다해야 한다는 교훈을 노래한 것이다. 그거야 『論語』에도 있으니 삼척동자도 아는 것이지만, 우리는 이 개명천지에 그것도 모르고 모두가 진실에 눈 감고 제 주장만 하는 얄궂은 세상을 만난 것이다.

V. 김흠돌의 모반의 원인 : 효소왕은 677년에 출생하였다.

제32대 효소왕의 출생년도가 논쟁의 핵심이 되는 까닭이 바로 이것이다 (서정목(2014e) 참고). 모든 사서에서 효소왕의 어머니는 신목왕후이다. 그런데 신목왕후는 (13)에서 보듯이 683년 5월 7일에 신문왕과 정식으로 혼인하였다. 『삼국사기』, 『삼국유사』를 통틀어 이렇게 자세한 혼인 기록은 이것이 유일하다. 納采 禮物을 잔뜩 보내고, 그 예단 품목을 자세히 적고 수량까지 15수레, 135수레 등으로 헤아려 적은 기록이 눈을 끈다.

> (13) 683년[신문왕 3년] 봄 2월 --- <u>일길찬 김흠운의 딸을 들여 부인으로 삼기로 하고, 먼저 이찬 문영과 파진찬 삼광을 보내어 날을 받고, 대아찬 지상을 시켜 납채를 보내는데, 비단이 15수레이고 쌀, 술, 기름, 꿀, 간장, 향초*{菰가 가장 적절함 : 필자}*, 말린 고기[脯], 젓갈이 135수레, 조곡이 150수레였다[納一吉飡金欽韻少*{之의 오식 : 필자}*</u>

女爲夫人 先差伊湌文穎波珍湌三光定期 以大阿湌智常納采 幣帛十五轝
米酒油蜜醬豉脯醢一百三十五轝 租一百五十車]. --- 5월 7일 이찬 문
영, 개원을 보내어 그 댁에 이르러 책립하여 부인으로 삼았다[五月七
日 遣伊湌文穎愷元抵基宅 冊爲夫人]. 그 날 묘시에 파진찬 대상, 손문
과 아찬 좌야, 길숙 등을 보내어 각각 아내와 함께 급량부, 사량부 2
부의 여인네 각 30인과 더불어 맞오게 하였다[其日卯時 遣波珍湌大
常孫文阿湌坐耶吉叔等 各與妻娘及梁沙梁二部嬪各三十人迎來]. 부인은
마차를 탔고 좌우의 시종하는 관인들과 처녀, 여인네들이 매우 많았
다[夫人乘車左右侍從官人及娘嬪甚盛]. 왕궁의 북문에 이르러 수레에
서 내려 궁안으로 들어왔다[至王宮北門下車入內].

― 『삼국사기』 권 제8 「신라본기 제8」 「신문왕」

신문왕과 신목왕후 사이에 '원자'는 (14a)에서 보듯이 687년 2월에 출생
하였다. 그리고 (14b)에서 보듯이 691년 3월 1일 '왕자 이홍'을 태자로 책
봉했다. 이 왕자 이홍이 687년 2월에 태어난 원자일까? 그렇다면 왜 '원자
이홍'이라 하지 않고 '왕자 이홍'이라 하였을까? 효소왕은 한 번도 '신문왕
의 원자'로 적힌 적이 없다.

(14) a. 687년[신문왕 7년] 봄 2월 원자가 출생하였다[七年 春 二月 元子
生]. 이 날 음침하고 어두우며 큰 우레와 번개가 쳤다[是日 陰沈昧
暗 大雷電].

b. 691년[동 11년] 봄 3월 1일에 왕자 이홍을 태자로 책봉하고 13일에
죄수를 대사하였다[十一年 春 三月一日 封王子理洪爲太子 十三日
大赦]. <『삼국사기』 권 제8 「신라본기 제8」 「신문왕」>

(15) a. 692년[효소왕 즉위년] 효소왕이 즉위하였다[孝昭王立]. 휘는 이홍*
{홍은 공으로도 적는다.}*이고 신문왕의 태자이다[諱理洪*{一作
恭}*神文王太子]. 어머니는 성이 김 씨이고 신목왕후로서 일길찬
김흠운*{運은 雲이라고도 한다.}*의 딸이다[母姓金氏 神穆王后 一吉
湌金欽運*{一云雲}*女也].

b. 당 측천무후가 사신을 보내어 조위를 표하고 제사를 지내고, 이에
왕을 신라왕 보국대장군 행좌표도위대장군 계림주 도독으로 책봉
하였다[唐則天遣使 弔祭 仍冊王爲新羅王 輔國大將軍 行左豹韜尉大
將軍 鷄林州 都督].

—『삼국사기』 권 제8 「신라본기 제8」 「효소왕」

　신문왕의 태자인 효소왕은 692년 7월에 즉위하였다. 687년 2월생 원자
가 왕자 이홍이고 효소왕이 되었다면 효소왕은 6살에 즉위한 것이 된다.
(15a)는 효소왕이 신문왕의 태자이고 신목왕후의 아들이라고 하였다. (15b)
에는 신문왕의 승하에 따른 당 나라 측천무후의 조위 사절의 신라 방문과
효소왕 책봉이 기록되어 있다.

　지금까지 신라 중대사를 연구한 者들은, 신종원(1987)에서 (14a, b)를 잘
못 읽어 '687년 2월에 출생한 元子가 691년 3월 1일에 태자로 책봉된 王子
理洪과 동일인이라.'는 착각에 빠진 이래, 어떤 者도 王子 理洪과 687년 2
월생 元子가 다른 사람이라는 생각을 하지 못하였다. 그리하여 '효소왕이
692년 6살에 즉위하여 702년 16살에 승하하였고, 성덕왕이 702년 12살에
즉위하였다.'는 틀린 학설이 국사학계에서 통용되고 있다. 대표적으로 국
사편찬위원회(1998)과 이기동(1998)은 (16)처럼 적고 있다.

(16) a. 효소왕은 6세의 어린 나이로 왕위에 올랐는데, 母后가 섭정하는 등
　　스스로에 의한 정상적인 왕위수행은 어려웠을 것으로 생각되기 때
　　문이다. <국사편찬위원회(1998), 『한국사 9』 「통일신라」, 95~96면>
　b. 次子인 성덕왕의 출생 연대는 기록에 보이지 않으나 이를 推定할
　　만한 자료가 없지도 않다.[29] 즉 앞서 언급한 『삼국유사』 대산오만

---

29) 성덕왕은 신문왕의 次子가 아니다. 제2자이다. 차자는 원래부터 둘째 아들을 가리킨다.
　제2자는 두 형 가운데 한 사람이 죽고 살아 있는 아들 가운데 둘째 아들을 가리킨다.
　효소왕이 승하한 후에는 봇내, 성덕왕 순이므로 성덕왕이 신문왕의 제2자가 된다.

> 진신조에는 註記로 효소왕이 16세에 즉위하여 26세에 죽었으며, 그의 후계자인 성덕왕은 22세에 즉위했다고 되어 있는 것이다. 다만 여기에 보이는 효소왕의 寶齡은 실제보다 10세 많게 되어 있다. 그것은 어쨌든 성덕왕이 효소왕보다 4세 연하인 것이 확실하다면, 즉위시 그의 연령은 12세였을 것이다. —이기동(1998), 「신라 성덕왕대의 정치와 사회-'군자국'의 내부 사정」, 『역사학보』 160, 역사학회, 5면.

(14a)의 '元子'와 (14b)의 '王子 理洪'이 정말로 동일인일까? 그러려면 '원자'와 '왕자'가 같은 뜻을 가진 단어이어야 한다. 그런데 원자는 원비의 맏아들만을 가리킨다(서정목(2015c) 참고). 왕자는 왕의 아들이면 車得이든 馬得이든, 막내든 모두 왕자이다. 원자는 왕자의 부분 집합인 것이다. 그러므로 왕자 이홍이 자동적으로 원자가 될 수는 없다. '그것은 어쨌든'이라고 쓴 이기동(1998)은 공부하는 자의 글이 아니다. '효소왕의 보령은 실제보다 10세 많게 되어 있다.'고 썼으면, 그에 이어서 그 이유를 기술하여야 하지 '그것은 어쨌든'으로 무책임하게 넘어가면 안 된다.

현대 한국의 국사학계는 (14a)의 '원자'를 (14b)의 왕자 이홍과 동일인시하여 (14a)를 효소왕의 출생 기록으로 착각한 것이 틀림없다. 왕자 이홍이 원자가 아니라면 효소왕은 687년 2월에 태어난 것이 아니다. 따라서 효소왕이 6세에 즉위하여 16세에 승하하였다는 (16a)의 가설은 증명되지 않는 엉터리 가설이다. 거기에 더하여 (16b)의 '『삼국유사』 대산오만진신조에는 註記로 효소왕이 16세에 즉위하여 26세에 죽었으며, 그의 후계자인 성덕왕은 22세에 즉위했다고 되어 있는 것이다. 다만 여기에 보이는 효소왕의 寶齡은 실제보다 10세 많게 되어 있다.'는 말도 아무 근거 없는 엉터리 착각에 지나지 않는다.

『삼국사기』에는 이 외에는 어디에도 효소왕의 출생과 관련된 기록이 없다. 그런데 어떻게 하여 『삼국유사』의 효소왕이 16세에 즉위하여 26세에 승하하였다는 기록이 효소왕의 나이를 10살 많게 조작하여 적은 것이라고 착각했을까? 이것이 서정목(2013)이 작성되던 당시의 국사학계의 실상이었다.

그러나 다 알다시피 『삼국유사』에는 682년 5월의 「만파식적」 조에 태자 이공[뒷날의 효소대왕]이 6살 정도의 소년으로 등장하여 대궁을 지키고 있다가 말을 타고 함월산 용연 폭포까지, 피리와 흑옥대를 얻은 부왕 신문왕을 마중하러 온다. 692년에 6살로 즉위하는 효소왕이 682년에 말을 타는 소년으로 나오니, 국사학계는 「만파식적」 조가 효소왕 때의 일을 신문왕 때의 일로 소급하여 적었다는 말도 안 되는 소리를 하고 있다.

그리고 신문왕의 장례와 관련된 일을 적은 692년의 「혜통항룡」 조에서는 효소왕의 王女가 갑자기 병이 나서 혜통이 치료를 해 주고 있다. 국사학계는 효소왕이 692년에 6살로 즉위하였다고 해 놓았다. 그러니 6살 짜리 어린 효소왕에게 딸이 있다는 것이 말이 안 된다. 그래서 국사학계에는 이 '王女'가 '王母'의 오식이라는 주장까지 나와 있다.

이 著들은 어찌 이리도 철저하게 『삼국유사』를 불신하는 태도를 가지게 되었을까? 연대도 없고 근거도 없으며 인물의 정체도 불확실한 신화적 설화에 대해서, 역사 논의의 근거로 사용하기 어렵다는 신중한 태도를 취하는 것은 이해할 수 있다. 그러나 연대도 확실하고, 『삼국사기』로부터 근거를 찾을 수도 있으며, 인물의 정체도 분명한 신라 중대의 일을 적은 기사에 대하여, 믿을 수 없는 지어낸 이야기라고 엉뚱한 소리를 하고 있는 것은 결코 올바른 역사 연구 태도가 아니다. 그러니 다른 분야 연구자가 현대 한국의 신라 중대 정치사 연구물들을 모두 불신의 대상으로 치부하고 거짓말로 보아 믿지도 않고 읽지도 않게 되는 것이다.

『삼국유사』를 조금만 주의 깊게 읽으면 <u>687년 2월생 원자가 효소왕이</u>

아니라는 것은 누구라도 금방 알 수 있다. 그러면 당연히 신문왕의 원자는 누구인가, 왜 부모가 683년 5월 7일에 혼인하였는데 맏아들이 687년 2월에야 태어났는가를 묻게 된다. 그러면 당연하게도 그 원자를 제치고 태자로 책봉되어 왕위에 오르는 효소왕 이홍이 어떤 인물인지를 연구하게 된다. 당장 원자의 형인가, 동생인가, 4촌인가, 3촌인가, 온갖 생각을 다 하게 되어 있다. 그러면 당연히 김흠돌의 딸인 태자비가 아니라 김흠운의 딸인 신목왕후가 낳은 효소왕, 봇내태자, 성덕왕의 나이와 출생 시기에 관하여 의문을 제기하게 되어 있다.

그런데 일연선사는 『삼국유사』 「대산 오만 진신」 조에서 (17)과 같은 주를 붙여서 명백하게 효소왕의 출생 연대를 증언을 하고 있다. (17)에 따르면 효소왕은 임진년[692년]에 16살로 즉위하여 임인년[702년]에 26살로 승하하였고, 성덕왕은 임인년[702년]에 22살로 즉위하였다.

> (17) 살펴보면 효조*{ 조는 소로도 적음}*는 천수 3년 임진년에 즉위하였는데 그때 나이가 16세였으며, 장안 2년 임인년에 붕어했으니 누린 나이가 26세였다[按孝照*{一作昭}*以天授三年壬辰卽位時年十六 長安二年壬寅[702년]崩壽二十六]. 성덕이 이 해에 즉위하였으니 나이 22세였다[聖德以是年卽位年二十二].
> ─ 『삼국유사』 권 제3 「탑상 제4」 「대산 오만 진신」

그러면 효소왕은 677년생이다. 성덕왕은 681년생이다. 성덕왕의 형 寶川太子는 679(?)년생일 것이다. 그런데 그들의 부모는 (13)에서 보았듯이 683년 5월 7일에 거창한 혼인을 하였다.30) 그러면 효소왕과 寶川, 그리고 성

---

30) 신문왕과 신목왕후의 혼인 후 684년에 첫 원자인 사종이 태어났다. 그 사종은 700년 5월의 '경영의 모반'에 연루되어 부군에서 폐위되고 원자의 지위도 잃었을 것이다. 두 번째 원자가 된 근{흠}질은 687년 2월에 태어났다. 『삼국사기』 권 제8 「신문왕」 조의 687년 2월 '元子生'은 근{흠}질의 출생 기록이다.

덕왕은 부모가 혼인하기 전에 태어난 혼전, 혼외자라는 것이 명백하게 드러난다.

이것을 알고 나면 당연히 성덕왕 후반기에 줄줄이 당 나라로 떠나는 王子 金守忠, 王弟 金釿{欽}質, 王弟 金嗣宗, 王姪 金志廉 등은 누구인가 하는 의문을 갖게 된다. 그러면 왕자들을 둘러싸고 왕실에서 벌어진 골육상쟁을 제대로 窮究해 나갈 수 있는 길을 열 수 있게 된다. 거기에 더하여 조금만 성의를 가지고 중국측 기록『宋高僧傳』 등에 나오는 신라 왕자 출신 승려들의 출생 연대와 입적 연대를 단순 비교만 하여도 자연스럽게 효소왕의 왕자 金守忠이 地藏菩薩 金喬覺이 되었고, 신문왕의 첫 원자 김사종이 無相禪師가 되었으며, 신문왕의 두 번째 원자 김근{흠}질이 釋 無漏가 되었다는 것이 저절로 드러나게 되어 있다(서정목(2016d) 참고).

그런데 효소왕이 677년생이라는 것이 「찬기파랑가」 해석에서 왜 중요한가? 그것은 신라 중대 정치사의 최대의 사건인 '김흠돌의 모반'의 始終이 여기에 달려 있기 때문이다. 앞에서 본 대로 「찬기파랑가」를 이해하려면 '잣나무' 같은 절의와 지조를 지킨 인물을 찾아야 한다. 그러한 인물은 언제 나타나는가? 그러한 인물은 큰 정치적 사건과 관련하여 정의와 불의를 가려야 하는 절체절명의 시대적 상황에서만 나타나게 되어 있다. 그래서 지금 현재의 국문학계의 통설대로 「찬기파랑가」가 경덕왕대에 지어졌다고 보고 그 시대 근방에서 큰 정치적 사건을 찾아보면 그렇다 할 만한 것이 없다. 어쩔 수 없이 그 전으로 거슬러 올라갈 수밖에 없는데, 경덕왕의 할아버지인 신문왕대에 '김흠돌의 모반'이라는 어마어마한 사건이 있다. 그런데 이 모반 사건의 원인이 전혀 밝혀져 있지 않다.

신문왕의 장인, 김유신의 사위, 김흠운의 형, 3국 통일 전쟁의 부대 편성에서 대당총관, 화랑도의 풍월주 등 통일 신라의 중추 세력인 김흠돌이, 사위가 왕이 되자 말자, 모반으로 몰리어 복주되었는데 그 원인을 밝히지 못한다는 것이 말이나 되는가?

효소왕의 출생년을 지금의 국사학계처럼 687년으로 잡으면 681년 8월에 일어난 '김흠돌의 모반'과 효소왕은 아무 관련이 없게 된다. 그래서 국사학계는 아직도 '김흠돌의 모반'의 실상을 파악하지 못하고 있다. 그러나 『삼국유사』처럼 효소왕이 677년생이라고 해 보라. 그리고 효소왕의 어머니가 김흠돌의 딸인 태자비가 아니고 김흠운의 딸인 신목왕후라고 해 보라. 그러면 김흠돌이 왜 681년 8월에 모반을 하였는지, 아니면 모반으로 몰리어 죽었는지 모든 것이 환히 보이게 된다. 김흠돌은 자신의 딸이 아들을 못 낳았는데, 동생 김흠운의 딸은 아들을 낳았다는 참으로 얄궂은 운명 앞에 섰던 것이다. 어쩌겠는가? 681년 8월 기준으로 태자 정명과 조카딸이 상관하여 이홍[효소왕], 보천 두 명의 아들은 확실히 낳았고 681년생 효명[성덕왕]은 태어났거나 뱃속에 들어 있다. 그런데 자신의 딸인 태자비는 딸만 낳았고 아들은 낳지 못하였다. 그 외손녀가 여왕이 되지 못하고, 조카딸이 낳은 이홍, 보천, 효명 중에 하나가 왕이 되면 김흠돌과 그의 딸과 그의 외손녀가 어떻게 될 것인가?

이렇게 보면 677년생 효소왕 이홍의 존재 자체가 바로 681년 8월의 '김흠돌의 모반'의 원인이 되는 것이다. 그러면 '김흠돌의 모반'의 본질이 드러나고 이에 따라 그때 죽은 자들이 죽을 만한 죄를 지었는지, 아니면 죽인 자들의 필요에 의하여 그들을 죽여야만 하는 필연적인 이유가 있었는지를 판단할 수 있게 된다. 만약 후자라면 거기에는 억울한 죽음이 있을 수 있고, 그 억울한 죽음을 당한 사람이 훌륭한 사람이면 그럴수록 그 죽음이 남긴 여운이 길고 짙게 사람들의 가슴 속에 남아 있을 수 있다.

여기서 제일 중요한 점이 김흠돌이 모반을 일으켜서 복주되었는지, 아니면 김흠운의 딸이 낳은 효소왕 이홍을 비호하는 세력이 김흠돌을 거세하였는지를 결정하는 것이다. 역사가는 이때 잘 판단해야 한다. 모반으로 몰린 자들이 정말 모반하였는가, 아니면 집권자들이 자신들의 필요에 의하여 정적들을 모반으로 몰았는가, 그것을 잘 판단하는 것이 사가의 임무이다. 이 모반은 판단하기 어렵다. 어찌 되었든 도박을 할 수밖에 없다.

필자는 김흠돌이 모반으로 몰린 것으로 본다. 이유는 하나다. 그것은 이 모반을 진압한 군대가 김오기 부대라는 것이다. 김오기는 자의왕후의 여동 생 운명의 남편이다. 그는 북원소경[원주] 사령관이다. 원주의 군대가 서라 벌까지 와서 모반을 진압하였다는 것은 모반이 있고 진압군이 움직인 것 이 아니고 모반이 있을 것을 예측하고 진압군이 먼저 서라벌까지 와서 상 대방을 모반으로 몰아 죽였다는 것을 뜻한다. 진서『화랑세기』는 김오기가 쓰기 시작하여 그 아들인 김대문이 완성한 책이다. 그러므로 진서『화랑세 기』는 보나 마나 이긴 김오기, 김대문의 편에서 패자인 김흠돌을 역적으로 몰아간 책이다. 그 속에 진실이 들어 있을 리가 없다.

김대문은 그 후 한산주 도독을 지낸다. 그리고『한산기』를 썼다. 한산주, 고구려 땅이었던, 오늘날의 서울 지역을 신라 땅으로 만든 이가 거칠부이 다. 그 한성주의 마지막 행군총관은 거칠부의 증손자 김군관이었다. 그 김 군관을 김흠돌의 모반으로 엮어 죽이고 그 자리를 빼앗아 한산주 도독이 된 자가 김오기 집안이고 김대문이다. 더 이상 무슨 말이 필요한가? 이로 하여 다시 우리는 역사 기록이 이긴 자의 것이고, 정의, 불의와는 상관없이 이긴 자가 진 자를 역적으로 몰아 무자비하게 말살하는 기록이라는 것을 확인한다.

김흠돌은 당연히 태자비인 딸이 아들을 낳아 문무왕의 嫡孫인 자신의 그 외손자가 신문왕의 뒤를 이어 왕이 되는 것을 기대하고 있었을 것이다. 그는 딸이 왕비가 되어서 국구로서의 권력을 누리고, 또 외손자가 왕이 되 어 자신의 가문이 대대로 권력의 중심에 있기를 기대했을 것이다. 그런데 자신의 딸인 태자비는 오랫동안 무자한데, 사위 정명태자가 김흠돌의 조카

딸인 김흠운의 딸과 관계하여 세 아들을 낳았다.[31] 이런 상황에서 그 태자
비의 아버지, 김흠돌은 어떻게 해야 할 것인가? 여기에 대하여 답할 수 있
는 친정 아버지는 아무도 없다. 나라도 사위를 죽일 수밖에 없다.

681년 7월 1일 문무왕이 승하하였다. 정명태자가 왕위를 계승하였다. 불
분명하지만 김흠돌의 후광이 되었을 문명왕후도 이때쯤에 이승을 떠났다.
권력은 이제 신문왕과 자의왕후에게로 집중되었다. 만약 김흠운의 집안에
사람이 있었다면 그는 김흠운의 딸이 새로 즉위한 신문왕과의 사이에 두
고 있는 세 아들의 운명을 걱정하지 않을 수 없다. 여기서 가장 가슴 졸이
며 이 상황을 자신에게 유리하게 돌려야겠다고 마음먹을 사람이 누구이겠
는가? 그는 바로 655년 2월 양산 아래의 전투에서 남편 김흠운을 잃고 홀
로 된 태종무열왕의 딸 요석공주이다.

681년 7월 7일 신문왕이 즉위할 때 신문왕에게는 아들들이 있었다. 신문
왕은 이 혼외자들을 거두어 왕위 계승의 후보자로 삼을 것인가, 아니면 이
들을 내치고 왕비 김흠돌의 딸이 앞으로 언젠가 낳을 적자를 기다려 왕위
계승권자인 태자로 할 것인가? 이 시기 권력 쟁취의 향방은 이 두 가닥으
로 정리된다. 모든 귀족, 장군들은 이 두 가닥 가운데 하나를 선택하여 잡
아야 된다. 무자한 왕비의 아버지 '김흠돌의 모반'은 신문왕의 왕위 계승보
다는 후계 구도와 관련된 반란이다. 이 반란도 결국 왕위 계승전과 관련되
고 소판 김흠돌, 파진찬 흥원, 대아찬 진공이 주모 三奸으로 주살되고, 이
찬 김군관이 희생되었으므로 최고위급 귀족들의 권력 쟁탈전의 범주를 벗

---

31) 필사본『화랑세기』는 '정명태자의 형으로 太孫 昭明殿君이 있었다. 태종무열제의 명에
   의하여 그가 김흠운의 딸과 혼인하게 되어 있었으나 조졸하였다. 김흠운의 딸은 昭明祭
   主가 되어 소명궁에 있었다. 그런데 소명궁에 자주 들른 자의왕후를 따라 온 정명태자
   와 정이 들어 이공전군을 낳았다.'고 적고 있다. 태종무열왕의 원손이 일찍 전사함으로
   써 둘째 손자인 정명태자가 죽은 형의 약혼녀를 兄死娶嫂하였다. 거기서 태어난 효소왕
   이 왕위를 이은 것이다. 필사본『화랑세기』가 진서『화랑세기』를 필사한 것이라면 이
   것이 역사적 사실일 것이다.

어날 수 없다.32)

이런 상황에서 향후의 왕위 계승권과 관련하여 위기를 느낀 무자한 왕비의 아버지 김흠돌과 그의 추종 세력은 비상 수단을 강구하였을 것이다. 그리하여 8월 8일 김흠돌, 진공, 흥원 등이 모반으로 발각되어 복주되고 8월 28일 김군관이 自盡을 당하였다. 이 정변으로 인하여 김유신과 더불어 삼국 통일을 이룬 화랑도 출신 군부 진골 귀족 세력들은 대부분 죽임을 당하였다. 서라벌은 良將, 賢臣들의 피로 물들었다. 이 피바람 속에서 '절의와 지조'를 지킨 사람은 누구인가? 明若觀火하게 그런 인물이 『삼국사기』에 기록되어 있었다. 필자는 통일 신라 시대 모반의 기록을 모두 다 뒤지다가 『삼국사기』 권 제8 「신문왕」 원년 조의 기록 (18)을 보고는 한동안 입을 다물지 못하였다.

> (18) 681년[신문왕 원년] 8월 28일 이찬 군관을 죽였다[二十八日 誅伊飡軍官]. 교서에 말하기를, 임금을 섬기는 규범은 충을 다하는 것을 바탕으로 하고 벼슬하는 의리는 두 마음을 갖지 않는 것을 주종으로 한다[教書曰 事上之規 盡忠爲本 居官之義 不二爲宗]. 병부령 이찬 군관은 반서의 인연으로 드디어 윗자리에 올랐는데[兵部令伊飡軍官 因緣班序 遂升上位], --- 적신 흠돌 등과 더불어 교섭하여 <u>그 역모의 일을 알면서도 일찍 알리지 아니 하였으니</u> 이미 나라를 걱정하는 마음이 없었고 또 나라 일에 몸을 바칠 뜻이 끊어졌으니 어찌 재상의 자리에 무거이 두어 헌장을 혼탁하게 할 것인가[乃與賊臣欽突等交涉 知其逆事 曾不告言 旣無憂國之心 更絶徇公之志 何以重居宰輔 濫濁憲章]. 마땅히 그 무리들과 함께 죽여 후진을 징계하여야 할 것이므로 <u>군관 및</u>

---

32) 『삼국사기』 권 제47 「열전 제7」에서는 김흠운이 달복의 아들이다. 필사본 『화랑세기』에는 김흠돌이 달복과 김유신의 누이 정희의 아들이다. 그러면 김흠운과 김흠돌은 형제이고 그들의 딸들은 할아버지가 달복이고 할머니가 정희인 사촌 사이이다. 김흠운의 부인은 공주이니 그의 딸의 외할아버지는 태종무열왕이고, 김흠돌의 부인은 김유신의 딸 진광이니 그의 딸의 외할아버지는 김유신이다.

적자 1명을 자진하게 하니 원근에 포고하여 모두 알게 하라[宜與衆棄
以懲後進 軍官及嫡子一人 可令自盡 布告遠近 使共知之].
—『삼국사기』 권 제8 「신라본기 제8」 「신문왕」

석연치 않은 반란에 연루되어 '그 역모의 일을 알면서도 일찍 알리지 않
았다.'는 이상한 죄를 뒤집어쓰고 아들과 함께 사약을 받고 이승을 떠난
인물. 그런데도 결코 모반으로 몰려 죽은 전우들에 대하여 불리한 증언을
하지 않고 모든 것을 감수하였을 것 같은 인물이 있었다. 그는 바로 문무
왕 20년[680년] 2월에 상대등에 올랐고, 681년 '김흠돌의 모반'으로 자진할
때까지도 병부령[국방장관 격]이었던 이찬 김군관이다. 김군관은 문무왕
말년에 상대등과 병부령을 겸하고 있다가 신문왕이 즉위하면서 681년 8월
아무 이유도 없이 상대등에서 면직되었다. 그는 681년 8월 28일 적자 1명
과 함께 자진하라는 신문왕의 명을 받고 이승을 하직하였다.[33] 폐비 당하
는 왕비의 아버지와 사돈이라는 이유로 죽임을 당한 것이다.[34]

이때 그는 몇 살이었을까?『삼국사기』에서는 그 증거를 찾을 수가 없다.
그렇지만 추리는 할 수 있다. 김군관은 661년 고구려 정벌 부대 편성에서
남천주총관이었고, 668년 고구려 정벌 시에는 한성주행군총관으로 종군하
였다. 이때 그가 40대였다고 한다면 680년[문무왕 20년] 상대등이 되었을
때는 60대라 할 수 있다. 681년 이승을 떠날 때 병부령을 맡고 있던 김군
관은 60대 후반의 원로이었음에 틀림없다.[35]

---

33) 필사본 『화랑세기』에는 김군관은 아들이 18명이나 되었는데 김흠돌의 난에 연루되어
많이 죽었다고 되어 있다.
34) 김군관과 함께 자진한 그의 적자 1명은 天官일 것이다. 필사본 『화랑세기』에는 김흠돌
의 사위로 8년간이나 30대 풍월주로 있었던 천관이 김군관의 아들이다.
35) 필사본 『화랑세기』는 이에 대하여 '良圖는 善品보다 1살 적고, 軍官은 선품보다 4살 어
리고 양도보다 3살 적었다. 선품은 仁平 10년[643년]에 사신으로 당 나라에 갔다가 병
을 얻고 돌아와서 곧 죽었는데 나이가 35살이었다. 양도와 군관이 사신으로 가다가 점
쟁이를 만났는데 그가 모두 부귀공명을 누리겠으나 非命에 갈 것이라고 하였다. 양도는

『삼국사기』권 제5 「신라본기 제5」, 「선덕왕」 12년[643년] 조에 의하면
정월과 9월 당에 사신을 파견하였다. 9월의 사신이 청병하였을 때 당 태종
은 당군 주둔, 군복 군기 빌려 주기, 여왕 비하와 자기 친척을 군사와 함께
왕으로 보냄 등 말도 안 되는 3가지 계책을 내어 놓아 선택하게 한다. 사
신이 머뭇거리자 용렬한 사람으로 위급할 때 구원병을 청할 재능이 없는
자라고 탄식하였다. 이런 당 태종의 탐욕을 들은 신라 사신이 병들지 않았
다면 그는 정상적인 사람이 아니다. 이 사신이 '선품'일 가능성이 있다.

『삼국사기』권 제6 「신라본기 제6」, 「문무왕」 9년[669년] 5월에는 백제
의 땅을 차지했다는 것을 문책하는 당 나라에 사죄하기 위하여 양도가 흠
순과 함께 사죄사로 갔고, 10년[670년] 정월에는 당 고종이 흠순의 귀국은
허락하고 양도는 그대로 가두었는데 마침내 옥에서 죽고 말았다고 되어
있다. 610년생인 양도는 백제의 고토를 신라가 점유했다는 누명을 벗기 위
하여 당 나라에 갔다가 670년 61세로 불귀의 객이 되었다. 신라 태종이 백
제 땅과 대동강 이남의 땅을 신라에 주겠다는 당 태종의 말에 속아 나당이
연합하여 이웃 나라를 멸망시킨 후에 신라에 닥친 현실은 이런 것이었다.
외세를 빌어 國事를 경영하다가 낭패를 본 것이다.

이 기록들로 미루어 보아 김군관이 681년에 69세라는 것은 의심의 여지
가 없다. 김군관이 바로 「찬기파랑가」의 주인공 '耆郎[노화랑]'인 것이다.
김흠돌 등이 주살된 8월 8일로부터 꼭 20일 뒤인 28일에 그는 죽었다. 그
20일 동안, 그와 그의 아들에게 무슨 일이 일어났을까? 아마도 온갖 고문

그 후 당 나라의 옥에서 죽었다. 군관은 점이 신통하게 맞는 것을 보고 소심해져서 조
심하다가 마침내 흠돌의 난에 연루되어 命을 받고 자살하였다. 아! 성하고 쇠하고 막히
고 통달하고가 문득 또한 운명이구나!'고 적고 있다. 그러면 선품은 609년생이다. 선품
보다 4살 적은 군관은 613년생이 되고, 이승을 떠난 681년에는 69세가 된다. 정확하게
'耆'에 해당한다. 이런 것까지 한 치의 착오도 없이 적힌 저 필사본『화랑세기』를 위작
이라면, 그 지어낸 사람은 가히 역사의 신이라 할 수밖에 없다.

과 협박과 회유가 있었을 것이다. 신문왕과 자의왕후는 김군관을 자신들의 편으로 넣기 위하여 온갖 수단을 다 썼을 것이다.

8월 16일의 교서에서 신문왕은 역모를 진압하기 위하여 동원한 지방의 군대들은 원대 복귀하라고 하였다. 이때까지도 모반에 연루된 것으로 지목되지 않은 상대등 겸 병부령 김군관을, 8월 미상일에 상대등을 교체하고, 8월 28일에 '그 역모의 일을 알면서도 일찍 알리지 아니 하였으니'라는 이유로 적자 1명과 함께 자진할 것을 명하였다. 이러한 정황으로 보아 그 모반이 조작된 모반일 가능성은 상존한다. 그러나 증거가 없다. 모반으로 몰리어 죽은 이들만 억울할 따름이다. 모반을 하지 않았더라도 충분히 모반으로 몰릴 만한 언동을 했을 수도 있다. 조작된 모반인지 아닌지는, 다른 많은 모반의 경우와 마찬가지로 영원한 미궁으로 빠질 가능성이 크다. 그러나 모반을 했든, 역모로 몰렸든 상관없이 김군관이 놓였던 처지는 마찬가지이다.

첫째로 김흠돌이 반란을 모의하였다고 가정해 보자. 김군관은 상대등이고 병부령이니 병권을 쥐고 있었다. 김흠돌의 편에서는 김군관을 자신들의 편으로 포섭하려고 노력하였을 것이다. 자의왕후와 신문왕으로서도 김군관을 자기 편으로 끌어들이고 싶었을 것이다. 그렇다면 그 조건은 하나다. '김흠돌이 모반하려 하였다.'는 증언을 김군관으로부터 끌어내는 것이다.

둘째로 김흠돌이 반역을 모의한 것이 아니라 자의왕후와 신문왕이 그들을 역모로 몰아 거세하려 한다고 가정해 보자. 그러면 그들에게 필요한 것은 그 역모에 대한 증거이다. 그 증거 가운데 가장 강력한 것은 그들을 직접 관할하고 있는 병부령[花判(?)]이자 상대등인 김군관의 증언이다. 그 증언은 역시 '김흠돌이 모반하려 하였다.'는 것이다.

이러나 저러나 신문왕과 자의왕후 편에서 필요로 하는 것은 '김군관이 전우이자 동지인 김흠돌을 배신하는' 것이었다. 그는 협박과 고문과 회유에도 굴하지 않고, 김유신 아래서 태종무열왕, 문무왕을 도와 평생을 전우로서 동지로서 살아온 김흠돌을 죽음으로 몰아넣는 것을 정당화해 달라는 자의왕후와 신문왕의 일에 협력하지 않고 사돈의 결백을 주장하였을 것이다. 그의 말은 '김흠돌은 반역을 모의한 적이 없다.'이거나 '나는 모른다.'이었을 것이다. 그것이 교서에 나타난 '그 역모의 일을 알고도 일찍 알리지 않았다.'는 말의 진정한 의미이다.

한 마디, '그들이 반역을 모의하였다.'는 말 한 마디면 어쩌면 목숨을 건지고 집안을 부지하고, 남은 짧은 생애 동안 부귀공명을 누렸을지도 모른다. 그러나 그러려면 전우들을 배신해야 하게 된다. 아니 그것을 떠나 애당초 '그들은 역모를 하지 않았을지'도 모른다. 또는 그들이 역모를 하였는지 아니 하였는지 '노화랑'은 몰랐을지도 모른다. 그러면 그는 모르는 일을 '모른다.'고 했을 뿐이다. 그런데 그것 때문에 상대등으로서, 병부령으로서 '역모를 알고도 일찍 알리지 않았다.'는 억울한 죄를 뒤집어쓰고 스스로 목숨을 끊을 것을 命받고 아들과 함께 이승을 떠나야 했다. 8월 28일 그믐달이 뜬 날은 그의 제삿날이다. '이슬 밝힌 달이 흰 구름 좇아 떠간 언저리에'로 보아 가을 날 그믐달이 떠간 새벽에 지어졌음이 분명한 「찬기파랑가」는 그의 제삿날 제사 후에 그의 절의를 찬양하기 위하여 지어진 '祭歌'이다.

김군관을 제외하고는 통일 신라 시대 어느 누구도 '기랑'에 값하는 삶을 살았다 할 수 없다. 그 아닌 신라 중대의 어떤 인물도 이 노래, 「찬기파랑가」의 주인공으로 적합하다고 할 수 없다. 그의 죽음의 진가가 알려지면서, 그리고 큰 정치적 변화가 초래되면 그가 억울한 죽음을 당했다는 사실과 그가 자신이 살기 위하여 동료였던 사람들을 배신하지 않았다는 사실이 찬양의 대상이 될 수 있다. 상대등 김군관, 그는 왕을 제외한 최고위 장군, 국가 공식 권력 서열 2위인 인물이다. 이른바 2인자인 셈이다. '화랑=풍월주'를 지내고, 문무왕 원년부터 전장에 나서기 시작하여 차례로 승진한 그의 발자취를 『삼국사기』에서 찾아보면 (19)와 같다.

(19) a. 661년[문무왕 원년] 7월 17일 김유신을 대장군으로 삼고[以金庾信
　　　 爲大將軍] --- 군관, 수세, 고순을 남천주총관으로 삼고 --- [--- 軍
　　　 官藪世高純爲南川州摠管 ---].

　　 b. 664년[동 4년] 정월 --- 아찬 군관을 한산주 도독으로 삼았다[正月
　　　 --- 以阿湌軍官爲漢山州都督].

　　 c. 664년[동 4년] 가을 7월 왕은 장군 인문, 품일, 군관, 문영 등에게
　　　 명하여 일선, 한산 2주 군사를 부성의 병마와 함께 거느리고 고구
　　　 려 돌사성을 공격하게 하여 멸하였다[王命將軍仁問品日軍官文穎等
　　　 率一善漢山二州兵與府城兵馬 攻高句麗突沙城滅之].

　　 d. 668년[동 8년] --- 6월 --- 21일, 대각간 김유신을 대당*{爲는 당
　　　 연히 대당의 위에 놓여야 한다.}*대총관으로 삼고 --- 잡찬 군관과
　　　 대아찬 도유와 아찬 용장을 한성주행군총관으로 삼고 --- [八年
　　　 --- 六月 --- 二十一日 以大角干金庾信大幢爲*{爲者 當在大幢上}*
　　　 大摠管 --- 迊湌軍官大阿湌都儒阿湌龍長爲漢城州行軍摠管 ---].

　　 e. 670년[동 10년] 7월 --- 군관, 문영은 12성을 공격하여 취하였는데
　　　 적병을 공격하여 7000여명을 참수하고 획득한 전마와 병기가 매우
　　　 많았다[軍官文穎取城十二 擊狄兵斬首七千給獲戰馬兵械甚多]. <『삼
　　　 국사기』 권 제6 「신라본기 제6」 「문무왕 상」>

　　 f. 680년[동 20년] 봄 2월 이찬 김군관을 제수하여 상대등으로 삼았다
　　　 [二十年 春二月 拜伊湌金軍官爲上大等]
　　　　　　　　　 ―『삼국사기』 권 제7 「신라본기 제7」 「문무왕 하」

　661년부터 681년까지 20년 동안 그가 살아온 과정이 정리되었다. 문무
왕 전반기에는 주로 전장에서 공을 세운 장군이다. 문무왕 후반기에는 기
록은 없지만 680년에 병부령과 상대등을 겸하는 것으로 보아 그 10여년간
文武 兼備의 賢臣으로 중앙에 진출하여 정국의 중심에 있었던 것으로 볼
수 있다. 김흠돌과 사돈을 맺기도 하는 것 등으로 보아 아마도 통일 전쟁

의 공신으로 문명왕후 계열 세력의 중심인물이었을 것으로 보인다. 이렇듯 화려했던 그의 인생은 681년 7월 1일 문무왕이 승하한 후 두 달이 채 안 되어 '그 역모의 일을 알면서도 일찍 알리지 않았으니'라는 석연치 않은 죄목으로 아들과 함께 스스로 목숨을 끊어야 하는 처지에 놓였던 것이다.

그동안의 「찬기파랑가」의 연구에서는 '기랑'을 찬양하는 내용으로 '원만한 인품'과 '절의/지조'가 함께 묶여 있었다. 그러나 이 두 덕목은 사실은 한 인물이 동시에 지니기에는 성격이 많이 다르다. '원만한 인품'은 '절의/지조'와 동가의 것이 아니다. 인품도 원만하고 절의와 지조를 갖춘 인물도 있을 수 있다. 그러나 그런 인물은 시대가 화평해야 나타난다. 정치적 폭풍우가 몰아치는 시대에는 그런 인물이 존재할 수 없다. 부정한 권력이 집권한 시대나 정통성이 결여된 권력 승계가 이루어지는 시대에는 원만한 인품과 절의는 공존할 수 있는 가치가 아니다. '절의/지조'를 지키려면 불의의 人들에게 원만할 수 없고, 또 상하, 동료들과 다 잘 지내어 인품이 원만하다는 평을 들으려면 '절의/지조'의 면에서 곧기가 어려운 것이다. 이 모순되는 두 덕목을 함께 지닌 인물을 설정할 것인가? 아니면 둘 중 한쪽을 취할 것인가? 필자는 둘 중 한쪽을 취해야 한다고 본다. 그렇다면 '원만함'보다는 '지조/절의' 쪽을 택해야 한다.

이 죽음이 억울한 죽음이 되려면 어떤 상황이 되어야 하는가? 첫째는 모반이 조작된 경우이다. 둘째는 모반에 연루되지 않은 사람을 모반에 관여하였다고 억지로 뒤집어씌운 경우이다.

첫째, 모반은 많은 경우, 조작된 모반일 수 있다. 그러나 그것은 논증하기 쉽지 않다. 방법이 없다. 왜냐하면 어차피 역사는 이긴 자들의 기록이기 때문에 조작되었다는 것으로 보일 만한 증거는 흔적도 없이 湮滅되었을 가능성이 크다. 그러므로 증거가 없고 흔적이 없더라도 모든 정황이 그 모반은 조작된 모반이라는 것을 보여 주는 경우, 우리는 그 모반이 조작된 것이라고 판단할 수도 있다.

지금 우리가 마주 한 이 모반도 조작되었을 것 같다는 판단을 할 만한 정황은 충분하다. 왕비에게는 아들이 없고, 새 왕에게는 다른 여인과의 사이에 태어난 아들이 셋 있다. 왕비의 친정은 막강한 권세를 가진 집안이고 부왕의 생존 시에는 그 집안 출신의 할머니 문명왕후가 실권을 행사하고 있었다. 태자비가 아닌 다른 여인과의 사이에 세 아들을 두고 있는 새 왕은 이미 아들을 낳아 준 여인과의 사이에 정이 깊이 들었다. 이 여인의 어머니는 공주이고 따라서 여인의 외가는 왕실이다. 이 집안에는 새 왕의 조부 태종무열왕의 딸인 묘한 힘을 지닌 공주가 있고 그 공주의 형제들이 또한 막강한 힘을 가지고 있었다.

새 왕의 어머니 자의왕후는 젊은 날 이래 전장에 가 있는 남편의 효성 때문에 시어머니 문명왕후의 그늘에 가려 말없이 참고 살았다. 그런데 드디어 그 날이 왔다. 문명왕후도 승하하고 남편 문무왕도 승하하였다.[36] 아들이 새 왕이 되고 왕실의 실권이 대비의 손으로 넘어 왔다. 대비는 새 왕의 세 아들을 외손자로 두고 있는 시누이인 공주의 세력을 무시할 수 없다. 거기에 새 왕은 왕비가 된 무자한 여인보다는 아들 셋을 낳아 준 여인에게 정이 더 깊이 들었다. 그 여인은 어릴 적부터 함께 생활한 고종사촌 누이이이고 형의 약혼녀였으나 형이 전사하여 형사취수한 여인이다. 어느 쪽을 택할 것인가? 다음 왕위 계승권의 향배가 달린 일이다.

이 모반을 진압하기 위하여 지방의 군대가 출동하였다.[37] 7월 1일 문무

---

36) 문명왕후의 승하 시점과 문무왕의 승하 시점의 순서가 실증되지 않는다. 그러나 두 시점이 매우 가까운 것은 확실하다. 자의왕후도 김흠돌의 모반 이후 곧 세상을 떠난 것으로 보인다.

37) 필사본 『화랑세기』에는 김오기의 군대가 이 모반을 진압하였다고 적고 있다. 김오기는 자의왕후의 여동생 운명의 남편으로서 북원 소경[원주] 주둔군 사령관이다. 원주의 군대가 서라벌로 온 것이다. 모반이 일어나고 온 것이 아니라 김오기가 오고 나서 모반이 일어났을 가능성이 더 크다.

왕이 승하하고 7월 7일 왕위에 오른 신문왕은 8월 8일 장인을 비롯한 일군의 세력들을 3~4일에 걸친 치열한 전투 끝에 伏誅한다. 그리고 8월 16일에야 교서를 발표하여, 역모가 있었고 그 역모가 진압되었으며 그들은 재주도 없으면서 부왕의 은총을 입고 고위직에 오른 자들이라고 폄하한다. 아버지가 사람 보는 눈이 없어 못난 자들을 사적인 친분 때문에 고위직에 올렸다고 하는 셈이다. 아버지 문무왕이 사람 보는 눈이 없는 형편없는 왕인지 아들 신문왕이 형편없는 왕인지는 『삼국사기』가 말하고 있다. 아버지 문무왕대 20년의 기록은 상, 하로 나뉘어 엄청난 분량으로 남아 있다. 문무왕은 태종무열왕의 시대에도 눈부신 외교 활동을 벌였고 외숙부 김유신과 함께 많은 전쟁에 참가하여 혁혁한 공을 세웠다. 통일 후에는 당 나라 군대를 몰아내고 백제의 잔적들을 소탕하는 데에 평생을 바쳤다. 죽어서까지 동해 용이 되어 호국신으로 남겠다고 불교식으로 장례 지내어 동해에 장사지내 달라고 한다. 그 유언에는 화려한 묘소가 헛것이라는 현대적 사고까지 들어 있다. 그런 부왕을 사람을 잘못 쓴 왕으로 모욕하는 기록이다.

이에 비하여 신문왕은 11년 재위 동안의 기록이 아버지 문무왕의 1/10에도 못 미친다. 업적으로 기록된 것은 없다. 태자 시절 16년 동안 한 일이라고는 동궁을 건설하고 국학을 설치하였다는 것뿐이다. 그리고 고종사촌 누이와의 사이에 세 아들을 두고 있다. 『삼국유사』에는 「만파식적」이라는 설화를 남겨서 용을 보았다고 利見臺를 짓고, 感恩寺를 지어 동해 용으로 화한 부왕이 드나들도록 구멍을 낸 건축물을 남기고 있다. 「혜통항룡」 조에는 전생에서 재상일 때에 신충이라는 사람을 잘못 재판하여 보복을 당하고 있고, 그를 위하여 신충봉성사를 지었다는 설화를 남기고 있다. 어느 왕이 어느 왕을 비난해야 하는지는 명약관화한 것이다.

그러나 두 번째의 경우, 모반에 연루되지 않은 사람을 모반에 관여하였다고 억지로 뒤집어씌운 것은 어딘가에 그 흔적이 남는다. 어떤 흔적이 남을까? 모반한 자들과 가까운 사람으로서 모반의 기미를 알면서도 밀고하지 않았다는 이유로 처형되는 경우이다. 특히 그렇게 처형되었으면서도 생시의 공적이 역사 기록에 남아 있는 경우, 더욱 그러할 가능성이 크다.

이제 억울한 죽음을 당한 사람이 누구인지 거의 진상이 드러났다. 그는 문무왕 20년부터 이듬해 8월까지 최고위직인 상대등을 맡고 있다가 면직되었고, 죽는 순간까지 병부령을 맡고 있었던 김군관일 가능성이 가장 크다. 화랑 출신 최고위 인물이라 할 수 있다. 원로 화랑인 것이다. 이제 '기랑', '노화랑'이 누구인지, 그 사건은 어떤 사건인지 모두 드러났다. '기랑'은 '김군관'일 것이고 그 사건은 신문왕의 즉위 시에 일어났던 국구 김흠돌의 모반이었다.

필자는 여기서 8월 8일에 伏誅된 사람들과 8월 28일에 자진을 명받은 김군관과의 차이에 주목한다. 8월 8일에 목이 달아난 사람들은 직접 연루자일 것이다. 그리고 나서 20일 후에야 자진을 명받은 군관은 직접 연루자들과는 차이가 나는 처지에 있었다고 보아야 한다. 그는 모반에 가담하지 않았다. 모반한 것이 사실이라면, 역도들도 그를 모반에 끌어들이려 노력하였겠지만 그는 끌려들어간 흔적이 없다. 만약 그러한 기미라도 있었으면 그도 8월 8일 목이 달아났어야 옳다. 그러지 않았다는 것은 그는 모반에 관여하지 않았다는 말이 된다.

그런 경우 먼저 죽은 자들도 이 사람은 관여하지 않았다고 증언했을 것이고, 이 사람에 대한 절의를 지켰을 것이다. 이 사람도 그에 상응하는 절의를 지켜 후배이자 부하였던 모반한 자들의 역모 사실을 '모르는 일'이라고 하였고 '사실이 아니라'고 하였을 것이다. 조금이라도 흔적이 있고 말한 마디라도 동조한 유언비어가 있을 때에는 가차 없이 모반에 연루되어 죽거나 귀양 가다가 사약을 받는 것이 왕조 시대 모반 사건의 진상이다.

그러므로 이 경우는 거의 결백한 그를 두고 엄청난 고문과 협박이 있었고 회유가 있었다고 보아야 한다. 회유는 어떤 것이었을까? 그것은 우리가 익히 아는 대로 더럽고 비열한 그것이다. '그들이 모반하였다는 증언을 하고 우리 편에 붙으면, 목숨을 건질 수 있고 자자손손 함께 영화를 누릴 수 있다.' 얼마나 많이 보던 장면인가? 이 장면, 이러지도 저러지도 못하는 '모래 가른 물시울에' 선 것 같은 위태로운 상황에서도 끝까지 전우들에 대한 신의를 저버리지 않고 절의를 지켜 '숨은내 자갈밭' 같은 죽음의 길을 선택한 것이 바로 이 사람인 것이다.

그 절의는 작게 보면 김흠돌 등 부하 전우들에 대한 것이지만 크게 보면 태종무열왕, 문무왕, 김유신, 나아가 삼국 통일 전쟁에 신명을 다 바친 화랑단 전체에 대한 절의라 할 수 있다. 이제 충담사가 좇아가고 있는 '마음의 가'가 무엇인지도 드러났다. 충담사는 삼국 통일 전쟁을 이끈 신라의 二聖 김유신과 문무왕, 그리고 그들과 의기투합하여 목숨을 걸고 나라를 위하여 獻身한 화랑단 전체의 정신을 따르고 있는 것이다.

VI. 기랑은 김군관일 것이다.

지금까지 「찬기파랑가」의 '기랑'이 누구인가를 밝히는 작업을 하였다. 논의된 내용을 요약하면 (20)과 같다.

(20) a. '耆郎'은 사람 이름이 아니다. '耆'는 '늙을 기'로서 60세~69세 사이의 노인을 가리키는 말이다. '郎'은 화랑이다. '기랑'은 '노화랑'이라는 뜻이다. '耆婆郎'의 '婆'는 '할미 파'로서 훈독할 글자가 아니다. 이 말은 경덕왕의 말 속에 들어 있다. 할아버지 신문왕 때 '김흠돌의 모반'에 연루되어 자진당한 역신을 낮추어 가리킨 말이다. '婆'는 '蛇巴'의 '巴'와 마찬가지로 우리 말 접미사 '-보'를 적

은 음차자이다. '기파랑'은 '늙보화랑'이라는 뜻이다.

b. 몇몇 시어를 분석하여 얻은 의미는 다음과 같다.

① 흐느끼며 바라보매 : 死者의 제사를 계기로 추모의 슬픔을 나타
내었다.

② 이슬 밝힌 달 : 이슬이 맺힌 가을날 새벽 희미한 달 아래 여명
의 햇빛을 받아 이슬이 반짝인다.

③ 흰 구름 좇아 떠간 언저리에 : 그믐달이 햇빛에 사라지고 난 뒤
의 하늘 가를 뜻한다.

④ 기랑의 모습일 시 숲이여 : 하늘과 산이 맞닿은 언저리의 잣나
무 숲이 기랑을 연상시킨다.

⑤ 모래 가른 물시울 : 강물과 모래가 이루는 경계선으로 이러지
도 저러지도 못하는 딱한 정치적 처지를 상징한다.

⑥ 숨은내 자갈밭 : 물이 숨어들어 말라 버린 내의 불모의 자갈밭
으로 죽음을 상징한다.

⑦ 낭의 지니시던 마음의 가 : 전우, 동지들에 대하여 지녔던 변함
없는 절의를 의미한다.

⑧ 잣가지 높아 : 잣나무처럼 변하지 않았던 높은 기랑의 절의를
칭송한다.

⑨ 눈 : 기랑에게 가해졌던 온갖 정치적 압박을 상징한다.

c. 시의 내용에 따르면, 이 노래는 성덕왕 19년(720년) 경의 정치적 변
화에 따라 김군관에 대한 제사가 허용된 시기의 어느 8월 그믐날
새벽 하늘 언저리에 서 있는 잣나무 숲을 보고 김군관을 연상하여
생시의 그의 절의를 칭송하기 위하여 지어졌다. 그가 이승을 떠난
날이 8월 28일이다. 충담사가 찬양하고 있는 '기랑'은 신문왕 즉위
시에 김흠돌의 모반에 연루되어 자진당한 전 상대등인 병부령 김
군관일 것이다. 그는 김흠돌의 사돈이었다.

d. 모든 역사 기록은 신문왕이 즉위하던 681년에 그에게는 677년생
이홍, 679(?)년생 봇내, 681년생 효명의 세 아들이 있었음을 말하고
있다. 그들의 어머니는 신문왕의 고종사촌 누이 김흠운의 딸이다.
태자비였다가 왕비가 된 김흠돌의 딸에게는 아들이 없었다. 김흠
돌이 모반한 근본 원인은 이 왕자들이다. 그러므로 이 모반에 연루

되어 자진 당한 김군관은 억울한 죽음을 했을 수도 있다. 이 모반에 연좌시켜 왕비를 폐비시킨 신문왕은 683년 5월 7일 김흠운의 딸과 혼인하였다. 그 후 684년에 사종, 687년 2월에 근{흠}질이 출생하였다. 691년 3월 1일 왕자 이홍을 태자로 책봉하였다. 692년 이홍이 효소왕이 되었고, 700년 5월 '경영의 모반'에 연루된 사종이 부군에서 폐위되었다. 그 후 근{흠}질이 원자가 되었고, 『삼국사기』는 그의 생년월인 687년 2월에 '元子生'을 적었다. 702년 효소왕 승하 후 근{흠}질이 양보하여 오대산에서 효명이 와서 성덕왕이 되었다.

참고문헌

국사편찬위원회. 『한국사 9』「통일신라」, 탐구당, 1998.

금기창. 『신라 문학에 있어서의 향가론』, 태학사, 1993.

김선기. 「찌이빠 노래(기파가)」, 『현대문학』147호, 현대문학사, 1967.

김성규. 「향가의 구성 형식에 대한 새로운 해석」, 『국어국문학』176호, 국어국문학회, 177-208, 2016.

김열규. 『한국 문학과 민속 연구』, 일조각, 1971.

김완진. 『향가 해독법 연구』, 서울대 출판부, 1980.

_____. 『향가와 고려 가요』, 서울대 출판부, 2000.

김원중 옮김. 『삼국유사』, 을유문화사, 2002.

김종우. 『향가문학연구』, 선명문화사, 1974.

김준영. 『향가문학』, 개정판, 형설출판사, 1979.

김태식. 「'모왕'으로서의 신라 신목태후」, 『신라사학보』22호, 신라사학회, 2011.

박노준. 『신라 가요의 연구』, 열화당, 1982.

박해현. 『신라 중대 정치사 연구』, 국학자료원, 2003.

백두현. 「영남 동부 지역의 속지명고-향가의 해독과 관련하여-」, 『어문학』49집, 한국 어문학회, 1988.

서재극. 『신라 향가의 어휘 연구』, 계명대 출판부, 1974.

서정목. 「모죽지랑가의 시대적 배경 재론」, 『한국고대사탐구』15호, 한국고대사탐구학 회, 2013.

_____. 『향가 모죽지랑가 연구』, 서강학술총서 062, 서강대 출판부, 2014a.

_____. 「문말앞 형태소의 통사적 지위」, 『어미의 문법』, 역락, 2014b.

_____. 「찬기파랑가의 단락 구성과 해독」, 『시학과 언어학』27, 시학과언어학회, 2014c.

_____. 「찬기파랑가 해독의 검토」, 『서강인문논총』40, 서강대 인문과학연구소, 2014d.

_____. 「효소왕의 출생 시기 관련 기록 검토」, 『진단학보』122, 진단학회, 2014e.

_____. 「『삼국유사』의 '淨神王', '淨神太子'의 재해석」, 『한국고대사탐구』19호, 한국고 대사탐구학회, 2015a.

_____. 「찬기파랑가에 대한 새로운 생각」, 제49회 구결학회 전국학술대회 발표논집,

구결학회, 2015b.

_____. 「『삼국사기』의 '원자'의 용법과 신라 중대 왕자들」, 『한국고대사탐구』 21호, 한국고대사탐구학회, 121-238, 2015c.

_____. 「원가의 창작 배경과 효성왕의 정치적 처지」, 『시학과언어학』 29호, 시학과 언어학회, 2015d.

_____. 『요석』-「원가」에 대한 새로운 생각, 글누림, 698면, 2016a.

_____. 「신라 제34대 효성왕의 계비 혜명왕비의 아버지에 관하여」, 『진단학보』 126호, 진단학회, 41-68, 2016b.

_____. 「신라 제34대 효성왕의 생모에 관하여」, 『한국고대사탐구』 23호, 한국고대사탐구학회, 2016c.

_____. 「입당 구법승 교각[지장], 무상, 무루의 정체와 출가계기」, 『서강인문논총』 47호, 서강대 인문과학연구소, 2016d.

성호경. 『신라 향가 연구』, 태학사. 2008.

신종원. 「신라 오대산 사적과 성덕왕의 즉위 배경」, 『최영희선생 화갑기념 한국사학논총』, 탐구당, 1987.

안병희. 『국어사 자료 연구』, 문학과지성사, 1992.

_____. 「국어사 자료로서의 '삼국유사'」, 『'삼국유사'의 종합적 검토』, 한국정신문화연구원, 1987.

양주동. 『증정 고가연구』, 일조각, 1942/1981.

양희철. 『삼국유사 향가 연구』, 태학사, 1997.

이기동. 「신라 성덕왕대의 정치와 사회-'군자국'의 내부 사정」, 『역사학보』 160. 역사학회, 1998.

이기문. 「신라어의 「福」(童)에 대하여」, 『국어국문학』 49-50 합병호. 국어국문학회, 1970.

_____. 『개정 국어사 개설』, 민중서관, 1972.

_____. 『국어 어휘사 연구』, 동아출판사, 1991.

_____. 『신정판 국어사 개설』, 태학사, 1998.

이기백. 『신라 정치사회사 연구』, 일조각, 1974.

_____. 「신라 골품체제하의 유교적 정치이념」, 『신라 사상사 연구』, 일조각, 1986.

_____. 「부석사와 태백산」, 『김원룡정년기념사학논총』, 일지사, 1987a.

_____. 「삼국유사 탑상편의 의의」, 『이병도구순기념사학논총』, 지식산업사, 1987b.

_____. 『한국 고전 연구』, 일조각, 2004.

이병도 역. 『삼국유사』, 대양서적, 1975.

_____, 김재원.『한국사, 고대편』. 진단학회, 서울 : 을유문화사, 1959/1977.

이숭녕.「신라시대의 표기법체계에 관한 시론」,『서울대 논문집』 2.『국어학연구선서』 1, 탑출판사, 1955/1978.

_____.「15세기 국어의 쌍형어 '잇다', '시다'의 발달에 대하여」,『국어학』 4, 국어학 회, 1976.

이영호.「신라의 왕권과 귀족사회」,『신라문화』 22, 동국대 신라문화연구소, 2003.

_____.「통일신라시대의 왕과 왕비」,『신라사학보』 22, 신라사학회, 2011.

이임수.『향가와 서라벌 기행』, 박이정, 2007.

이재선 편저.『향가의 이해』, 삼성미술문화재단, 1979.

이재호 역.『삼국유사』, 광신출판사, 1993.

이종욱.『역주해, 화랑세기』, 소나무, 1999.

조명기.「원측의 사상」,『진단학보』 16, 진단학회, 1949.

조범환.「신라 중고기 낭도와 화랑」,『한국고대사연구』 52. 한국고대사연구회, 2008.

_____.「신목태후」,『서강인문논총』제29집, 서강대 인문과학연구소, 2010.

_____.「화랑도와 승려」,『서강인문논총』제33집, 서강대 인문과학연구소, 2012.

지헌영.『향가여요신석』, 정음사, 1947.

최　철.「찬기파랑가의 창작동인에 관한 연구」,『국어국문학』 61, 국어국문학회, 1973.

_____.『신라 가요 연구』, 개문사, 1979.

小倉進平.『鄕歌 及 吏讀의 硏究』, 京城帝國大學, 1929.

'語音'과 '文字', 그리고 '語訓'을 찾아서

이현희*

I. 들어가기

우리는 현대어 이전에 사용된, '國語', '方言', '文法', '文字', '語學', '飜譯·反譯', '國文', '글씨' 등이 重義性을 가지고 있었음을 이제 어느 정도 잘 알고 있다.1) 그러므로 옛 문헌에 나오는 이런 어휘들이 포함된 문장을 현대어로 번역할 때 그대로 옮겨 놓으면 그 문장의 내용을 잘못 파악하게 될 때가 많다.

'文字'라는 단어 역시 중의성을 가지고 있었는바, 현대어에서도 그대로 이어져 오고 있다. 현대어에서는 음운현상의 차이까지 보이고 있어 주목된다. 이 글에서는 '語音'·'言語'·'俚語' 등과 짝이 되던 구조 속에서의 '文字'가 가지고 있었던 의미를 제대로 파악해 보고자 한다. 그리고 '語音'과 유사한 意味場을 가지고 있던 '語訓'이라는 형태론적 구성 속에 들어 있던

* 서울대학교 국어국문학과 교수
1) 이 어휘들이 보이는 중의성에 대하여는 이현희(2012, 2015a, b, c) 및 이현희 외(2014)를 참조하기 바란다.

'訓'의 정확한 의미도 파악해 보고자 한다. '訓'이 한자문화권에서의 일반적인 쓰임새 외에, 조선시대에는 매우 독특한 새로운 쓰임새를 가지고 있기도 하였음을 확인해 보고자 하는 것이다.

이를 통하여 우리는 현대어에 존재하는 어떤 존재가 옛날에도 똑같은 값을 가질 수도 있지만, 전혀 다른 값을 가지고 있기도 하였음을 파악하여 어휘와 관련된 일종의 '현대적 편견'을 극복해 보기로 한다.

II. '語音'과 '文字'를 찾아서

먼저 다음의 기록을 살펴보기로 한다.

(1) ㄱ. 本朝世宗二十八年, 御製訓民正音. 上以爲諸國各製文字, 以記其國之方言, 獨我國無之, 遂製子母二十八字, 名曰諺文, (…중략…) 盖倣古篆, 分爲初中終聲. 字雖簡易, 轉換無窮, 諸語音文字所不能記者, 悉通無礙. (…중략…) 命三問等見瓚質問音韻, 凡往來遼東十三度.(조선세종 28년『어제훈민정음』. 임금께서 여러 나라가 제각기 문자를 만들어서 그 나라의 말을 기록하는데 홀로 우리나라만 없다고 여기시어, 드디어 자모 28자를 만드시고 이름을 언문이라고 하셨다. (…중략…) 대개 古篆과 비슷하였고 초성·중성·종성으로 나누어졌다. 글자가 비록 간단하고 쉬우나 전환이 무궁하여 여러 語音과 '文字'[2]가 능히 기록될 수 없던 것이[3] 모두 통하여 막힘이 없

---

2) 이 '文字'에 대한 구체적인 해석은 나중에 행해진다. 일단은 따옴표한 '文字'로 표시해 두고, 그 정체성에 대하여는 지금 제시하지 않기로 한다. 인용된 한문 원문에 오자들도 있으나 여기에는 그대로 가져오기로 한다.

3) 세종대왕기념사업회(1994 : 1)의 번역문은 "한문 글자를 통하여 기록할 수 없는 모든 어음(語音)을"로 의역되어 있고, 金鍾沫(譯註)(1994 : 825)의 번역문은 "<중국>문자로 기록할 수 없는 모든 말을 다 표현할 수 있으므로"로 의역되어 있다. 둘 다 '語音文字'의 의

게 되었다. (…중략…) 성삼문 등에게 황찬을 만나 음운을 물으라
고 명하시어 무릇 요동을 13번을 왕래하였다.) (『增補文獻備考』 권
108 「樂考」19, 1a)

ㄱ'. 訓民正音一篇. 上以爲諸國各製文字, 以記其國之方言, 獨我國無之,
遂製子母二十八字, 名曰諺文. (…중략…) 盖倣古篆, 分爲初中終聲.
<u>凡文字所不能通者, 悉通無礙.</u> (…중략…) 命三問等見瓚質問音韻,
凡往來遼東十二度. 乃成.(『훈민정음』 1편. 임금께서 여러 나라가
제각기 문자를 만들어서 그 나라의 말을 기록하는데 홀로 우리
나라만 없다고 여기시어, 드디어 자모 28자를 만드시고 이름을
언문이라고 하셨다. (…중략…) 대개 古篆과 비슷하였고 초성·
중성·종성으로 나누어졌다. 글자가 비록 간단하고 쉬우나 전환
이 무궁하여 여러 '<u>文字</u>'가 능히 통해질 수 없던 것이[4] 모두 통
하여 막힘이 없게 되었다. (…중략…) 성삼문 등에게 황찬을 만나
음운을 물으라고 명하시어 무릇 요동을 12번을 왕래하였다. 이에
책이 완성되었다.) (『增補文獻備考』 권 245 「藝文考」4, 4b)

ㄴ. 世宗以爲諸國各製文字, 以記其國之方言, 獨我國無之, 遂製子母二十
八字, 名曰諺文. (…중략…) 盖倣古篆, 分爲初中終聲. 字雖簡易, 轉
換無窮, <u>諸語音文字所不能記者, 悉通無礙.</u> (…중략…) 命三問等見
瓚質問音韻, 凡往來遼東十三度. 乃成.(세종께서 여러 나라가 제각
기 문자를 만들어서 그 나라의 말을 기록하는데 홀로 우리나라만
없다고 여기시어, 드디어 자모 28자를 만드시고 이름을 언문이라
고 하셨다. (…중략…) 대개 古篆과 비슷하였고 초성·중성·종성
으로 나누어졌다. 글자가 비록 간단하고 쉬우나 전환이 무궁하여
여러 <u>語音</u>과 '<u>文字</u>'가 능히 기록될 수 없던 것이[5] 모두 통하여 막
힘이 없게 되었다. (…중략…) 성삼문 등에게 황찬을 만나 음운을

미파악이 어려웠음을 잘 보이고 있다.

4) 세종대왕기념사업회(1980 : 110)의 번역문은 "무릇 문자(文字)에 있어서 통하지 않는 것
도"로 되어 있다.

5) 한국고전번역원의 번역문에는 "모든 말과 소리 가운데 문자로 기록하지 못하던 것이"로
되어 있다. 그 의미파악이 제대로 된 것인지 의심받을 만하다. 이 번역문의 검색은 인터
넷의 도움을 받았다.

물으로라고 명하시어 무릇 요동을 13번을 왕래하였다. 이에 책이 완
성되었다.)

— 李裕元, 『林下筆記』 권18, 「文獻指掌編」, 「訓民正音」

우리는 (1ㄱ, ㄴ)의 밑줄 친 부분에서 '기록됨(所…記)'의 대상이 '語音'과
'文字'임을 살필 수 있다. 그런데 '語音'은 기록될 수 있는 대상으로 삼을
수 있지만, 우리가 익히 잘 아는, "글자"의 의미를 가지는 '文字'[6]는 기록
할 수 있는 수단일 뿐이지 기록될 수 있는 대상으로 삼을 수 없다. 위 인
용문에서 '만듦(製)'[7]의 대상, 즉 '各製文字'의 '文字'는 글자로서의 '文字'
이지만, 기록의 대상은 그 문자로써 적은 글인 '文字'[8]라야 한다. 위 인용
문들은 1908년에 간행된 같은 문헌에 실려 있거나[(1ㄱ, ㄱ)], 그보다 한 세
대 앞선 1871년에 탈고된 글[(1ㄴ)]인데, 이른바 '文字의 出入'이 있어 약간
씩 표현상 차이가 있음이 흥미롭다. (1)의 밑줄 친 부분에서는 '諸語音文字
所不能記者'[(1ㄱ, ㄴ)]와 '凡文字所不能通者'[(1ㄱ, ㄱ)]로 되어 있어 두 표현 사
이에 매우 큰 차이가 보인다. 세 인용문에 공통된 '子母'는 '字母'가 되어

---

6) 그 발음은 두 번째 음절의 頭音이 된소리로 실현되어 [문짜]가 된다.

7) 훈민정음이 창제되던 때에는 문자 만드는 일을, 구체적인 형상물을 만드는 행위인 '製'로
이해하지 않고 추상적인 규정 따위를 만드는 행위인 '制'로 이해하였다. 그리하여 '創制,
親制, 制字解' 등으로 표현한 것이다. 그러나 세종시대 이후에는 '制' 대신 '製'로 쓰는 일
이 점차 많아져 갔다. 이에 대하여는 이현희(2015c : 7-8)을 참조하기 바란다. 원래 '御製'
는 "임금께서 만드신 것. 詩文(= 운문 + 산문), 書畫, 樂曲 등"의 명사적 의미를 가지므
로("帝王所作. 亦指帝王所作之詩文書畫樂曲."), '御製訓民正音'은 "임금께서 만드신 글, 훈
민정음"의 의미를 가지는 것으로 이해하여야 하지, "임금께서 만드신 문자, 훈민정음"으
로 이해하여서는 안 될 것이다. 『월인석보』 권1의 권두에 실려 있는 『世宗御製訓民正音』
에서는 '新온 새라 制논 밍ㄱ르실 씨라'(3a)로, '製논 글 지슬 씨니 御製논 님금 지스샨 그
리라'(1a)로 뜻풀이하였다. 그런데 조선시대에는 이 '御製'를 동사적으로 사용하기도 하였
다. '上以本國音韻, 與華語雖殊, 其牙舌脣齒喉淸濁高下, 未嘗不與中國同, 列國皆有國音之文,
以其國語, 獨我國無之. 御製諺文字母二十八字.'(『보한재집』 권11, 부록, 강희맹 撰 「行狀」)
의 '御製'가 그 한 예를 보인다.

8) 그 발음은 두 번째 음절의 頭音이 된소리가 아니라 평음인 [문자]이다.

야 한다. "낱글자"의 의미를 가지는 것이지, "자음과 모음"의 뜻을 가지는 것이 아니기 때문이다. 요동 왕래가 12번인지 13번인지의 차이도 있고, 인용문 마지막 부분에 '乃成'이 있고 없음에도 차이가 있다.9) 그 외, 중략된 부분에도 소소한 차이가 꽤 들어 있다. 단지 우리는 (1ㄱ')에서 '諸語音文字' 대신에 '凡文字'로 고쳐진 것은 왜 그런지 매우 의아스럽다는 사실만 지적해 두고 더 이상 천착하지 않기로 한다.

이미 홍윤표(2008), 연규동 외(2012), 이현희(2012)에서는 '文字'라는 단어가 중의적임을 밝힌 바 있는데, 이현희(2012)에서는 음성실현의 차이에도 주목을 하였다. 이것은 현대어사전류에도 잘 반영되어 있다. 일례로, 가장 이른 시기의 국어사전인 문세영의 『조선어사전』(1938)에서는

(2) ㄱ. 문자(文字) 명 ㉠ 예전 사람이 만들어 놓은 숙어. ㉢ 두 가지 이상
   의 말을 합하여 한 가지 뜻을 나타내는 말.
   ㄴ. 문자 (-짜) (文字) 명 ㉠ 글씨㉠과 같음. ㉢ 시문과 모든 서책에
   나타난 말.

로 구분하고 있는 것이다. 이 구분은 지금까지 국어사전류에 잘 이어져 오고 있으나 (2ㄱ)의 것은 그 뜻풀이가 더 많이 주어져야 할 것이다.

중세어 언해문헌에서도 그러한 인식은 잘 반영되어 있다.10)

(3) ㄱ. 天下ㅣ 大平혼 저근 글워리 文字ㅣ 골호며 술위 자최 골느니 法
   으론 圓敎ㅅ 혼 實혼 文字ㅣ 골호며 譬喩론 큰 술윗 一乘ㅅ 자최
   골홀 씨라 (법화경언해 서 15a)
   ㄴ. 아래 正히 니르샨 文字애 다믄 니르샤더 이 골혼 妙法은 諸佛如來

---

9) '成'은 옛날 기록에서는 일반적으로 문헌이 완성되었을 때 사용되었다.

10) 이러한 구분의식은 개화기 시기까지 계속된다. 번잡함을 피하기 위하여 여기서는 중세
   어 언해문헌만 예로 들었을 뿐이다.

時節에ᅀᅡ 니ᄅ시ᄂᆞ니라 ᄒᆞ시며 (월인석보 11 : 93b)

ㄴ'. 아래 正히 니ᄅ샨 그레 오직 니ᄅ샤디 이 ᄀᆞᆮᄒᆞᆫ 妙法을 諸佛 如來

| 時節에ᅀᅡ 니ᄅᄂᆞ니라 ᄒᆞ시며(下正說之文에 但云ᄒᆞ샤디 如是妙

法을 諸佛如來 | 時乃說之라ᄒᆞ시며) (법화경언해 1 : 133a)

(3ㄱ)은 구결문 '朽宅은 通入大之文軌시고'와 그 언해문 '朽宅은 大예 드롤 文軌롤 通케 ᄒᆞ시고'에 주석된 —엄밀히는 '文軌롤'에만 주석된— 협주문 으로서 그에 대당되는 한문 원문은 따로 존재하지 않으나, 밑줄 친 부분은 그 유명한 '書同文, 車同軌'에 해당하는 문장이다. 여기서의 '文字'와 '文' 은 "글자"—엄밀히는 "글자체"—의 의미를 가진다. (3ㄴ, ㄴ')에서는 같은 원문을 언해한 문장에서 '니ᄅ샨 文字'와 '니ᄅ샨 글'이 짝이 되는바, 밑줄 친 부분은 "말씀하신 글자에서"의 의미를 가지는 것이 아니라 "말씀하신 글에서"의 의미를 가지는 것이다. 이를 통하여 우리는 '文字'가 가지는 중 의성을 다시 한 번 확인해 볼 수 있다.

연규동 외(2012)에서는 『조선왕조실록』에 사용된 '文字'의 의미를,

(4) ㄱ. 글자 : 글자(통칭), 문자 체계, 한자

ㄴ. 단어, 문구

ㄷ. 문장

ㄹ. 글 : 글(통칭), 한문, 고전(古典), 학문, 글쓰기, 전례(前例), 기록, 규정

ㅁ. 문서 : 공문서, 증명서, 편지

ㅂ. 책

ㅅ. 학식

의 일곱 갈래로 나누어 살핀 바 있다.

그리고 웹사이트 漢典 ZDic Android[11]에서는 '文字'의 '詞語解釋'으로

---

11) 漢典 ZDic Android는 스마트폰 앱에서 구현되는 것이다. PC에서는 웹 주소

(5) ㄱ. [characters, script] : 語言을 기록하는 符號 (예) 漢字, 라틴字母

ㄴ. [writing] : 文章, 作文 (예) 文字通順 ("문장이 매끄럽다"의 의미)

ㄷ. [written language] : 語言의 書面形式 (예) 漢文, 俄文

ㄹ. [documents] : 文書, 公文 (예) 行文字 ("공문서가 오고가다"의 의미)

ㅁ. [secret letter] : 密信(密書) (예) 得此文字 ("이 밀서를 얻다"의 의미)

의 다섯 가지를 열거하고 있다.

이제 위의 용법 파악에서 공통되는 (4ㄱ)과 (5ㄱ)의 것, 즉 한 글자 수준의 것은 [문짜]의 음상을 가지는 '文字¹'이요, 두 음절 이상의 成語·문장·텍스트·문서·책 등등을 이루는 덩어리는 [문자]의 음상을 가지는 '文字²'라고 재정리할 수 있을 것인바, 앞에서 살펴본 (1)의 '文字'는 연규동 외(2012)의 분류대로 하면 (4ㄹ)에 해당하고, 漢典 ZDic Android의 분류대로 하면 (5ㄷ)에 해당한다고 할 것이다.[12] 이제 우리는 (1)에서 살펴보았던, '語音'에 짝이 되는 '文字²'의 의미를, "written language", 즉 "文語"의 의미라고 기록해 나가기로 한다.

이를 바탕으로 하여, 이제 다음의 기록들을 더 음미해 보도록 한다.

(6) 是月, 上親制諺文二十八字, 其字倣古篆. 分爲初中終聲, 合之然後乃成字. 凡于文字及本國俚語, 皆可得而書. 字雖簡要, 轉換無窮, 是謂訓民正音.(이달에 임금이 친히 언문 28자를 지으셨다. 그 글자가 옛 전자와 비슷하였고, 초성·중성·종성으로 나뉘어져 있는데, 합한 연후에야 글자를 이루었다. 한문(문어)과 본국의 일상언어(구어)를 모두 기록할 수 있다.[13] 글자

---

http://www.zdic.net에서 살펴볼 수 있다.

12) J. S. Gale이 편찬한 『韓英字典』(1897)의 Preface, 2면에서는 "the dividing line between the colloquial and Chinese literary expressions(文字)"라 하여 "한문(문어)"의 의미를 가지는 '文字'의 용법을 정확히 파악하였음을 보여 준다.

13) 밑줄 친 부분에 대한 한국고전번역원의 번역문은 "무릇 문자(文字)에 관한 것과 이어(俚語)에 관한 것을 모두 쓸 수 있고,"로 되어 있다. '凡于文字及本國俚語, 皆可得而書.'의 '于'는 실록의 異本에 따라서는 글자꼴이 '干'으로 보이기도 한다. 한국고전번역원에서

는 비록 간단하지만 요령이 있고 전환함이 무궁하니, 이것을 훈민정음이라고 일컬었다.)

　　　　　　　　　—『세종실록』권102, 25년(1443) 12월 30일

(7) ㄱ. 國之語音, 異乎中國, 與文字不相流通, (訓民正音 해례본 1a)

　　ㄴ. 國之語音이[國은 나라히라 之는 입겨지라 語는 말쓰미라] 異乎中國ᄒᆞ야[異는 다룰 씨라 乎는 아ᄆᆞ그에 ᄒᆞ논 겨체 쓰는 字ㅣ라 中國은 皇帝 겨신 나라히니 우리나랏 常談애 江南이라 ᄒᆞᄂᆞ니라] 與文字로 不相流通ᄒᆞᆯ씨[與는 이와 뎌와 ᄒᆞ는 겨체 쓰는 字ㅣ라 文은 글와리라 不은 아니 ᄒᆞ논 ᄠᅳ디라 相은 서르 ᄒᆞ논 ᄠᅳ디라 流通은 흘러 ᄉᆞᄆᆞᆺ 씨라] (훈민정음언해 1ab)

　　ㄷ. 나랏 말ᄊᆞ미 中國에 달아 文字와로 서르 ᄉᆞᄆᆞᆺ디 아니ᄒᆞᆯ씨 (훈민정음언해 1ab)

(6)은 처음으로 '訓民正音'이라는 존재에 대하여 알려 주는 기록이다. (6)에서는 '文字'와 '本國俚語'가 '及'에 의해 접속되어 있다. '語音' 대신 '本國俚語'가 그 짝이 되어 있는 것이다.[14] (7ㄱ, ㄴ)에서도 '語音'과 '文字'가 짝을 이루고 있고, 구결문 (7ㄴ)에 대당하는 언해문 (7ㄷ)에서는 '말씀'과 '文字'가 짝을 이루고 있다.

이제 우리는 (7)의 세종 서문에 나오는 '與文字不相流通'의 '文字'도 (6)의 '文字'와 같은 성격을 가지는 것인지 궁금해진다. 이 '文字'를 두고서, 홍윤표(2008)에서는 "한문구"의 의미로 해석한 바 있고, 전성호(2009)에서는 "증빙문서"로 해석한 바 있으며, 이현희(2012)에서는 전성호(2009)의 해석에

처럼 동사 '于'이라 파악하여 "간여하다"의 어휘적 의미를 가지는 것으로 파악하기도 하지만, 허사 '于'로 파악하여(그리하여 '於, 乎'와 유의관계를 이루는 것으로 파악하여) "-에 대하여(> -을)"의 문법적 의미를 가지는 것으로 파악하기도 한다. 필자는 허사로 파악하는 후자의 입장을 취하였다.

14) '俚語' 외에 '音韻', '言語', '語言' 등이 올 수도 있다. 여기에서는 번잡함을 피하기 위하여 구체적인 예는 들지 않는다.

무게중심을 두고 "문서"로 해석될 가능성을 타진해 본 바 있으나 발표로만 끝나고, 해석상 무리가 있다고 판단하여 결국 논문으로 작성하여 공표하지는 못하였다.

이 글에서는 (6)과 (7)의 '文字'가, 위에서 언급된 바와 같이 "written language", 즉 "文語"의 의미를 가질 가능성을 더 생각해 보고자 한다. '國之語音'은 '本國俚語'와 의미가 거의 차이가 나지 않는다. '國之語音이 … 與文字不相流通홀씨'라는 구절의 '與'는 虛辭인바, 협주문 '與는 이와 더와 ᄒᆞᄂᆞᆫ 겨체 쓰ᄂᆞᆫ 字ㅣ라'에서 제시하는 것처럼 '이와 더와'에 들어 있는 '곗'(부차적인 요소), 즉 '-와'의 문법적 의미를 가진다.15) 고대한어의 'A, 通與B' 구문은 'A{與, 及}B通' 구문과 의미가 상통한다.16) 마찬가지로, 중세어와 현대어의 'A-이 B-와 통하다' 구문은 'A-{와, 및} B-이 통하다' 구문과 의미가 상통한다.17) 즉, '우리나라 말(즉, 口語)이 문어와 통하지 않기 때문에'라는 문장은 '우리나라 말(즉, 구어)과 문어(한문 혹은 이두문)가 서로 통하지 않기 때문에'라는 문장과 의미가 통한다고 할 수 있다는 것이다. 현대어를 가지고 말하자면, "ᵗ현대한국어는 영문자모와 서로 잘 통하지 않는다."18)나 "ᵗ현대한국어와 영문자모는 서로 잘 통하지 않는다."는 어색한

---

15) '이와 더와'의 앞 '-와'는 접속조사로 사용되는 것이지만 뒤의 '-와'는 중의성을 가진다. 그 句 뒤에 다른 조사가 더 통합하여 '이와 더왜'처럼 나타나면 그 뒤의 '-와'는 잉여적인 접속조사라 할 것이지만 '긔 이와 더와 通ᄒᆞ-'처럼 나타난다면, [긔 [이와 더]-와 通ᄒᆞ-]의 구조를 가져 뒤의 '-와'는 부사격 조사의 자격을 가지기 때문이다.

16) 'A, 通與B' 구문의 의미와 'A{與, 及}B通' 구문의 의미가 상통한다는 것이지 두 구문의 '與'가 같은 문법적 기능을 가진다는 것이 아님에 유의해야 한다.

17) 역시 'A-이 B-와 통하다' 구문의 의미와 'A-{와, 및} B-이 통하다' 구문의 의미가 상통한다는 것이지 두 구문의 '-와'가 같은 문법적 기능을 가진다는 것이 아님에 유의해야 한다. 전자의 '-와'는 "與同"의 의미를 가지는 부사격 조사이지만, 후자의 '-와'는 접속조사인 것이다.

18) 이 '영문자모와'는 절대로 "영문자모로써, 영문자모를 가지고"의 의미를 가질 수 없음에 유의해야 한다. 이것은 '與文字로'와 '文字와로'에 들어 있는 '-로'에도 적용된다. '與文字로'에 들어 있는 구결 '-로'는 그 자체로 비교기준의 문법적 기능을 가지는 것이지

문장이 된다. 현대한국어는 'a, b, c, d, e, f, g……' 등 '영문자모'와 당연히 통하지 않는다.

(7)의 '文字'를 대개 '한자'로 해석해 왔지만, 그 의미파악으로는 이 문장이 가지는 의미를 정확하게 파악해 내기 무척 힘들다. 필자는 새로운 표음문자가 출현해야 할 당위성을 부여하는 것이 결국 言文一致가 되지 않는 어문생활 때문이라고 파악하는바(이에 대하여는 뒤에서도 더 부연됨), 훈민정음 창제 전의 文語는 한문과 이두문이 雅・俗의 이항대립적인 관계를 가지고 있었다는 사실(이현희 외 2014 : 23)을 상기하고자 한다.19) '文字'가 "漢文"을 뜻하는 예는 수없이 많지만, "이두문"을 뜻하는 예는 극히 드물다. '雖然, 諺書卽俗行之方言20)也, 狀啓乃乙覽之文字也.[비록 그렇다고는 하나, 언서는 민간에서 행하는 우리글이고, 장계는 임금께서 보시는 '文字'(이두문)입니다.] [『승정원일기』 헌종 6년(1840) 3월 28일]의 '文字'가 그 한 예가 아닐까 한다. 조선시대에는 관찰사나 암행어사, 외국에 나간 使臣들이 임금께 보고하는 狀啓는 이두문으로 작성되는 것이 원칙이었다. 이제 우리는 (7)의 '文字'를 한문과 이두문을 다 포괄하는 "문어"의 의미를 가지는 것으로 파악한다.

정인지의 서문에서는 '우리나라의 예악과 문물은 중국에 거의 비견된다. 다만 우리말만은 그러하지 못하다.(吾東方禮樂文章, 侔擬華夏. 但方言俚語, 不與之

도구의 문법적 기능을 가지지 않는 것이다. 언해표현 '文字와로'의 '-로'는 이미 '-와'가 비교기준의 문법적 기능을 가지고 있기 때문에 잉여적인 것이 되어 버렸다.

19) 훈민정음 창제 후에는 한문과 언문이 雅・俗의 이항대립적인 관계에 있게 되었는데, 이두문은 경우에 따라서는 '雅'쪽에 속하기도 하고 경우에 따라서는 '俗'쪽에 속하기도 하는 것으로 파악하여, 마치 '官'[벼슬아치]과 '民'[百姓] 사이에서 한편으로는 지배층인 '官吏'에 포함되기도 하고 한편으로는 피지배층인 '吏民'에 포함되기도 하는 '吏'[구실아치]처럼 일종의 박쥐같은 문체였다고 파악한 바 있다(이현희 외 2014 : 23-24). 이두문이 한문・언문의 이른바 '眞諺兩書' 사이에서 경우에 따라 '眞文(書)'쪽에 속하기도 하고 '諺文(書)'쪽에 속하기도 하였던 구체적인 사실도 위의 책을 참조하기 바란다. 그들이 결코 삼항대립적인 관계에 있지 않았음에 유의하여야 할 것이다.

20) 이곳의 '方言'이 음성언어가 아니라 문자언어에 해당함이 독특하다.

同.)'고 하면서 다음의 두 가지 어려움을 토로하고 있다.

>   (8) ㄱ. 글을 배우는 사람은 그 뜻을 잘 알기 어려움을 걱정하고(學書者
>   患其旨趣之難曉,)
>   ㄴ. 옥을 다스리는 사람은 그 곡절을 알아내기 어려움을 괴로워한다.
>   (治獄者病其曲折之難通.)

(8ㄱ)은 한문을 배울 때 의미 파악이 어려움을 말하고, (8ㄴ)은 獄事를 다스리는 사람이 이두문 내에 들어 있는 내용을 파악하기 힘듦을 말한다.[21] '쓰기'의 관점에서가 아니라 '읽어 해석하기'의 관점에서 당대에 통용되던 문어의 어려움을 말하고 있음이 주목되는 것이다. 이 뒤를 이어 설총이 이두를 만들어 관부와 민간에서 행해지고 있으나 그것도 일상언어에 있어서는 만의 일도 통달되지 않는 어려움을 가지고 있음을 토로하였다. 물론 (8ㄱ)의 경우 이두번역문은『대명률직해』나『양잠경험촬요』등을 예로 들 수 있을 것이고, (8ㄴ)의 경우 '治獄'과 관련하여 관부와 민간에 두루 쓰이던 행정문서들(緘答 · 遲晩; 所志 · 白活 · 單子 · 等狀 · 上書 · 原情 및 그에 대한 처결문인 題音 · 題辭 등)을 그 예로 들 수 있을 것이다. 이와 같이 한문을 통한 문자생활과 이두문을 통한 문자생활에 어려움이 있었기 때문에 그것을 극복하기 위하여 훈민정음이 창제되었음을 정인지는 말하고 있는 것이다. 물론 훈민정음을 통한 문자생활은 한문과 이두문의 번역작업이 될 것이다.

그런데 문제의 '文字'를 이미 "한문"으로 파악하거나 "이두"로 파악하려

---

21) 최근 심경호(2016 : 66)에서는 이 두 구절이 그 뒷부분에 나오는 '以是解書, 可以知其義', '以是聽訟, 可以得其情'과 호응한다고 하면서 훈민정음 창제의 일차적 목적이 '學書(解書 : 문자(한자)를 익힘)'과 '治獄(聽訟) : 獄事의 처결에서 억울함이 없게 함'의 두 가지에 있음을 명언한 것이라 단언한 바 있다. 곰곰이 되씹어 보아야 하리라 생각되지만, 그 두 가지를 창제의 목적이라고 하기까지 해야 할까 하는 생각이 든다. 또한 '學書'와 '解書'의 의미를 너무 축소하여 파악한 듯하다.

는 시도가, 극히 드물었지만 예전에도 없지는 않았다. 조규태(2010 : 9)에
서는,

> ① '國之語音'을 번역문에서는 "우리나라의 말"이라고 하였지만, 그에 대
> 한 각주에서는 "말소리는 '말' 그 자체에 초점이 있으므로, 여기서는
> '우리 겨레가 쓰는 입말'이란 뜻으로 쓰였다. 합자해에 있는 국어(國語)
> 라는 용어도 같은 뜻으로 사용하고 있다."고 해설하였다.
> ② '文字'를 번역문에서는 "한자"라고 하고서도 그에 대한 각주에서는
> "원문의 '문자(文字)'는 한자(漢字)를 가리키기도 하고 한문(漢文)을 가
> 리키기도 하는데, 문맥으로 보아 중국 사람들의 글말인 '漢文'이란 뜻
> 으로 쓰고 있다."고 해설하였다.22)
> ③ '國之語音, 異乎中國, 與中國不相流通,' 전체는 "우리 겨레가 쓰는 입
> 말이 중국 사람들의 글말인 한문과는 서로 통하지 않아서"라고 해석
> 하였다.

고 하였는바, 아마도 각주의 덧붙은 내용은 개정판에서 더 가해진 것으로
보인다.

이상규 외(주해)(2016 : 27)의 각주 (1)에서는 저 앞의 (7ㄴ)에 대하여 매우
자세한 풀이를 가하였다.

> ① '國之語音' 곧, '나라의 말은'이 뜻하는 조선의 입말과 글말에서 입말만

---

22) 이 '文字'를 '漢文'이라 파악한 것은 주시경의 글에 처음 나타난다. 주시경은 '正音 親字'
라 하여 '國之語音이 異乎中國ᄒᆞ며 與文字로 卽漢文不相流通이라 故로 愚民은 有所欲言而
終不得伸其情者ㅣ 多矣라 余ㅣ 爲此憫然ᄒᆞ여 新制二十八字ᄒᆞ니 欲使人人易習ᄒᆞ고 便於日
用耳로라 ᄒᆞ시니라'(주시경, 「必尙自國文言」, 『皇城新聞』 제2446호, 1907)를 들고서 그
뒤에 자세한 해설을 가하였다. 그 해설을 참조해 볼 때, 여기서의 '漢文'은 '한자'와 동
일한 의미로 사용되었다. 그런데 卽漢文 부분을 『황성신문』 편집자가 잘못 위치시킨
것으로 파악하였음인지 주시경은 원래의 글을 원고본 『말』(1908년 전후)의 부록에다가
다시 실었는데 거기에는 '與文字[卽漢文字]로'라 적어 달리 처리하였다. 이에 대한 자세
한 사실 파악은 이현희(2015c)를 참조하기 바란다.

있고 글말이 없음을 말한다. 당시 조선에서는 글말은 한자를 빌려 쓴 이
두나 구결뿐이었다.

② '異乎中國'은 '異乎中國之語音'의 의미로 해석한다면 역시 중국의 입말과
글말을 뜻한다. 곧 조선과 중국의 입말도 다르고 글말은 중국의 한자밖
에 없으니 조선의 글말을 적기에 부적당함을 말한다.

③ 따라서 '與文字不相流通'은 중국 한자로는 조선의 입말을 적어서 소통할
수 없으며, 중국의 입말과 조선의 입말이 서로 소통되지 않음을 뜻한다.

여느 역주서나 해설서에서 보기 힘든 자못 자세한 설명이 행해져 있다. 그
런데 31면의 '3, 평해'에서는 "이두의 존재에 대해 한 마디도 언급하지 않
았으나 실상 이두에 대해 엄정한 비판을 행하고 있다. 본래 우리의 어음은
한자와 유통되지 못하는 것이어서 이두는 억지로 그것을 유통시킨 것이다.
우민이 뜻을 펼치는데 이두로는 하등의 실효가 없다는 말이다."라 하였다.
이 주해서가 홍기문의 저서 『정음발달사』(1946)를 '증보'하여 '주해'한 것이
라서 그런지 앞뒤의 내용이 잘 들어맞지 않는 부분이 많아 이해에 어려움
이 없지 않다. 어쨌든 언문불일치 현상을 지적하였으며, '文字'를 '한자'로
파악하되 이두까지 포함하였다고 정리할 수 있을 것이다.

박지홍·박유리(2013 : 200-1)에서도 저 앞 (7ㄴ)의 '文字'를 문자 차원의
"漢字"라고 파악하되 거기에서 한 걸음 더 나아가 "吏讀(즉, 한자로 적은 이
두)"라고 파악한 바 있다.[23] 널리 잘 알려져 있다시피, 『훈민정음』 해례본
에서는 "한자와 한글을 섞어 쓸 때에는 위에 오는 한자음에 따라서 중성글
자나 종성글자를 보충하나니, 예컨대 '孔子ㅣ魯ㅅ사롬' 따위와 같다.(文與諺
雜用則因字音而補以中終聲者, 如孔子ㅣ魯ㅅ：사롬之類.)"(합자해)와 같이 諺漢文混
用의 사례를 들고 있어, 훈민정음의 창제가 결코 한문을 폐지하고자 한 것

---

23) 이 견해는 아마도 박지홍(1987)에는 들어 있지 않던 것이 새로이 추가되지 않았는가
한다.

이 아니었음을 잘 보인다. 이런 관점에서 볼 때, 훈민정음의 창제를 차자표기를 대체하기 위한 것이라고 파악한 남풍현(1978, 1980)의 견해는 곰곰이 재음미해 볼 필요가 있다. 훈민정음 창제의 원래 의도는 한문은 그대로 유지하고 이두문 대신에 언문을 사용하게 하자는 것이 아닌가 하는 것이다.

여기서 '國之語音'과 '不通'하는 대상인 '文字'(文語)에 한문 외에 이두문도 포함된다는 사실을 좀 더 생각해 보기로 한다. 기이한 것은 훈민정음 창제를 전후하여 '聽訟'에 대한 언급이 무척 많이 나온다는 사실이다. 세종 시대에는 '賤人天民論'이라 부를 만한, 세종 임금의 사법제도 일신작업이 있었으므로(최이돈 2011), 세종의 관심이 獄事와 관련된 이두문에 주어진 것은 어쩌면 당연하다고 할 것이다. 그리고 새 문자와 관련하여 '官'[버슬아치]에 대한 언급은 없고 '吏'[구실아치]와 '民'[百姓]에 대한 언급만이 있음도 유의를 요한다. 우리는 훈민정음의 창제가 일차적으로 '愚民'을 대상으로 한다고 천명되었으나, 창제 당대에는 '吏' 이하의 계층에 새로운 문자를 통한 문자생활을 영위하게 할 목적도 있었으리라고 생각하는 것이다. 1443년 12월 말에서 1444년 2월 초에 이르는 3개월 동안 諺文을 '吏事'에 시행한 일과 '吏輩'에게 훈민정음을 학습시킨 일이 있었음이 갑자상소문에 지적되어 있을 뿐만 아니라,24) 해례본 간행 후에는 '吏科'와 '吏典'의 取才時에도 훈민정음을 시험보게 조처한 사실25)이 주목된다.

---

24) '雖能以諺文而施於吏事(비록 언문을 구실아치의 일에 시행할 수 있다 하더라도)'(제3항)과 '今不博採群議, 驟令吏輩十餘人訓習,[요즈음 널리 여러 사람의 의견을 받아들이지 아니하시고, 빠른 시일 안에 아전 무리 십여 인에게 (언문을) 가르치고 익히게 하시며]'(제5항)이라 한 것이 그것이다.

25) '傳旨吏曹, 今後吏科及吏典取才時, 訓民正音, 並令試取, 雖不通義理, 能合字者, 取之.(이조에 傳旨하기를, "금후로는 이과와 이전의 취재 때에는 『훈민정음』도 아울러 시험해 뽑게 하되, 비록 뜻은 통하지 못하더라도 合字할 수 있는 사람을 뽑게 하라." 하였다.)'[『세종실록』 권114, 28년(1446) 12월 26일]와 '自今咸吉子弟試吏科者, (…중략…) 先取訓民正音, 入格者許試他才, 各司吏典取才者, 並試訓民正音.("이제부터는 함길도 자제로서 이과 시험에 응시하는 자는 (…중략…) 먼저 『훈민정음』을 시험하여 입격한 자에게만 다른

최만리 등의 갑자상소문뿐 아니라 정인지의 서문에도 역시 그 문제가 거론되어 있다. 이 두 글이 시기를 달리 하지만 사실은 서로 반박하고 해명하는 성격을 띠고 있음은 이미 잘 알려져 있는 바와 같다. 둘 다 이두를 거론하면서 갑자상소문에서는 이두가 불편하기는 하지만 새 문자로 대체될 대상이 아님을 강하게 주장하였으나, 정인지의 서문에서는 매우 꺽꺽하고 막히기 때문에 새 문자로 대체되어야 할 대상으로 지목되어 있다.

이러한 이두의 正體性에 대한 인식상 차이는,

(9) ㄱ. 吏讀 (…중략…) 至於言語之間, 則不能達其萬一焉,'(이두는 (…중략…) 일상언어를 적음에 이르러서는 그 만분의 일도 도달될 수 없는 것이다.) (정인지 서문)

ㄴ. 吏讀 (…중략…), 施於語助, 與文字元不相離. (…중략…) 亦興學之一助也. (…중략…) 何用改舊行無弊之文, 別創鄙諺無益之字乎?'(이두는 (…중략…) 虛辭에 베풀어지므로 원래 한자와 서로 떨어지지 않습니다. (…중략…) 역시 興學에 一助가 됩니다. (…중략…) 어째서 예로부터 써 온 폐단이 없는 글자를 고쳐서, 속되고 이로움이 없는 글자를 별도로 만드실 필요가 있겠습니까?) (갑자상소문 제3항)

에서 극명히 대비되어 나타난다.

심지어 갑자상소문을 본 세종이 최만리 등을 불러 힐문하는 과정에서도 그 인식상 차이가 드러난다.

(10) ㄱ. 汝等云, 用音合字, 盡反於古, 薛聰吏讀, 亦非異音乎?(너희들이 말하기를, '음을 사용하고 글자를 합하는 것이 모두 옛것에 어긋난다.'고 하였으나, 설총의 이두도 역시 음을 달리 한 것이 아니냐?) (세

시험을 보게 할 것이며, 각 관아의 이과 시험에도 모두 『훈민정음』을 시험하도록 하라." 하였다.)'[『세종실록』 권116, 29년(1447) 4월 20일)]의 두 기사가 참조된다.

종의 詰問)

ㄴ. 薛聰吏讀, 雖曰異音, 然依音依釋, 語助文字, 元不相離. 今此諺文, 合
諸字而竝書, 變其音釋, 而非字形也.[설총의 이두는 비록 음을 달리
한다고 말하지만, 음에 의거하거나 새김에 의거하거나 하니 虛辭
(이두)와 한자가 원래 서로 떨어지지 않습니다. 이번의 이 언문은
여러 글자를 합하고 어울러 적으니 그 음과 새김을 변화시킨 것
이지 한자의 꼴이 아닙니다.] (최만리 등의 대답)

이 문답은 갑자상소문의 내용과 관련된 것이다. "儻曰諺文皆本古字, 非新
字也, 則字形雖倣古之篆文, 用音合字, 盡反於古, 實無所據.(혹시 말하기를, '언
문은 다 옛글자에 근본을 둔 것이지 새 글자가 아니다.' 하고 말한다면, 글자의 꼴은
비록 옛 전자와 비슷할지라도 음을 사용하고 글자를 합하는 것이 모두 옛것에 어긋나
는 일이니 실로 근거한 바가 없습니다.)"(갑자상소문 제1항)가 그것이다. 잘 알려져
있다시피, 원래 小學은 한자의 形·音·義를 연구하는 분야인바, 문자학·
성운학·훈고학이 그에 해당된다. 그런데 최만리 등의 입장에서는 비루하
기는 하지만 이두는 그래도 이 形·音·義의 세 요소[26]를 다 갖추고 있
다고 파악된다. 그러나 언문에는 形과 音은 있으나 義는 없다.[27] 이러니
언문을 한자의 꼴[字形]을 갖추지 못한 불완전한 글자라고 말하고 있는
것이다.

그런데 刑獄과 관련하여 이두를 거론하면서도, 갑자상소문에서는 감옥

---

26) 혹은 '書·言·意'의 세 요소로 파악되기도 한다.

27) 후대에 유형원이 '東方諺文, 亦有音無義(우리나라의 언문은 음은 있으나 뜻은 없다.)'(『
반계수록』 권25 「續篇上」, 「語語」)라고 한 것은 이 사실을 잘 지적한 것이다. 신유한이
1719년에 통신사행으로 일본에 갔을 때, 가나[假名]를 形·音·義의 관점에서 관찰하
면서, 그들의 '언문'(가나)이나 우리 언문이나 다 '音은 있으나 釋은 없다'고 언급한 것
도 그와 관련이 있다['國中所用諺文有四十八字, 字形皆截眞書首尾點劃, 有音而無釋, 互着
而成聲, 略如我國諺文.(나라 안에서 쓰는 언문이 48자가 있는데, 글자꼴은 다 한자의 머
리나 꼬리의 점과 획을 잘라 만들었고, 음만 있고 새김이 없어 서로 붙여 소리를 이루
는 것이 대략 우리나라의 언문과 같았다.)'(『해유록』 下, 「附聞見雜錄」)].

에 갇혀 있는 民의 관점에서 이두문의 효능이 어떠한가를 언급하지만, 정
인지의 서문에서는 治獄者의 관점에서 이두문의 효능이 어떠한가를 언급
하고 있어 큰 차이를 보인다는 점도 지적하지 않을 수 없다.

(11) ㄱ. 治獄者病其曲折之難通. (…중략…) 以是聽訟, 可以得其情.(옥을 다
스리는 사람은 그 곡절을 알아내기 어려움을 괴로워한다. (…중
략…) 이 글자로써 訟事를 심리하면, 그 사정을 알 수 있다.) (정
인지 서문)

ㄴ. 若曰刑殺獄辭, 以吏讀文字書之, 則不知文理之愚民, 一字之差, 容或
致冤, 今以諺文, 直書其言, 讀使聽之, 則雖至愚之人, 悉皆易曉, 而無
抱屈者. 然自古中國, 言與文同, 獄訟之間, 冤枉甚多. 借以我國言之,
獄囚之解吏讀者, 親讀招辭, (…중략…) 是知刑獄之平不平, 在於獄
吏之如何, 而不在於言與文之同不同也.(만약에 '형을 집행하고 죄인
을 다스리는 말을 이두문으로써 쓴다면, 글의 내용을 알지 못하
는 어리석은 백성이 한 글자의 차이로 혹시 억울함을 당하는 일
이 있으나, 이제 언문으로써 죄인의 말을 바로 써서 읽어 주고 듣
게 한다면, 비록 매우 어리석은 사람일지라도 다 쉽게 알아들어
서 억울함을 품을 사람이 없을 것이다.'라고 한다면, 그러나 중국
은 예로부터 말과 글이 같은데도 죄인을 다스리고 소송하는 사건
에 원통한 일이 매우 많았습니다. 우리나라로 말하자면, 옥에 갇
힌 죄수 가운데 이두를 아는 사람이 공소장을 몸소 읽어 보고
(…중략…) 이로써 형옥의 공평함과 불공평함이 옥리의 자질 여
하에 있는 것이지 말과 글이 같음과 같지 않음에 있지 않음을 알
수 있습니다.) (갑자상소문 제4항)

(11ㄱ)은 '治獄者'에게 이두문이 어떠한가를 언급하고 있으나, (11ㄴ)은 옥
에 갇힌 民에게 이두문이 어떠한가를 문제삼고 있는 것이다.

저 앞의 (10ㄱ)을 뒤이어 세종은 '且吏讀制作之本意, 無乃爲其便民乎? 如
其便民也, 則今之諺文, 亦不爲便民乎?(또 이두 제작의 본뜻은 그것이 '民'을 편안

하게 하고자 함을 위해서가 아니었느냐? 만약 그것이 '民'을 편안하게 하고자 함을 위해서라면, 지금의 언문 역시 '民'을 편안하게 하고자 함을 위해서가 아니냐?)'라고 최만리 등을 힐난하고 있다. 세종의 '便民'이라는 표현에서는 이두문과 언문의 주체가 될 넓은 의미의 '民'('吏'와 좁은 의미의 '民'을 합한 것)을 말하고 있어, 좁은 의미의 '民'만을 諺文과 관련지어 말하면서 '吏'와 엄격히 구분한 갑자상소문과는 인식상 큰 차이가 있음도 지적되어야 할 것이다. 세종은 이두문 대신 언문을 사용할 주체를 '吏'와 '民' 둘을 합친 '民'으로 파악하였지만, 갑자상소문에는 '官'과 '吏'를 제외한 '民'이 혹시 언문을 사용할 주체가 될 수 있을는지 모른다는 뉘앙스가 담겨 있는 것이다. 이것은 결국 '吏'를 '官'의 일부로 넣어 '官吏層'으로 파악하느냐, '民'의 일부로 넣어 '吏民層'으로 파악하느냐의 인식상 차이를 보이는 것이라고 생각된다.

여기서 우리는 지금 문제가 되고 있는 상황이 결국 言文一致의 문제와 결부되어 있음을 알 수 있다. 역설적이게도 위 (11ㄴ)에 언문은 '直書其言'(그 말을 직접 있는 그대로 적는다)을 할 수 있는 문자임이 언급되어 있음이 주목된다. 언문으로 우리말을 적을 때에는 번역의 과정이 필요하지 않으나, 한자로 쓰여진 문어(한문과 이두문)는 번역의 과정이 있어야 하기 때문에 어려운 것이다.[28] 그리고 (11ㄴ)에서 '言與文同'(말과 글이 동일함), '言與文之同不同'(말과 글의 같음과 같지 않음) 등의 언급을 한 것도 언문의 제작과 관련된 요체가 언문일치 여부와 관련되어 있었음을 잘 말한다 할 것이다. 후대의

[28] 李德懋의 다음 말이 번역 과정의 어려움을 잘 말해 준다. '非生於中國者, 能文尤難, 以其方言积之也. 如中州人一言一語, 無非文字. (…중략…) 以其口耳皆通, 而目識其字, 只隔些兒耳, 故事半功倍. (…중략…) 東國人則以方言釋之, 百言幾至三四百言, 又有吐幾五六十言, 比中國四五倍.[중국에 태어나지 않은 사람이 문장에 능숙하기는 더욱 어려운바, 이는 '方言'(그 나라의 말)이 방해가 되기 때문이다. 중국 사람은 한 마디 말이라도 '文字'가 아닌 것이 없다. (…중략…) 입과 귀가 통하기 때문에 눈으로 그 글자를 아는 것은 쉽기 때문에 반만 노력해도 성취된다. (…중략…) 우리나라 사람은 우리말로 풀이하므로 백 마디 말이 거의 300~400 마디 말이 되고 또 토가 있어서 거의 50~60 마디 말이 되어 중국과 비교하면 4~5 갑절이나 된다.]'(『청장관전서』 권52, 「耳目口心書 5」).

표현을 빌리자면, '言自言, 文自文.'(말은 말대로, 글은 글대로)(李喜經, 『雪峀外史』; 『위암문고』 권25 內集 「論國文關係論」)이라든가, '語自語, 書自書'(말은 말대로, 글은 글대로)(朴趾源, 『熱河日記』, 「避暑錄」)라든가, '書自書, 言自言'(글은 글대로, 말은 말대로)(이유원, 『林下筆記』 권33 「華東玉糝編」, 「方言」)이라든가 하는 상태로 있어서는 안 된다는 것이 훈민정음 창제파의 논리인 것이다.29)

원래 문자는 그 언어에 적당해야 한다(연규동 옮김, 2016 : 228). 그리하여 문자를 자신의 언어에 최적화시켜 나가게 된다. 고립어이면서 음절구조가 단순한 편인 중국어에는 단어문자이자 표의문자인 한자가 잘 어울린다. 그러나 교착어인 한국어는 복잡한 음절구조를 가지고 있어서 단어문자이자 표의문자인 한자가 잘 어울리지 않는다. 그러한 언어의 구조적 차이가 결국 표음문자인 훈민정음의 창제로 귀결된 것이다. 그러나 같은 교착어인 일본어는 단순한 음절구조를 가지고 있기 때문에 음절문자인 가나[假名]로써 만족하고 마나[眞名]인 한자와 혼용하는 길을 걸어온 것이다.

한편, 박지홍·박유리(2013 : 194-5)에서는 '國之語音'의 언해 표현 '나랏 말씀'에 대한 주석에서, 김영신(1974 : 77-78)에서 '말씀' = 추상적인 말(langue와 비슷함)'과 '말 = 구체적인 말(parole과 비슷함)'로 구분하였던 것을 받아들여 그대로 따르되, 번역어는 허웅 선생의 '생각말'을 수용하였다.30)

---

29) 조선 중·후기에 문제되었던 언문일치의 문제는 이현희 외(2014 : 231-271)에 자세히 나와 있다. 북한의 『조선말 대사전』(1995)에서는 '言文'과 '諺文'의 항을 다음과 같이 등재하였다. 곱씹어 볼 만하다고 판단된다(밑줄은 인용자의 것이다).

언문01 「명」 말과 글이라는 뜻으로 "입말과 글말"을 이르는 말. ∥ ~이 막히는데가 없다. ~이 일치하다. § 言文
언문02 「명」 늘 쓰는 입말의 글이라는 뜻으로 처음에는 우리 민족글자인 "훈민정음"을 글말의 글자인 한자, 한문에 상대하여 이르던 말. 뒤에 한자, 한문을 떠받드는 기풍이 조장되면서 우리 글을 낮잡아보는 이름으로 되었다.
30) 이미 박지홍(1979)에 수용되었던 것을 이어 온 것이다. 허웅 선생은 'parole'은 '소리말'이라 번역하여 사용하였다.

그러나 이숭녕(1986)에서는 그와 정반대로 파악한 바 있다.[31] 여기서 구체적으로 예를 들 수는 없으나 중세어에서는 '말씀'과 '말'이 서로 왔다 갔다 하며 쓰일 수 있었기 때문에(이현희 1986, 1994), 그 둘을 랑그의 차원이니 파롤의 차원이니 하고 엄격하게 가르기는 힘들 것으로 보인다.

최근에 安成浩・陳輝(2016)에서는 '中國(之音)'을 중국음 가운데, 北京으로 천도하기 전의 명나라 수도였던 南京의 어음을 가리키는 것으로 파악하여 훈민정음이 그것을 표기하기 위한 목적으로 창제되었다는 새로운 견해를 주장하였다. 언해본에서 '中國'에 대한 협주문을 '中國은 皇帝 겨신 나라히니 우리나랏 常談애 江南이라 ᄒᆞᄂᆞ니라'(언해본 1ab)로 달고 있는데, 그에 들어 있는 '江南'에 주목하고서 신숙주와 성삼문이 요동에 가서 만나 음운에 대해 질정했던 黃瓚(1412~1447)과 세종 32년(1450)에 사신으로 와서 신숙주와 성삼문의 질문 대상이 되었던 倪謙(1415~1479)의 출신이 南京 부근이었기 때문에[32] 만남의 대상이 되었다는 해석은 매우 흥미로운바, 『洪武正韻譯訓』의 편찬 및 印行을 둘러싼 역사적 사실과 부합하는 듯이 보인다. 그러나 남풍현(2014 : 73-74)에서 이미 "15세기에 중국을 가리키던 '江南'이라는 단어는 비록 한자어지만 元代에 차용된 직접차용어로 보인다. 이 단어는 南宋이 양자강 이남에 위치하여 원과 대립하였기 때문에 생긴 말로 『高麗史』에 보면 忠烈王 이후에 비로소 나타나기 시작한다. 남송이 망한 다음 그 지역과의 교역이 많았기 때문에 당시 유행했던 단어로 믿어지는 것이다."라 하고 있는바, 安成浩・陳輝(2016)의 견해와는 정반대되는 견해라 할 수 있다.[33] 문제의 그 '中國(之音)'은 남송 및 원대를 거쳐 명나라 초기에

---

31) 이러한 사실은 이미 이현희(1990 : 624)에서 정리한 바 있다. 여기에 강길운(1972)에서는 '國之語音'을 한국한자음을 가리킨다고 파악한 바 있음을 덧붙여 둔다.

32) 황찬은 江西省 吉安 출신이었고, 예겸은 應天府(南京) 上元縣 출신이었는데 나중에 이 使行 때의 일을 기록한 『朝鮮紀事』를 남겼다.

33) 남풍현(2014 : 74)의 각주 (81)에서는 『고려사』 권30과 권89의 구체적인 사례를 통하여

이르는 시기의 南方音(항주 및 남경 주위의 중국한자음)으로 좀 더 느슨하게 범위를 넓혀 두는 것이 좋을 듯하다.

그런데 '文字'와 짝이 되는 곳에 '語音'이 온다고 해서 그것이 꼭 "말소리", 한 걸음 더 나아가 "말"의 의미를 가진다고 할 수 없음에 유의할 필요가 있다.

(12) 我國文字, 皆本於中國之書也, 所用皆中國之文也. 雖其聲音之讀從言語而由是以通知往古, 道達情意, 以傳於遠近, 則無不足焉. 至或有以學術文章名於世, 可無愧於中國者, 其於文學, 可謂盛矣. 然其所讀聲音, 訛誤甚多. 蓋其語音雖與中國不同, 至於其類之別, 不可不從中國之正. (…중략…) 中國字音之別, 以反切爲準則, 而我世宗大王所制諺書, 反切一與符合, 此先王首出聖聰, 與堯舜相似處也. 今欲得其語音之正, 唯求諸此而已.(우리나라의 문어(문장)[文字]는 모두 중국 글에 뿌리를 두고 있기 때문에 사용하는 것이 다 중국 글이다. 따라서 읽을 때의 성음은 언어에 따라 다를지라도, 이 문어[文字]를 통하여 지나간 과거를 알고 사정과 뜻을 전달하며 원근에 전할 수 있으니, 이런 점에서는 부족한 점이 없다고 할 것이다. 그리하여 우리나라 사람 중에는 학술과 문장으로 세상에 이름을 내어 중국에 부끄럽지 않을 사람도 나오게 되었으니, '文學' 방면에서는 성대한 업적을 이루었다고 말할 만하다. 그러나 소리 내어 읽는 성음의 측면에서는 잘못이 매우 많다. 한국한자음[其語音]은 비록 중국과 같지 않다 하더라도, 그 부류의 구별에 이르러서는 중국의 正音을 따르지 않으면 안 된다. (…중략…) 중국한자음[中國字音]의 구별은 반절로써 준칙을 삼는데, 우리 세종대왕이 만든 언서는 반절의 준칙과 완전히 부합되고 있으니, 이것이 先王의 뛰어나신 성총이 요순과 비슷한 점이다. 이제 그 한국한자음[語音]을 바르게 하고자 하면 오직 이 언서에서 구하기만 하면 될 것이다.)

─ 趙翼, 『蒲渚先生集』 권26, 「三經字音序」

─────────

이미 남송대 및 원대에 '江南'이 "중국"을 가리키고 있었음을 잘 보이고 있다.

위 글에서 밑줄 친 '我國文字'는 "우리나라의 문어(문장)"의 의미를, '其語
音'은 "한국한자음"의 의미를, '中國字音'은 "중국한자음"의 의미를 가진다.
'我國文字'의 '文字'를 "written language"의 의미를 가지는 것으로 파악하지
않고 "characters, script"의 의미를 가지는 것으로 파악한다면, 위의 글은 전
혀 이해가 되지 않을 것이다. 이 글은 趙翼(1579~1655)이 편찬한 『三經字音』
(전하지 않음)의 서문인데, 한자음(즉, 字音)을 反切 대신 諺書로써 달아 두
면34) 한국한자음의 '正'을 구할 수 있다는 것이다.

그리고 '語音'과 짝이 되는 곳에 나타나는 '文字'라고 해서 반드시
"written language, 문어"의 의미만 가지는 것은 아니라는 점에도 유의해야
한다.

(13) 吾東方表裏山河, 自爲一區, 風氣已殊於中國, 呼吸豈與華音相合歟! 然則
語音之所以與中國異者, 理之然也. 至於文字之音則宜若與華音相合矣,
然其呼吸旋轉之間, 輕重翕闢之機, 亦必有牽於語音者, 此其字音之所
以亦隨而變也. 其音雖變, 淸濁四聲則猶古也, 而曾無著書以傳其正, 庸師
俗儒不知切字之法, 昧於紐躡之要, 或因字體相似而爲一音, 或因前代避
諱而假他音, 或合二字爲一, 或分一音爲二, 或借用他字, 或加減點畫, 或
依漢音, 或從俚語, 而字母七音淸濁四聲, 皆有變焉.[우리나라는 안팎 강
산이 절로 한 구역이 되어 풍습과 기질이 이미 중국과 다르니, 호흡
이 어찌 중국음[華音]과 서로 합치될 것이랴. 그러한즉, 語音이 중국
과 다른 까닭은 이치의 당연함이다. 文字之音(한자음)에 이르러서는
마땅히 중국음[華音]과 서로 합치될 것 같으나, 호흡이 돌고 구르는
사이에 가볍고 무거움과 열리고 닫힘의 동작이 역시 반드시 語音에
저절로 끌림이 있었으니, 이것이 字音[한자음]이 또한 따라서 변하게

---

34) 한자음을 한자에 달아 두는 작업을 흔히 '注音, 註音, 懸音' 등으로 불러 왔다. 그런데
'飜譯, 翻譯, 繙繹, 繙譯'이나 '飜', '譯' 등도 그러한 의미를 가지고 있었음에 유의해야
한다. 이현희 외(2014)와 이현희(2015a)에서는 조선시대에 사용된 '飜譯' 관련 단어의 의
미를 (1)translation(현대와 동일함), (2)annotation of Sino-Korean sounds, (3)copying의 세
가지로 파악하여 그 단어들이 중의성을 가지고 있음을 밝혔다.

된 까닭이다. 그 음은 비록 변하였더라도 청탁과 사성은 옛날과 같은
데, 일찍이 책으로 저술하여 그 바른 것을 전한 것이 없어서, 용렬한
스승과 속된 선비가 글자를 반절하는 법칙을 모르고 운모와 성모의
요체에 어두워서, 혹은 글자 모양이 비슷함에 따라 같은 음으로 하기
도 하고, 혹은 전대의 임금이나 조상의 이름을 피하여 다른 음을 빌
리기도 하며, 혹은 두 글자를 합하여 하나로 만들거나, 혹은 한 음을
나누어 둘로 만들거나 하며, 혹은 다른 글자를 빌려 쓰거나, 혹은 점
이나 획을 더하기도 하고 감하기도 하며, 혹은 중국음[漢音]을 따르
거나, 혹은 속음[俚語]에 따르거나 하여서, 자모·칠음·청탁·사성
이 모두 변하였다.]

— 『세종실록』 권117, 29년(1447) 9월 29일, 신숙주, 「東國正韻序」

밑줄 친 첫 번째 '語音'은 "한국어 고유어의 음"이라는 의미를 가져 "한국
한자음"의 의미를 가지는 '文字之音'과 대비되어 있다. 두 번째 '語音' 역
시 "한국어 고유어의 음"이라는 의미를 가져 "한국한자음"의 의미를 가지
는 '字音'과 대비되어 있다. '語音'에 대비되는 '文字之音'이 '字音'과 동일
한 의미를 가지므로 여기서의 '文字之音'의 '文字'는 당연히 漢字가 될 수
밖에 없다. 이것을 가지고 저 앞에서 거론하였던, '語音'과 '文字'의 대립과
동일하게 생각하여서는 안 될 것이다.

'語音'은 심지어 사람의 말 또는 말소리뿐 아니라 동물의 소리를 지시하
기도 한다. 洪義俊은 사람의 소리[聲]는 '有聲有音'하고, 동물의 소리[聲]는
'有聲無音'하여 굴곡의 있고 없음으로 구별된다 하였지만(『傳舊』, 「方言說」),
우리는

(14) ㄱ. 嚶嚶語音新.(그 우는 소리 새롭기도 하여라.) (『상촌선생집』 권4,
　　　 「悲哉行」)

ㄴ. 山鳥語音幽.(산새의 지저귐은 그윽도 한데,) (『농암집』 권4, 詩,
　　 「蜂嶺」)

  ㄷ. 終日語音嬌.(온종일 비비배배 지껄이네.) (『다산시문집』권4, 詩,
   「家僮歸」)
  ㄹ. 小禽迎日語音誇.(작은 새는 햇살을 맞아 재잘대며 우누나.) (『용재
   선생집』권3. 칠언율, 「新春」)

등에서 새 소리가 '語音'으로 표현되어 있음을 본다.

III. '口語'와 '語訓'을 찾아서

 앞에서 우리는 구어로서의 '語音'과 대비되는 '文字'가 "written language"
의 의미를 가지고 있다고 파악하였다. 그 '語音'은 입으로 발출하여 귀로
들을 수 있는 것—口語에 속하는 것—이고, '文字'는 손으로 써서 눈으로
보는 것—文語에 속하는 것—이라고 달리 표현해 볼 수도 있을 것이다.[35]
그렇다면, 현대어 이전에는 '口語'와 '文語'라는 단어는 사용되지 않았던
것일까? 우리는 여기서 그것을 더 추구해 보기로 한다.

 "colloquial language, colloquialism, spoken language"의 의미를 가지는 '口
語'의 예는 꽤 보인다. 여기에 두어 예 들어 본다.

  (15) ㄱ. 府啓：“罪人供招必以口語者，乃是舊規，其意蓋有在矣. 今則不
    然，皆以文字書納，有若呈狀之爲者，一夫被繫，族黨咸聚，
    磨礱修飾，極其巧密，彼以滑澤之文、文字之奸狀，以眩推官之眼. 罪人之
    倖免，多由於此，極爲可惡. 請令依近例，凡供招悉以口語取供，以
    防飾僞眩亂之弊事，捧承傳于刑獄衙門.”【朝報】(사헌부가 아뢰기
    를, “죄인의 공초는 반드시 口語로 받는 것이 옛 규례로서 거기에

---

35) 한 번 더 강조해 두지만, 모든 경우의 '문자'가 그렇다는 것이 아니라 기록될 수 있는
 '문자'의 경우가 그렇다는 사실에 유의하기 바란다.

는 까닭이 있습니다. 그런데 지금은 그렇게 하지 않고 마치 장계를 올리듯이 모두 '文字'(문서)로 써서 들이고 있으므로 한 사람이 잡혀 들어가게 되면 족당들이 모두 모여 글을 다듬고 수식하여 극도로 정교하고 치밀하게 만든 다음, 저들이 유려한 문장과 간교한 '文字'(문서)로 추관의 눈을 현혹시킵니다. 죄인들이 요행히 죄를 면하는 것은 대부분 이로 말미암은 것이니, 매우 가증스럽다 하겠습니다. 청컨대 근래의 규례에 따라 모든 공초를 口語로 받게 하여 거짓으로 꾸며대어 현혹시키는 폐단을 방지하도록 형옥을 맡은 아문에게 승전을 받들게 하소서." 하였다. [조보에 의거함])

— 『승정원일기』 인조 3년(1625) 5월 21일

ㄴ. 今時俗口語, 亦尙多如此, 不可不檢.(지금 시속의 口語에도 오히려 이와 같은 것이 많으니, 조심하지 않을 수 없다.)

— 이유원, 『林下筆記』 권33 「華東玉糝編」, 「避諱」

(15)의 '口語'는 "입으로 하는 말"이라는 의미를 가져, 현대어에서와 쓰임새와 대동소이함을 보인다.

조선시대에도 '文語'라는 단어가 사용되기는 하였으나, 주로 '語文'과 같은 의미("글과 말"의 의미)로 사용된다. 그러나 간혹 "written language, (해당) 글의 말"이라는 의미로 사용되기도 하였다. 여기서는 후자의 의미를 가지는 예를 하나 들어 본다.

(16) 適得李滉所校, 以爲據依, 又得僚屬趙憲之助, 旁稽文語所從出之書, 參以愚臣千慮一得之見, 歷三載而粗成訂.(마침 이황이 교정한 것을 얻어 의거하였고, 또 동료 조헌의 도움을 받았으며, 곁으로는 '文語'(그 글의 말)가 들어 있는 서적을 상고하되 어리석은 저의 천려일득한 소견을 참작하여 3년이 지나 대충 정정을 마쳤습니다.)

— 유희춘, 『미암선생문집』 권3, 「잡저」, 「朱子文集語類校正凡例」

우리가 '口語'의 짝으로 사용하는 '文語'의 예는 찾을 수 없었다.[36]

    구어(말)와 문어(글)의 일치는 사실상 100% 달성될 수 없다.[37] 그럼에도 불구하고, 우리는 늘 언문일치가 될 수 있다고 믿어 왔다. 말과 글이 불일치할 때, 조선시대 지식인들은 다음의 두 가지 방책을 강구하였다.

    ① 표기 수단인 글자 바꾸기 : 이미 도입되어 오랫동안 써 온 한자는 그대로
       두되, 별도로 표음문자인 훈민정음을 새로이 창제하여 그것으로 작성한
       문어도 저절로 구어에 맞게 되었다.
    ② 표기 대상인 말 바꾸기 : 표기 수단인 문자는 한자를 그대로 사용하고,
       그 대상인 조선어를 중국어로 바꾸려고 시도하였다.

①의 경우 처음부터 극렬한 저항이 있었거니와 '國文'으로 승격되어 전면적인 국문표기가 가능해진 것은 창제 이후 450년이 지난 1894년 갑오경장으로 인해서임은 이미 잘 알고 있다. ②가 실현되었다면, 당시의 문어로는 한문 외에 백화문도 더 있으므로 사실상 일반 사람에게는 부담이 더 많아졌을 것이다. "중국에서 말과 글이 일치한 일은 한 번도 없었다. 그 이유는

---

36) '知事安崇善, 左代言金宗瑞等啓 : "『大明律』文, 語意難曉. 照律之際, 失於輕重, 誠爲未便. 乞以『唐律疏義』, 『議刑易覽』等書, 參考譯解, 使人易知." 上曰 : "然. 錄其可編輯人名以聞." (지신사 안숭선·좌대언 김종서 등이 아뢰기를, "『大明律直解』의 말은 뜻을 이해하기 어려워서 율문[인용자 : 『대명률직해』의 한문 율문]과 대조할 적에, 죄의 경중에 실수가 있으니 진실로 미편하옵니다. 바라옵건대, 『당률소의』·『의형이람』 등의 글을 참고해서 번역하고 풀이하여 사람들이 알기 쉽도록 하옵소서." 하니, 임금이 말하기를, "그러하다. 그것을 편집할 만한 사람의 이름을 아뢰라." 하였다.)'[『세종실록』 권52, 13년 (1431) 6월 22일]에도 句讀點을 제외하였을 때 '文語'가 들어 있으나 역시 "written language"의 의미로 사용된 것은 아니다.

37) "문자는 정적이고 언어는 동적이기 때문에, 말을 할 때 그리고 글을 쓸 때 기능적인 언어학적 구성물 사이에서 완전하게 겹치는 것이란 없다. 모든 문자 체계는 음성 해석과 의미 해석을 가지고 있으며, 음성과 의미 중 어느 쪽에 더 중요성을 두느냐에 따라 달라진다. 문자 체계의 변별적 특징과 언어와 맺는 방식을 기술하고 분석할 때에는 이러한 사실을 반드시 기억해야 한다."[연규동(옮김) 2016 : 64]고 한 Coulmas의 언급이 여기에 참조가 될 수 있을 것이다.

주로 문자가 어렵기 때문에 어쩔 수 없이 생략을 하지 않으면 안 되었기 때문이다. 그 시대의 말을 요약한 것이 古人의 文이며, 고대의 말을 요약한 것이 후세 사람이 만드는 古文인 것이다.”라 한 魯迅의 말(류준필 2014 : 405)은 이런 점에서 의미심장하다.

②는 조선시대 중기 이래 늘 이야기되곤 하던 것이었다. 박제가가 『北學議』에서 중국어의 도입을 주장한 것은 잘 알려져 있다. 그러나 그 외에도 李喜經, 尹行恁 등 많은 사람들이 그와 같은 주장을 하였다. 중국인들은 말을 하면(그리고 그것을 문자로 옮겨 놓으면) ‘문자’ 그 자체가 되는 것을 그렇게 선망할 수 없었다. 홍대용은 ‘우리나라는 중국을 사모하고 존숭하며, 의관과 문물이 중화의 제도와 방불하여 예로부터 중국에서 小中華라 부르고 있습니다만, 언어만은 夷風을 면하지 못했으니 부끄럽습니다.(弊邦慕尙中國, 衣冠文物, 彷彿華制, 自古中國見稱以小中華, 惟言語尙不免夷風, 可愧.)’(『담헌서』 외집 권7, 「燕記」)라 하였다.[38] 이러한 思考에서 한 걸음 더 나아가면 우리말을 중국어로 바꾸자는 생각으로 이어지게 될 터이다. 배우성(2014 : 166)이 지적하듯이, ‘그들이 문제 삼은 그 언어야말로 지리와 풍토의 산물’이었음을 그들은 몰랐던 것이다.

우리는 ‘어훈’ 및 ‘語訓’이라는 단어를 이미 『세종실록』 등 15세기 史書에서 살필 수 있거니와[39] 17세기 이후의 국어사 관련 문헌자료에서도 가끔 목격할 수 있다. 여기서는 후자를 살피기로 한다.

---

38) 정인지의 서문에서는 ‘吾東方禮樂文章, 侔擬華夏, 但方言俚語, 不與之同.’이라고 하면서 ‘中國’ 밖에 있는 ‘外國’에 있음을 담담히 받아들였지만, 홍대용은 우리말이 중국과 다르다는 사실을 부끄러워하여 인식상 큰 차이가 있는 것이다.

39) ‘今司譯院生徒, 但習語訓, 不曉文理, (…중략…) 傳譯舛訛, 以致譏笑.[지금 사역원 생도들은 다만 ‘語訓’(음운)만 익히고 문리를 알지 못하여 (…중략…) 통역이 잘못되어 조롱과 비웃음을 받게 됩니다.]’[『세종실록』 권45, 11년(1429) 9월 6일]가 그 한 예를 보인다.

(17) ㄱ. 네 됴흔 말과 말흐는 어훈을 잘 ᄀᄅ치면 내 그 은혜롤 샤례흐리
　　　라 (을병연행록 2 : 219)

　　ㄴ. 남방 어음이 본디 통키 어렵고 이 사롬은 어훈이 더욱 분명치 아
　　　니흐니 홀 일이 업서 (을병연행록 6 : 125)

　　ㄷ. 선말이 샬으면 구률이 업고 어훈도 듯기 죠치 아니흐니라 (첩해몽
　　　어 1 : 6b)

　　ㄹ. 내 너를 비웃는 거시 아니라 내 늙는 어훈이 죠치 아니흐니 네 드
　　　ᄅ면 비우슬까 흐노라 (첩해몽어 4 : 9ab)

　　ㅁ. 군ᄌ의 너모 무식히 넉이믈 밧지 말나 네 어훈이 져 ᄍ톨가 넘녀
　　　흐미라 (완월회맹연 168 : 9b)

‘어훈’ 및 ‘語訓’이 소리 측면과 관련되어 있음이 분명하지만, ‘語音’보다는
한 단계 더 나아가서 격식도 포함한 단어임을 알 수 있다. (17ㄱ)에서는
‘말흐는 어훈’이 ‘됴흔 말’과 대비되어 있으며, (17ㄴ)에서는 ‘어훈’이 ‘남방
어음’과 대비되어 있다.

　　그런데 다음 예의 ‘어훈’은 음성적인 면보다는 의미적인 면과 관련되어
있는 듯이 보이기도 한다.

(18) ㄱ. 蓋는 두로티는 어훈이니 대개노 흐는 쁘디라 (가례언해 서 5b, 협
　　　주문)

　　ㄴ. 그 다ᄅ니돌흔 或 子ㅣ 그 父母롤 시러곰 祭흐디 몯홀 거시니 若
　　　恁地히[약임디히는 이러ᄐ시 흐는 어훈이라] 衰做흐야[곤주는 모
　　　도다 흐는 어훈이라] 一處의 祭티 몯홀 거시니(其他或子不得祭其
　　　父母, 若恁地衰做一處祭不得.) (가례언해 1 : 17b)

『가례언해』에만 특유하게 나타나는 뜻풀이 문장들인바, 대개는 ‘어훈’ 자
리에 ‘말’이나 ‘뜯’이 왔었다. 이 현상에 대하여는 앞으로 더 연구해 보려
고 한다.

다음의 對譯語彙集에 등재되어 있는 예는 '어훈'이 일면 '어음'과 상통함을 보인다.

(19) ㄱ. 語音 어훈 ○ 우건 ㅜ 아얄. 구 (몽어유해 상 18a)

ㄴ. 語音 어훈 ○ 기순 이 무단 (동문유해 상 24a)

그러나 다음의 예들을 통해 볼 때, 구체적으로는 '어훈'이 단순히 음성적인 차원에만 머무르는 것이 아니라 거기에서 한 단계 더 나아간 층위의 것임을 잘 보인다.

(20) ㄱ. 어훈 語訓 prononciation. Terminaison des mots(v.g… 여라…ye-ra, etc…). ‖ Civilité de langage, mainière de parler (한불ㅈ뎐 18)

ㄱ'. 어훈 語訓 (국한회어 211)

ㄴ. 어훈 *l.* 語訓 (말숨) (가르칠) Manner of speech; form of speaking. *See* 어티 (韓英字典 683)

ㄷ. 말시 語訓 Mainière de parler, mode de parler (한불ㅈ뎐 225)

(20ㄴ)의 '어훈'은 그 참조 항목이 '어티'로 되어 있는바, 그것은 또

(21) 어티 *l.* 語態 (말숨) (티도) Manner of speech or peculiarities—as found in different districts. *See* 어훈 (韓英字典 683)

이라 하여 상호참조 항목으로 설정해 놓았다.

1938년 문세영의 『조선어사전』에는,

(22) 【어:훈】 (語訓) 名 말하는 법 말버릇 어보 語格 語套

(23) ㄱ. 【어:격】 (語格) 名 「어훈」(語訓)과 같음

ㄴ. 【어:-보】 {-뽀} 名 말하는 법 語訓

ㄷ. 【어:투】 (語套) 名 「어훈」(語訓)과 같음

으로 등재되어 있다. '어훈'의 참조 항목으로 '말버릇', '어보', '語格', '語套'가 더 등재되어 있어 참조가 된다. 그 외에, '말조'·'말투'·'口跡'·'口氣' 등이 참조 항목으로 더 거론될 수 있다.

이를 통하여 우리는 '어훈'이 '어음', '말시'(>'말씨'), '말버릇', '어격', '어보', '어투' 등과 유의관계를 형성하고 있다고 파악할 수 있다. 아무튼 여기서 우리는 '語訓'의 '訓'의 의미 차원의 것이 아니라 음성 차원과 관련된 방식과 관련되어 있음을 확인할 수 있는 것이다.

『洪武正韻譯訓』의 '譯訓'이 "註音" 또는 "注音"의 의미를 가지고 있음[40]은 이미 안병희(2004)에서 처음으로 밝혀진 바 있다. 우리는 여기서의 '訓'도 "音"의 의미로 사용되어 있어 중국이나 일본에서와는 전혀 다른 용법을 보이고 있음을 목격할 수 있다.

김지홍(2012), 이현희 외(2014)에서는 '譯訓'에 대한 안병희(2004/2009 : 199)의 해석을 수용하여 확대적용을 하였으며, 박병철(2016)에서는 선행연구와는 무관하게 『조선왕조실록』에 들어 있는 '字訓'·'漢訓'·'鄕訓' 등 일부

---

40) 조선시대에는 '譯訓'이라는 단어보다 '飜譯'이나 '飜解' 등의 용어가 널리 사용되었다. 『洪武正韻』의 '正音'은 이미 실효성이 다한 지 오래된 조선 후기까지도 理想的인 음(正音)으로서 중국어 음계 표시에서 '飜譯'되어 달려 지켜져야 한다고 굳건히 믿어졌다.『洪武正韻譯訓』외에 '譯訓'이 사용된 예는 극히 드물다. '然金聽, 精於吏文, 儕輩莫及, 興德有禮, 稍習譯訓, 又有萬里待從之功.[그러나 (세종조의) 김청은 이문에 정통하여 동료 가운데 따를 사람이 없었고, (세조조의) 이흥덕과 이유례는 '譯訓'을 조금 익히고 또 만리 길에 시종한 공로가 있었습니다.]'[『성종실록』 권117, 11년(1481) 5월 3일]의 '譯訓'을 그 예 가운데 하나로 들 수 있으나, 그것은 "中國語音"의 의미로 사용되었다. 같은 '譯訓'이지만 '홍무정운역훈'의 '譯訓'은 "註(注)音함"의 의미를 가지지만(그리고 '譯'이 "annotate"의 의미를 가지지만),『성종실록』에 들어 있는 '譯訓'의 '譯'은 "중국어"의 의미를 가진다는 차이를 보인다('譯語'도 "중국어"의 의미로 사용되곤 하는데 일일이 그 예를 들지 않는다). 그러나 '譯訓'의 '訓'이 "音"의 의미로 사용된 점은 동일하다.

의 단어에 들어 있는 '訓'이 "음"의 의미를 가지고 사용되었음을 지적하였
다. 김지홍(2012)는 '訓義'·'訓解'의 '訓'도 "음"의 뜻으로 파악하여 그 용
법의 범위를 다소간 넓게 잡은 듯한 느낌을 주었고,[41] 박병철(2016)은 "음"
의 뜻을 가지는 '訓'의 적용 범위를 너무 좁게 잡았다는 느낌을 준다.[42]
'語訓' 외에, '漢訓·華訓·唐訓·上國訓'의 '訓'과 '本國訓·鄉訓'의 '訓'도
"음"의 의미를 가진다. 그러나 '音訓'은 ①"음과 뜻"이라는 의미를 가지기
도 하고,[43] ②훈고학 용어로서 "음의 유사성을 통해 뜻을 파악함"(聲訓)의
의미를 가져 중의성을 보이고, '字訓'은 ①"글자의 뜻"이라는 의미를 가지
기도 하고, ②"글자의 음"이라는 의미를 가져 중의성을 보인다.

 '訓'자의 뜻 가운데 "(7) 이름짓다, 명명하다"(『漢韓大辭典』 12 : 728)의 의미
가 있음에 우리는 주목하고자 한다. 굳이 끌어들이자면 命名 과정은 음성
적인 요소와 관련이 있는 것으로 해석해 볼 수도 있을 것이기 때문이다.[44]
그러나 조선 특유의 이 용법에 대한 해석은 아직 명쾌하게 이루어지기 힘
들다. 앞으로의 연구에 기대를 걸기로 한다.

---

41) 모로하시(諸橋轍次) 사전에서는 '訓解'를 "읽는 법과 의미를 설명함. 문자장구를 읽고 그
  의미를 풀어서 밝히는 것"으로 풀이하였다. '訓義'는 세종 18년(1436)에 간행된 『資治通
  鑑綱目』 思政殿訓義가 참조될 수 있다.
42) 한두 예를 들자면, 박병철(2016)에서는 '每當誦讀之際, 不惟只識字訓而已, 必反覆紬繹觸類
  而長之(글을 읽을 때마다 글자의 새김만을 알 뿐 아니라, 반드시 반복하여 紬繹하고, 유
  에 따라 장점을 얻게 해야 할 것이다.)'[『숙종실록』 권23, 17년(1691) 윤7월 25일]에 들
  어 있는 '字訓'을 '새김'[=常用之釋]으로만 한정하여 파악하고 있고, '語訓'을 "한자의
  뜻"으로만 파악하고 있는 것이다. 박병철(2016)에서는 '鄉訓'은 『세종실록』에서만, '漢
  訓'은 『세종실록』·『세조실록』·『성종실록』에만 나온다고 하면서 조선전기에 주로 사
  용된 용어인 것으로 파악하였다.
43) '音訓'은 '音義'·'音釋'과 유의관계를 가지면서 "발음"과 "뜻" 둘 다를 지시할 수 있는
  것이다. '訓音'도 보인다. '註解 訓音'(국한회어 212)이 참조된다.
44) 안병희(2007)에서는 '國 나라 국'의 '나라 국' 부분을 '이름'이라 칭한 바 있다. '釋 +
  音'의 구조 전체를 '이름'이라는 관점에서 살핀 것은 자못 흥미롭다. 김지홍(2012 :
  17-18)의 각주 (38)에서도 이런 구조 속에서의 '訓'이 "音"의 의미를 가질 가능성을 타
  진한 바 있다. 앞으로 '訓'에 대한 다양한 각도에서의 관찰이 필요하리라 생각된다.

IV. 나가기

이상으로 우리는 '語音' 및 '文字', 그리고 '口語'·'文語'·'語訓' 등을 살펴왔다. 이를 통하여, 어떤 단어는 현대어에서와는 사뭇 다른 용법을 가지기도 함을 살펴볼 수 있었다.

우리는 조선시대에 言文二致 상황을 타개하기 위하여 이루어진 몇 가지 흐름에 주목을 해 보았다. 그 과정에서 기록의 대상이 되는 '語音'과 '文字'는 각각 "口語"와 "文語"로 해석되어야 함을 살폈다. 특히 세종 당대의 "문어'로서의 '文字'에는 漢文과 吏讀文이 다 포함되어야 함을 지적하였다. '語音不通'은 구어(말)가 통하지 않음을 말하는 것이요, '文字不通'은 문어(글)가 통하지 않는다는 의미와 문서가 통하지 않는다는 의미를 가지고 있었다. '語音不通'이면 통역이 필요하다. 문어(글)가 통하지 않으면 文理가 통하지 않으므로 번역이 필요하다. 문서가 통하지 않으면 제대로 된 文書體式 혹은 文字體式에 맞추어 작성해야 한다.

우리만의 독특한 용법을 보이는 한자어들이 몇 있다. '眞'과 '諺'은 한자 문화권에서는 동일한 의미를 가지지만, '眞文'과 '眞書', '諺文'·'諺書'·'諺字'에 사용되면, 그것은 조선 특유의 것이 된다.45) '眞文'과 '眞書'가 原

---

45) "(3) 諸氏가 諺文의 名稱을 改定하야 (한글)이라 하자 하는 一事를 노코 보자. 諸氏의 口實은 漢文을 眞書라 尊稱하고 本文을 諺文이라 貶稱한 것이라 하는 것이라. 그러나 이것이 誤解니라. (5) 본래 眞書란 것은 宋의 趙明誠이 楷書를 指한 말인 바 곳 書體의 일종으로서 高麗 肅宗 時에는 書品의 眞書科를 試한 일도 잇스니 眞書란 것은 곳 尊稱이 안이오 書法의 일종이니라. (6) 諺文이란 것은 訓民正音과 同意語로서 特殊階級의 文이 안이오 平常的 또는 音字인 의미니 고로 星湖僿說의 諺字解釋도 閭巷之常談人情之切近而口口相傳이라 하엿스니 諺文이란 名詞는 곳 卑稱으로 由來된 것이 안이라 平常文 또 音字라 한 것으로서 諺文은 곳 朝鮮文의 特別名詞니라."(安自山, 「竝書不可論」,『東光』11, 1927)라 한 安廓의 말이 참조될 수 있다. 그 외, '復戶'("충신·효자·열녀 집안에 부세나 요역을 면제함"의 의미)도 그 한 예로 추가될 수 있을 것이다. '復'자에 "免除(賦稅徭役), remit"의 뜻이 있어 '復租'(免除賦稅), '復免'(免除徭役), '復除'(免除徭役) 등은 중국과 일본에서도 사용되지만, '復戶'의 쓰임새는 다른 나라에서 전혀 찾아볼 수 없는 것이다.

義를 "Truth Letter or Sentence"[46]로 하면서 "Chinese character or its sentence"에 해당하는 의미를 가지는 것으로 사용된 곳은 조선밖에 없었다. 그래서 1894년 갑오경장에서 '眞書'가 힘을 잃어서 '漢文'에 자리를 내어 주고 '眞諺'이 '國漢文'으로 顚倒되어 버려, 梅泉 黃玹은 크게 낙담하였던 것이다(『梅泉野錄』 권2 「高宗31年甲午」 「七. 國漢文混用」). 그런데 '諺解'라는 단어는 임진란 때 포로로 잡혀 간 姜沆에 의해 주자학이 일본에 전수·심화되는 과정에서 移植되었다. 그 결과, 조선시대에 '諺解'라는 이름을 달고 간행된 서적 수보다 훨씬 더 많은 '諺解書'들이 일본에서 간행되기에 이른 것이다(이현희 2015a). 모로하시(諸橋轍次) 사전의 '諺解'항에서 "漢文을 口語的으로 해석한 것. 抄·國字解·口義·俚諺抄라고도 한다. 林羅山의 貞觀政要諺解 등."을 들어 둔 것이 참조될 것이다. 하야시 라잔[林羅山]의 『貞觀政要諺解』·『武經七書諺解』를 위시하여, 明治維新에 이르기까지 근 300종에 달하는 수많은 일본 서적들이 제목에 '諺解'를 달고 간행되어 나왔다. 이 '諺解'라는 단어야말로 조선이 일본에 보낸 첫 輸出語라 할 만하다.

우리는 '訓' 자체는 여느 한자문화권 나라와 다름없는 용법을 보이지만, '語訓·譯訓·漢訓·鄕訓' 등 'X訓' 구성을 가지는 어휘뿐 아니라 '訓義·訓釋' 등의 '訓X' 구조를 가지는 어휘들 속에 들어 있는 '訓'이 "音"의 의미를 가지기도 하는 조선 특유의 용법을 살펴볼 수 있었다.

이 글에는 아직 미진한 점이 많이 담겨 있다. 앞으로 한층 더 면밀한 조사와 연구를 통해 보완될 수 있기를 바란다.

---

46) 연규동(옮김)(2016 : 343), 제5장의 後註 (1)에서는 'letter'를 문자의 의미로 한정한 것은 최근에 발달하였다고 하면서, 'letter'를 "입이 움직여서 이루어지는 발화의 참된 요소"라고 하기도 하며, 그 밖에 언어 또는 언어와 문자 모두를 지시하기도 하는 등 여러 논의가 있었음을 소개하고 있다. 이런 점에서 '文'이 글자의 의미 외에 그 상위단위를 가리키는 것으로 사용되기도 하는 것이 한자문화권 내에서의 문제만은 아니었음을 알 수 있다. '諺文·國文·漢文·英文' 등 'X文' 구성이 중의성을 가진다는 사실은 이제 널리 잘 알려져 있다.

참고문헌

강길운. 「훈민정음 창제의 당초 목적에 대하여」, 『국어국문학』 55·56·57, 1972.

김영신. 「고등학교 고전 교재에 대한 어학적 고찰」, 『한글』 154, 1974.

金鍾洙. 『(譯註) 增補文獻備考 : 樂考 下』, 國立國樂院, 1994.

김주원. 『훈민정음 : 사진과 기록으로 읽는 한글의 역사』, 04 서울대 인문 강의, 민음사, 2013.

김지홍. 「이른바 세종이 정한 통고사성도에 대하여」, 『규장각』 40, 2012.

김하수. 연규동. 『문자의 발달』 커뮤니케이션북스, 2015.

남풍현. 「훈민정음과 차자표기법과의 관계」, 『국문학논집』 9, 단국대학교, 1978.

_____. 「훈민정음의 당초목적과 그 의의」, 『동양학』 10, 1980.

_____. 『국어사연구』. 태학사, 2014.

류준필. 『동아시아의 자국학과 자국문학사 인식』. 동아시아한국학연구총서 11, 서울 : 소명출판, 2013.

朴秉喆. 『한자의 새김과 千字文』. 파주 : 태학사, 2016.

박지홍. 「한문본 훈민정음의 번역에 대하여」, 『한글』 164, 1979.

_____. 『풀이한 훈민정음 : 연구·주석』. 서울 : 과학사, 1987.

_____. 박유리. 『우리나라 글살이의 변천과 훈민정음』. 서울 : 새문사, 2013.

배우성. 『조선과 중화 : 조선이 꿈꾸고 상상한 세계와 문명』. 돌베개 한국학총서 17, 파주 : 돌베개, 2014.

세종대왕기념사업회. 『(국역) 증보문헌비고 : 예문고』. 1980.

세종대왕기념사업회. 『(국역) 증보문헌비고 : 악고』. 1994.

심경호. 「훈민정음 해례본의 한문 문장 구조와 성조점에 따른 의미 해석에 대하여」, 『훈민정음의 현대어 번역을 위한 종합적 검토』. 2016년 국립한글박물관 훈민정음 학술대회, 2016.

안병희. 「洪武正韻譯訓과 그 卷首의 編次에 대하여」, 『한국어연구』 2, 2004.

_____. 『국어사 문헌 연구』. 신구문화사, 2009.

安成浩. 陳輝. 「『훈민정음』과 강남한음」, 『大東文化硏究』 95, 2016.

쿨마스. 『문자의 언어학 Writing Systems』. 연규동 (역), 문자·사회·문화 총서 28, 서울 : 연세대학교 대학출판문화원, 2016.

연구동. 이전경. 김은희. 김남시. 「조선왕조실록에 나타난 '文字'의 의미」, 『東方學志』

158, 2012.

홍기문.『증보정음발달사』. 이상규, 천명희, 왕민, 쨩쩐 (역), 서울 : 역락, 2016.

이숭녕.「'말'과 '말씀'의 의미식별에 대하여 : '나랏 말쑤미…'의 해석을 머금고」,『동천 조건상선생 고희기념논총』. 개신어문연구회, 1986.

이현희.「중세국어 내적화법의 성격」,『한신논문집』3, 1986.

_____.「훈민정음, 서울대학교 대학원 국어연구회 (편)」.『국어연구 어디까지 왔나 : 주제별 국어학 연구사』. 서울 : 동아문화사, 1990.

_____.『중세국어 구문연구』. 서울 : 신구문화사, 1994.

_____.「단어 '한글' 및 '문자'와 음운론적인 정보」,『훈민정음과 오늘』. 사단법인 훈민정음학회, 2012.

_____.「현대어 이전에 사용된 '飜譯'과 '諺解'라는 용어의 쓰임새」, 오고시 나오키, 이현희 외 (공저).『일본의 한국어학 : 문법·사회·역사』. 서울 : 삼경문화사, 2015a.

_____.「근대 이행기의 語學·文法·語法·文典·語典」,『東亞文化』53, 2015b.

_____.「주시경의 '訓民正音 世宗序」 해석과 그 계승의 일면」,『冠嶽語文硏究』40, 2015c.

_____, 김한결, 김민지, 이상훈, 백채원, 이영경 (공저).『근대 한국어 시기의 언어관·문자관 연구』. 규장각학술총서 07, 서울 : 소명출판, 2014.

전성호.「세종시대 내부통제 시스템」, 정윤재 외 (지음).『세종 리더십의 형성과 전개』. 파주 : 지식산업사, 2009.

정다함.「"中國(듕귁)"과 "國之語音(나랏말쑴)"의 사이 : 鮮初 漢文, 漢吏文, 漢語와 訓民正音의 관계성을 중심으로」,『비교문학』60, 2013.

정우영.「『訓民正音』 해례본의 '例義篇' 구조와 '解例篇'과의 상관관계」,『國語學』72, 2014.

조규태.『번역하고 풀이한 훈민정음』. 개정판; 서울 : 한국문화사, 2010.

최이돈.「조선초기 賤人天民論의 전개」.『朝鮮時代史學報』57, 2011.

趙義誠 (譯注).『訓民正音』. 東洋文庫 800, 東京 : 平凡社, 2010.

河永三.「'言'과 '文' 系列 漢字群의 字源을 通해 본 中國의 文字中心의 象徵體系」,『中語中文學』38, 2006.

홍윤표.「訓民正音의 '象形而字倣古篆'에 대하여」.『國語學』46, 2005.

_____.「訓民正音의 '與文字不相流通'에 대하여」. 서울대학교 대학원 국어연구회 (편).『李崇寧 現代國語學의 開拓者』. 파주 : 태학사, 2008.

_____.「훈민정음에 관한 몇 가지 주장」.『훈민정음과 오늘 : 2012년 훈민정음학회 국내학술대회』. 2012.

한국어 생략의 문법 : 토대

이정훈*

Ⅰ. 서론

우리는 의사소통하고자 하는 내용 전부를 음성으로 실현하기도 하지만 때로 그 일부만을 음성으로 실현하기도 한다. 예를 들어 맥락(context)을 통해 추론할 수 있는 내용은 말로 표현하지 않는 것이 자연스러운 경우가 많다. 이렇게 맥락의 도움을 받아 내용으로는 존재하는 것이 음성으로는 실현되지 않는 현상을 생략(ellipsis)이라고 한다.[1]

생략을 보장하는 맥락은 언어적 맥락과 비언어적 맥락으로 나뉜다. 예를 들어 '영이가 누구랑 결혼했니?'와 같은 질문에 '철수랑'이라는 생략 표현으로 대답할 수 있는 것은 질문이 언어적 맥락으로 작용하였기 때문이다.

* 서강대학교 국어국문학과 교수

[1] '삭제'(deletion)도 내용으로는 존재하지만 음성으로는 실현되지 않는 현상을 가리킨다. 다만 생략은 맥락을 기반으로 작동하는바 주로 문장과 문장 사이에서 관찰되는 현상인데 비해 삭제는 그렇지 않다는 차이를 지닌다. 삭제는 일정한 문법적 환경이 갖추어지면 적용되는 규칙의 성격을 띠며 하나의 문장 내에서 작동한다(Chomsky 1964 : 40-41 참고). 물론 생략과 삭제를 하나로 통합하려는 시도도 가능하지만 여기서는 편의상 구분한다. 삭제의 구체적인 예는 (7)에서 볼 수 있다.

이와 달리 식당에 가서 아무 말 없이 '된장찌개요'라고만 말해도 의사소통에 아무런 문제가 발생하지 않는 것은 식당에서의 주문 상황이라는 비언어적 맥락이 갖추어져 있기 때문에 가능하다.

그렇다면 한국어 생략 현상의 실상은 어떠하며, 또 그 현상은 어떻게 설명할 수 있는가? 이 질문에 답하기 위해서는 '한국어 생략의 문법'을 구체화해야 한다. 이 글은 바로 '한국어 생략의 문법'을 구성하는 작업의 일환으로서 다양한 자료에 대한 분석과 깊이 있는 이론적 검토에 앞서 그러한 분석과 이론 구성의 '토대'가 되는 사항을 논의하는 것을 목적으로 한다.[2]

위와 같은 목적을 달성하기 위해 이 글은 아래와 같은 입장에서 논의를 전개한다.

첫째, 통사구조가 형성된 후 생략 작용이 적용되어 생략 현상이 나타나는 것으로 간주한다. 이는 통사구조에는 빈 채로 있다가 의미를 해석하는 단계에서 내용을 복원하는 접근법을 택하지 않음을 의미한다. 물론 두 가지 방법 중에 어느 것이 더 타당한지는 따로 논의해야 하며, 어쩌면 두 가지 방법이 다 필요할는지도 모른다. 다만 생략의 문법의 토대를 닦는 현 단계에서는 가급적 통사구조에 입각한 설명이 논의의 목적에 부합하는 것으로 판단하는바, 통사구조가 형성되고 여기에 생략이 적용되어 생략 현상이 나타나는 것으로 간주한다.[3]

---

2) 생략 현상에 대한 기왕의 연구에 대한 정리는 박청희(2013), Craenenbroeck & Merchant(2013) 등 참고.

3) 이는 통사론의 토대가 어느 정도는 나름대로 견고하게 구축되어 있기 때문이다(이정훈 2008, 2012, 2014 등 참고). 즉, 통사구조에 생략 규칙을 적용해서 생략 현상을 다루는 방안의 성과는, 완벽하지는 않을지라도, 꽤 보장되어 있다고 할 수 있다. 이와 달리 생략 현상을 해석하는 규칙의 토대는 견고하다고 보기 어렵다. 특히 해석 규칙의 최종 결과가 대개 생략 규칙이 적용되기 이전의 통사구조와 통하는바, 해석 규칙을 추구하는 방안은 통사구조에 대한 파악을 전제로 한다. 이러한 점들을 고려하면 통사구조에 기초를 두고 생략 현상을 다루는 입장이 우선 추구되는 것이 타당하다.

둘째, 생략 규칙도 성분(constituent)에 적용되는 것으로 간주한다. 이동, 접속, 대용 등이 성분을 대상으로 하듯이 생략도 성분을 대상으로 하는 것으로 보는 셈인데, 자료 분석에 못잖게 이론 구성을 중시하는 입장에 다른 조치이다. 이론을 염두에 두면 규칙의 일반성을 중시하게 되고, 이에 따라 다른 규칙과 마찬가지로 생략 규칙도 성분을 대상으로 작동한다고 보는 입장이 최대한 고수되어야 하기 때문이다.4)

셋째, 생략 현상의 특성상, 설명 방안이 사뭇 다양할 수 있음에 유념한다. 왜 다양한 설명이 가능할까? 생략 현상은 음성으로 실현되지 않는 통사구조를 포함한다. 그런데 음성으로 실현되지 않으면 그 정확한 모습을 직접 확인할 수 없다. 따라서 생략 현상에 포함된 통사구조는 그 구체적인 모습을 추정할 수밖에 없는데, 이에 따라 통사론이 허용하는 가능성이 다양할수록 생략 현상에 대한 설명도 다양해지기 마련이다. 물론 통사론이 허용하는 구조가 매우 제약적이기 때문에 생략 현상에 대한 설명의 다양성도 대개 몇 가지로 제한된다.

넷째, 언어적 맥락을 토대로 한 생략과 비언어적 맥락을 토대로 한 생략 중에 언어적 맥락에 토대를 둔 생략을 주로 논의한다. 이는 위의 첫째~셋째 입장에 따른 조치이며, 또한 통사론뿐만 아니라 그 이외의 영역까지도 고려해야 비언어적 맥락에 의한 생략을 제대로 다룰 수 있다고 판단하기 때문이다. 특히 비언어적 맥락에 기초한 생략 현상은 생략 규칙과는 독립적인 해석 규칙을 필요로 하는 것일 수도 있다.5)

위의 네 가지 사항 중에 특히 세 번째 사항을 고려하면 생략 현상에 대한 논의가 다분히 잠정적인 성격을 띨 수밖에 없음을 알 수 있다. 따라서 어느 하나가 아니라 가능한 몇 가지 방안을 두루 살피는 일이 긴요하다.

---

4) 이 입장은 Ⅲ절에서 거듭 강조된다. 특히 (16)~(18)에 대한 논의 참고
5) 비언어적 맥락에 토대를 둔 생략 현상은 Ⅵ절에서 간략히 살핀다.

이점에 유념하며 이제부터 한국어 생략 현상을 살피고자 하는데, 먼저 간접의문축약 혹은 수문구문(sluicing)부터 살핀다. 이 현상이 방금 언급한 '가능한 몇 가지 방안을 두루 살피는 일'과 직결되기 때문이다.

II. 간접의문축약 혹은 수문구문

소위 간접의문축약 혹은 수문구문은 영어와 같은 언어에서 의문사 의문문이 내포되면서 축약되는 아래 (1)과 같은 현상을 가리킨다.

(1) John can play something, but I don't know <u>what</u>.

위의 예에서 생략은 어떻게 작용하는가? 이에 대한 답은 생략이 나타나지 않은 경우와 (1)을 비교하면 그다지 어렵지 않게 구할 수 있는데, 아래에서 보듯이 내포된 간접 의문문에서 의문사가 이동하고 의문사 이외의 성분이 생략됨으로써 (1)이 형성된다(Merchant 2001 참고). 생략은 음영(　)으로 나타낸다.

(2) John can play something, but I don't know [what [John can play t]]

흥미로운 것은 아래 예에서 보듯이 한국어에도 수문구문과 유사한 현상이 존재한다는 사실이다.

(3) 가. 철수가 누군가를 만났는데, 아무도 <u>누구였는지</u> 모른다.
　　 나. 철수가 누군가를 만났는데, 영이는 <u>순이였다고</u> 생각한다.

그렇다면 (3)은 어떻게 형성되는가? 특히 생략은 (3)에서 어떻게 작용하는가? 이 문제에 대한 답은 두 가지 방향에서 추구할 수 있다. 하나는 (1)과 (3)을 평행하게, 즉 영어 현상과 한국어 현상을 동궤의 것으로 간주하는 방향이고, 다른 하나는 한국어의 특성을 적극적으로 살리면서 분석하는 방향이다. 전자는 언어의 보편성 또는 분석의 획일성을 강조하는 효과를 지니고, 후자는 개별언어의 특성 즉 한국어의 개별성을 강조하는 효과를 지닌다.

II.1. 보편성 혹은 획일성을 강조하는 경우

먼저, 두 가지 방향 가운데 첫 번째 방향을 선택해 (3)을 (1)과 평행하게 분석하는 방향을 고려해 보자(김정석 2000, 박범식 2007 등 참고). 그러면 (3가)는 (1)과 마찬가지로 내포된 의문문에 이동과 생략이 적용되어 형성되는 것으로 분석된다. 이 분석을 구체화하면 아래와 같다.[6]

(4) 가. 아무도 [$_{CP}$ [$_{VP}$ 철수가 누구를 만나-] -았는지] 모른다.

　　나. 아무도 [$_{CP}$ 누구를 [$_{VP}$ 철수가 t 만나-] -았는지] 모른다.

　　다. 아무도 [$_{CP}$ 누구를 [$_{VP}$ 철수가 t 만나-] -았는지] 모른다.

---

6) (4)의 '-았는지'는 '-았-느-은지'은지로 분석된다. 논의의 편의상 '-았-', '-느-', '-은지' 각각에 대한 통사적 처리는 따로 다루지 않는다. 참고로 이 글은 (4)에서 보듯이 한국어의 경우 주어가 VP 명시어 자리에 머무는 것으로 파악한다. 한국어의 주어도 영어와 같은 언어처럼 VP 밖으로 이동하는 것으로 보는 견해도 있는데 그러한 견해는 따르지 않는다. 무엇보다도 한국어에는 주어 이동에 대한 증거가 없으며, 또 그러한 이동의 장점도 확실하지 않기 때문이다. 더불어 동사구도 V의 투사로 이루어지는 것으로 보고, vP는 도입하지 않는다. vP 역시 이에 대한 증거도 없고, 그것을 도입하는 데 따른 장점도 불확실하기 때문이다. 이러한 점을 포함하여 한국어 통사론에 대한 기본적인 논의는 이정훈(2008, 2012, 2014)를 따른다.

(4가)는 (3가)의 후행절에 내포된 의문문을 복원한 것이고, (4나)는 복원된 의문문의 의문사가 이동한 것을 나타낸다. 한국어는 의문사가 이동하지 않는 언어에 속하므로 (4나)의 이동은 의문사 이동이 아니라 뒤섞기(scrambling)에 의한 것으로 간주된다. 의문사가 VP 앞으로 뒤섞기 된 후 VP에 생략이 적용되면 (4다)가 된다.

(4나)에 표시한 이동이 의문사 이동이 아니라 뒤섞기임은 (3나)를 통해 다시 확인할 수 있다. 아래에서 보듯이 (3나)에서 이동하는 성분은 의문사와 무관한 '순이를'이며, 또 내포된 것도 의문문이 아니라 평서문이기 때문이다.7)

> (5) 가. 영이는 [$_{CP}$ [$_{VP}$ 철수가 순이를 만나-] -았다고] 생각한다.
>
> 나. 영이는 [$_{CP}$ 순이를 [$_{VP}$ 철수가 t 만나-] -았다고] 생각한다.
>
> 다. 영이는 [$_{CP}$ 순이를 [$_{VP}$ 철수가 t 만나-] -았다고] 생각한다.

이동의 성격이 뒤섞기와 의문사 이동으로 다르긴 하지만 이 차이를 제외하면 (4), (5)는 (2)와 일맥상통한다. (4)와 (5)에도 (2)와 마찬가지로 이동과 생략이 관여하기 때문이다.

하지만 한국어는 영어와 달리 이동과 생략만으로는 부족하다. (4다)와 (5다) 그대로를 실현한 (6)은 성립하지 않기 때문이다.

> (6) 가. *아무도 누구를-았는지 모른다.
>
> 나. *영이는 순이를-았다고 생각한다.

이에 (6)은 약간의 조정을 거쳐야 하는데 아래에서 보듯이 계사(copula)

---

7) (5)의 '-았다고'는 과거 시제 '-았-'과 평서의 '-다', 그리고 인용의 '-고'로 분석되는데, (4)에서와 마찬가지로 각각에 대한 통사적 처리는 따로 논의하지 않는다.

'이-'가 삽입되고, 대격 조사까지 삭제(deletion)되어야 적격한 표현 (3)이 형성된다.

> (7) 가. 아무도 [CP 누구를 [VP 철수가 t 만나-] -았는지] 모른다.
>   ↖ 대격 조사 삭제   ↖ '이-' 삽입
> 나. 영이는 [CP 순이를 [VP 철수가 t 만나-] -았다고] 생각한다.
>   ↖ 대격 조사 삭제   ↖ '이-' 삽입

위에서 계사 '이-'가 삽입되는 것은 '-았는지'를 구제하기 위한 것이고,[8] 대격 조사 삭제는 계사 '이-'의 형태적 특성에 따른 것이다. 아래에서 보듯이 부사격 조사는 계사 '이-'와 어울려 실현될 수 있지만, 주격 조사와 대격 조사는 그렇지 않아서 반드시 삭제되어야 한다.[9]

> (8) 철수가 영이를 학교에서 만났다.
> 가. 철수가 영이를 만난 것은 학교(에서)이다.
> 나. 영이를 학교에서 만난 것은 철수(*가)이다.
> 나. 철수가 학교에서 만난 것은 영이(*를)이다.

II.2. 한국어의 개별성을 강조하는 경우

다음으로, (1)과 (3)을 평행하게 분석하는 방향이 아니라 한국어의 특성을 적극적으로 고려하는 방향을 택하면 다음과 같이 계사문이나 분열문에 생략이 적용되어 (3)이 형성된다고 볼 수 있다(손근원 2000, 김지은 2012, 김종복 2013 등 참고).

---

8) 삽입되는 계사 '이-'의 정체에 대해서는 각주 11) 참고. 한편 계사 뒤에서 시제 요소는 '-었-'으로 교체되므로 '-았는지'가 아니라 '-었는지'로 실현된다.

9) (8가)~(8다)는 소위 분열문(cleft sentence)의 예이다. 분열문에 대해서는 김영희(2000), 최기용(2011), 박소영(2014) 등 참고

(9) 아무도 누구였는지 모른다. ((3가)의 후행절)

　가. 아무도 [그 사람이 누구였는지] 모른다.

　나. 아무도 [철수가 만난 것이 누구였는지] 모른다.

(10) 영이는 순이였다고 생각한다. ((3나)의 후행절)

　가. 영이는 [그 사람이 순이였다고] 생각한다.

　나. 영이는 [철수가 만난 것이 순이였다고] 생각한다.

　(9)든 (10)이든 생략되는 것은 주어 성분이다. 그리고 아래에서 보듯이 주어 성분은 수문구문과는 독립적으로 근문(root sentence) 환경은 물론이고 내포와 접속 등의 환경에서도 생략될 수 있다.

(11) 가. 철수가 어디에 갔니? 철수가 학교에 갔다.

　나. 누가 철수가 영이를 만났다고 말했니?

　　아무도 철수가 영이를 만났다고는 말하지 않았다.

　다. 철수는 도서관에 갔거나, 철수는 식당에 갔다.

　(3)을 영어와 평행하게 이해해서 이동과 생략, 삭제를 동원하는 (7)이 나은지 아니면 생략만을 동원하는 (9)가 나은지를 지금 당장 정하기는 어렵다.[10] 또한 하나의 표현이 두 가지 이상의 방식으로 형성될 가능성도 무시하기 어렵다. 다만 (7)을 택하면 다음의 두 가지 문제를 풀어야 한다. 첫째, (7)에서 삽입되는 계사 '이-'의 성격을 명확히 해야 한다.[11] 둘째, (7)의 기반이 되는 (4), (5)에서 (4다), (5다)가 성립하려면 한국어에도 동사구 생략이

---

10) 이 문제는 Ⅴ절에서 다시 언급된다.

11) 한국어에서 계사 '이-'는 등가성이나 속성을 나타내는 한편으로 별다른 기능 없이 삽입되기도 한다. "'이도'는 세종대왕의 이름이다, 영이는 학생이다' 등은 전자의 예이고, '영이는 책을 읽는 중이다, 철수는 책만 읽을 따름이었다, 나는 네가 걱정이다' 등은 후자의 예이다. 계사 '이-'에 대한 포괄적 논의는 남길임(2004) 참고. (7)에 표시한 '이-' 삽입의 '이-'와 분열문 (8)~(10)의 '이-'는 별다른 기능 없이 삽입되는 '이-'에 해당하는 듯한데, 이 '이-'는 지지 동사 '하-'와 통하는 성격을 지닌다(이정훈 2016 참고).

존재해야 한다. 이 두 가지 문제 중 여기서는 생략과 관련된 두 번째 문제를 살피고자 하는데, 특히 동사구 생략이 (7)과는 독립적으로 존재할 가능성을 검토한다.

Ⅲ. 동사구 생략

한국어에 동사구 생략 현상이 존재하는지 확인하기 위해 우선 아래 대화의 (12Ⓑ)가 어떻게 형성되는지 고려해 보자.12)

(12) Ⓐ 영이가 짜장면을 먹었어.
　　　Ⓑ 순이도 먹었어.

(12Ⓑ)는 어떻게 형성되는가? 일단 (12Ⓑ)는 '순이도 짜장면을 먹었어'와 통하므로 방금 제시한 문장에서 목적어 '짜장면을'이 생략되어 (12Ⓑ)가 형성된다고 볼 수 있다.

(13) Ⓐ 영이가 짜장면을 먹었어.
　　　Ⓑ 순이도 ~~짜장면을~~ 먹었어.

'짜장면을'의 생략 가능성에 더해 (12)의 맥락을 고려하면 대명사 표현의 생략 가능성도 제기된다. 즉, 선행 발화 (12Ⓐ)에서 제시된 '짜장면을'이 대명사 표현으로 대용된 '순이도 그것을 먹었어'에서 '그것을'이 생략되어 (12Ⓑ)가 형성된다고 보는 방안도 가능하다.

---

12) 동사구는 V보다 큰 단위를 가리킨다. 따라서 VP뿐만 아니라 V'도 동사구에 포함된다.

(14) Ⓐ 영이가 짜장면을 먹었어.
　　 Ⓑ 순이도 그것을 먹었어.

(13)처럼 '짜장면을'이 생략된다고 하든, (14)처럼 '짜장면을'이 '그것을'로 대용된 후 '그것을'이 생략된다고 하든, (12Ⓑ)는 동사구 생략 현상과 별다른 관련을 맺지 않는다.

그런데 한국어에서 VP의 핵 V가 어미 쪽으로 핵 이동하는 점을 고려하면(시정곤 1992, 최기용 2002, 2003, 이정훈 2008 등 참고), 또 다른 가능성이 제기된다. 아래에서 보듯이 핵 이동과 동사구 V' 생략을 통해 (12Ⓑ)가 형성될 수도 있기 때문이다.

(15) Ⓐ 영이가 짜장면을 먹었어.
　　 Ⓑ 순이도 [$_V$ 짜장면을 t_2] 먹$_2$-었어.

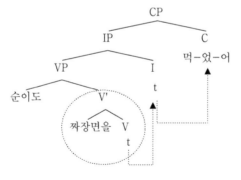

위에서 보듯이 V '먹-'이 VP 밖으로 핵 이동하고 동그라미로 표시한 V'가 생략되면 '짜장면을'은 음성적으로 실현되지 않지만 V '먹-'은 음성적으로 실현된다. V '먹-'이 핵 이동을 통해 V'와 나아가 VP를 탈출함으로써 생략의 범위에서 벗어나는 것이다.

그렇다면 (13), (14)에 더해 (15)의 가능성도 실현되는가? 다시 말해 (15)

의 동사구 생략을 지지하는 증거가 존재하는가? 이와 관련하여 아래 현상에 주목해 보자(이정훈 2008, 이우승 2016 등 참고).

(16) Ⓐ 철수가 영이한테는 빵을, 순이한테는 떡을 권했지?
　　 Ⓑ 아니야, 철수는 권한 적 없어. <u>민수가 권했지</u>.

위의 (16Ⓑ)에서 밑줄 친 부분은 (17가)와 통하는데, '영이한테는 빵을'과 '순이한테는 떡을'이 생략되려면 (17나)에서 보듯이 두 개의 V″가 접속된 [$_{V''}$ [$_{V''}$ 영이한테는 빵을 권하-] [$_{V''}$ 순이한테는 떡을 권하-]]가 형성되고,13) 이 V″ 접속 구조에서 V '권하-'가 동사구 밖으로 핵 이동한 뒤 V '권하-'의 흔적 't'를 포함한 V″ [$_{V''}$ [$_{V''}$ 영이한테는 빵을 t] [$_{V''}$ 순이한테는 떡을 t]]가 생략되어야 한다.14)

(17) 가. 민수가 영이한테는 빵을, 순이한테는 떡을 권했지.
　　 나. [$_{VP}$ 민수가 [$_{V''}$ [$_{V''}$ 영이한테는 빵을 t] [$_{V''}$ 순이한테는 떡을 t]]] 권하-았지.

---

13) 핵 계층 이론(X-bar theory)에 따라 투사 층위는 논항이 도입되면서 X′, X″, X‴ 식으로 확장되며, 최종 투사 층위는 따로 P를 사용하여 XP로 표시하기도 한다(이정훈 2012 : 102-132 참고). 이에 따라 논항이 하나인 V가 투사한 VP는 V′와 통하고, 논항이 둘인 V가 투사한 VP는 V″과 통하며, 논항이 셋인 V가 투사한 VP는 V‴과 통한다. (17나)에서는 두 개의 V″이 형성되어 접속되고, 여기에 주어 '민수가'가 결합하여 VP가 형성된다.

14) (17나)에서 핵 이동하는 V는 선행 V″에서도 V '권하-'이고 후행 V″에서도 V '권하-'이다. 이렇게 형식이 동일한 성분이 이동하게 되면 '영이를₂ 철수는 t₂ 사랑하고 민수는 t₂ 증오했다'에서 보듯이 한 번만 실현된다. 이러한 사항을 포함하여 동사구 접속 구성에서의 핵 이동에 대한 자세한 논의는 이정훈(2008) 참고. 한편 (17) 대신에 '민수가 영이와 순이한테 (각각) 빵과 떡을 권했지'에 생략이 적용되어 (16Ⓑ)의 '민수가 권했지'가 나타날 수도 있는데 이 경우는 V '권하-'가 V″ 밖으로 핵 이동한 후 V '권하-'의 흔적 't'를 포함한 V″ [$_{V''}$ 영이와 순이한테 [$_{V'}$ 빵과 떡을 t]]가 생략되어 형성된다. 이러한 예문에 대해서는 이정훈(2011) 참고.

물론 동사구가 아니라 '영이한테는', '빵을', '순이한테는', '떡을' 각각이 생략되어 (16B)가 나타난다고 주장할 수도 있다. 하지만 그런 주장은 '영이한테는', '빵을', '순이한테는', '떡을' 이 네 성분이 동시에 생략되어야 한다는 별도의 제약을 필요로 한다는 점에서 부담을 야기한다. 이러한 제약이 없으면, 예를 들어 (18가)나 (18나), (18다) 등도 (16B)의 밑줄 친 부분의 의미를 나타낼 수 있어야 하는데 실제는 그렇지 않다.

> (18) 가. 민수가 순이한테는 떡을 권했지.
> 가′. 민수가 영이한테는 빵을 순이한테는 떡을 권했지.
> 나. 민수가 영이한테는 떡을 권했지.
> 나′. 민수가 영이한테는 빵을 순이한테는 떡을 권했지.
> 다. 민수가 빵을 순이한테는 권했지.
> 다′. 민수가 영이한테는 빵을 순이한테는 떡을 권했지.

이에 생략은 성분을 단위로 하며, 특히 생략 대상 전부가 한 번의 생략 작용으로 모두 한꺼번에 생략되는 것으로 간주된다. 여러 생략 대상들이 하나의 성분으로 묶이면서 일시에 생략되는 것이다. 생략을 이렇게 제한하지 않으면 (18)로 제기한 문제를 해소하기 어렵다.[15]

(16)만큼은 직접적이지 않지만 아래 대조도 동사구 생략을 지지한다(이은지 2007 참고).

> (19) 가. 영이는 [철수가 0₂ 소개해서] 누구를₂ 만났니?
> 나.*영이는 [철수가 그를₂ 소개해서] 누구를₂ 만났니?

---

15) 물론 여러 성분이 동시에 생략되어야 한다는 제약이 불필요한 경우에는 군이 생략되는 성분들이 하나의 성분으로서 일시에 생략될 필요는 없다. 다음 IV절의 (27)에 대한 논의 참고. 그렇다면 생략되는 성분들이 일시에 생략되어야 하는 현상과 그렇지 않은 현상, 이 두 현상은 어떻게 구별할 수 있는가? 이 문제에 대한 답은 후일로 미룬다.

(19가)의 '0_2'의 정체는 무엇인가? 일단 (13)과 같은 분석을 적용하기는 어렵다. 맥락을 적절히 갖추고 (19가)의 '0_2'를 의문사나 부정표현으로 복원해도 전혀 성립하지 않기 때문이다.

(20) 가. *영이는 [철수가 누구를$_2$ 소개해서] 누구를$_2$ 만났니?
　　 나. *영이는 [철수가 누군가를$_2$ 소개해서] 누구를$_2$ 만났니?

다음으로 (14)와 같은 분석도 인정하기 어렵다. (14)에서처럼 (19가)의 '0_2'가 대명사 표현에 해당한다면 (19가)와 (19나)의 문법성은 서로 다르지 않아야 할 것이기 때문이다. 그러나 실제로는 (19가)와 (19나)의 문법성이 서로 현저히 다르다. 따라서 (19가)의 '0_2'를 생략된 대명사로 볼 수 없다. 이제 고려할 수 있는 가능성은 (15)에 제시한 동사구 생략인데, 아래 현상은 이 가능성을 지지한다.

(21) 가. Who$_2$ did you nominate t$_2$ without him$_2$ knowing that you did ___ ?
　　 나. *Who$_2$ did you nominate t$_2$ without him$_2$ knowing that you backed ___ ?

(21가)는, 'did'의 출현으로 확인할 수 있듯이,[16) 밑줄로 표시한 동사구가 생략되어 형성되며 별다른 이상을 지니지 않는다. 이와 달리 동사구를 생략하지 않은 (21나)는 전혀 성립하지 않는데, 'baked'가 음성적으로 실현된 것으로 보아 (21나)의 밑줄 친 부분을 동사구로 볼 수는 없다.[17) 흥미로운

16) 영어의 INFL '-es/ed'는 접사로서 의존성을 지닌다. 그래서 동사구가 생략되면 'do-지지'(do-support) 규칙이 동원되어 'do'가 INFL '-es/ed'와 결합한다. 영어의 'do-지지'와 한국어의 '하-' 지지는 INFL과 어미, 즉 활용 요소의 의존성을 해소한다는 점에서 서로 통한다(이정훈 2016 참고).

17) 영어는 V가 INFL로 핵 이동하지 않고, INFL이 V로 하강(lowering)한다(Lasnik 1995 참고). 따라서 V가 동사구 내에 머물게 되므로 동사구가 생략되면 V가 음성적으로 실현될 수 없다.

것은 (21가)와 (21나)의 대조가 (19가)와 (19나)의 대조와 통한다는 점이며, 이는 (19가)의 '02'의 정체가 생략된 동사구임을 의미한다. 이에 따르면 (19가)의 '철수가 소개해서'는 V '소개하-'가 핵 이동한 뒤 V'가 생략되어 형성된다. 이를 반영하면 (19가)는 아래 (19가')로 수정된다.[18]

(19가') 영이는 [철수가 [$_v$ 0_2 t_3] 소개하$_3$-어서] 누구를$_2$ 만났니?

이렇게 (21가)처럼 동사구 생략으로 판단되는 언어 현상을 참고하면 한국어의 동사구 생략을 진단할 수 있는데, 이러한 맥락에서 아래 현상도 한국어의 동사구 생략을 지지하는 것으로 볼 수 있다.

(22) John threw out his letters. Mary did __ too.
　가. Mary threw out his(= John's) letters.
　나. Mary threw out her(= Mary's) letters.

(22)에서 'Mary did __ too'는 'did'의 출현에서 알 수 있듯이 동사구가 생략되어 형성되며, 밑줄 친 부분의 동사구를 복원하면 (22가)가 될 수도 있고, (22나)가 될 수도 있다. 특징적인 것은 생략된 동사구에 포함된 목적어가 'John's letter'일 수도 있고 'Mary's letter'일 수도 있다는 점인데 이러한 특징은 아래에서 보듯이 한국어에서도 나타난다.

(23) 영이가 자기 책을 추천하자, 철수도 __ 추천했다.
　가. 철수도 영이의 책을 추천했다.
　나. 철수도 자기의 책을 추천했다.[19]

---

18) 그러면 (19')에서 '누구를'과 동지표되는 '0'의 정체는 무엇인가? 동사구 생략과는 별도로 이 문제에 대한 답을 모색해야 한다.
19) '철수가 자기의 죄를 뉘우치자, 영이도 __ 뉘우쳤다'에서 밑줄 친 부분의 목적어는 '자

생략이라는 문법 작용의 효과가 동질적이라고 가정하면 (22)와 (23)은 가급적 같은 방식으로 이해되는 것이 타당할 것이다. 그러면 (22)와 마찬가지로 (23)도 V '추천하-'가 핵 이동으로 동사구를 빠져나간 뒤 동사구가 생략되어 형성되는 것으로 간주할 수 있다.[20]

지금까지 확인한 것은 동사구 생략 중에서도 V' 생략과 V" 생략이다. 그런데 동사구에는 V', V"뿐만 아니라 VP도 포함되므로, 동사구 생략이 가능하다면 V'와 V"은 물론이고 VP도 생략되는 것이 자연스럽다.[21] 더불어 앞절에서 논의하였듯이 수문구문을 (7)과 같이 설명하는 데에는 VP 생략이 긴요하게 작용한다는 점도 무시할 수 없다. 그렇다면 한국어는 V' 생략과 V" 생략 현상에 더해 VP 생략 현상도 보이는가? 아래 예는 V'와 V"에 더해 VP도 생략의 대상임을 잘 보여준다.

기의 죄를'만 가능하지 '철수의 죄를'은 불가능하다. 맥락에 따라서는 (23나) 방식의 해석만 가능하기도 한 것이다. 참고로 (22가), (23가) 방식의 해석은 엄밀 해석(strict reading)이라고 하고, (22나), (23나) 방식의 해석은 이완 해석(sloppy reading)이라고 한다.

20) 참고로 (22나), (23나)와 같은 이완 해석이 생략에서만 가능한 것은 아니다. 예를 들어 '영이가 자기 책을 추천하자, 철수도 그랬다', 'Ralph ate his ice cream with a spoon, and Seymour did the same thing'과 같은 예에서도 이완 해석이 나타난다.

21) 논항을 네 개 취하는 V가 있다면 V', V", V"', VP가 나타나므로 V' 생략, V" 생략, VP 생략에 더해 V"' 생략도 있을 수 있다. 하지만 이러한 V의 존재 여부는 불확실하다. 다만 그 가능성을 적극적으로 고려하면 '그는 거처를 그곳에서 이곳으로 옮겼다'와 같은 예가 해당할 듯하다.

(24) Ⓐ 순이가 짜장면을 먹었을까?

Ⓑ [VP 순이는 [V 짜장면을 t₂]] 먹₂-었어.

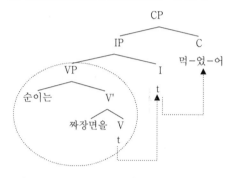

Ⅳ. 동사구와 서술어의 생략

시야를 넓혀 생략 현상의 폭을 넓혀 보자. 그러면 앞 절에서 논의한 생략 현상을 포함하여 아래와 같은 다양한 생략 현상을 관찰할 수 있다.

(25) Ⓐ 순이가 짜장면을 먹었다고?

　Ⓑ₁ 응, 순이가.

　Ⓑ₂ 응, 짜장면을.

　Ⓑ₃ 응, 먹었어.

　Ⓑ₄ 응, 순이가 짜장면을.

　Ⓑ₅ 응, 순이가 먹었어.

　Ⓑ₆ 응, 짜장면을 먹었어.

　Ⓑ₇ 응, 짜장면을 순이가.

위의 (25Ⓑ₁)~(25Ⓑ₇)을 통해 확인할 수 있듯이 맥락이 적절히 주어지면 다양한 생략 표현이 나타날 수 있다.22) (25Ⓑ₁)~(25Ⓑ₃)에서처럼 주어, 목적어, 서술어 중 어느 한 성분만 남긴 채 나머지가 생략될 수도 있고, (25 B_4)~(25B_7)에서처럼 두 개의 성분을 남기고 하나의 성분이 생략될 수도 있다.[23] 사뭇 다양한 생략이 가능하다고 할 수 있는데 성분이 네 개 이상일 경우까지 고려하면 생략 표현의 다양성은 한층 더 풍부해진다.

그렇다면 (25B_1)~(25B_7)과 같은 생략 표현들은 어떻게 형성되는가? 일단 앞서 Ⅲ절에서 살폈듯이 서술어만 남은 (25B_3)은 VP가 생략됨으로써, 그리고 주어와 서술어가 남은 (25B_5)는 목적어가 생략되거나 V'가 생략됨으로써 형성된다. 문제는 나머지 생략 표현 (25B_1), (25B_2), (25B_4), (25B_6), (25B_7) 등이다. 이 생략 표현들은 어떻게 형성되는가?

앞서 제시한 (24)를 고려하면 (25B_4)와 (25B_6)은 쉽게 설명된다. 아래에서 보듯이 주어가 생략되면 (25B_6)이 되고, 핵 이동으로 C 자리에 모인 서술어 '먹었어'가 생략되면 (25B_4)가 된다. 그리고 이러한 생략은 하나의 성분을 생략하는 것으로서 별다른 어려움을 초래하지 않는다.

---

22) 생략과 직접 관련된 문제는 아니지만 통사구조 형성과 관련해서 '응'도 흥미로운 문제를 제기한다. 특히 '응↘ 영이가 왔어↘', '응↗ 영이가 왔어↗'와 같은 예에서 알 수 있듯이 '응' 뒤에는 평서(↘), 의문(↗) 등의 문말억양이 놓일 수 있는데 이는 범상히 보아 넘길 문제가 아니다. 문말억양은 그 명칭을 통해서도 알 수 있듯이 문말에 놓이지 문장 내부에 놓이지는 않는바, '응'이 문말억양을 동반한다는 것은 '응, 영이가 왔어'가 단순한 하나의 문장이 아닐 수 있음을 의미한다. 이 문제를 포함하여 '응' 부류에 대한 통사적 고찰은 별고를 기약한다.

23) 후보충 구문(afterthought construction)까지 고려하면 다양성의 폭은 더 넓어진다. '응, 먹었어, 순이가'와 '응, 먹었어, 짜장면을'도 가능하기 때문이다. 후보충 구문에 대해서는 이정훈(2014) 참고

(26) 가. 응, 순이가 짜장면을 먹었어. (= 25Ⓑ₆)

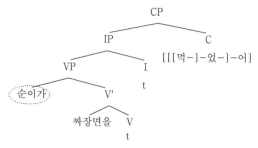

나. 응, 순이가 짜장면을 먹었어. (= 25Ⓑ₄)

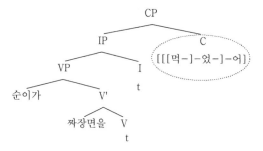

(25Ⓑ₁)도 별다른 어려움을 제기하지는 않는다. 아래 (27)에서 보듯이 V' 생략과 핵 이동을 통해 C 자리에 한데 모인 서술어 '먹었어' 생략, 이렇게 두 번의 생략이 적용되면 (25Ⓑ₁)이 형성되기 때문이다.[24]

---

24) 물론 V' 대신에 목적어가 생략될 수도 있다.

(27) 응, 순이가 짜장면을 먹었어. (= 25B₁)

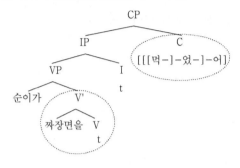

언뜻 위와 같은 설명은 V′ 생략과 C 생략, 이 두 생략이 동시에 적용되어야 하므로 인정하기 어려운 듯하다. 앞서 (18)을 통해 논의하였듯이 두 번 이상의 생략이 동시에 적용되도록 하는 것은 문법에 부담을 야기하기 때문이다. 하지만 (27)과 (18)은 사정이 사뭇 다르다는 점에 유념할 필요가 있다. (18)에서는 생략 작용들이 동시에 적용되어야만 하지만, (27)에 표시한 생략 작용은 그렇지 않은 것이다. (27)에 표시된 두 번의 생략은 동시에 적용될 수도 있고, 그렇지 않을 수도 있어서, 두 번의 생략이 다 적용되면 (25B₁)이 되고, 어느 하나만 적용되면 (25B₄) '순이가 짜장면을'이나 (25B₅) '순이가 먹었어'가 된다. 다시 말해 두 번 이상의 생략이 적용되는 경우, 이 생략들이 한꺼번에 적용되어야만 한다고 하면 문법에 부담이 생기지만, 한꺼번에 적용될 수도 있다고 하면, 달리 말해 한꺼번에 적용되어도 좋고 그렇지 않아도 좋다고 하면 아무런 부담이 생기지 않으므로 (18)과 달리 (27)은 타당한 설명이 된다. 사실 한꺼번에 생략해도 되고 그렇지 않아도 된다는 것은 자유롭게 생략하라는 것에 다름 아니다.

이제 남은 것은 (25B₂), (25B₇)인데 먼저 (25B₇) '응, 짜장면을 순이가'에 대한 설명을 시도해 보자. 일단 (25B₇)의 어순을 고려하면, 목적어 '짜장면을'이 주어 '순이가'에 선행하므로 목적어 '짜장면을'은 주어 '순이가'

앞으로 뒤섞기 된다고 보아야 한다. 나아가 앞서와 마찬가지로 핵 이동이
적용되면 아래와 같은 나무그림이 나타난다.[25]

(28)

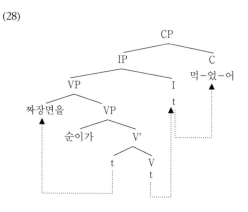

위의 나무그림에서 C 한 곳에 모인 서술어 '먹었어'를 생략해 보자. 그
러면 (25 B[7]) '응, 짜장면을 순이가'가 된다.

방금과 같은 서술어 C '먹었어' 생략에 더해 두 개의 VP 중 하위의 VP
도 생략된다고 해 보자. 그러면 (25 B[2]) '응, 짜장면을'이 형성되며, 이 경우
C '먹었어' 생략과 하위 VP 생략은 (27)에서와 같은 수의성을 띠어서, 즉,
둘 다 적용될 수도 있고, 어느 하나만 적용될 수도 있어서 두 번의 생략이
동시에 적용되어야 하는 데서 발생하는 문제를 야기하지 않는다.

그런데 (25 B[2])를 위와 같이 설명하려면 다음의 문제를 풀어야 한다. (25
B[2])에서 목적어 '짜장면을'이 주어 '순이가' 앞으로 뒤섞기 된다는 증거는
있는가?[26] (25 B[7])은 목적어 '짜장면을'과 주어 '순이가'의 어순을 통해 뒤

---

25) 주어 앞으로 뒤섞기된 성분은 VP에 부가된다. 뒤섞기에 대해서는 최혜원(1999), 이정훈
   (2008), Saito(1985) 등 참고

26) 물론 '순이가 짜장면을 먹었어'에서 보듯이 '짜장면을'이 문두로 뒤섞기되지 않고 제자
   리에 머물면서 주어 '순이가'와 서술어 '먹었어'가 생략되어도 (25 B[2])가 된다. 이런 생

섞기를 확인할 수 있지만, (25$\boxed{B}_2$)는 목적어 '짜장면을'만 음성으로 실현되는바, 뒤섞기의 존재를 어순 등을 통해 직접 확인하기는 어렵다. 따라서 다른 수단을 강구할 필요가 있는데, 이와 관련해 아래 자료에 주목해 보자 (Beck & 김신숙 1997 참고).

(29) $\boxed{A}$ 아무도 그 책을 안 읽었다.
$\boxed{B}$ 어떤 책을?

맥락 상 (29$\boxed{B}$)는 (29$\boxed{A}$)의 '그 책을'처럼 목적어에 해당한다. 그런데 아래 (30가)에서 보듯이 (29$\boxed{B}$)의 '어떤 책을'이 (29$\boxed{A}$)의 '그 책을'처럼 제자리에 머물면 이상이 발생한다. 이와 달리 '어떤 책을'이 뒤섞기를 통해 문두로 이동한 (30나)는 별다른 이상을 보이지 않는다.

(30) 가. $^{??}$아무도 어떤 책을 안 읽었니?
나. 어떤 책을 아무도 t 안 읽었니?

따라서 (29$\boxed{B}$)는 (30나)처럼 '어떤 책을'이 문두로 뒤섞기된 후 핵 이동을 통해 C에 모인 '안 읽었니'와 VP가 생략된 것으로 분석할 수 있다.[27]

략은 다음 절의 (33)에서도 볼 수 있다. 여기서는 이런 생략 이외의 가능성을 탐구하려는 의도를 살려 목적어 '짜장면을'이 문두로 뒤섞기되는 경우를 살핀다.

[27] 부정의 '안'은 V에 부가된다. 그리고 (31)에 표시한 두 번의 생략도 (27)과 마찬가지로 작동한다. 그래서 '어떤 책을?'(= 29$\boxed{B}$)에 더해 '어떤 책을 아무도'나 '어떤 책을 안 읽었니?'도 성립한다. 참고로 '어떤 책을 아무도'는 생략이 적용되면 '아무도'와 같은 부정극어가 '안' 등의 외현적인 부정소 없이도 나타날 수 있다는 것을 보여준다. 이를 포함하여 부정극어에 대해서는 손근원(1995), 시정곤(1997), 김량혜윤(2013) 등 참고. 한편 C '안 읽었니'의 생략은 다소 미심쩍다. 맥락에서 제시된 선행 발화는 평서형 종결어미 '-다'인데 생략되어야 하는 것은 평서형이 아니라 의문형 '-니'이기 때문이다. 이에 대해서는 Ⅵ절의 논의 참고.

(31) 어떤 책을 아무도 안 읽었나? (=29B)

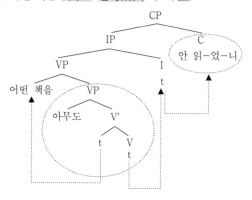

　위와 같은 분석은 어순으로 확인되지 않는 뒤섞기의 존재가 가능함을 의미한다. 따라서 (28)에 하위 VP 생략과 C '먹었어' 생략이 적용되어 (25 B₂)가 형성된다고 보는 견해는 충분히 성립한다.

V. 한국어의 생략과 영어의 생략

　지금까지의 논의를 토대로 아래 대화의 (32B)가 어떻게 형성되는지 논의해 보자.

(32) Ⓐ 영이가 누구를 만났니?
　　 Ⓑ 철수를.

　지금까지의 논의에 기대면 (32B)는 두 가지 방식으로 형성될 수 있다. 먼저, (33다)에서 보듯이 독자적으로 적용되는 주어 생략 (33가)와 서술어 생략 (33나)가 우연히 함께 적용되어서 (32B)가 형성될 수 있다.[28]

(33) 가. 영이가 철수를 만났다.
　　나. 영이가 철수를 만났다.
　　다. 영이가 철수를 만났다.

다음으로, (31)과 평행하게 목적어가 문두로 뒤섞기 된 후 VP와 C 자리
에 한데 모인 서술어 '만났다'가 생략되어 (32B)가 형성될 수도 있다.

(34) 철수를 [ᵥₚ 영이가 t t] 만나-았-다

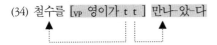

그러면 다른 언어는 어떨까? 예를 들어 영어에서 (35B)는 어떻게 형성
될까?

(35) Ⓐ Whom does Mary love?
　　Ⓑ John.

일단 (33)의 방식은 곤란하다. 한국어와 달리 영어에서는 (33가), (33나)
에 해당하는 생략 표현 (36가)와 (36나)가 성립하지 않기 때문이다.

(36) 가. *Mary love John.
　　나. *Mary love John.
　　다. Mary love John.

따라서 (33)의 방식으로 (35B)를 이해하려면 (36다)에서 보듯이 주어 생

---

28) 따라서 앞서 각주 26)에서 지적했듯이 (25B₂)도 (31) 방식에 더해 (33) 방식으로도 형성
　　될 수 있다. 한편 여기서도 바로 앞의 각주 27)에서 지적한 문제가 제기된다. 맥락에서
　　보장된 것은 의문의 '-니'인데 생략되어야 하는 것은 평서의 '-다'이기 때문이다.

략과 서술어 생략, 이 두 번의 생략이 동시에 적용되도록 하는 조건이 설정되어야 하는데 앞서 지적했듯이 이러한 조건은 문법에 부담을 야기한다.

그렇다면 (34)의 방식은 어떤가? (34)의 방식을 (35®)에 적용하면 아래와 같은데 (36)이 야기하는 문제는 피할 수 있다. 목적어 'John'이 문두로 이동한 뒤 'Mary love t'가 한 번에 생략되면 (35®)가 되기 때문이다.

(37) John [Mary love t]
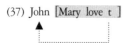

(37)과 같은 형성과정을 수용하면 앞 절에서 (25®₂)와 관련해 제기된 질문이 여기서도 제기된다. 즉, (37)에서 'John'이 문두로 이동한다는 증거는 있는가? 이와 관련해 아래 자료를 살펴보자(Merchant 2004 참고).

(38) Ⓐ　Does Abby speak Greek fluently?
　　Ⓑ₁　No, she speaks Albanian fluently.
　　Ⓑ₂　No, Albanian.
(39) Ⓐ　Does Abby speak the same Balkan language that Ben speaks?
　　Ⓑ₁　No, she speaks the same Balkan language that Charlie speaks.
　　Ⓑ₂　*No, Charlie.

질문에 대한 답으로 (38®₁)과 (39®₁)은 문법적으로 아무런 이상을 보이지 않으며, 이는 (38®₁)에 생략이 적용된 (38®₂)도 마찬가지이다. 그런데 (39®₁)에 생략이 적용된 (39®₂)는 성립하지 않는다. (38®₂)와 (39®₂) 사이의 차이는 어떻게 설명할 수 있을까?

이 대조를 설명하기 위해 (38®₂)와 (39®₂)가 이동과 생략을 통해 형성된다고 해 보자. 다시 말해 'Albanian'이 이동한 후 생략이 적용되면 (38®₂)

가 되고, 'Charlie'가 이동을 겪은 후 생략이 적용되면 (39⬚B⬚₂)가 된다고 하
자. 이를 나타내면 아래와 같다.

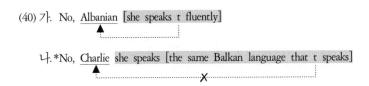

(40) 가. No, Albanian [she speaks t fluently]

　　나. *No, Charlie she speaks [the same Balkan language that t speaks]

그러면 (40나), 즉 (39⬚B⬚₂)가 성립하지 않는 것은 당연한 것이 된다. 왜냐
하면 (40나)의 'Charlie'의 이동은 소위 복합 명사구 제약(complex NP constraint)
을 어겨서 문법성이 훼손되기 때문이다.29) 이와 달리 (38⬚B⬚₂)는 (40가)에서
보듯이 'Albanian'이 이동해도 복합 명사구 제약을 위반하지 않으므로 문법
성이 훼손되지 않는다.

이제 앞의 질문으로 돌아가 보자. (37)에서 'John'이 문두로 이동한다는
증거는 있는가? 이 질문에 대한 답은 다음과 같다. (38), (39)에 제시한 현
상과 복합 명사구 제약은 (37)에서 'John'이 문두로 이동한다는 견해를 지
지한다.

이 장의 논의를 정리하면 다음과 같다. 한국어 자료 (32⬚B⬚)는 '생략'만으
로 형성될 수도 있고 '이동과 생략'으로 형성될 수도 있다. 이와 달리 영어
자료 (35⬚B⬚)는 '생략'만으로는 형성될 수 없고 '이동과 생략'이 함께 동원

---

29) 복합 명사구란 관계절을 포함한 명사구를 가리킨다. 복합 명사구 제약에 따르면 복합
명사구에 포함된 관계절 내의 요소는 복합 명사구 밖으로 이동할 수 없다. 복합 명사구
외에 대등접속 구조(*What₂ did you eat [ham and t₂] ?), 주어절(*Who₂ did [that Mary
kissed t₂] bother you?) 등이 이동을 허용하지 않는데 이들을 비유적으로 섬(island)이라고
통칭하며, 복합 명사구 제약과 나란히 대등접속 구조 제약, 주어절 제약 등을 설정한다.
이러한 제약들을 아우를 때는 섬 제약(island constraints)이라고 한다. 섬 제약과 이에 대
한 연구 현황에 대해서는 Boeckx(2012) 참고.

되어야 형성될 수 있다. 그렇다면 이와 같은 한국어와 영어의 차이는 어떻게 이해해야 하는가?

무엇보다도 (32B)와 (35B)를 통해 확인했듯이 겉모습이 같다고 그 형성과정까지도 같다고 속단해서는 안 된다. 한국어에도 생략과 이동이 존재하고 영어에도 생략과 이동이 존재한다는 점에서 두 언어는 통하지만, 생략과 이동이 어떻게 적용되어 어떤 표현을 형성하는가에서는 차이를 보일 수 있기 때문이다.

물론 한국어와 영어의 차이를 무시하고 두 언어를 일률적으로 분석할 수는 있다.30) 그러면 한국어든 영어든 '이동과 생략'으로 (32B)와 (35B)가 형성되는 것으로 이해하게 된다. 한국어는 '생략'과 '이동과 생략' 이 두 가지 방식으로 (32B)를 형성할 수 있지만, 영어는 '생략'만으로는 불가능하고 '이동과 생략'이 동원되어야 (35B)를 형성할 수 있어서, 한국어와 영어를 한 가지 방식으로 설명하려면 '이동과 생략'을 택할 수밖에 없기 때문이다.

그렇다면 두 가지 관점, 즉 언어 사이의 공통점은 이동과 생략과 같은 문법작용 차원에서만 인정하고 구체적인 표현의 형성과정은 언어 사이에 차이가 있을 수 있다는 관점과 모든 언어를 일률적으로 설명하는 관점, 이 두 가지 관점 중에 어느 것을 취해야 하는가? 이에 대한 답을 당장 제시하기는 어렵다. 언어 간의 차이 혹은 각 언어의 개별성을 강조하는 연구와 언어 간의 공통점을 강조하는 연구를 충분히 진행하면, 어느 쪽이 보다 타당한지 이론적, 경험적 차원에서 자연스럽게 결정될 것이다.

---

30) 이러한 태도는 II.1절과 통한다.

VI. 주제 생략과 어미 생략

앞서 이 글을 시작하면서 언급했듯이 생략은 언어적 맥락이든 비언어적 맥락이든 맥락을 필요로 한다. 음성으로 실현되지 않아도 맥락을 통해 그 내용을 복원할 수 있어야 생략의 대상이 될 수 있는 것이다. 예를 들어 아래 대화를 보자.

(41) Ⓐ 나는 짜장면 먹을래.
　　 Ⓑ 나도 짜장면 먹을래.
(42) Ⓐ 지난 주말에 집에 다녀왔어.
　　 Ⓑ 부모님 잘 계시지?

(41Ⓑ)에서 '짜장면 먹을래'가 생략될 수 있는 것은 맥락으로 주어진 (41Ⓐ)를 통해 '짜장면 먹을래'를 복원할 수 있기 때문이다. 마찬가지로 (42Ⓐ)를 통해 '부모님'을 얼마든지 복원할 수 있기 때문에 (42Ⓑ)에서 '부모님'이 생략될 수 있다.

그런데 (41)과 (42)의 생략에서 분명히 해야 할 사항이 하나 있다. 그것은 맥락을 통해 복원된다는 점에서는 (41)과 (42)가 마찬가지지만 (41)은 복원되어야 하는 것이, 다른 말로 생략을 겪는 것이 맥락에 외현적으로 나타나지만 (42)는 그렇지 않다는 점이다. 즉, (41Ⓑ)에서 생략되는 '짜장면 먹을래'는 언어적 맥락, 즉 선행 발화 (41Ⓐ)에 나타나는 반면, (42Ⓑ)에서 생략되는 '부모님'은 선행 발화 (42Ⓐ)에서 언급되고 있지 않다.

(42)와 같은 생략은 비언어적 맥락을 통해 화자와 청자가 동일하게 짐작할 수 있는 것을 대상으로 삼는다.31) 그래서 (42)의 맥락에서는 (42Ⓑ)의

---

31) '짐작'이란 구체적으로 무엇인가? 앞서 이 글을 시작하면서 맥락을 통해 '추론'할 수 있는 것이 음성적으로 실현되지 않는 현상을 생략이라 하였다. '추론'이 비언어적 맥락은

'부모님'이 생략될 수 있지만 맥락이 받쳐주지 않으면 그러한 생략이 불가능해진다.[32]

(43) Ⓐ 나는 짜장면 먹을래.
　　Ⓑ *부모님 잘 계시지?

생략이 언어적 맥락에 기초한 '표현의 동일성'에 기대서 작동할 뿐만 아니라 비언어적 맥락에 기초한 '짐작의 동일성'에 기대서도 작동한다고 할 수 있는데(박승윤 1983 참고), 이 둘이 공모하면 아래와 같은 주제어(topic) 생략 현상이 나타난다.

(44) Ⓐ 누가 성실하니?
　　Ⓑ 철수가 성실해.
　　Ⓒ 철수는 똑똑하기도 해.

맥락상 의문사에 대한 답으로 등장한 (44Ⓑ)의 '철수'는 신정보, 즉 초점어(focus)에 해당한다. 그래서 (44Ⓑ)의 '철수'는 주격조사 '-이/가'를 동반한다. 그런데 (44Ⓒ)의 '철수'는 사정이 다르다. 맥락상 (44Ⓒ)의 '철수는' 신정보가 아니라 구정보이며 주제어에 해당한다. 그래서 조사도 주제어와 어울리는 '-은/는'이 동원된다.[33]

물론이고 언어적 맥락에도 통한다고 본 셈인데 '짐작'은 '추론' 중에서 비언어적 맥락을 나타내기 위해 택한 용어이다. 추론에 대해서는 이성범(2001, 2015) 등을 참고하고, 특히 생략과 관련해서는 박승윤(1983) 참고

32) 맥락은 매우 유동적이다. 따라서 (43)의 대화에 어울리는 맥락이 갖춰지면 (43Ⓑ)와 같은 생략도 가능하다. 예를 들어 식당에서 만난 친구 사이에 오간 다음 대화 'Ⓐ 지난 주말에 집에 다녀왔어. 나는 짜장면 먹을래. Ⓑ 부모님 잘 계시지? 나도 짜장면으로 할게'는 별다른 이상을 보이지 않는다.

33) 한국어에서 주격조사와 대격조사는 격(case)에 더해 초점을 나타내는 기능도 지니며, 보조사 '-은/는'은 주제(화제)와 대조를 나타내는 기능을 지닌다(전영철 2006, 2009 등 참

주목할 것은 (44ⓒ)의 주제어 '철수는'이 생략될 수 있다는 점인데, 이러한 생략이 가능하려면 '표현의 동일성'에 따른 생략과 '짐작의 동일성'에 따른 생략, 이 두 가지 생략이 함께 작용해야 한다. '표현의 동일성'에 의하면 주제 '철수-는' 중에서 '철수'가 생략될 수 있고, '짐작의 동일성'에 의하면 화자와 청자가 '철수'를 주제로 공유하게 되므로 주제 '철수는'의 '-는'이 생략될 수 있기 때문이다. 이렇게 주제어 생략 현상은 '표현의 동일성'에 따른 생략과 '짐작의 동일성'에 따른 생략의 공모를 잘 보여준다.

주제어 생략을 염두에 두면 아래 (45Ⓑ)에 나타난 재귀사 '자기'의 해석 문제도 별다른 어려움 없이 해소된다. (46)에서 보듯이 생략된 주제어 '철수는'이 '자기'를 결속(bind)하는 것으로 설명할 수 있기 때문이다.[34]

(45) Ⓐ 철수가 사람을 보냈니?
　　 Ⓑ 아니, <u>자기가</u> 직접 왔어.

(46) 아니, 철수는 <u>자기가</u> 직접 왔어.

위와 같은 분석에 따르면 아래 현상도 별다른 어려움 없이 해명할 수 있다.[35]

---

34) (46)에서 '철수는'은 주제어이고 '자기가'는 주어이다. 주제화 구문에 대한 자세한 사항은 이정훈(2008) 참고

35) (47)은 안희돈·조성은(2006)에서 제시한 자료이다. 이 자료에 대해 안희돈·조성은 (2006 : 127-132)는 '서로가 철수와 영이를 비판했다'에서 목적어 '철수와 영이를'이 뒤섞기를 통해 주어 앞으로 이동해서 '[철수와 영이를]₂ 서로가 t₂ 비판했다'가 형성됨으로써 '철수와 영이'가 '서로'를 결속한다고 하였다. 이어서 다시 주어 '서로가' 문두로 뒤섞기되어 '[서로가]₃ [철수와 영이를]₂ t₃ t₂ 비판했다'가 형성되고 여기에 생략이 적용되면 '[서로가]₃ [철수와 영이를]₂ t₃ t₂ 비판했다'(= 47Ⓑ)가 되는 것으로 보았다.

(47) Ⓐ 누가 철수와 영이를 비판했니?
　　 Ⓑ 서로가.

　(47Ⓑ)의 '서로'는 (48)에서 보듯이 생략된 주제어에 의해 결속되는 것으로 이해할 수 있기 때문이다.

(48) [철수와 영이는] 서로가 서로를 비판했다.

　물론 목적어 '서로를'과 서술어 '비판했다'도 생략되어야 (47Ⓑ)가 되는데 이러한 생략은 (27)에서 이미 확인하였다. 거기서와 마찬가지로 목적어 '서로를'과 서술어 '비판했다'는 둘 다 생략될 수도 있고 어느 하나만 생략될 수도 있다.

(49) Ⓐ 누가 철수와 영이를 비판했니?
　　 Ⓑ₁ 서로가. (= 47Ⓑ)
　　　　 [철수와 영이는] 서로가 서로를 비판했다.
　　 Ⓑ₂ 서로가 서로를.
　　　　 [철수와 영이는] 서로가 서로를 비판했다.
　　 Ⓑ₃ 서로가 비판했다.
　　　　 [철수와 영이는] 서로가 서로를 비판했다.

　'표현의 동일성'에 따른 생략과 '짐작의 동일성'에 따른 생략이 공모하는 점은 어미 생략 현상에서 다시 한 번 확인할 수 있다.

(50) Ⓐ 누가 왔니?
　　 Ⓑ 철수가 왔다.

(50Ⓑ)에서 생략되는 '왔다'는 '오-았-다'로 분석되며 이 중 '오-'와 '-았-'은 (50Ⓐ)에도 동일하게 나타난다. 따라서 '표현의 동일성'에 따라 (50Ⓑ)의 '오-'와 '-았-'은 생략의 대상이 된다. 하지만 '오-았-다'의 '-다'는 사정이 다르다. (50Ⓐ)에 나타난 것은 평서의 '-다'가 아니라 의문의 '-니'이므로 '표현의 동일성'에 기대서는 '-다'가 생략될 수 없다. 하지만 '짐작의 동일성'에 기대면 '-다'도 생략될 수 있게 된다. 맥락상 화자와 청자는 질문 다음에 대답을 기대하므로 질문에 해당하는 (50Ⓐ) 다음에 나타난 (50Ⓑ)는 대답으로 짐작된다. 그래서 대답과 어울리는 평서의 '-다'는 생략될 수 있다.

Ⅶ. 정리

지금까지 한국어 생략 현상을 설명하기 위한 연구의 일환으로 그 문법의 토대가 될 만한 기본적인 자료와 이론적인 사항들을 살펴 왔다. 세부적인 사항은 지금까지의 논의로 미루고, 보다 거시적인 안목에서 주요 사항을 간추리면 아래와 같다.

첫째, 한국어 생략 현상은 한국어의 특성을 중시하느냐 아니면 다른 언어와의 동질성을 중시하느냐에 따라 그에 대한 구체적인 이해가 사뭇 달라진다. 이러한 상황에서 취해야 할 태도는 명확하다. 한편으로는 한국어의 개별성을 강조하는 연구가 진행되어야 하고, 다른 한편으로는 한국어와 다른 언어 사이의 보편성을 강조하는 연구도 진행되어야 한다. 그래야 종국에는 개별성과 보편성이 조화를 이룬 문법이 나타날 수 있다. 물론 이러한 점은 생략 현상 이외의 언어 현상에서도 마찬가지로 통한다. 이 글은 개별성과 보편성을 염두에 두되 한국어의 개별성을 좀 더 강조하는 입장에서 한국어의 생략 현상을 검토하였다.

둘째, 생략은 언어적·비언어적 맥락에 기대어 나타나는 현상이며 통사적 성분(constituent)을 대상으로 한다. 다시 말해 여타의 규칙과 마찬가지로 생략 규칙도 통사적 성분을 대상으로 한다. 이를 명시적으로 나타내면 아래와 같다.

(51) 생략 규칙

α [··· β ···]$_{[E]}$ γ → α [··· β ···] γ (수의적)

생략 규칙 (51)은 맥락에 의해 생략 자질 [E]가 주어진 통사적 성분 [··· β ···]가 수의적으로 생략될 수 있음을 나타낸다. 생략 자질 [E]는 맥락, 즉 선행 문장과 같은 언어적 맥락이나 발화 환경과 같은 비언어적 맥락에 의해 결정되는바, 담화와 문법의 상호작용에 해당한다(Merchant 2001, 2004 등 참고).

셋째, 생략이 두 번 이상 적용되는 경우, 일견 성분이 아닌 것이 한꺼번에 생략되는 듯이 보이기도 한다. 예를 들어 (52가)와 같은 외견상의 비성분(non-constituent) 생략은 (52나), (52다)의 생략도 허용되는 경우 성분 α의 생략 (52나)와 성분 γ의 생략 (52다)가 겹친 경우로 해석된다. 즉, (52가)는 비성분 생략이 아니라 성분 생략의 일종이며, 다만 생략이 두 번 적용된 결과 비성분 생략처럼 보일 따름이다.

(52) 가.   나.   다.

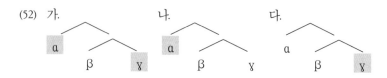

토대 구축에 몰두하다 보면 세부적인 사항은 성기기 마련이다. 이 글도 그러한데 여기서 논의한 사항을 수정, 보완하고 성긴 논의를 조밀하게 다듬기 위해서는 우선 아래와 같은 사항을 연구할 필요가 있다.

첫째, 내포와 접속에서의 생략 현상을 검토해야 한다. 예를 들어 접속문의 생략 현상에는 여러 가지 조건이 관여하는 것으로 알려져 있는데(최재희 1991, 김영희 1997 등 참고), 이들 조건을 이 글의 목적과 방법에 맞추어 재해석해야 한다.

둘째, 주어 생략이나 목적어 생략 등의 명사구 생략과 관련하여 소위 공범주의 가능성을 검토할 필요가 있다. 명사구 생략과 공범주 둘 중 어느 하나만 허용되는지 아니면 둘 다 허용되는지 밝혀야 하며, 공범주와 관련해서도 pro만 가능한지 아니면 나아가 PRO까지도 가능한지 고찰해야 한다(박종언 2012, 박범식 · 배수영 2012, 이우승 2016 등 참고).

셋째, 생략도 성분을 대상으로 하는 것으로 간주하고 자료를 분석했는데 이러한 시각의 타당성을 면밀히 확인할 필요가 있다. 다시 말해 성분 생략으로 충분한지 아니면 비성분 생략을 인정해야 하는지를 자료와 이론의 두 측면에서 본격적으로 연구해야 한다.

위와 같은 사항을 포함하여 보다 다양한 자료에 대한 검토와 진일보한 이론적 논의는 후고를 기약한다.

참고문헌

김랑혜윤. 「On the Negativity of Negative Fragment Answers and Ellipsis Resolution」, 『생성문법연구』 23-3, 2013.

김영희. 「한국어의 비우기 현상」, 『국어학』 29, 1997.

_____. 「쪼갠문의 기능과 통사」, 『어문학』 69, 2000.

김정석. 「Sluicing in Japanese and Korean」, 『언어』 25-2, 2000.

김종복. 「The Korean Sluicing : As a Family of Constructions」, 『생성문법연구』 23-1, 2013.

김지은. 「What Sluicing Comes from in Korean is Pseudo-cleft」, 『언어』 37-1, 2012.

남길임. 『현대국어 「이다」 구문 연구』, 한국문화사, 2004.

박범식. 「Deriving Multiple Sluicing in Korean」, 『생성문법연구』 17-4, 2007.

박범식·배수영. 「Identifying Null Arguments : Sometimes pro, Sometimes Ellipsis」, 『언어』 37-4, 2012.

박소영. 「한국어 분열문의 통사구조와 생략 이론」, 『언어학』 68, 2014.

박승윤. 「생략에서의 동일성 조건」, 『언어』 8-1, 1983.

박종언. 「Clause Structure and Null Subjects : Referential Dependencies in Korean」, Doctoral Dissertation, Georgetown University, 2012.

박청희. 「현대국어의 생략 현상 연구」, 박사학위논문, 고려대학교, 2013.

손근원. 「Negative Polarity Items, Scope and Economy」, Doctoral Dissertation, University of Connecticut, 1995.

_____. 「계사구문에 대한 비수문, 비분열 접근법」, 『생성문법연구』 10-2, 2000.

시정곤. 「통사론의 형태 정보와 핵 이동」, 『국어학』 22, 1992.

_____. 「국어의 부정극어에 대한 연구」, 『국어국문학』 119, 1997.

안희돈·조성은. 「On Binding Asymmetries in Fragments」, 『언어학』 44, 2006.

이성범. 『추론의 화용론』, 한국문화사, 2001.

_____. 『소통의 화용론』, 한국문화사, 2015.

이우승. 「Argument Ellipsis vs. V-Stranding VP Ellipsis in Korean : Evidence from Disjunction」, 『언어 연구』 33-1, 2016.

이은지. 「공목적어의 문법적 정체」, 임창국(편). 『생략현상 연구 : 범언어적 관찰』, 한국문화사, 2007.

이정훈. 『조사와 어미 그리고 통사구조』, 태학사, 2008.

_____. 「접속의 순서와 구조 그리고 의미 해석」, 『어문학』 113, 2011.

_____. 『발견을 위한 한국어 문법론』, 서강대학교 출판부, 2012.

_____. 『한국어 구문의 문법』, 태학사, 2014.

_____. 「한국어의 '하-' 지지 규칙」, 『한국어학』 73, 2016.

전영철. 「대조 화제와 대조 초점의 표지 '는'」, 『한글』 274, 2006.

_____. 「'이/가' 주제설에 대하여」, 『담화와 인지』 16-3, 2009.

최기용. 「한국어의 용언 반복 구문(Echoed Verb Constructions) : 용언의 가시적 이동을 위한 또 하나의 근거」, 『생성문법연구』 12-1, 2002.

_____. 「한국어와 핵 이동 : 종결형을 중심으로」, 『생성문법연구』 13-1, 2003.

_____. 「한국어 균열 구문의 '것' : 빈 NP 채우기로서의 '것'」, 『생성문법연구』 21-1, 2011.

최재희. 『국어의 접속문 구성 연구』, 탑출판사, 1991.

최혜원. *Optimizing Structure in Context : Scrambling and Information Structure*, CSLI Publications, 1999.

Beck, S. & 김신숙[Kim, Shin-Sook], On WH- and Operator Scope in Korean, *Journal of East Asian Linguistics* 6, 1997.

Boeckx, C. *Syntactic Islands*, Cambridge University Press, 2012.

Chomsky, N. *Current Issues in Linguistic Theory*, Mouton, 1964.

Craenenbroeck, J. van & J. Merchant. Ellipsis Phenomena, In M. den Dikken ed, *The Cambridge Handbook of Generative Syntax*, Cambridge University Press, 2013.

Lasnik, H. Verbal Morphology : *Syntactic Structures* Meets the Minimalist Program, In H. Campos and P. Kempchinsky eds., *Evolution and Revolution in Linguistic Theory*, Georgetown University Press, 1995. [Lasnik, H. *Minimalist Analysis*, Blackwell Publishers, 1999. 재수록]

Merchant, J. *The Syntax of Silence*, Oxford University Press, 2001.

Merchant, J. Fragments and Ellipsis, *Linguistics and Philosophy* 27, 2004.

Saito, M. Some Asymmetries in Japanese and Their Theoretical Implications, Doctoral Dissertation, MIT, 1985.

석독구결 조건 접속문의 문법

－'-ㄹㅅㄱ'과 '-ㅅㄱ', '-ㄱㅣ＋ㄱ'을 중심으로－

장요한*

Ⅰ. 서론

이 글은 석독구결 자료에서 나타나는 조건 접속 형식을 확인하고, 조건 접속문의 통사·의미적 특성을 밝히는 것을 목적으로 한다.[1]

국어 차자 표기 중에서 석독구결은 고대 국어 어미의 모습을 잘 반영하

---

* 계명대학교 국어국문학 전공 조교수

[1] 이 글에서는 자토석독구결을 중심으로 다루고자 한다. 자토석독구결 연구는 자토 형태나 기능, 쓰임이 어느 정도 합의된 상태의 연구 성과가 있으며 구결 기입 시기 또한 밝혀진 연구 성과에서 큰 이견이 없기 때문이다. 본고에서는 고려시대 석독구결 자료의 구결 기입 시기는 남풍현(1999)와 백두현(2005)에서 제시한 것을 따르되 이 외에 남권희(2002), 장윤희(2004), 정재영(2006) 등에서도 참고하였다.

자료	구결 기입 시기	
	남풍현(1999)	백두현(2005)
『華嚴經疏』권35<華疏>	11세기 말 내지 12세기 초엽	12세기 중엽 혹은 그 직후
『華嚴經』권14<華嚴>	12세기 중엽 내지 후반	12세기 말 혹은 13세기 초
『舊譯仁王經』上<舊譯>	13세기 전반	13세기 중엽
『合部金光明經』권3<金光>	13세기 초엽	13세기 중엽 이후
『瑜伽師地論』권20<瑜伽>	13세기 후반	13세기 말엽

고 있기 때문에 그동안 문법사적 연구에서 많은 관심을 받아왔다. 석독구결 문헌 자료가 새롭게 발굴되고 형태론적 연구가 진전되면서 석독구결에 나타난 고대 국어 문법 형태소의 의미 기능은 물론 중세 국어 주요 형태들의 형성 과정과 변화 양상을 검토할 수 있게 되었다. 그러나 아직도 문헌 자료의 제약이나 해독의 문제 때문에 자료를 접근하기가 쉽지 않다 보니 다른 시기에 비해서 연구의 양이나 질이 미진한 것은 사실이다. 그러나 이러한 석독구결 연구가 보다 균형 있는 연구가 되기 위해서는 지금까지 이루어지고 있는 해독이나 형태 연구는 물론, 음운·통사·의미 부분에서도 계속적인 연구가 이루어져야 할 것이다.

이 글에서는 조건 접속어미를 중심으로 통사·의미적 논의를 시도하고자 한다. 지금까지 석독구결의 접속문 연구는 주로 접속어미 목록과 그 의미 기능을 확인하는 데에 만족해 왔다. 사실, 제한된 자료 안에서 접속어미 목록을 분석해 내고 의미 기능을 탐구하는 것도 여간 힘든 일이 아니다. 특히 접속어미가 구 구성에서 발달한 것이 많고, 경우에 따라서는 구 구성과 함께 해석되는 일이 존재하기 때문에 접속어미를 확인하는 일은 더 더욱 어렵다. 하지만 그렇다 하더라도 접속문 연구가 접속어미의 기능에 국한된 것은 아쉬운 남는 부분이다. 비록 자료가 제한되어 있기는 하나 제한된 자료 안에서라도 정밀한 통사적 분석이 이루어진다면 통사론 분야는 물론 다른 분야에도 기여하는 바가 있으리라 기대한다.

이에 본고는 그간의 연구에서 확인된 조건 접속어미를 중심으로 접속어미의 통사·의미적 특성을 살펴보고자 한다. 2장에서 선행연구에서 논의되었던 조건 접속어미의 목록을 재확인하고, 본고의 논의 대상을 확정하도록 한다. 이어서 3장에서는 석독구결의 조건 접속어미 '-ㅁㅅㄱ'과 '-ㄱㅣㅓㄱ', '-ㅅㄱ'을 중심으로 통사적 특성을 검토하되 선어말어미 통합 양상, 주제어 제약 현상, 문체법을 살펴보고, 의미적 특징으로는 시간성(선시성/동시성/후시성)과 양태성(비사실성/사실성/반사실성)을 살펴보기로 하겠다. 이는 중세국어 접속문과의 차이 혹은 변화 양상을 검토하는 데에 도움이 될 것이다.

II. 석독구결의 조건 접속어미 확인

이 절에서는 기왕의 석독구결 어미 연구를 토대로 석독구결의 조건 접속어미의 특징을 살펴보고 연구 검토 대상을 제한하기로 한다. 그간의 연구에서 제시된 석독구결의 조건 접속어미는 '-ㄗㅅㄱ'과 '-ㄱㅣㅓㄱ', '-ㅅㄱ', '-ㄱㄱ', '-ㅁㅅㄱ', '-ㅁㄱ' 등이 대표적이다.2) 그런데 주지하는 바와 같이 조건 접속어미가 명사구 보문 구성에서 발달된 것이 많고, 경우에 따라서는 구 구성과 형태 구성이 모두 해석되는 일도 존재하기 때문에 접속어미를 분석하는 일은 만만하지 않다.

하나의 형태를 분석하기 위해서는 의미뿐 아니라 통합관계와 계열 관계 등을 고려하여 형태를 추출하는 것이 일반적이다. 그러나 석독구결은 이들의 관계를 고려할 만한 자료가 충분하지 않기 때문에, 우선 선행절과 후행절의 의미 관계를 정확하게 파악하는 것이 중요하다. 국어에서는 문법 범주에 따라서 의미 기능이나 의미 관계가 일정한 특성을 보이기 때문에 의미 기능이나 의미 관계는 해당 형식의 문법적 기능을 추정하는 데에 중요한 정보가 될 수 있다. 조건 접속어미 같으면 선행절과 후행절이 [조건-결과]의 의미 관계를 이루는지가 중요한 기준이 된다. [조건-결과], [원인-결

---

2) 석독구결의 조건 접속어미 목록을 제시한 연구는 남풍현(1996, 2000)을 비롯하여 박진호(1998), 황선엽(2002), 이용(2000, 2003) 등이 대표적이고, 장경준(2007)에서도 조건 접속어미의 목록을 참고할 수 있다.

과], [양보-결과] 등과 같은 의미 관계가 국어에서는 주로 접속문에서 이루어지는 사실을 고려하면, 조건절의 선행절 서술어에 통합한 석독구결은 접속어미일 가능성이 높다고 볼 수 있다.

그런데 '-ㄱㅣ+ㄱ'의 경우에는 명사구 보문 구성에서도 조건으로 해석되기도 하기 때문에 의미 관계만을 기준으로 두어서는 안 되고 다른 추가적인 분석 방법을 착안해야 할 것이다. 이에 대해서는 조건어미들을 살펴보면서 각 접속어미의 특성과 접속어미의 분석에 도움이 될 만한 특성을 제시하기로 하겠다.

그럼, 기왕의 연구에서 공통적으로 지적한 '-ㄹㅅㄱ'부터 살펴보기로 하자. '-ㄹㅅㄱ'은 선행 연구에서 모두 언급된 형식으로서 동명사어미 '-ㄹ/ㄹ', 의존명사 'ㅅ/ᄃ', 보조사 '-ㄱ/ㄴ'이 통합한 구성이다. '-ㄹㅅㄱ'이 구 구성으로 해석될 때는 '-하는 것은/-할 때는' 정도로 해석되나 조건어미로 해석될 때는 '-(으)면' 정도로 해석된다. 아래 예를 살펴보자.

(1) 가. 生死ㅣㅣ 涅槃ㅣㅣ ㅡㄹㅅㄱ 皆 是ㄱ 妄見ㅣㄱㄷ<金光3, 05 : 18-19>∥ 생사이다 열반이다 하는 것은 모두 이는 망견이거늘

나. 若ㄷ 常ㅣ 於 諸ㄱ 佛ㄷ 信奉ㅡㅂㅌㄹㅅㄱ 則ㅎ 能ㅎ 戒ㄷ 持ㅡ ㅎ 學處ㄷ 受ㅎㅡㅌㅈ<華嚴10 : 10>∥ 만약 항상 모든 부처를 믿고 받들면 곧 능히 계를 지니고 배울 곳을 닦고 할 것이며

위 (1가)는 '-ㄹㅅㄱ'이 명사구 보문으로서 '-하는 것은' 정도로 해석되기 때문에 엄격히 기술하면 '-ㄹ # ㅅㄱ'으로 표기해야 할 것이다(황선엽 2002, 이용 2003).

그런데 (1가)와 동일 형태가 사용된 (1나)는 명사구 보문으로 해석되지 않고 '받들면'과 같이 '-ㄹㅅㄱ'이 '-(으)면'으로 해석되는 것이 더 자연스럽게 느껴진다. 또한 선행절과 후행절이 [조건-결과]의 관계가 뚜렷하게

드러난다. 이 경우 '-하는 것은'의 보문 구성으로 해석하면 후행절과의 관계가 매우 어색하게 해석된다. 즉, (1나)는 선행절과 후행절이 [조건-결과]의 의미 관계를 취하는 구성으로서 선행절에 통합한 '-ㄹ入ㄱ'을 조건의 접속어미로 처리하는 것이 온당해 보인다. 이처럼 해석되는 경우에는 선행절에 부사 '若'이 통합하는 것이 특징적이다. 물론 [조건-결과]의 의미 관계를 취할 때 항상 '若'이 통합하는 것은 아니지만 '-ㄹ入ㄱ'이 명사구로 사용될 때는 '若'이 나타나지 않기 때문에 '若'을 통하여 '-ㄹ入ㄱ'의 쓰임을 짐작할 수 있다.

그리고 '-ㄹ入ㄱ'이 접속어미로 사용될 때 선행절에 다양한 선어말어미가 통합하는 것도 특징적이다. 당장 (1가)와 (1나)의 비교를 통해서도 알 수 있듯이 '-ㄹ入ㄱ'이 명사구로 분석될 때는 선어말어미가 나타나지 않지만 '-ㄹ入ㄱ'이 접속어미로 분석될 때는 다양한 선어말어미가 통합하기 때문에 선어말어미의 통합 양상을 통하여 '-ㄹ入ㄱ'을 쓰임을 알 수 있다.

다음으로 '-ㄱㅣ+ㄱ'을 살펴보자. '-ㄱㅣ+ㄱ'도 '-ㄹ入ㄱ'과 함께 [조건-결과] 구성에서 자주 나타난 형식이다. 그런데 '-ㄱㅣ+ㄱ'도 동명사어미 '-ㄱ', 의존명사 'ㅣ', 처격조사 '-+', 보조사 '-ㄱ'이 통합한 관형 구성으로서 구 구성으로 해석되기도 하나 접속어미로 해석되기도 하여 그 쓰임을 구별하기가 쉽지 않다.

(2) 가. 若 同梵行ㅣ 法乙 以ㅑ 呵擯ㅡ厶ㄱㅣ+ㄱ 卽ㅇ 便ㅎ 法乙 如入 而ㅡ 自ㅡ 悔除ㅡ夕<瑜伽 20, 17 : 14-15> ‖ 만약 동범행이 법으로써 가빈하면, 곧 법대로 스스로 회제하며

나. 若ㄴ 上衣乙 著ㅡ厶ㄱㅣ+ㄱ 當 願 衆生 勝善根乙 獲ㅑ尒 法ㄴ 彼岸ㅑ+ 至ㅌ효<華嚴4 : 08> ‖ 만약 (보살이) 상의를 입으면 반드시 원하건대 "중생은 승한 선근을 얻어서 법의 저 언덕에 이르소서." (할 것이며)

(2)에서 '-ㄱ ㅣ + ㄱ'은 후기 중세국어의 '-ㄴ댄'으로 이어지는 형식으로서 [조건-결과]의 의미 관계를 취하는 것으로 해석된다. 그런데 '-을 때에는' 내지 '-을 경우에는' 정도로도 해석 가능하기 때문에 관형구성으로도 볼 수 있다. 이에 대해서 황선엽(2002)는 선행절에 부사 '若'이 실현된 점과 석독구결 전체 자료에 걸쳐서 나타난 점을 들어 '-ㄱ ㅣ + ㄱ'이 어미화한 형식으로 간주하였다. 본고도 황선엽(2002)와 같은 견해인데, 이에 한 가지 덧붙이면 '-ㄱ ㅣ + ㄱ' 앞에 다양한 선어말어미가 통합한 사실을 말할 수 있다. 앞서 검토했듯이 '-尸ㅅㄱ'의 경우 명사구와 어미로 사용될 때 나타난 차이 중 하나는 선어말어미의 통합 양상이었는데, 이를 고려하면 '-ㄱ ㅣ + ㄱ' 앞에 다양한 선어말어미가 통합하는 것을 통해서 '-ㄱ ㅣ + ㄱ'이 어미로서 기능 변화를 꾀한 것을 짐작할 수 있다.

다음으로 '-ㅅㄱ'을 살펴보도록 하자. 조건문에 나타난 '-ㅅㄱ'은 기원적으로 '의존명사+보조사' 구성으로서 남풍현(2000), 황선엽(2002), 이용(2003)에서 다룬 바 있다.

(3) 가. 譬ㅅㄱ 一切 世間ㄷ 中ㆍ十 而ㅡ 隨意 妙 寶珠ㅣ 有ㄱ 如支ソㄱ ㅣㅣ <華嚴10 : 09> ‖ 비유하자면 일체 세한의 가운데 뜻 따르는 보배 구슬 있음과 같다.

나. 我ㄱ 今ソㄱ 力乙 隨ㄱ 少分ケ슈乙 說ㄱ尸ム 猶ㅅㄱ 大海ㆍㄷ 一ㄱ 滴ㄊㄷ 水 如支ソㄱ乙ソ口乙ㄱㄊㄷㅣ <華嚴9 : 03> ‖ 나는 이제 힘을 따라 조금만을 말하되 비유하면 큰 바다의 한 방울의 물 같은 것이라 말할 수 있습니다.

위 (3)에서 확인되는 '-ㅅㄱ'은 주로 '譬'나 '猶'에 후행하여 '비유하자면'(/비유하면) 정도로 해석되는 특성을 보인다. 이용(2003)은 '-ㅅㄱ'의 형태적 측면을 고려하여 '-ㅅㄱ'이 통합한 구성을 명사구로 본다면 주어나 목적어, 보어 등으로 사용되어야 할 텐데 '-ㅅㄱ'이 나타난 구성에서 '-ㅅㄱ'을 명사구로 보면 전체적인 맥락이 어색해질 뿐 아니라, '-(으)면'으로 대치 가능하다는 점에서 '-ㅅㄱ'을 접속어미로 처리하는 것이 온당하다고 지적한 바 있다. 본고도 이와 같은 생각이다. '-ㅅㄱ'이 나타난 경우가 매우 제한적이어서 어미로서의 기능을 갖추고 있는지가 의심스럽기는 하나 '-ㅅㄱ'을 명사구의 '-것은' 정도로 보면 전체적인 의미 관계가 매우 어색해지기 때문에 현재로서는 접속어미로 처리하는 것이 바람직해 보인다. '-ㅅㄱ'이 중세국어의 '-거든'과 관련된 어형이라는 점도 참고가 된다.[3]

한편, 남풍현(2000), 황선엽(2002)에서 '-ㄱㄱ' 구성과 '-ㅁㅅㄱ' 구성이 조건문에 쓰이는 예를 확인할 수 있고, 장경준(2007)에서는 '-ㅁㄱ'이 조건문에 사용되는 예를 확인할 수 있다. 이를 제시하면 아래와 같다.

(5) 가. 若 三摩地乙 得ㄱ ㅡ 而ㄱ 圓滿 未ㅣㅎ 亦 自在 未ㅣㅅㅎㅅㄱ ㄱ 彼ㄱ 或 止相乙 思惟ㅅㅎ<瑜伽20, 24 : 06> ‖ 만약 삼마지를 얻었는데도 아직 원만하지 못할뿐더러 자재하지도 못하면, 그는 그침의 모양을 생각하기도 하고

나. 若七 世界ㅣ 始ㄷ 成立ㅅ亽ㄱ ㅅ 衆生ㄱ 資身七 具乙 {有}ㄴㄹ 未ㅣ ㅅㄱㅅ乙 見ㅁㅅㄱ<華嚴14 : 19 : 12> ‖ 만약 이 세계가 처음으로 이룩되었는데 중생은 살림살이를 갖추지 못한 것을 보고

---

3) 아래는 '-ㄹㅅㄱ', '-ㅅㄱ', '-ㄱㅣ十ㄱ'을 중심으로 중세 국어와의 관련 어형을 제시한 것이다.

<석독구결에 나타난 접속어미와 중세 국어 관련 어형>

접속어미	고대 국어	15세기 관련 어형
-ㄹㅅㄱ	-르든	
-ㅅㄱ	-든	-거든
-ㄱㅣ十ㄱ	-ㄴ다견	-ㄴ댄, ㄴ딘

위 표는 백두현(1995), 남풍현(1996, 2000), 박진호(1998, 2009)와 황선엽(2002), 이용(2000, 2003) 등을 종합하여 정리한 내용이다. 황선엽(2002)에 따르면 '-ㄹㅅㄱ'은 '-ㅅㄱ'과 깊이 관련된 구성이나 위 표에서는 그 관련성을 제시하지 않았다.

서는

다. 是 如호ㄴㄱ 所治 ㅜ+ 슴ㅣ口ㄱ 十一 有ㄴㅣ<瑜伽20, 11 : 14>

∥이와 같은 所治에 슴하면 열한 가지가 있다.

위 (5가)와 (5나), (5다)는 각각 '-ㄱㄱ' 과 '-口ㅅㄱ', '-口ㄱ'이 조건 접속문에 사용된 예로서, 앞서 검토한 '-尸ㅅㄱ'과 '-ㄱㅣ十ㄱ', '-ㅅㄱ' 과 크게 다를 바 없이 [조건-결과] 접속문에서 선행절을 이끄는 조건 접속어미로 사용되고 있다.

지금까지 살펴본 내용을 정리하자면, [조건-결과]의 의미 관계에서 선행절을 이끄는 접속어미는 '-尸ㅅㄱ'과 '-ㄱㅣ十ㄱ', '-ㅅㄱ' 외에도 '-ㄱㄱ'과 '-口ㅅㄱ' 등이 확인된다. 이 접속어미는 공통적으로 구결의 'ㄱ'(-온)을 포함하고 있는 것이 특징적이며 '-尸ㅅㄱ'과 '-ㄱㅣ十ㄱ', '-ㅅㄱ'은 명사구 보문과 조건 접속어미 모두 해석된다. 그리고 '-ㄱㄱ'과 '-口ㅅㄱ'은 보조사 '-온'와 연결구성 '-고는' 정도로 사용되는 것을 알 수 있다. 이들 접속어미는 선행절에 조건 부사 '若'이 통합 가능하고, 선행절에 다양한 선어말어미가 통합 가능한 것이 특징적이다.

다음 장에서는 '-尸ㅅㄱ'과 '-ㄱㅣ十ㄱ', '-ㅅㄱ'을 중심으로 구결의 조건 접속문의 통사·의미적 특성을 살펴보기로 한다. '-ㄱㄱ'과 '-口ㅅㄱ'은 본격적인 논의에서 제외하기로 한다. 해당 예가 많지 않아서 이 접속문의 통사·의미적 특성을 논의하기에 어려움이 있기 때문이다.

Ⅲ. '-ㅁㅅㄱ', '-ㄱㅣㅓㄱ', '-ㅅㄱ' 조건문의 통사·의미적 특성

이 장에서는 '-ㅁㅅㄱ'과 '-ㄱㅣㅓㄱ', '-ㅅㄱ'이 이끄는 조건 접속문의 통사·의미적 특성을 살펴보기로 한다. 통시적 연구에서 접속문의 통사적 연구는 '접속어미의 통합', '인칭 제약', '서법 제약', '주제어 제약', '분열문 형성' 등을 중심으로 논의되었다(장요한 2010). 이 통사적 특성은 선행절과 후행절의 대등성(혹은 선행절의 독립성)을 보여주는 현상으로 지적되면서 주요 검토 대상이 되었다. 본 장에서도 이들을 중심으로 살펴보면서 각 접속어미가 보이는 통사적 특성을 부각하여 기술하도록 하겠다. 의미적 특성으로는 선행절과 후행절 사태 사이에 나타난 '시간성', '양태성' 등을 중심으로 살펴보기로 한다. 이 의미적 특성은 의미 범주의 논의 한계를 극복하기 위해서 시도된 방법으로서[4] 의미 범주의 차이뿐 아니라, 동일한 의미 범주에 속하더라도 접속어미에 따라 다른 의미 특성을 보이는 경우가 있어서 개별 접속어미의 차이를 밝히는 방법으로 사용되곤 하였다. 이에 이 장에서는 선행 연구의 방법을 통하여 '-ㅁㅅㄱ'과 '-ㄱㅣㅓㄱ', '-ㅅㄱ'이 이끄는 접속문의 통사·의미 특성을 살펴보기로 한다.

1. '-ㅁㅅㄱ' 조건 접속문의 통사·의미적 특성

1.1. 선어말어미 통합 양상

먼저 '-ㅁㅅㄱ'이 쓰인 조건문의 선어말어미 통합 및 후행절과의 관계를 살펴보자.[5] '-ㅁㅅㄱ' 앞에 어떠한 선어말어미가 나타나는지 또는 후행

---

4) 국어사 자료를 통한 통사·의미적 연구는 권재일(1985), 김송원(1988), 장요한(2010) 등이 대표적이고, 현대 국어는 권재일(1985), 김영희(1988, 1991, 1998), 최재희(1991), 김종록(1993), 이은경(2000)이 대표적이다.

절의 선어말어미와 어떠한 관계를 보이는지는 접속어미의 특성을 파악하는 데에 중요한 정보가 되며 통시적 변화의 양상을 살피는 데에도 주요한 문법적 특성이 될 수 있다. 한편, 선어말어미의 통합은 선행절과 후행절의 대등성과 종속성을 살펴볼 수 있는 현상으로 지적되어 왔다.

그럼 아래 예를 살펴보자.

> (6) 가. 廣॥ 說尸入ㄱ 當ㅅ 知ㅁ╎ 二十種 有ㄴㄱ ᅩ<瑜伽4 : 09> ‖ 자세히 설명하면 당연히 스무 가지가 있는 줄 알아야 한다.
>
> 나. 又 此 遠離障㝵ㄴ 義ㄱ 廣॥ 說尸入ㄱ 知ノ亦 應ㄴ╎ 說ノㄱ 所ㄴ 相乙 如ハノㄱ ᅩ 此乙 除口斤 更3 若 過ノᄒ 若 增ノᄒノ ㄱ 无ノ ㄱ╎ㄱ丁<瑜伽28 : 06-08> ‖ 또 이 원리장애의 이치는 자세히 말하면 말한 바의 相과 같으니 이를 제외하고서는 다시 지나치고 더하고 하는 것이 없는 줄을 알아야 한다.

위 (6)은 선행절과 후행절이 [조건-결과] 구성을 취하는 접속 구성이지만 선행절에 선어말어미가 통합하지 않고 '-尸入ㄱ'이 어간에 바로 통합한 경우이다.

다음은 겸양법의 '-白-/-습-'이 통합한 예들이다.

> (7) 가. 若ㄴ 常॥ 於 諸ㄱ 佛乙 信奉ノ白ㅌ尸入ㄱ 則支 能支 大供養乙

---

5) 백두현(1997)에서 석독구결의 선어말어미를 포괄적으로 기술한 바 있다. 이 글에서는 백두현(1997)의 체제를 따르되 경우에 따라서는 각주에 문제로 지적될 수 있는 부분을 기술하기로 하겠다. 백두현(1995, 1997)에서 기술한 선어말어미 목록 및 그 기능은 아래와 같다.
   1) 경어법 선어말어미 : '-ㄴ(시)-', '-ᄒ(시)-'(주체존대법), '-白(습)-'(겸양법)
   2) 대상법 또는 인칭법 선어말어미 : '-ᄒ(오)-'(ㅁ/ノ)
   3) 서법과 시상법 : '-ㅏ(겨)-'(완료 및 완료의 지속), '-ㅌ(ᄂ)-', '-ㅿ(노)-', '-ㅏ(뉴)-'(이상 현재), '-ㅈ(리)-'(미래)
   4) 서법 : '-ㅈ(리)-'(추정법), '-3(아)-', '-㜔(거)-'(이상 확인법), '-ㅌ(ㅅ)-'(감동법), '-ㅁ(고)-'(확인법 또는 감동법 관련 형태)

興集ソヒチテ<華嚴10 : 14>‖ 만약 항상 모든 부처를 받들면 곧
능히 큰 공양을 지어 모을 것이며

나. 若七 常॥ 於諸ㄱ 佛乙 信奉ソ白ヒアㅅㄱ 則攴 能攴 戒乙 持ソ
ㅎ 學處乙 受ㅎソヒチテ<華嚴10 : 10>‖ 만약 항상 모든 부처를
믿고 받들면 곧 능히 계를 지니고 배울 곳을 닦고 할 것이며

다. 若 常॥ 量॥ 無ㅎ숙 仏乙 覩見ソ白ヒアㅅㄱ 則如來尸 体॥ 常
住ソㅎ口ㅅㄱ 見白ヒチテ<華嚴11 : 14>‖ 만약 항상 한량없으
신 부처를 뵈면 여래의 몸이 항상 계심을 뵈올 것이며

라. 若 如來尸 体॥ 常住ソㅎ口ㄱㅅㄱ 見白ヒアㅅㄱ 則能攴 法テ
永ㅊ 滅ソ口ㄱ 不矢ヒㄱㅅ乙 知ヒチテ<華嚴11 : 15>‖ 만약 여
래의 몸이 항상 머무시는 것을 뵈오면 능히 법이 영원히 멸하지
않는 것을 알 것이며

마. 此 陁羅尼呪乙 誦持ソ白ナアㅅㄱ 得ㅓホ 一切 怖畏॥ㄱ 一切 惡
獸ㅗ 一切 惡鬼ㅗ 人非人 等ソ‖‖ㄴ<金光9 : 08-10>‖(초지보
살이) 이 다라니의 주문을 외워 지니면 능히 일체 두려움인 일체
오수니 일체 악귀니 인비인 등이니 재횡이니 일체 번뇌니 하는
것을 도탈하여 오장을 해탈하며 초지를 생각하는 것을 잊지 않음
이 틀림없다.

바. 此 陁羅尼呪乙 誦持ソ白口ナアㅅㄱ 得ㅓホ 一切 怖畏॥ㄱ 一切
惡獸ㅗ 一切 惡鬼ㅗ 人非人 等ソㄱ 怨賊ㅗ 災橫ㅗ 諸惱ㅗノ尸乙
度脱ソㅎ<金光9 : 16-18>‖ 이 다라니의 주문을 외워 지니면 능
히 일체 두려움인 일체 악수니 일체 악귀니 인비인 등의 원적이
니 재횡이니 일체 번뇌니 하는 것을 도탈하여

사. 何以故ㅗ ソ白ノチ尸ㅅㄱ 說法七之 處॥ 卽ノ 是ㄱ 其 塔॥ㄴ
口ㄱㅅㅗㅗ<金光15 : 11>‖ 어떠한 까닭인가 하면, 설법하는 곳
이 곧 그 탑이시기 때문입니다.

위 (7)은 '-白-/-숣-'이 선행절에 통합한 예들이다. 이와 같이 선행절에
겸양의 대상이 나타나면 '-白-/-숣-'이 독립적으로 선행절에 통합한다. 선
행절의 겸양의 대상이 있으면 후행절과 의존하지 않고 선행절에 '-白-'이

독립적으로 통합한다. 이러한 통합 양상은 중세 국어의 '-ᄉᆞᆸ-'의 통합과 일치한다. 그런데 '-白-'이 '-尸入丁'과 통합할 때는 항상 다른 형태와 함께 통합하기 때문에 접속절에 통합한 '-白-'을 단순히 하나의 문법 단위로서 기술하는 것은 접속문에서 '-白-'의 통합 양상 기술에 부족함이 있다. 중세 국어 접속문의 선어말어미 통합 양상을 고려하면, (7 가, 나, 다, 라)의 경우에 '-𠯈-'의 통합 없이 '-白-'만 나타나는 것이 더 자연스럽게 보이지만 석독 구결 자료에서는 '-白-'만 나타나는 일이 없이 '-白𠯈-'나 '-白ナ-' 구성으로 나타나기 때문에 '-白-'의 통합 제약 현상으로 그 특성을 다룰 필요가 있다. 한편, '-白-/-ᄉᆞᆸ-'이 어간에 '-𠯈-/-ᄂᆞ-'나 '-矛-/-(으)리-', '-ナ-/-겨-', '-ノ-/-오-' 등보다 앞서 통합하는 순서는 중세 국어와 동일하다.

다음으로 '-ニ-/-𢒳-/-(으)시-'이 통합한 예를 살펴보자. 그런데 이 선어말어미의 경우는 아래의 한 예만 확인된다.

(8) 가. 若 一切 仏 其 前 <u>現𠯈𢒳尸入丁</u> 則 神通深密用乙 了ソ𠯈矛ケ<華嚴12 : 16> ‖ 만약 모든 부처께서 그 앞에 나타나시면 신통의 깊고 은밀한 작용을 깨달을 것이며

위 (8)은 '-𢒳-/(으)시-'가 조건문의 선행절에 통합한 경우인데, '-𢒳-'가 '-𠯈-/-ᄂᆞ-'를 후행하는 통합 순서를 취하고 있어 흥미롭다. 중세 국어의 선어말어미 통합 순서와는 차이를 보이는 통합 현상이다.

다음으로 시제 관련 선어말어미의 통합 양상을 살펴보기로 하자. 아래는 현재형 선어말어미 '-𠯈-/-ᄂᆞ-'가 조건의 '-尸入丁'가 이끄는 선행절에 통합한 경우이다.

(9) 가. 佛子阝 若七 諸丁 菩薩リ 善攴 其 心乙 <u>用ソ𠯈尸入丁</u> 則攴 一切

勝妙功德乙 獲ㅌ 于ㄲ<華嚴2：12-13> ‖ 불자여, 만약 모든 보살
이 잘 그 마음을 쓰면 모든 승묘 공덕을 얻으리라.

나. 若ㅌ 常ㅐ 淸淨僧乙 信奉ㅅㅌㄕㅅㄱ 則支 得ᄒㅅ 信心ㅐ 退轉
ㄕ 不ㅅㅌㅌ于ᅀ<華嚴10：18> ‖ 만일 항상 청정 승을 받들면 곧
능히 믿는 마음이 퇴전하지 않을 것이며

다. 若 能 菩提心乙 發起ㅅㅌㄕㅅㄱ 則 能 勤火ㅌ 仏功德乙 修ㅌ于
ᅀ<華嚴11：04> ‖ 만약 능히 보리심을 일으키면 능히 부지런히
부처 공덕을 닦을 것이며

라. 若 增上人 最勝心人亽乙 得ㅌㄕㅅㄱ 則 常ㅐ 波羅蜜乙 修習ㅅㅌ
于ᅀ<華嚴11：09> ‖ 만약 증상과 가장 승한 마음을 얻으면 항상
바라밀을 닦아 익힐 것이며

마. 若 能 摩訶衍乙 具足ㅅㅌㄕㅅㄱ 則 能 法ᄒㅏ 如ᄒ 仏乙 供養ㅅ
白ㅌ于ᅀ<華嚴11：11> ‖ 만약 능히 마하연을 구족하면 능히 법
대로 부처를 공양할 것이며

바. 若 諸ㄱ 仏矢 護念ㅅㅎ♡ㄕ 所ㅐㄕ 爲ㅅ乙ㅅㅌㄕㅅㄱ 則 能 菩
提心乙 發起ㅅㅌ于ᅀ<華嚴11：03> ‖ 만약 모든 부처의 호념하
실 바가 되면 능히 보리심을 일으킬 것이며

사. 若 於 十方ㅌ 諸ㄱ 仏矢 所 灌頂 受 而 鼎位 応ㅌㅌ于ㄕㅅㄱ
則 十方ㅌ 一切 仏ㅐ 手 甘露 以 其 頂 灌 蒙ㅌ于ᅀ<華嚴14：
03-04> ‖ 만일 시방의 모든 부처 계신 곳에서 관정을 받아 승위
할 수 있으면, 시방의 일체 부처가 손수 감로로써 그 머리에 부음
을 입을 것이며

아. 見聞ㅅㅎ 聽受ㅅㅎ 若ㅌ 供養ㅅㅎ ㅅㅁ로火ㅌㅅㅏㄕㅅㄱ 皆ㅌ 安
樂乙 獲ㅐ 令ㅐㄕ 不ㅅㄕㅜㄱㅗㄕ 靡ㅐㅌㅌ于ᅀ<華嚴14：
09-10> ‖ 견문하고 청수하고 만일 공양하고 하면 모두 안락을 얻
게 하지 않음이 없이 할 것이며

위 (9)에서와 같이 '-ㄕㅅㄱ'이끄는 접속문에서 '-ㅌ-'가 선행절에 통합
한 예가 흔하게 발견되기는 하는데, 조건 접속문의 선행절에 현재를 표시하
는 '-ㅌ-'가 통합하는 것은 자연스러운 통합 관계가 아니다. 조건 접속문

은 선행절이 가정 혹은 추정의 미래적 사태가 나타나는 것이 일반적이기 때문에 보통 현재 선어말어미가 선행절에 통합하는 일은 나타나지 않는다. 가까운 중세 국어의 예들을 보더라도 조건 접속문에 현재의 '-ᄂᆞ-'가 통합하는 일은 없다.6) 그렇다면 현재 표현으로 알려진 '-ㅌ-'의 의미 기능이 의심스럽지 않을 수 없다.

이와 함께 더 흥미로운 사실은 후행절의 '-ㅌ-'가 미래 혹은 추정의 '-禾-/-(으)리-'와 통합하여 '-ㅌ禾-' 구성을 취하는 예가 존재한다는 것이다. 현재와 미래는 통합 관계를 이루지 않기 때문에 '-ㅌ禾-'의 통합이 예사롭지 않다. 그런데 위 (9)에서 '-ㅌ禾-'은 '-ㄹ 것이면' 정도로 해석된다. 즉 현재 시제는 해석되지 않고 추정이나 미래 정도로 해석되기 때문에 '-ㅌ-'의 의미 기능은 나타나지 않는다고 볼 수 있다.

최근 박진호(2010)에서 '-ㅌ-'의 의미 기능에 대해서 다룬 바 있는데, 박진호(2010)에 따르면 '-ㅌ-'는 [항구적/일반적/보편적 사실]을 나타내는 선어말어미로 설명한 바 있다. '-ㅌ-'의 의미를 [항구적/일반적/보편적 사실]로 본다면 위에서 제시한 '-ㅌ-'의 통합 양상은 해석되리라 판단된다. 그런데 '-ㅌ-'와 중세 국어 '-ᄂᆞ-'의 관련성에 대한 문제는 다시 생각해야 할 것으로 생각된다. 즉, '-ㅌ-'가 중세 국어 '-ᄂᆞ-'와 형태적으로 관련되기 때문에 '-ㅌ-'의 기능을 [항구적/일반적/보편적 사실]로 처리한다면 중세 국어의 '-ᄂᆞ-'의 현재 시제 기능은 어떻게 설명할 수 있는지도 논의되어야 할 것이다.

한편, '-ㅌ-'가 선행절에 통합한 경우는 후행절에도 통합하여 나타나는 특성이 확인된다.7) 위 (9)의 예에서 이를 확인할 수 있다. 그런데 이 경우

---

6) 권재일(1985), 장요한(2010) 참고.

7) 한편, 드물지만 "若 身 充徧 虛空 如 安住不動 十方 滿ソㅌ尸入ㄱ 則 彼ラ 所行ㄱ 与七ソ彡ホ 等ロ令 無彡 諸ㄱ 天ミ 世人ミノ禾 能矢 知ノ令 莫厶ナ立七丨"<華嚴14 :

도 선행절이든 후행절이든 모두 미래의 사태로 해석되어 일반적으로 알려진 '-ㅌ-'의 현재 기능과는 무관하게 활용되고 있다.

다음은 미래 혹은 추정법의 '-ㅋ-/-(으)리-'의 통합 양상을 살펴보기로 한다.

(10) 가. 何以故ᄼ ᄼᆌ尸入ㄱ 一切 法ㄱ 作ノ尸 無ㅅ 作者 無ㅅ 言說 無
　　 ㅅ 處所 無ㅅ 生 不矣ㅅ 起 不矣ㅅ 與 不矣ㅅ 取 不矣ㅅ 動轉 無
　　 ㅅ 作用 無ㄱ 스丨丿丨 <華疏19 : 04-09> ‖ 어떤 까닭인가 하면
　　 일체 법은 지음 없으며, 짓는 이 없으며, 말함 없으며, 처소 없으
　　 며, 나지 않으며, 일어나지 아니며, 함께하지 아니며, 취하지 아니
　　 며, 움직임 없으며, 작용 없는 까닭이다.

나. 何以故ᅩ ᄼ白ノᄼᆌ尸入ㄱ 說法ㅌ 之 處ㅣㅣ 卽ノ 是ㄱ 其 塔ㅣᄂ
　　 ㅁㄱ 스ᅩ<金光15 : 11> ‖ 어떠한 까닭인가 하면, 설법하는 곳
　　 이 곧 그 탑이시기 때문이다.

다. 若 於 十方ㅌ 諸ㄱ 仏矣 所 灌頂 受 而 鼎位 応ㅌᄼᆯᆌ尸入ㄱ
　　 則 十方ㅌ 一切 仏ㅣ 手 甘露 以 其 頂 灌 蒙ㅌᄼㅅ<華嚴14 :
　　 03-04> ‖ 만일 시방의 모든 부처 계신 곳에서 관정을 받아 승위
　　 할 수 있으면, 시방의 일체 부처가 손수 감로로써 그 머리에 부음
　　 을 입을 것이며

라. 佛ㄱ 言乃ᄂ尸 善男子ㅣ 何ᄼㄱ 乙 者 波羅蜜 義ㅣ ᄉᄼㅁノ今ㅁ
　　 ᄼ丿ᆌ尸入ㄱ 行道ㅌ 勝利乙ᄼ尸矣 是 波羅蜜 義ㅣ ㅅ<金光5 :
　　 08-09> ‖ 부처께서 말씀하시기를, "선남자여, 무엇을 바라밀의 뜻
　　 이라고 하느냐 하면 뛰어나고 이로운 도를 행하는 것이 바라밀의
　　 뜻이며

위 (10가)는 '-ㅋ-'가 동사 'ᄼ-/ᄒ-' 뒤에 곧바로 통합한 'ᄼᆌ尸入ㄱ/

07-08>(만일 몸이 두루 가득하되 허공 같아 안주 부동하여서 시방에 가득하면 그 사람의 소행은 대등한 자가 없어 하늘이니 세인(世人)이니 하는 이가 능히 알 이 없으리라.)처럼 후행절에 '-ㅌ-/-ᄂ-'가 통합하지 않는 경우도 확인된다.

ᄒᆞ릴든'으로 실현된 구성이다. 이때 'ソ禾尸入ㄱ/ᄒᆞ릻든'은 '~할 것이면' 정도로 해석된다. (10나)는 '-于-' 앞에 '-白-/-숣-'과 '-ノ-/-오-'가 통합한 'ソ白ノ于尸入ㄱ/ᄒᆞ숣오릻든' 구성으로 실현된 경우이다. 다음 (10다)는 '-于-' 앞에 '-ㅌ-'가 통합한 'ソㅌ于尸入ㄱ/ᄒᆞᄂᆞ릻든' 구성으로 실현된 경우이다. (10라)는 '-于-' 앞에 '-ナ-/-겨-'가 통합한 'ソナ于尸入ㄱ/ᄒᆞ겨릻든' 구성으로 실현된 조건절의 경우이다. 여기에서 한 가지 확인해 둘 사항은 '-于-'가 선행절에 통합했을 때 후행절에는 '-于-'가 통합할 수도 있고 통합하지 않을 수도 있다는 점이다. 이는 '-ㅌ-'가 선행절과 후행절에 모두 통합하여 나타나는 경향을 보인 것과는 다른 점으로서 선어말어미의 통합 관계에서 주목되는 부분이다.

다음으로 완료 및 완료 지속의 '-ナ-/-겨-'의 통합 양상을 살펴보자.

(11) 가. 何七ソㄱ乙 者 爲五リハロノ亽ロ<u>ソナ尸入ㄱ</u> 一者 信根乙ソケ 二者 慈悲乙ソケ 三者 求欲心 無ケ 四者 一切 衆生乙 攝受ソケ 五者 一切智智乙 願求ソケソ尸矢ナㄱリ丨 <金光2：22-24> ‖ 어떠한 것을 다섯 가지라고 하느냐 하면 첫째 믿음의 뿌리를 하며, 둘째 자비를 하며, 셋째 구하고자 하는 마음이 없으며, 넷째 일체 중생을 거두어들임을 하며, 다섯째 일체지의 지혜를 원하여 구하며 하는 것이다.

나. 此 陁羅尼呪乙 <u>誦持ソ白ナ尸入ㄱ</u> 得3尒 一切 怖畏リㄱ 一切 惡獸亠 一切 惡鬼亠 人非人 等ソㄱリ亠 災橫亠 諸惱亠ノ尸乙 五障乙 解脫ソケ 初地乙 念ノ尸入乙 忘尸 不冬ソケソナ立七丨 <金光9：08-10> ‖ (초지보살이) 이 다라니의 주문을 외워 지니면 능히 일체 두려움인 일체 오수니 일체 악귀니 인비인 등이니 재횡이니 일체 번뇌니 하는 것을 도탈하여 오장을 해탈하며 초지를 생각하는 것을 잊지 않을 것이다.

다. 此 陁羅尼呪乙 <u>誦持ソ白ロナ尸入ㄱ</u> 得3尒 一切 怖畏リㄱ 一切 惡獸亠 一切 惡鬼亠 人非人 等ソㄱ 怨賊亠 災橫亠 諸惱亠ノ尸乙

度脫ㅅ氵 五障乙 解脫ㅅ㢱 二地乙 念ノ尸入乙 忘 不冬ㅅ㢱ㅅナ 㪅七丨 <金光9 : 16-18> ‖ 이 다라니의 주문을 외워 지니면 능히 일체 두려움인 일체 악수니 일체 악귀니 인비인 등의 원적이니 재횡이니 모든 번뇌이니 하는 것을 도탈하여 오장을 해탈하며 이 지를 생각하는 것을 잊지 않을 것이다.

라. 佛ㄱ 言乃三尸 善男子氵 何ㅅㄱ乙 者 波羅蜜 義リハㅅロノ令ロ ㅅナ禾尸入ㄱ 行道七 勝利乙ㅅ尸矢 是 波羅蜜 義リ㢱(……義リ ナㄱリ丨)<金光5 : 08-09> ‖ 부처께서 말씀하시기를, "선남자여, 무엇을 바라밀의 뜻이라고 하느냐 하면 이로운 도를 행하는 것이 바라밀의 뜻이며

(11가)는 'ㅅナ尸入ㄱ/ᄒᆞ겨ᇙ든' 구성이고, (11나)는 '-ナ-' 앞에 '-白-'이 통합한 'ㅅ白ナ尸入ㄱ/ᄒᆞᄉᆞᆲ겨ᇙ든' 구성이고, (11다)는 '-ナ-' 앞에 '-白-'과 '-ロ-/-고-'가 통합한 'ㅅ白ロナ尸入ㄱ/ᄒᆞᄉᆞᆲ고겨ᇙ든' 구성이다. (11라)는 '-ナ-' 뒤에 '-禾-'가 통합 구성이다. 위 (11)에서 주목되는 것은 선행절에 '-ナ-'가 통합하여 나타나면 종결어미가 통합한 후행절에도 '-ナ-'가 통합하는 경향을 보이는 점이다. '-ナ-'가 '-尸入ㄱ' 접속문의 선행절에서 독립적 분포를 보이는 것으로 해석할 수 있다.

다음은 확인법의 '-ロ-/-고-'가 조건의 '-尸入ㄱ' 앞에 통합한 예들이다.

(12) 가. 一リ丨ㅅロ尸入ㄱ 亦ㅅㄱ 續ㅅ令 不矢㢱 異リ丨ㅅロ尸入ㄱ 亦ㅅㄱ 續ㅅ令 不矢ㄱ入灬氵 一 非矢㢱 異 非矢厶ろ 故厶 名氵 續諦氵ノ禾リ㢱<舊譯14 : 07-08> ‖ '한 가지[一]이다' 한다면 또한 이어질 것이 아니며 '다른 것이다' 한다면 또한 이어질 것이 아닌 까닭에서이니, 한 가지가 아니며 다른 것도 아니어서 (그러므로) 일컬어 속체라 하는 것이며

나. 此 陁羅尼呪乙 誦持ㅅ白ロナ尸入ㄱ 得氵㫆 一切 怖畏リㄱ 一切 惡獸ㅗ 一切 惡鬼ㅗ 人非人 等ㅅㄱ 怨賊ㅗ 災橫ㅗ 諸惱ㅗノ尸乙

度脱ﾉ3 五障乙 解脱ﾉﾑ 二地乙 念ﾉｱ入乙 忘 不多ﾉﾑﾅ
ﾎﾄ<金光9：16-18>‖이 다라니의 주문을 외워 지니면 능히
일체 두려움이 일체 악수니 일체 악귀니 인비인 등의 원적이니
재횡이니 모든 번뇌이니 하는 것을 도탈하여 오장을 해탈하며 이
지를 생각하는 것을 잊지 않을 것이다.

다. 見聞ﾝ3 聽受ﾝ3 若セ 供養ﾝ3ﾝ口ﾄ火セハｱ入7 皆セ 安
樂乙 獲ﾘ 令ﾘｱ 不ﾝｱ丁ﾉｱ 靡ﾘ ﾋﾝﾋ 禾ﾑ<華嚴14：
09-10>‖견문(見聞)하고 청수(聽受)하고 만일 공양하고 하면 모두
안락을 얻게 하지 않음이 없이 할 것이며

(12가)는 '-口-'가 통합하여 'ﾝ口ｱ入7/ᄒ곯둔'으로 실현된 경우이고,
(12나)는 'ﾝ白口ﾅｱ入7/ᄒᄉᆞᆷ고곯둔'으로 실현된 경우이다. (12다)는 'ﾝ
口ﾄ火セハｱ入7/ᄒ고ᄂᆞᆺ긿둔'으로 실현된 경우이다. '-口-'가 선행절
에 실현되었을 때 후행절에 실현되는 경우는 확인되지 않는다.

한편, (12다)에서 선행절에 '-火セﾄ-/-ᄂᆞᆺ-'은 감탄의 '-ﾄﾄ-/-ᄉ-'이 통합
한 구성인데, 조건 접속문의 선행절에 감탄의 선어말어미가 통합한 것은
고대 국어와 중세 국어, 근대 국어를 아울러 유일한 경우이다. 중세 국어나
근대 국어에서 조건의 종속 접속문에 감탄의 선어말어미가 통합한 일은
없다.

다음은 인칭법 '-ﾛ-/-ﾉ-/-오-'가 조건문의 선행절에 통합한 예문이다.

(13) 가. 若セ 王3 身セ 手足ﾐ 血肉ﾐ 頭目ﾐ 骨髓ﾐﾉ수乙 得3口乙
口ｱ入7 我3 之 身命7 必ハ 冀ﾘ7入7 存活ﾝﾋﾅﾝ去口
乙ﾎ<華疏10：19-20>‖만약 왕의 몸의 수족이니 혈육이니
두목이니 골수이니 하는 것을 얻으면 나의 목숨을 반드시 바라건
대 연장하고자 합니다.

나. 謂7 若 愛樂ﾝ3ホ 諸 在家人 及セ 出家人セ 衆乙 與セ 雜 居住
ﾉｱ入7 …… 我ﾉ 於彼 正審觀察ﾉ수セ 心一境位3十 當ハ 障

导乙 作ㅅ刂尸 勿ノ禾ㄱ刂3七丨ソ尸矢丨<瑜伽8 : 22-09 : 02> ‖ 즉 '만약 애락하여서 모든 재가와 및 출가의 대중과 더불어 섞여 거주하면 …… 나로 (하여금) 그 올바로 살펴 관찰하는 심일 경위에서 마땅히 장애를 짓게 하지 않겠다' 하는 것이다."

다. 何以故ㅗ ソ白ノ禾尸入ㄱ 說法七之 處刂 卽ノ 是ㄱ 其 塔刂ㅋ ロㄱ入ㅁㅗ<金光15 : 11> ‖ 어떠한 까닭인가 하면, 설법하는 곳이 곧 그 탑이시기 때문입니다.

위 (13가)는 '-ㄱ-/-오-'가 통합한 경우이고, (13 나, 다)는 '-ノ-/-오-'가 통합한 경우이다. 이때 (13 가, 나)는 선행절과 후행절에 '-ㄱ-'와 '-ノ-'이 모두 통합하여 나타난 경우이고, (13다)는 선행절에만 통합한 경우이다.

다음은 '-火七-/-곳-'과 '-八-/-기-'가 통합한 경우이다.

(14) 가. 見聞ソ衤 聽受ソ衤 若七 供養ソ衤ソロヒ火七八尸入ㄱ 皆七 安樂乙 獲刂 令刂尸 不ソ尸丁ノ尸 靡刂七ソヒ禾ㅅ<華嚴14 : 09-10> ‖ 견문하고 청수하고 만일 공양하고 하면 모두 안락을 얻게 하지 않음이 없이 할 것이며

나. 凡ㅋ 受ㄱ尸 所七 物七火七八尸入ㄱ 悉3 亦刀 是刂 如支ソロヒㅅ<華疏9 : 10-12> ‖ 무릇 받는 바의 것이면 모두 또 이같이 하며

위 (14가)는 '-火七-'과 '-八-'가 조건의 '-尸入ㄱ'에 통합한 'ソロヒ火七八尸入ㄱ/ᄒᆞ고ᄂᆞ곳긼든' 구성이고, (14나)는 '物七火七八尸入ㄱ/갓곳긼든' 구성이다. 앞서 언급한 바와 같이 '-火七-'이 조건절에 통합한 것도 매우 흥미로운 사실로 중세 국어 이후로 조건절에 감탄법 선어말어미가 통합한 사실은 확인되지 않는다.

이상에서 살펴본 내용을 조건 접속문의 선행절에 통합한 선어말어미와 후행절과 관련하여 나타난 통합 양상을 정리하여 제시하면 아래와 같다.

[표 1] '-尸入1'이 이끄는 조건 접속문의 선어말어미 통합 특성

통합 가능한 선어말어미	해당 통합 관계	후행절과의 통합 경향성	비고
'-白-/ -ᄉᆞᆸ-'	①ᄉ白ㅌ尸入1 ②ᄉ白ナ尸入1 ③ᄉ白口ナ尸入1 ④ᄉ白ノ禾尸入1	선행절에 독립적 분포를 보인다.	①'-白-'가 단독으로 쓰인 예는 확인되지 않는다. ②통합순서는 중세국어와 동일하다.
'-ㅎ-/ -(으)시-'	現ㅌ ㅎ尸入1	선행절에 독립적 분포를 보인다.	①'-ㄴ-'가 통합한 구성은 확인되지 않는다. ②'-ㅎ-'가 '-ㅌ-'와 관련하여 '-ㅌㅎ-'로 나타나 그 통합순서가 중세국어와 다르다.
'-ㅌ-/ -ᄂᆞ-'	①ᄉㅌ尸入1 ②ᄉㅌ禾尸入1 ③ᄉ口ㅌ火ㄴハ尸入1	선·후행절에 모두 통합하는 경향을 보인다.	①후행절에 '-ㅌ禾-' 구성으로 나타나는 경향을 보인다. ②조건절에 현재의 '-ㅌ-'가 통합하는 사실은 중세국어와 다르다.
'-禾-/ -(으)리-'	①ᄉ禾尸入1 ②ᄉ白ノ禾尸入1 ③ᄉㅌ禾尸入1 ④ᄉナ禾尸入1	선행절에 독립적 분포를 보인다.	선행절에 '-ㅌ禾-' 구성으로 나타나기도 한다.
'-ナ-/ -겨-'	①ᄉナ尸入1 ②ᄉ白ナ尸入1 ③ᄉ白口ナ尸入1 ④ᄉナ禾尸入1	선·후행절에 모두 통합하는 경향을 보인다.	
'-口-/ -고-'	①ᄉ口尸入1 ②ᄉ白口ナ尸入1 ③ᄉ口ㅌ火ㄴハ尸入1	선행절에 독립적 분포를 보인다.	감탄의 '-ㄴ-/-ㅅ-'이 나타난 사실이 흥미롭다.
'-ㅓ-/-ノ-/ /-오-'	①得 3 口乙 丷尸入1 ②居住ノ尸入1 ③ᄉ白ノ禾尸入1	선·후행절에 모두 통합하는 경향을 보인다.	
'-火ㄴ-/ -붓-'	①ᄉ口ㅌ火ㄴハ尸入1 ②物ㄴ火ㄴハ尸入1	선행절에 독립적 분포를 보인다.	①감탄의 '-火ㄴ-/-붓-'이 나타난 사실이 흥미롭다. ②'-火ㄴハ-' 구성으로 나타난다.

1.2. 문체법

고려시대 석독구결 문헌 자료에서 조건의 '-尸入ㄱ'이 이끄는 조건 접속문은 후행절에 평서법 종결어미가 통합한 경우만 확인된다. 의문법이나 명령법 종결어미는 확인되지 않는다. 그런데 '-尸入ㄱ'이 평서법 종결어미와 호응 관계를 보이되 다양한 평서법 종결어미가 나타나는 것이 특징적이다.

(15) 가. 若 身 充徧 虛空 如 安住 不動 十方 滿ソㅌ尸入ㄱ 則 彼ラ 所行ㄱ 與七ソ3尔 等ロ令 無3 諸ㄱ 天: 世人:ノ禾 能矢 知3令 莫厶ナ立七丨<華嚴14：07-08> ‖ 만일 몸이 충편하되 허공 같아 안주 부동하여서 시방에 가득하면 그 사람의 소행은 대등한 자가 없어 하늘이니 세인이니 하는 이가 능히 알 이 없으리라.

나. 見聞ソ彡 聽受ソ彡 若七 供養ソ彡ソロㅌ火七ハ尸入ㄱ 皆七 安樂し 獲刂 令刂尸 不ソ尸丁ノ尸 靡刂七ソㅌ禾ケ……十善妙行等丨ソㄱ 諸ㄱ 道刂ㄱ 無上 勝寶し 皆七 現ㆆ 令刂ナ立七丨<華嚴14：11-12> ‖ 견문하고 청수하고 만일 공양하고 하면 모두 안락을 얻게 하지 않음이 없이 할 것이며……십선묘행 같은 모든 도인 무상승보를 모두 나타낼 수 있다.

다. 此 陁羅尼呪乙 誦持ソ白ナ尸入ㄱ 得3朩 一切 怖畏刂ㄱ 一切 惡獸ㅗ 一切 惡鬼ㅗ 人非人 等ソㄱ刂ㅗ 災橫ㅗ 諸惱ㅗノ尸乙 五障乙 解脫ソケ 初地乙 念ノ尸入乙 忘尸 不冬ソケソナ立七丨<金光9：08-10> ‖ (초지보살이) 이 다라니의 주문을 외워 지니면 능히 일체 두려움인 일체 오수니 일체 악귀니 인비인 등이니 재횡이니 모든 번뇌니 하는 것을 도탈하여 오장을 해탈하며 초지를 생각하는 것을 잊지 않을 것이다.

라. 此 陁羅尼呪乙 誦持ソ白ロナ尸入ㄱ 得3朩 一切 怖畏刂ㄱ 一切 惡獸ㅗ 一切 惡鬼ㅗ 人非人 等ソㄱ 怨賊ㅗ 災橫ㅗ 諸惱ㅗノ尸乙 度脫ソ3 五障乙 解脫ソケ 二地乙 念ノ尸入乙 忘 不冬ソケソナ立七丨<金光9：16-18> ‖ 이 다라니의 주문을 외워 지니면 능히 일체 두려움인 일체 악수니 일체 악귀니 인비인 등의 원적이니

재횡이니 모든 번뇌이니 하는 것을 도탈하여 오장을 해탈하며 이
지를 생각하는 것을 잊지 않을 것이다.

마. 佛子 3 若ㅌ 諸ㄱ 菩薩ㅣ 善攴 其 心乙 用ﾍﾋ尸入ㄱ 卽攴 一切
勝妙 功德乙 獲ㅌ开罒……衆生ﾝㅌ 第二 導師ㅣ 尸{爲}入乙ﾍㅊ
ナㅎㅌㅣ<華嚴2 : 12-13> ‖ 불자여, 만약 모든 보살이 잘 그 마
음을 쓰면 一切의 勝妙 功德을 얻어서……衆生의 第二 導師가 될
수 있다.

위 (15)는 평서법 종결어미 구조체인 '-ㅎㅌㅣ/욻다'가 후행절에 통합한
경우이다. 그런데 위의 예들은 '만약 ~하면, ~할 것이다', '만약 ~하면,
~할 수 있다' 정도의 의미로 해석되는 점이 주목된다. 위 (15)의 서술어
부분만 해석해 보면 (15가)는 "……능히 알 이 없을 것이다." 정도로 해석
되고, (15나)는 "……무상승보(無上勝寶)를 모두 나타낼 수 있다." 정도로 해
석된다. (15다)는 "생각하는 것을 잊지 않을 것이다/잊지 않는다." 정도로
해석되고, (15라)도 "생각하는 것을 잊지 않을 것이다/잊지 않는다." 정도로
해석된다. (15마)도 "衆生의 第二 導師가 될 수 있다." 정도로 해석된다. 이
미 지적해 온 바와 같이[8] 위의 예들은 '-ㅎㅌㅣ'가 '-尸入ㄱ' 조건 접속문
에 사용될 때 가능이나 능력 등의 내용을 나타내는 종결어미로서 기능하
는 것들이다.

한편, 조건 접속문에서 종결 구성이 당위 표현으로 해석되는 예들도 존
재한다.

(16) 가. 又 此 遠離障득ㅌ 義ㄱ 廣ㅣ 說尸入ㄱ 知ﾉﾎ 應ㅌㅣ 說ﾉㄱ 所
ㅌ 相乙 如ﾍﾍㄱㅗ 此乙 除ㅁ斤 更 3 若 過ﾍㅎ 若 增ﾍㅎﾍ
ㄱ 无ﾍㄱㅣㅣㄒ<瑜伽28 : 06-08>또 이 원리장애의 이치는 자

세히 말하면, 알아야 한다, 말한 바의 상과 같으니 이를 제외하고서는 다시 지나치고 더하고 하는 것이 없는 줄을.

나. 廣リ 說尸入7 當八 知ㆆ丨 二十種 有七7 亠<瑜伽4 : 09> ‖ 자세히 설하면, 당연히 알아야 한다, 스무 가지 종류가 있는 줄.

(16가)를 직역하면 "또 이 원리장애의 이치는 자세히 말하면, 알아야 한다. 말한 바의 상과 같으니 이를 제외하고서는 다시 지나치고 더하고 하는 것이 없는 줄을." 정도로 해석되고, (16나)를 직역하면 "자세히 설명하면, 알아야 한다, 스무 가지가 있는 줄." 정도로 해석된다. 위 (16가)는 '知ノ立{應}七丨/알홊다'로 실현된 구성이고, (16나)는 서술어가 '知ㆆ丨/알오다'로 실현된 구성이고, 이 구성은 모두 '알아야 한다' 정도로 해석되는 구성으로 당위 표현을 가진다.

마지막으로 다음 예를 살펴보기로 하겠다.

(17) 가. 何以故氵ソ禾尸入7 一切 法7 作ノ尸 無ケ 作者 無ケ 言說 無ケ 處所 無ケ 生 不矢ケ 起 不矢ケ 與 不矢ケ 取 不矢ケ 動轉 無ケ 作用 無7入灬リナ丨<華疏19 : 04-09> ‖ 왜 그런가 하면 일체 법은 만듦이 없으며 작자 없으며 언설 없으며 처소 없으며 生 아니며 起 아니며 與 아니며 取 아니며 動轉 없으며 作用 없기 때문이다.

나. 何以故氵ソ禾尸入7 此リ 菩薩7 盡虛空徧法界七 邊尸 無7 身乙 成就ソ7入灬 故リナ丨<華疏26 : 1-3> ‖ 왜냐 하면 이 보살은 盡虛空徧法界의 끝 없는 몸을 성취한 까닭이다.

다. 若七 王ラ 身七 手足氵 血肉氵 頭目氵 骨髓氵ノ令乙 得3口乙ㆆ尸入7 我ラ之 身命7 必八 冀リ7入7 存活ソ七ネソ厶口乙ㆆ丨<華疏10 : 19-20> ‖ 만약 왕의 몸의 수족이니 혈육이니 두목이니 골수이니 하는 것을 얻으면 나의 신명은 반드시 바라건대 존활하고자 합니다.

위 (17)은 평서법 종결어미 '-ㅣ/-다'가 실현된 구성으로, (17가)의 서술어 부분인 '無ㄱㅅ······ㅣ나ㅣ/업슨ᄃ로이겨다'는 '없기 때문이다' 정도로 해석된다. (17나)도 '성취한 까닭이다(때문이다)' 정도로 해석된다. (17다)는 '살아날 것입니다' 정도로 해석된다. 이때는 계사에 종결어미가 통합한 구성으로 이해된다.

이상에서 살펴본 (15), (16), (17)에서처럼 '-ㄹㅅㄱ'가 이끄는 접속문은 평서법 종결어미와 통합하는 경우만 확인되고, 평서법 종결어미로는 '-ㅎ ㄴㅣ'와 'ㅁㅣ', '-ㅣ' 등이 확인된다. 이와 함께 주목되는 점은 '-ㅎㄴㅣ' 은 '-ㄹㅅㄱ'이 이끄는 접속문에서 당위뿐 아니라 가능이나 능력으로도 해석된다는 것이다. 비록 조건 접속문의 통사적 특성이 본 논의의 핵심 내용이지만 이를 통하여 기존의 검토된 종결어미나 선어말어미의 기능에 대한 새로운 문제를 제기해 본다.

1.3. 주제어 표지 '-ㄱ/-는'의 통합 양상

국어에서 주제어 표지 통합은 주제어의 통합 제약과 관련하여 제시되어 왔다. 그런데 이 주제어 통합이 대등 접속문과 종속 접속문에 따라서 차이를 보인다는 사실이 지적되면서 접속문의 대등성 혹은 독립성을 보여주는 현상으로 사용되곤 하였다. 중세 국어 접속문 연구에서도 대등 접속문과 종속 접속문을 구분하는 기준으로 주제어 통합이 사용된 바 있다.[9]

이에 관형구성에서 발달하여 형성된 조건 접속어미 '-ㄹㅅㄱ'이 이끄는 접속문에서 주제어 표지가 어떠한 통합 양상을 보이는지는 '-ㄹㅅㄱ' 조건문의 특성과 함께 '-ㄹㅅㄱ'의 통시적 발달과도 관련되기 때문에 중요한 검토 대상이 된다.

---

9) 권재일(1985), 장요한(2010) 참고

(18) 가. 若七 能支 大供養乚 興集丷𠤎尸入𠃍 彼人𠃍 佛矢 不思議刂彡亠𠃍入乚 信丷𠤎禾𣎴<華嚴10 : 15>만일 능히 큰 공양을 지어 모으면 저 사람은 부처가 부사의이신 것을 믿을 것이며

나. 若七 得氵尒 信心刂 退轉尸 不丷𠤎尸入𠃍 彼人𠃍 信力刂 能矢 動丷氵亽 無𠤎禾𣎴<華嚴10 : 19>만일 능히 믿는 마음이 퇴전하지 아니하면 저 사람은 믿는 힘이 능히 움직일 수 있는 것이 없을 것이며

다. 若七 王𢒑 身七 手足氵 血肉氵 頭目氵 骨髓氵丿亽乙 得氵口乙𠄌尸入𠃍 我𢒑之 身命𠃍 必八 冀刂𠃍入𠃍 存活丷七彳丷厷口乙𠄌丨<華疏10 : 19-20>만약 왕의 몸의 수족이니 혈육이니 두목이니 골수이니 하는 것을 얻으면 나의 목숨은 반드시 바라건대 보존하고자 합니다.

위 (18)은 후행절의 주어 명사구에 주제어 표지 '-𠃍'이 통합한 경우로서, 위 (18)과 같이 주제어 표지 '-𠃍'이 후행절에 통합하는 것은 종속 접속문의 일반적 특성이라 할 수 있다. 해당 예가 그리 많지 않아서 단정할 수는 없지만 중세 국어를 고려해 볼 때, (18)처럼 나타나는 구성이 자연스러운 표현으로 볼 수 있다.

이상에서 '-尸入𠃍'이 이끄는 조건 접속문의 주제어 표지 '-𠃍'의 통합 양상을 살펴보았다. '-𠃍'은 '-尸入𠃍'이 이끄는 접속문의 후행절에만 통합하는 것이 일반적이며 문헌 자료에서는 주로 주어에 통합하는 경우가 확인된다.

1.4. 시간성과 양태성

접속문 연구가 지속되면서 접속문의 선행절과 후행절 사이의 의미 관계를 단순히 조건, 이유, 양보, 계기 등으로 처리하기보다는 각각의 의미 범

주가 지닌 의미적 속성에 대한 연구를 필요로 하였다. 의미 범주가 지닌 세부적인 의미 특성은 접속문의 의미 관계, 접속어미의 의미 특성을 정밀하게 기술할 수 있는 길을 열어 주었다. 이러한 연구가 진행되면서 선행절 사태와 후행절 사태 사이의 시간성(선시성/동시성/후시성)과 양태성(사실성/비사실성/반사실성)은 주목을 받아왔다.

이 시간성과 양태성은 각 접속문을 의미 범주로 구분하는 한계에서 벗어나 접속문의 의미 범주의 차이를 밝힐 수 있다. 또한 경우에 따라서는 동일 의미 범주에 속하는 접속어미가 이 의미 자질에 의해서 세부적으로 구분되는 현상도 지적되었다. 가령, 조건 접속문의 경우에 대부분의 조건 어미가 비사실성의 특성을 보이나 '-던댄', '-더든'의 경우는 선행절이 반사실성일 때 사용되는 특성을 보여 다른 조건 접속어미와 그 쓰임이 구분될 수 있다.

이에 본 절에서는 '-尸入1'이 이끄는 조건 접속문의 선행절과 후행절 사이의 시간성 및 양태성을 확인하여 그 의미적 특성을 분명히 하도록 하겠다.

그럼, '-尸入1'이 이끄는 조건 접속문의 시간성을 확인해 보기로 하자.

(19) 가. 謂1 若 愛樂ソ3 尓 諸 在家亽 及七 出家亽七 衆乙 與七 雜居住ノ尸入1 者 便ㄱ 種種七 世間 相應ソ1 見聞 受用七 諸 散亂事乙 {有}斗白ノ禾罒<瑜伽8：22-09：02>즉 '만약 애락하여서 모든 재가와 및 출가의 대중과 더불어 섞여 거주하면, 곧 종종의 세간 상응한 견문 수용의 모든 산란한 일을 가지게 될 것이라서

나. 佛子3 若七 諸1 菩薩刂 善攴 其 心乙 用ソ匕尸入1 則攴 一切勝妙功德乙 獲匕禾罒<華嚴2：12-13> 불자여, 만약 모든 보살이 그 마음을 잘 쓰면 일체의 승묘 공덕을 얻어서

다. 若七 常刂 戒乙 持ㄱ 學處乙 受ㄱソ匕尸入1 則攴 能攴 諸1 功德乙 具足ソ匕禾ケ<華嚴10：11>만약 항상 계를 지니고 배울 곳

을 닦고 하면 곧 능히 모든 공덕을 구족할 것이며

라. 若七 常刂 {於}諸丁 佛乙 信奉丷白匕尸入丁 則支 能支 大供養乙 興集丷匕禾分<華嚴10 : 14>만약 항상 모든 부처를 받들면 곧 능히 큰 공양을 지어 모을 것이며

마. 若 得氵尒 如來 家氵十 生在丷匕尸入丁 則 善支 巧方便乚 修行丷匕禾分<華嚴11 : 06>만약 능히 여래 집에 태어나면 잘 좋은 방편을 수행할 것이며

조건의 접속문은 선행절이 후행절에 조건이 되고 후행절은 선행절의 결과가 되는 구성을 갖는다. 이 조건의 의미 관계에서는 선행절의 사태가 후행절의 사태보다 시간적으로 앞서는 것이 일반적이다. 위 (19)의 예들도 모두 선행절의 사태가 후행절의 사태보다 앞서고 있다. 그런데 조건의 경우에 선행절 사태가 후행절 사태와 동시적 사태로 해석되기도 한다. 즉 선행절 사태가 일어남과 동시에 후행절 사태가 일어나는 시간 관계로 해석되기도 하기 때문에 시간의 특성이 혼동될 수도 있다. 그러나 선행절이 조건이 되고 후행절이 그에 따른 결과가 된다는 점에서 선행절과 후행절 사이에 시간적 간격이 거의 나타나지 않더라도 선행절 사태가 후행절 사태에 대해서 선시적 해석을 가진다 하겠다.

다음은 양태적 특성(사실성/비사실성/반사실성)에 대해서 살펴보기로 하자.

(20) 가. 若 增上人 最勝心人今乙 得匕尸入丁 則 常刂 波羅蜜乙 修習丷匕禾分<華嚴11 : 09>만약 증상과 가장 승한 마음을 얻으면 항상 바라밀을 닦아 일힐 것이며

나. 若 一切佛 其前 現匕勿尸入丁 則 神通深密用乚 了丷匕禾分<華嚴12 : 16>만약 모든 부처께서 그 앞에 나타나시면 신통의 깊고 은밀한 작용을 깨달을 것이며

다. 若 能 廣大 善乚 修集丷匕尸入丁 彼人丁 大因七 力乚 成就丷匕禾分<華嚴10 : 24>만일 능히 광대한 선을 수집하면 그 사람은

대인의 힘을 성취할 것이며

라. 若 能 菩提心乙 發起ᵛㅌㄕㅅㄱ 則 能 勤火ㄴ 仏功德乙 修ㅌㅈ
ㅅ<華嚴14;11 : 04> 만약 능히 보리심을 일으키면 능히 부지런히
부처의 공독 닦을 것이며

선행절과 후행절의 의미 관계는 그 사태가 사실적이냐 비사실적이냐 혹
은 반사실적이냐에 의해서 다시 하위분류 될 수 있다. 여기에서 사실적 사
태(혹은 사실성(factuality))는 실제적 사태이며 사실로서의 명제적 내용을 말한
다. 그런데 (20)처럼 조건 접속문은 선행절 사태가 가정 혹은 가상의 내용
을 담고 있는 것이 일반적이기 때문에 선행절 사태나 후행절 사태가 비사
실적 내용을 갖는다. 그런데 중세 국어에서 "내 아랫 뉘예 이 經을 바다
디녀 닐그며 외오며 ᄂᆞᆷᄃᆞ려 니르디 아니ᄒᆞ더든 阿耨多羅三藐三菩提를 ᄲᅡᆯ리
得디 몯ᄒᆞ리러니라"<釋詳19 : 34a>처럼 '-더든'이 이끄는 접속문의 경우
에 선행절 사태가 반사실적으로 해석되는 경우도 있다. 이는 '내가 지난
세대에 이 경전을 받아 지니고 읽으며 외우며 남에게 이르지 않았다면 阿
耨多羅三藐三菩提를 빨리 得하지 못했을 것이다' 정도로 해석되는 예문이
다. 그러나 위 (20)처럼 '-ㄕㅅㄱ'이 이끄는 접속문의 경우는 반사실적으로
해석되는 예는 확인되지 않는다.

이상에서 검토한 내용을 종합해 보면 '-ㄕㅅㄱ'이 이끄는 접속문의 경
우에 선행절 사태가 후행절 사태에 대해서 항상 선시적으로 해석되며 선
행절 사태의 경우에 비사실적으로 해석되는 것이 일반적인데, 이는 조건
접속문의 의미 관계에서 비롯된 특성으로 판단된다.

2. '-ㄱㅣ+ㄱ' 조건 접속문의 통사・의미적 특성

2.1. 선어말어미의 통합 양상

이제 '-ㄱㅣ+ㄱ'이 쓰인 조건 접속문의 선어말어미 통합 양상을 살펴 보기로 하자.

(21) 가. 若ㅌ 一切 佛ㄴ 供養ソ白 欲ㅅㄴㅊㄱㅣ+ㄱ 于三昧 ʒ 十 入ソ ʒ
	곳<華嚴15 : 16-17> ‖ 만약 일체의 부처께 공양하고자 한다면 삼
	매에 들어가서

나. 若 同梵行ㅣ 法乙 以 ʒ 呵擯ソㅊㄱㅣ+ㄱ 即ᄀ 便 ʒ 法乙 如ㅅ
	而一 自一 悔除ソ 소<瑜伽17 : 14-15> ‖ 만약 범행을 같이 하는
	이가 법으로써 꾸짖고 배척하면, 곧 법대로 스스로 뉘우치면서 제
	거하며

다. 若ㅌ 上衣ㄴ 著ソㅊㄱㅣ+ㄱ 當 願 衆生 勝善根ㄴ 獲 ʒ 尒 法ㅌ
	彼岸 ʒ 十 至ㅌ쇼<華嚴4 : 08> ‖ 만약 (보살이) 上衣를 입으면 반
	드시 원하건대 "중생은 승한 선근을 얻어서 법의 저 언덕에 이르
	소서" (할 것이며)

라. 若ㅌ 堂宇 ʒ 十 入ㅊㄱㅣ+ㄱ 當 願 衆生 無上堂 ʒ 十 昇ソ ʒ ㅅ
	安住ソ ʒ 尒 動尸 不ソㅌ쇼<華嚴3 : 21> ‖ 만약 (보살이) 당우에
	들면 반드시 원하건대 "중생은 무상당에 올라가서 안주하여서 움
	직이지 마소서" (할 것이며)

(22) 가. 若ㅌ 五欲乙 得 ʒ ㄱㅣ+ㄱ 當 願 衆生 欲箭乙 拔除ソ ʒ ㅅ 究竟
	安隱ソㅌ쇼<華嚴2 : 22> ‖ (보살이) 만약 오욕을 얻으면 반드
	시 원하건대 "중생은 욕의 화살을 빼앗아서 마침내 편안해지소서"
	(할 것이며)

나. 若 美食ㄴ 得 ʒ ㄱㅣ+ㄱ 當 願 衆生 其願ㄴ 滿足ソ ʒ 尒 心 ʒ 十
	羨欲ノ尸 無ㅌ쇼<華嚴14;7 : 14> ‖ 만약 아름다운 음식을 만나면
	마땅히 원하기를 모든 중생이 소원이 만족하여 부러워하는 마음
	이 없어져야 한다.

다. 若ㅌ 衆會ㄴ 見 ʒ ㄱㅣ+ㄱ 當 願 衆生 甚深 法ㄴ 說 ʒ 尒 一切ㄴ

和合亽刂𠤎立<華嚴5 : 05> ‖ 만약 중회를 보면 반드시 원컨대, "중생은 심심 법을 일러서 일체 화합시키소서" (할 것이며)

라. 若七 直路乙 見3丁丨十丁 當 願 衆生 其 心亠 正直ソ3八 諂 無ケ 誑 無𠤎立<華嚴5 : 01> ‖ 만약 곧은 길을 보면 반드시 원컨대 "중생은 그 마음이 정직하여서 아첨 없으며 속임 없으소서"(할 것이며)

'-丁丨十丁'가 이끄는 조건 접속문은 선어말어미 통합 없이 용언의 어간에 직접 통합하기도 하고, 위 (21)과 (22)에서와 같이 용언의 어간과 '-丁丨十丁' 사이에 '-去-'나 '-3-'가 통합하여 나타나기도 한다. 위 (21)은 '-丁丨十丁'에 확인법 선어말어미 '-去-/-거-'가 통합한 경우이고, (23)은 '-丁丨十丁'에 확인법 선어말어미 '-3-/-아-'가 통합한 경우이다. 한편, 위 (21)과 (22)에서와 같이 선어말어미 '-去-', '-3-', '-白-'이 선행절에 나타났을 때 이 선어말어미가 후행절에 통합하기도 하고 통합하지 않기도 하는 사실을 지적해 둔다.

경어법 선어말 어미의 경우는 '丁丨十丁' 접속 구성에는 거의 나타나지 않지만 아래처럼 겸양법 '-白-'이 통합한 한 예가 확인된다.

(23) 若七 得3尔 佛乚 見白3丁丨十丁 當 願 衆生 無礙眼乚 得3尔 一切 佛乚 見白𠤎立<華嚴8 : 04> ‖ 만약 부처를 뵙게 되면 막힘이 없는 눈을 얻어서 모든 부처를 뵈어야 한다.

위 (23)은 선어말어미 '-白-'과 '-3-'가 통합한 경우이다. '-尸入丁' 구성이나 중세 국어를 고려할 때 '-丁丨十丁'가 이끄는 조건 접속문에 '-白-'이 통합한 것은 자연스럽게 보이나 위 (23)처럼 '-白-'과 '-3-'가 통합한 예가 드문 것은 문헌 자료의 제약 때문인지 아니면 '-白-'이 '-丁丨十丁'보다는 '-尸入丁'을 선호하기 때문인지 현재로서는 알 수 없다. 또한 '-ニ-

/-示-/-시-'가 통합한 경우는 한 예도 보이지 않을뿐더러 '-尸入ㄱ' 접속 구성에서 활발한 통합 관계를 보이던 시제 관련 형태는 한 예도 확인되지 않는다. 지금으로서는 이러한 통합 양상이 '-ㄱㅣ十ㄱ' 접속 구성이 지닌 통합 양상으로밖에 기술할 수 없으나 '-ㄱㅣ十ㄱ'의 기능과 통시적 발달을 연구한다면 이러한 사실이 중요하게 지적되어야 할 것이다.

2.2. 문체법

접속문 연구에서 문체법의 제약 혹은 그 경향성은 동일 의미 범주에 속하는 접속어미들의 쓰임을 확인하는 데에 기여한다. 가령, 중세 국어에서 조건의 '-어ᅀᅡ'는 주로 평서법과 의문법에 쓰이는 데 비하여 '-거든'은 주로 명령법에 쓰이며, '-던댄'과 '-더든'은 주로 평서법에 쓰인다. 이러한 경향성은 동일한 의미 범주 안에 있는 접속어미들의 쓰임을 구별해 주는 특성으로 지적될 수 있다. 이 점에서 '-尸入ㄱ'과 '-ㄱㅣ十ㄱ', '-入ㄱ'의 문체법의 제약도 두 접속어미의 쓰임을 구별해 주는 주요 현상이 될 수 있다.

그럼, '-ㄱㅣ十ㄱ' 접속문의 문체법을 살펴보자.

(24) 가. 我ラ 身亠弋 充樂ソ氵 彼刀 亦ソㄱ 充樂ソ禾3七分 我ラ 身亠弋 飢苦ソㄱㅣ十ㄱ 彼刀 亦ソㄱ <u>飢苦ソ禾3七ㅣ</u><華疏9：14-09：15>‖내 몸이 배불러 즐거우면 저도 또한 배불러 즐거울 것이며 내 몸이 굶주리고 괴로우면 저도 또한 굶주리고 괴로울 것이다

나. 今七 我ラ 此リ 身ㄱ 後リ十乃 當必亐 死ソ去ㄱㅣ十ㄱ 一ㄱ 利益ノ尸ケ刀 <u>無七去禾3七ㅣ</u><華疏11：02-04>‖지금 나의 이 몸은 뒤에라도 필히 죽으면 어떤 이익 되는 것도 없을 것이다.

위 (24)는 '-ㄱㅣ十ㄱ' 접속문의 문체법을 확인할 수 있는 경우이다. 해당 용례가 매우 적어 단정할 수는 없지만 대체로 '-禾3七ㅣ'의 종결 구성

과 호응 관계를 이루는 것을 지적할 수 있겠다. 그런데 여기에서 '-尸入ㄱ' 접속문과 관련하여 차이로 지적할 수 있는 것은 당위나 의무 등의 양태적 의미를 나타내는 '-ㅎ七丨' 종결어미가 나타나지 않는 점이다. 이 사실을 물론 단순한 자료의 제약으로 처리할 수도 있으나 본고는 '-ㄱ丨十ㄱ'과 '-尸入ㄱ'의 차이가 아닐까 조심스럽게 지적해 둔다. 중세 국어는 물론 현대 국어에서도 조건 접속어미에 따라서 종결어미가 제약을 보이기 때문에 석독구결에서도 이와 같은 현상이 존재하리라 기대할 수 있기 때문이다.

2.3. 주제어 표지 '-ㄱ/-는'의 통합 양상

앞서 언급했듯이 접속문 연구에서 주제어 표지의 통합은 접속 구성의 대등성 혹은 종속성을 보여주는 현상으로 지적되었다. 이에 접속문의 주제어 통합 양상은 어느 정도 예측되기도 하지만 가끔 예외적인 통합을 보이기도 한다. 이는 전체적인 문장 구성과도 관련되어 있기 때문에 주의해야 한다. '-ㄱ丨十ㄱ'의 경우에 주제어 표지가 나타난 예는 찾아보기 어렵다. 아래처럼 선행절에 주격 조사가 통합하거나 생략되기도 하지만 선행절이나 후행절에 주제어 표지가 나타난 경우는 발견되지 않는다.

(25) 가. 我ラ 身ㅎ弋 飢苦ソㄱ丨十ㄱ 彼刀 亦ソㄱ 飢苦ソ禾3七丨<華疏35 09 : 14>∥내 몸이 굶주리면 저들도 괴로울 것이다.

나. 若七 五欲乙 得3ㄱ丨十ㄱ 當 願 衆生 欲箭乙 拔除ソ3八 究竟安隱ソヒ支立<華嚴14;02 : 22>∥만약 (보살이) 오욕을 얻으면 원하건대, 마땅히 중생은 욕심의 화살을 빼어버려야 결국 편안해질 것이다.

다. 若七 宮ミ 室ミノ今ラ十 在ソ去ㄱ丨十ㄱ 當 願 衆生 於聖地3十 入ソ3尔 永去 穢欲乙 除ヒ立<華嚴14;02 : 24>∥만약 (보살이) 궁실에 있으면 마땅히 원하기를 모든 중생이 선인의 더러운 탐욕을 영원히 제해지이다.

2.4. 시간성과 양태성

'-ㄱㅣ+ㄱ'이 통합한 접속 구성의 경우도 '-ㅁㅅㄱ'의 접속 구성과 동일한 시간적 특성과 양태적 특성을 보일 것으로 예측된다. 이를 함께 살펴보기로 하자.

(26) 가. 若ヒ 一切 佛ㄴ 供養ソ白 欲ハ乃ㅊㄱㅣ+ㄱ 于三昧ㅜㅣ 入ソㅜ
　　　　尒<華嚴15：16-17> ‖ 만약 일체의 부처께 공양하고자 한다면 삼매에 들어가서

　　나. 若ヒ 得ㅜ尒 佛ㄴ 見白ㅜㄱㅣ+ㄱ 當 願 衆生 無礙眼ㄴ 得ㅜ尒
　　　　一切 佛ㄴ 見白ヒ효 <華嚴8：04> ‖ 만약 부처를 뵙게 되면 원하건대 "막힘이 없는 눈을 얻어서 모든 부처를 뵈소서" (할 것이며)

　　다. 若ヒ 己ㅜ亽乙 輒捨口 人ㅎㅜㅣ 施ソㄱㅣ+ㄱ 則ㅊ 窮苦ソㅜ尒
　　　　天命ノ禾ヒㄱ丁<華疏10：04-07> ‖ 만약 자기의 것을 버리고 남에게 보시하면 궁고하여서 천명할 것이거늘

　　라. 我ㅜ 身ㅎ氵 充樂ソㅣ 彼刀 亦ソㄱ 充樂ソ禾ㅜ七亇 我ㅜ 身ㅎ
　　　　氵 飢苦ソㄱㅣ+ㄱ 彼刀 亦ソㄱ 飢苦ソ禾ㅜ七ㅣ<華疏9：
　　　　14-15> ‖ 내 몸이 배부르며 즐거우면 저도 또한 배부르며 즐거울 것이며 내 몸이 굶주리고 괴로우면 저도 또한 굶주리고 괴로울 것이다

위 (26)에서와 같이 '-ㄱㅣ+ㄱ'이 이끄는 접속 구성도 선행절 사태가 후행절 사태보다 앞서며 그 사태가 비사실적으로 해석된다. 이 시간성과 양태성은 조건의 의미 관계에서 비롯된 것으로 어느 정도 예측되는 특성이다. 다만 '-ㄱㅣ+ㄱ'이 중세 국어의 '-ㄴ댄' 혹은 '-ㄴ딴'으로 연결된다는 점에서 선행절이 반사실적으로 해석되는 경우가 나타날 것으로 예측되나 석독구결 자료에서는 이러한 해석이 확인되지 않는 점을 지적해 두기로 한다.

3. '-ㅅㄱ' 조건 접속문의 특성

석독구결 자료에서 '-ㄹㅅㄱ'과 '-ㄱㅣ+ㄱ'가 이끄는 접속문 외에도 '-ㅅㄱ'이 이끄는 접속문도 자주 나타난다. 이 접속 구성도 석독구결 자료 전체에 걸쳐서 나타나는데 주로 '譬', '猶'와 함께 통합하여 나타나며,[10] 간혹 "何以故ㅅㄱ"처럼 '何以故'에 통합하여 나타나는 것이 특징적이다.[11] 또한 '-ㅅㄱ' 조건 접속구성은 용언의 어간 사이에 선어말어미가 통합하지 않고 바로 통합하여 나타나는 것이 특징이다. 반면 형태상 이와 관련된 것으로 판단되는 '-ㄹㅅㄱ'의 경우에는 다양한 선어말어미가 통합하기 때문에 '-ㅅㄱ'의 특징이 더 선명하게 느껴진다. 그런데 '-ㅅㄱ'은 해당 용례가 그리 많지 않아서 별도로 절을 구별하지 않고 선어말어미 통합, 문체법, 주제어 표지, 시간성과 양태성을 함께 다루기로 하겠다.

그럼, '-ㅅㄱ'의 조건 접속문을 제시하면 아래와 같다.

(27) 가. 有人 無ㅅㄱ 本ᄀᄉ 自ㅎ 二ㅐㄱ놋 譬ㅅㄱ 牛ㅎ 二 角 若ㅣㅗ초
<舊譯15 : 03> ‖ 있고 없음은 본래 스스로 둘인 것이 비유하면 소의 두 뿔과 같으며

나. 世諦ㄱ 幻化ᄀ 起ㅗㅁㄱ 譬ㅅㄱ 虛空ㄴ 花 如ㅣㅗ초……菩薩ㄴ 觀ㄲ 亦ㅗㄱ 然ㅌㅗㅓ‖<舊譯15 : 07-08> ‖ 세체는 환화로 일어

10) 황선엽(2002)에서 '-ㅅㄱ'이 '-ㄹㅅㄱ'와 관련한 구성이긴 하지만 단순히 '-ㄹㅅㄱ'에서 'ㄹ'이 생략된 형식으로 볼 수 없고 하나의 접속어미로 처리해야 한다고 주장하면서 두 형식이 의미도 비슷하며 교체되어 쓰일 수 있었던 것으로 보았다. 나아가 '-ㅅㄱ'이 두 기능을 가지고 있는 것으로 보았다. 즉, 조건의 '-ㅅㄱ'과 설명이나 인용의 '-ㅅㄱ'으로 구분하였다. 특히 '恐'이나 '願'에 통합한 '-ㅅㄱ'은 중세 국어의 '-ㄴ둔'과 관련된 형식으로 설명이나 인용의 접속어미로 처리하였다. 한편, 이용(2003)에서는 석독구결에 쓰이는 '-ㄹㅅㄱ'과 음독 구결에서 조건으로 쓰이는 '-ㅅㄱ'을 검토하면서 중세국어 '-거든'의 형성을 제시하였는데, 그 내용을 제시하면 아래와 같다.
- '-든'의 형성 : [[[ㄹ]#ᄃ]+은] > [-ㄹ든] > [-든]
- '-거든'의 형성 : [[-거-]+[-든]] > [-거든]
11) "何以故ㅅㄱ" 구성은 장경준(2011)에서 자세히 언급된 바 있다.

나니 비유하면 허공의 꽃과 같으며……보살의 관도 또한 그러하다.

다. 世間𠃌 一𫝀 異丷𠃌 不矢刂𠃌矢 譬入𠃌 空谷氵七 響 如支丷氵 不度丷彡 亦 不滅丷彡丷卜丿𠃌入乙 唯八 佛刂二氵 能𫝀 了知丷二口尸𫝀……說二口𠃌刂氵七丨丷七八二丨<金光13：14-15>‖ 세간은 하나이며 다르지 않은 것이, 비유하면 빈 골의 메아리 같아, 건너지도 않고 또한 사라지지도 않고 하는 것을 오직 부처라야 능히 밝게 아시며……말씀하셨다(고) 하셨다.

라. 譬入𠃌 一切 世間七 中氵十 而灬 隨意 妙 寶珠刂 有𠃌 如支丷𠃌刂丨<華嚴10：09>‖ 비유하면 일체 세한의 가운데 뜻 따르는 보배 구슬 있음과 같다.

마. 譬入𠃌 大海氵七 金剛聚𠃌 彼彡 威力乚 以氵氵 衆𠃌 寶乚 生丿𠃌厶 減丿尸 無𫝀 增丿尸 無𫝀 亦丷𠃌 盡尸 無𠃌 如支 菩薩尸 功德聚 亦刀 然七丷ナ丨<華嚴14：13-14>‖ 비유하면 큰 바다에 있는 금강취는 그 위력으로 많은 보배를 내되 줄지 않으며 늘지 않으며 또한 다하지 않는 것 같이 보살의 공덕취도 그러하다.

바. 何以故入𠃌 般若𠃌 無相丷𫝀 二諦𠃌 虛刂彡 空刂彡丷𫝀丷𠃌入灬氵<舊譯15：13-15>‖ 무슨 까닭인가 하면 반야는 모양이 없으며 이제(二諦)는 허공이요

사. 何以故入𠃌 {於}第一義氵十 而灬 二 不矢𠃌入灬 故丿刂𫝀 諸二𠃌 佛刂二尸 如來氵 乃氵 至刂 一切法氵丿令𠃌 如刂二𠃌入灬 故丿氵<舊譯15：18-20>‖ 무슨 까닭인가 하면 제일의에는 둘이 아니기 때문이요 모든 부처님 여래와 나아가 일체법까지도 같기 때문이니라.

위 (27)에서와 같이 '-入𠃌' 접속 구성은 선어말어미가 통합하지 않고 '譬入𠃌', '猶入𠃌' 구성으로만 나타나는 것이 특징적이다.

그런데 아래의 예에서 유일하게 선어말어미가 통합한 구성이 확인된다.

(28) 善男子氵 云 何𠂉 初地 而灬 名下 歡喜刂八丷口令口丷ナ禾入𠃌<金光6：22-23>선남자여, 어찌하여 初地를 일컬어 歡喜라고 하느냐 하면

위 (28)은 '-ㅅㄱ' 앞에 선어말어미 '-ナ-'와 '-ヂ-'가 통합한 구성으로 일반적인 '-ㅅㄱ' 구성과는 다른 모습이다. 오히려 '-尸ㅅㄱ'에 '-ナ-'와 '-ヂ-'가 통합한 'ㅅナヂ尸ㅅㄱ' 구성과 유사한 모습이다. 실제 (28)과 같은 구성에서는 "佛ㄱ 言乃ㄴ尸 善男子 } 何ㅅㄱ乙 者 波羅蜜 義‖ㅅㄴㅁ ノ수ㅁㅅナヂ尸ㅅㄱ(부처께서 말씀하시기를, "善男子여, 무엇을 波羅蜜의 뜻이라고 하느냐 하면)"<金光5 : 08>처럼 'ㅅナヂ尸ㅅㄱ' 구성이 주로 나타나기 때문에 위 (28)의 '-ㅅㄱ'이 '-尸ㅅㄱ'에서 '-尸'이 생략한 경우로 처리할 수 있을 듯하다. 황선엽(2002)에서는 위 (28)의 예를 구결 기입자의 실수 때문에 '尸'이 나타나지 않은 것으로 생각한다고 기술한 바 있다.

다음, 문체법을 살펴보자. 문체법은 앞서 검토한 예들과 같이 주로 평서법과 호응 관계를 보인다. 앞서 검토한 '-尸ㅅㄱ'이나 '-ㄱㅣ+ㄱ' 구성과 큰 차이가 없다. 그러나 서술어가 'ㅅㄱ‖ㅣ', 'ㅅナㅣ', 'ㅅㅁ乙ㅁㅎㄴㅣ'처럼 '-ㅣ/-다'를 포함한 다양한 종결 구성이 나타난다는 점이 '-尸ㅅㄱ'와 '-ㄱㅣ+ㄱ'의 접속 구성과 다른 점이다. 또한 하나의 예문이긴 하나 (27 아)가 'ㅅㅌㅛ/ㅎㄴㅅㅕ' 구성처럼 명령법 종결어미를 취하는 경우가 존재한다는 점에서도 앞선 것과 차이를 보인다.[12]

이어서, 주제어 표지가 통합한 경우는 거의 확인되지 않으나 (27마)에서 후행절의 주어에 '-ㄱ'가 통합한 한 경우가 확인된다.

마지막 조건의 '-ㅅㄱ'가 이끄는 접속문도 시간성이나 양태성도 '-尸ㅅㄱ'과 '-ㄱㅣ+ㄱ'의 특성과 크게 다르지 않다. 선행절이 후행절에 대해서 선시적 시간 관계를 가지고 선행절 사태는 비사실적 의미 자질을 지닌다. 그런데 '譬ㅅㄱ', '猶ㅅㄱ', '何以故ㅅㄱ'은 선행절 사태와 후행절 사태 사이의 시간성과 양태성을 파악하는 데에 어려움이 있으나 비유하고자 하는

---

12) 장윤희(2002)에서 '-ㅌㅛ'이 석독구결에서 명령법 종결어미로 쓰이고 있음을 지적한 바 있다.

생각, 무슨 까닭으로 여기는 생각을 사태로 보아 시간적 특성 선시적 시간 관계를 확인할 수 있다. 또한 빗대어 설명하는 행위는 사실적이나 내용은 비사실적이라는 점에서 양태성의 특성으로 비사실성을 말할 수 있겠다.

4. '-ㄹㅅㄱ', '-ㄱㅣ十ㄱ', '-ㅅㄱ' 접속문의 통사·의미적 특성 비교

본 절에서는 앞서 살펴본 내용을 정리하면서 각 접속문이 가지는 특성을 명시적으로 드러내고자 한다. 이 가운데 앞서 검토하지 않은 각 접속문 문의 문형 특성도 언급될 것이다.

우선 3.2, 3.3, 3.4에서 검토한 내용을 표로 정리하여 제시하면 아래와 같다.

[표 2] 석독구결 조건 접속문의 문법(I)

접속문의 유형	선어말어미 통합 양상	문체법 통합 양상	주제어 표지 통합 양상	시간성	양태성
'-ㄹㅅㄱ' 접속문	선어말어미의 통합이 비교적 자유롭다.	평서법 종결어미가 통합하되, 주로 '-ㅎㄴㅣ' 구성이 나타난다.	후행절에만 통합하는 것이 일반적이다.	선시성	비사실성
'-ㄱㅣ十ㄱ' 접속문	선어말어미의 통합이 제한되어 있다.	평서법 종결어미가 통합하되, 주로 '-禾ㅣㄴㅣ' 구성이 나타난다.			
'-ㅅㄱ' 접속문	선어말어미가 나타나지 않는다.	평서법 종결어미가 주로 통합하되, 상대적으로 다양하게 나타난다. 또한 명령법 '-ㄴ효' 형이 특정 구성에서 나타난다.			

이를 통하여, '-ㄹㅅㄱ', '-ㄱㅣ十ㄱ', '-ㅅㄱ' 접속어미가 주제어 표지

통합과 시간성, 양태성 면에서 공통적 특성을 지니고 있지만 선어말어미의 통합이나 종결어미의 통합 관계 면에서는 서로 다른 개별적 특성을 지니고 있음을 알 수 있다. 이를 다시 말하면, '-尸入1', '-ㄱㅣㅓ1', '-入1'의 접속어미는 조건 접속문으로써 [조건-결과]의 의미 관계가 지니는 통사·의미적 특성을 공유하고 있지만 각 접속어미는 별도의 개별 통사·의미적 특성을 가지고 있다고 말할 수 있다.

한편, 앞서 언급한 현상 외에 각 접속어미가 나타나는 문형적 특성도 특징적이기에 함께 지적하고자 한다. 먼저 '-尸入1'이 이끄는 접속문을 보자. 이 접속어미의 경우에는 다양한 조건 접속문에 나타나는 것이 특징이지만 "云何セノ1乙 菩薩尸 竭盡施氵ノㅅ口 {爲}ノ广禾尸入1"<華疏9:20>(어떤 것을 보살의 갈진시라고 하는가 하면)처럼 선행절에 '云何'로 시작하는 의문의 인용문이 오는 경우에는 '-尸入1'만 나타난다. 다른 접속어미가 이 구성에 나타난 예가 확인되지 않는다.

이어서 '-ㄱㅣㅓ1'의 접속 구성의 문형적 특징은 "若セ 五欲乙 得氵1ㅣㅓ1 當 願 衆生 欲箭乙 拔除ノ氵ㅂ 究竟 安隱ノㅌ支立"<華嚴2:22>((보살이) 만약 오욕을 얻으면 반드시 원하건대 "중생은 욕의 화살을 발제하여서 마침내 안은(편안)해지소서" (할 것이며))에서 확인된다. 즉, '若…동사…當 願' 구성의 경우에 '-ㄱㅣㅓ1'이 통합하는 것을 그 특징으로 들 수 있다. 이와 같은 구성에는 '-尸入1'이나 '-入1' 접속어미가 통합하지 않고 '-ㄱㅣㅓ1' 접속어미만 확인된다.

마지막 '-入1'의 경우는 '비유하면', '말하면', '무슨 까닭인가 하면' 정도의 구성에서 주로 나타난다는 점이 이 접속어미의 특징으로 볼 수 있다. 동사 '譬'와 '猶'가 '비유하면' 정도의 구성을 취할 때면 어김없이 '-入1' 접속 구성이 나타나기도 하며, 간혹 '何以故'에 '-入1'이 나타나기도 하기 때문에 다른 접속어미와 구별되는 특징이라 할 만하다.

이를 포함해서 '-尸入1', '-1 | +1', '-入1'의 접속 구성의 문법적 특징을 다시 제시하면 아래와 같다.

[표 3] 석독구결 조건 접속문 문법(II)

<table>
<tr><th>접속문의 유형</th><th>선어말어미 통합 양상</th><th>문체법 통합 양상</th><th>문형 특성</th><th>주제어 표지 통합 양상</th><th>시간성</th><th>양태성</th></tr>
<tr><td>'-尸入1' 접속문</td><td>선어말어미의 통합이 비교적 자유롭다.</td><td>평서법 종결어미가 통합하되, 주로 '-ㅎ七 |' 구성이 나타난다.</td><td>선행절이 인용문으로서 의문문이 오는 경우에는 '-尸入1'만 나타난다.</td><td rowspan="3">후행절에만 통합하는 것이 일반적이다.</td><td rowspan="3">선시성</td><td rowspan="3">비사실성</td></tr>
<tr><td>'-1 | +1' 접속문</td><td>선어말어미의 통합이 제한되어 있다.</td><td>평서법 종결어미가 통합하되, 주로 '-禾氵七 |' 구성이 나타난다.</td><td>'若…동사…當 願' 구성의 경우에 동사에 '-1 | +1'이 통합하여 나타난다.</td></tr>
<tr><td>'-入1' 접속문</td><td>선어말어미가 나타나지 않는다.</td><td>평서법 종결어미가 주로 통합하되, 상대적으로 다양하게 나타난다. 또한 명령법 '-ㅌ立'형이 특정 구성에서 나타난다.</td><td>동사 '譬'와 '猶'가 '비유하면' 정도의 구성을 취할 때면 '-入1' 구성이 나타난다. 간혹 '何以故'에 통합하기도 한다.</td></tr>
</table>

이로써 석독구결에 나타난 세 형식의 접속어미의 문법적 특성을 확인할 수 있게 되었다. 이 표를 통해서 세 접속어미가 어떤 측면에서 공통되고 차이를 보이는지를 확인할 수 있게 된 것이다.

그런데 고유한 문법적 특성을 가지고 문장의 접속에 참여하던 위의 세 접속어미는 중세 국어에 이르면서 새로운 국면을 맞이하게 된다. 가장 활발하게 쓰이던 '-ㅸㅅㄱ'은 사라지고 제한된 문형에서만 나타나던 '-ㅅㄱ'은 후대에까지 사용되어 그 명맥을 유지하게 된다. 또한 '-ㄱㅣㅏㄱ'의 경우는 석독구결에 비해서 중세 국어에 매우 제한된 구성에서만 나타나는 변화를 겪게 된다. 이러한 통시적 양상에는 복잡한 변화 과정이 있었던 것으로 추정된다.13)

Ⅳ. 정리

이 글에서는 석독구결에서 조건 접속문을 이루는 '-ㅸㅅㄱ', '-ㄱㅣㅏㄱ', '-ㅅㄱ'의 통사·의미적 특성을 밝히고자 하였다.

이를 위해서 우선 2장에서는 [조건-결과]의 의미 관계에 사용된 형식을 제시하고, 그 특성을 검토하였다. 구결 자료에서 [조건-결과]의 의미 관계에 나타난 형식은 '-ㅸㅅㄱ', '-ㄱㅣㅏㄱ', '-ㅅㄱ', '-ㄱㄱ', '-ㅁㅅㄱ', '-ㅁㄱ' 등이 대표적인데, 이 접속어미가 공통적으로 보조사 'ㄱ'을 취하는 것은 공통적이다. 그러나 면밀한 형태적 구성은 차이를 보인다. 석독구결에서 '-ㅸㅅㄱ', '-ㄱㅣㅏㄱ', '-ㅅㄱ', '-ㄱㄱ', '-ㅁㅅㄱ', '-ㅁㄱ'이 조건 접속어미로 사용된 것은 [조건-결과]의 의미 관계, 그리고 부사 '若' 통합, 다양한 선어말어미의 통합 등에서 확인된다. 2장에서는 이를 통하여 '-ㅸㅅㄱ', '-ㄱㅣㅏㄱ', '-ㅅㄱ', '-ㄱㄱ', '-ㅁㅅㄱ', '-ㅁㄱ'의 접속어미 쓰임을 확인하였다.

이어서 3장에서는 논의의 대상을 '-ㅸㅅㄱ'과 '-ㄱㅣㅏㄱ', '-ㅅㄱ'으로 제한하고, '-ㅸㅅㄱ', '-ㄱㅣㅏㄱ', '-ㅅㄱ'의 접속문의 특성을 밝히고자

---

13) 남풍현(2000)에서 '-(으)면'의 형성과 함께 석독구결의 접속어미의 변화에 대해서 언급한 바 있다.

하였다. 우선 통사적 특성으로는 선어말어미 통합 제약과 주제어 표시 제약, 문체법 등을 제시하여 검토하였고, 의미적 특성으로는 시간성(선시성/후시성/동시성)과 양태성(사실적/비사실적/반사실적)을 제시하여 검토하였다. 검토한 내용을 요약하여 제시하면 아래와 같다.

석독구결 조건 접속문의 문법

접속문 유형	선어말어미 통합 양상	문체법 통합 양상	문형 특성	주제어 표지 통합 양상	시간성	양태성
'-ﾛﾍﾜ' 접속문	선어말어미의 통합이 비교적 자유롭다.	평서법 종결어미가 통합하되, 주로 '-ㅎㄴㅣ' 구성이 나타난다.	선행절이 인용문으로서 의문문이 오는 경우에는 '-ﾛﾍﾜ'만 나타난다.	후행절에만 통합하는 것이 일반적이다.	선시성	비사실성
'-ㄱㅣ+ㄱ' 접속문	선어말어미의 통합이 제한되어 있다.	평서법 종결어미가 통합하되, 주로 '-ﾓㅎㅣ' 구성이 나타난다.	'若…동사…當願' 구성의 경우에 동사에 '-ㄱㅣ+ㄱ'이 통합하여 나타난다.			
'-ㅅㄱ' 접속문	선어말어미가 나타나지 않는다.	평서법 종결어미가 주로 통합하되, 상대적으로 다양하게 나타난다. 또한 명령법 '-ㅌㅛ'형이 특정 구성에서 나타난다.	동사 '譬'와 '猶'가 '비유하면' 정도의 구성을 취할 때면 '-ㅅㄱ' 구성이 나타난다.			

여기에서 의미적 특성과 주제어 제약 현상은 조건 접속문이 지니는 공통된 것으로 '-ﾛﾍﾜ', '-ㄱㅣ+ㄱ', '-ㅅㄱ'의 접속문의 특성이 동일하

다. 그러나 선어말어미나 문체법, 문형 등은 차이를 보임을 알 수 있다. 위의 표와 같이 선어말어미나 문체법, 문형 등에서 드러나는 차이는 각 개별 접속어미의 특성으로 파악된다.

참고문헌

고영근. 『중세국어의 시상과 서법』, 탑출판사, 1981.
_____. 『표준 중세국어 문법론』, 탑출판사, 1987.
_____. 『국어형태론연구』, 서울대학교 출판부, 1999.
고은숙. 「근대국어 연결어미의 기능 연구」, 『우리어문연구』 27, 2006.
권재일. 『국어의 복합문 구성 연구』, 집문당, 1985.
_____. 「중세 한국어의 접속문 연구」, 『歷史言語學』, 전예원, 1985.
_____. 「형태론적 구성으로 인식되는 복합문 구성에 대하여」, 『국어학』 15, 국어학회, 1986.
_____. 「접속문 구성의 변천 양상」, 『언어』 13-2, 한국언어학회, 1988.
_____. 「한국어 접속문 연구사」, 김방한 편, 『언어학 연구사』, 서울대 출판부, 1991.
김성주. 「자토 석독구결 연구의 회고와 전망」, 『구결연구』 21, 2008.
남권희. 『고려시대 기록문화 연구』, 청주고인쇄박물관, 2002.
남성우, 정재영. 「구역인왕경 석독구결의 표기법과 한글 전사」. 『구결연구』 3, 1998.
남풍현. 「고려시대 석독구결의 'ㄹ/ㄹ'에 대한 고찰」, 『국어학』 28, 1996.
_____. 『국어사를 위한 구결연구』, 태학사, 1999.
_____. 「조건법 연결어미 '-면'의 발달」, 『구결연구』 6, 2000.
박진호. 「고대국어 문법」, 『국어의 시대별 변천 연구』 3, 1998.
_____. 「향가 해독과 국어 문법사」, 『국어학』 51, 2007.
_____. 「선어말어미 '-ㄴ-' 다시 보기」, 『최명옥선생 정년기념 국어학 논총』, 태학사, 2010.
백두현. 「고려본 화엄경의 구결자 '+'에 관한 고찰」, 『국어사와 차자표기』, 태학사, 1995.
_____. 「고려시대 석독구결의 선어말어미 '-ɜ(오)-'의 분포와 문법 기능」, 『어문논총』 30, 1996.
_____. 「고려 시대 석독구결에 나타난 선어말어미의 계열관계와 통합관계」, 『구결연구』 2, 1997.
_____. 『석독 구결 자료의 기능과 체계』, 태학사, 2005.
심재기, 이승재. 「화엄경 구결의 표기법과 한글 전사」. 『구결연구』 3, 1998.
이승재. 「고려본 화엄경의 구결자에 대하여」, 『국어학』 23, 1993.

_____. 「고려시기 구결자료의 형태음소론적 연구」, 『진단학보』 78, 1994.

_____. 「고대 국어 형태」, 『국어의 시대별 변천·실태 연구 3-고대국어-』, 국립국어연구원, 1998.

이승재. 「화엄경 구결의 표기법과 한글 전사」, 『구결연구』 3, 1998.

이 용. 「연결어미 '-거든'의 문법사적 고찰」, 『구결연구』 4, 1998.

_____. 「연결어미의 형성에 관한 연구」, 서울시립대박사논문, 2000.

_____. 『연결어미의 형성에 관한 연구』, 도서출판 역락, 2003.

_____. 「석독구결에 나타난 부정사의 기능에 대하여」, 『구결연구』 11, 2003. 249-274.

이은경. 『국어의 연결 어미 연구』, 국어학총서 31, 태학사, 2000.

이현희. 『中世國語 構文硏究』, 신구문화사, 1994a.

_____. 「국어 문법사 기술의 몇 문제」, 『한국어문』 2, 1994b.

_____. 「19세기 문법사적 고찰」, 『한국문화』 15, 1994c.

_____. 「'-아져'와 '-良結'>, 『국어사와 차자표기』, 남풍현선생 회갑기념논총, 태학사, 1995a.

_____. 「'-ᄉᆞ'와 '沙'」, 『한일어학논총』, 남학 이종철 선생 회갑 기념 논문집, 국학자료원, 1995b.

_____. 「중세 국어 자료(한글문헌)」, 『국어의 시대별 변천·실태 연구 1-중세국어-』, 국립국어원, 1996.

장경준. 『유가사지론 점토석독구결의 해독 방법 연구』, 태학사, 2007.

_____. 『한국어 통사론의 전망』, 김영희 선생 정년퇴임 기념논총, 도서출판 경진, 2011.

장요한. 「중세국어 접속문에서의 부정 범위에 대하여」, 『국어국문학』 146, 국어국문학회, 2007a.

_____. 「'문장의 확장'에 대한 소고」, 『시학과 언어학』 14, 시학과 언어학회, 2007b.

_____. 「15세기 국어 접속문 연구」, 서강대 박사학위논문, 2008.

_____. 「中世國語 接續 構成에서의 事實性」, 『어문연구』 141, 어문교육연구회, 2009a.

_____. 「한국어 교육을 위한 양보 연결어미 연구-'-아도', '-더라도', '-고도', '-은들'을 중심으로-」, 『새국어교육』 81, 한국국어교육학회, 2009b.

_____. 『15세기 국어 접속문의 통사와 의미』, 국어학총서 67, 태학사, 2010.

장윤희. 「중세국어의 조건 접속어미에 대한 연구」, 『국어학』 104, 1991.

_____. 『중세 국어 종결 어미에 대한 통시적 연구』, 서울대 박사학위논문, 1998.

_____. 『중세 국어의 종결어미 연구』, 국어학총서 41, 태학사, 2002.

_____. 「석독구결 및 그 자료의 개관」, 『구결연구』 12, 2004.

_____. 「고대국어 연결어미 "-견(遣)"과 그 변화」, 『구결연구』 14, 2005.

_____. 「중세국어 연결어미 형성의 문법사」, 『어문연구』 38, 2010. 61-90.

정재영. 「통합형어미 '-ㄴ돈'과 '-ㄴ뎌'에 대한 고찰」, 『국어학』 22, 국어학회, 1992.

_____. 『의존명사 '드'의 문법화』, 국어학총서 23, 태학사, 1996a.

_____. 「종결어미 '-쇼'에 대하여」, 『진단학보』 81, 1996b.

_____. 「『合部金光明經』(권3) 釋讀口訣의 表記法과 한글 轉寫」, 『구결연구』3, 1998.

_____. 「고대국어 선어말어미 '-ㄴ-'와 그 변화」, 『형태론』 2-1, 2000.

_____. 「선어말어미 '-ナ-(-겨-)'에 대하여」, 『문법과 텍스트』, 서울대출판부, 2002.

_____. 「한국의 구결」, 『구결연구』 17, 2006.

정혜선. 「19세기 국어의 '원인' 통합형 접속어미 연구」, 서강대 석사학위논문, 2005.

최동주. 「국어 접속문에서의 시제현상」, 『국어학』 24, 국어학회, 1994.

_____. 『국어 시상체계의 통시적 변화에 대한 연구』, 서울대 박사학위논문, 1995.

하귀녀. 「보조사 '-곳/옷'과 '-火ㅅ'」, 『국어학』 43, 2004.

허원욱. 『15세기 국어 통어론』, 샘 문화사, 1993.

허 웅. 『우리 옛 말본』, 샘 문화사, 1975.

황선엽. 「15세기 국어 '-으니'의 용법과 그 기원」, 『국어연구』 135, 1995.

_____. 「향가에 나타나는 '遣'과 '古'에 대하여」, 『국어학』 39, 2002a.

_____. 『국어 연결어미의 통시적 연구』, 서울대 박사학위논문, 2002b.

찾아보기

ㄱ

가나[假名] 315

간접의문축약 336

간주관성 96

감괘 63

갑오경장 322

갑자상소문 311

江南 316

姜沆 329

개발주의 143, 144

개작 102

거방 74

<거울에 비친 괘종시계> 95

『게 눈 속의 연꽃』 80, 91

<게 눈 속의 연꽃> 93

『게세르』 119

『겨울-나무로부터 봄-나무에로』 75, 77

격식 324

겹 79, 97

경계 73, 84, 91

경덕왕 242, 256, 267, 277, 291

계사 338, 340

고대 국어 369, 386

고립어 315

고백록-소설 32

공동문어문학 29

官吏層 314

관조 64

괘상 64

교착어 315

<구름바다 위 雲舟寺> 92

口語 320

구연이야기꾼 109, 128

국민국가 208, 212, 221, 233

國文 322

國之語音 310

國漢文 329

<국한문학사> 21

弓福 248

근대성 208, 234

근대시민 207, 217, 231,

근대이행기 25, 52

근대화 142, 162

금화교역 103

기랑 241, 259, 285, 292

耆郎 241, 251, 283, 291

耆老所 245
耆婆郞 241, 248, 291
기제괘 65, 71, 104
기파 242, 247
기파랑 241, 249, 292
기화 66, 69, 76
金喬覺 277
김군관 241, 261, 279, 290
金釿{欽}質 267
김대문 270, 279
金嗣宗 267
김순원 267
김오기 270, 279
김유신 264, 265, 277
金志廉 267
김진종 270
김흠돌 253, 262, 271, 290
김흠돌의 모반 241, 261, 277
김흠운 267
꿈 64, 92, 103

ㄴ

『나는 너다』 80, 97
나무 75, 95, 104
<나의 연못 나의 요양원> 62
낙서 98
南京의 어음 316
南方音 317
네브루즈 108, 118, 121, 138

<노스탤지아> 101, 102
<노스탤지어> 97, 100
魯迅 323
노화랑 241, 254, 283, 290
논증 219, 225
농민항쟁 31

ㄷ

단어문자 315
唐訓 327
「대산 오만 진신」 276
대중 매체 212, 227
대화 210, 224, 234
도시빈민 31
도전괘 66, 67
독백 209, 227, 234
돔브라 120, 121
동사구 340, 348
동양주의 49
동인 170, 185, 205
등우량선 96
뜻풀이 301

ㄹ

랑그 316
letter 329
吏民層 314

ㅁ

마나[眞名] 315
마법사 116
「만파식적」 269, 289
말씀 304
맥락 333, 348, 363
메따흐 107, 129, 137
<메아리를 위한 覺書> 62, 72
멜로드라마 143, 150, 165
命名 327
명사 254
명산 공월 77
모더니즘 170, 184, 204
모반 241, 252, 268, 293
모성적 숭고 155, 163
몸바꿈 61, 79, 85,97
몽상 69, 775
몽환 70, 96, 102
묘용 91, 99
무기력 76, 95, 103
無漏 277
무명 78, 80
무명진 78, 88
무무명진 88
無相禪師 277
무위 96
文理 328
문명권 14, 34, 48, 54
문명왕후 288

문무왕 259, 289
文書體式 328
문어 306
文語 303, 320
文字^1 303
文字^2 303
文字 297, 304
文字不通 328
文字之音 319
문체법 370, 389, 399, 402, 410
문학 169, 179, 189, 204
문학담당층 24, 27
문학동인 170, 184
문학사 13, 24, 37, 48, 57, 169, 186
문학운동 184
문학정신 171, 183
물 62, 76, 90, 104
물괘 63, 65
<물 빠진 연못> 62, 80
미제괘 65, 87, 104
미혹 79
민속 구술가 109
민족사 16, 37
민족어문학 29
민족허무주의 17, 32

ㅂ

바슐라르 63, 64
바르트 98

박수 110, 128

박시 107, 115, 128, 137

박제가 323

反切 318

배롱나무 83

배합괘 66

白露 253

백화문 322

번역 328

飜譯 318

변용 78, 79, 95, 96

-보 248

보살 84

보통명사 241, 249

복합공간 72

本國俚語 304

本國訓 327

부끄러움 228, 231

부사격 조사 305

부정형성 69

復戶 328

『北學議』 323

불 62, 73, 88, 99, 104

불괘 63, 65

불안의식 219, 228

不通 310

빈곤 7, 142, 153, 166

ㅅ

사성체 78

사즈 109, 116

사회경제사 24

삭제 339, 340

<山經> 92

<산경을 덮으면서> 92, 93

<살찐 소파에 대한 일기> 96

『三經字音』 318

『삼국사기』 247, 259, 270, 281, 293

『삼국유사』 242, 267, 278, 289

384효 63

上國訓 327

상극 63, 88, 98, 103

상생상극 62, 87, 99, 104

常用之釋 327

상응 71, 78

상충 90

『새들도 세상을 뜨는구나』 61, 68, 73

생략 333, 345, 357, 362

생태학 62

생태학적 상상력 62

샤먼 이야기꾼 112, 128

<석고두개골> 95

석독구결 369, 389, 400, 409

선시 74, 79

선어말어미 370, 387, 398, 410

선행절 371, 385, 398, 409

성덕왕 245, 267

성삼문 316

成貞 267

聲訓 327

<聖 찰리 채플린> 95

세계문학사 14, 27, 48, 56

<세상의 고요> 97

소덕왕후 269

소멸 89

蘇判 251

小學 312

쇠 89, 90, 104

<手旗를 흔들며> 97

수문구문 336, 340, 347

수사적 관습 212

수사적 상황 207, 227, 234

수사적 전략 212, 231

수상 78

수승화강 66

순환 63, 89, 103

숭고 141, 155, 165

시 169, 187, 195, 205

시간성 370, 393, 405

식민주의적 무의식 221

식물성 98, 103

신단수 87

신목왕후 271

신문왕 261, 271, 280, 290

신숙주 316

신충 270

「신충 괘관」 269

실존사상 188

실존성 170, 171, 190, 203, 204, 205

실존적 169, 187, 197, 202

실존주의 188, 204

<11월의 나무> 95

ㅇ

雅·俗 306

아쉭스타일 116

「安民歌」 246

애민 정신 244

양태성 371, 393, 409

『어느 날 나는 흐린 주점에 앉아 있을
    거다』 61, 80, 101

어미 342, 359, 362

語音 297, 304, 319

語音不通 328

어훈 323

語訓 323, 327

諺 328

諺文 328

言文二致 328

언문일치 322

言文一致 306, 314

諺書 318, 328

諺字 328

諺解 329

엄정왕후 269

에르케네콘 108, 121, 122
엠페도클레스 콤플렉스 62
『예술과 연금술』 64
與 305
<여기서 더 머물다 가고 싶다> 97
譯訓 326
연금술 63, 64
연설 212, 219, 220
연화장 84
<영숙(靈宿)> 88
영웅서사시 117, 130
倪謙 316
오행 62, 87, 104
王后 267
外國 323
요석공주 245, 280
용연 폭포 269
우울 228
<우울한 겨울> 90, 95
운주사 92
有聲無音 319
有聲有音 319
원로 화랑 241, 245, 290
원자 272
「원효불기」 269
유럽중심주의 49, 50, 51, 56
유목공동체 107, 119, 128, 137
六識 78
尹行恁 323
음독 246, 248, 255

음성실현의 차이 301
음양 62, 87, 103
음유시인 109, 129, 137
음절구조 315
음절문자 315
音訓 327
의사소통 210, 230
의식적인 제휴 223
이괘 63
이념 178, 186
이동 335, 347, 358
이두문 306
이두문의 효능 313
이두번역문 307
이두의 正體性 311
이름 327
이슬 61, 74, 95
이항대립적인 관계 306
李喜經 323
인도 96, 103
1인극 111, 131, 137
일체유심조 84

ㅈ

자미꽃 85
자연 61, 91, 104
자율의지 229, 232
자의왕후 270, 288
字音 319

字訓 326

<잠자리야 잠자리야> 62, 75

張保皐 248

長子 262

『저물면서 빛나는 바다』 81, 94, 101

<저물면서 빛나는 바다> 100, 102

적선 93

전-소설 32

전면적인 국문표기 322

전유 212, 220, 231

전통고수론 14

전통부정론 14, 17

전통혁신론 14, 17

전휴 207

절의 258, 287

접속문 369, 381, 394, 409

접속어미 370, 392, 400, 410

접속조사 305

정명 262, 266

정신주의 164, 165

『정음발달사』 309

정인지의 서문 306, 311

정치적 곤경 257

정화 68, 80, 90

祭歌 241, 285

제3세계 16, 35, 56, 57

제국주의 담론 221, 223

조각 80, 94, 102, 182

조각시집 81, 94

조건 369, 378, 387, 397, 409

조건 접속문 369, 381, 394, 409

조서 80

趙翼 318

존재적 가치 198

종결 155, 163, 213, 250

종결어미 385, 400, 409

주술적 이야기꾼 109, 117, 128

『주역』 62, 71, 87, 104

주제어 360, 377, 392, 409

中國 316, 323

중국한자음 318

중세 국어 370, 382, 393, 400, 408

중심수 86

중앙유라시아 107, 117, 128, 134

중의성 302, 329

重義性 297

중재 90, 103

증류 73, 88

증류수 88

증빙문서 304

지조 258, 287

直書其言 314

眞 328

眞文 328

眞福 259

眞書 328

眞諺 329

진흙 81, 90

질료 63, 64

질료적 상상 64

ㅊ

차자표기 310
착종괘 67
「찬기파랑가」 242, 251, 265, 277,
　283, 291
讚耆婆郎歌 241, 242
찰나 74, 76, 96
창작 169, 181, 190, 203
賤人天民論 310
聽訟 310
초로 61, 69
<초로와 같이> 66, 78, 103
초자아 145, 157
초점어 360
촛불 68, 69, 70, 95
충담사 241, 252, 269, 291
충신 270
취상 63, 65
침묵 223

ㅌ

탈국가주의 234
탈식민주의 207, 233
탈의 100
텡게리 112
토론 212, 220, 234
통곡자 116
통사 14

통역 328
튀르크 공동체 108
트라우마 116

ㅍ

파란만장 77, 79
<파란만장> 79
파롤 316
파멸 91, 100
판소리 광대 107, 128, 137
팔괘 63, 85, 104
팔상 63
便民 314
포스트모더니즘 170, 182
표음문자 315
표의문자 315
풀 62, 76, 85, 104

ㅎ

하도 99
하야시 라잔 329
하트(R. P. Hart) 210
한국한자음 318
學書 307
한문 306, 322
漢文 329
한문구 304
『韓英字典』 303

한자 315

漢訓 326

解書 307

핵 계층 이론 343

핵 이동 342, 353

행식 78

행정문서 307

향가 250, 254

鄕訓 326

혁명 215, 231, 232

현대시 172, 180, 204

현대적 편견 298

<현인 코르쿠트> 122, 127

현재 인식 254

혐오 76

협주문 302

形·音·義 312

刑獄 312

혜공왕 267

혜명왕비 268

호패 65, 67

홍대용 323

『洪武正韻譯訓』 316

화랑 241, 252, 281, 291

화엄 84, 85, 86, 327

화육 81

花判 251

華訓 327

환각 75, 76

환멸 232, 234

환멸연기 78

환상 213, 225, 234

환생 61, 75, 88, 100

黃贊 316

黃玹 329

효성왕 267

효소왕 267, 271, 278

효신 270

후반기 174, 181

<후반기> 170, 184, 190, 203

<후산경> 92, 93

후행절 371, 382, 390, 400, 409

훈독 246, 291

훈민정음 315

訓民正音 304

訓音 327

訓義 327

訓解 327

흉노 108, 119

흙 80, 94, 103

집필자

조동일 서울대 명예교수
서정목 서강대 명예교수
최미정 계명대 교수
강은해 계명대 교수
이현희 서울대 교수
이현원 계명대 교수
김영찬 계명대 교수
이정훈 서강대 교수
오윤호 이화여대 교수
장요한 계명대 교수

계명인문역량강화사업단 한국학 우수 총서 ①
국어국문학의 고전과 현대

초판 1쇄 인쇄 2017년 2월 21일
초판 1쇄 발행 2017년 2월 28일
엮은이 계명대학교 한국학연계전공
펴낸이 이대현
편　집 권분옥
디자인 최기윤
펴낸곳 도서출판 역락
　　　　서울시 서초구 동광로 46길 6-6 문창빌딩 2층
　　　　전화 02-3409-2058(영업부), 2060(편집부)
　　　　팩시밀리 02-3409-2059
　　　　이메일 youkrack@hanmail.net
　　　　역락 블로그 http://blog.naver.com/youkrack3888
　　　　등록 1999년 4월 19일 제303-2002-000014호
ISBN 979-11-5686-896-5 93810

* 책값은 표지에 있습니다.
* 파본은 교환해 드립니다.